晚清风云录

李克定 著

河南文艺出版社
· 郑州 ·

目　录

第一章 军机四卿

一、超擢新进 黜退老臣

在殿堂奏对中,孙家鼐报出一笔小账,光绪帝报出一笔大账。前账略有头绪,后账大半悬空,这表明欠账越积越多,皇帝怎不心急如焚!

孙家鼐劝谏道,若想弊绝风清,需要假以时日。欲速则不达,功到自然成,万事皆有序,揠苗难作羹。他把剔除朽株视同毁弃新苗,明显与己意不符,光绪索性挑明:"此次礼部处分,似乎过分了些,例如徐会沣、曾广汉,皆到礼部不久。但他们在吏部和都察院均乏建树,去礼部署理,应有新人新气象。王照上书遭拒,他们无所闻问则为失察,知而不举则为失职。连他们都罚当其罪,则怀、许屡次阻遏新政,更无冤屈可言。"皇上推断如此严密,可见他想得深刻入微。

孙家鼐只能委婉上言:"雷霆雨露皆为天恩,臣下惟有匍匐受之。赏功罚罪乃君上之权,古人称为朝廷公器。这个公,是公道,不以一时成败论一事,不以一时喜怒责一人。如许应骙,引起多番口舌,但其敢于做事,考试新章和经济特科章程,大

多由其手订。蒙派大学堂工程,在马神庙工地奔波,曾有三过家门而不入的佳话。要说我朝新政,像他那样经手那么多的,并不多见。摘其一谬而忽其全劳,非圣君应有之度。"

最后这句说得很重,而真正触动帝心的,却是许应骙做过的实事。与尸位素餐的众多庸臣比较,他的确出力甚多,他也没有发过阻挠新政之论。那么,光绪为何对他观感不良?仅仅因为他攻击康有为?对于康有为,光绪又从何时排除了疑虑,赋予了信任?是由于翁师遭贬、孙师彷徨、进退失据、无所依靠么?

光绪陷入深深的自疑,沉吟良久,又竭力挣脱:"许应骙不做尚书,他还是总理衙门大臣、建设大学堂工程大臣。你可传朕旨意,叫他专注于工程事宜,这是当前大事,易于见功。此后且须善体朕意,于维新诸政多所留心,奖掖后进,勿以善小而不为。你等重臣皆有此责,朕有厚望焉。"

光绪谆谆嘱咐,孙家鼐跪地应是。他还想劝告皇上,不要擅作赏罚,触动太后之忌,却是难以措辞,只得磕头退下。他没有翁同龢的迂执,总是点到为止,有时就差那么一层窗户纸。这是不是一种不忠?他不敢往深处想,就像面对一场乱事,他不愿认明真相,看透结局。

孙家鼐心力交瘁,早早地结束公事,打道回府。进入家门不久,门上投进名刺,说是许应骙来拜。孙家鼐宣达皇上口谕,这出乎许应骙意料,不禁感激涕零。可那是悬在天上的馅饼,现实的委屈还得承受,这让他有倒不完的苦水。

孙家鼐不愿听这种倾诉,嗯啊几声后陷入沉默。许应骙意识到了,苦笑着摇头:"我的絮叨让燮相生厌了。"孙家鼐敷衍道:"哪里哪里。你我甘苦共担,彼此感同身受。"许应骙心里仍撇不开:"兄弟这场蹉跌,植根于两个月前。那回康党没把我扳倒,越发怀恨在心,必欲除之而后快。在他们看来,我是一道屏障,挡住他们的僭窃之路。他们要僭窃,一般人不相信,因为他们身份卑微,离皇家大权太远。可是当初文悌参康,便已明白说出:'奴才与杨深秀初次一晤,杨深秀即告奴才以万不敢开口之言。'何为'万不敢开口之言'?定是指宫闱秘事。康有为以宫闱秘事蛊惑人心,搅动朝局。而他本人,距离宫廷越来越近了。燮相受恩深重,应当犯颜直谏,

否则恐愧于青史，负于君父。"

　　这是要他上奏攻康，哪是他办得到的？孙家鼐婉言周旋，搪过这一阵，身体有些吃不消，当即将请假的折子递到奏事处。次日早朝，光绪见到此折，批给他半个月假。再看军机带上的司员上书，已有十三件之多。光绪欣慰之余，又令军机拟旨，发交六部及都察院，令此后司员士民上书，均着原封呈进，各堂官不得拆看。同时令军机拟递"业经召见人员名单"，以备选择任使。办罢日常政务，便要召见保举人员。从康有为、张元济开始，光绪陆续召见了十九人。时势如此紧迫，这已不是储才，而应该是选才了。将奏对称旨者立时登用，想一想就很痛快，可惜无法办到。康有为的总理衙门章京，张元济的大学堂总办，均辞而未就。康有为的督办上海《时务官报》、梁启超的办理大学堂译书局差事，似乎处于半推半就状态。光绪帝和康、梁都在等，要看何时才能等来机会，去推动蓄势待起的波澜。

　　光绪沉浸在幽深思绪中，听见趋近的脚步声，立即坐端正了。眼看引见大臣引进一个人，在御案前方跪地叩头。此人名谭嗣同，江苏候补知府，由徐致靖和李端棻先后保举。其父为湖北巡抚，应算纨绔子弟。李端棻却称他有奇气。这是在面奏时说的，跟天子讲到奇字，令光绪颇为好奇。

　　光绪打量谭嗣同，见他清瘦身躯，黑黄面皮，长相平庸无奇，不由有些失望。照例问过履历，又问他在湘办的煤矿，开的公司，写的文章，他所述内容并不奇特。对比此前所见，他没有林旭的年轻，杨锐的平实，刘光第的质朴，更不用说康之深广，梁之新锐。光绪想结束召对，顺口询问谭父的官况。谭嗣同回答，臣父循分供职，勤恳做事，清廉是其所长，拘谨是其所短。听到这个"短"字，光绪愣了一下。虽说在君主面前，谦卑是人臣的本分，然而明言父短，却非人子宜为。莫非这就是他的特异？

　　光绪再问下去："你父为何而拘？"谭嗣同奏对："督抚同城九年，臣父不得不拘。何况此督非他督，乃镇粤抗法之督，乃善办洋务之督，乃著书劝学之督。臣父之于张督，有辅佐之劳，无翼赞之愿。一个喜守拙，一个爱逞能，虽无明显掣肘，难免相互抵消。臣乡郭嵩焘有言，督抚同城为本朝大弊，这正是一显例。"

这段话简明扼要,触动了光绪的记忆:"郭嵩焘,那是我朝出使第一人,经其交涉,我朝在新加坡设立第一个领事馆,开创之功不可泯灭。然对其非议如影随形,堪称谤满天下。他故去后李鸿章上疏,请求将其事迹宣付史馆,并赐谥号,遭御史反对而未获准。"

谭嗣同续奏:"言官鄙视出使之臣,因此主张概不赐谥。惟有曾纪泽是一例外,他亡故时获谥惠敏,那也托庇曾文正公余荫。郭嵩焘在世备受压抑,为此写有《戏题小像》诗:傲慢疏慵不失真,惟余老态托传神。流芳百代千龄后,定识人间有此人。世人欲杀定为才,迂拙频遭反噬来。学问半通官半显,一生怀抱几曾开?此虽戏语,实含深痛。"

光绪吟味着:"世人欲杀定为才?此非郭氏一人之痛,恐为绝世英才之悲。才与非才,忠与伪忠,总消磨于督抚同城一类架构中,欲求弊绝,其可得乎!"

这几句话从皇帝口中说出,令谭嗣同惊异而又兴奋:"皇上圣明烛照,除弊定有其时。同城之设在求牵制,牵制之端在循资格,资格之累在百衙千官,皆为求一职而奔竞终生,职到手而志已懈,官常在而民已失。除弊就要除官权,除官利,要动官的命根子,则官必以铁桶阵势对抗,臣不知皇上以何法治之?"

他竟反问到皇帝头上,光绪有些不适,却也感到新奇:"这正是朕踌躇之处。你对此可有建议?"

谭嗣同道:"臣以为,康有为条陈的制度局,宋伯鲁请设议政处,李端棻求开懋勤殿,有益于集新军,可用于拆旧垒。此局开设与否,关系新政成败,各重臣也都心知肚明,因此不惜百计阻挠。为皇上计,惟有示以大公,施以大勇,以破釜沉舟之心,做背城借一之事。臣知此事至难,然长痛不如短痛,国之兴亡,系于皇上一转念间。"

他将万钧重量,加于皇帝头上,使光绪如芒在背。光绪在御座上移动一下身子,声音沉闷:"朕知天下臣民,皆望国家振兴,是以日夜思维,希图时有起色。而江山易改,人心难移,人一入官,便成了此生为官而活,不再关心身外痛痒了!官皆如此,朕复何望?"

　　亲聆皇帝诉苦,谭嗣同深受感动,但他不愿虚言安慰,偏要在痛上再加一刀:"官皆得过且过,只要生前好官得做,死后哪管洪水滔天。然而灾患逼于眼前,仅以身免,恐亦难得! 臣此次赴京,特意沿途察看民间,见哀鸿遍野,饿殍塞途,壮男健儿习拳结会,虽为自保,也欲寻衅,如一地干柴等待火星。官府却都装聋作哑,甚至有暗中勾结苟且求安的。民间如此,官界如彼,时不我待,何以推诿? 王照请皇上奉皇太后出洋,眼下做不到。臣请两宫巡幸国中,求皇太后皇上亲眼见识民情,这个应能做到。"

　　他说这话,也知症结在谁身上,却恰恰是做不到的! 光绪的心隐隐作痛,强力镇定,说了几句拿得出的话:"你与王照之请,皆出报国之忧,诸臣奏陈国是,不乏可行之策。朝廷斟酌轻重,判定可否,次第施行。你等也当努力从事,以免徒托空言,有负初衷。"谭嗣同叩头退下。

　　光绪心绪阴郁,看到世铎趋上殿来,呈上一张名单。光绪看到了五个人的名字:内阁候补侍读杨锐,刑部候补主事刘光第,内阁候补中书林旭,江西候补道恽祖祁,江苏候补知府谭嗣同。刚刚见过这个人,军机处就把名字列上了! 说不清高兴还是怀疑,光绪看了世铎一眼。世铎解释说,先前召见各员,分别派有差事,现有五名可供派选。

　　光绪审视着名单,然后提起笔来,在四个人名上画圈。世铎遵从吩咐,接过后溜了一眼,发现圈定的是杨、刘、林、谭四人。世铎低低地问:"请皇上示下,派往何处使用?"光绪明谕:"军机处,做章京。"

　　军机章京! 按照规制,军机章京的任用,由各部院保送司员赴军机处考选,考中者列入候补,待军机章京出缺时,由军机处报皇帝批准补用。刚才皇上要名单,大臣们没怎么在意,刚毅开玩笑说,叫这些下三烂憋破总理衙门吧! 他说着拿起笔,把谭嗣同的名字添加上。此前已有三人派为总署章京,所以刚毅如此戏弄。在军机大臣心目中,军机处比总署尊贵得多。

　　世铎不敢把这份名单带出去,央求地叫道:"皇上! 军机章京——"见他欲言又止,光绪问道:"怎么?"世铎鼓足勇气:"军机处乃机要之地,这些人员未经考选,且

有一人来自外省,无任官经历,恐难胜任枢机。"

光绪说道:"四人入枢无关机要,专为处理上书而设。你们不是叫苦说,各处条陈如潮水涌来,人手不够么?"世铎支支吾吾,又想起一个说法:"军机处候补章京,共有二十一人,其中如户部郎中胡长生、兵部员外郎成丹,考中五年未补。若以未考之员顶替,恐怕显失公平。"光绪显出不悦:"朕明言他们不参机要,怎么还说顶替?四人顶不了二十一人,你们大可放心。"

世铎应一声是,想一想还是得顶:"皇上明日赴园,是不是请皇上……与慈圣商定此事?"世铎这般懦弱,竟然触犯大忌,令光绪又惊又怒:"世铎!朕以九五之尊,用不了几个章京?你,你大胆!"

世铎扑通跪下,磕头不迭:"奴才该死!奴才愚衷,是怕两宫为此芥蒂,最终误了皇上大事——"他突然止住,惊恐地盯着手指间的破纸。原来,那一张御定名单被不慎扯裂,碎成几片。世铎的身子筛糠般颤抖,请罪的话噎在喉咙间,叫不出声。

光绪明白过来,说:"罢了,你交上来。"

世铎无力地爬起,光绪示意侍监上前,捡起那纸放上御案。光绪另写了一张,照旧圈定人名,再令世铎领回。世铎爬起身,虽然感激涕零,却还有话要说:"军机章京之选,礼部六堂之罢,仰恳皇上告闻太后,以慰慈闱。奴才无别的想法,惟祈盼两宫安和,为天下臣民之福。"

听出他意思恳挚,光绪换用温和的语气:"你下去后,另拟应补、应调、应升、应署满汉尚书侍郎名单,待朕明日带交慈圣。"这算是采纳了谏言。

世铎弯着腰退出,回到军机房中,倒在座榻上喘息。刚毅拿过那张名单,有些惊奇:"竟是新的,怎么回事?"

世铎没有理睬。刚毅兀自研究着:"皇上亲笔所写,如此郑重圈定,是要擢用何职?这些都是微员啊。谭嗣同,也选了?"世铎没好气道:"那是你亲自选定,他要算你的门生。"刚毅哈了一声:"门生,好啊,他得送我赞敬才是。我的门生要当什么?"世铎道:"军机章京。"刚毅不笑了:"军机!咱们这里?岂有此理,这要百里挑一!"世铎哼了哼:"五里挑四,你用着吧。皇上要应补、应调、应升、应署满汉尚书侍郎名

单,哪位办一下? 仲山你来做?"

廖寿恒点头应承。刚毅又来横插杠子:"这是要派礼部。二品以上大员须由太后任用,这可发过明旨!"世铎跟他抠字眼:"其说法是,均着于具折后诣皇太后前谢恩。尚未派任,不用谢恩。"

刚毅拧着脖子看他:"咿呀王爷,你摔一大跤摔迷了,怎么一下转向了? 这章京伺候不了我,这皇上我伺候不了,我要回家玩鸟去。"他要冲门而出,世铎把他叫住:"子良,别耍小孩脾气。时事艰难,为臣的说不得委屈。况且我琢磨着,皇上也是受了委屈,才有礼部那场变故。"

一屋子沉闷无语,看着廖寿恒将名单拟出,交到世铎手中。世铎托着走往养心殿,从门外向里望去,光绪仍坐在御案前,细弱的身影像个孩童。世铎心中生出一丝怜悯,赶紧趋进,将名单捧放在御案上。光绪端详一遍,执笔圈了几个名字,吩咐世铎:"交内阁明发,各员皆为署理,奏闻慈圣后再转实任。"

世铎领谕退出,回到军机,再无异言。大家失去了劲气,一桩公事照老路数办理,当日内阁明发上谕:"礼部尚书着裕禄、李端棻署理,礼部左侍郎着寿耆、王锡蕃署理,礼部右侍郎着萨廉、徐致靖署理。"上谕易发,事情难办。光绪明白,接下来最吃重的就是他了。

在后殿寝宫,光绪心神不宁。为了平稳情绪,他令珍妃搬来一只瑞士座钟,开始动手拆卸钟表。从上个月起,光绪迷上了钟表构造。空闲的时候,他拿起起子打开表盘,一一拆掉那些零件,观赏过后,再把它们按顺序装好。重上发条,钟摆启动,表针发出悦耳的响声,就像新造一座钟表,光绪满心都是愉悦。可是这回没有拆好,光绪用力重了些,将一枚机件扭变了形。这东西太纤细了,总也复不了原,急得光绪鼻头冒汗。珍妃想帮他做,又怕给他添火,急切间撞掉了案上的书。看到她惶恐的样子,光绪反而笑了:"算了,不管它了。这玩意太娇气,哪如咱们的铜壶滴漏,结实了两千年,仍然管着时刻。"

珍妃替皇上扇着扇子,请他饮茶去火,笑语应和:"咱们用铜铸壶,人家用铜造钟,食乎时乎,优哉游哉。"

光绪瞟一眼宫女捡起的书,顺手拿过翻看:"《唐诗三百首》,蘅塘退士编。这位乾隆年间的知县,由于编了一本诗,便可流芳百代了。可见士大夫不一定要做大官,能够做一件事为众所用,即不负平生所学。"

珍妃摸不透皇上心思,尚在寻思答言,光绪又道:"你看唐明皇的诗。明皇功业成就,乃于开元十三年封禅泰山,遣使致祭孔子故宅,作诗咏孔:夫子何为者?栖栖一代中。地犹鄹氏邑,宅即鲁王宫。叹凤嗟身否,伤麟怨道穷。栖栖者,栖栖惶惶也。孔子奔走列国传道,而日暮途穷,终其一生,嗟叹随之。然其大道历久弥新,不管孔子传经,还是孔子改制,都从孔教生发而来。这就叫不负平生。我欲不负平生,实可不再执迷,腾出手来做点可做之事。比如拆修钟表,你看我——"

珍妃很是不安:"皇上应该称朕。"

光绪笑笑:"朕,朕,多古怪的称呼啊。从秦始皇起霸占此字,不准任何人僭称,其实有何深意?赵高指鹿为马,秦二世那一位'朕'竟视赵高为假父,朕其为白痴乎!我倒宁愿称我,或如戏词所言,你称我为郎君,我称你为娘子。郎君与娘子,满可过几天舒心日子,你倒是愿也不愿?"珍妃的泪珠儿扑簌簌滚落,扑地跪倒:"皇上呵皇上,只要能让君王舒心,奴婢情愿去死——"

光绪伸手拉她起来:"你死我怎么办?明知办不到,我只说说罢了。说说也很开心,一想到万事不管,只看风起云涌,但闻牧笛横吹,便觉抒情写意。"被光绪拥在怀里,珍妃眼儿饧着,心儿痛着,一动也不敢动。光绪兀自说下去:"唐明皇不是秦二世,他有开元之治,也有天宝之乱。治乱系于一念之间——这念就是耽于逸乐。朕不逸乐,朕愿学孔子栖栖奔走,可惜朕足趾不出国门,更不用说日本欧美等国了。"

听他称朕,珍妃轻轻抽出身子,用手去光绪的脖颈间按摩。光绪近来阅折剧增,每日要看五六十封折子,颈椎痛楚牵扯至肩胛,整个后背僵直酸困。纤纤玉手内力十足,驱赶着肌肤筋腱间的疲劳,使紧张的经络伸展疏通,魂魄也被熨平揉软,饴糖一般滋润甘甜。

光绪发出了均匀的鼾声,珍妃小心地调匀呼吸,身子一动也不敢动。她知道皇

上睡眠极浅，眨一眨眼便会醒来，一醒又是个不眠之夜。她祈祷周天神佛都来守护，将一个囫囵觉带给皇帝。然而一切都是白费，光绪很快张开眼睛，像冷水浇顶一般清醒。一醒来便索要奏事匣子，从中翻找一份奏折，没有找到，光绪便又焦躁起来。

珍妃悄声提醒，傍晚时分，皇上手握几份奏折，曾在三希堂炕床上坐观，是不是遗留在那里了？她说罢亲自带侍女去寻。三希堂是乾隆帝设立的，那是在养心殿西暖阁，专为收藏书圣王羲之父子的三件书帖。珍妃很快回来，捧回内阁学士阔普通武的奏折。这是《变法自强宜仿泰西设议院折》，珍妃请皇上闭目养神，由她读给他听。

光绪说声不必，挑选段落重阅，然后告诉珍妃："此折建议设立议院，试图用民意和民权，阻止列强侵略。可是，洋人所重的是自家民权，他会为中国百姓止步么？"见他忧心忡忡，珍妃只好设法劝解，希望让他开朗起来。

空言并不能治疗心病，光绪反而直说："朕闯祸了，你也知道。可是反复思索，若能再来一遍，朕仍会如此处置。朝廷因循得太久，不施霹雳手段，怎能惊醒浑噩？"珍妃应和道："是，皇上以为的闯祸，其实势在必行。太后深明事理，她不会想不开的。"

光绪深陷在阴郁中："她会这样想：何不先报后办。可如果预先报知，这件事便无法办。你说怎么办？"珍妃忍了又忍，还是说出了口："皇上，以奴婢愚见，还应把皇后请回宫。有皇后搭桥，路会走得顺当些。"上回帝后勉强和好，只维持了半个月工夫，皇后又决然回园奉亲了。听了这话，光绪苦笑："你还是不懂太后的心，你以为她多么看重侄女？且罢，不说这些，想想明日如何说是正经。"

用不着如何说。次日赴园，早朝以后去见慈禧，接着侍进早膳，慈禧的脸色都无异常，也无一言触及此事。有关礼部和军机的奏件，都已先期转呈，也许太后还无暇过目。下午侍游，再侍晚膳，侍看戏，都进行得顺顺当当。

光绪大大地松一口气，他不知道，慈禧却憋着一口气。礼部六堂之罢，给予她的震动，比朝官们感受的更加深刻。这在本朝绝无仅有，虽说同治有类似举动，但

同治是胡闹,而光绪是作为,这让慈禧惊异了好久。人都说慈禧手腕强硬,她却不会这样强横,因为她没有乾纲。光绪则有乾纲,那纲他若敢使,没人说他不该。这就是上天的不公平之处,慈禧无力改变。但她必须握有一种力,那就是改变皇帝。这是逆着的力,不能轻易施用。

所以,这件大事发生后,她显得分外平静。她想凉上一凉,细细地看他一眼。他的勉强镇定,透露出他的惶恐,也从反面证明,他不是一怒之下仓促决定的。这就十分可怕,还会有第二步、第三步的。下回会动哪一部?对了,军机处!四名小军机,已像探子潜入营垒,刺探何处薄弱空虚。在乐寿堂寝宫里,慈禧审视着四人的履历。一个个平庸无奇,这种微末之员,不值得耗费心思。她将目光移向礼部新任名单。慈禧拿得起放得下,将轻重远近掂量一遍,这便安然寝息。

次日早膳过后,娘儿俩议的第一件政事,是向朝鲜派使。中日所订的《马关条约》,第一款就是清朝承认朝鲜为"完全无缺之独立自主"。朝鲜想跟清朝订约遣使,清朝寻找种种借口予以拖延。光绪二十三年,也就是去年,朝鲜改名为大韩帝国,国王变成皇帝,急于得到旧宗主国的承认。此时驻朝鲜总领事是唐绍仪,他是留美学童出身,出自北洋系统。以前清朝与朝鲜的来往,一直属于北洋大臣的职权范围。李鸿章卸任北洋了,总署处理此事还要倚重他。俄、日两国争霸朝鲜,韩国抱上了俄、日的大腿,与英、法、美等列强相互派使。日、英等先后对华施压,要其尽快与韩建交。韩国的英籍税务司柏卓安,是赫德帮着物色的,他要学赫德插手外交。柏卓安为韩国代拟国书,电达北京代理总税务司裴式楷,由裴式楷呈送总理衙门。

这惹得李鸿章吹胡子瞪眼睛,他令裴式楷回电:"中国拟派使臣赴韩,所有两国交涉来往等事,应缓至中国使臣到任再与商办。"柏卓安大为恼火,请英、日联手出招,给亲俄首领一点颜色瞧瞧。而俄国也对李鸿章不满,目前华官大多亲日,便表明他失去了效能。李鸿章惹得"天怒人怨"。光绪揣测他的心理,是想在礼节上,找回战争中失去的面子。慈禧问起这事的来龙去脉,光绪便说起李鸿章处处作梗。此人倚老卖老,公使们都怨他架子大,连俄国公使都啧有烦言,也算出人意料。

慈禧静静听着，这个年轻皇帝的心思，明显地写在脸上。那场败仗欠下的罪债，李鸿章至今没还清，他又被人划入后党。其实慈禧最清楚，这个老滑头只是"李党"！那么，要不要让皇帝再如一次愿，或者可以试他一试？

慈禧等到光绪住口，这便说出："真叫猫老不辟鼠啊。"听不懂这句俗话，但他听清了"老"字，光绪赶紧撇清："李鸿章老成持重，还是为国着想。"

慈禧撇了撇嘴："他不是老卖国么？战败，割台，赔款，都是他干的。别以为我不怪罪于他，我只念着过去，他还是办过事的。他要联俄，也不算错，千不该万不该，叫老毛子占了旅大，岂不是自打嘴巴！他办老了差使的，能这样钻了套子？唉，我总是闹不明白。"

光绪没想到，太后对李鸿章怀有恁多怨气！他不想错失时机："儿子听说，李鸿章拿了俄国的贿赂。"慈禧投过来一瞥："听说？是听张荫桓说吧？"光绪忙道："是《申报》的一篇文章，儿子前天刚看到，本想带给皇额娘，又怕惹娘生气。"

慈禧面色平正："我若老生气，恐怕活不到今天。《申报》是英国人办的，英国人对李鸿章如何想，这是明摆着的。我不替李鸿章开脱。常在河边走，不怕不湿鞋，一个人总会留下脚印，只看有没有人留心。"

光绪尽量拣公允的话讲："李鸿章敉平内乱，长镇直隶，操办洋务，功业无人可及。儿子痛心的是他晚节不保，甲午一战失于懈怠，致遭大败，我国忧患皆由此而起。李鸿章自知罪责非轻，竭其心力欲有补救，在总署当差，无一日不到署。终究年纪大了，精力不济，越想干好，越多疏漏。"

慈禧用审视的目光看着光绪。为了不显得心虚，光绪迎着老人家的目光，使自己露出笑意："拖得越久，局面越难。朝廷派使头衔是驻扎朝鲜钦差大臣，俄、日、英、法等国驻朝公使都提出指摘。柏卓安更是扬言：中国与朝鲜无约，华使焉可称驻扎？显见中国仍视朝鲜为属国，驻西藏、蒙古大臣均有驻扎字样。华使所带国书若不合体式，韩国不必接待。"

慈禧啐道："他的饭碗不是赫德找的么，他怎么吃了就呲？这些英国鬼怪的账，也算到李鸿章头上？"光绪往回找补："这并非李鸿章的错，他长期主管与朝交往，对

朝不屑倒是有的。儿子有些怜恤，无论顺境还是逆境，他都得不到片刻休息。"慈禧询问："休息？你想叫他退出总署？"光绪连忙否认："儿子没有这种想法。"慈禧微露讥笑："有又如何，你以为他有多看重这个大臣？"

这么好的机会，光绪不再犹豫："让李鸿章退出，皇额娘同意？"慈禧哂笑出声："有什么不同意？不是想把老人儿都换掉么，总有一天把我也换掉。"

二、同室操戈　众论盈廷

闻听此言，光绪急于辩解。

慈禧不以为意："我只就事论事，并不是要嗔你。到了那时光，就是不动他，老人儿自己待不住。敬信不就上奏说，心粗嘴笨见不得洋驴么？叫他退出，李鸿章也退，叫裕禄去补总署大臣。进一退一再搭个一，你不嫌吃亏吧？"虽说话中带刺，结果好得出奇，光绪忙不迭答应。又想到裕禄连中三元，这也有点格外吧？

慈禧没叫他猜哑谜："你六叔临终举荐二贤，裕禄便为其一。他看上去毫不起眼，这叫不显山不露水，多数人做不到。你这个满尚书挑得好，李端棻就差些了。康有为说东他不说西，还有这样的大臣？好在他比裕禄资历浅，不像怀塔布，根本拿不住许应骙。从这上头说，这对搭档也过得去。至于寿耆，他除了是宗室，别的没长处，你为什么挑的他？"

慈禧主动开口，光绪求之不得，赶忙答说："在应补名单上寿耆靠前，儿子因此圈他。"慈禧道："那你也太不走心。排名单的抬举他，是看重他那条黄带子。皇帝顺手一圈，就显出偏向来了。"

虽不知原因何在，慈禧不喜欢寿耆，却是显而易见。光绪乐得奉迎："额娘教训得是，寿耆不称此职。"

慈禧往下数落："萨廉也还将就。徐致靖呢，这个老人儿官运看涨？"光绪心里

一紧："回额娘话,宦海浮沉之人,追禄逐利者居多。徐致靖留心时务,屡上求变之疏,在其向暮之年,尤属难能可贵。"慈禧微哂道："好啊,老人只要求新,他就值得褒扬。我拿掉宗室,保留新派,也有可取之处,是不是?"光绪离座躬身："额娘这话令儿子不安,儿子——"

慈禧抬手示意："你坐下,我没有不悦的意思。打破一只水缸,就得把它箍好,漏不漏水就难说了。寿耆的缺由谁顶?"光绪赔着小心："这要请娘示下。内阁学士阔普通武,与寿耆同官,其见识则超越同辈。"慈禧乜一下眼："请设议院的那一位?他这见识打哪儿来的,我倒真想知道。不说这了,说军机。你想把军机也打烂重造?"

光绪又要起立："军机处乃朝廷中枢,儿子哪敢轻忽? 近日广开言路,上书如潮水涌来,为了不至积压,需要增加人手。章京是微末之员,与军机大权毫无关涉。"慈禧想说什么,却又改变主意,坐在那里沉思默想。过了好久,她仿佛从梦中惊醒,轻声叹息："军机军机,中藏天机。当初设立是为打仗,以后朝朝都得打仗,到哪一天才不打仗?"

娘与儿之间打了一场仗,使得光绪精疲力竭。好在一道坎跨了过去,光绪于当日明发谕旨,礼部六堂重新任命,李鸿章、敬信退出总理衙门,对杨锐、刘光第、林旭、谭嗣同等四人,均赏加四品卿衔,在军机章京上行走,参与新政事宜。许多人加官晋爵,惟有李鸿章"飞来横祸",令人为之错愕。总理衙门大臣不是官,而是差,它的好处是有事可干,让不握实权的大员得到些安慰。丢掉这个差,他就仅是文华殿大学士了,华而不实,名副其实。得到消息,"一案之人"敬信首先来拜,表达慰问之意。

听敬信说曾上奏请辞,李鸿章不禁失笑："临死拉个垫背的,我是你害的! 可你上门不提礼物,还得管你饭吃,户部尚书好抠门啊。"敬信也笑："贤良寺除了斋饭,还有什么嚼头? 真是的,你为何不买处宅子? 常年借寓,总不方便。"李鸿章道："一声令下,拔腿就走,我图的是这种方便。不瞒你说,我在京师找不着家,总想有一天得回合肥乡间,像光肚娃一样玩尿泥。"敬信的笑容渐渐收起："找不着家,我也如

此。说句诛心话，我们满人是没有了家，只在这地儿腾挪做窝。"

他能说出这话，便让人觉得有可敬处。主宾于是置酒盘桓，把满腹牢骚消浇净尽。临分手时，敬信想起一件事："中堂嘱咐的事情已经办了。虽是好消息，但放在今日似乎不宜。"李鸿章问："吴渔川的事？"敬信道："是。荣仲华来函称，怀来县令出缺，定由吴永接任，九月就可赴县。"

李鸿章笑道："如此佳讯，我替他谢谢你和仲华。你怕这个幕友走了，无人听我唠叨？请勿担忧，九月以后，我叫老和尚牵一头牛来，我弹琴鼓瑟就是了。"敬信大笑辞去，李鸿章令人把吴永找来。吴永，字渔川，浙江吴兴人，中法战争时入湘军鲍超幕府，稍后曾纪泽以次女妻之。李鸿章赴日议和，吴永随从做文案，接着又跟随入京。李鸿章自比裱糊匠的那段牢骚，就是对他而发。他伴随这位闲臣度过的落寞岁月，像远滩沙子一般松散。听到就要离开，吴永惶恐而又不舍。李鸿章仍作笑谈，县令古称百里侯，比我这伯爵高一级，我见你要免冠作揖了。

康有为对于这场剧变，像旱天得雨一般兴奋。在他看来，成功的势头已经显现。钦点的军机四卿，林、谭都是他的弟子；杨、刘虽出张之洞门下，也都赞赏康氏学说。守旧派拒康不遗余力，挡不住康学的潜移默化，这就是天意呀！

林旭昨天来看康有为，将皇帝的朱谕副本拿给他看："昨已命尔等在军机章京上行走，并令参与新政事宜。尔等当思现在时事艰危，凡有所见及应行开办等事，即行据实条列，由军机大臣呈递，俟朕裁夺。万不准稍有顾忌欺饰。特谕。"此谕由皇帝亲笔书写，亲手贮于一黄匣之中，专门颁给新任四卿，其谆谆之情，切切之意，溢于言表。

康有为看罢十分感动，也有一丝隐隐的嫉妒。这种优遇本该是他的，可他万万得不到。康有为难有出头天，这似乎也是一种天意。林旭年轻气盛，对先生的心思毫无觉察，他把新探得的军机详情报告给康有为。五名军机大臣，最拿权的是世铎、刚毅、廖寿恒。三十八名现任章京，满、汉各半，各分为两班轮流值日。新擢四卿亦分为两班，专看士民上书，与日常政务互不牵扯。

两人正在商谈，被来拜的于式枚打断了。他说一眨眼事局全非。康有为跟他

打趣,非什么非?仍是按老路开展的,只是走的人不同而已。于式枚夸赞,你这是英雄造时势,与我们旁观者感受不同。于式枚向林旭道罢贺,便问去各大臣家拜门子没有?林旭一脸懵懂相,于式枚认真地指点说,照老例,新任章京必先去军机大臣府邸拜谒,各位难道还没做?林旭这才说,他和谭嗣同都不懂,也没听杨、刘二位提起。他向康先生请教此事,康有为想想说,所谓老例,皆徇私情。受命于皇宫,投谒于私邸,是新四卿自侧于旧官役,是可为,孰不可为!

康有为大义凛然,林旭衷心服膺,于式枚不再多言。天明后新章京到班,因是首日,四人全去与同僚见面。在隆宗门内南侧宫墙下,坐南朝北建有五间矮房,这便是章京值房,与军机处的排房咫尺对应。四人由一名笔帖式引入,发现这是一个大通间,满、汉两班各据一端,每班各有九名章京,团团围坐在几张方桌旁。笔帖式向东、西两个方向哈腰招呼:"孚大人,李大人,卑职奉王爷之命,带领新任军机老爷与各位见礼。"

孚大人是满头班领班章京孚琦,李大人是汉二班领班章京李荫銮。孚琦没动弹,看不出哪一个是他。李荫銮从西边桌旁立起,又松松地坐下,算是现一个身。他们的同事连头也没抬,就像杨、刘等人没出现一样。如此冷落,难道是安排好的下马威?杨锐瞧一眼刘光第,刘光第无声地哼哼鼻子。他在四人中资格最老,此时便向前迈了两步,向东向西各作一揖,扬声说道:"卑职刘光第,和杨锐、林旭、谭嗣同三位,受上命差遣到班办事,请各位多指教。"这话如打在墙壁上,碰不出一点声响。

刘光第看了看笔帖式。这人没想到会冷场,以他的身份犯不着掺和,凑腿搓绳地说了句:"卑职回去复命了。"他把四人晾在这里,场面更加难堪。谭嗣同发现西边有空桌空椅,小声说道:"刘兄,我们去西边吧?"刘光第点点头,四人走近前去。汉章京大多埋着头,李荫銮仰着一张脸,对来者视而不见,旁边有个人替他说话:"我们这厢是办旧政的,四位不可来此。"林旭早就忍耐不住:"那我们该去哪里?"那人笑嘻嘻一指:"去东厢。"东厢马上有话抛过来:"嗨嗨,王大人怎么乱指?我们是满人班,没地儿安插这四位。"王大人跟他斗嘴:"旧政不可,满班不便,总不能挂起

来吧？你们包涵大，还是包一包。"东厢当然不让："包什么，包馄饨？请问什么馅，荤的还是素的？"两厢一齐哄笑，七嘴八舌说道："七荤八素。""添油加醋。""吃多不惯。""拉稀跑肚。"四人面红耳赤，林旭便要开骂，谭嗣同拉起他往门口走，不卑不亢说道："我们出去坐在当院，有人会找咱们说话。"

四人走到门口，被一位大臣堵了回来。这便是廖寿恒，他因事到班迟了，听说派笔帖式领四人来，便知事情会闹僵，过来一看果然如此。廖寿恒有些生气："孚、李二兄，别人不晓事，你们也不晓？这是军机处，不是麻将场！"

两位领班章京干笑着。廖寿恒又道："皇上苦心求治，我们做臣子的不说多么用心，不出歪力行不行？难道得另造一屋安置四位？"他把众人训得鸦雀无声，接着吩咐，两厢各抬一张方桌，摆在屋子中间，叫四人在此办公。他又说了几句劝和的话，希望三班人马相安无事。当日无话，"三国鼎立"，各怀戒惧，似要老死不相往来。第二天由刘光第、谭嗣同当值，那边换成满二班、汉头班，领班的是特图慎和继昌。这两位得知昨日纠纷，对本班人员有所约束，对刘、谭说了几句面子话。

刘、谭从此开始当差。他们的差，就是阅读司员士民上书，根据自己的见解写出签语，然后交由皇帝审批。这有点像明朝内阁的"票拟"，即代皇帝拟旨，而此前军机处所发谕旨，均为先有旨意再拟旨。如此说来，四卿权力远超前人，但他们处理的，全是无上奏权之人所上条陈，其芜杂或荒唐都难以想象。本日户部、宗人府、国子监代奏条陈十一件，这些都要在当天处理完。而有的条陈长达八千言，有的条陈字迹潦草，语焉不详，给阅读造成了困难。刘光第在刑部十五年，可谓老于吏事，对这等文字驾轻就熟，知道何者该详，何者该略。谭嗣同远离京城官场，联想到自己有话无处诉的苦处，对每一个字都不愿马虎。他阅读一位国子监典簿的条陈，这是从八品的小官，论的却是国家大事，他要朝廷以高官厚禄聘请德国将帅，夺回台湾！心是好的，计是孬的。谭嗣同只好写下签语："所论空疏，拟请着毋庸议。"在他办完这一件时，刘光第已阅第四件了。谭嗣同不好意思地嘟哝道："小弟有点磨洋工。"刘光第宽厚地笑笑："你是仁者之心。披沙拣金，最是难做，像我这挂一漏万的，也真怕漏掉真知灼见。"

杨、刘与林、谭来路不同,谭嗣同生怕有门户之见,今见他这样善解人意,心中生出一团暖意。这天总算没有遗留。次日轮到杨锐和林旭,条陈多达四十五件,无论如何都看不完。林旭看得快,签语也批得多。杨锐见他手不停挥,感觉奇怪,要过来看看,发现了一些出格的文字。比如这一条:"举人张如翰呈请于科举中设立农学特科,不为无见,应如所请。"朝廷的办事规程是:皇帝阅折后如果觉得可取,便将折子批交有关部院议复。林旭径直称许批准,如何使得!杨锐忙说不妥,劝告林旭改正。林旭反问如何不妥?杨锐告诉他,"应如所请",将"应"改为"着"字,就是皇上的口气了。林旭似乎不服气,又问如何才妥?这两人的争执,已经引起东西两厢的注意。杨锐把气恼压在肚里,提笔匆匆写下:"都察院代奏举人张如翰呈请设农学科等语,拟请令礼部会同管学大臣、农工商总局议奏。"写毕推给林旭。林旭看罢搔搔脑门,恭楷照抄一遍。

二人忙碌一整天,也只阅签十四件,倒有三十一件未曾问津。二人惴惴地去军机处报告,裕禄和王文韶毫无责怪之意,叫他们有空闲时再阅。哪里会有空闲?以后每天少则十数、多则数十件,天天都有积压。望着越堆越高的存件,仿佛面对一个个赤心热肠的士民,四个人惶恐而又惭愧。有满人章京讥笑说,四位专办新政的,怎么比办旧政的还拖沓?

尽管仍怀敌意,但同处一个屋顶下,不可能不交一语。除了冷言冷语,有人还会带着笑脸过来,挑三拣四瞧稀罕。上书确实千奇百怪,有如写信样式者,有用告状格式者,有写"皇上"二字不知顶格者,有自署名为汉水渔人者。有一上书人自称"从师学道在洞中,苦心修炼得真功。上天入地姜子牙,神机妙算赛孔明",今望气知太平大运将至,奉师命下山辅佐真主,必能扫灭外国烟尘,封侯拜相后再上天归位。顺天府大兴县采育司河津营村民人高清如、杯文成上的条陈,用纸足有二尺长,题目叫"野民报德书"。这还算文理通顺,另一大兴民人夏雨田的口气,可就不知所云了。他自吹"所掌者笔算、天文、地舆、善虞、策论、五常、八阵",要求皇上特旨重用,而他的文字很难读懂:"圣谕历降谕而有旨三载之久实不得不从官府令如士今刻时艰蔡色难齐达人至上不然早当报效犬马之劳再三闻之命斯其不易可一言

而以。"这结尾的一段话,前来猎奇的章京念着笑着,把同伴们招引过来。

大家各自寻找有趣的。有人翻出一团草纸,每张纸不足巴掌宽。这人问道,这种东西难道上呈御览?这天是刘、谭值班,刘光第回答说,还有比这纸更糟的,皇上都亲阅下谕了。这话令全场肃然,几个人讪讪地走开去,仍有两人逗留浏览。有一位抽出一件条陈,见到署名为李文诏,不由说道:"又是他,这老兄至少上了七件。他怎么有这么多话?"

另一位章京笑着插嘴:"这才算多呢,你看看,二尺厚!"他搬出厚厚的一大摞。这件上书分装四册,每册一万二三千字,令人望而生畏。可是每一册的后面都贴有签条:"第一册所陈皆筹饷之策。拟请旨分别饬下户部、工部及总理各国事务衙门议奏"。"第二册所陈皆练兵之策。拟请留备御览。其饷章宜归一律一条,应请旨饬下兵部议奏"。"第三册所陈多议论。拟请留备御览。其学堂工艺矿务凡四条,应请旨饬下大学堂、农工商总局、矿务总局议奏"。"第四册所陈多系议论,且有已见实行者。拟请留备御览。其论热河兵米积弊一条,应请旨饬下热河都统察奏"。

这是已革河南临颍县知县孙宝璋的条陈。那章京问,这四条批语是哪位签的?刘、谭笑而不答。章京便叹,如此耐烦儿,我等不如啊。刘光第说话了:"写的比阅的更耐烦。这位知县不知因何而革,上此条陈,亦难免有借以减责之心。然其终须有所知,有所思,有兴利除弊以报国家的抱负。想他挥汗如雨一笔一画,我们这坐在天子脚下的,怎能大睁两眼视而不见?"

那人若有所思地望着刘光第。刘光第索性一吐胸臆:"天子脚下,该如何活?第一条当然是吃穿嚼用。然而京城居,大不易,我朝官俸之低为史所罕见。你看这件条陈所说:京官生活与应酬,小者岁需千数百金,大者需数千至万余金。可官俸不过百余金,小者三四十金,禄米同样少得可怜。收入这般少,为何求当官?因为有规费,条陈明言:户部陋规岁数十万,大小堂司以至书吏,太仓硕鼠,贪恋难忘,一交部议,便以岁支不足为词。前些日我给亲友写信说,军机章京每年可分规费约五百两,我分不到一文钱,如不能辞差,只好干赔,何以卒岁?"

两名章京眨巴着眼,不知他讲这是何意思。刘光第娓娓而谈:"我也是求禄之

辈,我在刑部也分不到几文钱,东挪西借,艰难度日。可我官卑而未忍辞去,徒以国步比家居更艰难。皮之不存,毛将焉附?想那万千草野小民,劳碌终生而不得一饱,还要交粮供我等俸禄,这回又上书'酬恩报德'。与其相比,惟有愧死啊!"

章京默然,东西两厢也都寂然。谭嗣同心里明白,刘光第所言无虚。杨、刘都与张之洞亲近,杨锐作为及门弟子,为张之洞做"坐京",每月收取一百两的供养费。刘光第却不肯要这种银两,他的钱都是干净的,所以他是贫穷的。

同为参与新政之卿,四个人见面时同病相怜,分开时各有各的心思。刘与谭相处堪称融洽,杨与林就磕磕绊绊了。杨锐本来想离开北京,他参加会试屡考不中,以举人报考为内阁额外中书,后又考取总理衙门章京。此次考中者共一百人,按名次传到尚需数年。他想加捐地方官衔,去外省发展,被张之洞来电劝止。

杨锐还在犹豫。湖南巡抚陈宝箴上保荐人才折,杨锐名列其中。召见不久即擢升军机,令人顿生青云直上之感。不过入职数日,便又平添烦恼。杨锐在致弟函中诉苦:"二十日奉命在军机章京上行走,圣训煌煌,只增战悚。每日发下条陈,恭加签语,分别是否可行,进呈御览。事体已极繁重,而同列又甚不易处。谭最党康有为,然在值尚称安静;林则随事都欲取巧,所签有甚不妥当者,兄强令改换三四处,积久恐渐不相能。现在新进喜事之徒,日言议政院,上意颇动,而康、梁又未见安置,不久朝局恐有更动。每日条陈,争言新法,率多揣摩迎合,甚至万不可行之事。兄拟遇事补救,稍加裁抑,而同事已大有意见。今甫数日,即已如此,久更何能相处?拟得便抽身而退,此地实难久居也。"

给弟弟说的当然是实话,然而也只说了一半,另一半是热衷。当官的哪个不热衷功名?军机章京虽小,却为天子近臣,一旦冷灶骤温,竟如烈火烹油,以往斜眼觑他的,立马变成仰视。沾边的不沾边的,一个接一个登门看望,来的都不空手。今日一袍料,明日一马褂料;今日一狐筒,明日一草上霜筒。

杨锐并非贪恋馈献,他看重的是情义,还有那望之可即的升迁。他也不是要做禄蠹,而是想乘势利便,巧于维持,使变法稳妥而不致骤激。他对康、梁的不满,正是觉得他们过激,喊得多而做得少。杨锐便做成一件实事,他和川籍京官骆成骧、

乔树楠等一起，在观善堂旧址筹办蜀学堂，于七月一日正式开学，有学生六十余人。杨锐等上书奏述开办情形，光绪十分高兴，对杨锐等传旨嘉奖。

蜀学堂开张大吉，慕名者纷至沓来，有学习的，有捐献的。这天杨锐没有当值，来到学堂经管事务，便接待了一位捐书人。这人名叫曾廉，湖南邵阳人，由举人拣选知县，捐升国子监助教，现为会典馆画图校对官。杨锐充任会典馆纂修官，与他有同事之谊。曾廉所捐图书有廖平的《今古学考》《经学四变记》《四益馆丛书》，皮锡瑞的《经学历史》，更有皮锡瑞在南学会的演讲名篇《论孔子创教有改制之事》《论不变者道必变者法》《论变法为天地之气运使然》等。廖平与杨锐大有渊源，他也是张之洞督学时识拔的人才，井研廖平、绵竹杨锐、汉川张祥龄齐名于时。

曾廉的厚意感动了杨锐，杨锐特意置酒答谢。席间二人开怀畅谈。曾廉说，康有为的孔子改制学说来源于廖平，他却对之讳莫如深，学者能这样欺师灭祖么？可以这样说，今文经学在四川，实政推行在湖南，溯其源头，都可归因于张公出任四川学政。而今康学大行其道，张公《劝学篇》虽经御颁，声势却不能与之相抗，于学于政皆非佳兆。现在康党势力半入军机，恰有张公贤徒占据半壁，杨兄有战而胜之的韬略否？

这说法挑起了杨锐的兴趣，他用玩笑口气应付："愚昧不可言兵，我看曾兄有备而来，必当有以教之。"曾廉当仁不让："好，我就说说愚见。我朝以军机为事实宰相，康有为不遗余力侵入，确实抓住了要害。林旭小儿不屑说，谭嗣同被其党称为伯里玺之选，假以时日，军机大权将入其掌握。事急矣，如何防？世、刚、王、裕皆无担当，廖仲山则依违两可。为今之计，惟有以大山掩祸水。大山者，张公也。杨、刘二兄曾有意推张入枢，惜有沙市一案羁留帅帐。若欲再举，此其时也，我兄其有意乎？"他用文绉言辞触动杨锐心事，心里话却不能随便托出。杨锐笑言："计是好计，事恐难成。张公当时便不愿入京，要他二进宫，恐怕会再出一案攀辕挽留的。"

对新任军机四卿，经过几天试用，光绪认为还是稳妥的。看看这些签语："屯田征租已奉旨派奕劻、孙家鼐会同户部妥议具奏。所称变价一节，似觉诸多窒碍。应请毋庸置疑。""总理衙门请改外部，已于蔡镇藩条陈请旨交议矣。同文馆专教语言

文字,与大学堂专门之学不同,亦难归并,应请旨'存'。"所谓变价,是将运河兵丁的屯地变卖充饷;将同文馆与大学堂合并,也是维新变政的热门话题。而签语显得谨慎持重,似与老手毫无二致,并不像有些人担心的那样,新章京必定紊乱旧章。当然,也有不让人放心的签语,光绪打定主意暂时留中。签语由张元济上书引出,这是总理衙门代递的条陈。收到该条陈后,光绪先看签语:"所陈设议政局等五条,事关重大,宜分缓急,拟请饬下军机处、总理衙门妥速议奏。"再看张元济的五条建策,条条惊心,交议后必将引起轩然大波。留中就是留在皇帝身边,连军机大臣也无缘一观,皇帝则可时时披览。五条建策且不提,张元济附片所讲的一段话,深深地打动了光绪的心。张元济请改早朝为午朝,因为这等于夜半视朝,虽是本朝家法,却于朝政无补:"今诸臣秉烛入值,仓皇视事,神气不清,岂能振作?且起居失宜,亦非保护圣明之道。"

起居失宜,他说对了! 光绪禀赋素弱,夜晚难以入眠。自亲政后,每日夜半三时即要坐朝,此前半个小时便须起床,之前几个小时局踏不安。他这位圣明天子,从未做过酣甜一梦,要御体强健是不可得的。有好多回,他都有轰然倒塌的崩裂感,这让他做好了晏驾的准备。张元济说:"现在皇上每日召见大臣,皆系办昨日之事,而非办本日之事,是欲速而反迟,欲勤而反怠也。何如改为午朝,犹可办本日午前之事?"祖宗立早朝之规,确乎为了勤政,而年代更替,流弊所及,徒留形式,而无实济了。那么,光绪能不能将此片交议? 万万不能。诸事未变而先变早朝,则他的变法不过是变懒,何以应对非议之声?

光绪依然按时早朝。在殿廷奏对中,光绪特意打量臣子们的形象,发现个个憔悴,人人疲劳。连那被讥为富甲天下的奕劻,也两眼虚泡,面肌松弛,毫无保养得法的滋润模样。他还是较少参与早朝的,铁打不动天天伺候的军机诸臣,早都煎熬成一枚枚枣核。无论贤愚新旧,臣子们都很辛苦啊。

光绪暗下决断,等到情势稍定,他要令驻外使臣,考察英、德、日等国君主上朝规制,借以改变成法。没有想到,两天之后,便有人就此上书了。户部主事陈星庚,曾作为随员出使英、法、意等国。他在条陈中说,日本明治维新之初,特先改朔,参

用西洋月日,而仍遵本国国号。西人每遇七日举国休假,每日办事及朝会大典,皆在上午九时至下午四时。从公不废私事,宣力尤在节劳,应定七日周期,以为诸臣休假;更定臣工每日当差时刻,免其昏夜从公,我皇上圣躬尤得从容涵养,感召天和。

看来人同此心,当改者多,从值班时刻到办公实效,从政制弊病到民生疾苦,方方面面都有人论及。候选主事孔昭莱称:"中国之坏不在于立法不善,而在于积弊太深;积弊之深不在于无治法,而在于无治人。内外度支皆浮冒,大僚荐引多私人。朝廷多一新法,则臣僚多一利窟;国家多一举动,则官吏多一钻营。以之练兵,则空额糜饷如故;以之制造理财,而浮冒粗劣如故;以之储才取士务农劝工惠商,而苟且欺罔徇私营利又如故。职恐十数年后,难保不再重蹈前时之覆辙也。"

这说的是京朝大官。地方大吏又如何?广东拔贡伍梅称:"朝廷授督抚以察州县之权,督抚遂借其权以利市。当其未放缺也,必按缺之肥瘠如数取贿,然后挂牌,故民间视为买卖场。间有廉介之吏,不肯纳赂,即补缺无期。贪污者当此又多方借贷,争为买缺之计。及其既得缺也,负债累累,亏空难填。而督抚之取索,又有三节、两寿各名目,相呼为孝敬钱。督抚皆如此,今之州县能教养乎?"

工部主事暴翔云的条陈专说州县:"臣卫辉人,试即卫辉府属州县言之。汲县知县李元桢,纵其劣子李朝钧,劣幕萧景运,勾结劣襟孙聆泉,表里为奸。煤窑命案,竟收贿将苦主幽押毙命,屡经省控,未蒙申雪。民间有'汲县官本姓李,谁有钱谁有理'之谣。前署汲县知县孟苞赋性狡悍,形同无赖。自以捐纳出身,尤喜侮辱士子。衙署演戏,强迫民间戏台。传举人张晴岚百般挫辱,绅民共愤,县试几至罢考。"

再往下轮到差役了,候选州判詹大烈指称:"潮属差役借案鱼肉乡民,每奉一票,多带白役二三十名,大轿则舆夫三抬,供给珍馐百味,簇拥下乡,俨然官府。差礼多至数百元,不使家破荡产不止。惠来一小县,而头役散役有一百名之多。夫此百余差役,每个家属或数口或数十口不等。数百眷口,不事农桑,不务生业,若不剥民,将焉取之?"

这样的情状，这样的文字，在以前的参折中也曾见到过，但那都是一事一官之失，一时一地之殃。上书来自四面八方，大多出自士民之手，这些人身处草莱，深知民意，他们众口一词说，一棵树从根朽到梢，一个国从顶烂到底，再不整治没救了！至于如何整，怎样救？上书人各有各的招数，乍看去头头是道，细寻思极难施行。病症是显而易见的，保命的医药无处找，日甚一日，怎么得了！

三、火上浇油　釜底抽薪

没有什么大不了。面对潮水般涌来的上书，加上特旨任命的新人，刚毅起初有点担心。为了测测四章京的深浅，他特意留心孙家鼐带交的那件条陈。那由笔帖式奎彰所上，附片弹劾："奴才此次敬陈管见，自七月十七日回明左侍郎阿克丹，阿克丹盛气相向，散衙时并无示下，仅将原呈交堂书手。十八日奴才进内回明尚书孙家鼐，面奉尚书谕，二十日正班代递。当即进署口述堂谕，将折封一件，交堂主事冯元办理。不料冯元于明明宪谕毫不理会，将原折封多方挑剔，安坐而语，面含怒气，谓二十日不能递，二十四日加班再递。虽经奴才力争，其言如铁铸成矣。"奎彰的正折自荐去日本留学，这个想吃东洋饭的家伙自称寒微，留学费用约需七百四十两，他要求由官支领。

这件条陈由杨锐、林旭处理，签条上的批语是："所陈是否属实不可知，然揆之情理，必非敢于造言欺罔，所请应候圣裁。"用语中正平和，尚未借事鼓煽。

而皇上也没有再发威，只在两天以后，发了一道很长的谕旨："国家振兴庶政，兼采西法，诚以为民立政，东西所同，而西人考求较勤，故可以补我所未及。今士大夫昧于域外之观者，几若彼中全无条教，不知西国政治之学千端万绪，主于为民开其智慧，裕其身家，其精乃能美人性质，延人寿命。凡生人应得之利益，务令其推广无遗。朕夙夜孜孜，改图百度，岂为崇尚新奇？乃眷怀赤子皆上天之所畀，祖宗之

所遗。非悉使之康乐和亲，朕躬未为尽职。加以各国环处，陵迫为忧，非取人之所长，不能全我之所有。朕用心至苦，而黎庶犹有未知。职由不肖官吏与守旧士大夫不能广宣朕意，乃反胥动浮言，使小民摇惑惊恐，山谷扶杖之民有不获闻新政者。朕实为叹恨，今将变法之意布告天下，使百姓咸喻朕心，共知其君之可恃，上下同心，以成新政，以强中国，朕不胜厚望。"

令将四月二十三日以后所有关乎新政之谕旨，由各省督抚刊刻誊黄，各州县教官详细宣讲，务令家喻户晓。此次谕旨并着悬挂各省督抚衙门大堂，这是采纳康有为的建议，也是回应奎彰的吁求。不过，奎彰要求的银两却没有到手，得另想歪法刨食儿了。

皇上谕旨苦口婆心，刚毅不无感动。然而国家大事，哪是口舌能够推动的？皇上不愿防民之口，这固然好，因此引得唾沫横飞，又有何益？随便抽一件看："今之六部各院堂官，具有天良者无几。其平日进署当差，专以贿赂之厚薄为其优劣。其考试军机、总理衙门章京，专以条子之多寡为去取。条子由贿赂而得，同一座主门生，凡三节两寿，每次送银数百两数十两者，为上等门生；送二两四两者，为下等门生。凡遇考试派优差，该座主为上等门生转递条子。军机大臣所递者为大条子，各部院尚书侍郎次之，九卿所递者为小条子。若无师生之谊者，能加倍送重礼，亦可得大条子。各堂官既以贿赂为重，自以人才为轻，试问正直廉明家贫亲老之员，何由表见。"

所言当然是实情，可他为何不说，若无三节两寿的孝敬钱，堂官如何过日子？与规费和真正的贿赂相比，节礼还算是干净钱。这是按通例立论，刚毅这位枢臣却是特例，他以硬正著名，从不收人钱财。只因他禀性刚直，受不住那些腌臜。还因他开有几家当铺，将本求利贴补家用。

这天散值后，刚毅来到南鼓楼巷，走进自家的一处当铺，跟掌柜的说话。陆续有几名客人上门，刚毅摆手让掌柜去照应，自己歪在靠椅上打盹。睡意蒙眬间，听见口舌相争声，睁眼看见一个中年当客，手上擎着一幅字，正在大肆吹嘘。掌柜讪笑应付："好了好了，我们这里不识货，你到别家夸宝去。"

　　那人纠缠不休："宝物当入宝地,此乃旺相之家,我不来算我傻,你不收是你差。"旺相是流行语,"相"字似有所指,引起刚毅的注意。刚毅打量那张脸,想不起在哪儿见过。这时又听那人炫耀:"康南海之曲,文侍御之书,当世双绝,天下独一,失之交臂,有眼无珠啊!"这两个名字勾住了刚毅,他示意地清清嗓子。掌柜走过来,低声告诉他,这人打出康有为的名号,要当五百两银子,其实那字一钱不值。刚毅站起身,来到柜台前,伸出一只手指。那人忙把字幅展开,请刚毅一观。但见上面写着:

南海自度曲

　　状元花魁,花魁状元,妒煞蛾眉。眉黛鬓青桃面蕊,情酿蜜酒酒溢杯。叶颤巍,姿葳蕤,言陶醉,笑妩媚,尤难禁,妙人儿袅袅出翠微。色胆包天心血沸,欲海扬波做一回。云鬓儿坠,罗衫儿褪,偎倚嘴儿,伏贴背儿,炼丹炉中舂米碓,颠倒何奈谁跟谁。纵横术,嬉还魅,吸纳功,盈复亏,拷遍心肝肺,倾尽精气髓,呀,浅嗅薄攀恁滋味,娇喘香汗软玉堆。莫道状元行径伟,卿作蛇妖我作龟。曲未尽,鼓犹擂,动天下,势有为。

　　刚毅乜那人一眼:"这是你做的?"那人答:"这是康南海自述其乐。"刚毅质问:"你是什么人?"那人自报:"姓文名悌字仲恭——"刚毅断喝:"来人,拿下这个假冒的!"几个从人冲上去,将那人双臂反剪。那人呼叫:"文侍御救我!"从看热闹的人中间,走出个笑眯眯的文悌来。刚毅啐他:"装神弄鬼,是你的惯技!"文悌提起一段往事:"极品夫人唱砸的戏,我拉个人来救场,中堂怎么怪我?"听他话中有话,刚毅犹豫了一下,转身走向里间,文悌和那人跟在后面。刚毅先在主位坐下,毫不客气地瞅那人:"这是谁?"文悌介绍:"国子监助教曾廉。"刚毅鄙薄道:"曾廉何曾有廉耻!康有为嫖妓事,你们还能鼓捣出名堂?"文悌笑言:"这要看中堂如何利用。曾兄是湖南邵阳人,邵阳人驱逐康党樊锥,堪称义薄云天。要将这火烧到京师,曾兄

自问义不容辞。他撰写一件讨康条陈——"

刚毅拦住话头:"想求我递?这不合体例,何况我被皇上视为顽物,由我出头,适得其反。"文悌道:"上禀中堂,条陈已由都察院代递。曾兄的意思,是请中堂照看着点,别叫老鼠咬破状纸。"刚毅放下心道:"你怕康党做手脚?件件上书都记录在案,谅他们没有那种狗胆!"

刚毅当然没有松手,他找到裕禄,要他对条陈加强经管。康有为尚不知有人暗算,这些天,他正为京城修路煞费苦心。万民上书形成的声势,耸动了驻京洋人的视听,促使他们做出反应。英、法、美、日等国使馆,都有翻译、参赞造访康有为,赞扬中国的变法维新,已经出现了良好势头。

不过,在调子乐观的交谈中,总有一个不愉快的话题,那就是糟糕的京城道路。这让康有为想起一句名言:"一屋不扫,何以扫天下。"是啊,一路不整,何以行新政!康有为请总署递折子,光绪览奏后,即令内阁明发上谕:"京师为首善之区,现在道路泥泞,沟渠河道壅塞不通,亟宜大加修理,以壮观瞻。着工部会同管理沟渠河道大臣、步军统领衙门、五城御史暨街道厅,将京城内外河道沟渠一律挑挖深通,并将各街巷道路修垫坦平,毋得迁就敷衍,仍将筹办情形及开工日期迅速具奏。其款项着由户部筹拨。"

此旨一下,万民欢欣,有可能插手揩油的人也跃跃欲试,惟有户部叫苦不迭。这并不是新鲜事,每年岁修经费二三十万,加上勒索商民,讹诈铺户,得款甚巨,多被官员旗丁分肥,到工者寥寥无几。今又为其开利薮,请问钱从何处来?主管者没办法,上书人有主意。旨下三天内,便有八件条陈专论修路,其中就数陈季同的折子设想周全。陈季同是花翎总兵衔副将,长期做出使欧洲头等翻译官。他提议按照英国伦敦的办法,设立工程总局,先测量街衢里巷,算出工程量及所需款项,再估算落地税和车马捐。然后可向外国银行贷款,同时改造车辆,如欧美马车、街车之式,并准通行东洋车。他在条陈中说:"西人凡修路、造桥、设自来水、燃电气灯、车轮改造等,皆系借款为之,岂官民具有巨资先垫哉?至抽税抽捐为修路之费,盖为民也,岂不乐输乎?"

　　林旭对这套办法很欣赏，批签上呈后，傍晚专程去康寓报告。康有为说计划得甚好，在座的访客也纷纷称许。有一个人坐得稍远，面带笑意沉思不语。谈了一阵，大家散去，那人依然坐着不动。康有为忽然觉得他另有想法，便问："余兄有何高见？"这位"余兄"便是刑部主事余和塽。只见他笑了笑道："拙见而已。有一位外国人有办法，待我问过再来领教。"

　　两天以后，余和塽又来拜访，完全是兴冲冲的模样了。他认识一位比利时商人，名叫罗花，前些天二人谈起修路事宜。罗花告诉他，马车和街车均已过时，现在各国都城通行电车，用电车之利润作为修路经费。北京内外城，加上西直门到颐和园，大约三百万两即可修成。罗花愿意借款，由中国公司建设。将来电车赢利，百分之五十归罗花，二十归公司，三十归朝廷。建成通车后，第十五年开始拔本，七十五年本息拔净，车路全部报效国家。

　　余和塽如听天外仙音：不要中国一文钱，凭空得到一条路，世上哪有这等好事！在半信半疑中，他通过一位亲戚介绍，去见华俄道胜银行经理璞科第。从那里得知此法不虚，更重要的是，罗花在本银行有存款，并在外国屡办大工。余和塽心里有了底，跟罗花商谈了一天，草签下《拟办北京车路公司借款合同》。他今天把这份合同带来，请康先生过目。

　　康有为接过细看：一、车路公司华官拟请国家准备其借款，在京城内外至颐和园为止，安置凹轨，驶行街车。现与罗花比国窄轨公司议定，借款三百万两，华洋两公司合办。二、比公司于华官所定一切章程，皆愿遵守。三、所借之款，除本工程外不索另外保项……康有为一直看到第十六条：全本拔清后，所有一切路轨车辆等件，全行报效中国国家。他看完后闭目揉眼，余和塽直勾勾瞅着他，不知他会作何反应。

　　康有为猛然抬头，在那合同上拍了一掌："我佩服余兄，做成了这样一件大事！"提着的心放下来，余和塽笑逐颜开："还可行么？"康有为道："怎不可行？我常说，办法总是有的，就看你用不用心。就说修路这件小事，它耽搁了多少岁月？皇上不去推，下边绝不动。"余和塽连连点头。康有为叹出一口郁气："这下好了，谕旨下了，

法子和机会都生出来了。不过到底何法可行，恐怕还得多所领教。我看这是副本，放在这里我再看看，好不好？"余和壔答应着辞去，回到刑部赶拟条陈，将那份合同作为附片，呈请堂官代递。

余和壔的电车合同，的确令康有为吃惊，这个不哼不哈的主事，竟然弄出了这个！他抽出半晌功夫，去到总税务司署，请裴式楷审阅合同。赫德曾叮嘱裴式楷，对这颗冉冉升起的政治新星，税务方面要做一些价值投资。裴式楷用专家的目光，对合同做出全面评判：罗花将口头的投资，改换成书面的借款，所以，他不需投入一文钱。可他通过七十五年的独家经办，第一获得了经营权，全部工程由其设计施工。第二获得了建设权，沿线的路灯与店铺由其架设、管理。第三获得了基础设施经营权。最后，全部资本由其独立运作，一切由他说了算，中国的利益怎么保障？

不过话说回来，这个规划应属可取，如果有金融和工程专家参与，重新谈判，制订合同，并付诸实施，对北京将是一桩幸事。康有为听得心里痒痒，询问裴式楷，总税务司是否愿意参加进来？裴式楷想起康氏兄弟受骗的往事，在肯定的回答中加入忠告。总税务司将动用专业知识，为中国的公共事业提供服务。他劝康先生分出一些精力，对技术和建设多所关注，必会有利于维新大业。这话不无道理。康有为回寓后浮想联翩，在督办时务官报以外，添加一个督办电车工程，一定能增加说话的分量。时至今日，连王照都取得专折上奏权了，他还没有，岂有此理！为了此事，他迫切需要了解上书情况，可是接连两天，林旭或谭嗣同都没来，康有为颇为烦闷。

第三天谭嗣同没有当值，他来到南海馆，康有为方才得知险情，不由大吃一惊。原来，两天前值日时，谭嗣同拆阅一封条陈，题为《应诏陈言折》。折由湖南举人曾廉所上，长达万余言，提出五策，分别为养圣德、去奸邪、留正学、择将帅、慎财用。"养圣德"一节指责皇帝，近日诏旨以开创自命，置祖宗于何地？固守祖宗不变之法，始有万世不堕之业，失此不图，邯郸学步，变乱家法，何以为国？

此人立论荒谬，言语迂腐，谭嗣同直想一把抛开，因有职责拘着，只好耐着性子往下读。读到"去奸邪"一节，他的眼光被拄直了："臣窃见工部主事康有为，迹其

学问行事,并不足与王安石比论,而其字则曰长素。长素,谓其长于素王也。臣又观其所作《新学伪经考》《孔子改制考》诸书,摇乱圣言,掺杂邪说,至上孔子以神圣明王传世教主徽号。盖康有为尝主泰西民权平等之说,意将以孔子为摩西,己为耶稣,大有教皇中国之意,而特假孔子大圣借宾定主,以风示天下。故平白诬圣造为此名,其处心积虑,恐非寻常富贵足以餍其欲也。……康有为进,而梁启超之徒皆相继而进。康有为以孔子为自作之圣,而六经皆托古。梁启超以康有为为自创之圣,而六经待新编。其事果行,则康氏之学,将束缚天下而一之,是真以孔子为摩西,康有为为耶稣也。如此邪妄之人,能为皇上用乎?皇上不用,则开会聚党以鼓其邪说;皇上用之,则惟希合以坚皇上之心,以计退大臣,以法散群臣,使皇上左右前后,皆其私党,借权行教,遂其所为。臣谓皇上当斩康有为、梁启超,以塞奸邪之门,而后天下人心自靖,国家自安。"

注目在那个"斩"字上,谭嗣同自感血脉偾张,不知是气得还是惊得。康有为受劾无数,然而上奏请杀,这还是破天荒第一次。上奏人是湖南士子,谭嗣同的老乡!曾廉的用语老辣无比,"教皇中国,欲为耶稣,非寻常富贵足以餍其欲",这都是许应骙、孙家鼐未曾说过的,足以煽动皇上的疑心。怎么办?怎么办?谭嗣同埋着头假作细审,心里咚咚跳着,回想凌晨四时,是自己进入军机处值房,从裕禄手中接过二十三件条陈。回到章京房,与刘光第一同检点,其中十五件是密封件,曾廉条陈为其中之一。这就是说,此件别人没有阅读过。

尽管不知如何处理,谭嗣同还是稍稍心定了些,伸手掀到下一页。臭长文章不值得再看,他仍做出详读的样子。翻到末尾才知道,最厉害的在这里——曾廉在附片中,摘录梁启超在湖南时务学堂的四条批语:一、议院虽创于泰西,实吾五经诸子传记,随举一义,多有其意者。惜君统太长,无人敢言耳。二、今日欲求变法,必自天子降尊始。不先变去拜跪之礼,上下仍习虚文,所以动为外国讪笑也。第三条说,朝廷赋税取之于民,而不为民办事,人民应当怨恨。第四条说,清兵入关屠城屠邑,无异于强盗民贼,令人永远铭记此杀戮世界。曾廉援引雍正旧案,当时曾静受吕留良谤书之惑,辱骂清朝祖宗,雍正帝对吕留良开棺戮尸。今康、梁悖逆超过吕、

曾,皇上如不予以严惩,何以对列祖列宗?

梁启超的这些批语,曾由王先谦等附于《湘绅公呈》之后,向湘抚陈宝箴举发,被陈宝箴压了下来。今日曾廉直接捅给皇帝,康、梁的杀身之祸,恐怕难以避免。批语不能上呈!心里闪过一念,谭嗣同瞟一眼对面,只见刘光第伏在桌上,安静地写着字。

谭嗣同揉了揉眼,对近边桌面稍作整理,把散开的条陈摞在一起。然后悄悄撕下两页附片,装作不小心,将套封连同条陈碰落地上。他自怨地嘟哝着,弯腰去捡,将附片迅速塞入鞋缝,压在脚底。他把折件捡起,刘光第关切地欠起身,小声问:"没事吧?"谭嗣同摇头:"没事。哦,也算异事,裴村兄请看。"刘光第接过递过来的条陈,看了一阵,眉头皱起:"你打算怎么办?"谭嗣同道:"我要驳他。"刘光第将条陈推过来:"驳吧。訾议康学可以,何必出一斩字,这人奇怪。"

谭嗣同展纸濡墨,针对曾折逐条批驳。起初字斟句酌,很快文思泉涌,脚底下有一团火烘烤着,将他的文字烧得滚烫:"即以君臣而论,孟子论爵禄,天子列于一位,故有民为贵君为轻之说,有贵戚之卿易位之说,有土芥寇仇之说。此等议论,自后世视之,皆异议可怪之论。不知君与臣共受天之爵禄,不敢以爵禄为己物也。孔、孟周游列国,历九州而相多君,明乎此而孟子之言可无疑矣。西人见君不拜跪,茶会并坐,有若朋友,颇与古礼相合。日本明治元年,大久保利通上疏云:诚欲合全国君臣上下为一心,必自天子降尊始……"洋洋洒洒写满一页纸,又写下一页。刘光第有些诧异,向这边觑了觑,起身走过来,念出开头一句:"养圣德首在明大义。"

谭嗣同忽然醒悟,本要驳"养圣德"的,写着写着信马由缰,变成了为"天子降尊"做辩护。看出谭嗣同的窘急,刘光第轻轻说了句:"驳此谬论,似乎不需多言。"谭嗣同领情地点点头,提笔写下一行字:"臣嗣同以百口保康、梁之忠,若曾廉之言属实,臣嗣同请先坐罪。"写毕,他用目光问刘光第如何。刘光第想了想,要过笔来,在后面写下:"臣光第亦请先坐罪。"

听罢叙述,康有为惊得变了脸色,对刘光第的义举十分感激。谭嗣同仍处在感慨中,知人知面不知心,难时方识义如金,刘君高义,足以当此。然而,二小臣的担

保,能否挡住这当胸一刀?

事急了! 康有为心中闪出三个字,接过揉皱的附片看。谭嗣同离座去柜格上找,没有发现要找的,康有为意识到了,伸手指指柜旁的矮凳。谭嗣同从凳子上拿起火柴盒,走近来,擦着火。康有为将纸页点着,看着它化成折皱的烬片,这才说话:"言语不谨,是会误事。好在圣德如海,已包容过许、文、孙、陈之劾。陈宝箴也参我,没想到吧?"谭嗣同道:"他是以参为保。湖南党争闹到北京,只怕他也自身难保。"康有为道:"我近日拟定一折,请杨漪川代上。我也以参为保,请皇上敲打他立定脚跟。"

谭嗣同不以为然:"先生,陈宝箴为人谨饬,洁身自好,很难压服。他若反唇相讥,恐于新党不利。"

康有为道:"走着瞧吧。在夹缝中讨生活,没有不磕着碰着的,哪能那么自好?此次之险,若非撞在复生之手,我就被曾廉斩杀了,陈宝箴到哪里讥我? 湖广张、陈两大吏,本应属于新党,偏比旧党更难对付,中国之维新苦矣哉。我想着是不是去上海,或竟回南海,复生你说呢?"

他的满腹郁愤需要发泄,谭嗣同当然明白,却不愿作闲语:"在京说京,嗣同进了军机处,才知道情况有多糟。五名大臣三十八名章京,最具天良者,不过能做到不坏事而已。皇帝确是好皇帝,可偏偏没有一个好皇母,孤家寡人,谁人来保? 靠我们? 无拳无勇,做得甚事? 张、陈辈确应奋力保皇,可是你看看,他们若露出一点真相,必先败倒。如此混沌世界,若不杀出一条血路,谁能突破重围?"

听到那个血字,康有为的心目中一片赤红,不由眩晕一下,抬头惘然地向东南张望。谭嗣同以为他想起了家乡,不料听到轻轻三字:"袁世凯。"谭嗣同不明白:"嗯? 先生为何提他?"康有为反问:"你看他怎样?"

谭嗣同直视康有为的眼:"我请人打探过。那里刚发生一桩血案:一天清晨,几个卖菜人来到营门外,隔栅向里张望。这时营门走出一位将官,喝问了一声,卖菜人支支吾吾,将官拔枪便打,接连数响,死二伤三。袁世凯亲自巡营,算得良将。乱枪杀人,又算什么?"

康有为不大在乎："大将军嘛，草菅人命，也是本分。咱们圈内，缺少这种勇武人物。"谭嗣同道："勇于屠杀贫人，也勇于阿附贵人。荣禄和怀塔布前去游玩，他亲自出迎三里，有这样的大将军么？"康有为咂咂嘴："这是真的？武夫行径，我等不懂。复生，皇上命裕禄经管上书事务，为何不用廖寿恒？"谭嗣同眉头紧挽："这也闹不懂。头一天两下胶葛，还是廖寿恒解的围。我和刘裴村琢磨，也许是太后要裕禄管。"康有为哼了哼："太后？她还能活多少天？"

太后今年六十三，老人家还很年轻呢，你能把她怎的？二人议论不出名堂，权且作罢。从这时起，一片乌云笼罩在康有为的头上，拨拂不开。

这件条陈，在光绪心中勾起的则是疑云。他猛然想起，下旨采购的书籍尚未办好，忙令催问。总署电询上海，蔡钧回电称，奉办的《孔子改制考》刚刚付邮。一件芝麻大的事情，非三令五申总办不好！光绪悻悻地想，却已熄了火气，他无心考较康有为的真伪了。此亦一是非，彼亦一是非，对于康有为，一百个人有一百种看法。要紧的是他自己，他看到的才是真实的。

"臣嗣同以百口保康、梁之忠"，他不要这一百口，也不要刘光第搭上的多少口，他只要康有为的数十次上书，十数本书籍，还有那条描画尽善的变法路径。既然如此，曾廉的条陈便不可取，更不可观。"臣以为皇上诚欲变法，必求忠毅清直之臣，庶几如范仲淹之比，而后可以致治。康有为、梁启超乃舞文诬圣，聚众行邪之人，臣谓皇上当斩康有为、梁启超"，这等文字怎敢映入太后之目！如何处置此折？光绪提笔踌躇。批一"存"字，那是交付存档；批一"留"字，那是留中不发。但这皆留形迹，光绪索性将笔搁下，一字不批，留滞于宫，这折子便如一滴朝露，在太阳光下无声地消逝。两天过去，平安无事。

康有为稍许放心，曾廉却似热锅上的蚂蚁，不得安宁。为了办成此事，他先拉拢杨锐，又去央求刚毅，把前后都照应到了。偏偏毫无反响，莫非出了纰缪？四章京如何分班，如何当值，曾廉是不清楚的。他想探听消息，就在绳匠胡同附近逡巡，等到杨锐散值回寓，曾廉便做出不期而遇的样子。杨锐觉得腻歪，并不请他进宅，立在路旁嗯啊敷衍。曾廉套不出话来，只得讪讪地走开。

过了一天，故伎重演，这回杨锐不客气了："曾兄，朋友间当以公义相交，而不以私谊相累。兄弟进宫当差，时刻战战兢兢，惟恐有负君父。军机处规矩森严，我怎敢泄露其中情形？"曾廉赔着笑脸："杨兄责备得极是。只是小弟私谊却是公心，不瞒老兄，为写那件条陈，我绞了两个月脑汁。并非觊觎富贵，乃为贡献赤诚，我上书之末说得明白：惟臣草茅愚贱，昧死上言，以皇上之神明，或赦而不诛，而康有为、梁启超必有以中伤臣，设计置臣于法；然臣亦不惧也。兄弟不怕死，怕的是上书被人湮没，不能上达御前。四卿乃皇上亲拔参政，杨兄与有责焉，为何拒人于千里？"

这话倒不好抵挡。其实，昨天散值后，杨锐就从刘光第处知道了情况。谭嗣同写下担保的言辞后，又加写重重的一句："曾廉诬及圣躬，请将其从重治罪，以为抗拒新法者戒。"皇上如果震怒，这人是逃不掉的。想到此话意稍软："条陈处置自有定规，小臣何敢变乱？我未见到曾兄大作，我只能告诉你这点。其他各位都会守口如瓶，你不必去问，也不必担心。"

从杨锐这里一无所获，曾廉只好去找文悌。文悌说，他昨天见过刚毅，刚毅叫他放心，根据办事规程，条陈应已上呈太后。这就是说，康、梁罪状将暴露无遗，只需等待懿旨处治了。文悌还不知道，刚毅此时正在挠头。因为刚毅发现，他的讯息竟不准确。

这是在颐和园，早朝以后，军机全班随从圣驾，去乐寿堂晋见太后。按照规制，慈禧已不面见军机。刚毅思忖，是不是康、梁案发？刚毅随班朝见，到议事时才知道，议的是昭信股票存废。御史黄桂鋆上折子，翰林院编修张星吉上条陈，指称股票扰民，要求立即停办。军机已经议准，需要太后批准，慈禧问明情况，很快说一准字。

慈禧的话转向上书，她的注意力果然在此。她提到余和壖的条陈——她对电车很好奇，巴掌宽的凹轨，能像铁路那样跑火车么？大臣们没人说得清这个，倒是光绪懂得多，小至拆卸钟表，大到造船铺路，他都用心钻研过，当然能说明电车和火车的分别。慈禧听得津津有味，感慨这比看戏热闹，洋人们的心眼儿真多，上天入地都来得。当然，上书人的心眼儿也不少，仅整修京路一项，他们就提出收取捐税、

设立局所、疏通河湖、种植桑柳、改制轮车、添人巡街、滚机轧路等办法，可谓五花八门。看起来，慈禧也想把京城收拾得漂亮些，大臣们便都凑趣儿，各说了几句顺耳话。

在一团和气中，慈禧忽然变了口风："这余和壎怎么回事，一个小小主事，与外国商人私立合同，胆子哪里来的？"眼光对着臣子，话却是冲着皇帝去的。待坐的光绪欠身作答："回额娘话，他这只是草签，等于两人拟订一份草稿，上呈以待朝廷定夺。"慈禧瞅他一眼："你是说不作数么？可章京票拟的签语，写的是'请饬下总理衙门议办'，而不是常见的议奏。这不明明要办么？"

听到"票拟"这个词，光绪心头一惊，一时对不上话来。

四、明修栈道　暗结援兵

票拟是前明的一项政治制度。明朝由内阁大学士代替宰相，处理朝政。奏折均由大学士先行拆阅，提出处理意见交皇帝裁夺，这就叫票拟。清朝皇帝大权独揽，雍正帝设立军机处，将内阁大学士虚化为一个荣衔。臣子章奏由皇帝亲阅，做出决定后再交军机拟旨，所谓军机中枢，仅是一个上呈下达的跑腿班。广招上书后条陈泛滥，皇帝无论如何看不及，不得已新设军机四卿，代阅代批。这从形式上讲，的确有点像"票拟"，然小军机怎能等同于大学士！

慈禧初时隐忍不言，今日为何敲山震虎？

光绪小心翼翼："儿子交片谕旨，即着总理衙门议奏。"

慈禧面孔一板："要皇帝亲来纠正，章京所做何事？你们看看，都是怎么应付的。七月二十二日，军机处给我的奏片称：本日户部奏代递主事宁述俞折一件、王凤文呈二件、彭谷孙呈一件、陶福履呈二件、宗人府代奏主事陈懋鼎折一件，现在酌拟办法，拟明日再呈慈览。这就是说，本日有七件未能阅签。到了二十三，恰好没

有别的上书,四章京赶办昨日遗留,共有十一件,有四件上书昨日漏报了!就说他们是生手,我不苛责小臣,可是老这样,就没法原谅了。凭什么呀,放着好些熬白胡子补不上缺的,偏偏便宜他们?"

这话指东打西,闹得人心发毛。世铎这个军机处老大,伸头出来挨这一刀:"奴才疏于拘管,失于检点,请皇太后、皇上治罪。"

慈禧很干脆:"不是你。"裕禄连忙接上:"是奴才有罪,奴才奉派收呈条陈,没有尽到职分,奴才该死。"慈禧戗他道:"我倒说你活该呢,你能不能活泛一点,叫老章京教教新章京,或忙不过来时帮一把?我说这只是比喻,意思是当差不能死板,非要扳倒树捉老鸹,结果把事耽误了。总之,上书人的身份虽然低,谈论的事情并不小。比如刑部主事洪汝冲,在条陈中提出三大策,第一便是迁都,他要迁都荆襄;第二则要借才,借日本旧相伊藤来游之机,求皇上予以重用,叫他来摆治中国;最后轮到联邦,不用说是联合日本,你都把国家交到伊藤手中了,你想自主,也做不到。听听听听,这都是什么馊主意,心肝肺是怎么长的,能把计想得这么歪!这就是变法么?与其这么糟,不如变回去,也叫大家安然些。"

"变回去"三个字,出其不意地冒了出来,使得全场一惊。话是由上书引起的,光绪便尽量就事论事:"军机处要谨遵太后圣训,监督章京,勤谨当差。对所上条陈审慎处理,虽说言者无罪,对那过于出格的,有司也当加以限制。"

太后既已发话,刚毅岂肯放过机会:"上书不乏奇谈怪论,也有仗义执言者。户部主事苗润土,便说变法有十忽三误八可议,把祖宗之法变糟了。"听到刚毅附和,慈禧嘴唇一抿,显然有所不满。几位军机同僚暗忖,这就叫过犹不及。太后给热昏的上书泼冷水,刚毅这一戗,把太后和皇上推到面对面,就没有回旋余地了。王文韶是户部尚书,世铎示意他来打圆场。王文韶犹豫一下道:"苗润土跟我说过,他立意在于稳当求变,所谓可议,是在事前集议周详,以免招人议论。"

慈禧语带讥讽:"话说周全了,免得有人插嘴。我不是要过问政务,只想交代你们,当今庶务繁多,山一般的重量压在皇帝肩上,你们要尽量分担。不要事不关己,争着缩头——"刚毅贸然叫了一声:"太后,国子监助教曾廉——"慈禧瞥了他一眼:

"国子监？你是说姓崔的助教吧，他进呈算学书和水道图，签语请交总理衙门。这处置还算妥，没让皇太后和皇上学算学。皇上年轻学得动，我可怎么办？好了，记着我的话，你们下去吧。"

军机大臣们领命退出，刚毅心里还在嘀咕，怎么那么巧，就有个姓崔的混了姓曾的？或许老人家避而不答，另有深意？看见裕禄耷拉着脑袋，落在后面，刚毅站住等他走近，问："你见到曾廉的上书么？"裕禄仍然蒙着："什么曾廉？"刚毅道："国子监助教，湖南举人。刚才我应该说举人。"裕禄莫名其妙："举人什么？"

刚毅啐道："好了，我把你个揣着明白当糊涂的！你把曾廉上书弄哪里了？"裕禄眨着眼睛："曾廉上书？不是混在堆里，就是捡在篮里，你查查《随手档》不就得了。"《随手档》是军机处处置奏件的记录。

刚毅被他提醒，回到军机值房，便从领班章京处要来《随手档》。找到七月二十七日这一栏，他一字一句仔细念："都察院折代递条陈由：一、笔帖式联治，一、广西试用知县章国珍，一、候选州同谢祖元，一、浙江举人何寿章，一、陕西举人张先，一、湖南举人曾廉……"

曾廉之后还有八件上呈品，之所以称"品"，因为其中有三份图样，还有一杆气枪！找到了曾廉上书的下落，刚毅松一口气。不料接看二十八日记录，军机处给慈禧的奏片称："又二十七日，都察院代递谢祖元、郑重、胡元泰、张先、何寿章、诚勤、联治、宋汝淮条陈，均俟筹议奏明办理后，再行陆续恭呈慈览。"这里便没有曾廉其名，不知被何人毁尸灭迹了！

刚毅拉来裕禄，叫他对比两条看。裕禄满是看不懂的样子，刚毅恨得咬牙："是哪个抽出几件，莫非是你？"裕禄道："我抽出来做何用，好吃还是好喝？这不是说清了么？待办理后再陆续恭呈。"刚毅无奈地想，皇上选派裕禄，正是因他爱和稀泥。那么太后为何同意？她想把裕禄当作长线，去钓一条大鱼？刚毅已经猜出，皇上把曾廉上书压了下来。这没什么稀奇，以前于荫霖弹劾翁同龢，潘庆澜揭发保国会，他都没把奏片进呈太后。既没当面揭破，那就将错就错，让皇上继续作吧，等到作不下去，会有人算总账的。

为了这件条陈，曾廉使出搏牛气力，只是给康有为挠了痒痒，这让他又惊又恼。不过他没有发慌，文悌和黄桂鋆等攻康前辈，给他出主意说，告不成天状，就去告地状。曾廉请国子监学生帮忙，将他的条陈抄写上百份，在衙门和官宅间广为散发。这一手很厉害，康有为的罪状，腾播于人口，流传于民间。

皇帝开恩不杀，大家愿意代行天讨，把康有为放在口间杀一杀。士林的敌意长出了牙齿，康有为似也感受到疼痛，突然意识到，自己缺少一套护身铠甲。他信奉君子动口不动手，别人改变了招数，他不得不跟着变。可他手无寸铁，如何动得起来？

几天来苦苦思索，总在转一个念头，这是与谭嗣同谈话时冒出的。这想法他多次推翻，又一次次油然升起，终于觉得应该一试。他又去烦请徐老先生，徐致靖便叫儿子徐仁镜找来王照，用老年伯的口气跟他说话。王照由六品主事，骤升为四品京堂，他承受的皇恩比徐致靖还大。而今新政受阻，皇上独立无援，缺乏左辅右弼，尤其需要领兵大将出来拥护。环视京畿，手握重兵而又身负重望者，首推驻扎芦台的聂功亭军门①。恰好你跟他渊源甚深，这是天意要你建功啊，不知小航意下如何？

这段说辞，王照越听越慌张，惴惴地探询老年伯的意思。徐致靖含糊其词，要王照回一趟老家，探探聂军门的意思。王照按捺不住："什么意思？恕小侄无礼，年伯此说甚悚听闻。以往耳提面命，小侄无不听从，因为那全是君臣大义、忠孝廉耻。蓦然听到个'兵'字，我都不知说什么好，以为走错门庭了。"

这话说得不轻，徐致靖意态不变："没听说胶多不粘，话多不甜么？我们空话说得太多，都没有挪步力气了。你说君臣大义，且说这君，君贤不贤？为救国而变法，为变法而招怨，不惜以一身与天下顽人相抗，做臣子者，能无视乎？你这臣子又不同于他人，你犯颜上书，声震天下——"

王照抢过话去："小侄上书是想调和两宫。自诏定国是以来，外间传言，总说太后守旧，守旧诸臣也乐于趋附怂恿，离间两宫。小侄私心揣摩，太后并不守旧，因为

①　军门：清朝对提督的尊称。

若依旧礼,她根本不该垂帘!此时退居园廷,不得干政,才愿与顽固诸老接近。为皇上计,应将变法之名归于太后,用亲情化解小小嫌隙,使旧派失去依靠,何能死水翻波?小侄苦心,与年伯用心不同。"

徐致靖竭力辩说:"看你误会到哪里去了。我有几个脑袋,胆敢不利于太后?变政要一变全变,军营岂能例外,你去芦台宣传朝廷德意,这是光明正大的,谁能说个不字?"

徐致靖说不服王照。王照回去后心思沉重,似看到一场灾难,在阴暗处待机而发。康有为是固执的人,不会因拒绝而改变,王照将不胜其扰。由康有为想到张荫桓,王照眼前一亮,自以为找到了办法。

近日张荫桓上《保举将才折》,举荐署通永镇总兵李大霆,通州协副将龙殿扬,已革山东济东泰武临道张上达等。这张上达曾任河工总办,私吞工银,克扣桩料,被前山东巡抚李秉衡参奏革职。张荫桓明显是卖折,王照敲一敲张荫桓,也可向康有为示意。他当即拟折参张,光绪当日下旨,着山东巡抚张汝梅查明具奏。对于这种情况,康有为尚无所知,他按照自己的思路,约梁启超、徐仁镜来寓,打算叫他们二劝王照。徐仁镜晚来了一步,梁启超对老师吐露疑虑,我们一帮文人,突然打武人的主意,恐怕此路不通。

康有为尚未回话,徐仁镜匆匆走进"汗漫舫",右手捏着一册邸抄。他尊了一声"康先生",就把邸抄递过去。康有为接过翻看,眼光被绊了一下,仔细读完,顺手交给梁启超。康有为目视徐仁镜:"莹甫对此有何意见?"

徐仁镜忧形于色:"家父刚刚请他劝聂,他立马上参折扫到了聂,这是冲着先生来的。"梁启超轻轻放下邸抄:"莹甫说得有理,王小航另有玄机。他也许不扫聂,借此表明态度,倒也不失其巧。"

康有为了不介意:"什么态度,不让我们饶舌?我们偏偏不解其意,卓如、莹甫,你们现在就去。"徐仁镜急扯白脸:"家父,家父不让我去。"康有为反而笑了:"好好,听风就是雨,这就叫见几。卓如,我跟你一起去。"

康先生亲自来拜访,叫王照又是高兴,又是别扭。康有为开门见山,他说看到

了邸抄，本应有所避忌，可是转念一想，有话说在当面，方为朋友之道。对于张荫桓其人，他向来有褒有贬，其长处是知洋识时、善于办事，短处是不学无术、贪污赃私。康有为加重语气："这件事不用说，是樵野得钱卖折。张上达来京撞木钟，有一回竟摸到我门上，被我赠一打油诗：木钟撞到宣尼家，蹭倒牌坊磨掉牙。营穴何如树上鸟，笑你没修吃杯茶。宣尼者，至圣文宣王孔仲尼也；没修者，没羞也。张上达后来巴结上张樵野，以同门叔侄相称，孝敬三千金。"

王照听得咂舌，康有为话锋一转："我常跟弟子们讲，小航性勇，眼里揉不进沙子。这不算恭维吧，一本参倒六堂官，试问本朝有几人？你的勇还得借天恩，请看今日，维新之局，危如累卵，皇上之孤，人所共见。张樵野之受宠信，恰好说明无人可用。皇上明诏广招人才，我等无资格保举，却有义务考察，以备皇上选用。"

王照听不下去："选用？聂功亭位从一品大员，他正得到重用！先生要考察什么，看他有没有忠心？"

康有为不慌不忙："不错，多少一品或极品，并不能保证忠诚。聂功亭向强学会捐过款，他热心于新政，倒是我们懒于联络，整日在笔墨上费心思，把极要紧的方面疏忽了。究其实际，这才是关键，到不得已时救得性命的。"

王照越发不安："先生说得吓人，你要干什么，鼓动兵变？"

康有为笑了："那不连我也变了进去？康有为的锦囊中，除了忠字还是忠字。我要聂功亭也如此。"他的口气很满。梁启超怕王照不高兴，出来转圜道："小航生怕造次前往，惹起误会，彼此都不利。可以转着弯去，譬如向军营送书，为官兵授课，或者宣讲新政诏书。皇上原有令各衙悬挂的诏旨，没有提及军营，这倒应该补上。"

康有为被学生提醒了："对对，就从这里入手。张元济日前奏请，令京外大小各官一一表态，愿行新政与否，均须立字为据。此策暂未披露，聂功亭最好先行一步，为外官做出表率。这样一来，全国督抚都将依他为准。聂功亭的职任，还会限于提督么？"

话说得如此露骨，王照索性明问："你想让他怎么做？"康有为道："他只要愿行

新政，我们就可奏请皇上，召聂觐见，待时机成熟，即可委以直隶总督重任。这个要害位置，不能由太后的私人把持。"王照心中骇然："总督之位，恐怕皇上也无力挪动吧？"

康有为胸有成竹："所以就要变。变法就是变权，没有用人行政之权，一切都无从谈起。"王照再也按捺不住，立起大呼："王小航能当狄仁杰，不能当范雎，先生打错算盘了！"狄仁杰是唐朝名相，他劝谏武则天顾全母子天性，不要危害太子；范雎是战国时秦国名相，他建议秦昭王加强王权，废黜太后，放逐争权的母舅与兄弟。王照是力主和合两宫的，他怎会迎合康有为之意，做此挑拨离间之事！

康氏师徒无功而返，梁启超在路上向先生进言，这有行险侥幸的意味，还是少做为妙。

康有为不禁叹息："如能安步当车，谁肯铤而走险？我们步步艰难，以至恶煞环伺，有刀剑加颈之势。若不有所预备，难道束手就擒？当然也可隐退，但那等于开溜，将隐约可见的胜果，拱手让于他人。卓如，让你滞留在京，我知道拘囿了你，才华不得抒发，情愫不得表露，前程亦无寸进。然而你要明白，为师所求者大，区区一二品官阶，入不得夫子之眼。前明于谦诗云：要留清白在人间。我们于清白之外，还要有万紫千红，使山河为之易色。此等境界，狄仁杰、范雎安能想望！"听先生表白心迹，梁启超非常感动。不过，想不想是一回事，能不能又是一回事。老师万事纯任主观，弟子万变不离其宗，这个宗就是尊师。梁启超遵从老师的意愿，去见徐致靖之侄徐仁录，要他再次赴津，游说新军首领袁世凯。

徐仁录曾经名列强学会，与袁世凯有同会之谊，他上个月便以联谊为名，做军中之游。他的一位姻亲言敦源，由翁同龢荐入袁世凯幕府。有这两重关系，袁世凯对他颇显亲热。时隔不久，故友重来，不会是专为酒食征逐的，袁世凯岂能不明白。新旧两党水火不容，北京城如同一口铁锅，被烈焰烧煮得趋近沸腾，袁世凯早就感到灼痛。他是热衷之人，一直未置身事外。

回想往事，光绪二十一年十月间，原在小站编练定武军的胡燏棻，升任顺天府尹，李鸿藻荐袁世凯接掌练兵。练兵事宜隶属于督办军务处，因无专人主管，遇事

互相推诿。袁世凯上书军机处，请由督办军务大臣、兵部尚书荣禄专管。恰有御史参劾袁世凯，"性情虚妄，扰害地方"，旨令荣禄查办。荣禄到津视察袁部，见其军容壮盛，部伍严整，大加赞赏，复奏时对袁多方开脱，并称"一二年后定成劲旅"。德占胶州湾后，荣禄上《请广练兵团以资防守折》，要求新建陆军添募兵额，与聂士成军互为犄角，扼守北洋门户。朝廷准令添招三千人，这是一个喜讯，袁世凯为此数次赴京，因为户部无款，迄今尚未落实。此中隐秘，外人不知，上次徐仁录来津盘桓，便拿这事当幌子。徐仁录称，翁同龢曾想为袁世凯增兵，被荣禄阻止。近来徐致靖、谭嗣同疏荐袁世凯，皇上意欲召见，征询直督意见，荣禄的复言不利于袁世凯。袁世凯并不戳破，反而迎合着说话，使这个谎言能够扯下去。双方都想拉拢他，这样对自己最有利，为什么要把底牌亮出来？

徐仁录一到小站，便又如鱼得水，幕友徐世昌、言敦源，袁府长公子袁克定，都来陪他聚谈。这也是天津官场的风气，天津是北京的后花园，由于不知道哪朵云彩会下雨，便对每一片京云都欢迎。直到天黑，袁世凯才从兵营脱身，回到公馆会见客人。陪着饮了几杯酒，大家便早早散去，让徐仁录跟袁世凯说"正经的"。徐仁录确有正经事，他请袁世凯看一份奏折草稿。这是胡景桂的手笔，他就是参袁的那位御史。御史可以风闻言事，他那次参奏便得之传闻，事后通过亲自查证，才知那是诬参，因此打算自劾，并推许袁世凯才堪大用。

这样的折子很罕见，袁世凯当然看重，说了几句感激的话。徐仁录这才说起事情缘由：新建陆军成立不久，津门官绅便找李鸿藻告状，称袁办事操切，嗜杀擅权，不受节制。李鸿藻生怕自己清名有玷，示意同乡胡景桂纠弹。今李公仙逝，康有为跟其子李宗侗有交情，从他那里得知这段纠葛，便去奉劝胡侍御，要为朝廷珍惜人才。

兜了这么大圈子，就为了推出康有为。袁世凯肚里好笑，嘴上慷慨激昂："南海先生，那是我最佩服的人物，可惜我对他有二憾在心。一憾去冬，他晋京过津，本想来会我，却又怕我人一阔脸就变，竟未辱临。二憾今春，我上京办事，一进城先去南海馆拜望，不巧恰值先生外出。原期办罢事必拜晤，不料事到中途，小站营中急电

呼归,我不得不走。以至他回京半年多,我竟与他咫尺天涯!嘻,阴差阳错,愧对故人哪。"

明知他多次进京,都对康有为避而不见,徐仁録不去揭穿:"康先生也有此恨,不过他说彼此心照,在非常时期,不见反比见了好。"袁世凯故作疑问:"非常时期?"徐仁録道:"是,京中风声甚为凶险,都说九月将有大变。"袁世凯浓眉挽起:"九月?"徐仁録道:"九月,那是两宫赴津阅兵之期。所谓大变,便是废立。"

这回袁世凯真正惊讶了:"胡说八道!谁敢造此大逆之言?"

徐仁録道:"欲行大逆之人造的。他们憎恶皇上,只因他推行新政,叫顽固之徒如丧考妣。京中谣言如海,从皇上病危到宫中内乱,无所不用其极。天津废立虽是谣言,的确有人企图废帝。请勿误会,这不是太后,而是心怀鬼胎之人,欲借太后之名,实行篡弑之事。"

袁世凯沉吟良久,语含悲怆:"时局如此,岂不令人悲恸欲绝。世凯不才,从朝鲜之役到小站之军,惟思为国倾此热血。谁料蝇营狗苟之辈,不惜挖掉国家柱脚!"

徐仁録道:"慰庭兄说到根儿上了。他们阴谋犯上,在京尚不易行,因此寄希望于津。"

袁世凯顺着话音儿说:"在津也休想!有老袁之军,还有老聂、老马之军,这些都是吃素的?"徐仁録频频点头:"吃皇粮,保皇帝,方是小站好男儿。小弟此来,康先生交代一句话:强学会乃忠君之会,请慰廷记取忠君二字。"袁世凯声如洪钟:"先生之教,世凯明白!"

天津之行功德圆满,弥补了芦台的缺憾。约下一支援军,用以防备急难,便可定下心来应付繁难了。当下急务仍在军机,通过文悌之手,刚毅看到了曾廉条陈全文。条陈已经上递,手中没有证据,刚毅考虑将曾廉条陈重新上呈,又怕用意过于明显,反把事情闹得更糟。只有亡羊补牢,刚毅吩咐几位领班章京,要对杨、刘等人注意监视,以防他们再做手脚。

章京房的气氛又紧张起来。林旭告诉康有为,杨、刘都想打退堂鼓,他和谭兄也感到差事难干。好不容易插进一根针,哪能轻易抽出来?

不抽就需要鼎力支助，谁能入军机当靠山？李端棻，徐致靖，与中枢的距离都太远。康有为突然想到一个人，黄遵宪。黄的官位，与李、徐相差甚远，然其眼界与学识，却是当今达官无人能及的。他能不能入军机主持新政？他此时远在上海，得到的任命是驻日公使，入枢之途尚待描画。最现成的一个人，是湖南巡抚陈宝箴。可惜这湖南陈与湖北张，总有剪不断理还乱的联系，需要动手修一修。

康有为在这里运计筹，也有人在别处转心思。数日来接连有人上书，均建议以张之洞为首相。在这些人看来，新旧两党势如水火，而康有为一派还在玩火，釜底抽薪之策，便是请一尊菩萨镇着。杨锐对此颇有同感，他找刘光第商量，能不能重拾旧议？刘光第有些犹豫，目前之局，非有大魄力者无以挽回，香帅有此力否？推而广之，哪一位有此力？即使是一位真神，置身于此也能熔化，同毁俱损，于事何补？

这么说，没救了？两人切磋一番，杨锐不甘心，仍要试探一下，他将这些议论函寄武昌。对这种危险的推举，张之洞一点也不喜欢，很快电示杨锐，不要扬汤止沸。湖北眼下的烦心事，是黄钦差追杀汪进士，京卿们能否设法救汪？黄钦差就是黄遵宪，他离鄂前口头答应张、梁的要求，让汪康年将报馆旧账交与张之洞，张之洞再转交黄遵宪，《昌言报》照常出刊。"身"当其冲的汪康年，并未就此放下心来。他找到在上海办《汉报》的日本人宗北平，双方商定合作方式，各自在对方的报端署名。

汪康年向武昌报告说，这比挂洋牌体面些。汪康年正打如意算盘，黄遵宪到了上海，着手处置汪、康争端。他先去到报馆，派人投进名刺，馆内回复汪康年不在。这都是面子上的做法，按照惯例，接下来应是汪康年回拜。黄遵宪等了一天，那边无声无息，他派随员前去传话：遵旨查报，令馆方将人欠馆款、馆欠人款，清列账目，全盘交付官报接收。

这与武昌传来的讯息迥异，汪康年慌了手脚，复函分辩：一则称等待南洋公文到沪，报馆即上禀交接细目；二则称此馆系集捐而成，有所变动，捐款诸公皆应与闻，断非汪某一人所敢擅行。这是拖延之术，黄遵宪不跟他饶舌，又派员去催。汪康年反请黄遵宪将报馆实情上奏，待有明旨，立即交报；一面又向武昌告急，央求大

帅与钦差论理。

未等张之洞发话，黄遵宪先给他发电。电文很长，首先简述与报馆交涉经过，然后说：汪先刊《告白》，称系已创，今又称馆系集捐，交收难作定议。遵宪所奉电旨为，是谁创办，查明原委。查此馆开办，宪自捐一千元，复经手捐集一千余元，汪以强学会余款一千余元，合四千元，载明《公启》，作为公款，一切章程帖式，系宪手定。《公启》用宪及吴、邹、汪、梁五人名，刊印万份，布告于众。是此报系公报，以公报改作官报，理应遵办。且宪系列名倡首之人，今查办此事，不遵议交收，宪即违旨，此宪所断断不敢者。如汪能照交，即行电奏，自可妥结。如汪不交，宪只得将核议各节，电奏请旨办理。宪自问所以尽友道而顾大局者，一则改为《昌言报》一事，绝口不提；二则所列结账，即有不实不尽之处，断不纠问；三则所存各项，倘不能照账如数交出，当为通融办理，此为宪心力所能尽者。为汪计，理应交出；倘或不然，结局难料。再，宪有密陈者，汪在沪每对人言，此报改为《昌言报》，系宪台主持，惟宪实不愿此事牵涉及于宪台，流播中外。总之，此事系将公报改作官报，非将汪报改作康报。倘蒙宪台鉴宪微衷，求宪台将宪遵旨核议交收之法，电汪即行遵办，免旷报务而误程期。

此电到达武昌，张之洞看后倒吸一口凉气。黄遵宪是《时务报》的真正发起人，他若打定主意，谁能跟他辩理？梁鼎芬气不忿，直后悔没有亲去上海，为汪康年做后盾。张之洞摇头说，谁去也不行，黄遵宪今非昔比，腔调大变，即为明证。北京有讯，皇上有意让其做尚书衔使日钦差，而康党正大肆活动，留黄在京做军机、入总署，当新政的主心骨。情势变方法跟着变，湖北何必出头硬抗？

张之洞委婉回电：报事与阁下在鄂晤谈后，曾劝汪交出，不必系恋。兹当更劝其速交，但不知肯听劝否。至此事恭绎电旨语意，并无偏重一面之词。阁下如何办法，自必能斟酌妥善，上孚圣心，下洽公论也。附致汪一电，请转交汪穰卿：报事速交，最为简净，千万不必纠缠。《昌言报》既可开，若办得好，亦可畅行，何必恋此残局，自生荆棘哉。张电软中带硬，称电旨并未偏重一面；同时抓住黄电"绝口不提"四字，强调"《昌言报》既可开"。张之洞又给长驻上海的赵凤昌发电，令他转嘱汪康

年,向汪康年的同乡王文韶求助,最好能在京断康后路。

黄遵宪十分清楚,他把老宪台得罪了。由于长期驻外,对于东洋和西洋,他看得比任何达官都透彻。张之洞以洋务领袖自居,但他的洋乃是"羊皮",只能做双皮靴隔痒而已。他还要用这靴束别人的脚,比如湖南新政,就被他拘得举步维艰。在人矮檐下,黄遵宪不得不削足适履。现要出洋了,他至少应拿出一点留洋的做派,使事情回归本来面目。这放在张之洞眼中,就是忘恩负义,而且是小人得志。这也是中国的"本来面目"。

思索至此,黄遵宪心中隐隐作痛,有一种彻骨生寒的感觉。梁鼎芬骂他"欲行康教",这一回他更是得寸进尺,跟康有为站在一条船上,跳进黄河洗不清了。实则究其内心,康有为的躁进偏激,他也不以为然;当前的京中情势,他也望而生畏。康有为们的谋划,他认为不会成功。即使他真能高升入枢,在那个荆棘场中,他又能做成什么?这正好表明,书生之见与谋国之略,中间隔着无形的天堑,康有为永难跨越。因此,黄遵宪不愿急急进京,他倒希望康有为出京。他硬起头皮追讨《时务官报》,便是为康有为预备退路。

第二章　撤衙裁官

一、裁冗闲大刀阔斧

不进京就得称病。黄遵宪请两江总督刘坤一代奏,需调养十数日后再进京请训。接着致电总署,报告查办情形。在黄遵宪的督促下,汪康年送到报馆六月结册,所开存项:一、存现银;二、新旧报章;三、自印书及购书;四、各式器具;五、未缴之书资报资,共值额一万数千元,均应交与官报接收。所有派报处所及阅报姓名,亦应开列交出,官报接收即照常分派,以便接联而免旷误。

与此同时,王文韶、孙家鼐等当朝巨公,先后收到汪康年、张之洞的电函。张之洞举出一条新理由:外国无官报,私报利公论。康欲挟官力以行其私,各位何不主持公道?这桩笔墨官司,大官们本未放在心上。何况近日裁官议起,朝堂上下扰攘不休,烦心的事情近在眼前,谁耐烦去管上海的报章?

这要回溯到十几天前。太仆寺少卿岑春煊上《敬陈管见折》,提出十条建策,最大胆的一条是裁冗员。岑春煊称本朝官制初时完善,因时势推移而冗员充斥,职事

全非,应当着手斟酌裁并。以京员论,詹事府、宗人府、通政司、太常寺等卿寺,大半可裁。至如外官,总督主兵而兼察史,巡抚察史而亦治兵,同城督抚宜裁其一。河工在山东者东抚兼理,在河南者豫抚兼理,河道总督可裁。

此外,漕运、盐务、绿营,府州县的教职及同、通、判、丞等类属官,皆可裁并。《会典》所载,内外文武官有二万七千余员,裁去千百员,决不至于无人任事,而每岁可节数百万饷银。岑春煊的建策打动了光绪。光绪不由寻思,他这个弱皇帝,是否有此强腕力?

当日,光绪将岑折发交军机处和总理衙门。乍见此折,两署大臣不由笑骂:这个岑老三醉迷糊了?岑春煊是云贵总督岑毓英的三儿子,比之所谓四大公子,他更有贵公子的豪气。岑春煊中举后,以工部主事报捐郎中,旋迁太仆寺少卿。甲午之战刘坤一督师,他自请效命前敌,刚到疆场打了个转,沿海已成瓦解之势。马关约成,岑春煊愤而称病还乡。去年送弟赴京会试,业师李端棻劝他速赴宫门请安,而且帮他拟好了折子。循例召见,论及时事,岑春煊请以纸虎为喻:“中国积弱本非一日,徒以外貌庞然,各国不识深浅,未敢轻视。正如缚纸为虎,虽不能搏噬,尚可借威武形状恐吓百兽。及至胶州一役,德国劳师远征,我若据险固守,未始不可一战。不料拱手让出,正如纸虎被揭,暴露内里之虚,外患何所底止?为今之计,当有壮士断腕之惨烈,杀身求变之勇决,变纸虎为真虎,方可免除瓜分之祸。”光绪壮其言,着实夸奖了几句。

岑春煊仍然时发宏论。有一回,怀塔布当面讥笑:“世兄自有面目,何苦拾人牙慧?”岑春煊哪肯服气:“我的话姓岑,不姓康!”怀塔布扳着手指:“你二十一年参加上海强学会,同意以孔子纪年。二十三年迎康入桂林,助开圣公会,同事者有唐景崧,那是‘台湾总统’,叛过一回国的。跟这种人同流合污,你还说不姓康?”

岑春煊毫不气馁:“将孔子卒后某某年列于报端,那是叫人记住圣人忌辰,不是纪年。圣公会开发民智,唐景崧危难时随机应变,不辱君命。我还想讨还台湾呢。”怀塔布连连摇头:“好个铁嘴狞牙!令尊襄诚公——”岑春煊截住话:“莫提先父。先父赐谥襄诚,朝廷有些寡恩,为何不谥文襄?”

按照谥法，以"文"起首者才算贵重，左宗棠便谥文襄。岑毓英怎比左宗棠？他就是这样霸蛮，京僚们私下骂他，岑老三是个蛮子。到了康党那边，他也是这样不着调。谭嗣同进京后，他便登门问罪："咱兄弟两年没见面，你怎么尊康有为为师了？你比我学问大，《仁学》并不次于《孔子改制考》，谭学为何俯首于康学？"

谭嗣同笑笑："叫声先生那么难？康长素比你大三岁，比我大七岁，长者为大，为何不尊？况且我的仁学，偏重冲决网罗；他的改制，旨在开立新政，这里有先后之别。"岑春煊逞性而辩："要说先，你冲决在先，他开立在后，他该尊你先生！"

在康有为处，岑春煊也任性使气，有时月余不露面，有时一日来数次。这天他一大早便跑来，见康有为伏案书写，他伸过头看看题目，一把推开："《请复祖制禁妇女裹足以保民保国折》？污秽污秽！脚大脚小，干卿底事，值得康兄浪掷高才？"

康有为深知其人德行，宽和地笑着："脚小所关者大，云阶不要漠视。你听我的奏言：今一男子竭力经营于外，而妇女以裹足之故，拱手坐食于内。夫以一人而养母妻女数人，数口嗷嗷，常忧不给。西人论我兵弱之故，由于种类不强。而种类不强，实由妇女裹足所致……"岑春煊打断他的话："请你听听这几句奏言。国朝设官，多因明制，时移势异，往往有官名仍旧而职守全非。前此臣工条奏，亦有以裁官为言，然议裁仅一二员，虽裁如不裁也。臣谓当无论大小，无论京外，分别裁并。"念到这里他停下来，像唱戏的红角儿等待喝彩。

康有为微笑颔首："不错，开宗明义，所言者大。这是谁写的？"岑春煊用拇指倒点鼻子："岑云阶是也。不光有大，还有细：九卿满汉正少数十缺，所属数百缺，一无事事。内务府领将作之任，供奔走之职，诚不宜概从简陋，然员缺太多，则其半可裁。康熙时已裁其所属之上林苑、苑马寺矣。"康有为挑出了毛病："正说着九卿，怎一下子跳到内务府？"

岑春煊晃着脑袋："前边略去宗人府、詹事府等卿寺衙门，一板斧砍到内务府。柿子偏拣硬的摘，除我老岑还有谁？"康有为送上他要的恭维："厉害厉害，佩服佩服。写下这折，贤弟准备干什么？"岑春煊手往上指："上啊，折子不上，写它何干？"康有为问："打算什么时候上？"岑春煊叉开腿站住："早已递上，此折现在御手，由皇

上详细批阅。"康有为有些吃惊："贤弟气魄绝伦，真是出人意表。语不惊人死不休，本是康某专长，今要对岑云阶甘拜下风。当然，这也只是论一论，不可当真的。"岑春煊不干了："怎么不当真，我要一本即准，撤衔裁官，看红顶朱缨满地乱滚，痛快煞人！"

康有为呵呵笑："好好，跟云阶扯淡最痛快，每句话都像快刀利斧，绝不拖泥带水。办事能这样多好啊。"岑春煊道："我就要这样办，你等着看吧，待俞允之旨颁下来，你可得为我表功。"康有为跟他击掌："一言为定。不过，若有旨一定是不准，那时我也不给你表过。"岑春煊口气满满："你放心，我敢打赌，一定准。"康有为不在意道："这个赌我愿打，我愿摆酒为你庆功，我求输，不求赢。"岑春煊将军般一挥手："酒不要，作一首诗颂功就行了。"

裁汰冗员这个话题，历朝历代都在说，员额总是越裁越多。官是人们梦寐以求的行当，只要入了这道门，休想把他扒出去。军机和总署，没人对交议之折议一句，到时上奏"着无庸议"就是了。

刚毅倒是有点闲情，有一天在街上巧遇岑春煊，他叫轿子停下，和颜悦色地跟岑春煊说话。面对父执，岑春煊恭敬却不卑躬。说到召对以后，尚无回任视事的旨意，刚毅突然说："云阶，你来兵部做侍郎吧。"少卿正四品，侍郎正二品，中间隔着正从三级官阶。岑春煊只能说："叔公美意，可是小侄怎攀得上？"

刚毅道："你先去光禄寺，署理正卿，这是从三品。再去詹事府，署理詹事，这是正三品。再署个从二品的内阁学士，不就够着侍郎了？"署理官员仍是原来品级，刚毅是在开玩笑。

岑春煊便不跟他正经："与其署那些鸡零狗碎，我不如署叔公的协办大学士，挤叔公去署文华殿大学士。"

刚毅哈哈大笑："那我不抢了李合肥的官，害得他老人家没地儿媕娿？你小子太矬了，专门算计老年人。"岑春煊知他意有所指："是，小侄罪过，上奏裁官，只怕要砸千百人的饭碗。"刚毅道："不要介意，你说裁就裁了？三月间我就上折，请裁冗员薪水及各局杂支，并令各省裁撤局所，严查空粮以节糜费。老子比你筹划得早，只

没你的胃口大。你把官儿们的巢穴一锅端，还叫人活不活？"

岑春煊笑道："我只问叔公一句话，像那詹事府，你说设它有何用？"

刚毅道："没一点用。那叫皇家排场，就像唱武戏的盔插雉翎，只要好看。拔掉你试试，看戏的老太太都会开骂。所以嘛，云阶世兄，不要学康有为的做派，上折写书，云天雾地。裁冗员就按我的办法，我要借用你的魄力，咱们也来一场变法，如何？"

岑春煊笑道："连刚老叔公都要变法，可见大势所趋，英雄略同。等您打起帅字旗，小侄一定牵马坠镫，伺候得您老醉马咕咚①。"刚毅大笑上轿。岑春煊在街上乱蹓，忽听有人呼唤，回头见是太仆寺的吏员，声称堂翁有请。堂翁就是太仆寺卿靖勋，这是一位远支宗室，岑春煊对他不敢怠慢。

岑春煊跟着吏员走，没有进入太仆寺，他被引入衙门西边的一所茶馆。靖勋在雅间坐等，见面寒暄以后，又扯了一阵不着边际的话。岑春煊心想，跟旗人说话就是费劲。靖勋总算谈到正题，他说，云阶应该销假回衙了。岑春煊答说已请过安，还不知上头什么意思。靖勋跷起拇指："意思是大用，这还不明白？"

靖勋一向斯文，这句话却甚牙碜，岑春煊不去理会："春煊菲才，为堂翁作副便是充数。对我不满，您就明说，何必掖着？"靖勋叹息："不满的是大小司员。再怎么说，我总会有一口饭吃。可一撤太仆寺，小老鼠们到哪里去吃米？那几位老主事，都候补十几年，你把一丝希望掐灭，他们只有去上吊。"

岑春煊要插话，靖勋伸手止住："我为什么在此地见你？因为衙中闹翻了天，我怕乍一见面，有人会跟你拼命。迫不得已，咱两位堂官只好出堂了。"岑春煊不禁愕然："有这等事？我只是上言，上头纳不纳，都在半天上悬着，哪里就当了真？"

靖勋用力把眼张大："莫非你是说着玩的？这是何等事体，能胡吹乱吹？国家有莠言乱政之律，老弟你不可不慎。"岑春煊不悦道："这个罪名，我担不起，我之建策，为救国难。难道你不觉得，咱们衙门百十号人马，天天白吃俸禄？"靖勋不眨眼：

---

① 醉马咕咚：方言，意为醉醺醺。

"不说天天，见月有二十几天吧，上下无所事事。可无事就能平安，生事必生变乱。你要学康有为，用空言取富贵么？"

岑春煊懒得再扯："我这就回寓收拾南归，朝廷问起，请堂翁代为请假。"靖勋抬一抬手："你原来就在假中，召见后既无音讯，归乡也非无礼。京中是非之地，老弟避避也好。"真要赶他走了！

二人一揖而别后，岑春煊径往康寓，倾吐满腹怨气。经此一番挫折，他才真正感受到康有为上书之不易。康有为笑道，你还说不上"真正"，你是世家子弟，他们留着脸呢。我这野路子出来的，一开口即遭棒喝，追杀得刀刀见骨。鼓噪也只一阵，怨恨终将平息，吃亏的还是皇帝，仍得通过户部给各槽口喂草料，直到国亡的那一天。

康有为不认为此奏能够邀准，军机大臣也未将此当真。军机上朝时，光绪问了一次，世铎回奏尚在筹议。次日又问一回，到第三天再问，世铎硬不起头皮了。他等同僚们退下，单独回话："皇上，对于岑春煊之奏，两署议一次争一次。"光绪逮住了空子："既有争议，说明有人支持岑奏，他们怎么说？"世铎苦着脸："没有人支持，是有人建议惩处岑春煊，说他变乱成法，欺祖灭宗。"

失望引发了光绪的怒气："如此迂腐的论调，亏他说得出口！大臣皆如此，祖宗遗留之国，还有什么指望？"世铎不安地捯一下脚："奴才不敢迂腐，然而奴才揣摩情势，想请皇上慎重行事。岑春煊要拆老屋。覆巢之下无完卵，那还不闹得鸡飞狗跳？"

光绪质问："梁朽墙坏，该不该拆？明知陈旧无用，还要守着拖着，你们这些谋国重臣，整日所谋何事！"

世铎扑通跪下，不禁老泪纵横："卿寺形同虚设，奴才们也常议论，恨不得一刀剪除。可是天哪，几百年设定的规制，犹如肢体发肤，溶于血肉之中，能说砍就砍么？皇上推行变法，如果变动剧烈，将危及初起之政。欲速则不达，奴才请皇上三思。"

光绪呆坐一阵，吩咐世铎退下。兹事体大，阻力更大，权且压下，赶办他事。这

事是重建海军,前些日军机奏称:现拟先立海军一支,需大小船三十四号。除现有穿甲快船十三只外,尚应添造马力八千二百匹之一等守口甲船一只,马力四千二百匹之二等守口甲船二只,鱼雷艇十八只,共需银六百七十万上下。臣等拟裁沿海一带绿营师船,酌拨南北洋机器局经费,裁并各省冗局,各省厘金剔除中饱,每年约可提拨一百八十余万两。如所指前款不敷提拨,拟令各省再提余款,以备造船之用。

在提款造船这件事上,大臣们难得地一心一德。光绪急办的便是催款,谕旨分寄福州将军、各省督抚,并传谕粤海关、淮安关各监督:本年京饷原拨、续拨共八百万两,截止到五月底,除划拨解到报解起程外,尚欠解银四百八十一万两。所有各省关欠解京饷,均着赶紧解部。稍后又发旨,催缴自光绪二十一年至二十三年间,各省拖欠的六百万九千六百两饷银。接着发第三旨,催缴本年度应解饷银,限十月底前解到。

快赶上十二道金牌了,可惜督抚们不是岳飞,没一个老实听宣的。为了转移思绪,光绪将阴郁的目光,盯向司员上书。对税厘收支中的弊端,上书人多有揭露,省府州县敛钱之法五花八门,对朝廷则众口一词,哭穷叫苦拖欠要赖。

朝廷又如何?“内务府承办供奉,举行典礼,以及苏杭等处织造,每岁开销不下巨万,而以所费之款对比所办之事,不过用十分之一,其余皆干没侵渔。朝廷有大工作,觊觎差者争先营谋。一万之工,估工者必捏报五六倍,承办之商人分其一,承办大臣以及监督丁书分其二三。”“军饷之浮支,考试之杂费,诸如此类,不胜枚举。”

黑幕重重,如何除弊?有条陈提出建议,光绪认为可采,便又明发谕旨:“翰林院奏代递庶吉士丁惟鲁请编岁入岁出表颁行天下一折。户部职掌度支,经用浩繁,现在力行新政,尤须宽筹经费,以备支用。着户部将每年出款入款,分门别类,列为一表,按月刊报,俾天下晓然于国家出入之大计,以期节用丰财。”

这样览奏下旨,不过虚应故事,至于结果如何,恐难寄予奢望。而千辛万苦催来的款项,还要拨出养活冗员,叫这些人吃饱喝足,指手画脚阻挠新政,何苦来哉!

光绪枯坐有顷,倏地立起,传下口谕:“去颐和园。”这像自言自语,侍立在东暖阁外的总管太监宋进禄,却不敢不问清楚:“请皇上示下,何时去?”光绪说道:“现在

去。"

话说出口，他才发觉考虑欠周。皇帝每次出行，都要提前七八天通知，下头才能做好准备。况且他三天前才从园中回宫，原定五日后再赴颐和园。如此打乱计划，突往打扰，别的且不说，是否会惹得太后不悦？光绪想把口谕收回，然而，自悔前言，也不妥当。这件事一定要办，不冷不热地放在那里，只能增加办事的难度。再说，从近些日子的情形看，太后是通情达理的，大大小小的维新政令，都有惊无险地平顺通过。揣摩她的心情，比起侍膳奉游这等事体，老人家还是喜闻政事，所以此去虽嫌唐突，却有可能不触霉头。

光绪想着走出养心殿，吩咐传谕，侍卫从简。这侍卫不光是侍卫处，还包括内务府、护军营、步军统领衙门、都虞司、关防衙门等随扈官将，太监、差役五百上下，车辆、马匹也达五百辆匹。此外，还有不能离开皇帝的军机处人员。此次仓促出城，车马约减三分之一。

光绪坐在十六抬御轿中，打量前引后护的队伍，仍然觉得人马太多。什么时候，能随便出游就好了。光绪沉闷地想着，抬眼望见前面树木蓊郁，墙垣蜿蜒，颐和园到了。忽感宫门气氛有点异样，心里一想，不好，后天就是七月十五，今日之来确实造次。七月十五，佛教称为盂兰盆节，此节源自《盂兰盆经》。经文描述，目莲的亡母，因罪堕入饿鬼道，食物入口即化烈火。目莲向佛求救，佛即宣讲此经，教其于是日作盂兰盆法会，礼佛救母。碰巧的是，这一天是道教的中元节，道经称此日地官降临，定人间善恶，道士诵经作法可解饿鬼之厄。总之，这是民间俗称的"鬼节"，是人们忆念先世之恩的伤感日子。慈禧太后移居颐和园后，每岁此节均做三教法会，请法源寺的僧人、雍和宫的喇嘛、白云观的道士，在园中大开水陆道场。在这一段时间里，太后的心境阴晴不定，自己偏偏来打扰，而且要谈不讨好的事情，这不是专找钉子碰么？一时不慎，他把自己置于两难之境，而此时此刻，哪里还有后退余地！

犹豫之间，御轿已经进入宫门，颐和园管理大臣跪迎圣驾，向皇上报告，慈圣现在听鹂馆。光绪令大臣先去奏报，也让老人家有个准备。

在听鹂馆南面凉台上，慈禧听了奏报，心里一惊，马上明白光绪所为何来。这孩子太轻躁了！这是近来经常念叨的一句话，今又触动此感，厌倦之中夹杂着几分无奈。是无奈，她对于这个继子，竟有无能为力的感觉了。回想起她经手的两个皇帝，同治心性单纯，她可以予取予求，全盘做主。光绪就没有那般听话，亲政之初倒还驯顺，渐渐有了自己的主见。诏定国是以后，好多大事便不再由太后定，而要往回夺。罢六堂和用四卿，他已两次擅自行动。这一次倒还好，急不可耐时匆匆来园，要征得太后同意。那么她同不同意？当然不能，衙门等于庙，官员赛似神，如果扒倒庙宇，那么多木雕泥塑往哪里摆放？可若咬定不准，光绪那边如何打发？他不至于当面顶撞，却会暗闹别扭，又拿"顽固大臣"出气，那比裁官还糟糕！

慈禧委决不下，索性抛开这些，且顾眼前。听说皇帝要来，席面需重新安排。在场伺候的女子们，头一位大公主，是恭亲王的女儿；第二个四格格，是庆亲王的女儿。二女均由慈禧指婚，也都夫亡早寡，常住园中侍奉太后。她们都是光绪的堂姐，论家法不必回避；按君臣男女之礼，她们要避入殿阁。两位姐姐一走，皇后和瑾妃也要走。慈禧好气又好笑，你们与皇帝是夫妇，就说平日不怎么和睦，也不该碰面不搭话吧？慈禧心疼侄女，却不喜欢她的孤僻。作为一个皇后，即使拢不住皇帝的心，也得牵住皇帝的身。自己没本事，吊着个丝瓜脸给谁看！

光绪登上凉台，瞧见慈禧坐在安乐椅上，他的一后一妃左右侍立。瑾妃无所谓，皇后他却不愿撞见。此时说不得，硬起头皮笑起脸，光绪趋步向前。后妃预先听了吩咐，垂首碎步过来，皇后依在光绪右侧，瑾妃附在皇后身后。

光绪率后妃跪下磕头，口中说道："儿子给皇额娘请安。"慈禧声音温和："孩儿们起来。你们两个，服侍皇帝过来坐下。"三人遵从吩咐，来到慈禧跟前。光绪尚不肯就座，慈禧觑着眼瞅他："你的脸色不好，是操劳过度的样子。早朝下来，应是十点半十一点。再这么急急赶路，你倒是进过膳没有？"光绪赔着笑："进了一些。忽然想起额娘，一下子心焦火燎，没多想便出城。惊扰额娘，儿子罪过。"

慈禧嗔他道："一些是多少？你的脾气我知道，我看你没有进。"光绪在腼腆中间掺着些顽皮："瞒不住额娘，儿子要来侍膳，怎可在城里贪吃。"慈禧笑出声来："侍

膳？好。原有两个常侍膳的，生生被你吓跑了。"

光绪忙道："是大姐姐和四姐姐吧？请姐姐们出来，我给她们赔礼。"

慈禧想了想："她们倒该来见见皇帝，不过还是罢了吧。你说这是什么日子？七月十三，思念亡人。说来也稀罕，两个姐的终身都是我定的，偏偏都没下梢，好像约定似的！这还没完，还有小六儿，我把她指给我的内侄，皇后的兄弟，还没过门呢，可就守了望门寡，十八岁的姑娘，就此成了元大奶奶。这些公主、格格和奶奶，整天围着我笑模笑样的，她们心里有多苦，谁能知道？"说着溜一眼她的侄女，又添一句："当然，守活寡比守死寡更难熬。"这一剪子扎在心上，光绪咬紧牙关忍住，不使自己的笑容变色。

慈禧却像没事人一样，满面春风地吩咐传膳，要给皇帝补补亏苦。凉台西头廊檐前面，因有天棚屏绝蚊蝇，适宜夏日晚间进膳。这里设下两张膳桌，李莲英立在通道门口，指挥太监顺序上菜。每桌各有一百二十样菜，每样菜都装在银盘或银碗里，上边由银碗扣住，外面用黄缎包住，放上桌面才解包揭盖。待光滑的桌面被盘碗填满时，一名老太监叫声"齐膳"，慈禧懒洋洋地动动身子。

光绪赶紧上前，从左边搀起慈禧，这不是真搀，只是虚虚地扶着，右边的皇后也做出搀的样子。慈禧坐在正桌的主椅上，膳桌的左右两边，另有龙椅和凤椅，这是为帝后摆设的。光绪不肯入座，真要亲手侍膳。慈禧指点着侍立的太监道："你抢了他们的差事。"那名老太监和四名侍桌太监，专职伺候太后进膳。

光绪凑着趣道："儿子巴巴地来，不能白白地去。说到白，额娘进莲花白，还是地骨酒？"莲花白是由宫廷御酿的玉泉酒，加泡昆明湖荷花制成的。地骨酒原由一名宫女秘法酿制，原名"红娘自配"。那宫女病死后，慈禧把酒改了名字，取其筋骨长青之意。慈禧点头示意后，光绪手执金酒注，在碧玉盏中注进地骨酒，由皇后双手捧献给太后。

光绪给慈禧敬了一盏酒，布了几样菜，遵命入座陪同进膳，正儿八经地"补补亏苦"。光绪口味清淡，对摆满眼前的水晶猪肚、水晶鸡脯、冰糖鸭子，本无胃口，却要每样进一点，以顺太后之意。对慈禧偏爱的西瓜盅，他破例进了两次，博得慈禧夸

了声好。慈禧又劝他进了一匙樱桃肉,一匙油腰子,一匙烧笋鸡。

眼看慈禧还要劝,光绪打起十二分精神,准备享用服不住的大荤。慈禧的眼光投向烤乳猪,老太监忙把这一盘移至太后面前。慈禧对着光绪笑笑:"那几样已经难为你了。二妞,你替皇帝进一点。你们做后妃的,不能在国事上分忧,在衣食上总得尽到心。若连这点都不懂,我可不知说什么好了。"

二妞就是皇后,被她的姑姑如此数落,窘得吃也不是,不吃也不是。光绪连忙立起,躬着身对慈禧笑:"孩儿们说是侍应,倒让额娘照应,折煞小辈了。请皇额娘进用,我和皇后还有瑾妃陪着,也沾一点佛光。"

这话听了受用,慈禧进了一匙,又由帝后伺候着饮了半盏酒,尝了十几样菜,吃了几种时令水果,便说好了。与平时的食量相比,十成不到三成,这与中元节有关。吃得少便不用游观消食,慈禧由光绪陪着,就在凉台上悠闲踱步,一边张望做法事的情景。

在玉带桥南的湖水之滨,接连扎好三座经棚,在高僧大德的主持下,每棚有一百名僧众或道士,连做三天水陆道场,就从今天薄暮开始。仿佛心有感应,那边知道老佛爷进膳已毕,和尚的铙钹,喇嘛的法螺,道士的长鼓,恰在此时一齐起奏,隔着湖山吹送过来。铙音清越,鼓声苍凉,螺号呜呜如歌如泣,皆从耳畔直贯心底。慈禧似听非听,倚着栏杆想着心事,失神地喃喃:"祭神如神在,不祭神不怪。"醒悟过来,她摇摇头,举起手来指着西南:"我说错了,不祭神会见怪的。你看那里,那里有鬼——"

二、施恩威谈鬼论神

在霞光尽敛、暮霭氤氲之中,蓦然跳出一个"鬼"字,把光绪吓了一跳。慈禧兀自絮絮讲说:"身高丈二,青面獠牙,通身着蓝袍,袍上起黑花。其实不是花,每朵花

都是一条毒蛇,盘在那里一动不动。颈项部的毒蛇不安分,在血盆大口中爬进爬出,一直要爬到七月十五夜晚。那一刻它们化成了火苗,放焰火一般呼呼喷出。这个鬼就叫焰口,它是枉死城中饿鬼们的头领。饿鬼千千万万,年年争先恐后,要逃出地狱投生人间。可是鬼多出口少,能逃出的总是极少数。这就需要念经超度,预先造起一座宝塔,再由道士把头领拘来,三教各自诵经,诵一遍就在塔上撒一阵斛食。斛食是白面做的小圆饼,用来喂鬼的,叫它们吃饱了有力气赶路。七月十五地狱门开,宝塔也被斛食淹没,三教诵经功德圆满,焰口喷火照亮天际,饿鬼们在亮光中冲过阴阳界,一个个新人便托生了。"

慈禧的声音低沉幽远,混合在有音无字的吟诵中,光绪听得神思恍惚,犹如置身于大法会中,时时提防着喷火的焰口。

慈禧看了看他,脸色变得凝重:"无论阴间阳世,为的都是活人。活人不易,做鬼也难,这就要造出教来,教化人们积德行善,不要堕入饿鬼道。你看僧众和道众,在寺观中各守各的家法,恨不得你吃了我我吃了你。等到同做一个道场,便把三经合成一经,何曾分个眉高眼低? 不管信奉哪家,终归都成一家。正如土谚说的,'城西尽是土馒头,城中都是馒头馅',唉,叫人心凉,也叫人脑亮啊!"这话使光绪心脑一空,拿不出一句话来应付。刚要开口,慈禧适时发话:"好了,我回乐寿堂去。"光绪赶紧侍奉慈禧下了凉台,与后妃宫监们一起,扈送慈驾回宫,安置齐楚方才退出。

光绪隐约领会到,慈禧希望帝后和合,至少在大面上过得去,否则她也有些难堪。反复踌躇许久,他仍未迎合此意,没向皇后和瑾妃做任何表示。皇后是他的表姐,儿时青梅竹马,姐弟两小无猜。突被选入正宫,如同在他眼中塞进一粒沙,那张姐姐脸,怎么也变不成娘娘脸。光绪的舅妈性格火暴,传给她的女儿,起火变成怄烟,那股阴霉气呛不死人噎坏人。她面儿上吃珍妃的醋,根儿上仗慈禧的势,没把他这个小皇帝放在眼里。就这样一来二去地,帝与后势同冰火,再也无法同炉。他是为裁官而来,就要把朝廷的苦经念给太后听,催款的四道谕旨,已由军机转呈乐寿宫。回到玉澜堂寝宫,法事的法音不绝于耳,扰得他六神不安。臆想着那些斛食,那场花销,都是嗷嗷待哺的饥民巴望不到的,朝廷何时才能超度他们? 煎熬到

一两点钟,勉强迷糊了一阵,醒来将到四点,光绪起床穿戴,早朝召见军机。

早朝下来照例侍膳,慈禧席间意态安详,光绪的心却急成热锅,有无数蚂蚁疯了般乱爬。膳后闲话,看看时间不早,光绪鼓一鼓劲,请示皇额娘,几时起驾回城?慈禧愣了一下,立时容光焕发,眼中似有泪光:"我回城的日子,我还以为你忘了。"

光绪也要急出眼泪:"皇阿玛宾天之日,儿子怎敢忘怀!儿子巴巴地赶来,就为奉驾还宫。"

慈禧悲中含笑:"你巴巴地不为这个,我明白,就这我也高兴。咸丰爷忌辰七月十七,我定于十四日还城,十八日还宫。可你突然来园,似乎把这些都抛到一边,只为你的国事,不顾阴间还有一个饿……饿佛,在等斛食和经文。对于他来说,变法不变法有什么要紧呢?"

从未见过慈禧这样悲切,光绪慌忙跪下:"儿子不孝之罪,真正百身莫赎!"慈禧连连摇头:"你不是不孝,你只是无心,没有设身处地想一想老去的,还有那往生的。是人就会老,老了的人怎么过,不老的人不知道。"这话让光绪浑身发冷,他要表白,发不出声。慈禧的悲声无法遏止:"咸丰爷也没有老,早早地就走了,不管不顾了。人们常说,孤儿寡母,世间最苦。我这个寡母儿在哪里,往前走的念想又在哪里?说什么天家富有四海,其实说穿了,四海都寻不到存身地啊!"

光绪半爬半跪,口齿间挤出"额娘"二字,突有巨大哀恸涌出,"我的亲娘啊!"一声痛叫在喉咙间翻滚,他忙用唇舌封堵。慈禧却已听到,或者说捕捉到了。慈禧心中顿生悔意,她不该放任自己,对他挤压过甚,那会适得其反,到头来受伤的是自己。

这对天家母子的悲戚,吓坏了侍奉的人们,生怕有天大的变故,降落在他们头上。而在烟水迷蒙的彼岸,三教长老舞蹈鼓吹,协力打通了阴阳界限,到达放生的时辰了。为了接引和超度,先要在水边烧楼库。这是纸扎的五座楼,当中的主楼异常高大,里边装满金银纸锭,烧化以后,就成了鬼们的赶路盘缠。紧接着放焰口,那位青面巨灵的血盆大口中,红黄色的火焰喷涌激射,点亮了四周的湖光山色。道场从陆上连到水中,在绿莹莹的水面上,一座纸糊的巨型法船,火焰山一般散发着光

芒。法船上燃烧的上好祭品，都是各王府贡献的，只有最尊贵的在天之灵，才有资格享用。这是谁，她知道。她的威权和荣耀，忧患与烦恼，全都拜他所赐。慈禧跟着他，是亡过一次国的！这让她时时警惕，不敢过于放纵。慈禧分明看到，在这紧要当口，他又来提醒她了。

慈禧打个寒噤，浑身抖颤起来。这是讲话的机缘，光绪赶紧抓住："湖畔风大，须防受凉，儿子请额娘离开这里。"慈禧吁一口气，仿佛从大法事中抽身出来，却是意犹未尽："离开？能离么？你的皇阿玛，照看着这里，也许你已经不需要——"

光绪忙道："孩儿更需要皇阿玛庇护。儿子对天发誓，从今年起，每岁此日亲迎额娘还宫，祈求皇父佛光长照朗朗乾坤！"

慈禧凝视着光绪："好，一言为定。"稍停，她将目光投向天棚外的虚空："我知道你祈求什么。说实话，我认为那事不敢干，那是把活神仙变成饿死鬼。可也明知没那么多斛食，你催饷的旨，能讨来几个钱？那些官儿是佛还是魔，我真闹不清楚。闹不清叫你闹，利和害你掂量着，戳出塌天大祸来，有你高个子顶住。我一个退居园林的老妇人，管这乱七八糟的干什么？"

说话夹枪带棒，意思明白无误，太后把决定权交给皇帝，这要算破题儿第一遭。一阵惊喜过后，光绪感到莫名的惶恐。他先请慈禧回宫安歇，这边安排銮驾，派遣引导、跟随、关防官员人等。

次日下午三时三刻，皇帝亲奉太后出颐和园，在东宫门外登船，驶至广源闸西码头，上岸到万寿寺拈香，在御座房少坐进膳。然后乘船东去，到了倚虹堂，乘轿入西直门，直抵西苑仪銮殿驻跸。光绪跪安告辞，来到他的寝宫涵元殿。涵元殿与仪銮殿之间，有十几分钟路程，慈禧每次回西苑，光绪都住在这里。两日间来往奔波，心比身体更累，他想歇息一阵。

看看时间，五点半钟，按照午夜三四点起床的习惯，这时也该睡觉了。其实时辰尚早，还能办很多事情。什么事？他心中只有一件事，故意不去理会，可它梗在那里，像一座看不见的阴山。天上掉下来的机会，有可能稍纵即逝，他为何还要磨蹭？光绪默坐一刻，伏案匆匆拟旨，然后命令传唤军机。在园时早朝结束，政事便

算完结，护驾回城的军机众臣，都在等候散值的通知。

等到的却是一道朱谕，令他们瞠目结舌："国家设官分职，各有专司，京外大小各官，旧制相沿，不无冗滥。现当开创百度，事务繁多，尤应节无用之冗费，以为当务之急需。如詹事府本属闲曹，无事可办，其通政司、光禄寺、鸿胪寺、太仆寺、大理寺等衙门事务甚简，半属有名无实，均着即行裁撤，归并入内阁及礼、兵、刑等部办理。又外省，如直隶、甘肃、四川等省皆以总督兼管巡抚事，惟湖北、广东、云南三省督抚同城，原未统一。现在漕运多由海道；东河在山东境内者已隶山东巡抚管理，只河南河工由河督专办；淮盐所行各省，亦分设督销。今昔情形，确有不同。所有督抚同城之湖北、广东、云南三省巡抚并东河总督、漕运总督及卫所各官，亦着一并裁撤。至各省不办运务之粮道，向无盐场仅管疏销之盐道，亦均着裁撤，归并藩司、巡、守道兼理。此外，如各省同通佐贰等官，有但兼水利盐捕并无地方之责者，均着裁汰。"

一纸诏书裁掉多衙数百官，更要波及万千人的生计，这种阵仗从未见过。然而皇帝与太后同归，他一定得到了太后许可，所以此旨是板上钉钉，谁也不敢把它拔出来。大臣们领旨退下，连刚毅都默不作声，回到值庐便令军机分头抄写，准备分别送往各衙。接到差事的领班章京小声请示，各衙都已下班，怎么送？

刚毅发怒呵斥："送到拿事的堂官家，叫他们火速回衙，办好这宗丧事！"回头看见廖寿恒，刚毅顺口出气："老兄安心了？这不是你那康有为鼓捣的么？"廖寿恒语气平静："康有为不是我的，这是岑老三奏的。你也曾奏请裁冗员，你裁得别人裁不得？"王文韶打着哈哈："刚子良是剔苗，岑云阶是翻地，裁法不同，用心各异。"廖寿恒透出忧心："夔石兄比喻贴切，翻地过于剧烈，怕会伤到地基。谕旨不能更改——"刚毅叫道："我怀疑此旨是矫诏！"矫诏指假传圣旨。皇帝亲下之旨，自然不是假的，刚毅的意思是说，皇帝假传了太后的意旨。礼王世铎出面纠礼："子良，有理说理，没理闭口。仲山你把话说完，什么可以更改？"廖寿恒声音低沉："只有设法试试，看能否做些补救。"世铎举一举手："拜托，拜托。缮旨齐毕，各路章京四出颁送，咱们也可回家喘息。我劝各位闭门谢客，对上门哭诉的屈死鬼一概不见。"大家

应着离去。

廖寿恒没有回府,直接去到张荫桓家。张荫桓听他说明来意,干脆说道:"我这就去见长素,传达仲相之意。仲相也知道,这位敝同乡志大才高,毁誉参半。为避嫌疑,过往渐稀,我这个粗材的话,对他如同秋风过耳。"廖寿恒点头领会,一揖而别。

张荫桓当即出门,赶往南海会馆。对于这位稀客,康有为仍做常客对待。张荫桓也不多言,取出谕旨请他过目。康有为匆匆阅罢,端详着来客的表情:"樵野兄,这是你拟的稿子?"张荫桓朝天拱手:"岂敢,此乃今上亲撰。"康有为吃了一惊:"皇上御笔,怎么到了你手?"张荫桓道:"怪我没说清楚。皇上颁下朱谕,抄缮分发各衙,这一份乃是转抄。"康有为更为惊讶:"谕旨已发!这就是说,岑云阶一本奏准?"张荫桓玩味着他的神色:"不是长素所奏,老弟有点吃醋?"

康有为一愣,不由失笑:"是,我没想到会准。我还跟他打赌呢,这一回要破费了。"张荫桓故意板着脸:"这是何等大事,竟以玩笑出之?维新诸贤的心性难称贤良。"康有为道:"冗官闲宦,裁减恨晚,老兄何必假作怜悯。我主张开设制度局,眼下办不到,能把赘疣砍掉,也算小有所得。"

张荫桓摇着头:"得什么得,一下拆掉上千个窝,城狐社鼠们不要发疯乱咬?未得其利,先受其害,智者不该办这种傻事。"

康有为注了意:"咦,若跟银钱无关,老兄甩手不沾,今天怎么了,缠上裁官了?"张荫桓笑了笑:"应该说有关。裁官省钱,我这户部侍郎少作一点难。可我不能光顾自己,还要替你的维新大计着想。为了稳当起见,你何不上折谏止裁官?"

康有为大感意外:"我?我怎会出来谏止?你专程来说这话,叫我好生奇怪。"张荫桓拉长声道:"这话不是我的,这是廖寿恒要我说的。"康有为倏地站起:"廖寿恒!他已多日不代我递折,倒好意思叫我写折!"

张荫桓道:"在重臣中间,廖寿恒可算好人。他有他的难处,你别仗着上头一句话,就把一品大员当苏拉使。他叫你出面转圜,不管成不成功,他和大员们都承你的情,这有什么不好?老弟,不要拉硬弓把弦拉断了。"

几句话说到了心里。康有为的裁官办法,原本跟岑春煊有别,满可趁机标新立异,也好卖个人情。看出他心回意转,张荫桓便去别室休息,让康有为精心结撰。拟折乃轻车熟路,堪称下笔千言,倚马可待。张荫桓打一会儿盹,过来看时,康有为已将稿子缮定,请他过目。

张荫桓看看题目:《厘定官制请分别官差以行新政折》,便不再看,将稿收好,作一个揖,就往外走。乘车赶到廖府,廖寿恒把张荫桓让进书房,接过稿子细观。看后不禁赞叹:"康长素不愧高才。如此委曲立论,也算难为他了。"张荫桓替康有为张扬:"并不委曲,官差分离本来是他的主张,岑老三醉打山门,歪曲了他的本意。"廖寿恒想了想,为自己做点解释:"官并非不当裁,怕的是裁减过骤,致起纷扰,反误新政。综观康长素的意思,养耆旧,选通才,使资深者有所依托,新进者不被掣肘,此法较为妥善,看来有可采处。"

次日早朝,廖寿恒便将康折奏上。在历次上书中,改官制一直是康有为的企求,好不容易成真,他却要找补回去,这让光绪诧异。叫起结束后,光绪细阅康折。康有为如此立论:近闻朝议纷纭,多有论及改制裁官者,臣以为筹议早该进行,裁改尚非其时。因为立政分先后,变法有次序,未谋全盘规划,即作枝节变更,恐会掣动大局。我朝差使之名出于宋,但官差不别,品秩太高。品高必资深,致大位则年已老,而以一人兼多事,无异以多人误一事。今内政外交全靠军机、总署,然二者皆差也,本官仍为部院大堂,一身而二任甚至多任,何能胜任?伏乞皇上先注意差使,令各政分局设差,选通才行走,如宋及日本法。自朝官以上,不拘资格任之,凡此专差人员,皆赏给京卿、御史职衔,准其专折奏事,自辟僚佐。凡官不得兼差,其有军机、总署、管学等差者,亦无庸到本衙门办事。年老者不必劳以事任,赏给全俸,令奉朝请。如此耆旧得所,人才见用,新政易行,自强可期。

光绪阅罢沉思,觉得康论比岑论更完善。且慢,好些办法并不容易推行,比如,不让刚毅、王文韶等兼任兵部、户部,能否办到?赏给全俸,就能填满耆旧的欲壑,他就不来捣乱?用岑春煊之法还是痛快,起码赢得一时轻松。而康有为的"不拘资格",是按照其本身情况设定的,他要入军机一类新局行走,专折奏事谋划新政。光

绪思谋着,将这件条陈转呈太后。

在接到康折之前,慈禧先得到裁官的讯息,心中不由一惊。她原本以为,这么大的事情,皇帝肯定得斟酌推敲,耗费时日。为何如此紧急?担心夜长梦多?那么这就是防着她,可以说其心可诛。在慈禧看重的中元节,光绪拿这个作节礼,是愚蠢还是刻毒?她不愿把他设想得这样坏,毕竟他心地善良,这她不会看错。他是中了康毒,以为一改就强,却不知先从窝里乱起,将会不可收拾!

坐在仪鸾殿中,慈禧咬着牙关,绷紧的咬肌向左偏斜,这是她深思时的习惯。光绪进殿请安时,首先看到这副神情,预感事情不妙。是祸躲不过,光绪报告了裁官事宜,亲手将朱谕呈上,这是军机见面时交回的。慈禧没有观看,也未显现不悦,只说裁就裁了,稍嫌急些。

看出光绪想解释,慈禧一个眼色止住,歇了歇才开口:"忘记哪位祖宗说的,是乾隆爷吧,说这闲散衙门也非无用,可以锦上添花,点缀盛世光景。可怜见的,我们衰世,花瓣儿纷纷飘落。好比那光禄寺的茶汤,再寡淡也是排场,泼掉岂不可惜?还有人才呀,詹事府左中允黄思永,光绪六年的状元,奏办昭信股票,虽说没办成,那可不怪他。把他也给裁了?"

光绪忙道:"儿子思谋,裁撤之官都要尽快安置,不使一人向隅,黄思永还要用。"

慈禧微嗤道:"先裁撤,再安置,没的翻贴烧饼?人没减一个,钱省到哪里?裁官我想过,可我没敢干。男孩子胆子大,有时毛手毛脚。对了,那岑春煊也是裁了的,你怎么安置他?"

这是下一步的事,专挑出他来问,太后什么意思?光绪还在踌躇,慈禧发话了:"岑春煊能干事,不可晾着他。广东布政使出缺,可以让他署理,你说呢?"光绪哪能跟慈禧分辩,只有随声附和,定于明日下旨。

军机大臣们还处在忙乱之中。昨晚礼王交代闭门,可是他们的宅门,直到午夜都上不了闩。那些遭裁的官儿,不是门生故吏,便是亲戚朋友,值此危难时刻,怎好拒之门外?然而见面除了开导,大臣们拿不出别的。那些人可有"别的",怨恨变成

干柴,恐慌化为烈火,被谕旨点名的一府一司四寺,像没王蜂一般嚣乱。堂官不坐堂,司员不进司,笔帖式、供事、苏拉等衙吏丁役,反倒堂而皇之,在堂上厅间进进出出,像是从此没了规矩,下人都逍遥成美猴王了。

太仆寺卿靖勋,先在家中接到谕旨,头脑嗡地一下,几乎昏晕过去。他并不矜贵懒惰,自以为勤谨奉职,却为何上天绝情,将他这九卿之一,当歪瓜裂枣摘掉! 一夜没有合眼,早上吃不下饭,急忙来到衙门。衙中群情激愤,靖勋询问司员,得知一位主事正在病中,被裁官之讯惊死,同衙之人兔死狐悲。

靖勋正要开口慰勉,忽听后院传来瓦砾破碎的声音,接着是几声闷响。他快步穿过院门,一眼看见东厢房前,一伙人在砸门毁窗。这是岑春煊的办公房。靖勋上前喝止,司员们七嘴八舌:"他扒咱的庙,咱拆他的窝!""苗蛮勾结康匪,为倭贼做内应,罪该千刀万剐!"靖勋阻拦不住,不禁悲愤莫名。他颤着双手摘去顶戴,脱掉官袍,露出腰间那条黄带子,大声说道:"砖木都是官物,这屋并不姓岑。我拼上这条黄带子,也要保住太仆寺,你们快快住手!"

自己被人切齿痛恨,岑春煊当然知道。做大事者不恤人言,王安石早有名训,何况王安石没做成,他却做到了。在几位朋友处显摆一遍,看看天色不早,他又赶到南海馆,向南海先生炫耀。康有为已上修正之折,他对此秘而不宣,一个劲儿地恭维岑春煊,连说自愧不如。

康有为输了赌局,他要马上践诺。岑春煊说算了吧,老兄宦囊羞涩,还是我请你。

康有为执意要请,立派弟弟去到宣武门里,一家名叫水云榭的地方,预先安排一番。他告诉岑春煊,这酒家是新开的,僻静幽雅,我们邀请二三好友前往,也可避人耳目。

二人说说笑笑,步行来到水云榭,见这里有一池碧水,数椽茅舍,店家也作农夫打扮,林泉间洋溢着田园风味。岑春煊夸一句好地方,康有为笑说还有好人呢。

二人由康广仁迎进一间客舍,果然有几位"好人"已先入座。一位是宋伯鲁,老替康有为上折子的。一位是杨锐,这人跟张之洞走得近,却也跟康有为离不远。一

位坐在上首的，真正让岑春煊吃了一惊，那是陈炽，人们传说他疯掉了。此人确有疯相，蓬头垢面的，一件竹布衫旧得变了色，上有斑斑汗迹，哪像军机章京的行头。

见他阴沉着脸，没像其他两位那样起而见礼，岑春煊便不讲礼："陈老兄，明天我送你一件军机坎肩。"陈炽并不买账："那是军机章京才得穿的衣服，你哪里会有？"岑春煊舞着手："这世道，连王爷的服饰有钱都能穿。你去前门估衣店看看，还有公主的裙子呢，我买过几件，我家的丫鬟很喜欢。"

听他满口胡呲，康有为接道："好了，你没饮酒就骂座，叫我这东怎么做？今日为云阶庆功，各位说座位如何排？"岑春煊抢着说："为我庆功，我当然上座，就是陈兄的那个座。"康有为道："除了陈兄的座，其他的尽你挑。"岑春煊不依不饶："这是为何，卖力的抢不过卖疯的？你得给我说个道理。"康有为卖关子："等到上了酒，我自会跟你说。"岑春煊立即扬声大叫："店家，上酒上菜，快快开宴！"

门外应一声，接着听见脚步响，几名伙计鱼贯而入，向桌上摆放盘盘碗碗。店老板是个老者，捧上一个酒坛子，介绍说酒是二锅头，出自京北牛栏山。康有为瞧瞧岑春煊，还没说话，岑春煊先说委屈了我吧，我就坐在康兄身边，算是半个东，也好听清你的道理。

岑春煊插坐于康氏兄弟之间，反倒成了最下首。康有为评论说，他这叫颠倒上下，换一个位置看，他又变作上首，岑云阶精着呢。说罢满斟一瓯酒，立起身来道："天子圣明，纳谏如流；英才卓识，疾恶如仇。这恶便是国家恶疾，传流累积百千世代，竟被云阶一刀割除。云阶之功，可谓大矣！今假座茅店为豪杰庆功，请尽此瓯。"

这几句顺了耳，岑春煊接瓯在手，一饮而尽。宋伯鲁、杨锐一一敬过，陈炽仍然安坐不动。岑春煊抹一把嘴，挡过康广仁举起之瓯："慢着慢着，我不是不给老弟面子，我还得留一点清醒，听你家老兄给我解谜儿。"康有为笑眯眯道："不错，我这里有个谜底，念给大家听：以京职论之，治宗室者，宗人府矣，宗丞、主事可裁也；政本有军机处矣，内阁自大学士以至中书，十分之八可裁也；銮仪卫、三院可并于内务府，各堂郎中、主事，十分之七可裁也；都察院之给谏、侍御，十分之六可裁也；有奏

事处,通政司可裁也;例不建储,詹事府可裁也;太常、光禄、鸿胪可并于礼部,大理寺可并于刑部,太仆寺可并于兵部——"

看看静听的来宾,康有为恭谨询问:"下面还有几句,要不要继续念诵?"宋、杨隐笑不语,岑春煊底气全消,讪讪地问康有为:"这书你也读过?"康有为笑道:"何止我,关心时政者谁没读过?陈次亮《庸书》乡官一章,专论裁减冗官。我上皇帝第二书和第六书,还有《日本变政考》中的按语,都发挥其意,稍有变更。你的大折全用陈说,也该向本主道谢,否则就是掠美。"岑春煊窘得干笑着,要跟陈炽搭言,那陈炽却立起身,斟一瓯酒举起:"拙书早成陈迹,刍议何关痛痒。岑云阶大智大勇,一举而成之,陈炽何敢望其项背?请尽此酒,为将军贺。"

岑春煊大喜过望,离座一躬到地,然后捧瓯狂饮,汁浆淋漓。饮罢将瓯一掷,满地碎裂声中,他那双醉眼望向康有为。康有为知道他要什么,清清嗓音,朗朗说道:"我跟云阶有约,要吟一诗庆功,诸位听我献丑。"

步《蜀道难》韵
作《裁官难》诗纪岑君之功

　　噫吁哦嘻,危乎艰哉,裁官之难,难于上青天。海瑞及和珅,闻之心茫然。尔来四万八千岁,惟见官人享香烟。未宦苦绝凿鸟道,入仕乐极跻云巅,江郎才尽良知死,然后蛇神牛鬼相勾连。上有摘星换斗之高标,下有吞舟覆釜之回川,刮光地皮剥净人皮,但与财神结善缘。心肠何盘盘,千曲百折萦岩峦。狡兔营窟无时息,残喘吁吁复叹叹。问君游宦何时还,百尺竿头尚须攀。不见黔首号枯木,妇雏枵腹啼草间?朱门济济巨公坐,吃空山。裁官之难,难于上青天,帝君闻之蹙愁颜。狐鼠恣肆危社稷,蚁穴溃堤决绝壁,蟠结百年作铁石,不惧掣电复惊雷。其顽也如此,嗟尔远道之人胡为乎来哉?云阶峥嵘而崔嵬,一斧劈关,万壑洞开。无论仇与亲,戮尽狼与豺。砚研猛虎,笔毙长蛇。磨牙吮血,屠官如麻。京城虽云乐,何处可安家?裁官难兮不难见青天,为君讴歌复

咨嗟。

一诗诵罢，举座腾欢。岑春煊笑逐颜开，欲谢还骂："剽窃李太白，气死杜工部，你这康工部好诗功啊！屠官如麻，这一句我喜欢。"杨锐凑趣道："惟岑太仆有此豪情，惟康工部有此巧思，惟众冗员有此浩劫，惟圣天子有此明决。"康有为道："你这四句，比我那几十句高明多了，我得敬你一瓯。"杨锐忙告饶："别别，鄙人量浅，众豪客都知道。我用杯，我的意思，咱们都换杯。"康有为笑道："用瓯特为对付岑云阶，要不他骂我小抠。给他垫了底，咱就随意，换杯上来。"康广仁听命起身，取来几只牛眼盅，先为杨锐换器。忽听响起啪啦一声，人们以为他打了杯子，去看时却不是，那响声在门外。一个人奔进屋，这是杨锐的家仆，禀报说外面有人扰闹。几位酒客出门去看，见一只瓦盆碎在院中，篱笆外边的空场上，一群闲汉围着两辆骡车，几名仆人正跟他们争吵。听得出，几个汉子看上了宋、杨两家的车辆，缠着要借去一用。

康有为熟悉这种场面，岑春煊却被挠住了痒处，跨前几步喝问："呔，哪个嘴痒，找我说话！"借车的果然不借了，成群结队围上来，隔着篱笆逼视岑春煊："你是谁？"岑春煊大咧咧："我是你爹！不信回家问问你妈，看她认得我不？"

这话够恶毒的，那群人被骂惨了，嗷嗷叫着要往院里扑，仆人和伙计们拼命阻挡。哄闹声中，岑春煊拔长脖子东张西望，他突然发现了一张熟脸儿："马老三，你这司员也来了？"那人阴阳怪气："你是老三，我也是老三，三三要见九，都是丧家狗。"岑春煊笑嘻嘻："既然丧了家，快去寻你妈，问她有几个娃——"马老三接茬回击："五个娃，大奸康有为，二奸宋伯鲁，三奸杨锐，四奸岑春煊，小奸康广仁。"

顺着这个排位，便有人抬出五个白木制作的牌位，上写"大奸康有为之灵位""二奸宋伯鲁之灵位"，一直写到康广仁。看到这瘆人的东西，康广仁怒火中烧，纵身向那伙人扑去。

三、五凤楼雀噪鸦鸣

这一下就像飞蛾扑火，康广仁被几个人扭住，推来搡去。马老三吩咐："不要打他，冤有头债有主，咱们去逮那最大的。"便有一群人往前拥。眼看躲不过，康有为索性上前迎住："诸位缠着我闹，不觉得没意思么?"马老三笑道："有意思，我们跟大名士闹一闹，也能沾光出出名。"他像将军一样下令，分成几拨去抓人。康有为、杨锐、宋伯鲁，各被五六个人围住。

岑春煊这时却往后缩，溜到刚走出门的陈炽身边。他小声问："陈兄，怎么办?"陈炽白着眼不吭声。岑春煊故作惊慌："老兄若无奇招，只怕无法免祸。"陈炽大喝一声："我有奇招!"手一伸攫住岑春煊，将他双臂反剪，推到众前："我擒了你们的首领，咱们走马换将!"

全场惊愕之时，岑春煊哈哈大笑："称我首领，诡计已破，兄弟们不要玩了。"马老三等人也都笑着，请罪告饶，给大人们压惊。原来这一出是岑春煊闹的，他听说康有为只要露面，必有人闹场，便要着把戏给他助兴。这家伙顽皮得过了头，朋友们拿他没办法，笑骂着分了手。

岑春煊兴尽回寓，所谓宅寓，其实是一处相公堂子。岑春煊放荡不羁，正跟一名男妓打得火热。他哪里知道，他引燃的野火正在冒烟，要把他和同党烧成灰烬。

从天未放明时起，便有人沿着蛛网般的胡同，奔向长安大街，辐辏至宫城南端。等到晨光熹微，午门前的开阔地上，已有上百人聚集。午门是紫禁城的正门，城门坐北朝南，东西北三面筑有三丈六尺高的城台，犹如巨人张开双臂，将方形广场揽于胸前。城台正中门楼面阔九间，重檐黄琉璃瓦庑殿顶，左右城台之上，有东西庑房各十三间，雁翅般向南伸展，俗称雁翅楼。在东西雁翅楼两端，各有重檐攒尖顶阙亭一座，四亭拱一殿，三峦环五楼，故又称作五凤楼。午门威严，显示的正是紫禁

城之禁。只有出兵打了胜仗，班师回朝行献俘大典，皇帝才亲临午门受献。近年皇朝连吃败仗，在午门施行的典礼，便是每年十月初一的颁朔之礼，即是将历法颁行天下。

今天，麇集在五凤楼下的，是大大小小的各色官员，一个个身着朝服，顶戴花翎，神情比举行典礼还要凝重。这种情形非同寻常，守城护军火速报给参领。参领也不明就里，一边监视防范，一边飞报有司。

此时朝霞满天，红日初升，给五凤楼顶的黄瓦镀上亮眼的金色。楼前众官却是满面乌云，比丧礼上的吊客还要阴沉。立在最前面的一位，是太仆寺卿靖勋，他身旁有几位少卿，分别来自大理寺、太常寺和太仆寺，还有詹事府少詹事，通政司参议，宗人府宗丞等官。不用说，这都是此次裁撤之官，追随他们而来的，是各寺寺丞、光禄寺署正、通政司知事、大理寺评事，还有数不清的主簿、典籍、司库、读祝官、赞礼郎、协律郎、满洲鸣赞等等名头。靖勋吩咐下去，叫大家分别衙门，按照品级，顺序排列，不准嘈嚷。官有官派儿，排在前面的府寺卿贰，都低眉顺眼做恭顺状。

这时只见左侧门启，一名将官骑马出了门洞，来到靖勋面前。此人为护军统领，正二品的大员，奉领侍卫内大臣之命，询问众官来此何干。靖勋答称，向皇上奏陈下情。统领说，皇上不在这里。靖勋说，此乃禁城，皇上正位之地。统领说，既是禁城，各位大人理当遵禁。靖勋说，只禁奸邪，不禁正人。

统领有些着恼："靖二爷，我敬你这条黄带子，所以不愿使蛮。也请二爷看兄弟薄面，不要误禁军差使。"靖勋不为所动："你满可扯断我的黄带子，不过，那要皇上下旨。本人伫候。"统领不再跟他纠缠，面朝众官发话："各位吃皇家饭，遵朝廷法——"靖勋夺过话头："各位无饭可吃，有法可依，这法便是准司员士民上书，无人敢扼住你的喉咙。"无数喉咙放开声量："讨饭啦，讨饭啦！皇上可怜可怜吧！"

统领气得回马便走，要派护军下城驱赶。靖勋哪能让他使出这一招，回身使个眼色，立即带头跪下。众人忙都跪下，行三跪九叩大礼。靖勋直挺挺地跪着说话："太祖太宗、列祖列宗、圣祖仁皇帝、高宗纯皇帝，今上皇帝万岁爷呀！奴才祖上随旗起兵，从龙入关，九代二十三门八百六十号人丁，流血流汗效犬马劳，守鹰隼职，

无时无刻,不敢稍懈。皇天不吊,国运式微。皇上奋起变法,力矫衰世之弊,凡在臣列,皆当欣从。惟小人怀奸,妖鬼作恶,康有为鼓吹邪说,诬孔蔑圣,称王改制;梁启超传播康教,崇洋媚夷,趋步学舌。更有岑春煊拾其余唾,擅上条奏,变乱祖制,败坏朝纲。撤衙即撤清国藩篱,裁官即裁皇家爪牙,削我之根,孤我之本,妄言之害,莫此为甚。皇上不察,一旨颁下,千家泪出,不仅为己伤,而且为国悲,诚恐忠良丧尽,奸谋得逞,宗社沦落,悔之晚矣。今日奴才冒天下之大不韪,非为独抒孤愤,乃是贡献愚衷,愿拼一死以除奸佞。恳求皇上鉴察下情,收回成命,剪灭祸患,斩康、梁之首以安民心,斩奴才之首以谢康、梁,则天下幸甚,社稷幸甚。"

靖勋说罢,放声大哭,匍匐其后者跟着号啕。这就叫伏阙痛哭。护军统领何曾见过这种阵仗,驱也不是抓也不是,急忙报告领侍卫内大臣。

内大臣不敢怠慢,赶往西苑见驾。首先来到军机值房,世铎听罢一惊,刚毅听罢一喜,裕、王、廖三人面无表情,各怀心思。靖勋这老小子挑得真准,地点和时机都恰到好处。明知两宫住在西苑,他不来西苑告御状,以免给太后老佛爷添堵。跑到五凤楼前伏阙,那是天家和民间接壤处,谁也休想把消息隐瞒住。那也是明白告诉太后,错事是皇帝干下的,她老人家进可施法捉妖,退可闭目养心,无论如何手都是干净的。

领班王爷世铎,引着领侍卫内大臣,进入涵元殿,奏报光绪帝。

光绪怒火中烧,直想冲口说出:着将靖勋等为首人员拿交刑部,按阻乱新法治罪!可他忍了又忍。靖勋等人希望的,正是把乱子闹大,以显示皇帝性情之鲁莽,手法之粗糙,对满洲老人之冷酷,对浅薄小儿之偏听。光绪下了几句口谕,要军机处据此拟旨。世铎退出令章京拟稿,然后呈交御览。光绪阅后批准,即令世铎、裕禄,会同领侍卫内大臣,赍旨前往午门,晓谕遣散众官。

世铎与内大臣来到军机处,刚毅听罢大笑:"这样的美差不派刚毅,专派裕大福将,真是能人多吃四两豆腐哇。"裕禄也笑:"卤水点豆腐,一物降一物。要是你去撒泡尿,不把一锅豆浆浇坏了?"三大臣离开西苑,驱车直奔天街。

距午门还有一里路时,遇上了左翼总兵英年。原来,内大臣赴西苑前,通知了

步军统领崇礼,崇礼派英年率兵来迎。马队沿街开道,来到五凤楼前,但见广场上人头攒动,像赶庙会一般热闹。英年下令驱赶,赶场的大多是旗人,他们跟兵士打牙斗嘴:今天打掉官老爷的吃饭家伙,明天就割旗大爷的铁杆庄稼。要让大爷离场,你就请皇上下旨,给旗人增加钱粮。英年不跟这些混蛋纠缠,保护三位天使,到午门前与崇礼会合。崇礼令兵士排队入场,将众官与乱民分开。然后与三使一起,来到众官面前。靖勋依然跪着,埋头不看来人。世铎在他的头前站定,鼻子里哼出一声:"靖勋。"靖勋没有应声。世铎又叫一声,仍未得到回应。

世铎突然发怒,抬起一脚踢到靖勋肩上,将他踹翻在地。世铎边踢边骂:"你这王八羔子! 老子不按国法,只行家法,打死你这混账行子! 八旗里没有孬种,宗室中更无浑球,你他妈瞎搭一条黄带子,还有脸充人五人六!"一时满场屏息,掉一根针也能听见响。靖勋却无声息,像一摊破布丢在地上。

世铎拍一拍手,掸一掸衣,从裕禄手中接过谕旨,向众宣读:"维新始启,新政肇开,官制为致治之本,尤须剔其弊端,而增其生力。卿寺诸官,冗散者多,叠床架屋,重沓无谓,任其事者亦啧有烦言。此次裁撤,即改制应有之义,亦众论可行之举。虑及所裁人员废弃可惜,前旨即有明示,听候另行录用。尔等在官多年,皆当善体上意,岂可违逾规纪,致干不测之咎? 其速各归清结,以备甄别简用。"世铎念罢,跟崇礼和英年对对眼色,与裕禄一起回身便走。

清场官兵大声吆喝着,半哄半搀,将哭阙的官吏驱离大街。靖勋鼻青脸肿,被一群兵丁簇拥着,以为要被押往刑部。谁知转入一个胡同,兵丁便抛下他风一般卷走。看来他只是挨了一顿揍,揍他的是王爷,罪不得的。这位王爷回涵元殿复旨,光绪听罢无语,只示意召见岑春煊。对岑春煊的任用,明发当日即叫起请训,这是为了赶岑快走,更是对太后有所交代。

然而怎能交代过去,午门之乱堪称奇闻,慈禧会作何反应,想一想都叫他怵头。岑春煊应召叩见,君臣不再谈裁官,开始讲剿匪。"匪"指的是广西会党,近来广西会党猖獗,使得朝廷很是忧心。因为先前的太平军之乱,就是从广西发端的。光绪谕令岑春煊,到粤后注重剿办桂匪,同时察考总督谭钟麟,若其年老误事,便当如实

奏报。

岑春煊叩头退出后，早朝便告结束，光绪要去仪鸾殿侍应。想一想慈禧的脸色，他真怕去见她。他不知道，慈禧也不想见他。慈禧耳目众多，宫城的要害讯息，她总是转瞬即知。午门的这场乱事，要报却得掂量一下。因为此乃咸丰忌日，她处于哀痛之中，按礼需要斋戒，谁敢拿坏消息去触霉头？

可偏偏有人早早来报，这个人是怀塔布。自从黜革旨下，怀塔布蛰居西山，"一心闭门思过"，这六个字是他向朋友表白的。昨晚大理寺卿和太常寺卿黄夜造访，告诉怀塔布，靖二爷要纠合众官，哭阙诉冤。怀塔布深表赞同，却不主张几位正卿全部到场，以为那会让太后难过。正卿们乐得缩进黑影中，只怕靖勋不同意。怀塔布同二位正卿一起进城，说服靖勋独唱黑头。

到了早晨，怀塔布专程经过午门，目睹了苦辣酸涩的众生相，赶至仪鸾殿，先找着太监总管李莲英。二人算是心腹搭档，一个打里，一个打外。李莲英告诉他，太后进过早点，饮了半杯茶，吸了一管烟，正想有个人来说话，你来得早不如来得巧。李莲英代他通报，慈禧果然很高兴。怀塔布应召进殿，跪拜请安。慈禧瞧瞧他那张苦脸道："这一向没见着你，躲哪里去了？"怀塔布再磕头："奴才在西山修省，只因身负重罪，不敢污老佛爷之目。"

慈禧微微撇嘴："西山可是福地，你倒会挑地方。修出什么来了？"怀塔布道："回太后，奴才初时不服气，认为上头不分青红皂白，处置过当。这些天细思深究，才知臣等之失，就在以寻常习惯，应非常事态，没能体会皇上急求自强之心。"

慈禧想了想，轻声叹息："这是真心话，能够转过弯，算你没有白跌一跤。皇帝好就好在急字，如果臣子有误解，也误在急字上。他为九五之尊，完全可以安享洪福，把难题推给臣下。现在反成了他推你们，拍胸口问问，亏不亏心？我最生气的，是那改不掉旧习惯的，把恶水缸扣到我头上，好像是我指使的他们。我一辈子改改改，怎会喜旧厌新？真是的，嗨！"怀塔布连连应是。

慈禧瞅他一眼："当面说是，背地算计，我还不懂你们？"怀塔布慌了道："奴才的小心思，都是为了效忠……"慈禧不让他往下讲："罢了，忠奸只有天知道。你好像

还有事？"怀塔布舔一舔口唇："奴才怕惹老佛爷生气，可是该死，这事叫奴才撞见了。"

觑觑慈禧的脸色，怀塔布讲述了午门前的情景。

慈禧静静坐着，足有五六分钟，嘴角浮出冷冷的笑意："开国以来头一遭，这可丢人现眼了。我记得靖勋蛮沉稳的，他为何当出头鸟？"怀塔布道："奴才从一位亲戚处听说，靖勋早就想辞职，还要出家当和尚。"慈禧皱起眉："当和尚？为什么？"怀塔布道："他觉得国家没希望，不是败在洋人手，是要坏在自己家。前些时市间风传，朝廷要废六部九卿，开鬼子衙门，用日本人和英国人做客卿，入洋教，穿洋服。这当然是没影的事，可霹雳一声裁官旨下，谣言成真，奴才揣摩，靖勋拼死的心思都有，这才演了那么一出。他是要哭庙啊！"

慈禧不安地动了动，似要发怒，最终只是说了句，你跪安吧。驱走这只丧气的老鸹，慈禧的怨气在胸间积聚。明天就是七月十七，那是她追悼咸丰、怀念旧恩的日子，她应当心境安恬，神思宁谧，偏偏闹得鸡飞狗跳，像要亡国似的。就是再紧迫，难道不能熬过这两天，等她回到园廷再动手，她可以眼不见心不烦。这哪是心急，这叫成心！

她坐着看到皇帝进殿，跪下请过了安，立起身垂着手，现出局促的样子。她故意没让他坐，听光绪说广东匪患吃紧，已着岑春煊请训出京，加紧剿办。这又是个躁急事例，看来他已骑上虎背，非到撞死停不下来。慈禧不接这个话题，转问一句："京城修路已经开办了？"光绪回道："是。近日共收到有关奏折九件，涉及铺设铁轨、开自来水、架电气灯、改良街车等项，儿已批交步军统领、五城御史和街道厅筹办。"

慈禧道："修桥铺路，这是正办，可也要避免骚扰百姓。听说有商民呈文，恳请体恤，怎么回事？"光绪忙道："大清门至正阳门一带，商贩众多，占道塞路，多有抢摊斗殴者。监管衙门为了修路，令各贩迁至城根儿摆设，既利商也利行——"慈禧道："这也利那也利，他们为何诉苦？好事办不好，那还不如闲着，省得鸡争鹅斗。"

本要顺口应是，光绪想想改了口："有多少人只图自己方便，不惜予人不便。迁移几天后，商贩也感到买卖便利了。"他是皇帝，对此琐屑知道得那样详细？慈禧不

愿显出挑毛病的样子,把语气放缓:"我希望再回来时,看见城中路平河清,百姓安乐。不过也许不回来了。"光绪心里一紧:"皇额娘回城佛光普照,男女老幼都很欢喜。"

慈禧正面瞅着光绪:"怎么个欢喜法,能说说么?"听这口气,那桩乱事她已知道了。只是可惜话赶着话,没给他合适的上言时机。光绪深吸一口气:"还是那句话,有多少人只图自己利益,勾群结伙顽抗朝命。靖勋等人不满裁官,在午门闹事,儿已派世铎、裕禄晓谕遣散。"

这话听起来轻飘飘的,慈禧懒得给他留脸:"两伙人都会'只图',要怪有人只图自己痛快,没替别人留下一条活路!就说这个靖勋,他若当甩手大爷,岂不逍遥自在,硬要出来当差,图到了什么利益?好心不得好报,忠臣无尽忠处,再不哭上一哭,只有活活憋死。我不替他开脱,只是将心比心,设身处地而已。"句句都在理上,可又好没道理。分辩的话涌到口边,忽然万分灰心,光绪抽一下鼻子:"额娘教训得是。"

慈禧狐疑地打量他:"你似乎有些委屈?"光绪神情木然:"儿不委屈。儿不止一次后悔,儿不该勉强,不该自苦,不该做费力不讨好之事。安分易,逆势难;认命易,抗争难;守旧易,图新难。儿之避易就难,只为不忍之心,不忍见祖宗江山沦于敌手。儿不惜叫靖勋他们哭庙,就因怕最后那场哭庙,找不住地方去哭。"

句句沉痛,字字扎心,慈禧怒气陡升,话却憋在肚里。她站起身道:"我回园去!我在这里没有坐处!"光绪扑通跪下:"儿子不孝,请额娘责罚。"慈禧向内走几步,又倏地转身:"你做得都对,做娘的都不对,我给你认错,行不行?"

光绪泪流满面:"气着了额娘,儿子万死不足蔽辜!只要额娘能够消气,儿子愿意收回成命。"慈禧心中乱马交枪,要打要杀,可有四个字十分清晰:覆水难收。发出的谕旨不能更改,没迈出的那一步不能轻跨。她哀叹一声:"罢了,再气也是自家母子。不该的是我多管闲事,给你平添无穷烦恼。以后我,两耳不闻窗外事了。"

娘儿两个总算和好,光绪又过了一关,打叠精神侍慈禧进膳。次日辍朝,皇帝奉太后去到太庙,在咸丰神位前祭献如仪。慈禧没再过问政事,光绪也未顾及他

事,尽心尽意地陪侍太后。七月十八,慈禧不让光绪陪同,独自摆驾回园而去。

光绪照常视朝,并就裁官事宜再发谕旨:前经降旨裁撤詹事府等衙门。应再申谕大学士、六部尚书及各省督抚,遵照前旨,将在京各衙门闲冗员缺,何者应裁,何者应并,迅即切实筹议;外省道员及通同佐贰等官,候补、分发、捐纳、劳绩等项人员,严加甄别淘汰,各局所冗员一律裁撤。这道申谕传至武昌,张之洞看罢不由咂舌。谁不知道,湖广总督好大喜功,大局名所数不胜数,铁厂煤矿开了又开,名位虽是一方诸侯,实业却占半壁江山。要创业就得有人,当初梁启超莅鄂,他要放炮恭迎,便是突出的一例。后与康、梁分道扬镳,那叫道不同,大包大揽收罗人物,这叫谋相从。正担心人不够使,哪有余力裁减?然而不裁不行,皇上电责谭、刘,镇唬荣禄,不会单单放过张之洞。何况张氏劝学曾蒙表彰,他应再获一次奖。好在他的局厂多,先把公所合并一下,名目变更一下,再把东局委员调西局,南厂匠师挪北厂,走马换将,移花接木。除了节流,还要开源。这件事他交给恽祖祁办。此人为湖北按察使恽祖翼之弟,张之洞委任其办理宜昌盐厘局等肥差。最近由于陈宝箴的保举,恽祖祁获得光绪帝召见。在召见中,恽祖祁奏述了湖北办理民团,鄂督为此艰难筹款的情况。召见后,为了遴选军机章京,军机处拟交名单中原有恽祖祁,光绪恰未选中他。而他稍后补授福建实缺道员,在赴任前上一条陈,内称鄂中八省通衢,水陆云附,各业皆可设团练兵。

光绪采纳此议,寄谕张之洞:"兹既据该道筹度鄂省民兵及预计饷源一切事宜,所有矿团、农团、岭团、滩团、堤团、客团六事,是否能于办团之内兼谋兴利之方,实有兴练民兵之效。着张之洞斟酌该省情形,先行试办。"

这样一来,张之洞的摊子铺得更大了。他这里顺风顺水,同城为官的谭继洵却正在霉运中。谭为裁撤三巡抚之一,还在谕旨上首当其冲,好像专门要他难堪。而其子谭嗣同荣任军机,此中隐曲耐人寻味,并且引起不少谣言。有人说嗣同乃新派急进,久与其父水火不容,得势之后昧心反噬,凸显康党无君无父之本来面目。有人说嗣同倾挤张之洞,要为其父谋总督之位,不料打虎不成反被伤。

种种传言荒诞不经,张之洞付之一笑,对谭继洵更加同情。谭继洵以守旧著

称,共事九年中,与张之洞时起龃龉。然公义不碍私谊,值此危难时刻,他不会落井下石。有关此事的电旨是:"湖北巡抚关防着交张之洞收缴,谭继洵来京听候简用。"

张之洞接旨后,即亲往汉口抚慰,谭继洵却想得开,要尽速办理移交。移交过后,张之洞设宴款待,席后促膝谈心,问及谭兄何时北上。谭继洵笑了笑:"不北上了,我要南去,回家乡浏阳了此残生。"张之洞颇感意外:"电旨谆谆,进京简用,吾兄正可施展抱负,怎能萌生退意?"谭继洵道:"抱负云云,距我太远。我生性迂拙,抱残守缺,备员于汉滨,尚且对督宪多所掣肘。若去京师是非涡中,势必动辄得咎,进退失据。"

张之洞诚恳道:"兄弟愚见与老兄有异。督抚同城对巡抚确有局限,变动看似不利,实则为兄解脱。此去京师,即不升用,做一侍郎,也能办事。"谭继洵摇着头:"别说侍郎,就是尚书又有何用? 在这一点上,我愿认同孽子的看法,他说我朝各官皆不办事。我比你痴长五岁,对于功名,安于淡泊。放不下者惟有孽子,托请贤弟代为设法,能把他逐出京师才好。"

张之洞沉吟道:"你的心思我明白,然而恐怕做不到。军机进用,如日中天,连刚毅辈都敛手屏息,谁能逐之?"谭继洵哼了哼:"你是真不知,还是假不懂? 四卿只有皇上信用,皇上有谁信用? 所谓孤立无援,何待明眼人洞见。我给孽子连发三信,要他速归。回信顾左右而言他,当然,无人施以援手,他也无力挣脱。所以我才求你帮忙,如今有力者,除你无二人。"

张之洞不能无所感动:"有可怜父母,无可怜儿子,信哉斯言! 请老兄假我以时日,看其中是否有可通融处。不过,我不敢许以诺言,你得有落空的准备。"谭继洵千恩万谢,一边上奏请假,待准假后再行返湘。

湘中的陈宝箴,也正陷身于烦恼中。自从皮锡瑞被挤赴赣,黄、谭奉命晋京,熊希龄也应召离湘,湖南的诸般新政,已被王、叶等人打消大半。时务学堂长期放假,南学会不再开会,对《湘学报》的管束也更严格,以免贻人口实。他自知居于守势,暗中咬紧牙关,能保住一块是一块。可是处于三方挤压中,如何能够立定脚跟? 所

谓三方，一是张之洞，二是康有为，三是湖南的卫道士。新与旧争，旧为新敌，而对于陈宝箴，新党嫌他旧，旧党怪他新，各方都挑他的毛病。邵阳举人曾廉大举攻康，将湖南党争引入北京，他也被隐约指为罪魁。宋伯鲁参劾谭钟麟，光绪指派他去查办，更是费力不讨好的差事。不过，派邻省长吏调查参案，结果多是不了了之。

陈宝箴想起一桩先例：几年前，大理寺卿徐致祥参劾张之洞，指责他怠慢政务，重用恶吏，滥耗钱财，架设电报线引发民愤。朝廷派两江总督刘坤一彻查。刘坤一的彻查法，就是派遣属吏到湖北走了一趟。其间收到时任湖北按察使陈宝箴的来信，替张之洞剖白辩护。然后又有一湖北知府因公去南京，刘坤一与其亲谈一次。该知府说张大人光明磊落，所有开矿等事，银钱都在本地方用，百姓个个沾光。铁厂规模宏大，工程结实，连洋人都为之惊叹，公评为超过北洋。刘坤一也说了实话，我不派人细查，并非要讲客气，只因公事面子如此。若欲逐件考求，则谕旨并非派我验收工程；欲逐款查账，则谕旨并未派我办理报销。公事只问是非，煤铁为中国开自有之利，立自强之基，香帅勇于任事，力为其难，若再苛求，岂不寒任事者之心。我此次复奏，只就大处着墨，决不令香帅为难。

刘坤一上奏为张之洞开脱，只将罪责推到一名小官身上。候补知州赵凤昌因此被革职，随后摇身一变，成为"坐沪"探子。这一回，陈宝箴也得如法炮制，不仅"公事面子如此"，还要顾邻省的里子，粤与湘哪能老死不相往来呢？陈宝箴派员去广东走了一趟，以"事出有因，查无实据"奏复。

陈宝箴很清楚，他办的这趟差，会叫康有为不高兴。他不去迎合康党，只因他不喜欢康有为的做法。失之毫厘，谬以千里，国家大事，岂能以口舌了之，以皮毛附之？皇上对康有为言听计从，固然由于身边无人，可也失于轻躁，狃于偏执。康有为百方谋求进用，迄无寸进，据传他改弦易辙，打算推举黄遵宪入枢。而黄遵宪查办《时务报》，已经得罪了张之洞，在此危险当口，怎敢贸然进京，去做飞蛾扑火？为今之计，应该搜罗人才，作为皇上羽翼，改变孤立之势。

陈宝箴上奏两份保单，其一保举本省官员，其二保举京外贤员。本省的且不说，他举荐的外省官员共有十七名，大多出自张之洞门下，如杨锐、刘光第、王秉恩、

恽祖祁等。名列第一的降调前内阁学士陈宝琛,本是张之洞的清流好友,与张佩纶同时获罪革职,张之洞屡保而未获起用。光绪一向重视陈宝箴的保荐,此次两单三十二人,下旨宣召十五人,陈宝琛也在其中。张之洞特意致电祝贺:"福州陈阁学:奉旨赐对,欣喜无可言喻。鄙人屡请不获,今竟得之于义宁,快极。何日北上,务电示。"义宁是陈宝箴的籍贯。"义宁"此举,令张之洞欣庆,却让康有为失望。

陈宝箴与张之洞沆瀣一气,常常有意无意地与康党作对,已使康有为忍无可忍。一气之下,他便要找人揭参陈宝箴。梁启超劝告老师,不管论品行,还是论见识,陈宝箴都堪称大吏中的贤者。对其痛下辣手,不仅树一新敌,更将失一后盾,恐非我党之幸。他说得很有道理,然若听之任之,则张党将取代康党,在皇帝耳边絮叨。清流健将之笔,比旧派的陈词滥调利得多啊!恰在这时,户部小京官邢汝霖,由本部堂官代递条陈,参陈宝箴滥保欧阳霖,称欧阳霖前在河南做官,为河南州县中贪酷最著之员。同时附片参欧阳霖的,还有工部主事暴翔云。由此可见,陈宝箴的保举确有可指摘处,适宜康有为借题发挥。

康有为拟定《裁缺诸大僚擢用宜缓特保新进甄别宜严折》,请杨深秀代为递上。接连有人参劾欧阳霖,则此人操守可想而知。欧阳霖无足轻重,陈宝箴为柱石之臣,为何轻率作保?光绪览奏生疑,久久难下决断。

四、养心殿龙争虎斗

杨深秀的折子词锋甚锐:"臣前奏湖南巡抚陈宝箴锐意整顿,遂奉温旨褒嘉。讵该抚被人挟制,闻已将学堂及诸要举全行停散,仅存保卫一局,亦复无关新政。固由守旧者气焰非常,而该抚之无真识定力,灼然可知矣。今其所保人才,杨锐、刘光第、左孝同诸人,均尚素属知名,余多守旧中之猾吏。王秉恩久在广东,贪险奸横,无所不至;欧阳霖久办厘金,怨声载道;杜俞居心巧诈,营私牟利;杨枢以庶吉士

入李瀚章幕，招摇纳贿。至陈宝琛，虽旧有才名，闻其居乡贪鄙，网尽商贾之利，形同市侩。倘皇上以该抚新政重臣，信其所保皆贤，尽加拔擢，则非惟无补时艰，适以重陈宝箴之咎。仍请严旨儆勉，于其所保之人，万勿一概重用。"抨击罢陈宝箴所保的劣员，折子笔锋一转，评价裁缺诸大僚：广东巡抚许振祎老耄贪庸，河道总督任道镕贪狡素著，湖北巡抚谭继洵守旧迂拘，非能奉行新政者。所以，已裁大员决不可重新大用。而京官卿贰以上，外官司道以上，除鸿名硕学数人外，实鲜通才，更无应时开新之才。这样的人才到哪里去找？奏折没有明说，联想到先前徐致靖、宋伯鲁的推荐，康有为之外恐无第二个。

想到这里，光绪连连摇头。他不知这头为谁而摇，也许是为自己。在"哭庙"的第二天，他便将裁缺的通政使、大理寺卿、通政司参议，分别补授吏部侍郎、仓场侍郎、都察院左副都御史。这是为了平息震荡，减轻阻力。但是按照杨折的标准，这正是缺乏真识定力！光绪扪心自问，真识是有的，可他定不住自己。做皇帝的尚且如此，能够对臣子求全责备么？

光绪思来想去，事情仍须照路数办。即向湖南发去电旨："有人奏，湖南巡抚陈宝箴被人挟制，闻已将学堂及诸要举全行停止。新政关系自强要图，凡一切应办事宜，该抚务当坚持定见，实力举行，慎勿为浮言所动，稍涉游疑。"陈宝箴接读此旨，意外之余，便是警醒：康有为在皇帝心中的地位，看来不可摇撼了。这对皇朝绝非福音，可惜身为外吏，无以挽转圣意。那么谁能挽转？京中并无其人，而京外，身旁——，他想到了一个人。然而事关枢要，不是一时半刻便能决定的。他先要做一些辩解，便致电总理衙门：昨承钧署电旨，仰蒙圣训周详。

湖南举办各事，并未受胁停止。近日委绅士蒋德钧往湘潭等处联络绅商，来省设立商工等局。议派学生五十名赴日，业已考选完毕，不日当可启行。学生放假，讹言停散，实则七月十三学生均已回馆，续聘教习亦到备课。其余新办各事，当另折具陈。看到陈宝箴跟康党打笔仗，几位总署要人乐不可支。诚所谓失道寡助，康有为把人得罪精光，就轮到别人来办他的罪了。总理衙门以庆王的名义，给陈宝箴发电慰勉。商工和留日都归总署管，他们乐得夸奖一番。

恰好有一桩政事，正由总署和湖南联手承办，双方互有需求。这事起因于对英借款，当初议借一亿两银子，英方提出辟大连、南宁、湘潭为通商口岸的附加要求。后来决定不借英款，英公使以清朝失信为名，要挟中国承诺长江不许别国占据，英国轮船任行内河，并要强迫开放湖南，以此扩大英国的势力范围。湖南口岸势在必开，陈宝箴建议以岳阳换湘潭，开通以后不划租界。总署奏请皇帝批准后，宣布将湖南岳阳、福建三都澳自开为通商口岸。这是清朝第一次自开口岸，也是第一次不划租界。英国暂时没再刁难，不少大臣将此视为英国的通情达理。

英、日是同盟，中国如能挤进这个同盟，就能得到外力保护，不怕俄、德、法的斧牙锯齿。对此意向，日本当然要予以迎合。而在这时，派黄使日已过去半个多月，黄遵宪尚未来京报到，日本使馆对中方的迟缓表示不解。张荫桓将此情况上奏，这触动了光绪的心思。

过了一天，王文韶、张荫桓奉皇帝之命，前往日本使馆，与代理公使林权助商谈三件事。第一，中国与日本唇齿相依，应当友好亲善。大清国大皇帝，为使两国更加密切，欲将头等第一宝星赠予大日本大皇帝，并命新任使臣黄遵宪携带奉呈。第二，此次国书由中国皇帝亲自拟写，国书开头敬语与以前大为不同，以表亲睦之至意，请电询贵国政府，转达于贵国皇帝陛下。第三，我国皇帝有意向贵国派遣特命全权大使，不知贵国是否有意接受？如果同意，贵国也应同样派遣驻华大使。本件系以黄遵宪出发之期临近，我皇帝欲于事前得到贵方回答。

林权助当场回答，我国皇帝对于贵国皇帝的好意，一定欣然接受。本官并且深信，关于赠送宝星一事，肯定会同等回礼。至于互派大使，我政府历来有此愿望，只是需要预先确定英、俄两国是否有相同意向。由于大国之间的限制，或许难以速派大使。然自去年年底以来，中国的政情大变，越来越向良好的方面发展。循此前进，日本和中国的邦交必然更加紧密，派大使将成为顺理成章的事情。

口惠而实亦至，前首相伊藤博文已经启程赴华，不日便可到京。日本代华选聘的头等匠师敬介等人，此时已到天津，可以充任中国的经济顾问官。由湖北发端的两国军事合作，也扩展到了北京。总署与日本使馆武官初步议定，由北洋派十名、

湖北派五名,组成军官观操团,赴日本学习操演。中国与英、日越走越近,俄国岂肯袖手旁观?驻泊大连湾的俄国军舰,不时向南游弋,大有进窥津沽之势。这引起英国的警戒,驻威海的英舰活动频繁,并从上海调兵增援。一时间,英、俄开仗的传言甚嚣尘上。胶澳事变以后暂时趋缓的形势,陡然紧张起来。

这在光绪的心头又烧起一把火。有一句俗话叫皇帝不急急死太监,现今的情况是,皇帝着急,别的人都不急。王公大臣照常坐班,翰林御史照常上表,即使是那些裁掉的京卿,重获任用后照常应卯,就像什么事情也没发生一样。这是一群等待树倒的猢狲,怎么能够寄重望于他们!

光绪将目光投向一份奏折。这是江苏巡抚的复奏,内称欧阳霖系捐班出身,确有劣迹。“捐班”二字刺痛了光绪,使他陷入沉思。由捐纳而位列朝班的大员,可谓比比皆是。其中固然不乏贤者,而昏官贪官奸诈之官,却是此辈主体。捐纳为本朝大弊,在裁撤冗衙之际,更是必割的赘疣。说办就办,光绪找到几件请停捐纳的条陈,发交户部议复。满汉尚书敬信、王文韶,见到此旨相视一笑:好了,雨点儿淋(轮)到咱头上了。户部的意见是“应毋庸议”。光绪明知他们会使这套把戏,直接下旨停止海防捐。两尚书傻了眼,挖空心思拟了一件奏章,请求暂缓停捐。

王文韶将折子带到军机处,央告同僚帮腔。刚毅幸灾乐祸:“往日我打头阵,你老溜号。这回你后院起火,我没力气帮你挑水。”王文韶道:“子良你算清账,断了户部这股水,你兵部首先没饭吃。”刚毅一拍脑门:“着哇!海防捐养的兵,大部分在北洋,这是要卡荣禄呀。”世铎白他一眼:“这话哪能乱说?停捐是大事,确乎急了些。”刚毅问裕禄:“寿山兄作何想,你还要端平一碗水?”裕禄笑容可掬:“恰恰相反,这回我跟你一起忤逆皇上。”刚毅把眼对准廖寿恒,廖寿恒不等他问话,径直说道:“我也愿做你的同伙。”刚毅大为感叹:“夔石兄一呼百应,这都是钱的力量啊。”

五大军机一心一德,早朝叫起一同见驾。议罢别事,王文韶将户部的折子呈上。光绪一目十行,掀到后页便不再看,目视王文韶:“前谕户部编列收入支出表,办理情况如何?”王文韶道:“回皇上,已委派一名郎中三名主事,着手办理。”光绪又问:“户部主事宁述俞提议厘金实收实解,候补主事杨祖兰提议厘金包税,汉水渔人提议全国重换田契、房契、业契,可增税收并免讼争,户部议得怎样?"王文韶道:"集议一次,尚无定议。"

光绪道:"交件早的没有定论,说到停捐马上驳回,户部拿的什么章程?"王文韶语带哀求:"入不敷出,度支艰难,早在圣明洞鉴之中。一个萝卜顶一个坑,海防捐这一项,北洋淮军五十八营,宋庆豫军二十营,仰赖供给。一旦停止,淮饷立断,恐碍巩固海防大计。"世铎接道:"加上创行新政,用项陡增,需款正亟,停捐宜缓。"

世铎凡事谦退,光绪很想给他一个面子,可是面对顽石般的群臣,光绪更想敲出一点动静:"朕岂不知巧妇难为无米之炊? 然户部只会煮米、丢米、漏洞百出地耗米,从来不设法增加收成。户部主事王凤文,对昭信股票提出补救办法。户部主事程利川,提议户部设局自铸银圆,从中获取利润,解救市面钱荒。这都是户部司员,类似办法很多,究竟可行与否,诸堂不闻不问,惟一的法子是伸手要捐。这是容易了,可对于官风民心,你们想过没有?"

上书连篇累牍,翻阅披沙拣金,皇帝要耗费多少心力,才能牢记人名和建议。臣子们不能无所感动,刚毅摆出心悦诚服的样子:"皇上屡次申戒,根除疲玩积习,臣下总难摆脱旧章,奴才也有这种毛病。不过病去如抽丝,非要快刀乱斩,只怕山倒河断。兵部深知淮营的艰窘,由于开不出钱粮,已引起三次哗变。"

光绪又显出超人的记性:"一次是营官克扣,一次是奸商舞弊,一次与钱粮无关,有两名哨官借资报捐,被本部统领截占。这恰好证实捐纳之害。"刚毅被驳得哑口无言,只好用眼梢瞥向身边。廖寿恒出来践诺:"臣回皇上,捐纳有百害,也有一利,用此银订购两艘德国军舰,使我海军重现雏形。"

光绪面色一沉,良久不语,看来是想起被打烂的北洋水师。他在御座上移动身子,像要借以摆脱:"军舰仍是德国造,海军莫用中国人。朕非自我作践,此亦世界共识,我之海军非败于日本,乃败于自身。不从身心变起,再花亿万两银子,也买不回一次胜利。一面裁官,一面捐官,此种政体,不改何待? 停止捐纳,朕意已决。"

五颗头越垂越低,世铎的花白脑袋几乎挨着地。过了一阵,他也决意道:"此事原经太后手定,今要停捐,需请懿旨。"

　　光绪道:"当然要请懿旨,将奏件和谕旨转呈太后。"

　　军机五臣领旨退下,好似打了一次败仗,在军机房中疲沓喘息。一片岑寂中传来脚步声,林旭挟来一大包条陈,呈交到裕禄的案上。刚毅奚落地叫一声:"林暾谷,卧龙先生的锦囊妙计,你又抱来一大摞?"这位重臣总是黑着脸,不拿正眼瞧他,今日太阳从西边出来,林旭也未显得惊异:"大人,这一摞共有三十三件,有七件是昨日未签的。"刚毅一挥手:"不说这。我忽然想起,你贵姓林,是否林文忠公本家?"林旭道:"回大人话,宗系很远。"刚毅道:"再远也是同宗,与林、沈二名臣有此渊源,名门正派,你当自惜。"林旭落落大方:"晚生感佩指教,必当铭记在心。"刚毅问:"有关海防捐的条陈,是你阅签的?"林旭道:"广西举人李文昭,国子监监丞高向瀛,条陈涉及海防捐例,两件均由晚生阅签。"刚毅道:"你票拟批准?"

　　短短五个字,包含两项重大罪名,林旭却无怯意:"回大人话,签条不是票拟,签语为'拟请交户部议奏',哪敢径批准字。"刚毅慨叹一声:"户部为难,为难的还有北洋各军。你出荣仲华之门,近日与天津通没通音讯?"大臣要找小臣的茬,林旭只得赔起小心:"领受荣相教诲,晚生没齿不忘。近时津门军政事繁,不好冒昧滋扰。"

　　刚毅声音刚硬:"好的不好的轮番上书,哪管扰不扰!罢了,说也白说,你这白衣秀士莫做王伦,荣相受惠多多。"一摆手将他挥出。刚毅悻悻地退值回宅,由夫人陪着饮了几杯酒,倦卧竹榻蒙眬睡去。醒来已到下午四时,啜了一阵茶,自感精神缓了过来,检视门上报来的名片。大多是刚毅不想见的,等到看见陈夔龙三字,刚毅心中一动,传话让进。陈夔龙现为兵部员外郎,总理衙门管股章京。荣禄做兵部尚书时,他作为属员和心腹,深得荣禄信任,今日可谓来巧了。

　　陈夔龙趋附堂尊,手段不俗。当初荣禄喜相术,他满口麻衣相法;现时刚毅好兵法,他常献阵图秘籍。他今日携来的,是戚继光所著的《止止堂集》。戚继光的《纪效新书》《练兵实纪》《莅戎要略》《武备新书》,刚毅都藏有多个版本,只有这本书他搜求未得,陈夔龙竟为他觅到了。

　　兴致勃勃地谈了一会儿书,刚毅转问他调津之事。原来,北洋交涉事繁,荣禄要调陈夔龙赴津差遣,业已奏准。追随荣禄这样的要人,自有远大前程,然而毕竟

远水不解近渴，陈夔龙颇费踌躇。听到刚毅问及，陈夔龙笑着禀说，此事突现转机。前些天他去看合肥相公，请教直隶洋务。李相直言天津已经败落，若论交涉，何如总署？你若愿意留京，我可给荣相去函恳情。陈夔龙含糊答应，过两天又去贤良寺，不料李相托人去天津，征得了荣相的慨允。接下来李相便要奏留，为使事理妥帖，他要陈夔龙自拟。陈夔龙将稿子送去，又一个想不到，李相奉旨退出总署，已无上奏资格！这要一闪两失了吧？又不是，李相并未撒手不管，转托许应骙代上。许应骙答应出奏，陈夔龙就是来报此讯的。

刚毅听罢感叹："好个一波三折。我本来想奏留的，不好驳荣仲华的面子，幸亏李少荃热心，到底没让你出京。若要升官，哪里有总署便捷？"升官二字刺了陈夔龙的耳，他便婉转解嘲："李合肥那么大官，恰恰在总署丢了。"刚毅不由失笑："他的官到了顶，动一动就是下坡。你陈筱石正在爬呢，等攀到他那份儿上，可要记着守拙。这种做官经，正是守旧的真髓。我不慎泄露天机，下一步该倒霉了。"说着又扯开去："荣仲华猛将如云，还要纠合旧幕，再来个谋士如雨。他想干什么，跟宫中打擂台？"

陈夔龙知他意何所指，便帮荣禄叫苦："据津友言，荣相经常自叹：将士不少，没有能打的；幕宾甚众，缺少能说的。连我这没嘴葫芦都成了交涉熟手，可见此言不虚。"刚毅在了意："津友，何人？"陈夔龙道："翰林徐世昌。"刚毅问："他不是袁世凯的幕僚么？"陈夔龙道："正是。我去贤良寺，恰遇他奉袁命探望故主——"

刚毅咀嚼着这个词："故主，甚好。那么荣禄是他的新主，主仆之间合榫不？"陈夔龙的话中暗含得意："堂尊这话问对人了。徐世昌跟我只算点头之交，因知我与荣相的渊源，甚是热络，特意拉我去街上吃酒。酒酣时还让我看一封密函，是袁派人送给他的。我尽量记住主要词语：到津时，行宫、演武厅均未包定，连日催商，昨日始定全局。闻九月初间两宫临津，此际亟须赶造。诸公互相推诿，办事人多，每有此弊也。荣公相待甚好，可谓有知己之感。亲缮面呈之件，大以为然，并甚感悦。此外还说'内廷政令甚糟'，这是指吴懋鼎与端、徐同得三品卿，吴某在津声名不佳。还有'今上病甚沉，有云百日痨，殊为廑念'。皇上有病之谣在民间盛传，连津城达

官都形诸笔札,可见人心不安,已臻极致。"

这一大段堪称珍闻,地方要员派人进京,其活动手法也令人咂舌。刚毅意犹未尽:"他还说了什么?"陈夔龙道:"徐世昌替荣相抱不平,他说天津卖力推行新政,上头似乎视而不见。荣相担心康党上烂药,他先前的一个门下士,就吃了康有为的迷魂药。"刚毅道:"是林旭吧?巧得很,今日当值,我跟这人有交际。当时我想,这还是荣仲华的旧仆呢。"这是一个着力的杆杖,陈夔龙当然要抓住:"真是巧,听徐世昌的意思,他得便要劝劝林旭。林旭跟我也有点交情,这边鼓我得帮着敲。"

看到刚毅面露欣慰之色,陈夔龙辞出后,便马不停蹄地造访林旭。见什么人说什么话,林旭爱写绝句,陈夔龙便诵出近作一首,请他指教。这四句是:"始作皇兮始作俑,一夫唱断万夫雄。萧然啸罢无王气,地竞龙蛇天竞风。"

全诗沉雄苍劲,有勃郁不平之气,令林旭颇感诧异。称秦始皇为始作俑者,起句突兀大胆,抒尽万夫之慨。只不知萧然长啸发于何地?陈夔龙告诉林旭,他春间奉派随兵部侍郎入陕,查办事件,顺道游观始皇陵。

林旭恍然道:"秦陵之啸,异乎寻常,老兄确非无病呻吟啊。'无王气'三个字,道尽当今国运世象,我意诗家均须袖手。"

陈夔龙忙谦虚:"暾谷过奖,愧不敢当。贤弟揣摩后山绝句,那是下过苦功夫的,我这种浮光掠影的劳什子,何敢同日而语。"

林旭认了真:"否,否。咏史之诗需有感而发,怎样才会触感?那要应其时,践其地,其思其意与其情契合,方始能够。说句打嘴话,其间机缘与妇人受孕相仿佛,所谓可遇不可求也。"陈夔龙笑赞:"妙喻爽心,便当浮一大白,我请贤弟小酌一番,如何?"

林旭为人爽快,便跟着陈夔龙步出寓所,在街头寻一小店,把酒畅谈。林旭继续先前的话题:"我有一诗,似乎专为印证方才的议论,其实是上个月写就的。有个朋友从咸阳来,席间说起秦皇霸业,我口占一绝:烟迷虎帐战云开,秦马喑鸣刁斗哀。卧向沙场堪一醉,纵横万国此听雷。"陈夔龙忙赞:"好诗!暾谷惯用后山倒戟而出法,此法关键在第三句,要如电掣银蛇,尽反前意,结句别开一片新天。我的第

三句无此转折，以至四句如一字长蛇，而无斗转星移之妙。"

林旭仔细品哑，见他并非一味应酬，这才贴切谈诗："拙诗转是转了，咏叹却未落于实处。纵横万国，是极言秦军之威，还是婉讽秦政之酷，我至今都没想清。归根结底，处末世而歌大风，终难脱于无病呻吟。"陈夔龙道："如此评诗，衷心钦服。暾谷要吟切实战歌，我以为当作师旅之行。远的不说，津门就有虎贲三军，跨上火车，转瞬可达。连我这拘守本分之人，都曾去一开眼界呢。"

林旭昨日见过徐世昌，听了他的一番游说。这位稀客为何而来，他一直暗自掂量，至此豁然开朗。陈夔龙做出无所察觉的样子："我此次去津有个缘故，荣相欲调我赴津，没想到总署不愿放人，我只好向荣相告罪。荣相尽管容情，可也大发了一通牢骚。这也难怪，天津的交涉太繁忙了，他恨不能把天下人才全揽去，偏偏流失多而引进少。荣相说，京城是地老天荒，津市是水老人荒。"这像是荣禄说的话，林旭记得，那位高官口中离不开风水。林旭忍不住问："荣相对我说了什么？"

陈夔龙笑道："士别三日，当刮目相看，这是荣相夸你的话。这并不是说你当年不行，荣相亲口告诉我：光绪十九年，林旭领乡荐第一，入都与诸名士交，试礼部不售，则发愤为歌诗。二十一年割辽、台，林旭上书请拒和议，并于此时入荣某门下。你看，他对你的出身如数家珍。"林旭不无感动："那时荣相在督办军务处主事，我为救国，愿在帐下效力奔走。满洲贵公门庭若市，我自揣浅陋，不去滥竽充数了。荣相宽宏大量，竟未忘记无足轻重之人。"陈夔龙道："荣相说，观人要看人之品，不论官之品。白衣林暾谷绝不低于朱衣某某某，这名字我就不说了。"

林旭其实不知影射何人，含糊地应了一声。陈夔龙似也有所感应，不再讲说，转而布菜。酒阑席将散，言尽兴未足，林旭本要辞谢而出的，一句话终未忍住："我明白老兄的意思。私恩不背公义，新识岂掩旧情？时局如此，大臣和微员均应抛弃歧见，归于一心，共赴国难。我与康有为并非以私谊相交，可惜无人愿意理解。"

陈夔龙语意诚恳："无理解在于不知底。即如荣相，人皆称他是后党，其实他对皇上忠心耿耿，比自以为帝党者纯良得多。他所期望于你的，不是要你背离康门，而是想能竭尽精诚，共戴皇天。话说回来，你与康有为也非绝无异议，你去年底致

朋友函称:康长素来,日有是非,欲避之未能,深愧吾友闭门之贤。"他连这种隐情都探得了?林旭一惊,由此警醒,不要跟这人掺搅过深。当下敷衍几句,两人道别,各自回寓。

京津之间,各式人物秘密往来,穿针引线,编织出一幅紧张的图。各种谣言剥去外皮,都归结到阅兵废帝上。谣传最紧张时,小官们慌乱不安,户部主事丁乃安率先上书,请将天津阅操改在南苑进行,说是为了方便慈圣起居。接着几件上书,干脆请求取消阅兵。大官则无人吱声,这不是人臣应当插嘴的。取消与否,连皇帝都无权决定。

若按光绪的想法,在百废待兴的时日,阅兵除了劳民伤财,得不到别的效果。然阅兵日期早已发布,慈圣的兴致不见降低,此事势在必行。光绪倒不怀疑"其中有诈",荣禄不断上报准备情况,那是在行分内之事。荣禄为慈圣所倚重,此为人所共知。荣禄摆在那里,总像一个无形的威胁,这惟有光绪才能感受到。京城和津沽,似乎在暗中较劲。军机处在绞绳的纠结处,感受到两股力量朝相反的方向越拧越紧。

四名小军机,在重重挤压中苦苦煎熬,几乎透不过气来。条陈日益增多,他们埋头审阅,尽量加快速度,仍然赶不上趟。面对积压的纸堆,难免心生愧意。他们都有上书的经历,那种一吐为快的迫切心情,他们能够体会。可是,大多上书都易说不易行,他们辛苦处理的,不过是空话而已。连他们心中所想,也是天上的画饼,遑论其他!而衡量当前情势,已如火上烹油。

这天散值后,杨锐便去到刘光第家。今日之谈确为要事:运动张之洞入军机。刘光第以前有所犹豫,如今不同了,再迟恐将不可收拾。张之洞固然不愿跳火坑,只要推毂的力量足够大,香帅就得勉为其难。在近日的条陈中,内阁中书祁永膺、户部主事闵荷生、兵部主事曾炳煌,都请召张之洞入枢,杨锐加签上呈。刘光第补充说,他那班上呈的,有李文诏的条陈。此类条陈多多益善,最好央请有分量者出面。大学堂提调骆成骧,状元出身,素有雅望,可算一个。杨锐又想到濮子潼,是兵部郎中、军机章京,刚被任命为江苏松江知府。刘光第跟他较有交谊,可以拜晤商

量。

议后即动，到了第二天，骆成骧的条陈由孙家鼐代递，提议仿照西法公举执政，先定宰辅。宰辅候选人应为京官三品、外官二品以上，由七品以上的京官及相应品级的外官公举。骆成骧未提张之洞之名，然"德望服众、威名素著"之类颂语，则是比着葫芦画的瓢。过了一天，濮子潼在条陈中称赞张之洞，"凡有建白，实出近日建言诸臣之上"。他未提请召张入京，而是建议今后交军机筹议之件，一并发交张之洞议奏，等于将张抬举为京外军机。两人设计宛转，与杨、刘的办事习惯异曲同工。

当天傍晚，杨、刘正在筹谋下一步，骆成骧带来一条令人惊喜的消息：日讲起居注官、翰林院侍读学士陈兆文，于昨日递上一件奏折，称赞张之洞器量宏深，得大臣之体，所著《劝学篇》曾进御览，于中西政教得失源流，推阐精深；皇上若召张之洞入军机，朝夕献纳，必能挽时局之艰危。陈兆文的折子不经小军机之手，因他有权专折奏事。

陈折很有分量，如果再有一位重臣奏请，便会有成功的希望。关于重臣，三个人同时想到陈宝箴，这位巡抚圣眷优隆，有求必应。只是有谁请得动他？谭嗣同？不合适。同属新党而门户各异，此亦无可奈何之事。三人商定，由杨锐先把陈、濮等人的折片，简要电告张之洞，将士民的呼吁传送入鄂。若能歆动香帅，下一步就好办了。

又一次出乎意料，杨电尚未到鄂，陈宝箴的奏折已达京师，正是请求召张之洞入枢的。受到光绪严旨遣责后，陈宝箴深感辅弼无人，以至皇帝偏听偏信。再听听北京的风声，一日紧似一日，若不设法旋转，将有崩裂之险。他在电奏中说："近月以来，伏见皇上锐意维新，旁求俊彦，以资赞襄。如杨锐、刘光第、林旭、谭嗣同等皆以军机章京参与新政。惟变法事体极为重大，创办之始，凡纲领、节目、缓急、次第之宜必期斟酌尽善，乃可措置施行。杨锐等四员，虽有过人之才，然于事变尚须阅历。方今危疑待决，外患方殷，必得通识远谋，老成众望，更事多而历患密者，始足参决机要，宏济艰难。窃见湖广总督张之洞，忠勤识略，久为圣明所洞见。本年春间，曾奉旨召令入都，询商事件。今沙案早结，似宜特旨迅召入都，赞助新政各事

务,与军机、总理衙门、大臣及北洋大臣,遇事熟筹,期自强之实效,以副我皇上宵旰勤求至意。"

电报仍请总署代奏。奕劻接阅此电,一则以喜,一则以忧。喜的是陈宝箴不放心小军机,这话由他说出,比任何人说都有力。忧的是要张之洞入枢,而且明言参决新政,这对世铎、刚毅来说,不是去了四小鬼,招来一阎罗么?这事跟总署没有直接关系,奕劻先去见世铎,把这个消息透给他。世铎与奕劻有同感,张之洞好高骛远,清流本色若隐若现,他若发起宏议,康有为怕也甘拜下风。折子是阻不住的,总署可以滞留数日,再交军机上奏。

两位王爷磋商甚密,而时下京中没有不透风的墙,康有为很快探得此讯,不由心焦如焚,急求解救之法。

第三章　密诏告急

一、山雨欲来　惊鸿入抱

在康有为看来,张之洞对他的威胁,比老顽固之流大得多。此人内通经典,外达洋务,且不论其累累实业,单凭一本《劝学篇》,就不好说他不学无术。他若入主中枢,跟康有为一党斗起法来,必然不会隔靴搔痒。康有为无力阻挠此事,只能另辟蹊径,旁敲侧击。他精心撰拟了一封奏折,请徐致靖上奏。该折主旨在设散卿,备顾问,仍从古制中找依据。古代有散大夫的设置,职掌为集议论,发讽谏。而今卿寺既废,中有贤才无以安置,可在部衙设立三、四、五品卿,在翰林院设立三、四、五品学士,不定员额,不支薪俸。此为议政之官,可为皇上广集众思,详细推寻,多方讨论,助行新法。

光绪帝领悟到,这叫老瓶装新酒。如果此议可行,康、梁等人便可做一个散大夫,名正言顺地上言献策。光绪将徐折发交孙家鼐议复。孙家鼐一眼识破,这又是制度局的变种。自从建议遭拒后,制度局一变为议政处,二变为立法院,三变为懋

勤殿,四变为议院,可真不厌其烦啊。孙家鼐多次批驳,这次若再阻遏,将予人以见康必驳的印象,不合大度能容之范。况且折子打着为卿寺废员着想的旗号,他怎好来做恶人?

孙家鼐正好拿这一点做文章,他在复奏中提请,此项卿员学士设立后,遇有相应品级的缺额,由吏部一体开单,候旨录用,同时给以薪俸,以使其安心做事。这样一改,就把康有为设计的议政官,改成了按部就班的候补官,那类不切实际的空议论,也就发不出来了。光绪令内阁明发谕旨,准设散卿,并着吏部详定条款,请旨施行。

一奏一个准。但吏部的条款不知会拖多久;即使实施,尚不知能否顺利入列;至于这顾问是否顾上问,更是想都不敢想。康有为心神不定。近些日子不知为何,他做不到气定神闲了。他是在想家,尤其想那位妙人儿梁随觉。她尚不能说如花似玉,然正当妙龄,伶俐可人,入室不久即告分离,屈指算来长达一载。今年春天,由夫人张云珠主持,在广州河南花埭筑室,室成之后夫人来函,请夫君拨暇南归,与家人团聚。函末附有梁氏数语,脉脉情意流溢行间。

康有为不得分身,只能写诗以寄遐思:"儒宫方二亩,花架蔽三弓。奉母堂开北,藏书牖向东。烟雨井旁宅,素馨田畔家。小桥通涧水,大树隐云霞。楼阁皆垂柳,比邻尽种花。"花前月下,往事如烟,寒舍京市,离情似酒。残妆一梦彻,薄宦几归来? 雅言丽句难疗相思,他不由想起旷夫怨女这句粗话。他旷得太久,她怨得太多。志在军国的文韬武略,急切间抵不上她的一声浅嗔。

康有为正怅惘间,听见窗外传来说话声,连忙收回脱缰的野马。今天,他约了谭、林、梁等三位,商议隐秘之事:结援兵,备紧急。等到三人入室坐定,康有为开言先说远援。他电请在上海的李提摩太,速来北京,估算行程,此时应该到了天津。谭嗣同问,这位能够援什么?

康有为要谭嗣同放心,他只让李提摩太牵线搭桥。康有为跟日本使馆没少接触,日本人没少给他鞠躬,却从来不给他一句囫囵话。康有为终于揣摩出,日本人在等英国人的眼色。偏偏英国公使避暑去了,驻守馆员见人只带两只耳朵,那双蓝

眼珠不转睛盯着你,始终不吐一个字。这就用得上李提摩太了,他至少能跟使馆搭上话。谭嗣同说,恰恰这一点,他对李提摩太不放心。李提摩太跟英国政府搭不上话,英使馆根本不听他讲话,称呼他为江湖教士。康有为笑笑说,好在容闳跟李提摩太同来,他对英、美人士都知底,届时可以互相切磋,待机而动。接着讲说近援,徐仁录小站之行,乍一听收获不小,细考量并不着实。袁世凯应承忠君,他效忠的究竟是哪一个君? 谁不知道,真正有用的君在园不在宫! 更叫人心里打鼓的是,在小站拍过胸脯后,袁世凯至今未跟康有为通一个字,这不合常情。所以,是不是请毕永年再去天津一趟?

谭嗣同思忖着没说话,林旭坐不住了。他头一次听说这桩秘事,先是吃惊,后是担心。他告诉康有为,袁世凯倒是通到了他这里。前天徐世昌来见他,说了一番应酬话,当时没有觉出什么,如今想来就别有意味了。看看康有为阴沉的脸色,林旭没有提陈夔龙的名字。无端引起众人的猜疑,对彼此都没好处。

室内一时静默,几个人都在咀嚼林旭的话。这时康广仁走进来,康有为瞅瞅他没吱声。在跟挚友商讨要事时,他不希望康广仁在场,这个弟弟性子耿直,常犯急不择言的毛病。康广仁尽地主之谊,给每位客人续上茶水,然后在一个角落坐下。谭嗣同知道,康有为在等他说话,可他自己都没想清。四面八方危机重重,岂是说一说便可了事的!

谭嗣同声音低沉:"在军机短短数日,对最高中枢的内里,连管窥蠡测也说不上,不过总算有所感触,一言以蔽之,比原先想象的糟多了! 他们确实在蒙蔽君主,隔离朝野,千方百计为新政设绊子。这并非出于个人品行,而是源自朝廷规制,传授几十代上百代,唉饭读书都浸润于此,早已沦肌浃髓。这似乎扯远了,然而正是这些挟持着时势,使其不由我意,并且难回天意,言念及此,令人扼腕啊。"

他一向豪气干云,斯时而发斯语,康有为稍显不耐:"不以时势误英雄,愿以英雄造时势。说骑虎难下也好,说大功将成也罢,我等今日,义无反顾。"

谭嗣同盯着康有为:"先生要背城借一,嗣同愿匍匐城壕作一垫脚,只望前行者不要失足。我等归根是文人,即使兴起舞一舞剑,只是诗思雅兴的点缀,还不配说

纸上谈兵。一向着眼着力的,只在制度、科举、学会、报纸,忽然急来抱佛脚,要在兵营中找同心,其中风险不问可知。这话虽拂先生之意,嗣同也要说在前头,以供先生周全考虑。按袁世凯的经历,应是支持变法的。这不能想当然,得放到实况中去掂量。毕永年形貌、语言都有些别扭,并不适宜在津活动。嗣同倒想亲身赴津,与袁世凯面谈,可惜眼下办不到。"

寄予厚望的事,被说了一堆不然,康有为心里有些堵。梁启超设法冲淡气氛:"要知其兵,先知其人,复生之言含有至理。项城机变而又狡诈,这是我前几年的印象。但愿忠诚与岁俱增,为我作福而非作梗。"

康有为缓缓道:"他不给我来函,我也有些奇怪,也知利禄中人不可依靠。惟以君子之腹度人,食君之禄,怎不忠君之事? 何况亡国非仅亡君,吃皇粮的为自己着想,也不该袖手。"梁启超笑道:"说到这,我想起两句顺口溜:君子动口不动手,否则吃不了兜着走。学生放肆,老师怪不?"康有为毫不松口:"梁卓如如椽大笔是草檄的,不是来哼下里巴的。你草一篇'徐敬业讨武曌檄',如何?"

这句话可是大不敬,几个人想转变话题,却听康广仁冷笑着哼了一声:"我插一句,与其后来不好走,不如现在早抽手。"康有为面露不悦:"幼博莫乱说。"康广仁执拗道:"我没乱说,是这种乱局叫人害怕。当朝诸公三番五次,要将哥哥排出京去。哥哥舍不得这份君恩,总以为臣子总该为国着想。实不知燕雀巢于积薪之上,只要烟火不起,照样啁啾闹春。他们恼怒有人惊破迷梦,哥哥是其最恨之人。这个死结如何解? 三十六计走为上,哥哥不愿去上海,可愿去日本?"

康有为怔怔地看弟弟,梁启超早已领悟:"二叔公这话可以考虑。"康广仁语气急切:"我不知能不能办到。托人奏请派兄使日,留黄公度在京主持大计,也许可以缓和双方对立。"几双眼睛对着康有为,只见他眉头紧锁,面肌抽搐,显得烦乱而又愤懑。还是林旭说了句:"皇上恐不会放先生去日本。"

这回没有议出结果,康有为依然不离不弃,希望仍寄托在皇帝身上。"皇上不会放先生去",这才算说到了点子上。

光绪也在催问吏部,令其尽快议定条款。光绪的想法跟康有为差不多,这是退

而求其次的一条路,只要经营得法,当能别开生面。条款尚未呈上,总理衙门呈上的一本书,却使光绪情绪陡转,心生疑云。这是上海道蔡钧采购的《孔子改制考》,为此书原版,就是在上海市面发行的。明明白白的是,原版与进呈本差异很大。两本互相比对,除卷一相同外,进呈本卷二为原版卷七,中间少了五卷;进呈本卷六为原版卷十八,中间少了七卷。总计进呈本九卷,原版本二十一卷,一本书整整删减十二卷,哪里还像一本书!为何如此?如此为何?对于那个人,多少臣子多少参本,忽一下子怨恨涌上心头,压得光绪透不出气来。

光绪把书册推开,用拇指关节揉按酸胀的眼窝,借以舒缓胸中的憋闷。他劝解自己,这本书他已不看,连《劝学篇》也没再看。这个人无关大局,他并未担任枢要,令其赴沪办报,足以表明其人去留无伤大雅。想是这样想,光绪却已深深受伤。他想起翁同龢,又想起孙家鼐,两个人不约而同,都提及"居心"二字。康有为的居心是什么?把这个疑问压在心底,光绪暂且转办他事。

到了次日早朝,见过军机,孙家鼐上来回事时,光绪才又勾起心事,对孙家鼐交代了几句。孙家鼐心中惊疑,面上纹丝不动,答应着退下去。按照皇朝规矩,派人查问事件,应叫代天问话。光绪的口谕竟然是,见康有为顺便问一下,还补充叮嘱:"用师傅的口气。"这样大度包容,是不是姑息养奸?康有为已现其奸!

孙家鼐当即派一材官,去南海馆传唤康有为。听说要去吏部,便知将有喜讯,因为吏部遵议散卿条款,看来要向他请教。康有为跟着材官,来到吏部大堂前,拾级而上,跨入堂门。只见孙家鼐伏于案上,正在批阅公文。材官向尚书禀报,工部主事康有为带到。

带到?康有为心里咯噔一下,立住脚不再往前走。孙家鼐抬眼盯过来。四目撑持片刻,孙家鼐冷声说道:"康有为,皇上叫我问话。"

康有为扑通跪倒,伏下头去,听那孙家鼐问:"你所编《孔子改制考》,卷数是多少?"康有为感觉不对劲,究竟什么地方不对,却无时间细思,只能回答:"共有九卷。"

孙家鼐问:"你说的是真话?"康有为道:"臣不敢撒谎。"孙家鼐道:"你恰恰在

撒谎！再问一遍，是多少卷？"

康有为头有些蒙，想了想，才答说："原有二十一卷。"孙家鼐问："你为何骗皇上？"康有为道："臣没有——"孙家鼐加重语气："原有二十一，你只进呈九卷，还敢说没有骗？"

康有为苦苦申辩："臣编此书，原有简本繁本之分。臣仰揣皇上日理万机，宜为国节劳，是以进呈简本。繁本之周末诸子并起创教、诸子创教改制以及托古、互攻等章节，皆儒教创立以前事，可以一言而概之。臣用寥寥数语总括其意，章法明而用力省。此亦改制之法，用之于编书，别有深意。此臣愚衷，请皇上鉴察。"孙家鼐冷笑道："好一个巧辩之人！奉命进书，只能原封呈进，岂可私心揣摩，以己意度圣思？既分繁简，为何不在折片上言明，尽君前无隐之分？孔子改制，乃你捏创，意欲导引维新变制，理当出以诚敬之心，安能做此荒诞之事？今奉查询，尤须知罪，而竟强词夺理，希图蒙混过关，实属胆大妄为！"

孙家鼐义正词严，康有为万般无奈，只好叩下头去。正要开言请罪，忽然涌起一念，凡属奉旨问话，问话者也要恭立示敬，孙家鼐却是坐着的！那么他并非奉旨？康有为爬起身来，投去疑问的目光。

孙家鼐拖长声："我的话你听见没有？"他的话？这是他的话！康有为大起胆来："卑职听见中堂的问话。卑职也有一问，皇上对于鄙书，圣谕究竟是什么？"他倒反过来问了！孙家鼐想起关汉卿的那句曲子，"我是个蒸不烂、煮不熟、捶不扁、炒不爆、响当当一粒铜豌豆"，形容入微，此人是也。孙家鼐将他挡回去："这不是你能问的，你还有什么话说？"

瞬间心思焦灼如沸，康有为知道，错过这一刻，他就没说话的机会了，只得把委屈咽进肚里："臣康有为请皇上治罪。请皇上责臣之身，察臣之言，采臣之法以除积弊，则外患可平，国家可兴。"认罪责还要丑表功，真可说是自大入骨了。孙家鼐鼻子里哼一声，站起身来，阔步下堂。

康有为呆立片刻，木木地往外走，到了街上，眼睛一花，萎颓在地。不知过了多长时候，有人轻轻拍拍他，康有为抬头看见一人，油头光脸，很是年轻。那人问他，

有事么？这是以为他病了。

康有为摇摇头，透过树荫瞄瞄，日头已经偏西，他大概是饿昏了。在街上闲走一阵，扭头看见一家茶馆，两旁贴着常见的门联："扬子江心水，蒙山顶上茶"。康有为心里哼一声："此地何来扬子江？"接着看到个硕大的"酒"字，那是黄酒馆的幌子，他顺脚走了进去。

屋里别无酒客，座位任他挑拣，康有为懒散而坐，老黄酒韵气氤氲。酒家是个老头，一双惺忪睡眼，唤几声才端上一盘酱豆腐，这倒对了康有为的脾胃。有一搭没一搭地饮啜，鸡一嘴鸭一嘴地剥啄，他在意念中仍与人斗口。

醉眼乜斜，睡意蒙眬，混混沌沌间，仿佛回到花埭宅园，与老妻少妾涕泣相拥。"酒能红双颊，愁可白二毛，对樽前尽可开怀抱"，这几句元曲是谁写的？休管它，且随意，远书经，傍芳菲。"挨着、靠着云窗同坐，偎着、抱着月枕双歌，听着、数着、愁着、怕着，四更早过，四更过情未足，情未足夜如梭。天哪，更闰一更儿妨什么！"这一曲中吕《红绣鞋》，他记得是贯云石写的，因为梁氏喜欢这首曲子。闰一更，情真意切乐极时，才叫得出这三字。贯云石惯写欢情，比起冯梦龙的《挂枝儿》，有过之无不及。不过冯有冯的妙处，比如他辑的《药名》中，红娘子受槟榔的气，郎有远志去做随风子，当归偏不归，娘子害相思。这是赛金花亲手捧给他，笑谈苏州文人二怪，害得他差一点王不留行，做了她的肉苁蓉。且看那赛金花，且听她相思吟："害相思，害得我腰儿就，娥眉毛根根儿皱，胭脂腮点点儿透，恨上来打也不舍打，揉又不好揉，要休了也怎能够？休，少不得再去偷。"

"偷！我叫你偷！"一声爆叫从耳旁响起，康有为从梦中惊醒，见是那个糟老头，追打一只老猫，那猫偷了他没藏好的肉。康有为嘟嘟囔囔，怪老头惊破了桃花梦。扶桌子站起，打个趔趄，几乎跌倒。他定醒一刻，便往外走。老头哎哎着，丢下猫来拦他。

望着捣过来的指头，康有为莫名其妙，听见老头喊钱，才想起未付酒资。他伸手去身上摸，竟是一文不名，这怎么办？想想只好说好话，先把账欠上，老头哪里肯依。让店里派个人跟他去取，老头也不答应。康有为无奈报出名号："我是工部主

事康有为,不会赖账的。"

老头直着眼,似乎听不懂。轮到康有为不耐烦了,一拱手转过身要走,老头跨上前来,一手抓住,一手便打。康有为抬手一架,老头哇哇大叫,一个小伙从后院奔出来,问了一声。老头手指康有为:"他说他是功夫老子康茂才,要昧你爹的酒钱。"康茂才是朱元璋手下大将,戏上经常唱的。康有为刚想解释,小伙当胸一拳,把他打倒在地。小伙扑上来又打,康有为挨了几下,又痛又急,不由怒吼。忽从门外奔进几个人,吆喝着制止店家父子。为首的年轻先生,问明原委,令手下将酒钱留给店家,亲手扶起康有为。

康有为认出来人,正是在街头问过他的那一位。这人请他坐上门外的骡车,查看他的伤情,除了颈背处的一块瘀青,别处均无大碍。康有为请问尊客姓名,那人笑笑说,我是个慕名的朋友,来送先生回寓,先生安心歇着吧。

慕名者大有人在,康有为不胜酒力,在嘚嘚的蹄音里,真个打起了瞌睡。恍惚间东游西荡,仿佛绕过大半个城,车子在睡梦中停住。康有为被扶下车,使了好大劲,方才睁开眼,发现置身于葱绿的林木中,清气如水滤透身心,多少天没有这般舒爽过。

在泉石间迂回穿行,跨上一面隆起的草坡,他认出了这个地方:皇城山居,侗五爷的下处。果然听见朗朗笑声,侗五爷迎出竹篱院落,陪康有为踏进一座敞屋。这屋名叫来凤轩,谐音来风,因为临岗面水,吐纳天地气息。在清风徐来的花窗下,侗五爷唤来两名小丫鬟,用药汤温敷康有为的酒伤。

听康有为问那位救他的少侠,侗五爷说,那是我的师兄弟,不过是戏台上的花拳绣腿,过些时我叫他舞给你看。先生中酒兼受气,当务之急乃是休憩。从吏部堂到小酒馆,康有为似从悬崖坠入险滩,顺流而下到五爷这里,真像进了安乐窝。一身的紧张得以平舒,他在惬意中酣酣睡去。黑甜一梦,万虑皆消,醒来但见霞光尽敛,暮色四合,林树间岚烟若有若无,像满天的云彩倦游归来,要在水畔安顿一宿。侗五爷适时过来招呼,安排酒肴。康有为看着乳白的瓷瓶中,斟出淡青色的酒浆,忙说酒还没醒,哪可再饮?侗五爷告诉他,这叫竹叶青,专采自家雪后竹尖,秘法制

成,介于茶饮与酒酿之间,用于解酲,但饮无妨。

侗五爷的衣食学问之广,配得上康有为的中西学问之博,虽然宿醉又添新醉,康有为却是心神愉悦。闲聊的话题离不开戏,侗五爷说新排了一出戏,这是由《战宛城》改编的。

话说东汉末年,天下大乱,群雄并起,逐鹿中原。宛城张绣也算一雄,继承其叔父遗留的基业,要在豪强夹缝中谋求自立。曹操挟天子以令诸侯,从许都出发统一天下,岂容张绣在卧榻旁酣睡?曹操亲率大军征宛,在征途中创下两个典故:一为"望梅止渴",用前方的梅林激励将士赶路;一为"割发代首",坐骑受惊,践踏麦田,曹操亲手割断自己的头发,以示严明军法。请注意,曹操割去的这一缕头发,被宛城细作潜送入城,到了张绣的寡婶邹夫人手上,并由此引发了情爱佳话。还请注意,历代的《战宛城》故事,都说曹操战胜后欢宴纵酒,酒后无德,以致奸宿邹夫人,使已经归顺的张绣怀恨起兵,夜袭曹营,造成曹操平生的第一场大败。"而本人的戏本巧翻前案,改为邹夫人心怀朝廷,爱慕英雄,一力敦促侄儿降曹。她跟曹操的这段姻缘,是惺惺相惜,非露水苟合。这出戏以整整一折'梅林暗度',来敷演英雄爱美人的故事,可谓佳音丽境,珠联璧合,先生是否有意一观?"

康有为忍不住笑:"五爷老王卖瓜大半天,我若不咬一口,岂不有负美意?"侗五爷竖起一指:"好,你亲口承许要咬一口,不可食言。你看,月明林下,美人来也。"康有为抬起头,但见轩窗以外,纳凉台前,有星星灯火从梅林中擎出,转眼簇起一片亮光。亮光下是一个宽阔的场子,由于有树木穿插其间,更像林地而不像戏场。侗五爷说,这是为"梅林暗度"专门设置的。有人在场子两侧摆设乐器:右侧琴弦,此为文场;左侧锣鼓,此为武场。有一个人在场上指挥铺排,这就是侗五爷的师兄弟。五爷又叫康有为注意,眼睛一眨,蛟龙池翻花,他要从戏教师变成汉丞相了。

康有为望着那人问:"他唱曹操,谁唱邹夫人?"问到夫人,表明康有为已有意了。

侗五爷继续放线钓鱼:"能舞剑,善吟诗,占取东风第一枝,必须这种角儿才唱得。我请先生洗耳刮目,这人儿出来时,可要闭月羞花的。"在侗五爷的吹嘘声中,

曹操兵发宛城,渴途望梅,麦田割发,兵临城下与宛军激战。张绣身陷重围,邹夫人亲出解围,因气恼侄儿不听劝说,愤而掷剑。曹操捧剑赞叹:好剑呐,好剑! 完璧归赵国,宝剑还佳人。邹夫人接剑时,与曹操四目相对,羞涩下场。顺理成章地,戏就转入清宵静林,邹夫人率领侍女,舞剑消愁愁更愁,唱词琅琅似水流:"人领军为的是攻城掠土,我演军却只为排遣孤独。梦境中结苦果无处倾吐,心田里生野草难以剪除,欲飞天哪只鸟儿可来伴舞,待卧病哪只手儿可来帮扶? 风吹绿叶窸窸窣窣如怨如诉,水激怪石呜呜咽咽为我一哭。"

　　词雅如诗,情浓似酒,真是难得。更有一个唱戏的人儿,唱念做打皆当得一个好字。没听清倜五爷叨咕什么,康有为注意于她身上,看到曹操率子侄上场,打断了邹夫人的剑舞。曹操的侄儿请教剑术,夫人不教,侄儿纠缠,曹操逐走子侄,展开一段请罪的好戏:

曹　操(唱):忽听此一席话锋利如刀,

　　　　　　猝不及防劈头盖脑雷雨风雹。

　　　　　　曹孟德俯首自问存心尚好,

　　　　　　决不会背信弃义过河拆桥。

　　　　　　贤夫人深明大义用心巧,

　　　　　　一双手托举宛城归汉朝。

　　　　　　此情此心无价宝,

　　　　　　此功此德应酬劳。

　　　　　　小儿辈失礼当管教,

　　　　　　求夫人看我薄面饶恕这一遭。

邹夫人(唱):良言清心洗烦恼,

　　　　　　眼含热泪忍号啕。

　　　　　　丞相宽宏谁不晓,

　　　　　　怎奈我小船生怕风浪摇。

妇人心性虽高傲，

难挺弱柳细枝条。

忽阴忽晴这可怎么好，

求丞相海样胸襟包一包。

曹　操（唱）：百炼钢，尤精妙，

绕指柔，异样娇。

这等人儿曾在梦中找，

天赐良缘会今宵。

想上前，唉，怕她是一棵含羞草——

邹夫人（唱）：丞相他为何脸上红云烧？

哎呀呀，糊涂了又似明白了，

不由我欲迎还拒要奔逃。

啊丞相，夜色已深，我等告退了。

曹　操：如此良宵，岂可无诗？愿听夫人绝妙好辞。

邹夫人：这个嘛，有了，请听：对酒当歌，人生几何，譬如朝露，去日苦多。

曹　操：呀，此乃曹某诗句，怎到夫人之口？

邹夫人：丞相再听：青青子衿，悠悠我心。

曹　操：但为君故，沉吟至今。

邹夫人：山不厌高，海不厌深。

曹　操：周公吐哺，天下归心。

邹夫人：月明星稀，乌鹊南飞。绕树三匝，何枝可依？

曹　操：青青梅枝，与君同栖，经风经雨，相守相依。

（"啊夫人！""丞相！"二人情不自禁，同时扑向对方。侍女见状，背向而立。夫人省悟羞愧，欲前还却，心生一计。）

邹夫人：闻道丞相剑术不亚诗才，小女子愿意领教。

曹　操：可惜曹某不善刀剑。

邹夫人:不必谦让,丞相接剑。

　　　　(夫人将剑掷给曹操,持折扇与曹斗。追逐下场。锣鼓声中相斗上。)

曹　操:此地已无他人,你我何必相斗?

邹夫人:丞相看剑。(削落曹冠)哎呀不好,冒犯丞相了。

曹　操:削去此冠,正好风凉,多谢夫人。

邹夫人:我看丞相之发,为何如此之短?

曹　操:哈哈哈,此乃军机大事,还请夫人破解。

邹夫人:这个嘛,有了,请听:望梅止渴处,割发代首时,丞相军国事,

　　　　传与天下知。

曹　操:曹某所行之事,夫人无所不知!

邹夫人:丞相请看。(从扇坠中取出曹操之发)

曹　操:不料曹某之发,也在夫人之手!

邹夫人(唱):剑削君发伤君身,

　　　　发存我手烫我心。

　　　　我愿与君心相印,

　　　　为何思君怕见君?

曹　操(唱):尘路茫茫遇知音,

　　　　苍天知我两情亲。

　　　　青梅可解相思恨,

　　　　花叶同结百年根。

　　　　来来来,明月做证,星斗为媒,你我二人,天作之合——

邹夫人　　哎呀呀呀,羞人答答,我用青梅,塞君之口。

　　　　(夫人摘梅塞曹操口,曹操执夫人手。花叶扶疏,灯光迷离,

　　　　男女咿哦。)

活生生的欢情迷醉了康有为。尽管不喜欢看戏，但在北京度日，不定何时就会遇上戏场，《战宛城》他也瞧过两眼。那不过是敲破天的锣鼓，舞花眼的刀枪。曹操是荒淫无道的白脸奸臣，邹夫人是他下酒的一只虾米而已。万万没有想到，曹丞相如此重义，邹夫人如此多情，二人的遇合如此动人，令人心向往之，不能自已。这固然归功于编，更要归因于做，唱邹夫人的这个她，就让他想起历史上的好多她，可他眼中只有一个她。他已认出，这就是为他敷药的那个她。她的那双纤手、巧手，柔若无骨的玉人之手，使他的醉意突如其来。

康有为自感酒晕如潮，抵抗不住地呻吟一声。他听见侗五爷大声说话，却像从遥远的地方传来。五爷絮絮地叮嘱了许多，又像只说了八个字：风尘知己，好好待她。知己？如果他是曹操，她就会是知己，助他成就军国大业。在浓郁得化不开的翠微中，他感受到那一双手，若即若离地给他敷，给他摩。尽管不敢睁开眼睛，他还是看清了这个人，卸去汉妆，回归本真，明澈双眸，素净一身。他想问她，你叫什么，家住哪里？又想问自己，这样做可以不可以？他没有问，他正在醉，他不能醒。有明月做证，星斗为媒，他且在暗地里做了曹操，与邹夫人来一个天作之合。

红日东升，一天抖擞，康有为从皇城山居回到南海客寓，像换了个人一样神清气爽。他已想透了那场危机：皇上从什么地方，也许是报纸上，得知了原版的卷数，觉得对不上，派孙家鼐问一下。孙家鼐借机报一箭之仇，他没有摆出天使架势，足见此人胆怯心虚。他这一问，反倒造成正当的理由，让康有为堂而皇之地上奏申辩。康有为去寻廖寿恒，请他代上这件折子。廖寿恒满心不情愿，也得捏着鼻子，替他再当一次"苏拉"。

康有为的折子摆上御案时，光绪已得到了孙家鼐的奏复。孙家鼐并未添油加醋，原原本本地复述了康有为的答辩。康折除了讲说这层理由外，特别申明：孔子制作六经，集前圣大成，为中国教主，为文明神王，凡中国制度义理皆出于此。故孟子称孔子《春秋》为天子之事，后世祀孔子皆用天子礼乐。伏维皇上典学传心，上接孔子之传，昌明孔子之道，改制维新，其来有自。臣删去墨老诸子互攻之乱事，增加立三纲、正五伦、使人人知君臣之义等大旨，是为正本清源，并非有所隐晦。臣毕生

致力之事,专一推行圣道,由此而致谣诼,招谤毁,吁杀者有之,请逐者更多。臣甘冒天下之大不韪,愿为殉道而死,不为阿世而荣,仰知皇上圣明烛照,非流言所可回天心。为使臣民坚心定志,臣乞明诏设立教部,令行省设立孔子教会,并行孔子纪年以崇国教。他在此时重提此议,以示光明磊落,以誓勇往直前。

光绪自叹无此勇决,他能给予的是,再一次宽恕康有为。忠或不忠,纯或不纯,都顾不上考较了,现在要问能或不能。康有为不一定能,然而除却他,试问哪个能?光绪忽然想起,康有为还编有《皇朝列圣变法考》,辑录本朝诸帝改制实迹,以为当前新政张目。光绪便传下口谕,令康有为进呈编成之书,算是对他的慰勉。这都叫不急之务,最急迫的制度局不能设,懋勤殿不能开,局势还能拖几时?康有为还能待几日?京城这座四分五裂的老朽炉灶,还能经受几把火的烘烤?

二、东向演武 西去拜佛

危险迫近,时不我待,已无深思熟虑的余地了。康有为又赶拟了两件奏稿,一为请开懋勤殿,选通才以备顾问,举荐黄遵宪、梁启超入值,由李端棻奏上。第二件请徐致靖上递,这是《密保智勇忠诚统兵大员请破格特简折》,保的是袁世凯。前侍读学士,现礼部侍郎,出来密保统兵之员,这折子看起来怪怪的。奏言推许袁世凯:"家世将门,深娴军旅,年力正强,智勇兼备。此正为国宣力之日,独惜所练之兵,仅止七千,为数太少。臣以为皇上有一将才如袁世凯者,而不能重其权任以成重镇,臣实惜之。伏乞皇上特于召对,加以恩意,并予破格之擢,俾增新练之兵,使之独当一面,永镇畿疆。"

此折明言,袁世凯受制于荣禄,以至兵单力弱,无法成为一方重镇。言外之意是什么,光绪不往深处想,权且发出电寄谕旨:"着荣禄传知袁世凯,即行来京陛见。"

电旨到津时，荣禄正忙得不可开交。他接到盛京将军依克唐阿的警报，英、俄将在珲春开战，两国兵舰调动频繁。外军在中国地面打仗，当主人的不敢掺和，也得做做警戒的样子。荣禄连日布置，军书旁午，侦骑四出。这时下面来报，伊藤博文要离津赴京。伊藤于五日前到津，日本领事曾来告知，荣禄与他约定，届时为伊藤阁下饯行。这时不好要赖，只得硬起头皮，款待这日本鬼子。

宴会设在北洋医院，伊藤乍听此名，感到匪夷所思。领事告诉伊藤博文，医院是李鸿章办起的，院中以西医为主，求医者也以洋人居多。医院附设西洋餐厅，李、王、荣三任北洋大臣，经常在此宴请洋人。如此就见怪不怪了，日本贵宾如期前往，与北洋大臣相会。荣禄以礼待客，可他心中塞满伊藤的前科，眼前摆着伊藤的烦心事，脸上哪能挤出笑来？客人也看出主人的勉强，也就敷衍一番，草草了事。

所谓后事，乃指朝中多人上书，请留伊藤博文做客卿。要把大好江山奉献给日酋，不知此等人是何心肝！对此奇谈怪论，皇上偏偏喜欢听，又不解皇上使何性情了。坐在回署的大轿上，荣禄呆想着心事。荣禄与皇父醇王，有着很深的渊源。荣禄由户部员外郎改捐道员时，正值醇王创建神机营。荣禄将先父遗留的阵图献给醇王，获得醇王信任，派在神机营当差。由此快速提升，擢工部尚书兼步军统领。后因卷入权臣争斗，被挤出京，召还时醇王已薨。

荣禄在督办军务处极力迎合恭王，重立固宠之基。再次领命出朝，他卷入更高的政争，此亦无可奈何。但他自信身居高位，不会以私嫌误国事，尽己所能迎合新政，便是他自诩的一份忠心。可惜，皇上似乎不领情，大概认他为后党首领。他当然是后党，满朝哪个不是后党，连那被当作帝党贬逐的翁老头，何曾逆过太后之意？归到根儿上，皇帝他也做不成"帝党"，越过太后画的圈儿，他就不是皇帝了。算清这笔账，一切事情都好办。偏偏皇上算不清，把康有为的学说奉为经典，一来二去就滑出太后的掌握。老人儿们对皇上的不满，也一天天地增多，达到必欲除之而后快的地步。此等心思本极隐秘，那些人对荣禄一点也不保密，荣禄只能摆出为难的神色，劝其谨守臣子之分。荣禄的这份差使，是太后派来遥控京师的，岂可轻动声色？

荣禄倦怠地回到官署,有一窝访客、一沓电文早在恭候。看到召袁的电旨,荣禄心中一动。他保举过袁世凯,夹杂在一大张名单中,皇上毫无反应。此次召见恐怕另有原因。那是什么呢?他考虑着这些,吩咐转达小站,然后回宅休息。

下午四点半钟,荣禄恢复了精神,在签押房接见要客。来客是御史杨崇伊,本来当不起一个要字,因其曾参倒强学会,在旧党中名声大噪。他这次带来一个消息:奏请召袁的是徐致靖。联想到徐仁錄的天津之行,荣禄不禁感叹,徐学士老糊涂了。杨崇伊道:"由学士升侍郎,老徐不糊涂。图穷匕首见,他要学荆轲刺秦,这就不自量力了。"荣禄眨了眨黑豆眼:"谁是荆?谁是秦?"杨崇伊笑了笑,取出一张诗笺交给荣禄。只见上面写着两首诗:

> 烟迷虎帐战云开,
> 辕马喑鸣浊世哀。
> 奏凯还朝堪一拜,
> 静如处子动如雷。

> 柙中虎豹惯低头,
> 锤得精纯炼得柔。
> 炉火青时初试剑,
> 养成忠义待何酬?

第一首诗似曾相识。对了,陈夔龙来函提到此诗,在这里却已改头换面,不知何人在弄玄虚?荣禄探问:"这是谁的诗?"杨崇伊答:"此乃林旭近作,赠给徐世昌的。"荣禄皱起眉:"林徐之间,有何交道?"杨崇伊笑道:"中堂一眼瞧破,徐世昌只是过过手。诗中'辕马'换成'袁马',袁世凯三字跃然纸上。袁大将军喑鸣于浊世,低头于柙中,却是千锤百炼的宝剑。中堂要提防啊!"

荣禄不以为然:"防什么?他敢犯上?"杨崇伊似未听见讽刺:"酝酿多日的京中

火,要在天津冒出焰来。卑职前来拜见庆邸,王爷捎话请中堂预防。此次召袁进京,一补军机缺额,二夺荣相兵权,行的是一石二鸟之计!"

杨崇伊的话真真假假,荣禄把鄙夷藏在心底。此人上蹿下跳,只为取禄求荣,然其根底不足以支撑欲念。其子杨云史娶李经方女,这是他的本钱,可这枚铜钱早已褪色。荣禄暗观其相,判他是个"劳碌命",劳而无功之谓也。这话不宜说破,连王爷都使唤此人,荣禄何不让他代运私货?荣禄托杨携带密折,交庆王转呈太后。奏的是英、俄军情,并非如外人猜想,筹划对帝下手。

文士刚走,武夫便到,袁世凯来请主帅训示。荣禄说,近日津门风云突变,你上朝凛遵皇命,另一方面,也要提防汛地警讯。袁世凯说,卑职奉派练兵,牢记职守所在,时刻不敢忘怀。官面上只说官话,二人心照不宣。

次日早起,袁世凯率领一干随员,乘本日第一趟火车,抵达马家堡车站。驻京的办事人员,预先订好寓所法华寺,迎接袁世凯入住。打听到御驾要移跸颐和园,袁世凯派人先期赴园,在海淀觅租寓所。为示诚敬,他在觐见前不拜客,不会友,老老实实地关在屋里,跟幕友推敲请安折子,奏对条目。

在众多的召见之员中,袁世凯身份特殊,无论动与不动,都为众所瞩目。康有为尤其关心,几次起意往访,终于没有造次。大谋则要一气呵成,他派人把谭嗣同找来,闭户密谈。康有为说,此时正如箭在弦上,不得不发。他要谭嗣同出面上奏,请仿日本之制,设立参谋本部,皇上亲着戎衣以统御之。精选天下猛将,组成天子亲军,以雄师为近卫,铁舰为扈从。并仿明治大誓改元事,大集群臣誓于太庙,即以今年改元为维新元年,使举国臣民同奉圣意。

谭嗣同听惯了康有为的豪言,这一段却怎么也听不进,他轻声问:"先生,是不是因为袁世凯到了,便觉得此事易为?"康有为道:"易为,说不上,总不能无所作为吧?"谭嗣同道:"袁部七千人,京师各营至少七万人,何况袁兵远在天津,握在荣禄手掌心。"康有为皱眉道:"设立参谋本部,不是要在京中起事,是为拱卫皇权,跟京营各军并无冲突。"

谭嗣同问:"那这个本部管不管京营?管不管京外聂、马等军?若不服管,必起

冲突；避而不管，设部何用？如果强设，各大统领争夺其统率权，将使情势更加紧张。未见其利，先受其害，智者不取。"康有为双眉不展，显然心中很不痛快："这么说，我只有出京一途了？"谭嗣同一时无词以对。

康有为离座踱了几步，立定身子望向窗外，像为自己设计行程。他自言自语："其实早该离开了。谁喜欢康有为在这里？皇帝也许有意用我，可明旨叫我去办报，我是违旨赖着的。我一个小小主事，而国人皆曰可杀，似乎杀掉我，国就保住了。我何苦来抗举国之人？我可以去办报，去写书，隐姓埋名苟活于世，不愿做亡国之奴可以自杀。路有千条万条啊。"康有为热泪长流。谭嗣同心痛如割，自责地叫了一声先生。

康有为忽然回身，膝盖一屈便要跪下，谭嗣同抢步上前抱住，将康有为挽坐到靠椅上。康有为的泪眼朝着谭嗣同："复生，你为贵介子弟，不惜逆令尊之意，毅然冲决网罗，同人莫不钦佩。我辈虽皆书生，今当决死之刻，恐无缩头余地。成与不成，不试怎知？"谭嗣同声气怆然："嗣同即往一试。不过，上奏要伺时机，我先另作尝试。"

与康有为分手后，谭嗣同赶回浏阳会馆，打算跟毕永年商量。不料有两位同乡候在客间，一是黄桂鋆，一是曾廉。谭嗣同与黄桂鋆较熟识，跟曾廉是第一次见面，发现这人笑嘻嘻的，倒不像个凶神恶煞。黄桂鋆口称，寿蘅总宪邀约同乡小饮，不知复生今日有暇否。寿蘅是左都御史徐树铭的字，他邀饮的用意不问可知。

谭嗣同直言近日无暇，总宪有何指教，就请二兄明说。三个人都不是善茬，黄桂鋆便也直说："康党早先或许要变法，中途乱了章法，近来倒行逆施，已到了无法回头的地步。复生来京甚晚，好多事不明就里，被拖下水太亏了。从曾文正到左文襄，我们湘人以忠直著称，复生即使不爱惜羽毛，也当顾念乡贤，不要给二忠脸上抹黑。"谭嗣同硬顶回去："我不抹黑，我抹朱。乡贤中还有屈原呢，他在汨罗江殉国，为湘人立千古正气。端午节的雄黄酒色近朱砂，辟乌七八糟的奸邪，可惜湘人中有此丑类。"

曾廉笑容可掬："复生骂我，我是活该，可你我都是捐纳之官，兄台不比我高贵

多少。我弹劾康有为，行不更名坐不改姓，朝廷要杀决不逃跑。只不知何人做了手脚，我的谠言未达圣听。"

谭嗣同眼睁睁看着他："你把告发隐私称为谠，脸皮之厚世所罕见。明知无人屑于杀你，跑到这里充胆大，那个逃字你也配说。"黄桂鋆拍着掌笑："好好，妙妙，湖南人吵架，最该叫康、梁这些广东人学一学，也好闯世面撑架子。不管怎么说，我跟老曾反康党，那是明人不做暗事，这你承认不承认？"谭嗣同道："承认。康、梁所做是为救国，这你承认不承认？"黄桂鋆道："不承认。他要把中国卖给日本。"

谭嗣同道："这话你自己也不相信。湖南人先在窝里反，再到京中反，不过为了沽名钓誉，充什么正人君子！二位请回复总宪，谭嗣同不识抬举，不必赏他面子。"二人连道可惜，站起身来离去。

毕永年从隔壁走出，瞧着那两个背影说，复生快过来看一看，咱们可能失盗了。原来毕永年也外出了，回来却见寓所开着门，黄、曾正翻看着书桌上的文稿。从他们口中得知，因为有总宪的吩咐，会馆管事的过来开了门。谭嗣同大致检查一下，没丢什么，却丢失了乡情和信任。他略一沉思，便说还要出去办事，要毕永年将二人的物品打点一下，马上搬往南海会馆。毕永年看看谭嗣同的脸色，立即照办。

谭嗣同骑马来到半壁街，在源顺镖局门前下马，大步进门。伙计迎了出来，见是熟客，便招呼道："五爷在楼上，请他下来，还是谭爷上去？"谭嗣同道："我上去。"跨过堂屋门，要去楼梯间，眼睛余光被大刀辉光吸住，不由跨进堂屋，端详矗立在右首木座上的兵器。这就叫青龙偃月刀，关老爷最爱用这种刀。大刀王五祖居沧州，离桃园结义的地方不远，继承了关公的刀法和义气。青龙偃月刀和日式参谋部，怎么接得上茬？

谭嗣同正在发愣，背后有人轻声说："贤弟要打刀的主意？"谭嗣同回过头，与王五打个照面："无声无息，你又飞檐走壁了。倒退一百年，咱们的武功天下无敌。"王五道："可惜倒不回去。上楼品茗？"谭嗣同道："坐西屋吧，有没有人来谈生意？"王五道："今日只接你的生意。看你行色匆匆，能不能稍坐小饮？"二人走着说着，坐下来话仍在继续："已经上路，停不住了。"

谭嗣同简明扼要，说过事情原委。王五心里吃惊，面色如常："莫说几百好手，就是几千，在京城也歼不开翅。康先生变法，怎会变到这一步？"谭嗣同道："再说一遍，只是预备，万不得已时或许一用。"

王五道："要防万不得已，就得万无一失。贤弟莫怪我话直，皇帝若需要几百好手保卫，皇位肯定保不住。与其行险，何如避险？我说这不是要保命，王五枉称大半生侠义，到了倾尽热血时，也要倾到明路上。"

谭嗣同又感激又懊恼："迫于无奈，出此下策，委实是下策。然而既为康先生知己——"

王五直杠杠地说："他不是你的知己，他只想用你。你也并不知他，不过是仰其声光。这事我也干过，当年安维峻上奏请斩李鸿章，直是声震天下，遭贬离京时，送行的车子填满几条街。我这个粗汉，一路护送他回甘肃。过后想想，我护的除了空名，就是笑话。轮到康先生震天下了，他的学问你懂得；他的心，你不懂。我的话叫你伤心了吧？"

谭嗣同摇了摇头："我已不知心在何处。五哥，安维峻的确只有一个名字，康有为三个字，是要在史书上占一页的。"王五爽快点头："这个我明白。我痛惜的是你，你不要被人研成写史的一滴墨。"谭嗣同满心酸热："我刚才跟人说起朱砂，我的墨一定红如朱砂，就像关老爷的赤红脸。我看见关老爷对我点头，五哥，你就挥舞青龙刀吧。"王五盯着谭嗣同看，觉得心头一揪一痛，好久才道："贤弟，我给你准备三百好手。"

谭嗣同径直来到南海馆，毕永年已将行李搬来，在汗漫舫的邻院找到了居室。汗漫舫现有一位稀客，翰林徐世昌，他是代袁世凯表达谢意的。为了推举袁世凯，康有为费尽心机，对方却总是不冷不热，不知打的什么主意。

双方正在互相琢磨，张元济来到康寓，等徐世昌告辞后，他才告诉康有为，陈宝箴请召张之洞进京的折子，昨日由总署代递上去。恰在同一天，皇上召见钱恂，此人是张之洞的亲信幕僚，一定会为张之洞唱赞歌。康有为想了想问："不是要召见严又陵么？"

张元济道:"就在今日,也许此时正在奏对。严又陵大名久著,召见还在钱某人后,可称晚达。"康有为轻哼一声:"召见纷纷,大多滥竽。菊生,我已决意去上海。"张元济道:"你这样说,我不意外,但我劝先生再看一看。按田家俗话,到焦麦炸豆的时辰了,决定下一茬种什么,何不量量这一季的收成?"

康有为道:"注定绝收,看各方的脸色就知道。我在京熬什么,留恋每月赔出的上千银两么?"张元济明知他要的是慰留,笑道:"这等于先生撒出的种子,到时要十倍百倍收回。须知天意难测,说不定喜从天降,要召先生入军机呢。"康有为喟叹道:"复生确想荐我入军机,徐学士又要荐我入值懋勤殿。唉,若说不愿,那是假话,可我私下对卓如说:吾今惧矣! 惧什么? 东汉末年,何晏、邓飏以小臣执政,时人管公明善相术,断此二人鬼幽鬼躁,必及于难。今谭、林二子起布衣而骤相,然吾观其形法皆轻,不类开国功臣。而梁卓如福气过人,或可消弭祸患。这像是鬼话吧? 鬼话起于妖时,时气不正则百邪并生,才使相术得以流行。我为新法,不为富贵,谁知我心?"

惹他说出这样一段,张元济有些不安。他忽然想起一件事:"我差一点忘了,我的一位亲戚昨晚见到钱恂,听他说了见驾情形。有五个字特别重要:议政局必设。"康有为浑身一震:"议政局必设? 谁说的?"张元济道:"钱恂说,这是皇上亲口说的。"康有为直愣愣看对方,像是怕张元济戏弄他。他接着品咂:"对着钱恂透露,想让张之洞来议政吧?"张元济帮他分析:"张之洞若来,必入军机。议政局应先生的建策而设,先生不入主,谁个能胜任?"

康有为的面色和缓过来:"此言有理,此讯是不是确定,尚需进一步的消息。"张元济道:"严又陵面圣下来,当可知其梗概。"康有为点头不语。见他心事重重,张元济便要辞出。康有为说,我陪菊生走一段吧。两人各乘一辆骡车,到西单路口分手。康有为一路向东,在宫城附近下车,等候严复下来。

今日早朝在乾清宫举行。此乃皇帝正殿,坐在正大光明匾下的宝座上,光绪有身当其位、责无旁贷的庄严感。在轮流召问臣子时,他的胸中便怀着一项重大计划。这是昨天起的念头,起因便是陈宝箴之奏。陈宝箴是光绪最信任的巡抚,他请

召张之洞,表明内外形势日趋紧张,非大举措不足以救急难。光绪尚无召张的想法,可此事并不由他决定,那要由太后拿主意。如果张之洞进京,政局必有变化,应当未雨绸缪,先让康有为占定一个位置。

在召见钱恂时,光绪首先放出风去。现在垂询严复,严复跟康有为接近,光绪要听听他的意见。严复翻译的《天演论》,今年三月始刊行,光绪在《国闻报》上看到过有关评论。"物竞天择,适者生存",这八个字光绪记得很清。问话由此引入,严复简要论说:日本之强,在于变己以适西方之法;中国之弱,在于拒变,缓变,小变大不变,假变真不变。不变之危人人皆知,假变之害尚无人涉及。臣在《论中国分党》一文中,将假维新派分为三类。其一以谈新法为极时髦之装幌,与扁眼镜、纸烟卷、窄袖之衣、钢丝之车等同,因此随声附和,不出于心;其二见西方船坚炮利,纵横驰骋,以为此其所以强也,便尾随模仿,袭其皮毛;其三旧学渊博,夙负盛名,及见西法大兴,以不知为耻,乃习声光化电之词语,兵商工艺之名称,附会经训,张唇植髭,不以为愧。严文形容得淋漓尽致,比康有为的文章更活泼。

光绪微露笑意道:"朕阅过《道学外传》,你讽刺八股士人:面戴大圆眼镜,手持长杆烟筒,头蓄半寸之发,颈积不沐之泥,徐行偻背,阔颔扁鼻,欲言不言,时复冷笑。试入其室,笔砚之外,惟有《四书味根录》《诗韵合璧》《四书典林》。若问:先生何故乐此? 彼答:国家之功令也是。再问:功令若改,先生奈何? 彼惊诧曰:功令为何而改,改则国家亡矣。朕决废八股,也受到此一道学先生触动。"

严复十分惊异,叩下头去:"皇上万几宸翰,竟记得微臣不经之文!"

光绪微露感叹之意:"正因经文太多,偶一不经,不易忘怀。假维新党,你分得好,其一和其三尤须警惕。张之洞《劝学篇》与康有为《孔子改制考》,你如何分?"

这一问甚犀利。严复提起浑身劲气:"张乃社稷之臣,康为开新之士,其论学亦各有侧重。张以守本为要,康以致用为先。臣以为二人皆新党,若依知易行难之论,康有为的行为更艰难些。"

此言与帝意深相契合,光绪不禁赞一"好"字,稍停又道:"你译介赫胥黎、达尔文诸人书,那是地道的西洋学,康有为曾寄张之洞书,誉为'中国西学第一'。你在

《国闻报缘起》中说,'国不自私其治,则取各国政教以为一国之政教,则吾之国强'。朕愿不私其治,采纳诸臣之议,开懋勤殿,慎选英才十人,入值议立制度,将一切应兴应革之事全盘筹划。吾之国强,可以预期。"

如此重要的国家大计,竟从皇帝口中亲聆,严复无比感奋,正要搜词颂圣,光绪令他退下。头脑木呆呆地,从宫城走到街上,转入一条小街,有人在后头拍了拍他。严复回过头,看见康有为那笑眯眯的脸,不由呀了一声。康有为戏弄他:"怎么,见了鬼?"严复声调亢奋:"见了神!当今皇上,真神人也。"康有为问:"怎么说?"严复道:"我将在《国闻报》上这样说:将开懋勤殿,选才德兼备者十人入殿行走,专预新政。"

康有为愣怔一下,抓住严复用力摇晃:"可是真的?"难得见他如此忘形,严复装模作样拍拍他:"不敢诬圣。"康有为想了想:"皇上一定属意吾兄,才把要紧的话对你讲。"严复忙又拍拍他:"属意的是吾兄你。皇上两点大名,且与张香帅相提并论。入议懋勤,非君而谁?"一时喜气冲激,康有为对不上话来。严复笑笑走开,康有为忙唤他。严复拱拱手说,还有些小事要办,咱们回头见。

康有为呆立片刻,跨上街边的骡车,吩咐驰往徐宅。他见徐致靖一要报喜,二要请托,借徐之奏直入殿廷。他不知道,在徐家客厅里,王照正跟主人斗口。王照回了一趟老家,去芦台跟聂士成见面。聂士成忙于调兵,应付外患和内忧。王照不知何为内忧,聂士成透露说,直隶军中盛传,康党加紧笼络袁军,恐将不利于朝廷。

正所谓无风不起浪,聂士成警告王照,这种事切忌掺和。王照怀忧回京,便听到召袁的消息。他赶紧来到徐宅,质问为何召袁。徐致靖轻描淡写:"我请召袁,为御外侮。"王照道:"这理由只能唬外行。你召外兵,太后岂不吃惊?"徐致靖摘下老花镜,用一方软帕拭镜片:"小航这话奇怪,太后惊什么?"

王照气呼呼地说:"老年伯,请不要上康长素的当。他是书生脾气,不懂官场和宫廷,凡事想当然,还老往好处想。太后瞪大两眼,瞧着皇上变法,只要不危及她老人家,她就愿意容忍。稍有风吹草动,天意即不可测!万一大局生变,你我可以身殉,皇上怎么办?"

徐致靖被问愣了，戴上花镜又摘下："那你说怎么办？"王照毫不犹豫："赶快上奏，请命袁移驻河南归德府，那是袁世凯老家，叫他镇压土匪。这不就解了？"徐致靖迟迟疑疑："可我出尔反尔，没法向皇上交代吧？"王照一拍胸脯："我写，我上！只要不戳乱子，就算谢天谢地。"门外有人接话："戳什么乱子，小航兄，你跟子静侍郎商何大计？"

因是徐府常客，康有为径直来到客厅，一副反客为主的模样。听罢原委，他大度地承认，也许是我考虑不周，小航的办法很周全。但这都是马后炮，上头的这步棋一走出，满盘皆活，局面改观。听他说明情况，二人也很高兴，认为此举确为大政转折关键。

康有为说，事不宜迟，懋勤顾问十人选，就请二位立即举荐。对这事尚未琢磨透，就得出头做荐主，王照有些不情愿："我正要另缮一折，腾不出手来写这个。"康有为哪让他脱钩："不就是派袁镇土匪嘛，那有什么当紧，你可以明日再上。"王照推托："你请别位嘛，杨漪川——"康有为顺口搬出一座山："皇上业已说定，今日即要，怎能拖延？你若措不出词，我来帮你撰。"接着使唤书童："徐二，给王京堂伺候纸砚。"

王照不得已，只好在嘴上拉磨："荐哪个？我心中没有一点底。"康有为把他拉到桌子边，亲自替他抻开纸："梁启超，值不值得荐？卓如至今没有地位，我心甚是难过，你不替他举一把？"王照发牢骚："那般大才何用我举，我还想举康广仁呢。"康有为道："那也好，舍弟跟着我鞍前马后，没有功劳也有苦劳。"

作好作歹地，康有为拉出一张名单，果真把康广仁放第一：康广仁、徐致靖、黄遵宪、徐仁铸、梁启超。他给徐致靖开的名单是：李端棻、康有为、杨深秀、张元济。怎会这样排座次？王照暗自叨咕着，不走心地拟好折子。

等到徐老先生也办好"康差"，两个人两份折，一同赶到宫门奏事处，依规递进，静候佳音。他们知道皇上要去颐和园，为懋勤殿争名分。康有为估计，应有八九成把握。慈禧不是顽石，以往历次变革，她都顺遂大势，没有真正阻挠。从这一点上说，幸亏她是太后，不是正宗的太上皇。这一格局预示着结局，青山遮不住，毕竟东

流去。回首顾今日,谁误乃公事!

满怀豪情地回到寓所,他才过去看谭嗣同。谭嗣同暗示说有所行动,康有为不以为意,那件事往后放放,且议头等大事。你们军机四卿,我意不入懋勤。军机是老门庭,懋勤是新牌面,此消彼长之机,军机处的要害尚须握紧。假以时日,新政四卿如可成为事实宰相,军机大臣沦为伴食宰相,则大事定局矣。听起来像是梦呓,谭嗣同疑惑地打量康有为,吐出一句:"先生,懋勤殿开成与否,你得往难处着想。"

乘坐在赴园的御辇上,光绪也在往难处想。宋伯鲁请开懋勤殿的折子,前日已经转呈太后。再早些天,李端棻的《保荐遵宪以备顾问折》,隐约提到此意,已被太后阅过发下,照例未置可否。除了这些文字,光绪昨日特去懋勤殿,亲自查勘一番。此殿位于乾清宫西廊,三间五楹,用于藏图史文书。建于明嘉靖十四年,时人夏言题额"懋勤",取懋学勤政之义。殿南为月华门,由此可出入养心殿。内奏事处设于月华门南,内奏事处前就是南书房。此殿闲置已久,然其地近枢密,若在此顾问议政,将比养心门外的军机处更显机要。

光绪听着辘辘的车轮声,眼前依稀浮现出"基命宥密"四个大字。那是乾隆帝的御笔,悬挂在懋勤殿的正上方。"宥"乃宏深,"密"乃宁谧,典出《诗经·周颂》,歌颂周天子为王室基业而夙夜兢兢。高宗爷的这方匾额,仿佛专为光绪题写,鞭策他大开殿阁,吐故纳新。在沉沉幽思中驶入颐和园,时刻近下午四时。光绪先至玉澜堂,派内殿首领太监前往乐寿堂,探听太后起居情形。

过了一阵,太监回来奏报,太后游湖观赏奇景去了。所谓奇景,乃是在昆明湖北部的荷香岛前,有一片荷花二次开放。太后认为是祥瑞,兴冲冲地提前出门。二次开放?光绪心里一动,猛想起隋炀帝时,扬州琼花开放,炀帝为了观花,惹反七十二路烟尘的故事。他驱走不祥的联想,又一个想法涌来,忙命太监请出那帧"观世音像"。

这是长方形的紫檀相框,漆着亮黄色的云纹,中间的观音菩萨照片,正是慈禧太后装扮的。慈禧喜爱荷花,也喜欢扮作观音,在红莲花初绽的时节,她游湖时常做此戏。她被尊为老佛爷,这也是一个原因。扮观音的画像有好多幅,被洋人的相

机拍成照片,这还有个特殊的机缘。

今年春夏之交,为了联英制俄,总署向英示好,英方乐于迎合。英国公使夫人进入园廷,带来一位女照相师,据称是英国女王的御用侍者。夫人带来女王的问候,并荐女相师留园侍奉,为伟大的中国女王留下美好的瞬间。慈禧纠正了不合制度的尊称,内心却很高兴,准许相师留园三日。这位英国女子态度和蔼,技艺高明,为慈禧拍摄了各种形态的生活照,其中就有几张扮观音的行乐图。按照事先规定,女相师离园时,将所摄照片全部上交,只带走太后的赏银和好意。

不料过了一些天,公使不经意间透露出,相师带出一幅照片,画面反映的宫廷情趣奇异多姿,在公使团中引起了轰动。这件事太后也知道了,她很生气,三令五申要求讨还。洋人哪肯服从中国的管教,声称此举是出于友好,不应作节外生枝的纠缠。公事公办行不通,还是张荫桓有办法,他通过线人,找到那位失踪多天的女相师。他把相师请到家中,晓以利害,最大的一条害处,便是他作为承办人,可能因此被砍头。相师无法理解中国人,拱手交出了这件"赃物"。

这个懂中国话的英国女子,特意使用"脏"的谐音,以表达她的愤慨。张荫桓不理会这些,亲往使馆街上的照相馆,制作了与照片相配的相框。他办了一桩漂亮差使,于几天前递牌子求见,向皇帝面呈太后御照。

三、祥云长驻　雷霆猝发

在赴园的前夜,光绪照例睡不好,千方百计想找到一把钥匙,去打开园廷的那把巨锁。这帧照片也被想到了,光绪故技重演,作了两首诗,写在两条黄绢上,由珍妃扎结在相框两端。这是小夫妻敬献的孝心。救苦救难的南海观世音,定会普降慈云法雨。

光绪令宫监捧着相匣,随驾前往昆明湖畔。此时夕阳衔树,彩云敷天,清风吹

送湖水的味道,浓郁的莲叶气息中,确有缕缕花香。光绪放眼望去,田田叶面铺天盖地,在韶光正好的秋初,一柄柄青叶争相拔高,生怕被别个排挤出去。间或有粉红点缀在青碧间,像翠玉堆中的红玛瑙,分外夺目。隐隐传来呜呜的箫声,光绪精神一振,紧走几步,转到太湖石山的东面,便看见太后乘坐的龙舟,从豳风桥东面开过来。龙舟像楼台一般高大,船头桅杆上悬挂的黄龙旗,龙鳞用金丝线刺绣,在落日余晖中闪闪发光。蓝色金绣的龙须,由龙嘴处飘拂下来,长长地拖曳在水波里,使龙舟更像一条活龙。船舱是宫殿形状,木雕的黄色玻璃瓦,与紫禁城的形制相同。

光绪能想象出,慈禧正坐在舱中的团龙宝座上,两边排列珠贝镶嵌垂花扇,扇叶上侧钩挂龙凤呈祥流苏幔帐,前面宝象旁的铜炉中,御香氤氲,沁人心脾。这是活神仙的日子,光绪不由想象,如果自己老去,是否也会安然自得地在此境界中逍遥,不让俗务前来打扰。可他马上自责,这有大不敬的意味。游疑之间,龙舟近岸。

陪侍的李莲英预先进去奏报,皇上恭迎老佛爷。慈禧起身步出舱宫,由众人捧护着拾级登岸,光绪迎前跪叩请安。慈禧还带着湖面上的兴奋:"皇帝来了?"光绪凑趣儿道:"满天佛光,满湖仙音,孩儿按捺不住要来。"慈禧笑道:"看你说的,倒像闹着要看戏的村童。真是做了一场戏,李莲英这小子没立稳,差一点溺了水。"

光绪瞟一眼李莲英的裤腿,果然有水渍,便道:"他这个善财童子,被凡界求财人拉扯,快要应接不暇了。"善财童子是南海观音莲座前的侍者。在那帧照片中,李莲英就作此装扮,只是他的驴脸不像童子,酷似牛头马面。

慈禧兴致颇高,来到知春亭坐下少歇,她仍继续刚才的话题:"你若早来一步,观一观莲花胜景,听一听流泉仙音,就像亲身到了普陀山,说不定能作多少诗。端午你不就作了嘛,叫作什么秭归秭,王误王。"光绪忙补充:"乡愁未解秭归秭,国恨犹怀王误王。儿子胡诌,额娘却还记得清。"慈禧道:"只恨我不会诌诗,只能诌几句戏词,那韵脚上还不顺口,得叫侗五润色。侗五新编一出戏,你看过没有?"

光绪赔着笑:"儿子这一向抽不出身,不知侗五在干什么。"慈禧道:"国事挠头啊。你既来了园,把那些全撂开,我陪你看那出戏。"光绪往起一立:"应是儿子侍看

戏,儿子几天未来——"慈禧伸手叫他坐下:"这有什么,哪要你天天陪我看?侗五鬼灵精,最爱花样翻新,竟把白脸奸臣写成大英雄。你听开场的这几句:汉室衰微起纷争,四方狼烟滚刀兵。豪强争霸窥皇鼎,中原逐鹿斗群雄。曹孟德铁腕治国掌朝政,定许都只手擎天扶汉廷。大一统岂容忍拥兵自重,要将那强龙恶虎全扫平。"

慈禧边说边比画,比到后头唱起来,唱的是京调,颇有谭鑫培的味道。光绪洗耳恭听,心想今晚又要陪看戏。戏他也喜欢看,怕的是心事解不开,就会有侍奉不周之处。正在胡思乱想,慈禧收住戏式,叹了一声:"英雄菩萨,全要做戏。曹操想篡汉是吧?可是孙权劝他称帝,他就骂把他放在火上烤。观音菩萨普施雨露,总有沾不上净瓶甘霖的,保不齐背地里抱怨。十个指头有长短,皇家民家,都是一理。"

这话摸不着头脑,光绪不好接,却听慈禧又笑了:"闲人说闲话,不要当真听。我扮观音时曾经想,终有一天,我要去普陀山看看真海。说是苦海深深,那是无法用斗量的。"这句感叹触动了光绪,他脱口而出:"真是佛缘,儿子有一句诗,说的正是这个意思。"慈禧有些纳闷:"你没到场观看,怎么会有一句诗?"光绪脸上堆下笑来:"儿回额娘,英国人请走的菩萨照,已由总署请回来了。"慈禧喜道:"真的?在哪里?"

光绪唤一声,在亭外伺候的那名宫监,捧进黄匣双手呈上。光绪亲手打开,取出相框捧给慈禧。慈禧接过端详,伸出一只手指,轻轻地抚摩自己的面庞,显得无比怜惜。光绪悠悠道:"当时请走是景仰圣明,今又送归是感念慈悲。出时随机,回时合缘,所以才有红莲重开,祥云照临。"慈禧的眼睛离开照片,伸手展开两旁的黄绢:"这是你写的诗?我看看。"

左 吕

烟波几见渡慈航,
苦海深深岂斗量。
目断东瀛祈净土,
津迷西域惜残阳。

来船灯火人无地，

到客钟声佛有乡。

寂寞潮间听梵呗，

水天一派立茫茫。

右　吕

梵音佛迹幻霓裳，

此去九天横九洋。

但有莲池如许大，

能无宝刹至今香。

众生争度灵山小，

诸法趱行心海长。

暮鼓晨钟唤未起，

机缘可在水中央？

慈禧轻声问："为什么叫吕？"光绪答道："律吕是音律的合称，儿写七律，借名为吕；吕又是心膂之膂的本字。左吕右吕，寓意皇家的左膀右臂。以黄钟大吕，奏南海梵音，祝慈圣吉祥。"慈禧微微蹙眉："哎呀，太拐弯儿了，你们作诗！对了，这差事是谁办的？"

光绪稍顿一下："张荫桓。"慈禧又笑："怪不得你常用他。这个人能办事，该夸也得夸。他就不爱说嘴，不会今上一折明上一疏，由着性儿显摆。这不叫能臣么？"光绪只有惟惟。慈禧谈兴已尽，由光绪侍奉着，去景福阁进晚膳。

膳后稍作消散，便到上戏的时候了。两宫驾至颐乐殿，这是园中的大戏台，连台本戏，有时能从上午演到夜晚。今天早膳后，慈禧便在此观剧，先是升平署的《丹桂飘香》《昭代箫韶》，后是外召的"义和顺班"，为太后献演《四郎探母》。现在要演压轴戏，就是佴五编的《新战宛城》。慈禧能顺口道出一溜唱词，可见她对此戏的喜

爱。

开戏之前，侗五来到御座前磕头。他要在戏中演一段曹操，由于整出戏唱功甚重，一个人演主角顶不下来。侗五启奏老祖宗和万岁爷，他演最后一场《法场悲喜》，这是全剧高潮，恕他不事先泄密。慈禧用食指指点他："你这小鬼头，没开锣就做戏了。当我不知道，曹操活捉张绣，要在法场杀头，邹夫人肝肠寸断，于开刀前奠酒哭唱：血尚未冷情尚有，劝儿再进酒一瓯。这瓯酒，壮行酒，送儿孤魂周天游；这瓯酒，忆旧酒，游到宛城惊回头……"

侗五掩面痛呼："哇呀苦也，老祖宗将戏法一眼瞧破，孙儿这戏怎么演！"慈禧道："照样演。哪本戏我不烂熟于胸，若照你说，世上没我可看的戏了？"这就照样演。兵发宛城、张绣降曹、梅林巧遇、夜袭曹营、设伏捉张依次演过，便到法场诀别的戏码了。张绣痛恨婶娘失节，开口辱骂她为贱人。邹夫人有救侄之心，没能向曹操求下情来，只得捧酒活奠侄儿，一大段细水长流、回肠九曲的血泪吟唱，字字含情，句句警心："叹婶娘，机缘凑，青梅林下月如钩，星光逗，春光漏，红烛花开满面羞。不是冤家不聚首，便与我儿结冤仇。我不悔人到相门作杨柳，我只悔马翻曹营水难收。泪眼寻剑剑在手，剑哪剑，霜刀冷刃最温柔，青丝一缕且揽就，情绵绵，恨悠悠。"

演唱的伶官嗓音清越，柔中带刚。观演的慈禧入戏甚深，屏住呼吸看台上的"邹夫人"。只见夫人抽刀割断自己的头发，又从囊中取出曹操的头发，将两股发牢牢挽结，捧交曹操："与君情深，恨未早遇，今日两发相结，从此生离死别。"曹操不解，提出疑问。夫人转向张绣，倾诉家庭亲情，话中提到，丞相割发代首，今我割首代发，以我一命换儿一命，说罢拔剑自刎。张绣踢飞宝剑，跪地痛哭。曹操下令赦免张绣，一场悲剧以团圆告终。慈禧看得热泪盈眶，光绪想出话来排解，过了好久，老人家才调匀了呼吸。

侗五洗光了脸，赶紧到御前伺候。慈禧夸奖他道："宣布赦张后，你将宝剑交付张绣之手，那段京白念得好：将军恨我，穷追不舍。今日在此灵堂之上，公义私情摆在当面，剑在你手，法在你手，曹操性命也在你手，来来来，割发由你，割首也由你！

要知道,张绣杀了曹操的长子、侄儿和爱将典韦,是要在灵堂上斩决祭灵的。你这几句如刀似剑,有情有义,张绣不服也得服。"

侗五奉承道:"老祖宗顺口一说,足够侗五几年学的。"

慈禧嗔他:"几句学几年,戏都不做了? 你这猴崽子,接下来要玩什么花活,正德皇帝的《游龙戏凤》?"侗五道:"回老祖宗,孙儿以为,正德不如正统有戏。"慈禧有些蒙:"正统是谁?"

光绪这才接上话:"明英宗。他和他弟弟明代宗,也就是景泰帝,有一场帝位纠葛。"慈禧道:"景泰蓝的那个帝? 他那时候有什么名人?"皇帝不如名人好记,这也是历史的无奈处。

光绪一边感慨,一边回话:"有于谦。明英宗巡游关外,遭受伏击,英宗被俘,史称土木堡之变。瓦剌军兵临城下,于谦击退敌兵,保住北京。"慈禧道:"于谦我知道,这景泰帝是何出处?"光绪道:"为坚军民守城之心,于谦等拥立英宗之弟即位,是为景泰帝。景泰帝治国有方,社稷安定后迎回英宗,奉为太上皇——"

说到这里,忽觉这段史实有所忌讳,忙停住话。慈禧听得正高兴,催问道:"迎回以后怎么了,两个皇帝要打架?"侗五接过话去:"老祖宗料中了。几年之后,景泰帝病重,英宗夺门入宫,重登大宝,史称夺门之变。夺门还则罢了,他还要夺人性命,以谋反之罪诛杀功臣于谦。此中情节迂回曲折,惊心动魄。"

慈禧品味着:"嗯,算你有眼,挑出的戏筋耐人咀嚼。我看出来了,你一头扎进帝王将相戏中,不再缠磨才子佳人了。"侗五颇为自得:"不是孙儿夸嘴,脱却脂粉气息,平添书卷气息,这样才有出息。"慈禧笑不可抑:"好,好,这么有出息,我该如何赏你,毕竟是金枝玉叶,我不好赏银子吧?"

侗五眉开眼笑:"老祖宗赏个铁牌吧。戏上常有丹书铁券,也叫免死金牌,由君王赐予臣下。我这么不成器,不定哪天戳了马蜂窝,有这道金牌在手,就能保住小命了。"慈禧手指侗五对光绪道:"你听听,这孩子,能得像个抓不住的泥鳅。也罢,这个牌子我给你,赶明儿你犯了活罪,我在皇帝面前给你求情。"说笑一阵子,时辰已经不早了,光绪侍奉慈禧驾还乐寿堂,这才回到自己的寝宫。

　　一大晌的陪侍,使得光绪精疲力竭。好在经此铺垫,到了开口的时候,有可能讨下情来。徐致靖和王照的荐折,这时已上呈御案,明日即转太后。光绪暗暗祈求,老人家一直保持着那份好心情,让她能像戏赏金牌那样,顺溜地说一声"我给你"。他认为,这比丹书铁券容易颁出,不就是开一处殿堂么?这一点也不妨碍昆明湖的光景,颐乐殿的风情。如果办理得法,就会给王朝保安,给慈圣增福,那才是真正的昭代箫韶!

　　光绪安慰着自己,到凌晨三点照样上朝。这天议事很多,光绪最重视的,是驻日公使的变动。日本天皇庆典迫近,驻日公使裕庚屡次电催求代。黄遵宪因病滞沪,无法请训赴职。这是表面原因,光绪还有个隐秘的想法,要开懋勤殿,黄遵宪是主要人选,怎能叫他出国?而江南道御史、大学堂总办李盛铎,领命赴日考察教育,此时也在上海。光绪采纳孙家鼐的建议,派李盛铎代理公使,立即前往日本,替换裕庚回国。

　　办完这些政事,光绪稍事休息,便赴乐寿堂请安,又去景福阁侍膳。膳后在附近游转一段路,顺脚走进一处便殿,娘儿俩坐下说话。彼此都很清楚,终须说那非说不可的话。在这件事情上,不仅光绪为难,慈禧也在作难。在她看来,他至少做出两件大事,冒犯了太后的威权。她都隐忍下去,这在以前是无法想象的。是不是因为老了,她想息事宁人,求得耳根清净?确有此意。平心而论,这个外甥兼继子,对她这姨妈兼圣母,礼法是周全的,孝心是恳切的。年复一年,将多少时光消磨在往返道上,这对于一个皇帝,应当说并不容易。他向太后讨要的,不是游宴享乐,而是强军壮国,这从大面上立定了脚跟,让她不好拒绝。若照他的干法,能把国事办好,她岂不乐见其成?然而可惜,他是在想当然,太后不能跟着装糊涂。他的轻举妄动,已经闹得官不聊生。官是朝廷的根基,官若造起反来,她的龙舟就会倾覆。归根结底,这个国是她的,是好是坏,结果都要由她承担。这就讲不得情面了,该说清时要说清。打定主意后,她便打断皇帝的绕圈儿话,主动提起懋勤殿。

　　光绪的话语立马跟上。他讲述亲眼所见的情景,那种寂寥令他感触很深。早在国初,懋勤殿作为乾清宫的配殿,在紫禁城具有特殊地位。康熙爷冲龄时读书于

此,奠立煌煌圣德。康熙、雍正、乾隆三朝,皆有开懋勤殿以设顾问的制度,三朝圣训共十一条,已由军机转呈太后。

说到这里,慈禧接话:"我读了。老实说,半懂半不懂。那都是早年间,入侍的都是翰林,说些书呀经呀什么的,跟眼前的事体瓜葛不上。"光绪回道:"额娘说得是。直到咸丰五年,户部主事何秋涛献《朔方备乘》一书,文宗爷以其关心边事、有利时政,诏在懋勤殿行走,此一圣举足为后世效法。"这项最近的史实,出在慈禧的皇夫身上;时当咸丰中叶,她根本不可能干政,所以一无所知。好在她有话可讲:"咸丰的懋勤殿行走,和你光绪的懋勤殿行走,不是一回事吧。"

她是笑着说的,光绪只有赔笑:"儿子不敢比隆文宗,只想复兴祖业,使宫城重现昔日光辉。"慈禧连连发问:"哪个昔日?是康、雍、乾的昔日?咸丰帝的昔日?还是同治十三年,光绪前十三年的昔日?"慈禧陡然变脸,光绪反应不及,嗫嚅不成个句子。慈禧指明讲清:"同治、光绪相加二十六年,那是我在管事,你要重现昔日,有没有我的光辉?"

光绪顺着话说:"时人盛称同光中兴,乃慈圣亲手创立。儿子时刻自勉,生怕伟业受挫,有负额娘重托。"慈禧道:"那我告诉你,我没开懋勤殿,也没找杂七杂八的人来行走。我使用的臣子,都不会耍嘴皮子,可也使出了曾、左、李。当然,李鸿章栽了跟头,我不替他护短。"

车轱辘话说着说着回到了过去,光绪十分灰心,真想就此下堂,再一次自认失败。然而他如何甘心,鼓了多天的勇气,使他咬紧牙关:"儿子认为,李鸿章的学西法只是学西器,轮船没有少买,最终折戟东海。路他只走一半,这是顶可惜的。额娘也曾指明,以前想做的事情没有做,拖到今日还得做,时机已经错过了。"

不知从什么时候起,他变得这般黏嘴腻牙?是自己放任了他,还是他暗藏"反骨",一直藏着掖着?慈禧声气冷硬:"所以你就抢着做,将礼部六堂一把撸了?"光绪打了一个愣,他以为这一关早就过了:"皇额娘,许应骙在工部就阻挠上书,到了礼部变本加厉,若不惩戒——"慈禧道:"那怀塔布呢,还有四个侍郎呢?哪有不分青红皂白,一律按倒打板子的?这是哪家王法?你光绪帝的独门之法?"这是动了

真气，光绪哪敢犟嘴，扑通跪伏在地。慈禧仍有吐不完的怒气："你为何不跟我商量？这是小事么？是你一个人做主的事么？"

这就是说，只有小事，他才能做主。这固然是惯例，然若仔细搜寻，并无谕旨或者懿旨，白纸黑字或者黄纸红字，载明此种规定。这又是说，老人家的权力未经规制，只有她要再加上他认，才能成为事实。这样想十分过瘾，却又大逆不道。光绪在内心挣扎，听慈禧往下数落："还有四小军机，这也是不得了之事。"

光绪忍不住辩解："罢六堂儿子错了，小军机只是小事。"慈禧喝道："沾着军机，便是大事！你以为我看不出，你想改变中枢？罢六堂，是弄断军机身上一根骨；用四小，是塞进军机肚里一条虫。开制度局，议政院，懋勤殿，是要新开一处军机，将它培植成真正中枢，使军机五臣不黜自罢。这叫什么？偷星换月，颠倒乾坤！我说清楚没有？"

光绪头脑嗡嗡响，满腔悲愤找不到出口，磕一个头爬起身，几乎栽倒，贴身太监苑长春趋前搀住，将他扶坐在龙椅上。慈禧冷冷注视着，侍立在殿角的李莲英等太监、宫女也都注视着，听那皇帝声音微弱："额娘说清了，儿子还没想清。儿子原以为，皇额娘是赞成变法的。"

慈禧抢白回去："你说你要把国变强，我为何不赞成？可是瞅来瞧去，你只是在变人，撤循规蹈矩之官，用无法无天之人，这如何得了！"

光绪硬起头皮顶住："规矩人只能做官，不变人无以变法。额娘同意废除科举，就是从根儿上变起。由此开立的京师大学堂，作育变革之人，局面自然改观。"

慈禧鼻子里一哼："行，你就照此做去，让它自然而然，不要横冲直撞，尤其不要变乱中枢。"

光绪应一声是，却又说道："请皇额娘同意设立顾问，登进通达时务之人，议行新政。"闹了半天，他竟堂而皇之地提出要求，倒把慈禧噎住了。慈禧发问："谁通达时务？"名字涌到口边，光绪又咽回去，声音滞重："那要臣下出于公心，认真举荐，由儿子报请额娘批准。"

慈禧冷笑："别扯我，我不批准，你要用谁就用谁。"唤了一下，李莲英应声走上，

双手捧着一只黄匣子。慈禧吩咐："把这些折子发还皇帝。"李莲英取出一沓奏折，弓腰摆在光绪身边的几案上。

这里怎么会有奏折？是派人取来的，还是随身带着的？这就是说，她早就决定要碰回来，他说什么都没用。绝望使光绪带上哭音："儿子请额娘再看一看。"慈禧说道："保举康有为，我看得足够了。你若还认我这个额娘，就别叫我再看到这个名字，你能不能做到？"

按照情势，除了应承，别无他法。然而光绪实实咽不下："儿子，儿子想求额娘开恩——"慈禧勃然大怒："我若不开恩，你早没有位子了！"随即下令："李莲英，撤掉他的座位！"

李莲英上前抽去座椅，光绪呆若木鸡地立住。慈禧怒冲冲站起身，朝殿外走，把一个孤家寡人丢在原地。光绪脑子里乱马交枪，如同置身于沙场之上，眼观两军厮杀，耳听战鼓爆响，他的肉身被一刀一枪研得粉碎。这不是战宛城，这是战京都，他无可挽回地被打得大败。

光绪移步走出，太监手捧黄匣跟随，没回玉澜堂，去了仁寿殿，这是皇帝坐朝的地方。在走近宝座的时候，光绪犹豫了一下，他又听见那一句："撤掉他的座位！"记得以前，他曾有过"撤掉我这个皇帝"的想法，那是显示胆魄，也有开玩笑的成分。今天千真万确，危险逼近眼前。

光绪默默坐下，从黄匣中搬出奏折，这是李端棻、徐致靖、王照、宋伯鲁等人的折子，上呈时满怀希望，这时全成了罪证。光绪翻看了几页，眼光忽被牵住："臣于本月初五奉到总理衙门传旨，'着赏康有为银二千两，以为编书津贴之费等因。钦此'。"光绪仔细回想，这是半个月前，康有为领赏后上的谢恩折子。文中详述编书情由，并且极言变法迟缓之害："推求其原，得无皇上于至明之中，未施大勇；虽悬日月之照，而未动雷霆之威；虽知新政之宜行，而未闻顾问之有人；虽能庶事之日新，而未为全局之统筹。惟皇上自断之，自审之，无为庸人所乱，无为谣言所动，选通才于左右，以备顾问；设制度局于宫中，以筹全局。"这些句子记忆犹新，再览已是恍若隔世。大勇有了，决断过了，连发于礼部的雷霆之威，都呼隆隆地轧过天际，仍在人

们耳畔回响，可他得到的是什么？

怨气从心底涌起，光绪两手一扒，折件啪哒哗啦，瞬间飘落一地。侍监们呆呆望着，大气也不敢出。

不知过了多长时间，光绪离开御座，俯身去捡折件，太监赶紧趋前，光绪将他们赶开。他一件一件地摆好，收进奏事匣子，将匣子放在御案一角，铺开一张御用黄纸，一笔一画拟写谕旨。拟完以后，通读一遍，瞑目沉思，要不要发？他心里很清楚，这一步一旦迈出，就收不回来了。想是这样想，一点也没犹豫，光绪传下口谕，召见军机章京杨锐。

这是非同寻常的举动，杨锐上来时战战兢兢，跪下磕头，伏候圣旨。光绪似乎尚在措辞："杨锐，朕有一事，要你去办。"杨锐奏答："请皇上示下。"

光绪语气急促："朕仰窥皇太后圣意，似乎怪朕操之过急，不欲尽改成法，此事怎么处？"这是何等大事，竟然垂询他这小臣！杨锐竭力镇静着自己，叩头对答："此陛下家事，总须善体慈圣意旨，在万不可行时，实亦不必急于求成。"对此回语，光绪并不满意："若四平八稳，坐待天时，永无可以行动之日！比如议政局，议了多少日，仍在口齿间。还有老谬昏庸之臣，占据权要之位，此辈若不能去，新政如何推行？"

杨锐只是叩头。光绪醒悟过来，他这圣训训非其人，便改作口谕："朕有诏旨一道，你下去后，与林、刘、谭等妥筹办法，密奏上来。"说罢亲手拿起密诏，杨锐趋前恭接。

退下去后，杨锐像揣着一块火炭，局促不安地走到配殿一角，赶紧开看，但见上面用朱笔写着："近来朕仰窥皇太后圣意，不愿将法尽变，并不欲将此辈老谬昏庸之大臣罢黜，而用通达英勇之人，令其议政，以为恐失人心。虽经朕随时几谏，终恐无济于事。即如十九日之朱谕，皇太后已以为过重，故不得不徐图之，此近来实在为难之情形也。朕岂不知中国积弱不振至于阽危，皆由此辈所致，但必欲朕一旦痛切降旨，将旧法尽变，而尽黜此辈昏庸之人，则朕之权力实有未足。果使如此，则朕位且不能保，何况其他？今朕问汝，可有何良策俾旧法全变，将老旧昏庸之大臣尽行罢黜，而登进通达英勇之人，令其议政，使中国转危为安，化弱为强，而又不致有拂

圣意。尔与林旭、刘光第、谭嗣同及诸同志等妥速筹商，密缮封奏，由军机大臣代递，候朕熟思，再行办理。朕实十分焦急翘盼之至。特谕。"看罢皇帝手书密诏，杨锐一时百感交集，泪下如雨，真想一头碰死在殿柱上。

踽踽地走回值房，同室的林旭瞟了他一眼。杨锐对林旭点点头，坐到自己的座位上，照旧阅批条陈。林旭心中诧异，按规矩又不好问。散值后杨锐匆匆离开，来到刘光第的住处，把他带回自己住处。

刘光第心知有异，看着杨锐上了门闩，从身上取出一封密件。捧到手里才知是朱谕，刘光第跪下默诵，当读到"朕位且不能保"时，刘光第泣不成声。二人平抑情绪，切磋领悟旨中语意——十九日朱谕罢黜六堂，即为触怒慈圣之一端。而"必欲朕"三个字，似乎透露皇上为人胁迫，或者说敦促，使皇上欲行无力，欲罢不能。

这是谁呢？岑春煊无此魔力，只有康有为，从六次上书到屡次献书，再到无数次唆人上奏，已经牢牢掌握住皇帝的心志。"旧法尽变"，谈何容易，可康、梁等人正是如此鼓吹的。终于闹到两宫反目，康有为之罪大矣哉！皇上现在既要变法，又要不至违背慈意，这不是两难而是万难，做小臣的能筹商出什么办法？刘光第想把林、谭二位找来，杨锐却嫌林旭沉不住气，那二人又与康、梁走得太近，生怕闹出什么乱子。刘光第沉吟着道："皇上心急如焚，不能等得太久。咱先商定几条，由你拟折上奏，然后再与林、谭联络，熟筹妥当办法。"

杨锐连连点头，大致议定意见。然后由刘光第抄录四份上谕，分交四人。杨锐埋头草拟复奏，表达三层意思：一、皇太后亲挈天下以授皇上，于公于私皆不可违，应当遇事将顺，到了过不去的地方，不宜固执己意；二、变法宜有次第，须分缓急，不求一蹴而就，毕其功于一役；三、进退大臣慎重和缓，不擅动威福之权。写罢这几条，杨锐沉思良久，添写重重的一笔："请皇上遣康有为往办官报。臣窃以为，康不出京，祸不得息。"

根据规制，皇帝的手谕，阅后均须交回。所以在奏稿末尾，杨锐写明，待四臣阅后立即上交朱谕。折子密封后，考虑交哪位大臣上递。裕禄由皇帝指派，管理四卿阅批条陈，此人也较宽厚，平日并不生事。然他终是满人，乃太后中意之人。廖寿

恒为人正直，经常代康有为呈递，然而此乃分外，找他是否合适？反复掂量后，杨锐
还是去见裕禄。

裕禄将杨折呈进殿上，光绪阅至交旨那一句，暗自踌躇。交回之旨均须存档，
这样的旨如何存？想着吩咐裕禄："你去告诉杨锐，此旨不必交回。"这算是罕见的
举措，裕禄却似无动于衷，领命下去，见杨传旨。办罢事回到值房，军机全班都在，
只要皇帝没有离殿，他们是不能散的。对于这一天的动静，刚毅心生狐疑，便抓住
裕禄刨根问底。裕禄叹息说劳乏得很，刚毅瞪大眼珠子："你别往一边扯，杨锐为何
上折？"裕禄又叹一声："这我怎么知道，我敢拆人家的密封？"

刚毅紧追不舍："一个小军机，被皇上巴巴儿地叫去，他又急急地密奏，这事不
寻常吧？"几大臣都未接话。刚毅又道："伺候慈圣回来，皇上气色不对。你这个裕
寿山，有事不要瞒着。"裕禄装糊涂："想来是为司员上书。昨天皇上命令总署，叫余
和墚去找罗花，把电车合同敲着实。"

刚毅正要发脾气，忽听见值班的章京叫，知是皇上下殿了。军机大臣们忙去殿
前排班，光绪步出殿陛，对着他们一挥手，即登上明黄大轿而去。大臣们各自散去。
刚毅不消停，打听到怀塔布在园里，忙遣人去请。得知怀塔布夫人没有来园，刚毅
埋怨怀塔布，你怎把耳报神落在家里了？怀塔布笑说："没有夫人有阉人，你还怕我
探不着底细？"

辞别刚毅，怀塔布赶往乐寿堂。等到太后那里消停后，李莲英从堂中下来，看
见怀塔布在这里，他笑眯眯地一努嘴。两人走到无人处，李莲英叙述便殿发生的事
情，特别讲到奉命撤座时，他切近感受了皇帝的颤抖。李莲英不喜欢皇帝，因为皇
帝鄙视他这个阉宦，不懂得他已在"一人之下，万万人之上"，任何王公大臣，都不能
不看他眼色行事。这是他的修为，是他一生侍奉积的"德"。他施德是有价钱的，这
条消息卖出去，他至少要收三五千两银子。

傍晚时分，林旭和谭嗣同才见到上谕，都似遭受当头一击。四个人商议一阵，
急切间哪有结果。现又随驾驻园，不许擅离园门，只能等到八月初三，才能回城与
康、梁相见。分手以后，林旭对谭嗣同嘀咕，形势急如星火，岂能坐以待毙？恰好他

明日不当值,他想潜回城去,与康先生商议对策。谭嗣同想了想道:"我看不必,一来园门管理甚严,二来仓促之间,康先生未必有办法。皇上出的这道题,不定何时方能解开。"

林旭怏怏地点点头,两人各自回到住室。谭嗣同登榻假寐,忽觉不大对头,出门呼唤林旭。没人应声,他推开林旭的门,发现人去室空。林旭若要出园,应向东宫门走。谭嗣同沿途观望,没看到林旭的身影。距东宫门还有一里远时,前头有一个岔道,向东北斜着插去。谭嗣同心里一动,折向这个岔道,穿过一片林荫,眼前豁然开朗,仿佛置身于乡野。在一带青岗脚下,阡陌纵横,稻香扑鼻,田间可见劳作的农人。

谭嗣同明白,这些都是园中的太监,为太后营造田园风光的。又走一阵,路上行人突然增多,在一辆骡车旁边,谭嗣同看见一个身影,不是林旭,倒像一名满班章京,这叫他一时有些紧张。

四、鱼游釜底　落井下石

谭嗣同正惶惑间,那个人回过头来,跟他打个照面,原来不是那位章京。谭嗣同并未释然,因为那人对他做了一个怪脸,仿佛窥破了他的行藏。这条路通向一个角门,门禁不像大门那样森严,由此进出的,大多是做农活的太监,有时还有地道村民,向御苑运送鸡羊等活物。门外河坡上有一处马场,这是御马厩开设的,专为筛选西域和蒙古进来的马。

谭嗣同曾听章京们闲谈说,到角门外看练马,是在园廷消散的一个乐趣。他们话中有话,真正的乐趣不在门,而在人。多少年来,围绕马场形成一个集市,集市上有两样吸引人的东西:北地风味的吃食,异域风情的女子。京僚们公余寂寞,不乏去作狭邪游的。

谭嗣同想着走着,闪眼看见一个背影,这一回真是林旭,这小老弟来钻这个空子了。谭嗣同跟在后面,替他掠阵瞭哨,没有发现可疑迹象。接近角门时,林旭明显放慢脚步,可见他在担心守门的士兵。两名士兵分立门两边,还有几名守在周围,长矛的红缨在暮色中闪耀。这时马蹄嗒嗒,五六匹马从后边走来,超过了谭嗣同,一名马夫手持马鞭,像一位带领兵队的哨官。

谭嗣同陡生一计,从路边捡起一支木棒,用力撅断,将一小截握在右手中。他估量一下人、马、门的距离,发觉合适,紧走几步,赶到一匹马的身边,在马尾拂动的瞬间,将棒尖猛力扎向马的肛门。那马惊叫一声,负痛狂蹿,冲动马队齐往前冲,将一名士兵踏倒在地。马夫和士兵慌乱呼叫,谭嗣同推一下林旭,向门外一指,林旭会意,一边呼叫一边追赶。要不了多大工夫,已把角门抛在身后。林旭回望一下,士兵们没赶上来,便放慢脚步,大口喘息。惊马已经远去,还能听见马夫的叫骂声,夹杂在路人的说话声中。林旭唤住一位归家的农夫,请教在哪里可以雇到骡马。那人向北草草一指:"一直走,煎饼庄,骡马有,女人也有。"说罢又笑:"我刚才看见两位老爷,骑着马去找女人。"

林旭站住犹豫。越往北走,离他要去的正道越远,他是不是应该改向东走,去到海淀雇脚力?海淀处在京园御道西端,赴园觐见的大员大都租寓于此,等待进园的时刻。林旭估计,袁世凯就住在那里,这是康先生试图鼓动的人物。与其慌忙进京,倒不如去见袁世凯,看他有何良策。当然这是胡思乱想,林旭对此人并不信任。他看见一个十字路口,有几个人在那里交谈,便打算上前问路。

此时天色渐暗,林旭注意倾听,揣摩出这是朋友路遇,寒暄分手的意思。林旭放心走近,隔着马的身躯,那几人背朝着他,说得十分起劲。林旭招呼一声"借光",一个人回过头来,惊得他倒退一步。那正是此时最忌见到的——满头班章京志朴,还有一位汉二班章京王庆年。志朴做出惊讶的样子:"原来是暾谷,巧遇巧遇,你这是往哪里去?"

林旭还在支吾,王庆年笑着答:"京城去,报讯的,是不是暾谷?"这话倒叫林旭放开胆:"什么讯,王老兄?"王庆年笑道:"那得问谭复生,他暗算了一匹马,那马把

你带出来，让你取道海淀回京，讨回一条锦囊妙计。"看到林旭目瞪口呆，志朴往他的痛处敲打："我和老王等在门房中，另有兄弟藏在林木间，将二位举动尽收眼底，贤弟你就别瞒了。"林旭缓过劲来了："瞒什么，许你们出不许我出园？"王庆年道："咦，你出俺出不一样——"

林旭抢话："一模一样！许你们啃嫩草，不许我找小妞？我二十出头，二兄都是五十出头，在煎饼庄各有各的相好，还曾争风吃醋打架，有这事没有？本人阅签一日，本想倒头便睡，忽想起志、王二老，正在那个着呢。我来跟着访访踪迹，待上头问起时，也不至于显得闭目塞听。"志朴哈哈大笑："这位要捏咱的错处，老王你说，咱怎么贿赂他？"王庆年道："任他去问，看那些骚娘，不把他淹死在尿壶里才怪。"志朴道："好主意，不过先要搜搜身，看有没有夹带私物。"几名同伙不由分说，把林旭从头到脚搜了一遍。

幸亏林旭预先戒备，并没把上谕带在身上，那几人只搜出几张小额银票，这是准备雇用脚力的。志朴大为失望："果真带了嫖资？老王，咱就把这雏儿放开，叫他去尝尝西路煎饼。"王庆年恶狠狠地说："别上当，他会一溜烟进京去！"志朴一本正经："那就说不得了。噉谷老弟，本人奉命监视，现在带你回去交命。"

林旭被押上一匹马，一行人由原路返回，到了章京住处。志朴没把他交给上头，只是吩咐他老实睡觉，不要胡闹。听罢林旭的这番历险，谭嗣同叹道，多少双眼睛盯着，咱们却蒙在鼓里，新姜的确没有老姜辣。林旭生着闷气，忽然抬起头道："园中人出不去，园外人能进来。咱明日起早候在东宫门内，跟袁世凯预先谈谈，你看行不行？"

谭嗣同皱眉瞅他："你不是怀疑老袁么？"林旭道："怀疑并无根据。探探他的口风，可能落实，也可能解除。"谭嗣同语气坚决："不行。轻举妄动，有害无益。从经历可以看出，此人功名心盛，咱们能给他什么？从康到梁到你我，都是白丁一个，袁会从心里轻视咱们。现在要看的，是皇上能给他什么。所以关键不看现在，要看召袁之后。"说到这里，谭嗣同伸手指指海淀方向："我揣摸着，那人此时也在盘算，是要投新党，还是降旧党？"

　　他说对了。在海淀裕盛轩寓所内,袁世凯送走了一拨又一拨客人,刚想消停一下,又报有人来见,不由有些腻烦。袁世凯审视这张名片。四品京堂、礼部主事王照,这也是一位红人,他来恐怕要为康党说项。然此人是直隶的地头蛇,又跟老聂有交情,老袁对他也要假以辞色。袁世凯亲自礼迎入室,客套如仪。王照单刀直入:"慰庭兄等候觐见,我不该夜间来扰。不巧在园耽搁了时间,又有几句话要说,这才不揣冒昧。"

　　袁世凯含糊应付:"小航兄要事在身,自然难得自由。"王照不打哑谜:"我来园为的是递折子,折子与袁兄有关。"袁世凯心里惊讶,面上却无反应,听那王照又说:"我奏请袁兄率部南去,驻扎归德,以镇土匪。"袁世凯不能不说了:"归德? 土匪? 老兄为何有此建议?"王照道:"镇匪只是一个由头,实有不得已之苦衷。慰庭兄应该清楚,眼下朝局是何情势。"袁世凯不认"清楚"二字:"世凯职在练兵,僻处小站一隅,朝局非我所知,愿听老兄指教。"王照不讲客气:"你若还在小站,尚可置身事外;今日有此一召,只怕难得抽身。"

　　袁世凯假作不解:"受召的多了去了,我有什么格外?"王照道:"你是带兵人。"袁世凯道:"老聂老马,兵都比我多。"王照道:"可他俩未奉召见。你不会不知道,国中有新派旧派之分,朝廷有帝党后党之别。不论此说是真是假,反正双方势同水火。值此不可开交之际,老袁之兵一脚插进,岂不添乱又招疑? 这不仅对你不利,对皇帝和太后也不利。我提出将错就错之法,就是为了替各方解和。"

　　袁世凯道:"老兄叫我如梦方醒。既然如此,徐侍郎为何谬荐兄弟呢?"王照不好说得太直了:"老先生只为举荐人才,他哪里懂得军兵之事。明日奏对,慰庭兄作何打算?"袁世凯以问作答:"小航兄认为我应该怎样?"王照道:"我的折子递上,皇上应有处置。慰庭兄若主动要求南去,这件事就会顺当过去。"袁世凯这才爽快起来:"此言有理,兄弟领教了。"

　　送走这位不速之客,袁世凯敲敲隔扇,徐世昌面带微笑,从套间里走出来。两位不说闲言,立即商讨这个要讯。当下的态势是,新党竭力拉拢袁世凯,旧党并无动作,只是警惕地静观其变。不清楚的是,皇上对新党之策接受多少,或者说参与多深。袁世凯的策略,也应保持静观,少说,多听,对皇上也是如此。

谋定后便即休息,到了凌晨四时,袁世凯赶到宫门伺候。约莫一小时后,袁世凯应召进入玉澜堂,叩头聆询。光绪首先询问练兵事宜,袁世凯一一奏闻,分为教习、阵法、兵员、军火四大块,都在以前的折片中上报过,是由荣禄代奏的。接着说到九月阅操,这更是荣禄主管的,现在由袁世凯当面代奏。

袁世凯仔细分辨,光绪的话中毫无弦外之音,便在奏对的间隙,主动提请:"九月有巡幸大典,督臣荣禄令臣修理操场,并且商演阵图,亟须回津料理。倘无垂询事件,臣请尽早请训。"

光绪说道:"不会等待多久。阅操自是大事,平日操演才关紧要,军外之操尤不敢忽。"什么叫军外之操?袁世凯琢磨着回道:"臣领圣训,臣以为军人不只着眼于兵,亦应着眼于民。因为民乃兵之源,国之本,民本不修则兵事不整,民生不固则军阵不立。皇上维新变法,是对军与民的大操演,臣当谨守职分,整队以从。"他边说边警惕,是不是违背了"少说"之旨。

光绪听来很顺心:"你有此种见识,便不受军人的拘囿了。你军中的德国教习,其阅读便不限于兵书。日本的带兵大将,大多是由维新文臣转行的。朕忧虑的是,我国历来轻视兵事,民间有好男不当兵之谣,军人也不自我尊重,不以兵痞积习为耻。此弊不除,如何强军?你所率领,乃是中国第一支新军;你所承担,不止一军一地之瞩望,你须勉之。"

袁世凯重重叩头:"臣谨记圣训,尽忠报国。"退下来后,袁世凯循规蹈矩地回归寓所,与徐世昌密商。皇上变法之意甚切,所论军事也很中肯,并无偏重新党的言外之意。因此,袁世凯更要不偏不倚,显示赤诚奉公的军人风骨。这样一来,有一项建议不能再提。袁世凯原拟请召张之洞辅政,这是他为了摆脱新旧争夺,表明心迹的一个策略。昨日见到张之洞的幕僚,他曾对钱恂表白过。如今看来,此奏或许会得罪两头,甚至连张之洞都不高兴。不过在有时候,各方的不高兴,会成为自我的大高兴,那要看时势而定了。

正在掂斤估两,军机处的苏拉前来通知,袁世凯以侍郎候补,并有军机交片,奉

旨于初五请训。袁世凯期待升官,愿望成真时,他却并无欣喜的感觉。他原职为按察使,正三品;侍郎正二品,算是超擢了,却因候补打了折扣。与同省两大将比较,聂士成和董福祥均为从一品。然而文重武轻,袁侍郎与两提督大致相当。从另一方面说,那两人升到了顶,袁世凯则在登进途中,前程不可限量。

理清了这一本账,便该应酬盈门贺客了。接下来,由徐世昌代拟谢恩折,袁世凯赴园拜望。谒礼亲王不遇,再谒刚毅、裕禄两枢相,二公都很和蔼,刚毅尤其热络。他跟袁世凯大吹了一阵兵法,连戚继光的狼筅都说到了。所谓狼筅,就是带枝的大毛竹,戚继光曾以此做武器,训练特种兵打倭寇。袁世凯肚里憋着笑,把刚兵家哄得很高兴。拜见老长官王文韶时,袁世凯显出一些忧虑,自述身处荆棘丛中,拟上疏辞。王文韶领悟荆棘一说,劝以出自特恩,辞亦无益,反着痕迹。这虽是场面上的话,"痕迹"二字含义丰富,是彼此知心才能说出的。

该拜的门子都拜了,有一处门子他得躲着,那就是新进的军机四卿。可惜没能躲开,办罢事要出园时,他正满怀心事地往前走,忽听前边招呼一声:"慰庭大人,恭喜恭喜。"袁世凯抬起头,见迎面走来一位年轻官人,一时竟没想起名字。那人笑笑报名:"在下林旭,福建侯官人,曾与大人在强学会谋过面。"

听了这句揶揄,袁世凯颇为狼狈,赶紧加倍热情:"暾谷贤弟,你若叫我大人,我得称你参政了。谅一候补侍郎,何能与参与新政比肩。我脑子一时恍惚,是在想一件急事,你须怪我不得。"林旭指指路旁林中石凳:"借一步说话。"袁世凯面露难色:"禁苑之内,不宜造次。"林旭道:"林旭只有忠言,绝不会作逆语。"袁世凯道:"也罢,我们就让出道路,立在一侧说话。"他率先走下路面,立在土沟草丛中,两名侍从立在他身后,活像哼哈二将。

一看这个架势,林旭想拂袖而去,回想起昨晚的急迫,又不愿放弃一个机会。林旭站到袁世凯对面,朗声念诵:"现在练兵紧要,直隶按察使袁世凯办事勤奋,校练认真,着开缺以侍郎候补,责成专办练兵事务。所有应办事宜,着随时具奏。当此时局艰难,修明武备实为第一要务。袁世凯惟当勉益加勉,切实讲求训练,俾成劲旅,用副朝廷整饬戎行之至意。"念罢双手一拱:"愿老兄加勉,以不负此旨。"踏上

路面,扬长而去。

林旭所念的,就是今日宣布的明发谕旨。他这是什么意思,恭维？警示？还是讽刺？袁世凯正在发愣,听到窸窣声,一个人从林子中钻出来,笑嘻嘻地自我介绍:"在下是军机处汉二班章京王庆年。林暾谷神出鬼没,害得我鬼道三出。"便把昨晚的跟踪说了一遍。袁世凯做出心有余悸的样子:"他要干什么？"王庆年道:"为虎作伥,此其志向,同僚们都为这小老弟担心。"袁世凯摸着脑袋:"军机处真是耍心机的地方,叫我们外官望而生畏。"王庆年哈哈笑道:"等哪天大人升入军机,就知道这都是小把戏,不足与大人论机谋了。"

笑言中仍含讥诈之意,袁世凯跟他扯了几句,笑着分手。回寓与徐世昌商量日程:皇上定于八月初三回城,袁世凯初五请训,将在宫中进行;袁世凯明晨谢恩后立即回城,他请徐世昌今日先回,预做布置。徐世昌领命回京,打探各方消息,主要是康党的动向。很快探知,康有为、康广仁、毕永年等,前往译书局,由梁启超召集几位日本译人,商讨编译事宜。此举令人生疑,徐世昌托请便人,探清这些人作何勾当。

其实,康有为约见日本专家,是想加深对伊藤博文的了解。伊藤昨日到京,康有为必然与他会见。至于用什么身份见,他要广泛听取意见。田山、平山、井上等日本人,只是语言文字学家,对前首相所知不多。他们提到的一个名词,却对康有为很有启发。日本人异口同声,称伊藤侯爵为专家型政治家。这符合康有为的自我期许,以专家对专家,这种前景令人神往。

从译书局出来后,康有为便跟梁启超耳语,要他去见李端棻,请其奏荐康有为,做接待伊藤的专使。是否妥当？梁启超心里自问一句,不过他已习惯听从老师的指派。梁启超去见妻兄李端棻,李端棻听了有些踌躇。他刚办完仓场侍郎的交卸,尚未到礼部正式上任。从一开始,他欣赏的是梁启超,爱屋及乌佩服康有为,加上自己趋向维新,不知不觉成了康党一伙。他还是端着身份的,不像徐致靖那样折子满天飞,对妹夫卓如都无一字荐语。

眼看近日情势渐紧,门生贻谷和同乡陈夔龙,不时劝他审慎出处,他怎好轻举

妄动？李端棻犹豫地问："这样奏合适不？"梁启超很坦诚："我也没有想好。伊藤是大人物，办接待是小差使，这里头分寸如何拿捏，你们当官的比我懂。"李端棻叹道："贤弟宜于在外国发展，你生错地方了。康先生也水土不服，大树扦插到瓦盆中，怎免根断瓦裂？"稍停又道："袁世凯放侍郎了。"

梁启超激灵一下："真的？何时？"李端棻道："谕旨在园明发，刚刚传到城中。徐子静一荐就准——"梁启超道："大哥，我劝你快发荐折。皇上的意旨既已摆明，臣子便无退缩余地。"李端棻点头道："接待专使这样的头衔，衮衮诸公看不上眼，想来不致有什么妨碍。"

梁启超匆匆赶回南海馆，康有为尚未回寓。询问毕永年，得知先生去吏部访友了。这个"友"是谁呢？在反复思索中，"关榕祚"三字跳了出来。此人曾与岑春煊一起，欢迎康有为入桂讲学。他又加入保国会，会散后渐渐消沉，康先生此时想起他，看来要巧作利用。

果然，等到午饭时分，康有为喜滋滋地归来，见梁、毕二人正在等他，他便高兴地说："成了成了，老关的这件折子，此时应送到皇上手中了。"康有为接着说明，关榕祚如何抵触，他自己如何周旋，终于使关榕祚心悦诚服。所上折子以此立言：非常时期当用非常之人，请求破格重用康有为，挽危局而定人心。关折属于司员上书，与李端棻的折子互为表里，定可一击而中。

讲到这里，康有为才问梁启超："对了卓如，我还没问苾园尚书的举动呢。"梁启超笑应："苾园尚书奉命惟谨，奏荐老师做专使。我只是闹不懂，老师要办接待，还是要议制度？"

康有为大手一挥："全包了！接待只一时，制度保长远。经营久矣，此其时乎？"看见毕永年坐在一边呆呆听着，康有为挑他反问："松甫老弟，你好像不大信服？"

毕永年道："我信康主事，不信康先生。"康有为觉得有趣："此话怎讲？"毕永年道："叫主事时，身份是实的。称先生时，声誉是虚的。天马可以行空，走骡总在地上。我愿主事先生一蹄一印，不尚清谈。"

康有为道："与高人雅士不同，我是浑谈！不谈不行，因为没人让我做。如今不

同了,伊藤和李提齐集北京,从东到西助以臂力,我料皇上必有所动。卓如,你有话要说?"梁启超含着笑:"先生料中了。我从苪园处听到上谕,拔擢袁世凯为侍郎,专办练兵事宜。"康有为愣了一下,不禁拍案叫绝:"天子真是圣明,比我等所献之计更为隆重,袁世凯感激图报,决定无疑。"

他起身看看门外,引领二人走入内室,开始密商。康有为判断,一定是奏对称职,值得信任,皇上才对袁特别重用。接着重提旧议,他要毕永年投于袁世凯幕中,以参谋为名,行监督之实,得便也可为袁世凯划策。毕永年觉得匪夷所思:"划策?袁世凯以狡诈著称,我能为他划策?"

康有为道:"兵不厌诈,不诈如何带兵? 他赴园前,特派徐世昌前来输诚,私下赠我八字:赴汤蹈火,在所不辞。"毕永年要证据:"这八字在哪里?"康有为道:"徐世昌口述的。"毕永年道:"先生莫怪我说,他是在哄你! 生怕有一字落在你手,这类人靠得住?"

康有为的口气更加坚决:"松甫乃壮烈之士,不要借词推托。复生放你在此,就是要你勇赴急难的。无论如何,袁世凯回任后,你要去天津试试。你若嫌势单力薄,我募百人交你统率,如何?"

毕永年无奈,推一步是一步:"我与唐才常,被乡人谬奖为浏阳双雄,究其实际,唐优于毕。我可以发电将唐君召来,到时我二人必听命于帐下。"康有为逼不出更好的结果,只好且住。

康有为没有料到,此时在园中,已经产生了更坏的结果。李端棻荐折、关榕祚条陈,由奏事处快马飞报园廷。李折不用拐弯,五大臣都能看到。对于伊藤的到来,大臣们有一种大难临头的感觉。先后有十余名司员上书,要求留伊藤做顾问,现在康有为又要出头接待,他跟伊藤联起手来,能够做出什么勾当?

当然,这两双魔爪能不能勾连,关键要看皇上的意旨。这两日皇上有点反常,午膳以后仍然坐朝,办事神速,不少折子即阅即批。刚毅心中有数,裕禄却不明白,曾对刚毅嘀咕,刚毅笑笑说,到时候我会指点你。将李端棻的折子递上时,刚毅便对裕禄说,那个时候快到了。

过不多久，殿上传下口谕，对李折决定留中。刚毅领着裕禄，回到自己的值房，他便开始指点："皇上处置李折，与处置曾廉条陈完全相同。"裕禄莫名其妙："怎么又扯出曾廉？"

刚毅笑了笑，从桌斗中取出曾廉刊印的条陈，将附片指给裕禄看。附片请杀康、梁，因被谭嗣同抽匿，裕禄从未看过。刚毅敲打着曾氏条陈："你裕寿山上递的，是被人剔过的。他怕送到皇帝那里，致使康有为遭祸，又将条陈留中，最终石沉大海。可是按照制度，凡属重要奏片，均需转呈慈览。现在，李端棻的保举又要淹了。"

裕禄眨巴着眼："可这是荐康的啊！"刚毅怪笑一声："荐非其时，连皇帝都怕遭祸。"他把从李莲英口中听来的话，复述给裕禄听。裕禄目瞪口呆，好久才吐出一口气："这可怎么得了！"刚毅道："是不得了，伊藤受康党之招，前来接收江山。皇帝坐不定位子，他若心乱智昏，挥笔下一朱谕：着以伊藤博文为内阁首相。你我怎么办？"

裕禄不安地挪动着屁股："怎么办？"刚毅阴沉着脸："我也毫无办法。也许应该见见慈圣了。"瞅瞅裕禄的脸，刚毅缓缓地说："空口说白话没有用，手中有曾廉条陈，这却不是原件。今日呈递的司员上书，也与康有为无关。或许可以查查存件，看能发现什么？不过这得你老兄同意，你老兄一向袒护皇上——"

裕禄拍桌低吼："什么袒护，我是太后的人！"刚毅安抚地拍拍他："好好，大家都是太后的人。"说罢起身出屋。裕禄乖乖地跟着。来到新章京值房，杨锐和谭嗣同还在待命。裕禄站在门口说："没事了，散值吧。"打发走那两个，这两个走进室中，翻看未处理的条陈。刚毅一眼看见关榕祚的上书，匆匆阅毕，哈了一声："好小子，'非常时期当用非常之人'，用词比李端棻更邪乎！"裕禄皱着眉看几行，还给刚毅，问："怎么办？"刚毅道："奏慈圣！这条陈他们肯定还要压下，应该让慈圣知道。"

伺候到光绪下殿，又等到太后、皇帝共进晚膳。两人守在乐寿堂外，目送皇帝的明黄大轿向玉澜堂抬去，同时舒出一口气。刚毅的手下人，伺机进去寻着线人，线人禀报李莲英。

李莲英经历过撤座那一幕,又亲见皇帝依礼侍膳,太后照例相待,像什么事情都没发生一样。李莲英深知太后的心思,更善于把握时机,待太后现出闲情逸致时,他才趋前禀告,刚毅和裕禄有事奏报。自从皇帝亲政后,除非太后召问,军机大臣不能求见慈圣。而今二人同来,一人为私,二人为公,看来确是出了非报不可的大事。

慈禧思索着,令李莲英引进二人。见二人磕过头,慈禧劈头训道:"你两个办事老臣,为何不懂规矩,冒冒失失跑来!"刚毅又磕下头去:"请太后治奴才之罪!奴才来得晚了,奴才守着规矩,该报的没有早报。"慈禧道:"嗯,照你说,倒是规矩的不是了?"

刚毅道:"规矩管住了老实臣子,倒给奸诈小臣开了口子。几天前,湖南举人曾廉上书,正折指责康有为之谬,附片摘录梁启超在湖南教书时的批语,堪称康、梁谋逆铁证。经过新章京阅批,附片就失踪了。曾廉有冤无处诉,将其折片自行刻印。奴才与裕禄刚刚见到,呈请太后御览。"

刚毅将曾折交给李莲英,李莲英捧呈慈禧。慈禧是喜欢阅折的,但这条陈长达万言,哪里看得及。听了刚毅的提示,她便寻看梁启超的批语,看罢骂道:"好个恶贼!皇帝怎么能用这等贼臣!"

刚毅忙奏:"皇上没有看到附片。"慈禧道:"那么正折呢?正折为何不呈我?"一看这状已告准,刚毅不再应声。

慈禧责怪裕禄:"你这差使怎么当的,条陈都保管不好?"刚毅替裕禄开脱:"裕禄没工夫盯着章京。他一发现漏洞,今天便去查看,果然又找到了漏报的。"裕禄赶紧呈上关榕祚的条陈。这条陈言简意赅,慈禧一览无余,但她想得更深,追问裕禄:"怎么漏报?漏报对康党有什么好?"

裕禄回奏:"当日处理不及,条陈会有积压。今日条陈并不多,此折举荐康有为,按理新章京应及时奏上。偏偏压下此折,不是听到什么风声,便是另有企图。"慈禧被"风声"触动,她把话题扯开:"刚毅,你说皇帝压下了曾廉上书?"刚毅做恭谨状:"奴才不敢说皇帝压下。奴才只知道,今日李端棻上折子,保荐康有为做接待专

使——"

慈禧忙问："接待谁？"刚毅道："日本前首相伊藤博文。市井哄传，此人是康有为招来的。"慈禧问："折子呢？"刚毅道："折子上呈皇上，皇上传谕留中。"慈禧冷冷说道："好了，你们下去。"

赶走两个臣子，慈禧沉思默想，胸中十分愤懑。康党的奸诈固然可气，更可气的是那个蠢皇帝，竟然起了欺瞒之心。这固然可以解释为胆怯，或者为了自保，然母子之间，尊卑之分，岂能容许些微背恩！

在玉澜堂寝宫，光绪也在思考母子之间，试图在圣母的盛怒中，为自己找到一条出路。李端棻的折子之所以留中，那是因为此路不通，别说让康当接待专使，就是派康做陪同向导，都会闹得沸反盈天。光绪也不会留用伊藤，在当下的北京城，连中国人康有为都被视为异类，更不用说日本人了！

苦恼的是，他的心思没人能懂，或者更糟，是装着不懂。把他抚养成人，提携成帝的圣母，是头一个不懂他的，这使光绪万念俱灰。制度局办不起，懋勤殿开不成，留给新政的，大概只有京师大学堂，农工商总局，可这叫新政么？农工商，李鸿章们也干过。大学堂，交给老帝师管，还不定办成什么样。如此一算，空空如也，康有为还有什么用？

杨锐复奏要康出京，光绪也想准奏，可是那样一来，等于宣布变法失败，不到万不得已，岂可出此下策！他要寻求中策，中策操于谁手，张之洞、陈宝箴，还是袁世凯？远水不解近渴，若召张、陈进京，急切之间不一定有用。袁世凯又是面目不清，不管当文用，还是做武使，其成色都嫌不足。在殿堂中来往彳亍，在御榻上辗转反侧，光绪熬至夜半，起身准备坐朝。

照例召见军机，到了上午八点，已处理了五十八件奏片，发出十七件明发、交片、电寄谕旨。接着召见成勋，他为补吉林副都统谢恩。下一个召见袁世凯，袁世凯叩见奏称，无尺寸之功，受破格之赏，惭悚万状。这与成勋的话雷同，光绪有些厌烦，转念又想，殿陛之上，做臣子的能说什么？便道："人人都说你练的兵甚好，以后可与荣禄各办各事。"

昨日的谕旨中,已授予袁世凯专折奏事权;今日又明言"各办各事",此中似乎包含深意。袁世凯小心奏对:"臣必与荣禄各守职分,办好皇上委任之事,以求不负深恩。"话里似有撇清的意味,让光绪不能满意。光绪顿了顿道:"不仅练兵,你的军中学堂,也要扩大功课,矿务、制造、商学等科,都可酌情添加。"袁世凯道:"是,臣必善体上意,办好一应事体。"

袁世凯此次奏对,有点惜字如金,甚至比皇帝说话更少。对比昨日奏对,他分明往后缩了。光绪失去了兴致:"你下去吧。"打发走这个能臣,光绪重新审阅总署上报的问答节略。这是在昨日,伊藤博文去总理衙门拜访,主宾交谈留下的记录。从字面上看,所言无非外交辞令,光绪琢磨好几遍,仍然一无所获。再看松江知府濮子潼的条陈,拟请皇上优待伊藤,令总署大臣详细询问,维新如何进行,款项如何征集,有点像痴人说梦了。总署是问不出名堂的,要办此事,非康不可,太后憎恶康有为,可她老人家喜怒无常,不定哪一片云彩会下雨。

光绪因此决定,将总署问答节略、濮子潼条陈、李端棻条陈并为一件,转呈慈禧。奉到这项差事,刚毅眼睛一个劲地眨,裕禄打趣他:"你说淹住了,怎么又漂上来?"刚毅嘴巴铁硬:"仁寿殿淹不住,咱请乐寿堂淹。我就不信,康有为还能泛出一丝活气儿。"

昨晚刚毅再入章京房,从存件中寻到一件利器,是翰林院编修黄曾源的上书。他提出完全相反的意见,认为伊藤不宜优礼,借才非现在所宜。刚毅将黄折当作私货,塞入转呈的奏件中,一起报送慈禧太后。

第四章　宫闱惊变

一、城欲摧时人仍在

慈禧接连两晚没睡好,这是天大的事情。因为慈禧就是天,无论冬夏阴晴,这片天总是按时寝息,风吹不动,雨打不摇,显出洪福无边的样范。可是前晚一上床,她就觉得不对劲儿,像有一条无形的虫子,在心里一蠕一蠕地动。为了镇住它,她调匀气息,平稳心律,在榻上躺得更加舒展。就这样过了一更、二更,她跟虫子比功夫,斗心眼,她把那虫子打败了。

这有一个证据:连侍寝的宫女娟子,都没发现有什么异样。普天下都算上,侍寝是慈禧最亲近的人物。每一晚慈禧睡觉,只有侍寝一人待在卧室里,距离卧榻二尺远近,面对室门,背靠墙壁,坐在地上,不能用眼看,只能用耳听。太后睡觉安稳不?出气匀停不?起几次夜?翻几次身?口燥不?咳嗽不?夜里喝几次水?早晨几点醒?都要谨记在心,以备内务府查问、太医院咨询。太后一夜均无异常,只是两眼时不时睁着,娟子自然无所察觉,这让慈禧有点儿得意。昨晚再来一遍,慈禧

心里便有焦虑了。

她记起来,三十六年前,她经历过这样的焦虑,那是辛酉政变,诛杀肃顺,垂帘听政。这样的情景莫非要重现? 她不愿意,就没人敢煽动她起意。这些天确有不少人来哭诉,那多是老太妃、老福晋,她要称祖母、婶娘或者妯娌。她们对折呀片呀毫无兴趣,只在乎一件上谕,上谕发于七月二十九日,准许旗人自谋生计。这一下不得了,要断他们的生路,谁肯善罢甘休? 除了旗人,还有阉人,关于他们,未下明旨,却有谣传,说要裁汰宫中太监。太监被称为刑余之人,这一下又要挨致命一刀,尽管宫禁森严,仍然难免骚动。慈禧饬慎刑司责打五人,流放三人,才压下这股邪风。但要治本,得下猛药。她害怕动这剂药。她过习惯了园中的日月,回过头去想一想,只有这些年最省心。让她再回到紫禁城去,清晨即起,半日坐朝,一天到晚看不完的折子,她自知已无这样的耐力。两晚不睡是值得的,她想清了这件事,整个国家都会安然的。

今天是八月初二,明天皇帝就要回城,慈禧决意待他好一点。当然他也得顺她的意,不让虫子再来滋扰她。在光绪前来侍晚膳时,娘儿两个言语和洽,其乐融融。可是愉悦总会过去,艰难的谈话等在前头。

话头由看戏引起,昨晚侗五唱《薛仁贵征东》,为助太后的兴,他真把银枪挺到了东京,打得倭国落花流水。明知这叫过干瘾,慈禧说,戏若成真该多好啊。真实的情况是,倭相伊藤来到北京,看那节略,这人说话也还算平和。光绪简单介绍伊藤下野,大隈上台,日本朝野愿与中国结好,伊藤便是为此而来。

慈禧问,听说伊藤拜访了张荫桓? 光绪答,是张荫桓去拜访伊藤。张荫桓赴美经过日本,曾受到伊藤热情款待,按礼此次应回拜。慈禧问,为何甲午议和时,我国初派张荫桓去,伊藤绝情不予接待?

光绪吸口凉气答,国家公事,不讲私情,那涉及重大利益了。慈禧说,但愿我们也顾及利益,不要被人拿去才好。撂下这一句,慈禧转说家长里短,这是难得的情景,光绪乐得应和。

说到端郡王的儿子溥儁,慈禧笑了一声:"那小子长得虎头虎脑,跟你同治哥哥

的脾性一样。可同治是小时爱玩,他十五六了还爱玩,这就是俗话说长不大了。这小子前儿个心血来潮,给我贡献了一对鸽子,是乌头乌翅的'铁翅乌',说是雁北出产的。咱们老北京只有'铜翅乌',就是棕头棕翅。我哪懂这一套?我对他爹载漪说,你拿回去还给他,叫你那宝贝儿子学点胡服骑射,说不定也能为国效力。"

这算是个笑话,光绪只能挤出干笑:"叫溥儁学骑射,倒真合他的性儿,额娘真善于因材施教。"慈禧微哂道:"只怕他这材料是块朽木。你和他们习性不同,你是太绵善,太易施教了。我可不是怪你,你读书真叫如饥似渴,太把书当书了。我没读几句书,叫作不学无术。不是有人说嘛,尽信书不如无书。这话替睁眼瞎遮羞,也叫书愚子醒心。唉,白纸黑字都是真言么?"

她这言之谆谆,也是真情流露,光绪不无感动。自己在她面前,总是因怯生畏,因畏生疏,好好的娘儿母子反倒像在扮戏,顺当的事也闹拧了。

事已至此,绕来避去也无益,光绪索性把话说开:"额娘训诲,饱含至理。儿子早年所学,全是儒学经书。真正接触西学,不过一两年时间。自知时不我待,难免饥不择食,以偏概全。"慈禧道:"谁逼你了,叫你火烧眉毛一样焦虑?我看日本已经安分,英、法、俄、德各自吃饱,它不得克化一些年?咱们疗伤,也需时日,不能自乱章法,再去伤筋动骨。祖宗家法仍是主心骨,只能小修小补,哪可推倒重来。"

光绪道:"祖宗若生于今日,其法必不会不变。儿宁忍变祖宗之法,不忍弃祖宗之地,而为天下后世所笑。"慈禧有些不悦了:"你为天下后世,还是为一群人一伙人?人家说兼听则明,你为何偏要偏听?刚毅、许应骙算是老旧,孙家鼐、张之洞总会趋新吧,你怎么也不信服?你知道民间怎么说你么?'皇上先被老翁下镇物,又有荫桓进红丸,最后服了康、梁的药水,性情大变,改信天主',这些议论——"

光绪又气又急:"这等狂吠言语,额娘从何处听来?"慈禧沉得住气:"这叫诬圣是吧,按律应当治罪。可谁能堵住天下人之口,前代多少帝王,都被人搬上戏台,编进小曲。传言中也有民意,民意怕皇家疏于防范,给奸人留下可乘之机,以致康氏兄弟潜入宫禁,摇乱皇纲。"

这话从慈禧口中说出,真如五雷轰顶,光绪面色惨白,几乎透不出气来:"这是

民意,还是恶意,额娘一定心如明镜。"

慈禧四平八稳:"心明不如事明,行事不清不白,便无法说清楚了。"

光绪将心一横,他要豁出去了:"四月以来,内务府密派精细苏拉,常于东华门、神武门、内廷二门暗查出入之人;又有太监若干,稽查内宫各门;每日值班之王公贝勒,亦随时巡查。紫禁城外各官厅,由步军统领衙门分派八旗、两翼,严密设卡,明察暗访。铁桶一般的阵势,谁有能耐潜入?"

慈禧审视着光绪,口角绷出两道深沟:"你知道了?那是他们害怕出事无法交代,自己给自己添加的紧箍咒。可这有何用处?朝廷如果出了漏洞,皇帝要是想开口子,别人休想堵住。其实姓康的何须潜入,有书册可献,表章可上,能像师傅那样给皇帝进讲,皇帝迷上他的书,超过了孔子的经。我就想不通,他有妖术还是魔法,使皇帝拒谏饰非,不惜与各色人等对抗?"

话说得如此沉重,光绪扛不住了,却还想抵死一争:"皇额娘,康有为一介寒儒,无官无势,即使得入朝廷,不过献言建议,纳与不纳,权操诸上。儿子看重他的,只在忠义二字,勇往之气。假如开一线缝隙,叫他尽其所知,畅所欲言,儿可择其善者而从之。若有不善,甚至不轨,随时可以治之以罪。得其利而免其害,这有什么不好?"

慈禧缓缓地点着头:"好,好得很。我终于相信,你跟康有为有合谋。"她扭头看了一下,奏事处的首领太监崔玉贵,捧着奏事匣子上来。慈禧亲自动手,取出一件奏折:"李端棻保康,为接待专使。康有为为伊藤鞍前马后,能串谋什么好事?"她又取出一件:"关榕祚保,要求重用。你准备如何重用?"

光绪皱着眉想,没想起何时阅过此折。那么折件从何而来?想是有人直递太后,何人如此妄为?光绪忍了又忍,把问话硬压回去。慈禧手按匣子,乜着眼睛看他:"还有一件折子,听说是参康有为的,这事有还是没有?"

光绪心里咚地一跳,慌忙回话:"有,有。"

慈禧叮问:"为何没有呈我?"光绪舔舔发干的嘴唇:"儿子以为,这不是重要折件。"慈禧拉长声音:"是啊,重不重要,全在你说。用不用他,全由你定。"光绪咬着

牙不出声，似乎还想拖延过去。

慈禧轻蔑地一笑："也不全由你。你六月初八日明发上谕，派康有为赴沪督办官报。马上就到八月初六了，康有为依然没有离开的意思。你的上谕，你自己都没打算执行。所谓变法，变个什么！"光绪无奈道："儿子这就催他出京。"

眨眼间阴晴反转，闹得光绪神魂颠倒。回到殿上，拟写谕旨，删改数次，方才写定："工部主事康有为前命其督办官报局，此时闻尚未出京，实堪诧异！朕深念时艰，思得通达时务之人，与商治法，闻康有为素日讲求，是以召见一次。令其督办官报，诚以报馆为开民智之本，职任不为不重，现在筹有的款，着康有为迅速前往上海开办，毋得迁延观望。"召见一次，是专门讲给太后听的，以求打消她的疑虑；现筹款项，借以表明康有为迟迟未去，是在等待开办经费。太后这边尽量堵塞漏洞，康有为那边也要有所交代。

光绪令将林旭召来，命他传谕康有为：速往上海，以备他日再用，眼下不可轻动，以免贻误变法。明谕再加口谕，应称万无一失，光绪暂时松一口气，筹措明日回城。恰在这时，从乐寿堂颁下一道懿旨："此后司员士民上书，均着于章京签拟办法后，恭呈慈览，俟发下后，再行办理。"

看着这几行字，光绪久久发愣。以前的处理程序是，先由军机拟议办法，均俟分别办理后，再行陆续恭呈慈览。现在慈禧要先过目，再办理，不止审查四章京，这是监督光绪帝。光绪的头上又加一道箍，手里再失一份权，真正离"撤座"不远了！

四章京还不知这种变动，到散值时，林旭把口谕透露给谭嗣同。谭嗣同思谋道："审时度势，走为上策，康先生不宜再犹豫。"

林旭有些懊恼："先前是我挽留先生，看来难辞误事之咎。"谭嗣同道："非也，即使这回有明旨，先生也不一定会遵旨。先生自信与自负相掺，就像干水泥浇了水，刀劈不开。唉，说来也是，我们可以一走了之，皇上怎么办？"林旭怔怔地看着他，听他的话水泥一般凝固难解："我根据赴京途中所见，对皇朝命运判一'死'字。及至见皇上，入军机，始知今上不同于昔上，乃真欲变法，真想救国。此虽为一家一姓之国，对于民众未始不是福音。不说大义，且论私谊，君主以国士待我四人，国士对于

国难,能不溅血断首以从之? 有鉴于此,康先生的种种不可理喻,我都愿以同心度之。"他这几句说得平静,却使林旭悲从中来,久久无言。

园廷中的惊涛骇浪,涟漪尚未波及城中,康有为也便有了闲情,被宋伯鲁请去饮酒作乐。这是宋伯鲁的家宴,主人虽是陕西人,客人全是南方人,所以作的乐是昆曲。徐致靖原籍江苏,他唱的昆曲很地道,贵阳人李端棻,跟他倒也配得上。

康有为坐在二公中间,他却不善咿咿呀呀,只好插科打诨说,我们广东人昆乱不"当",只当看客。对他与侗五爷交往,李端棻略有耳闻,便打趣道:"长素偏爱京戏,行中必有知音,能否给我们讲讲。"康有为忙撇清:"京戏大喊大叫,那叫裂帛之音,在下抵挡不住,不敢知只敢跑也。"宋伯鲁道:"要说京戏裂帛,我们的梆子就得裂山,那真是刀砍斧劈,所向披靡。"徐致靖道:"南人跟北人的不同,于戏中表现尤真。南人柔弱,你只看南戏以女子扮男角,京戏以男子扮女角,便可达其底蕴。"

李端棻击节赞叹:"好,子静此论确有卓见,可以提笔成文,为男伶女伶做一注脚。比如这样,不男不女谓之邪,半男半女谓之妖,亦男亦女谓之祟,无男无女谓之魔。此四端者,皆可于伶界悟其妙谛也。"宋伯鲁笑道:"新大宗伯出口成章,无意间露出八股马脚。长素这位考官如何判他?"康有为道:"判他不通,他却是管科举的第一人;判他中式,他又是新政上的第一官。有此两难,判他一个似是而非、非男非女吧。"

徐致靖大笑:"那你要得罪李夫人了! 夫人要的是男——"李端棻忙去推他:"雅谑不如雅乐,老兄还唱崔莺莺吧:意似痴,心如醉,只是昨宵今日,清减了小腰围。"徐致靖跟他歪缠:"老夫恁般粗腰,叫俺如何清减? 这正是:风流当数老牛腰,不让娉婷豆蔻梢。京兆十年成薄倖,白头赢得一夭桃。"打油诗贵在顺口,前三句都很顺溜,偏偏末尾来句别扭的:诗经"桃之夭夭"一语,被人借用为"逃之夭夭",老先生竟要摘这枚桃!

李端棻责怪道:"都说曲终奏雅,老兄为何奏哀? 刚才你唱着唱着变徵,便为不祥之兆。"徐致靖笑得勉强:"不瞒大宗伯,昨夜做一噩梦,被刑卒打入南监,不由光

想逃字。"李端棻打一激灵,想说我也一样,又觉不可失口,便转向康有为:"长素这回如何判他?"

在这样的场合,康有为若非被心事压着,早就大说大笑了。他被催得绽开笑纹,刚要开口,听门外有人低声说话,接着瞥见个熟悉的身影,便唤了一声。这是弟子韩文举,他带来的消息耐人寻味。袁世凯回城以后,便被贺客围着,其中有几拨人很各色,是京旗各营的统领。品咂着这条苦讯,徐致靖慢吞吞地说,希望过去这阵风头,他来看我这个荐主,我问他闹得什么名堂。

康有为心里有砖头坠着,便提议散席。从宋宅出来后,康氏师徒各骑一头骡子,径往法华寺去。走到半路,康广仁驱着骡车来寻兄长,请康有为登车,他和韩文举跨骡跟随。法华寺在报房胡同,距离金顶庙不远,也是进京官员赁寓之地。此时夜色朦胧,寺寓门房的灯笼,透射出蜡黄的光线,与普通客栈的红灯情趣各异。康有为投进名片,这名片先经徐世昌手,又到袁世凯手。袁世凯抚着光溜溜的脑门:"康长素成了热锅上的蚂蚁,咱该给他添火,还是向他泼水?"徐世昌道:"这锅台不是咱的,咱只能瞧热闹,不可插一手。"

袁世凯眨着眼:"老兄是说……?"徐世昌斯文地笑笑:"双方都不得罪,永远可进可退。"袁世凯哈哈大笑:"我喜欢永远二字。拜托老兄,陪这只蚂蚁爬一程。"徐世昌会意一笑,穿过两重院落,赶到寺寓门口,对康有为打躬作揖:"失迎失迎,幸会幸会!不巧得很,刚协揆差遣司员过来,询办兵部有关事宜,看来今晚无时间接晤,慰庭要我再三请罪,明日一定前往拜望。"刚毅是协办大学士,所以称协揆。

这样的挡驾说得过去,况且许诺"明日一定",康有为只得作罢。他还想探些风声:"哪位司员?""郎中陈夔龙,总理衙门章京,官运看涨。"这人跟自己毫无交情,康有为快快说道:"有劳菊人兄,明日伫候早临。"当下作别,回到寓所,心烦意乱。听康广仁说,毕永年招来几位湖南同乡,合住在一起。其中一位姓钱的,据说是会党好手。看来事情在向前推进,等待机会到来,自会开花结果。

康有为打发弟弟去找毕永年,这时听见脚步响,大哥康有仪走进书房来了。他入座后叹一口气,停了停才道:"老三,我要走了。"康母生有四女三子,康有为排行

第三。

康有为问康有仪："大哥,你要去哪里?"康有仪道："去上海。除了你的大同书局,我另开两处小生意,久未打理,荒废可惜。我先过去,你让幼博安置一下,尽早赴沪。至于你,最好与幼博一同走。"康有为像是早有所料,平静地问："大哥,你认为我应当走了?"

康有仪道："是。我跟外人不接触,从馆寓办事人的嘴上脸上,能够察颜辨音。老三,留恋不得了。"康有为沉吟良久,道："大哥阅世比我深,我听大哥的。"康有仪立起身,走到门口又回头："你说话向来不走心,终究会吃亏。"听着脚步声走回会计室,康有为摇摇头想:走心,还是走人?

他在自问自疑中度过一夜。这天是个阴天,头顶乌云积聚,真像要下雨的样子。吃过早饭不久,便有一位访客上门,正是他渴盼的林旭。林旭起早动身,乘马飞奔京城,直入南海馆,来见康先生。

一看林旭的脸色,康有为心里便一咯噔,用眼睛向林旭探问。林旭看看闻讯进屋的康广仁,低低说了声:"请二先生守住门口。"康广仁立即走出,门神一般立定。林旭面对康有为:"有圣旨。"

康有为哆嗦一下,当即双膝跪倒,伏叩倾听。林旭哑声诵读:"近来朕仰窥皇太后圣意,不愿将法尽变,并不欲将此辈老谬昏庸之大臣罢黜,而用通达英勇之人,令其议政……"

谕旨不长,林旭念得字字沉重,一锤锤敲在康有为的心上。念旨完毕,康有为竟已爬不起来,林旭用力搀起,扶他坐在椅子上,交出密诏请他过目。林旭告诉康有为,密诏是授予杨锐的,这一份是用墨笔过录的。还有第二道密诏,令林旭专传康有为。

康有为听了精神一振,便要立起身子,林旭止住他道:"皇上下旨令先生出京,那由内阁明发。皇上又叫林旭传达口谕,令先生速往上海,以备他日再用,眼下不可轻动,以免贻误变法。"

康有为大张着眼,心中脑中混沌不清。事情变化太快,昨日满怀希望,忽一下

四大皆空,让他万难接受。一看林旭要收起密诏,康有为才挣出声来:"暾谷,密诏暂存我处,待我参领圣意,然后你再请走。"

林旭应道:"是。皇上一谕四卿,尚令密筹设法,以期不负慈意。二谕先生,已是时势危迫,只令先生快走,先生有主意么?"康有为顿足长叹:"猝不及防,方寸已乱,何来主意!"林旭道:"先生有主见,先生不能乱。皇上廑念殷殷,尤须先生熟虑。"

康有为忽然想起:"谭复生呢,怎么没一起回来?"林旭道:"就在宣武门内,复生被几个人截住了。据说是他的亲戚,奉其父命来见。"康有为着了忙:"奉父命? 谭敬甫肯定要命子回南,这怎么好?"林旭安慰他:"复生自有权衡,不会随人俯仰。"康有为道:"他父亲出名的顽固,复生拗得过? 暾谷,你去尾随着,不要让复生上当。"林旭答应着去了。

康广仁大步进屋,大声呼喊:"哥哥!"忽又压低声:"皇上叫你快走,咱们走吧。"康有为渐渐镇定下来:"皇上令我设法救驾。"康广仁顶了回去:"皇上令四卿设法,令你速赴上海。这是奉旨行事,哥哥不可拖延。"康有为沉下脸来:"没有有为何来四卿,没有忠义何来办法? 皇上身陷险境,我若脱身南走,天下人必骂康有为负恩,我康氏先人亦将蒙羞于地下!"

救皇上,保新政! 慌乱已经过去,主意重新拿定,康有为要召集党徒,背城借一,成败兴亡,在此一举。他叫康广仁速去找梁启超和二徐。康广仁咕嘟着嘴出去,在大门外碰上徐仁録和徐仁镜。弟兄俩告诉康广仁,卓如待一会儿就过来。

三个人一同去见康有为,二徐带来了邸抄,请康先生看明发上谕。康有为仔细捧读,手指着那行字大声道:"你们看看,皇上因念时艰,思得通达英勇之人;因知康有为素日讲求,所以想与之商讨治法。皇上要我议政,旨上说得明明白白,这是昭告天下啊!"

二徐面面相觑,这时候强调这个,不是哪壶不开提哪壶么? 康有为又道:"明着说报馆职任不为不重,实则是艰难时局急待明臣。知我者皇上,需我者国家,斯时斯地,我怎么能逃啊!"康有为说着流下了眼泪,徐氏兄弟受到感染,跟着唏嘘。康

有为激奋起来，要弟弟再去找谭嗣同。

康广仁先去浏阳会馆，没有找到，他思谋该往哪里寻找。他不知道，谭嗣同此时就在会馆中。谭嗣同的舅舅预先嘱咐会馆门房，不要引见康党中人。舅舅挟来谭继洵的亲笔信，要求谭嗣同立刻辞官，辞不掉便弃官，迅即出京，以避祸患。

谭嗣同搬出多条理由，舅舅只有一条理由：父命不可违。谭嗣同沉默了。他乃坚毅之性，他一不说话，便是铁了心。舅舅也是硬性，舅舅说，我不是听你父之命，我是受你娘之托。你娘给我托梦，她说同儿有难，叫我上天入地，也要救你回家。你娘死得早，她把她的阳寿交付给你，命你替她活下去。你不可辜负你娘，叫她再死一回！

谭嗣同泪如雨下，哭叫着娘啊，娘啊！舅舅面如冷霜，晶莹的鼻涕垂挂在鼻管上，他一把甩它上墙，砸出啪的一响。舅舅问："咱们几时出京？"谭嗣同答："少则十天，多则半月。辞官得准，至少得这么多天。"舅舅问："你就不能弃官？你那算什么官？"

谭嗣同答："恰恰不是官，把我拘住了。如果随班朝请，雀翎貂褂，我会弃之若敝屣。可我召对当天即点入值，皇上待以不次之位，这个不次不是极品，而是不依常轨而用之，我非草木，岂能无感？外甥不瞒你，我不会践十天半月之诺，只以圣主之需为依归。我尚奉有诏命，怎可不顾而去？"舅舅连声叹息："是啊是啊，你有圣主，而无父母妻儿，无宗亲之念，身命之系。"谭嗣同道："我有，我给父亲写有家书——"

舅舅截住他："是，你在信中骂你父亲：老夫昏耄，不足与谋天下事。"谭嗣同很是惊讶："这信还没发出，舅舅怎么知道？"舅舅道："不是有人打开你的住室么？黄桂鋆将这类言语函告湘友，这湘友又转告你父亲。你父一看就明白，你的性命危在旦夕，这才要我火速来京。你想以此让父亲脱罪，可父亲要的是儿子脱祸。身为人子，你不可怜你的父母么？"

谭嗣同又流泪了："知子莫若父，殊父莫若子。我之不孝上通于天，只望不惊动地下的母亲。舅舅，嗣同今日与你诀别了。"谭嗣同扑通跪下，惊得舅舅上前扯住，

要打要骂，最终与外甥哭在一堆。

谭嗣同毅然辞亲，心中一片空明，跨马向南海馆驰去。将到门首时，望见一辆马车停在树篱旁，一位尊客被仆人伺候着下车，正是徐世昌。徐世昌是袁世凯的影子，这一对宾主故弄玄虚，跟康氏一党不即不离，令人生疑。而康有为的一线希望，或者说是妄想，系于袁氏一身；能为康有为了此事者，又非自身莫属。这一思路，是此时此刻才明了的。

谭嗣同决定暂不进院，给康有为留出回旋时间。徐世昌施施然而来，跌落进一团悲愤气氛中。康有为听到通报就决定了，要将此人浸泡在腌汁中，叫他不得脱身。徐世昌走进汗漫舫时，一屋人泪眼相向，使他打个愣怔。徐世昌哑着声问："怎么了这是？"康有为带着哭音："菊人兄啊！皇上，皇上危急——"徐世昌浑身一震："危急？皇上？"

康有为说不出话，捧出那张墨谕，交到徐世昌手中。这讯息确实惊人，徐世昌一字字读着，不由自主地颤抖。康有为没等他读完，哇地哭出声来，梁启超和二徐同时痛哭，徐世昌跟着也哭。徐世昌生怕打湿墨谕，将那纸捧放在方桌上，倒头下拜，口中发誓："吾皇万岁，臣徐世昌得聆圣谕，誓当报效，必竭微力以酬皇恩，以救国家！"康有为双膝跪倒，向徐世昌下拜："吾兄赤忠高义，令人五内铭感。有为是接诏人，更要钦领协力，不惜粉身以救圣驾！"

众人你言我语，各抒胸臆，稍稍消停下来时，徐世昌才说，今天午时礼王传见，袁慰庭无暇抽身前来。袁世凯的事就是多！康有为发起牢骚："不是协揆问，就是王爷见，袁大侍郎好红啊！从强学会到保国会，慰庭都是火热心肠。等他练兵有成，声名鹊起，便与我辈渐行渐远，依违两可。你若不喜康说，不好新政，敲明叫响就是了。就像刚协揆，人家明人不做暗事，至少是条汉子。袁慰庭呢，这个'两'字我不赞成，只有祝他一路高升了。"

这番唇枪舌剑着实厉害，徐世昌尽力抵挡："先生责备得有理，我不替慰庭开脱。只有一点，带兵的和我们做文的，的确禁忌不同，不好一概论之。还有一条，袁受皇恩比我们重，他之回报岂可后人？在这上头他若有失，不说各位，徐世昌首先

跟他决裂。"康有为不依不饶:"好,扭不住袁世凯,我抓住徐世昌。只有你们有兵,你们不能撒手。"徐世昌品出了味道:"兵?这里怎么用到兵?"康有为道:"任何大事到了后头,起作用的只有兵。这个理你认不认?"徐世昌道:"不能说任何,有些事根本与兵无关。"

康有为道:"那只有写诗作词,李白斗酒诗百篇时,兵来才会煞风景。可是菊人哪,今日这桩事,无兵将被人杀啊!"徐世昌竭力抚慰他:"先生忠义激发,情难自已,我有同感。待我与慰庭筹商后,必能寻出报君之策,不叫先生失望。"康有为直撅撅道:"我与菊人同去见慰庭。"

徐世昌顿了一下,道:"同去?那不合适吧?"康有为道:"有什么不合适?冲了礼王爷的午宴?"徐世昌笑起来:"王爷午宴且不管,只说康长素的午宴。徐世昌饥肠辘辘,先生不赏饭么?"

徐世昌发现不好脱身,索性身处曹营,与对手打成一片。此时谭嗣同也回馆了,康有为便请办事人张罗,置办一桌酒肴,大家开怀畅饮。议论更加畅快,谈的是勤王话题,这个词叫徐世昌心惊。康有为无所戒惧,保卫皇帝,天经地义,谁能挑出一个不字?席间全是逞辩之人,是与非,诚与伪,藏与行,死与生,在大家舌端闪烁不定,争得不可开交,吵得酣畅淋漓。谭嗣同很少插言,坐在那里饮着闷酒,显得落落寡合。徐世昌暗忖此人,给以"沉鸷"二字。

酒阑席散,人人皆有醉意。康有为陪徐世昌在小院中踱着,见他露出告辞的意思,便道:"菊人稍待,复生找你有话说。"不说话的人有话说?徐世昌醉得站立不稳:"我支持不住,你得叫我睡一觉。把我的仆人唤来,叫他给慰庭告个假。"仆人是在下房吃饭的,听了呼唤走近前,康有为礼貌地避开几步,让这主仆说话。徐世昌光明磊落,寥寥数语,只在冠冕话中夹进四个字:静观其变。这是捎给袁世凯的暗号。

徐世昌遣走仆人,由康有为陪同,进入一个僻静房间,在卧榻上安卧消酒。康有为走出这间屋,看见谭嗣同在不远处等着他。康有为走上前去漫步交谈。康有为问:"这人如何?"谭嗣同道:"首鼠两端。"康有为道:"这词传神。我何尝不知,袁

世凯脚踩两只船。在一无依靠的时候,这就像礼神拜佛。宁可信其有,不可信其无。"

谭嗣同道:"袁世凯有神通,可是无忠信,先生用什么拿住他?"康有为道:"恰恰利用忠信,以皇恩感之,以君难召之,他若不动,还算人乎?"谭嗣同道:"凭皇恩就能拿人,世上便无奸雄了。先生,这是一步险棋。"

康有为道:"咱还有坦途可走么?自我入京,一步一惊,哪日若不历一恶境,就觉得这天没有过去。这回我若就此撒手,千难万险不都白过了?"

谭嗣同道:"我最钦佩先生的,便是抵死不退。我惟先生马首是瞻,也愿冒险一试。"康有为担心地问:"令尊能同意么?你的亲戚——"谭嗣同道:"家父寄望于我的,我早一件件辜负,哪再多这一件。忠孝不能两全,我只好以此自解。"康有为又要流泪:"我今天怎么了,有点婆婆妈妈?我是感激复生——"

"复生!复生!"有人急急唤着,从小院偏门进来。这是毕永年,后面跟着的是康广仁,两人都气喘吁吁的。要告状又怕人听,四个人一起来到康广仁的住室。康广仁埋怨毕永年,说他口气大胆量小。

毕永年不服气:"二先生,我什么时候口气大了?我一向反对说大话,可是诸位高贤,贪图嘴上痛快,常常闹得满城风雨。"康有为纳闷道:"二位闹什么,我没有听明白。"康广仁道:"我在门外碰上毕兄,顺口问一句,你的好手召集得如何,他老兄就火冒三丈,好像我揭了他的短。"毕永年道:"不,这露了你的长。今日吃午饭时,你知道钱维骥如何说么?"

钱维骥是他的湖南同乡。这话引起了几个人的注意。毕永年接着说:"钱维骥慌张问我:'康先生欲弑太后,奈何奈何!'我惊问他:'你怎么知道?'他说:'康家仆人王升、王贵,跟几个做力活的吹牛比阔,声称康先生要办大事,此事由湖南龙头毕大哥承办。'做力活的有一个湖南人,钱维骥从他那里听到消息,这才找我追问。你们听听,要把天戳出一个窟窿,嘴唇一碰就做到了!"

二、天将破处路不明

　　天津与北京比起来,情势似乎更紧张。这在荣禄看来理所当然,因为津乃京之门户。从英法联军之役,到甲午战争之祸,都是天津先吃紧。此次没有战云压顶,但日酋伊藤过境,给津城带来了不祥。伊藤离开时,荣禄派一位实缺道员,将伊藤直送到马家堡车站,这是送鬼出门的意思。然而鬼气是驱不开的,荣禄总有一种受魇的恐慌。像要证实他的预感,在伊藤下榻的宾馆大门前,和伊藤登车的站台灯柱上,于八月初一夜间被人分别贴上揭帖,像是预言,更像妖言:

　　　　不光不兴

　　　　不西不中

　　　　不明不清

　　　　高照红灯

　　　　甲乙丙丁

　　　　水火刀兵

　　　　过戊逢庚

　　　　十室九空

　　属下不敢隐瞒,逐级上报总督。这投了荣禄的脾胃,他信服神神怪怪的东西,因其奥妙耐人琢磨,又因虔信可保富贵。前几年京中流传着几句:"无同不兴,无儿不光,统绪全无,宣告大荒",便让荣禄时常咀嚼。同治之薨使中兴结束,光绪无儿似命中注定。全无和大荒,不是好兆头。原以为甲午惨败就是结局,而今看来远未

到头。不光不兴与先前相接,不西不中是表象,不明不清是内症,高照红灯,不好解释。是暗示破解之法?是预告血光之灾?下一首前两句,四年间一一应验,其实何用神示,自从洋人兵马叩京,哪年不是水火刀兵?今年就是戊戌,这里说'过戊',也许能顺利过去?得过且过,谢天谢地,下一年是己亥,再下年是庚子,那要十室九空,真真阿弥陀佛!

荣禄心里卜着卦,表面上风平浪静,不吭声过去一日。八月初二,立山和怀塔布结伴来访,一个稀客一个常客,让做主人的很高兴。二人声称,此来并无公事在身,由于立山在京圈得闷了,怀塔布陪他找荣帅玩玩。这不用说是借口。荣禄揣摩,怀塔布的斤两不压秤,太后才添派立山来。立、怀以私人名义询问两件事,一是日本鬼子伊藤,一是新擢侍郎袁世凯。留用伊藤的呼声甚嚣尘上,有进京的督抚对军机章京笑言:"各位伺候这位新领班,恐怕得学吃日本寿司吧?"

按照伊藤的显赫身份,进军机准定做领班,礼王是不是得乞休?荣禄淡淡地回话说,伊藤是来游历的,你叫他做领班天天上朝,见了皇帝叩头请安,他肯定不干。若是当个闲散顾问,时不时地进宫资政,他可能答应。至于袁世凯,候补兵部,也许不能专心练兵,京中担心津门空虚,荣禄也有同感。荣禄打算调动聂、马两军,把漏风的地方堵一堵。三言两语谈完要事,该谈声色犬马了。

荣禄愁眉不展,总有点不开心。立山爱开玩笑,奚落荣禄有福不享,单好看相。荣禄感叹说,到了天地变相之时,咱们下界生灵,不看清脸色不行啊。他取出两张揭帖给二位看,三人参详不出名堂,立山突然把桌子一拍:"现放着活神仙,咱何必打哑谜!"荣禄不解:"什么活神仙?"立山道:"活神仙在海月寺。"荣禄愣了一阵才想起:"喔,那寺在天津,一点也不起眼,哪位仙家挂单于此?"立山笑笑:"一米道人,听说过吧?"荣禄道:"这我倒知道,那是英年的老师。一米擅长测字,跟我们相术隔脉。再说他在京城,怎么到了海月寺?"立山摆出开讲的架势:"说来话长,我给你讲讲此中因缘吧。"

二十五年前,一米道人云游海月,化名为早有居士。那时张佩纶尚未及第,来撞李鸿章的木钟,就在海月寺,早有居士以盛馔款张。席间以山川日月作字,测算

李鸿章镇津的年数,预示海上有他的劫数。并用一首绝句,算出张佩纶将领兵东南,折戟闽海。这是一米与津督的前缘。再说近事,他的一个徒儿,姑且称作半米吧,像师傅那样落脚于海月寺。半米变测字为扶乩,请神通灵,测运奇准,真人不露相,轻易请不动。津门的达官都知道,赛金花原在天津开"金花班",在此结识内务府大臣立山、江西巡抚德馨。立山首次见面就一掷千金,以后每次不下五百,可见他醉心于这朵状元花。可他无法天天来津,便怂恿赛金花去北京。天津有租界繁华,北京有皇家禁忌,赛金花犹豫不决。立山便把半米请来,让他给赛金花算一算。半米带着一个徒弟,二人联手请仙降坛。结果你猜怎样?请得紫姑神下降,此神源自宋代,陆游《箕卜》诗、沈括《梦溪笔谈》均有记载。这是扶乩的"本神",紫姑神挥动乩笔,在沙盘上龙飞凤舞,写下一首七绝:"小娘幼嗜状元红,连中三元孙悟空。空有苏巢归不得,京朝作室拟西宫。"

哎呀呀,头一句就射中靶心!不要以为她嫁状元人人皆知,诗中所言状元红,指的是赛金花幼年时,喜欢吃红苋菜拌猪油做的米饭,因为其色红艳,被苏州萧家巷一带居民称为状元饭。邻人打趣此女长大必嫁状元,却没料到那个状元确实姓洪(红)!这个早年典故她秘而不宣,连立山这风尘知己都未听闻,乩仙可谓神到家了。"连中三元",非指状元,指的是天津人孙少棠,此人行三。赛金花在上海挂牌时,推出孙三做名义上的丈夫,顶门立户。孙悟空者,顶空名也;也表明她厌恶这个孙三,将来要找第三个"丈夫"。第三句无须讲,结句点明她做巢之处,乃是北京,在那里她会大红大紫,像西宫娘娘一样受宠。还有比这更诱人的么?赛娘娘当即开悟,"銮驾"北移。她到北京后也挪了三处,先是杨梅竹斜街宏兴店,后是李铁拐斜街,两处都在外城,她都算"玩票"见客,试试风水。现在她正式挂牌于高碑胡同,此地与口袋胡同相邻,是有名的风月欢场,京中人统称之为口袋底。

立山讲得津津有味,荣禄给他凑趣儿:"有你立大爷照应,赛二爷当然风光喽。"立山笑眯了眼:"这样说,证明你不知她这爷的来历。我有一个朋友卢玉舫,乃是富商,人很豁朗,与赛金花一见如故,缠着要跟她拜把子。二人磕头换帖,她才变成二爷。其实妓者称爷,乃是晚近风气,并非自赛开始。当然这妓要年长一些——"怀

塔布恶谑道:"人说老嫂比母,这里老鸨成爷了。"

宾主大笑一场,荣禄听了劝,便遣一文案师爷乘着轿车,去海月寺请半米。过不多久,仙家来了,原来是黑大胖壮一条汉子,他的徒弟形貌类似,活脱脱是他的一个影子。半米携带的乩盘,乃是细竹编的笸箕,上覆桃木薄板,中贮细匀黄沙,与之配套的是丁字形木架,这便是乩笔。

半米木讷寡言,像个不识数的傻瓜,见了三位极品,他倒大咧咧的。在客厅看座上茶,半米咕咚牛饮,一口干掉一杯,令各位大人骇然。荣禄倒喜欢他不扭捏,便取出揭帖令他解。半米直说不会解。荣禄纳闷道:"这都不会解,你还冒充乩师?"半米道:"把谜都拆开,就没一点意思了。"这话有点意思。荣禄看看立山,立山正在摆弄衣领里的一件饰物,腾出手来拍拍半米:"半仙兄弟,别跟他吹,你开宝吧。"

半米领命起身,与徒弟一起抬起乩盘,摆放在一张矮桌上。在正中条几上摆设香案,燃香焚表,稽首拜揖,半米口中念念有词,念的是《上清大洞真经》。半米与徒弟左右直立,各自伸出右手食指,驾持平木两端,下垂的乩笔浅浅地插入沙间。半米目视荣禄:"请大人告诉所求。"荣禄思绪纷乱,一时口不择言:"请仙人示下。"

话音刚落,那笔突地跳起老高,重重落下,将平沙砸出一个大坑,接着又跳又落,反复数次,方才直立不动。半米大惊失色,逐个察看三位大人的脸,又观看庭堂上下,喃喃说道:"这屋有邪祟。"荣禄心惊肉跳,瞠视无语。立山沉得住气,责备半米:"小老弟,你失了手,反怪别个。"半米瞅瞅立山,嘟嘟囔囔:"只怕祟在大人身上。"说着打个呵欠,一副使脱了力的样子,咬咬牙喊:"再来,再来!"

乩笔仿佛通了灵性,在沙上写出一个"山",又写出一个"山"。半米瞪眼大喊:"再写,再写!"那笔一动不动。半米摇着脑袋,担心地觑着立山:"没有办法,的确于大人不利。"立山有些心虚了:"怎么说?"半米道:"不知道。大人身上有什么累赘?"立山取下脖子上的银链,现出垂于胸前的一座玉塔,作着解释:"我来津前去见赛二爷,她请人给我卜了一卦,说是不宜出行。行程耽搁不得,她到上师处请来吉祥物,名为镇妖宝塔,怎就成了邪?"

半米闭目默诵,忽一张目:"不对,还有一塔。"立山打一激灵,恍然大悟地一推

怀塔布:"他!怀塔布!"半米乜那人一眼:"这就对了。大人讳山,塔是镇山的,哪里经得两个?刚才荣大人出一'示'字,'祟'字机缘凑得太巧了。赛二爷好心办坏事,怪那上师不晓事。"此时那三个都成了愚众,听他侃侃而谈:"说破看不破,宝塔底下坐。看破不说破,宝塔摞成摞。现在破了,可以做了。"

重新顶礼,再念真经,疑云散尽,一通百通。乩笔在沙上挥洒自如,半米随之念出诗句:"戊戌难过八月七,京津道上有玄机。洋杨际遇伊伊祟,总把慈闱换紫微。"果真出了一个"祟"字!

荣禄诚惶诚恐,俯首作礼而问:"弟子敬问,何神降临?"

乩笔大书:"吾乃伏魔大帝是也。"唬得三大人一齐跪地,两个扶乩人也就地趴下,磕头不止。过了好一阵,半米方才爬起说道:"关圣帝君轻易不肯临凡,今日亲来开示,一显所问事体重大,二见三位大人心诚,真真难得。"乩事曲折,诗意不祥,荣禄心里七上八下,转问半米:"请问仙示何解?"半米道:"无解。"刚才被半米硬派做塔,怀塔布止不住别扭:"你是乩师,怎不会解?"半米大言不惭:"我只是扶笔的手指头,大人还得去问关公。"

荣禄被这粗汉祟够了,说了几句给二人解和,派出一百酬金,打发半米去了。回头自我做解,前两句浅显易懂,关键在第三句,"洋"指东洋,"杨"指杨立山,他是蒙古汉军旗人,原本姓杨。同音二人际遇于津,"伊伊祟"明指伊藤博文,只不明白为何重复,莫非只为凑字而已?下一句便严重了,"慈闱"即太后,"紫微"乃帝君,中间出一"换"字,这可怎么得了!

颠过来倒过去,三个人叨咕了一晌一宿,这就到了八月初三,距离关圣点化的八月初七仅隔三天。立山和怀塔布乘火车回京,撂下荣禄孤零零地发愁。

上午九点钟时,门上报说杨太史求见,荣禄心说"又来了",摆手让进。太史是御史的别称,这类人官职不崇,却因负有言责,使大僚心存忌惮,他们也就倚言卖言。此太史官场失意,曾求荣禄奏调使唤,以求保举高升,荣禄婉言拒绝。婉拒顶不住歪缠,这个杨崇伊,真是老脸皮!

杨崇伊被引进客厅,宾主入座寒暄,杨崇伊讲起京中情势,满脸忧急之色。伊

藤和李提同时抵京,东西两洋通同谋我,康党在宫廷穿针引线,欲将皇权一举攫取。皇上也有特别举措,赏拔袁世凯,昨日袁世凯谢恩时,皇上亲口谕袁:"此后可与荣禄各办各事。"

荣禄受到触动,他把篾子眼眯得更紧些。杨崇伊继续说,袁世凯对奏对内容秘而不宣,以上言语,是庆王的线人从宫中探得的。庆王、礼王、端王、庄王,认为局势火烧眉毛,众王派杨崇伊向荣大人问计。荣禄反问:"各位王爷是什么意思?"杨崇伊含糊回答:"若是无人力挽狂澜,康党奸谋必然得逞。"荣禄问:"昨日不是明谕康有为出京么?"杨崇伊打开随带的袋子,抽出一件奏折副本:"同在昨日,吏部主事关榕祚上折,为康有为叫屈说,数月以来未见录用,仅给以督办官报之责。关折请重用康有为,时机来得太巧了。"

荣禄挑看着,觉其词句甚是刺目,便撂在一边,坐着发呆。杨崇伊又抽出一份奏稿,默默地捧呈荣禄。荣禄漫不经心地扫视一眼,眉毛一拧,埋头细看:"掌广西道监察御史杨崇伊跪奏,为大同学会蛊惑士心,紊乱朝局,引用东人,深恐贻祸宗社,吁恳皇太后即日训政,以遏乱萌,恭折仰祈慈鉴事。"

皇太后训政!这确是惊天动地之事。荣禄压抑着胸中波涛,从头到尾通读此文。杨折从文廷式说起,文廷式是甲午战争时的帝党健将,因主战被革职。杨崇伊称,文廷式创立大同学会,外奉广东叛民孙文为主,内奉南海文棍康有为为主,得黄遵宪、陈三立之助。先在湖南试行康学,又来京师推广邪说,以致蒙蔽圣心,变乱朝纲。近日又引伊藤到京,将与日人通同作乱。这里把文廷式、孙文、康有为穿在一起,不仅耸人听闻,而且发人深省。

写成后为何不奏,反倒远赴天津?荣禄试探地问:"王爷们看过么?"杨崇伊道:"庆王看过,他说礼王同意。王爷的意思,最好有重臣领衔。"在情势未明之时,贸然出头露面,是荣禄最避讳的事情。荣禄想起一位重臣:"何不请李合肥看看?"杨崇伊倒很直率:"我请合肥看过,他说自己过气太久,不怕沾包,只怕误事。当今大臣有骨力者,非荣中堂莫属,这是合肥相国的原话。"荣禄不由苦笑:"可我是外臣哪!合肥坐在这个位置上时,对朝政也不插言吧?"

见他口气硬扎,杨崇伊不好相拗:"那依中堂的高见?"

转一圈又兜回来,荣禄不能不给个说法:"国家遭遇危难之日,正是言官尽忠之时。老兄何不联络谏垣,抗颜直陈?"有了这句话,就算得到他的同意。万一上边怪罪下来,可以扯作遮雨之篷。杨崇伊便道:"谨遵中堂教诲,崇伊立刻回京,约请谏垣同仁。只是事机稍纵即逝,此折是否及早上呈?"荣禄道:"说得是,此折可请庆王送园。午后两点还有一趟火车,老兄权且进餐休息,行程由我给你安排。"

安置了杨崇伊,荣禄一刻也不消停,着手防范袁世凯。不怕一万就怕万一,万一袁世凯被康党钓到手,那就可能戳出乱子。荣禄令文案拟电稿,交电报房即发总署:"初二日戌刻,聂提督报告,昨下午六点钟由营口来英兵轮七艘,三只泊金山嘴,四只泊秦皇岛。复于亥刻又接聂电,英兵轮已泊塘沽口内,其地在大沽子药库背后,已饬罗镇暗中查探。风传英、俄开战在即,津城要害,急需加防。"

另外拟有两电,准备分别发出。紧接着致电聂士成,令拨武毅军十营赴津,以备防御;同时致电董福祥,令甘军加强戒备。再给总署发电,要求转达袁世凯,令其面圣之后,火速回防。

办完一应急务,又送走了那位御史,刚打算松一口气,荣禄心里突地一跳,他悟出乩中奥妙了!"洋杨际遇伊伊祟",这杨不是杨立山,而是杨崇伊,只有这老兄的名字是带一个伊字!闹了两天,客房之"祟"不是别个,是这个祟不像祟的"杨崇伊"!

如此说来,邪祟要害的不是立山,妨害的恐怕是荣禄本人。坏事的可能有两种,一是杨折不准,太后连带怪罪荣禄;二是一本奏准,论功行赏,杨某第一,反衬得荣禄碌碌无为。甚至更糟,荣禄在关节眼上做了缩头龟,有负太后委任之重。当初请训时,慈禧密嘱八字,坐镇津保,为国干城。这"保"明指保定,暗指保驾,慈驾势危时,你这干城干的是什么?

荣禄忽地出了一头汗,深悔自己聪明一世,糊涂一时,恨不得拔剑自刎。莫惶恐,快进京!算算时间,再有十几分钟火车要开。荣禄派人飞马传令,吩咐车站将火车延迟二十分钟。这边又嘱办几件紧急公事,匆匆换了便装,由一队亲兵保护

着,骑马飞奔紫竹林。赶到站台,时间恰好,车站站长亲自伺候,将总督大人送上一节腾空了的车厢。

杨崇伊在车上等得焦躁,倚着窗看见这一幕,不明就里,暗自纳罕。好在火车开动,一个半小时后到达马家堡,杨崇伊下车雇觅骡车。荣禄的两名得力亲兵,早从车站要来三匹马,随从主帅一路北行。进了宣武门,荣禄派一名亲兵前往东城,如此这般,遵嘱行事。他仅带一名亲随,一边前行一边考虑,是走阜成门,还是西直门?阜成门近便偏僻,出城后路径不熟。西直门是赴园要道,容易碰上熟人。一时主意不定,权且听由天意,看马蹄奔向何方。

不知不觉越过天街,进抵西四,往西即达阜成门。荣禄犹豫之间,胯下坐骑将头一掉,径向西行。看来龙马领有神启,此行将会一顺百顺。荣禄掂掇着吉凶,来到一个十字路口,忽见前头设有哨卡,兵丁正在盘查行人。

荣禄心中一紧,莫非消息走漏,这些兵冲他而来?虽然觉得好笑,底气却不充足,马步慢了下来。守哨卡上的一名城门史,警惕地打量四周,发现这两人形迹可疑,嗨了一声,手往这边一指。荣禄直想拨马逃跑,忽听一阵马蹄响,十几匹马从后面超向前。一位骑马的官员,在经过荣禄身边时,朝他投来一瞥。四目相交,同时一惊,那人当过荣禄的幕僚,正是兵部郎中陈夔龙!

陈夔龙机警过人,对时下情势一目了然,不动声色地点一下头,顾自引马向前行。荣禄心领神会,骑马跟在陈夔龙身后,很快到了哨卡前边。陈夔龙在马上对城门史拱手:"保成老弟,怎么在此设了卡子?"城门史正七品,比正五品的郎中低三级,很是恭维这位兵部上司:"奉九门提督令,城门领派兄弟查拿逃犯。陈大人往哪里去?"陈夔龙道:"奉庆王爷之命,去西城外公干。这一队是我的人,老兄要不要查一查?"城门史忙作揖:"哪里敢,大人请。"叫手下兵丁打开卡子,放陈大人一行迅速通过。

陈夔龙领头出了阜成门,跟荣禄对对眼色,唤过一名亲信,低声交代几句。陈夔龙的马队向南开去,那名亲信不吭声向北,再向西北逶迤骑行,引领荣禄前往颐和园。这一奇遇,显示荣禄福大命大,也证明陈夔龙堪称心腹,值得提拔。

此时晚霞满天，秋风送爽，吹干了荣禄身上的躁汗，使他的心情清凉了许多。他从未这样奔忙过，颇感身体吃不消，直想找寻个下处歇一歇。然他也明白，此乃尽忠时，越累越痛快。驰过几个村庄，快要交住御道了，抬头望去，恰有一路车马旗帜，由西向东行进。

荣禄勒马观看，但见旗分五色，锦耀七彩，车马鲜明，仪仗辉煌，统领、参领、骑校、护军、总管、首领、太监、侍役，各色人等三百余名，侍卫着一位九五之尊，披着暮色移跸皇京。荣禄想象得出，统御万方的光绪皇帝，正端坐在御辇上，首戴绒草面生丝缨冠，中央大珠重七分，身着酱色江绸单袍，石青江绸单褂，腰束绿玉钩褡线鞓带，足蹬青缎凉里尖靴。这套坐朝叫起的天子衣冠，从光绪亲政时起，堂而皇之地穿用了十年。也许从明日开始，或者到八月初七，这套服饰便与光绪无缘了。

荣禄有些不安，这样的重大变故，应非皇朝之福。此事由他一手促成，随之产生的负罪感，将变为越来越沉的包袱，让他从人间背进坟墓。

光绪的茫然目光，掠过近旁的树木，远处的民人，并不知道庸众之中有一位重臣，在默默地算计着他。此次赴园，开殿设局被明确拒绝，明诏驱逐康有为出京，四章京被置于太后的监督下，参与新政的权力惨遭挤压。更严重的是，皇位受到剧烈震荡，尽管他还端坐在这里，但他深知，坍塌随时都会发生。他曾密诏向臣子问计，现在看来，这是疏于思考的不智之举，恐怕未得其助，先受其害。这期间擢用袁世凯，光绪确有掌控新军以重新政的心思，然在当前的规制下，这根本办不到，何况袁世凯是否靠得住，他连一点底都没有。算来算去，满盘皆输，真要到走投无路的地步了。

回头再看"众生争度灵山小，诸法趱行心海长"这一联，虔诚上香的信众，挤破了观音菩萨的灵山；普施的仙佛诸法，偏偏没有维新一法，心海苦狱，何以斗量！言念及此，圣心枯寂，耳际却有管弦之音，缭绕不去。那是颐乐殿前的演奏声，老人家爱看的戏，从上午十点开锣，到光绪下朝来侍午膳，戏才停演一个时辰。

光绪叩辞离园。园中戏一个比一个精彩，慈禧目不暇接，哪有工夫去管什么法不法。对于维新变法那一套，她的办法只有一个，就是把大权捏在手心，如果不慎

漏走一些,那就迅速收回,并且要变本加厉。慈禧一心一意看戏,从昆曲听到乱弹,又从京戏听到秦腔。秦腔名伶十三旦,扮演的《小放牛》最动听,慈禧看一回赏一回,每次都赏上百两。看过牛郎织女,天就昏黑了,耳神也倦了,此时无声胜有声,最宜演武戏《三岔口》。杨月楼、俞菊笙、陈德霖三武生,伴随着惊心动魄的鼓点,假借着月黑风高的夜色,在台上打得刀刀见血,招招夺命,却又行云流水一般优雅美丽。

而在笙歌缥缈的园里园外,慈禧太后、光绪皇帝,加上一位直隶总督,也在演一出《三岔口》。

荣禄赶至东宫门口,发现朱门紧闭,园墙森立,整座园廷似已沉入梦乡,高挑在门檐上的硕大灯笼,却像龙眼一样透射磷光。荣禄令亲兵上前敲门,敲出的声响无人听见。又令亲兵站在马鞍上,试着爬墙,差了二尺够不着墙头。

喊了几声,寂无回音。万般无奈,只有开打,亲兵从马背囊中抽出一支步枪,朝夜空中发射。一枪打破了宁静,门楼上方人头攒动,几支枪口往下瞄,便要朝来人开火。荣禄放声叫道:"不要打!连山,成福,奎元,你们谁在? 给我出来!"

上面影影绰绰地露出半截人身,往底下窥视。那人的声音满是疑虑:"你是何人,半夜闯宫,该当何罪!"荣禄听出了是谁:"成福你个龟孙,连老子都不认得了?快开门。"成福疑心更重:"二叔,你怎么回来了? 宫苑禁地,谁敢擅开,你老人家等天明再来。"荣禄催道:"我有急务,事关兴亡,你快开门。"

成福仍然在迟疑,荣禄破口大骂:"你这混蛋,耽误国家大事,老子先崩了你!"拔出手枪对准成福,叭的一枪打去。成福惊叫一声,人影从墙头消逝,宫门却打开一条缝。

荣禄带着亲兵进门,瞅成福一眼,便要上马。成福拉住亲兵的马缰,央告道:"二叔,把你的小兵撇这儿吧,算给小侄留条活路。"荣禄点点头,上马急行,马蹄在静夜中传出老远,与悠扬的弦乐巧妙配合,像是园林奏响了节拍。循着乐音,荣禄找到了慈驾所在。他提前下马,将马拴在一棵树下,蹑脚潜行,避开耳目,来到颐乐殿的一个偏门。这里距离小茶炉很近,小茶炉由老太监张福专管——此人老实忠

厚,很得慈禧信任。

荣禄伸手叩门,叩到第三下,门缝打开了,一个小太监探出头来。荣禄悄声说,请张福出来一下。过了一会儿,张福出来了,荣禄自称有要事面奏,请张福告知李总管。

又过一会儿,李莲英颠颠儿地出来,把荣禄领进偏门,曲曲折折地穿廊过院,来到一座便殿前。李莲英扭头示意,带着荣禄登阶进殿,只见慈禧坐在座上,两眼灼灼闪光。荣禄趋前跪拜:"奴才荣禄冒昧来京,惊扰慈圣,先请治罪。"

慈禧的身心还沉浸在戏乐中,口角不由自主地带着笑:"你擅离职守,巴巴地跑来,不是专为请罪吧。"荣禄道:"是,若不紧急,哪敢擅动。奴才有大失策,不快堵上,恐误大局。"

慈禧问:"你有何失?"

荣禄道:"昨日立山、怀塔布到津,奴才所言轻描淡写,过后追思,失之于托大。先说伊藤,此人身份非同小可,他之来游,绝非泛泛。我朝如果无隙可乘,伊藤可能得不到什么。偏偏自从维新以来,康有为将其捧为圣人,在我士大夫口中成了香饽饽,皇上未免被时论所惑,对伊藤寄予不小希望。东人之谋与中土之图,由此一拍即合,势必将我的万千利权,折合到日本的盘碗之中。"

慈禧问:"伊藤赤手空拳,怎么能办到这点?"

荣禄道:"下策伐兵,上策伐谋,日本谋略远胜中国。他若带大军来,我国早排兵布阵拒他于境外了。可他只身渡江,像刘备那样谦恭,东吴便把刘皇叔奉为上宾,优礼招赘。结果呢?赔了夫人又折兵,西蜀还要跟东吴打,荆州怎么也讨不回来。"

戏上的道理打动人心,慈禧的笑意渐渐收起:"老倭鬼当不成俏驸马,他再好诈,又能怎的?"

荣禄奏道:"奴才起初也这样想,然此想法合乎常理,不合变势。康党害怕上头生变,他们就要狗急跳墙。"

慈禧攒眉思索:"怎么跳?要造反?"荣禄道:"康党用不着造反,他们有外力可

借,内应可使。"慈禧道:"外助是伊藤,内应是谁,莫非是袁世凯?"

荣禄道:"袁世凯在奴才掌握中,奴才自信拿得住他。不过人心隔肚皮,逼到生死荣辱关头,爷娘父子都会反目,何况其他! 奴才对他防着一手,这个请太后放心。奴才担心的在另一层。"慈禧问:"哪一层?"荣禄道:"奴才不敢讲。"

慈禧道:"我来替你讲。你怕皇帝急于变法,进入康有为设下的圈套。可我已叫皇帝明诏逐康,他还有何招数?"荣禄道:"奴才以为,康有为不会奉诏。恰恰相反,正因为有此催促,才迫使他逆谋更急,不惜孤注一掷。"慈禧问:"你觉得事情已到危急关头?"荣禄道:"是,否则奴才不会冒死叩园。"

慈禧两手撑着椅肘,使了两次力,竟没立起身。在远处侍立的李莲英看了着急,却不敢上前扶持。慈禧索性坐稳,恨恨说道:"我讨厌再来一回,我给国家出力太多,难道不该歇歇? 这个皇帝还是不错的,如果诸臣得力,变法会使国家得济。可是,人算不如天算,上上下下没有顺意的! 我把天下托付给皇帝,皇帝无心计。皇帝把新政交代给臣下,臣下无骨力。人人只打自家的算盘,谁个去管朝廷的死活? 尸位素餐,太没良心了!"

荣禄闷着头听她发牢骚,老人家消了气,大计便定了。只听慈禧问:"荣禄,没有别的办法了?"荣禄道:"奴才想起罢黜六堂之诏,起用四卿之旨,这还有可补救。万一到了明日,皇上毅然下诏,召伊藤进宫辅政,外加英人李提、京员康某,同备顾问,请问太后以何法处置?"

慈禧深受震动,默思良久,自言自语:"我不想再训政。"荣禄道:"可以监政、观政,至少在紧要时日,不叫政事离开视线。奴才怕的是此时松手,天下非复太后所有了!"

慈禧点头默认,转说别话:"这般晚了,你怎么回去?"荣禄道:"奴才微服出行,须在天亮前赶回。北京城门已关,奴才骑马绕行,需多走二三十里。夜间不开火车,奴才中途换马两次,当能保证脚力。"

慈禧真诚感叹:"劳苦奔波,这不叫忠,哪还有忠! 御厩有西域进的汗血马,号称日行千里,一直在园养尊处优,连五十里都没跑过。给你两匹,以利换乘。行前

饱餐一顿,才有力气赶路。"叫李莲英把荣禄领下去,在廊间设一矮桌,膳房速上肴馔。荣禄风卷残云,吃毕回去谢恩。慈禧仍坐在那里,看着荣禄磕头,张嘴想说什么,终未说出,颔首注目,令他退出。

看了看钟,七点四十五分,慈禧下旨撤戏,颁下赏银四百零三两。正准备回乐寿堂,却见太监崔玉贵匆匆进殿。此人是二总管,在园中主管奏事。他向慈禧奏报,庆亲王奕劻夤夜来园,请求召见。这都集到一起了! 慈禧召奕劻进见,奕劻奏说,御史杨崇伊有一密奏上呈慈圣,奕劻因此专程赶来。

慈禧拆阅杨折,在长长的首句中,慈禧看到"训政"二字,轻轻哼了一声。杨折综述文廷式的大同学会,孙文的革命乱党,康有为的强学保国诸会,原来都是一条线上的蚂蚱。"今春会试,康有为偕其弟康广仁及梁启超来京讲学,将以煽动天下之士心。不知何缘,引入内廷,两月以来变更成法,斥逐老成,借口言路之开,以位置党羽。风闻东洋故相伊藤博文到京,将专政柄。臣虽得自传闻,然近来传闻之言,其应如响。伊藤果用,则祖宗所传之天下,不啻拱手让人。"

慈禧阅毕,沉思片刻,询问奕劻:"杨崇伊的意思,你知道了?"奕劻回道:"他大致说了说,若非事关重大,奴才不会着急。"慈禧问:"这么急? 伊藤要求觐见了?"

奕劻道:"根据我朝仪制,皇上只接见奉有国书的正式使臣,所以日本方面并未提出。"

慈禧问:"那你急什么?"奕劻道:"皇上决定接见伊藤,就在后天,八月初五。"慈禧深感意外:"有这等事? 皇帝告诉你的?"奕劻也很意外:"奴才今日在城办事,尚未见到皇上。皇上在园中发出旨意,令总理衙门通知日本使馆,同时片行内务府:准军机处知会,本月初五日皇上御勤政殿,接见日本侯爵伊藤博文,相应知照贵衙门,于是日敬谨预备可也。"

这就是说,皇帝将太后蒙在鼓里,暗中布置与日本人的会见,其心机实不可问! 慈禧立刻下了决断,命令李莲英传谕内务府,明日慈驾回城还宫。

三、黑红冲撞棋局乱

　　毕永年与康广仁打口仗，是由仆人们夸口引起的。再往前推，弟子们在湖南的批语，引来了曾廉的攻击，招致了一连串的风险。口舌不谨，害莫大焉。

　　康有为劝息了这场架，嘱咐康广仁训诫家仆。他跟谭嗣同回书房，密议了晚上的行动方略，然后出门寻唤骡车，往访伊藤博文。坐在车上，他还在埋怨张荫桓。康有为预先嘱托张荫桓，若跟伊藤宴见时，定要通知康有为，让他与日本侯相多一些接触，以利于交流政见，密切合作。可张荫桓昨日设家宴，竟然瞒着康有为，生生显出小家子气。好在康有为做足了功课，提前将自己的几部著作，交给日本使馆书记官中岛雄，伊藤应该见到了。

　　他估计得不错，伊藤博文浏览了一些章节，对康氏学说略有所知。今天早上还跟中岛雄谈了一阵，了解康有为的举止习惯，行为方式。中岛雄告诉侯爵，康无疑是个名士，但处世经验明显不足。

　　吃午饭时，伊藤又听秘书主任津田报告，他跟李提摩太进行了长时间的交谈。李提和其住在同一座旅馆，他又是一位饶舌的牧师，把康有为大大夸耀了一番，称之为中国的摩西。西方人就是爱夸张，伊藤博文抿嘴摇头，他把笑意带到会见时刻。

　　他发现康有为很像严复，也许中国的文人都有几分相似。不过，康有为明显比严复更有锋芒，寒暄数语后便开言："侯相已经改造了日本，此行必将有利于中国。"伊藤很谦逊："我只是个游客，观赏贵国的风光，若有机会，也与王爷、中堂等见面谈谈。"康有为郑重其事道："岂止王爷，我皇上将会延见侯相，届时还请知无不言，使中国维新不亚于日本，共同谋求东亚繁荣。"说这话的时候，接见之旨尚未传到城中。伊藤疑惑地打量康有为，暗忖此人果有潜在的权力，不可以等闲视之。伊藤摆出庄严的面孔："大皇帝若接见，不仅是我之荣，也是日本之光，我必贡献意见，以供

贵国参考。"

说过了门面话,伊藤开始谈实际:"贵国的维新,似以明治维新为蓝本,不知是何缘故?"康有为慨然作答:"我愿引用日本学者实藤的一段话:日本在甲午战争中赌以国运,全力以赴,大获全胜。从此以后,日本人对中国的态度为之一变,不论在政治上、经济上或文化上都轻视中国,并侮辱中国人为清国奴。与此相反,中国人对日本,则从蔑视转为仰视,并愿虚心取法,从东学中学习西学。我在上皇帝书中说:我国维新,应以日本为向导之卒,探水之竿,尝药之神农,识途之老马。我两次上呈《日本变政考》,皇帝颁布的新政诏令,大多出自这本书。我的学生创办《时务报》《知新报》,推介东学不遗余力。日本创造、翻译的新词语,比如支那、热力、压力、爱力、阻力、张力,还有科学、政治、经济、国家、社会、阶级、主义、政党等等,都循此途径进入中国。"

伊藤饶有兴趣:"中国原有国家一词吧?"康有为笑道:"是。可中国的国家等同于皇家,根本没有小民的份儿。而欧美流行的国家观念,包涵领土、民众、主权等意义。还有经济,中国专指经邦济世,是士大夫毕生追求的境界,它跟国计民生八竿子打不着。用日本学问演绎西学,而日本学问最初来自中国,这对于我们确实相宜。"伊藤不由赞叹:"先生理出的这条脉络,对我也不无启发。先生深钻孔学,还有工夫学习东文,可谓博学多才。"

康有为抬手捋须:"非也。我的女儿同薇,我叫她幼习东文,她对我著书出力不少。所谓康学,将众弟子的智慧包括在内,并非康某一人之功。"伊藤面带微笑:"春秋时的孔孟儒学,两宋时的程朱理学,当今的康子之学,中国的学问层出不穷,令人羡慕。惟有实学相形见绌,体现在当前的维新上,只见诏令一道一道发下,未见行动一步一步跟上,我看着觉得费解。"康有为无所避讳:"侯相旁观者清,我们当局者迷。鄙人并不当局,连个建议人都不是,我不屈不挠争取的,仅仅是上奏的权利。中国的维新比日本难得多,侯相对此无法体会。"伊藤表示同情:"不瞒你说,二十多年前,我就有所体验了。我拜访过李爵相,也结识了严又陵,这都是中国的一流人物。"康有为哼了哼:"李爵相不是伊侯相,大学士不是政治家。我国掌大权者,不是

冥顽不灵,便是投机取巧,每出一令必有千万人反对,等到实行时日,早就变了样子。"伊藤提出疑问:"如此不易,先生怎么还说,只要学习日本,十年之后必见成效?"

康有为深长叹息:"它抵死不学,我其奈它何!现在天赐良机,就寄托在侯相身上。侯相见皇帝后,很可能觐见太后。侯相见太后时,请予剀切进言:强国相迫,外患甚急,厉行改革,国可自立,否则必被列强瓜分;今上皇帝英明贤良,维新诸政为各国深喜,愿意出力相助;倡言变法之士,皆具忠心赤胆,绝无不良企图,无论满人汉人,同为清国赤子,如一母生两子,岂可认兄为子,而认弟为贼哉!"伊藤轻声问道:"一个外人这样说话,有作用么?"康有为道:"有作用。我将荐侯相为皇帝顾问,维新要政都听从指导,只要对国有利,太后也当欣从。"

伊藤注目良久,只在心中叹息,这人如此单纯,让他感到惊讶。谈话延续到傍晚,伊藤设宴款待了康有为。宴毕分手,康有为回到汗漫舫,康广仁告诉他,林旭没等到哥哥回来,他留下了一首诗。康有为便看素笺上的诗:"青蒲饮泣知何补,慷慨难酬国士恩。欲为君歌千里草,本初健者莫轻言。"

青蒲是臣子陛见时的跪具,借喻天子近臣。起首四字即不吉,好端端的,泣个什么!千里草是一个"董"字,汉末洛阳小儿传唱歌谣,隐喻董卓之乱。当今能跟董卓沾上边的,大概是董福祥。本初是袁绍的字,林旭用他影射袁世凯。袁是"健者",难用言辞耸动,董福祥倒还容易控制。

康有为连连摇头,失神地呆坐一阵,几位朋友结伴来访:杨深秀、宋伯鲁、王照。皇上颁了诏,康有为不能不出京,所以他放出要走的风声。大家前来探风,真走还是假走?康有为说,他准备先行一步,行期就在一二日间,留下弟弟打理善后。朋友们深感惋惜,可也松一口气,因为外面越来越险恶。市人纷传,八月京师将有大变,不少人家出城投亲。这种景象,只在英、法犯京时出现过,看来真要大难临头了!康有为道:"赴难乃臣子本分,只求不连累皇上。眼下救驾之策,一结外援,二召内应。我刚从伊藤处回来,我提的几条要求,伊藤满口答应。有这位日本重臣在旁相帮,再加上英国人协助,后党不敢害皇上吧?"王照抢先道:"这条我很赞成,只

怕不好办到。旧党竭尽全力孤立皇上,连咱们都挤不到身边,伊藤怎能'在旁'?"康有为道:"鼓动多人上奏,必能叩开大门。"王照不以为然:"除了上奏,还是上奏……"

康有为不悦了:"王小航一奏斥六堂,怎么会排斥上奏?我知道人们骂我是上书疯子,可不上有什么办法?我的满腹书史,满怀心事,除了沤烂还有何用!"

看他泪眼盈盈,朋友们纷纷劝慰,王照也忙自责。当下议定宗旨,排列理由,由杨深秀、宋伯鲁执笔拟折,择日上递。忙了一晚,三人辞去。康有为的心里坠着一块大石头,越来越沉重。谭嗣同、梁启超、徐世昌,在晚饭前进城去了。他们承担的使命,关系着变法的成败,维系着康党的生死,康有为怎能不悬念!他在斗室里打转转,康广仁陪着熬灯油。熬到半夜子时,内城门开启了,康有为赶忙进城。在金顶庙容闳的住所,梁启超和容闳接到康有为,三人一起眼巴眼望,等候谭嗣同的消息。

此时此刻,谭嗣同正在刀刃上走。为示坦荡,徐世昌一直陪伴着谭嗣同。二人来到法华寺,进了袁世凯借居的小院,指示了上房所在,徐世昌才走开。上房开着一扇门,微黄的灯光照射出来,叫人看了稍许安心。谭嗣同走上前去,守护的仆人堵住门,喝问来历。谭嗣同交递名片,声音严肃:"我乃军机谭大人,奉有紧要公事,急见袁大人。"仆人慌忙入内通报。

内室里,灯光下,袁世凯正在秉笔拟稿。傍晚时分,他首先收到营中电报,称有英国兵船游弋大沽海口。接着收到荣禄电令,命饬各营整备听调。很快又接到专弁送达的荣禄书信,内称津防吃紧,已调聂军十营驻扎陈家沟,切盼袁世凯即日回防。袁世凯悉心斟酌,英船骚扰是真,调度布防也是真,对他本人加强戒备,恐怕更是真中之真。他怎么办?上头定下五日请训,"即日"做不到,可也得做做样子。先拟一折叙明缘由,明日去宫门上递,请训后即时回津。至于康有为那边,徐世昌尚未脱身归来,表明康党的活动十分紧张,尤需小心应对。值此当口,帝后双方排开阵势,袁世凯被置于刀口枪锋之间,如果走错一步,便将杀身毁家。

袁世凯思索着这些,听见了外面的动静,心头立即闪过"静观其变"四字。看着

送上来的名片,他似乎掂出了分量,这是四卿中的荆轲,康党中的关羽。袁世凯搁笔出迎,到了门口拱手作礼。谭嗣同道:"鄙人谭嗣同,贺喜袁大人。冬夜造访,突兀失礼,因有公事密语,请入内室相商。"袁世凯做出惊讶的样子,果断地挥去仆从,将谭嗣同请入内室。两人分宾主坐下,急切间并不献茶,各道久仰,寒暄数语。谭嗣同道:"我虽文人,却喜兵学,平时留心军中人物,今日顿觉眼前一亮。似袁兄这样的大将格局,嗣同寻觅多日了。"袁世凯道:"兄弟奉命练兵,不过尽力办差,哪敢当此奖誉。"谭嗣同道:"国有大将,军民之庆,愿兄加勉。兄于初五日请训?"袁世凯道:"是。今日连接荣相电令,饬速回防以御英船,我正拟折请求回津。"

谭嗣同道:"外侮不足忧,内患大可畏,我即为此来访。"看看袁世凯的脸色,谭嗣同加重语气:"兄受此破格特恩,必将有以报称。皇上今有大难,非兄莫能救。"袁世凯闻言失色:"袁世凯世受国恩,敢不肝脑涂地,以图报于万一。但不知皇上难在何处,竟让谭兄谋及下僚?"谭嗣同道:"荣禄近日献策,即将行废立之事,兄知之否?"

袁世凯越发惊慌:"有这等事! 废立之言出于臣子之口,岂不人神共诛之! 然我在津为荣相属下,听其言谈常含忠义,对皇上并无不敬语。此必谣言,不足凭信。"谭嗣同断然道:"袁兄受骗了! 荣禄以阴柔著称,岂会在唇齿间行废立? 吾兄是磊落人物,不知此人口蜜腹剑,对于真才尤其嫉妒。兄辛苦多年,中外钦佩,去年仅升一阶,实受荣禄裁抑。康先生曾亲向皇上保荐,皇上答称,曾听慈圣说过,荣禄言袁世凯跋扈不可用。我亦多次保举,均被荣禄格阻。此次超升,甚费大力。"

袁世凯叹了一口气:"原来如此。好在皇上知我,我忠皇上,其余置之不问可也。"

谭嗣同笑了笑:"你还半信半疑。且不说这,救上事急,兄若真心,我有一策与兄相商。"说罢从怀中取出一张硬纸,上面简明扼要写着:荣禄废立弑君,大逆不道,若不速除,君位与性命均不能保。袁世凯初五请训,请面付朱谕一道,令其带本部兵赴津见荣禄,宣读朱谕,立即正法。即以袁某代为直督,传谕僚属,张挂告示,封禁电局铁路,迅速载袁部兵入京,派一半围颐和园,一半守宫,大事可定。如不听臣

策,臣即死在皇上面前。这是代袁世凯草拟的奏稿!

尽管早有心理准备,袁世凯仍然心惊肉跳,质问谭嗣同:"你要围园,意欲何为?"谭嗣同道:"不除此老朽,国不能保。此事在我,兄不必问。"

袁世凯反驳:"皇太后听政三十余年,迭平大难,深得人心。我之部下,常以忠义为训诫,若令其作乱,必不可行。"

谭嗣同略一举手:"我雇有好汉数十人,并电召湖南好将多人,不日可到。去此老朽,由我承担。兄只承办二事,诛荣、围园。如不许我,即死在兄前。兄之性命在我手,我之性命亦在兄手,今晚必须决定,我即进宫请旨。"

袁世凯气急败坏:"此事关系太重,断非草率可定,今晚即杀我,我也无力应承。况你夜半请旨,皇上未必允准。"

谭嗣同道:"这不用你管,初五日必有朱谕面交你手。"

袁世凯近乎哀求:"举大事不可偏执,必须全面设想。天津卫各国会聚,若忽杀总督,中外必将大讧,国势即将瓜分。且北洋有宋、董、聂各军四五万人,淮练各军又有七十多营,京内旗兵不下十万。本军只七千余人,如何能办此事? 恐在外一动兵,京中必设防,皇上已先危。"谭嗣同道:"大将用兵神速,岂容彼从容布置?"袁世凯道:"本军粮械子弹,均在津营储存,必先领运充足,否则赤手空拳,无异——"谭嗣同抢前截住:"朱谕要紧,可先请得,待枪粮齐备,约期动手。"袁世凯使出缓兵计:"我不惜身,只怕事机泄露累及皇上,臣子万死不足蔽辜。一经纸笔,便不缜密,切不可先请朱谕。你先回去,容我熟思,布置半月二十日,可将万全之策告诉你。"

好一块难啃的老牛筋! 谭嗣同面上沉着,心里焦灼,不得不动用不想使的一招:"上意甚急,我有朱谕在手,必须即刻定准,方可复命。"随即出示一幅笺页,上面的字由墨笔书写:"朕锐意变法,诸老臣均不顺手,以致推行百日,迄无寸进。朕若操之过急,将旧法尽变,又恐慈圣不悦。今朕问汝,可有何策驱除旧臣,力行新政,使中国化弱为强? 饬杨锐、刘光第、林旭、谭嗣同另议良法。"

袁世凯一眼就挑出了毛病,正要开口,忽听响起咕咚一声,那是从后院传来的。二人吓了一跳,袁世凯抬头瞅向北墙上方,那里有一个不大的窗口,向屋里吹送习

习凉风。外面的仆从也听见响动,过来请示,袁世凯命令派人过去看看。这暂时打断了艰苦的争论,袁、谭都暗透一口气。

派出的材官很快回来了,他禀告说,后院是江西巡抚德寿赁居的,德大人天黑前才入住,随行的如夫人巡察院落,发现西南角的一个花坛不顺眼,下令拆掉。下人们干得仓促,砖堆没有垛好,刚才垮了下来。材官亲眼看见了砖堆,德大人很周到,叫材官向袁大人致歉。袁世凯放下心来,特意压低声音,提出他的疑问:"这不是朱谕,上面也无诛荣禄围园廷之说。"

谭嗣同很有底气:"朱谕在杨锐手中,这是林旭抄给我看的。三日前皇上亲颁,我四人反复商量,惟有动用袁军一法。你不相信,我二人明日同见杨锐,当面对证。"袁世凯道:"青天在上,袁世凯断不敢辜负天恩,惟恐累及皇上。若不妥筹详商,我万万不敢造次,去做天下罪人。"

谭嗣同孤身深入虎穴,每一刻都在经受锉磨,此时心血早已耗尽,忍不住拍案而起,腰间衣襟高高鼓起,露出枪柄轮廓,厉声说道:"我既前来,即将身家性命交付你手。你若要卖皇上、博富贵,我可束手就缚让你交出。你若有心勤王,便当行我之策,请朱谕,调军兵,届时我等率死士数百,拥扶皇上登立午门,清君侧,肃宫廷。保皇或者叛皇,两选其一,袁兄立决!"

袁世凯被逼无奈,双手按压,要他坐下:"调兵入京,明知不可,硬要强迫,我惟有先死。若听我言,等到九月阅兵之期,皇上疾驰入我军营,传下号令诛除奸贼,杀荣禄像杀一条狗。我这叫顺势而为,你那叫逆天行事,要成要败,听你挑选。"谭嗣同满腹狐疑:"杀荣禄?你愿意?你常对人说,荣禄对你有识拔之恩。你若回津与故主相会,告变封侯在反掌之间。"

这回是袁世凯跳起了:"你以为我是何等人!我三世受恩,比你两世为宦感怀多多。袁世凯断不丧心病狂,必当死生以之。我恨不得剖开胸膛让你瞧,谭军机,谭公子!"

谭嗣同立起行揖:"袁慰帅,奇男子!此来唐突,多有得罪,我不求兄鉴谅,只请记取一语:古今中外,非流血不足以变法。不流我等之血,须杀尽一班老朽,为新法

扫荡出一个干净世界!"

袁世凯巴不得快快送他出门:"好好,是是。我二人素不相识,你暗夜突来,我随带员弁必生疑心。假如漏泄于外,人们岂不哄传我等有密谋?你为天子近臣,我则手握兵权,正是瓜田搅上了李下。你最好从此称病,不可入内,等我讯息,再定行止。"两人这算结为同谋了。谭嗣同只能得到这种结果,一揖作别,匆匆离去。

在金顶庙里,望眼欲穿的三个同伙,等来了筋疲力尽的谭嗣同。他的语气倒很平静,把过程讲述得很清晰。袁世凯的态度却不清楚,三个人听了不得要领,屋内一时陷入岑寂。康有为心乱如麻,环顾众友,要说什么,话到口边又想不起词语,只好转对谭嗣同:"奔忙一宿,复生且去合一下眼,明日还得值班。"谭嗣同道:"明日我不轮值。我等此后恐怕难得安眠,应当议出一个替换办法,以备事发突然。"康有为道:"替换?谁替得袁世凯?董福祥?那更与我们格格不入。"梁启超从旁插言:"林旭谷说'千里草',应是担心袁世凯变成董卓,而不是主张运动回军。"谭嗣同嗓音沙哑,唇齿间似在咀嚼铁沫:"我反复研究袁某,他确非截然拒绝,他是在伺机乘隙。等到能判明情势时,才决定投荣还是投康。"

康有为哼哼鼻子:"墙头草,两边倒!我都胜了,还要他投我干什么?可惜我等手无寸铁。"

容闳想打破低沉的气氛,劝请各位饮茶抽烟。闲谈了几句美国卷烟,容闳说道:"我曾跟美国公使探讨过变法,他说刚来中国不久,尚无法提出完整看法,但他是同情维新派的。"

康有为马上萌生了希望:"纯甫兄何不请他出面,约请各国公使照会总署,支持中国改革弊政?"容闳道:"我试探的就是此意,可是康格少校本质是个军人,在外交上经验不足,抱定一个随大流的宗旨。其他公使何尝不如此,只要不涉及本国利益,谁也不肯贸然干涉。"康有为道:"李提摩太不是这种看法。"容闳笑了:"啊呀呀,那个英国雄辩大师!这是牧师的看家本领,他们守护的是耶稣之家。"

说话之间,天已放亮,三位客人告辞回寓。毕永年被派定为率领死士之人,内心惶惶,寝食难安。他闻讯来见谭嗣同,进了谭室,眼前一黑,原来迎面看见一头披

散的乌发,覆盖住谭嗣同的面孔和颈项。听见动静,谭嗣同拂开浓密的长发,一只眼睛炯炯照射来人。

毕永年按捺住不安问:"如何?"谭嗣同道:"袁尚未允,也没推辞,欲从缓办。"毕永年越发不放心:"此人究竟可用不可用?"谭嗣同语气淡然:"不到关节点,只怕永难看透这一点。"毕永年惴惴地问:"把密谋告诉袁了?"谭嗣同点点头。

毕永年不禁痛呼:"大事败了! 大事败了! 此何等事,竟能出之于口,止之于舌? 我要看到诸君灭族了! 我不愿同归于尽,马上搬出南海馆。我劝你也走,为康殉葬,不值得。"谭嗣同没有回答。毕永年说到做到,率领几名好手搬往宁乡馆,距此只数家,易于探风声。

康有为锲而不舍,草草餐毕,立马出门。他来到米市施医院,这是英国教会办的一家医院。京津的西医院大多附设宾馆,因环境整洁而大受外国要人欢迎。李提摩太上街散步了,秘书程淯接待了康有为。

二人闲聊,康有为道:"秘书的名字很特殊,你是不是南阳人? 我想起一副名联:真人白水生文叔,名士青山卧武侯。淯水也称白水,那是个好地方。"程淯笑道:"大家都这样问,其实我是浙江人。家祖起此名字,说是淯乃育的古字,《管子》有言:天淯阳,无计量。当然,南阳淯水载于《水经注》,也有借此地灵以育人杰之意。"

康有为叹息:"到处留心皆学问哪。我愿屏除烦器,静心读书,在卷帙中行遍每一角落,不使学识稍有疏失。"程淯道:"可惜先生屏不除——"有人接话:"除什么,要把我排除在外?"

李提摩太健步走进,只见他一身清朝打扮,把白肤金发装点得分外触目。他一入座便喧宾夺主:"程秘书,把新版瓜分图拿过来。"程淯应声取出一大张纸,上画满幅中国地图,被英、俄、法、德、日等切割成几大块。李提摩太经常调整比例,那是由于列强势力此消彼长,调动着他的密切关注。他要用此图惊醒中国当局,促使他们马上行动,接受他的宏伟规划。他已把几年前的《新政策》,扩大成为联邦计划:将中国、英国、美国、日本联合为一国,不仅救亡,且可富强。康有为岂不知此计迂远,不着边际? 然除却此策别无他法,只好讨得图片和文稿,准备让杨、宋再次上奏。

最切实的，还是要李提摩太说动英国政府，设法救助中国皇帝。这引发了李提摩太的抨击："度假！度假！外国要人们都在度假！只有他们掌握着权力，需要时又找不到他们，太让人生气了！西方其实也该变一次法，第一项就是废除休假。不然你看，这么大一个国家的命运，就消耗在避暑钓鱼中了。"

康有为哭笑不得，心想你连公使都见不到，怎么谋划四国合邦呢？这种疑问，掐灭了自己的一点念想，使他不敢往下深究。康有为告诉李提摩太，他即将保举李为懋勤殿行走，与伊藤分任皇帝的两大政治顾问。对于一切宏大的设想，李提摩太都视为理所当然。他拿出一份百人名单，囊括了中、英、美、日的杰出人士，由此百人接管中国政府，中国一定会转危为安。

在半信半疑中，康有为离开宾馆，顺道先访宋伯鲁，跟他议论了上折要旨。接着去访杨深秀，杨深秀因事外出了。康有为回到南海馆，着手替杨深秀拟稿。奏稿正折很快写出，康有为停笔思索，总觉意犹未尽，似乎有一宗要务没有着落。目光茫然地射向窗外，金灿灿的阳光打在杨叶上，在他的心脑中映出一片亮光。"窖金"二字闪了出来，这件逸事，是伺五爷闲谈时讲到的。康有为开始书写附片，题目就叫"请开凿窖金片"。写到"请募兵三百人"一句，康有为想了想，将"兵"改成"工"字，仍觉不妥，划掉"工"字，在"募"字前面添一"准"字。准募三百人，可兵可工，甚至可以是好将好汉。

即将完稿，杨深秀来了，未曾细说，他便取稿阅读。康有为坐在旁边，观阅杨深秀的脸。这是一张老脸，五十年的风霜剥蚀，在面颊上雕刻纹路，在纹路间扭结褶皱，将一座林木秀实的冈坡，磨损成风干的柿子。康有为忽然想起，杨深秀是山西闻喜人，邻近关老爷的家乡解州。杨深秀与康有为，的确是义气之交，他代递的折子最多，却不愿取一粥一饭之偿。对于康稿从不挑剔，无所避忌，康有为的文责，仿佛被他一肩挑起。此次正折无须说，康有为担着心的，便是这页附片。明眼人一看便晓得，这是请兵的借口，而且要在宫中用兵，再大的胆量，见此也会越趄不安。

杨深秀的神情却很平静，看完便道："末后几句，由我添写，明日即上。"康有为心中一块石头落地，但他还是点了一句："漪川兄，你看附片妥当不？"杨深秀淡笑

笑:"眼下没有妥当事情,只有依照本心而行。"康与谭的密谋,并未向杨深秀透露,他却似了然于胸,并做出自己的决断。康有为把内疚说出:"此奏要担风险,吾兄年已半百,我请上这样的折子——"

杨深秀笑容不变:"早就有人骂我寻死,可我一直未死,心里也觉不安。当初文悌参你,曾劾我与他初次见面,即告诉他万不敢出口之言。这是指宫中秘事,其实是文悌对我讲的:一称西后在宫中淫乐;二称文悌奉命查宗人府囚,见贝勒载澍仅一裤蔽体,在正月严寒中冻得半死。载澍为何得罪? 他是太后的侄女婿,因夫妻不和,妻子回娘家告状,她娘再到宫中告状,太后令将载澍责打后,圈禁于高墙中。文悌这一状告准,我当时便是死罪。今以余生回报皇上,不亦宜乎!"

康有为怆然言之:"漪川和芝栋二兄,代我阐论抒言,惜乎无以为报,我惟有铭感负愧了。"杨深秀道:"道义之交,不言其他。长素何时出京?"康有为这时说了实话:"我还在犹豫,总想着或许出现转机。冥冥之中有天数存焉,谁说得定?"杨深秀正视着他:"我劝你马上走,留我们在这里,跟你没走一个样。"

这天光绪倒过得平静,早朝时除了见军机,还召见孙家鼐,询问大学堂进度;召见张荫桓,询办明日接见伊藤事宜。关于此次接见,已令军机报至园中,想来太后也会同意。至于见后如何,光绪还没有想清。他不会如臣下奏请的,任用伊藤为客卿。向伊藤咨询意见,应是切实可行。今天所办公务,是新章京阅办的臣民上书,首先报园请批。这是惟一的变化,也是这回赴园造成的不利后果。不过也没什么,真能落实的上书并不多,让太后看了放心,就算一种大幸。

光绪在养心殿沉思,内侍忽然递进膳牌,是庆王奕劻求见。大概与伊藤有关,光绪传奕劻进见。奕劻叩安后,报说太后还宫,慈驾将至西苑。光绪闻言愣住,他昨日刚刚离园,太后后脚就回城,绝非寻常之事! 此时无暇细想,即刻移驾出宫,赴西苑瀛秀门外迎接。

过不多时,太后仪仗到了。光绪跪接慈驾,慈禧从凤辇上下来,面上笑吟吟地:"这一路上,两次换船,三次换轿,这又要换轿了。"光绪赔着小心:"今天天气突然燠热,皇额娘路上辛苦。"慈禧道:"倒不见得,休息两次,还去万寿寺拈香,寺僧请赏墨

宝,我写二字:随缘。头一次在宫外题字,想来挺有趣儿的。"见她兴致颇高,光绪稍稍安心。

伺候太后上了凤舆,承奉至仪鸾殿,娘儿两个入座呷茶,慈禧正经说起:"我突然回来,你一定奇怪。"全然否认,不像真话,光绪选择着词句:"皇太后回宫,儿子和臣民都很高兴。意外是有的,儿子在园中禀明,八月初十赴园,定于十七日还宫。"慈禧面无表情:"是啊,我也没打算就回。可是听说来了东客,你要接见,我不明就里,便跑这一趟。"

这有指责他隐瞒的意思,光绪忙道:"伊藤到京时日,早先已经转呈。儿子明日接见,今日早朝饬令军机呈奏太后,公事也许尚在途中。"慈禧道:"我在东宫门外见到了。要说也没什么,但我总放不下,这个伊藤,曾叫咱们吃过大亏,正如俗话说的,仇人相见,分外眼红。许是女人器量小,你们脸面朝外的,把这些都忘了?"

光绪心中五味杂陈:"皇额娘的心思,跟儿子一模一样。每一次想起日本,儿子都心头淌血,这伤口恐将疼痛终生。然古有勾践尝胆之典,外有彼得游学之例,足见知耻后勇,方可变弱为强。而今日本愿与我国结好,伊藤下野来游,我也可借机试探彼国虚实,以免盲目无知。"

慈禧狐疑难解:"这是你的想法,司员士民又有别样想法。远的不说,今日新章京阅批条陈中,就有三件请重用伊藤,其中有工部营缮司郎中福润。你还别说,满员也有赶时新的。他也是工部的,跟康有为有牵扯?"

依新规报给她的条陈,她便挑出这么多刺,令光绪头皮发麻:"皇额娘,儿子促康出京,他若再敢拖延,儿必治之以罪。"

慈禧道:"他已一而再、再而三了!若依文悌的例子,早该严旨示罚了。咱们还说伊藤。今日还有编修黄曾源的条陈,内称借才非现在所宜,对伊藤不宜优礼。你觉得如何?"

光绪道:"借才应极慎重,对伊藤这样的人物,并非想借就能借到。"

慈禧追着问:"不宜优礼,怎么说?"

光绪有些为难:"既要接见,不能不给以相应礼节。"

慈禧问:"不能不接见?"

光绪道:"已通知日使和伊藤,怎么好言而无信……"

慈禧语气平淡:"好了,我的话说说而已,该怎么着,你还怎么着。我给你打个招呼,我八月初六回园。"

娘儿俩没有谈拢,可也没有闹崩。光绪经心曲意地侍奉太后进过晚膳,这才来到瀛台,住进涵元殿中。短短一个时辰,他像被掏空了一样,浑身没一点精神。不知过了多久,不知身在何处,混沌虚远中,响起一个柔弱的声音,那是婴儿呼妈的声音。一声哀叫从心底迸出,光绪泪潮汹涌,啜泣吞声,多少天的积郁,像黄河决口一样倾泻而下。

四、乾坤颠倒帝座虚

先前有诗,"发昏将到十三章",如今已到十三章,下一章是什么,入狱,还是逃亡?康有为没有想到死,无论如何,他"罪"不至死。如果还有公道的话,他愿跟当朝顽臣来一场辩论,看看究竟哪个有罪。

看看窗外的暮色,他思索明日该办何事。他尚未决定走,不过,不由得想起一个人,便朝外边喊了一声。李唐应声走进,垂首请家主示下。康有为"嗯"了一声,李唐轻声答:"全准备好了,衣物、银票。"康有为放下心来,示意叫他退下。

李唐站着没动:"从下半晌开始,大门和后门常有生人转悠。"康有为"唔"了一声:"你以为是探子?"李唐道:"说不好,小心些好。"他仍没走开的意思。

康有为疑问地瞅着他,李唐开了口:"下午二老爷责打仆人,令王生和王贵互打嘴巴。"李唐绝不多说一个字,康有为已经明白,康广仁驭下严厉,有刻薄寡恩之嫌,当此用人之际,暴戾脾气要改一改。康广仁上街未归,康有为用罢晚饭,才见到回寓的弟弟。他带回一身酒气,发现哥哥不高兴,便解释说,知新书店经理是个老江

湖,欠书款不还,总用酒饭应付。康有为本要斥责他,正因常吃他的酒,他才敢欠你的钱。又想弟弟不容易,就叫他歇歇醒醒酒。康广仁偏偏兴奋得很,又要去找两个仆人,质证刚刚发现的胡吹事实。康有为将弟弟唤入内室,斟一杯浓茶叫他喝,教训了几句话,转说正事:"当前政局严峻,皇上命我出京,你是不是一起走?"

康广仁毫不犹豫:"哥哥快走,我得留一步。"康有为问:"为什么?"康广仁道:"一来书款没收完,行李需打理;二来怕有人留难哥哥,有我在这里,那些人或许放松一些。"康有为道:"我原先也这样想,现在觉得有危险,不如一走了之。"康广仁不以为然:"我一个白丁,他们把我怎么样?真要滥杀无辜,为哥哥殉道,我也认了。"他有半开玩笑之意,康有为却有些酸楚。说到这些话头,那就临近穷途末路了。

为了检验李唐的话,康有为特意出后门看看。这要穿过一条夹道,绕过一排矮屋,还要跟一条守门的恶狗打交道。康有为是熟人,黑狗摇着尾巴看他抽开门闩,门外是荒草丛生的空场,隔着小河沟,散落着几户草房人家,黑黢黢的,无人也无灯。康有为扫兴地往回走,后悔没有去前门,那也许能碰见陌生人。早早上床,一夜无话。

五更时分,突然惊醒,以为在梦中,欠起身来,见床前立着一个模糊的黑影。惊叫卡在喉咙间,很快听见低沉的声音:"我是陈炽。事情紧急,我送你出京,听我安排。"康有为立即下床,趁着窗棂间射进的月光,依稀看见陈炽梳着整齐的辫子,与往日的邋遢形象大相径庭。同时恍然憬悟,陈炽的面目、身量,包括说话迈步的方式,都跟自己有几分相似。陈炽脱下身穿的酱色长衫,穿上康有为的月白色长衫。他让康有为换穿酱衫,打开发辫,披散开来,还在乱发上掺抹了灰尘草末,活脱脱一副济公模样。

陈炽告诉康有为,他现在就带上李唐,出后门过河沟,向东拐上大街。稍过一时,康有为由五哥陪伴,出门走另一方向。哪里又来个五哥?康有为嘀咕着,跟随陈炽出内室,才发现堂屋里还有另一个人,一声不响地站着。康有为对那人作揖,那人对康有为抱拳。李唐已守在门口了,康有为对他吩咐一句,李唐不吭声转身,跟着陈炽便走。

见二人要走后门，康有为猛然想起："门口有狗！"陈炽摆了摆手，身影消失在夹道中。康有为打量身旁这位，见他发辫盘起，紫糖面皮，一身竹布长衫，颇有文士风范；内穿紧身衣裤，挎着一把腰刀，又像一位武师。这是位不认识的人物，感觉中却似在哪里见过。

康有为正想问贵姓台甫，那人对他点点头，率先走向夹道。二人厮跟着来到后门，康有为先看到黑乎乎的一团，趴伏在右首小屋前头。这是黑狗，他以为它已遭暗害，走过时看到它在呼吸。守门狗睡得这么熟，大概吃了喂给它的药。

拉开虚掩的门，那人领头走出。向西不远，有一座木桩架起的桥，摇摇晃晃的，康有为往日不敢过，这时走得很利索。桥头小路通向街巷，巷口榆树上，拴着两头走骡。那人解开缰绳，与康有为分别乘骑，向着西南行进。

晨光熹微中，只听这边吱呀，那边哪啷，早起的街人纷纷打开门扇。有人互相招呼，有人向街上泼水，准备清扫路面，迎接一天的营生。倾听醒来的市声，康有为不禁感慨，自己居留京师，竟没拨出一点工夫，领略芸芸众生的喜怒哀乐。他到底忙个什么呢？

穿越广安门内大街，向南越过法源寺，到了南横街，头骡引路向西。康有为暗自揣摩，去车站应走永定门，但那里门禁较严，看来要出右安门。他估计得不错，交着牛街，直向南行。过了白纸坊街，看见前边走着五六匹马，骑在马上的像是丁役，并不急着赶路，一副悠闲的样子。

康有为的同伴也把速度放慢，跟在这群人后面。无声地走了一阵，康有为看出了门道，骑马人在跟踪一辆骡车。为了避让行人，那车时快时慢，马队跟着不疾不徐。康有为远远瞄见，车篷下面的月白色衣衫，分明是自己的衣裳！本来说向东走的，怎么也到了这里？自己跟他走一条路，岂不被一网打尽？

康有为心里打鼓，朝同伴喂了一声。同伴扭头使个眼色，示意他不要恐慌。三起人各怀心事，来到右安门内，但见三三两两的行人，都向门洞前集中，接受士兵的审查。这门禁外松内紧，士兵盯着人们出入，认为可疑的，便会拦住盘问。骡车停了下来，李唐从车辕上跳下，扶他的主人下车。骑马人也下了马，牵着马走近骡车，

摆出出城门的架势。康有为和同伴加快步子,几伙人挤在一起。

康有为从后面看着另一个"康有为",正纳闷这出戏怎么演,忽听背后传来一阵叫喊。人们齐回头看,但见奔来两个年轻女子,前头的像小姐,后头的是丫鬟。小姐跑得紧促,搡了康有为一把,将他推到一边抢前几步,指着假康有为哭骂:"姓康的,你奸骗了我,你这淫贼!"

小姐当街斥淫贼,这可是出好戏。人们围了上来,连即将出城的人,也被吸引得退回来。"假康"急于逃脱围观,他对那女子支吾:"小姐,你认错人了。"小姐手指他的鼻子:"烧成灰我也认得你,工部主事康老爷,再世孔子假圣人!我哥哥敬佩你,把你请到家中。他临时有事出去,你就借酒装疯,调戏奴家,还、还——"

小姐捂着脸哭起来,众人哄笑戏骂。李唐扭头往外挤,招呼主人跟他走。骑马人这时发了,好几双手揪住"假康",自称是顺天府的公人,要人犯跟着走一趟。双方争持期间,同伴领着真康有为走到门口,守门的士兵认出了这一位:"五爷要出城?"那人笑笑:"是,送一位亲戚。各位辛苦,咱们回见。"

康有为主仆相随出城,同伴又雇了一头骡子,叫李唐骑行。"五爷"二字勾起康有为的记忆,他一下子明白过来,这便是在书店门外救他的那一位!同伴直把他送到车站,从怀中掏出两张火车票,交给康有为。康有为感激说道:"恩人两次救我,请问尊姓大名。"

同伴抱拳回答:"恩人不敢当,我叫王正谊,人称大刀王五,是谭复生的义兄。"康有为就要跪下,王五慌忙拦住。康有为流泪道:"谭复生也在难中,更有当今天子,要请五爷设法勤王。"王五慨然道:"勤王事大,不是小小镖师所能承担的。我当尽力而为,请先生放心南去。车上我托人照应,到了天津,便有霍元甲接手。"

王五循原路回城,到陈炽处做个交代。陈炽已恢复原貌。那个小姐,是他特意央请的戏子。自称公人的骑马人,是步军统领衙门的兵弁,他们被陈炽牵着鼻子走,以为捕捉到康有为的风流罪证,高高兴兴地带回审讯,却审出这是军机章京陈炽,女子和兵弁全都认错了人,真他妈倒霉到家。

陈炽在军机处有线人,得知太后突然回宫,便知朝局将生剧变,光绪帝和维新

党处于危险中。陈炽在京年久,结交三教九流,和王五也是朋友。这时他问王五,衙门差役和京营兵弁中,都有你的徒弟,你能不能刺探宫中虚实,在有机可乘时救驾?听王五述说了难处,陈炽叹说,知其可为而为,是为智人;知其不可为而为,是为志人。作智或者作志,你我见机而行,成败付之天命可也。

在内心推演天命的,还有光绪皇帝。按照古人所言,皇帝是造命之人,然而光绪造不了命,他的命操于他人之手。好在此时他还是皇帝,端坐在勤政殿中。而这天的政务特别繁忙,总共批准兵部三件、礼部六件、吏部三件奏片,批办了镶黄旗汉军在卢沟桥演炮事,神机营制造火药及请拨训练费用事,还有领侍卫内大臣为初六、初七两日,光绪帝祭祀社稷坛等处调配仪卫事。同时阅批了八件封奏,十七件条陈,其中杨深秀的封奏,引起了光绪的警觉。这是《时局艰危拼瓦合以救瓦裂折》,请与英、美、日等联邦,借聘伊藤、李提。附片请掘窖金,有点匪夷所思。说是乾隆修圆明园时,于殿座下埋藏一窖黄金、一窖纹银,年久不知确处。杨深秀听多名老苑户细述根由,认为此事是实,因请募夫挖掘,以救国库之穷。这事听来荒诞,杨深秀素来严谨,怎会出此奇招?

光绪想起袁世凯的保案,隐隐透出引袁之意。他们要干什么?秀才玩兵,岂能成功!生气中夹杂着惶恐,光绪将八件封奏,全部转呈太后。接下来便是召见袁世凯,面对这个请训的臣子,光绪的心绪有些纷乱,好一会儿才稳下神来。

经过连番煎熬的袁世凯,身体仿佛瘦了一圈,精神依然健旺,这是他竭尽全力鼓起的。无论愿与不愿,他已深陷于旋涡中心,他得拼命立定脚跟,以免被洪涛吞没。他跪伏聆听皇帝训词,那是干巴巴的场面话,毫无言外之意。

与谢恩时相反,袁世凯这回有话要说,算是肺腑之言:"圣训周详,臣必禀遵。惟思练兵固然紧要,内治尤须审慎。古今各国变政不易,非有内忧,即有外患,更有天变灾异意外作梗,所以无法一蹴而就。臣请皇上忍耐待时,步步经营,如操之过急,恐欲速则不达。况且变法尤在得人,必须有真正明达时务、老成持重,如湖广总督张之洞者,赞襄主持,方可仰答圣意。至于新进诸臣,固不乏明达猛勇之士,但阅历太浅,办事不能缜密,倘有疏失,累及皇上,关系极重。臣受恩深重,冒死上言,总

求俯察择纳,天下幸甚。"

他一赞老成,二贬新进,与孙家鼐、陈宝箴等人立意相近,确对光绪很有触动。然时至今日,相煎太急,张之洞这瓢长江之水,泼不熄起于萧墙之火了!光绪注目无言,传谕袁世凯退下。袁世凯总觉无法退下,他骑在老虎背上,听风声鹤唳,看草木皆兵,有一种陨灭在即的恐惧感。

回到法华寺,令属员去购十一点四十分的火车票,还有近两小时的余暇,袁世凯乘车直驰贤良寺,至李鸿章寓所拜见。见袁世凯一副行色匆匆的样子,李鸿章笑道:"慰庭,你在我处初学文案,起手却是在朝鲜用兵。单刀赴会那一出,大有不入虎穴、焉得虎子之概。这一着,我以为今日用得上。"

袁世凯苦笑:"世凯就像一只虎子,卧在窝中也会有人来掏,求师相教我一手。"李鸿章笑得安然:"有人掏,说明你对人有用。若被掏走,你就没用了,就变成人家口中一块肉了。"这话有味!袁世凯精神顿涨:"那我得死不动窝,谁也甭想沾手。"

李鸿章伸出食指向外一划:"死字不好,即使说用兵,死守也不行。你得做出挪窝的样子,给人以掏得走的指望。慰庭,我教你学坏了吧?哈哈哈,不要归功于我,其实你正在使坏,你的心机,不比我浅。山洪暴发之时,一路上泥沙俱下,只有巨石才会沉底,在水消时岿然露出。冲刷到这般时候,我那四零五散的淮军,只留下你这块石头了。慰庭你要加勉哪!"

看着白发苍苍的师相,听到的似乎是遗嘱,袁世凯又是激奋,又是伤感,一时像是学"好"了。

八月初五这天,凡是关心朝局变化的,都在紧张活动,刚毅自不例外。前天从园中回来,刚毅便派人盯着康有为,以掌握他的行踪。当晚康有为去金顶庙,跟容闳等人连夜密议。尽管未能探出所议内容,仍然发现康党行动诡秘,似在图谋不轨。今早上一路盯梢,结果盯上一个假扮的,固然怪手下人笨蛋,却也表明康党是在捣鬼。此后康有为便没露面,他是逃走了,还是躲藏了?刚毅希望康有为滚蛋,可又不甘心便宜了他,巴不得一声旨下,投康入狱。这旨只能来自慈圣,慈圣毅然出园,不是回来吃素的。叫他纳闷的是,太后并无大举动,而且传出初六回园的懿

旨。

刚毅抽了个空，去总署找奕劻打听，得知慈圣意在防倭，刚毅连连顿足："错了错了，外人易制，家贼难防！"奕劻嬉笑着："你敢说太后错了？"刚毅连他一起吓唬："就这样松松地去了，皇上要算后账，怪你怂恿太后管事。"

这戳中了奕劻的痛处，他才把底透给刚毅：杨崇伊上折耸动慈圣，慈圣一来犹豫，二来需要借口。你这懂兵法的，何不给老佛爷制造借口？见刚毅焦躁，奕劻又给他提了个醒，日讲起居注官陈秉和，本职是詹事府左庶子，他这个官被裁掉了。此人带着气上封奏，参劾皇帝宠臣张荫桓，笔锋扫到康有为。你能不能就此做文章？

刚毅今日便特别留心，果然在批转的封奏中找到陈折，此折仍是参张滥保贪员的，应当说了无新意。涉及康的仅有一句："无怪乎康有为奉命已久，迟延不行，实堪诧异者矣。"这能否激动慈圣怒气，推她走向前台？刚毅斟酌着，接着看到杨深秀的折子，不由眼前一亮。踏破铁鞋无觅处，得来全不费工夫，康党自己把罪证奉上，不能怪老子不客气！刚毅派章京把折件送往仪鸾殿，又派人给奕劻送信，要他在慈圣那里勤敲边鼓。心想还得做点什么，反复回味那场跟踪，康有为曾在法华寺前徘徊，他跟袁世凯是否有交易？还有，谭嗣同三更以后去到金顶庙，之前他在哪里，是否代康去见袁？

袁世凯昨晚派人送信辞行，刚毅后悔未能借机见袁，当面问一问。袁世凯现在应该在出城路上，刚毅无暇细想，匆匆写了一行字，派一名供事去找陈夔龙。陈夔龙在总署见到这份指令，当即去找庆王的跟班，借到王爷的那匹快马。骏马沿前门大街往南狂奔，在天桥附近撞倒一个行人，他不管不顾，只念叨着赶不上了。出永定门一路向西，终于看到车站建筑了，冷不丁响起火车鸣叫，把他吓了一跳。到站门口没有下马，门卫上前拦挡，陈夔龙在马上叫喊："寻人！"飞马穿越广场，奔向站台。远远望见一簇旅人，沿着台阶攀登，陈夔龙放声叫："袁大人，等一等！"

袁世凯在台阶上扭回身，茫然地看着那匹奔马。陈夔龙到了阶前滚鞍下马，面对众目睽睽，他搬出冠冕理由："有兵部急件，请借一步说话。"袁世凯不情愿地往下

走,到陈夔龙面前草草一揖:"莜石兄,我要误车了,有何事?"陈夔龙拉着他走开一段,将一张纸条塞给他。

袁世凯看着那行字:"速往车站寻袁慰庭,询问康党可有逆迹。刚毅。"袁世凯心中翻江倒海,面上纹丝不动:"刚相这是什么意思?"陈夔龙道:"我也不懂,猝然接令,奉命而已。"

袁世凯悉心思考,秘事若要揭开,必须速回城中,向刚毅或太后告发。然此责何等重大,岂能在瞬间决断?无论如何,这不是在小臣面前讲说的事情,刚毅怪他不得。想定便道:"我进京未与康有为见面,对他的不当行为,倒是听说了不少。刚才请训时,我曾面谏皇上:新进诸臣办事不能缜密,倘有疏失,关系极重。请以此言回禀刚相,荣相军令不敢耽搁,我得赶快上车。"说罢抛下陈夔龙,疾速登上台阶。

得到不咸不淡的几句话,刚毅品呷一番,倒是尝出了味道。若贬康党无能,应称其不会办事。这里说不能缜密,意指康党办有秘事,否则不会说疏失。归结到"关系极重",则指此事非同小可,就像什么,对了,就像宫中掘金那样大动干戈!

把这两件事联想到一起,刚毅有了重大发现,急于找奕劻商量。而奕劻正在勤政殿,侍奉皇帝接见伊藤博文。引发轩然大波的这场会见,其实进行得十分简略,仅仅持续十五分钟。与庄严正大的太和殿相比,勤政殿只是西苑的一座便殿,伊藤博文入殿的第一感觉,此殿尚无日本皇宫的堂皇。他被赐座在皇帝左偏,光绪端坐在正面宝座上,庆王奕劻侍立在侧,陪迎专使张荫桓侍立在殿堂一角。

光绪问词,仍由张荫桓预先拟定,光绪照本宣科:"久闻贵爵大名,今得延见,深感满意。"

伊藤博文答道:"大皇帝恩赐接见,外臣倍感荣幸。"光绪道:"近来贵国政治为各国所称许,贵爵功业,各国无不赞美,朕亦时佩于心。"伊藤答:"辱承大皇帝褒奖,外臣何以克当。"

光绪要张口说话,忽然忘记了开头的那句词,将目光朝旁一瞥。奕劻也将词稿背得烂熟,赶紧低声告诉皇帝。光绪继续言道:"贵国与我国同在一洲,相距较近。我中国近日正当维新之时,贵爵曾手创大业,必知其中利弊,请为朕详晰言之,并望与总署王、大臣会晤时,将改革次序、方法告知。"

伊藤答:"敬领大皇帝谕旨,他日如承下问,凡有益于贵国之事,外臣倾其所知,竭诚相告。"

光绪道:"朕深愿与贵国大皇帝合力同心,联络邦交。"

伊藤答:"我国大皇帝圣意实亦在此。近来两国臣民交谊日益加密,邦交必能更加巩固。"

会见至此结束,伊藤博文起立鞠躬,由张荫桓引领退下。奕劻也偷偷松一口气。为防止光绪与伊藤"私相授受",慈禧原本要亲临监视,奕劻苦苦劝说,殿宇狭小难设帘幕,慈圣不宜也不必轻出;有奕劻及侍卫大臣在场,可以规诫皇帝的举措。如今事情平顺过去,算是免除了奕劻的责任,应该考虑下一步了。

送皇帝回到涵元殿,奕劻退出后,刚毅立刻搂着他,两人一起去仪鸾殿。听了杨折和陈折的内容,还有袁世凯的那句话,奕劻的眼珠骨碌碌转动:"宫园掘金,这话比金子还值钱,定能打动慈圣之心。"刚毅笑道:"王爷就认得钱。在下认为,陈折说康有为赖着不走,袁世凯说康党有重大密谋,都叫慈圣坐不稳当。"奕劻不解地问:"重大密谋,他没有说呀。"刚毅挥一下手:"他哪敢明说,字里行间包含深意,你得解开才是。"

仪鸾殿中,慈禧在等待奕劻回话。她这次回宫看似偶然,实为蓄积已久的必然,荣禄之归,杨崇伊之奏,只是触燃烈焰的火星。诏定国是至今一百〇二天,她看似优哉游哉,无所用心,然却时时警惕,生怕变法动摇她的根基。对于权力,她固然捏得很紧,不惜先下手为强,赶走姓翁的皇帝拐杖。皇帝也谨小慎微,一步步请命而行。可这都是表象,随着新政推进,冲突总会到来。她忍得了一回两回,熬不过三年五年,更受不住他翅膀硬了,一飞冲天——一位成功的光绪皇帝,哪会再听命于衰老的太后,将懿旨像天意一般崇奉遵行!这是往好里说。往坏里说,他根本不可能成功。他做事不圆不滑,把满洲老人全得罪了。

听听那满耳朵的风传:康有为进药水,皇上饮后性情大变,改信天主,在宫中设礼拜堂;皇上将变国号、改衣冠、剪发辫,由张荫桓秘购三百套西服入宫,待改元时

穿用;康氏兄弟出入宫禁,淫乱宫闱……这些说法不乏胡言乱语,但若任他改下去,改装和剪辫恐怕难以避免。试问真的拖到那一天,她若仍然活着,将以何颜应对?所以此来是顺其自然,就像上天造好了戏本,锣鼓一敲就得出台。杨折和陈折,正是擂鼓的两记重锤,她被震得筋骨疼痛,也有难以按捺的窃窃自喜。这证明她断事英明,举动适时,只有她才能拯救国家。

奕劻和刚毅也来得及时,奕劻先奏报会见情形,慈禧听罢点头不语。刚毅报说礼王病了,请假折子尚未递交皇上,刚毅先来奏知太后。这是礼王装病,还是刚毅捏造的见驾借口?

慈禧思忖着问刚毅:"病得怎么样?"刚毅道:"王爷是心病。做军机领班,整日所见不是谬论,就是恶言,气也气出病来。"慈禧问:"什么恶言?"

刚毅道:"比如今日杨深秀的折子,他要募兵进宫,挖掘藏金!我朝开国三百载,何曾见过如此荒唐的奏章?杨深秀不是愚人,他号称关西夫子,天大的学问,他不懂得该讲不该讲?他要干什么?"

慈禧轻声问:"是啊,他要干什么?"

刚毅鼻带哭音:"他敢干奴才不敢讲。奴才只是想,祖宗打下的江山,哪能不明不白地断送了。苍天爷呀,看看百日来的恶政吧!臣子凡是有良心的,谁不是提心吊胆过日子?"

慈禧语调不变:"你还是没说他要干什么。"刚毅使出顶撞的声腔:"要问这事,太后只能传一个人。"慈禧问:"传谁?"刚毅道:"康有为。"慈禧道:"皇帝明谕令他出京了。"刚毅道:"陈秉和今日还奏称,康有为奉命已久,迟延不行。"慈禧道:"别说奏称,你亲眼看见了?"

刚毅道:"奴才手下看见了,满北京的人都看见了。他不会走,人人知道。他在等待那一天,壮丁或军兵进宫掘金。这事奴才倒听见了。"慈禧的声音又轻下去:"听谁说的?"刚毅道:"袁世凯。他对奴才的属官讲,康党将行不可告人之事,得逞与否,关系极重。这话他对皇上讲过,不知皇上能否听进去。"慈禧默思少顷,转问奕劻:"你的意思?"奕劻碰头在地:"奴才认为,太后应当立下决断。"

　　慈禧示意二臣退下，一动不动地坐在那里，两眼失神地看着前方。前方有阶陛、湖山，有难以测估的景象和事物。

　　到了侍应晚膳的时刻，光绪照例进殿，跪地请安。接下来没有照例上膳，慈禧叫皇帝且坐一坐，要跟他说几句话。光绪知道慈禧关心什么，便禀说接见伊藤的问言答语。

　　慈禧问道："你看这人怎么样？"光绪想了想："此人老练稳重，似乎比李鸿章更有谋略。"慈禧微哂："跟他的手下败将比，皇帝不厚道啊。你打算拿他怎么办？"光绪道："这不由儿子作主张，因为他是外人，随时都会走开。"

　　慈禧想了想："听说张荫桓跟他手拉手？"对于报信的耳报神，老人家竟然不隐瞒，光绪尽力忍住苦笑："那叫握手，西洋礼节——"慈禧道："拿西洋礼节款待东洋？罢了，不说这。今日早朝有什么事？"

　　光绪从头数来："翰林院编修徐琪奏，各省州县繁简互调以免偏重，又请于京城设立自来水厂，交片令总署归入修理河道条陈一并议奏；御史杨深秀奏时局艰危请联与国折，又请开凿窖金片——"

　　慈禧伸手一拦："慢着，为何要开窖金？"光绪不以为意："为了救急，异想天开。他们御史风闻言事，养成信口开河的毛病。"慈禧道："毛病？没有心病？没想图谋不轨？"

　　光绪身在悬崖，已无退缩余地："不轨？他敢？杨深秀秉有赤诚，心无异念，儿子还是信任的。"慈禧面无表情："好，你往下数。"这却有些异样，光绪只好听命："散秩大臣锡光奏挑挖沟渠河道折，又请将幼官学改小学堂片；裁缺庶子陈秉和奏大臣滥保劣员折——"

　　慈禧又伸手挡："慢，他在折中说什么？"光绪一时茫然，竭力回忆着词句："他劾张荫桓——"慈禧插言打断："不说张荫桓，他怎么说康有为？"光绪怔怔地望着母后，慈禧将话点明："他说康有为迟延不行，逗留至今，有没有此事？"光绪极力分辩："今日不行，明日后日必行，并不急在一时半晌。"

　　慈禧反问："他不遵旨，倒替他辩解，你好性子！不说废话，你把他抓起来。"光

绪惊得一下子站起："皇额娘！康有为并无该抓之罪——"慈禧不容他往下说："你把他抓起来。"

光绪扑跪在地。慈禧怒目瞪视下去："你，为何而跪？"光绪满腔悲愤："我为江山社稷而跪，为天下臣民而跪，为举步维艰的新政而跪。"慈禧怒叫："听我懿旨，抓康有为！"

光绪直挺挺跪起："朕，不受此旨！"

慈禧气急败坏，使个手势，李莲英从殿角疾步趋近，将杨崇伊的奏折捧交慈禧。慈禧将折子摔落地上，命令光绪阅看。光绪颤着手捧起，"训政"二字赫然入目。明知大势已去，光绪还要拼命一抗："朕无失德，皇太后不能再次训政！"慈禧被顶得气促声嘶："你忤逆不孝，就是失德！我要训政，从明天开始。"

光绪大睁着眼说不出话，似已虚脱。慈禧派领侍卫内大臣，率人将光绪送回涵元殿，加强警戒，以防不测。这边立召军机大臣进见，慈禧出示杨崇伊的奏折，令刚毅当场宣读。

大臣们其实早有耳闻，现在不是洗耳恭听，而在紧张思考，该如何应对这场突变。刚毅读毕，冷场片刻，慈禧将目光对准世铎，世铎立刻叩下头去："请皇太后俯允所请，回宫训政。"裕禄和王文韶也忙叩头，照说一遍。廖寿恒稍迟叩称："请皇太后训政。"

慈禧重重地叹一口气："训政非我所愿，然而势已至此，我不得不勉为其难。这里有三个不得已：第一，皇上身体素弱，维新以来百废待兴，寝食俱废，气血两亏，他已支撑不下去；第二，康有为以变法为名，意图僭夺大权，而皇帝耳根子太弱，不能洞察其奸；第三，总有一些吃里爬外的乱臣，出一些合邦借才的馊主意，现今日本侯相和英国谋臣齐集京师，准备接收我锦绣江山。我受祖宗托付，亲手将江山交与皇帝，我就应该保救到底。我为此不惜身背骂名，天下后世怪我不得。"五军机加上一位庆王，跪成两排磕头颂圣，刚毅的声音尤其洪亮。

慈禧将目光瞄准廖寿恒："你也想得通？"刚才的犹豫出卖了自己，廖寿恒后悔得声音打颤："回太后话，臣曾为康有为递呈书折，臣须引咎辞职，并请治罪。"

慈禧道："那是奉旨,何罪之有,我还需要你为我跑腿。"说着便令军机拟旨,当然要以皇帝的名义,请求皇太后出来训政。由王文韶执笔,诸大臣集议,拟定后呈请太后阅准,然后派出两王一军机,前往瀛台涵元殿。光绪已经缓过劲来,纸一般的面皮无一点血色,使三位臣子目不忍睹。

光绪平静地阅看稿子,笑了一笑："再演一遍,你们觉得有趣么?"两王心有愧意,刚毅却是硬骨头："奴才早劝皇上小心,皇上不听,才有今日。"光绪懒得跟此人动气："刚毅,你除了顽固,一无所长。两位王爷身为尊长,应当为国家担些轻重。以后遇事请扪心自问,对得起祖宗遗荫,子孙仰望否?"礼王和庆王跪在地上,垂泪不止。光绪不再说话,从御案上捡起朱笔,工整地抄写那件谕旨。

头上变了一层天,袁世凯虽未望见光色,内心却隐隐有所感觉。站台下突兀出现的马,将他的心境踏得粉碎,一路上都魂不守舍。到了天津,天色已晚,不用说得赶快上辕求见。可他尚未打定主意,见荣禄不知该操何腔调,便在街上借故磨蹭。

瘸腿驴总得上杀锅,袁世凯嘲骂着自己,鼓足勇气赶至荣府,报名进去。差官将他引入客厅,过了一刻,荣禄笑眯眯地进屋,用手止住袁世凯的参拜,口中连道："辛苦,辛苦,我等做外官的,信马由缰惯了,进次京就得剥层皮。"又觑着眼打量袁世凯的脸："怎么样,这一趟? 天津都传疯了,有说起反的,有说内乱的,甚至有说弑君篡位的。这是造谣生事,我请王命旗牌,当街斩决二人。"

袁世凯心中凛然："京中确有风雨飘摇之势。事情就坏在康党手上,这些人变法不得其法,闹得朝堂水火不容,以致两宫也生出意气,此罪不可恕! 其实皇上幼受慈恩,长秉圣训,于情于理于家于国,都没有违拗太后的道理。只看皇上大多时日住园侍奉,便知圣孝上达于天。我请训时委婉言之,请皇上疏远新进诸臣,召老成持重如张之洞者,入京辅政,或可消弭祸患。"

荣禄似有同感："多位宾客对我讲过这种意思。不过,张香帅前日给我一函,明言不愿入京。"

袁世凯道："他爱惜羽毛,怕蹚那潭浑水。朝廷危难日,大臣报国时,不瞒荣中堂,我真正想请回京主政的,其实就是您。可我人微言轻,又没得到中堂的帅令,张

几次口没敢说。"

　　荣禄努力睁大眼："好哇你，差一点推我进火坑！"

　　门外忽然有人接话："谁敢推中堂进火坑？我们前来搭救中堂，闲人闪开。"

第五章　帝位存废

一、秋风瑟瑟　天网恢恢

　　接言的是达斌,另有叶祖珪、童昌等四五位,顷刻将座位挤满了。达斌仅是道员,却是荣禄的密友,另几人皆为相府常客。荣禄平日不喜酒色,因统军而爱谈兵,这几位善于在舌端跑马,助了兴就算助了阵。大家纵谈今古,把沉重的话题冲淡了。

　　袁世凯坐听豪论,偷偷打呵欠,这逃不过荣禄的眼。等宾客唱够了一板,荣禄便道:"几把大喇叭,把我的正事吹歪了。这些人我撵不动,慰庭你也耗不过,你回公馆歇着吧,有话咱们回头说。"

　　袁世凯忙遵命:"明日标下早来求见。"荣禄笑笑:"荣升侍郎,标不到麾下了。不必早也不必来,明日听我的消息。"

　　袁世凯这便辞出,回到公馆,洗漱安歇。早上起来,呆坐愣怔,忽然想起李鸿章说的,"若被掏走,就没用了"。但若老是不被掏走,你这个"虎子"又有何用? 他知

道谁在掏他,也知有一方即将败北,否则不会狗急跳墙,要拼一个鱼死网破。网不会破,这是天网,有佛法无边牢牢罩着。如此说来,死不挪窝就危险了。他仿佛看见一只手,从漆黑的夜色中向前摸,要把他的秘密掏出来。想到黑夜,心中猛一跳,那一夜窗外的响动从后院传来,我的天哪,它肯定隐藏着一只手!

袁世凯惊出一身冷汗。这时门上来报,荣中堂亲自来访。袁世凯赶紧出去,迎至客厅,刚刚坐定,袁世凯便道:"昨晚未暇细禀,一夜不曾合眼。中堂啊,世凯在鬼门关上走一遭,看到了魑魅魍魉形状,那可真是惊人!"便将谭嗣同如何鼓动,如何胁迫,原原本本、绘声绘色地讲说一遍。

惊得荣禄面色如土,愣怔许久才叫出屈来:"荣禄有丝毫犯上心,天必诛我,地必弃我,游魂野鬼都来抓我!我是太后的奴才,也是皇上的臣子,怎会偏一个向一个?"

袁世凯道:"正是这话。世凯之所以咬牙忍受,是怕事泄伤了皇上,而母子连心,最终不也伤了太后?今将全盘诉与中堂,请中堂设法保护皇上,若因此事累及皇位,袁世凯惟有撞壁而死。"

荣禄义形于色:"这你放心,皇上同受康党之害,怎能让这件事牵连到帝君?倒是惩治奸邪,丝毫不敢放松。康党谋逆情形,你奏还是我奏?"

袁世凯慌忙表白:"世凯为中堂部将,赶回急报机密,便是请主帅断然处置。"荣禄立起身来:"好,急事急办,那我去了。"

分手以后,两人同松一口气。荣禄前晚进京,派出那名亲兵,正是要监视袁世凯。袁世凯的寓所戒备严密,亲兵和荣府人员无隙可乘,只好在后院打主意。费了不少力,没听清几个字,还是在谭嗣同离去时,有人认出了他的面目。但这不能当作罪证,只有袁世凯的坦白才是铁证!荣禄十分庆幸,此次太后重出,劝驾也是他,告密也是他。佐命元勋除了他,当世哪有第二人?

荣禄的密报尚未到京,宫中的大位已然转移。八月初六日上午九时,在西苑勤政殿,慈禧太后正面而坐,光绪皇帝坐于右侧,当着全班军机大臣,由内阁明发朱笔上谕:"现在国事艰难,庶务待理,朕勤劳宵旰,日综万机,兢业之余,时虞丛脞。恭

溯同治年间以来,慈禧端佑康颐昭豫庄诚寿恭钦献崇熙皇太后两次垂帘听政,办理朝政,宏济时艰,无不尽美尽善。因念宗社为重,再三吁恳慈恩训政,仰蒙俯如所请,此乃天下臣民之福。今日始在便殿办事。本月初八朕率诸王、大臣在勤政殿行礼,一切应行礼仪,着各该衙门敬谨预备。钦此。”

在便殿办的第一件政务,便是捉拿康氏兄弟。为此所发的谕旨称:“谕军机大臣等:工部主事康有为结党营私,莠言乱政,屡经被人参奏,着革职,并其弟康广仁,均着步军统领衙门拿交刑部,按律治罪。”

其实在此之前,慈禧已发密旨给刑部尚书兼步军统领崇礼。除了这件特殊差使,本日所办与往日并无两样,而且,在奏折上朱批旨意的仍是光绪。这天他共批了十六件折子,批语多是:知道了,户部知道,该衙门知道。直到早朝将结束时,议办的一个折子越出了常规,这是宋伯鲁的《请速简重臣结连与国而救危亡折》。所提的救亡之策,仍是中、英、美、日合邦,共选百人治理四国,“今拟请皇上速简通达时务名震地球之重臣,如大学士李鸿章者,往见该学士李提摩太及日相伊藤博文,与之商酌办法。以工部主事康有为为参赞,必能转祸为福”。这种说辞在今天看来,显得万分滑稽。慈禧令军机拟旨:“御史宋伯鲁滥保匪人,平素声名恶劣,着即行革职,永不叙用。”这是训政当天,头一个撞上枪口的“康党”,他没有被拿下狱,军机大臣们暗暗称奇。

勤政殿中发生的事情,小臣们皆被蒙在鼓里,毕永年却嗅到气息不对了。前半晌时,他来到南海馆,劝说谭嗣同离开此地。走进汗漫舫院落,看到康广仁指挥几名仆人,正在清扫地面。毕永年感到纳闷:“干什么呀这是?”康广仁道:“这些人太懒,弄得落叶遍地,像什么样子。”毕永年道:“记得长素先生有一句诗,落叶闲闲舫汗漫,你怎把诗都扫了?”康广仁摆摆手:“大先生仁爱之心,怕我责怪家仆。我严一些,其实是为他们立规矩,叫他们活成一个人。是不是呀王升?”王升憨厚地笑着,王贵背着主人做了个鬼脸。

康广仁知道毕永年来见谁,便告诉他,谭复生刚才上街了。毕永年顺口问,长素先生在哪里。康广仁顺口答,在书房写字呢。毕永年想离开,心里总有东西悬

着，便把康广仁拉到花坛边，坐在石头上说话。他说风声不对，希望二先生说服大先生，早作长远之计。

康广仁叹口气道："这种话，我几个月来没少说。实际上不用你我说，大先生何尝不知道？他受的夹板气，只能痛在他身上，旁人感受不到。他不走有他的道理，一为皇上信任，二为士人仰望，三为自家抱负。一个人有了这三条，满可生死以之，所以我也就不劝了。"

毕永年曾嫌康广仁莽直，今日一谈，不由对他深怀悲悯："生死以之，那是林则徐践行的，不是咱们小民该做的。今早起来，你见过大先生了？"这一句没头没脑，康广仁想想道："今日还真没见他。"毕永年问："你怎么说在书房？"康广仁道："往常早上都在书房。不过他有时上街转转。怎么了？"毕永年道："没什么。我在想——"这时听见有人招呼，见是谭嗣同从院门进来，毕永年站起身道："当断不断，反受其乱，二先生想想这句话。"

毕永年随着谭嗣同，走进谭嗣同的住室，先问宫中有何异常。谭嗣同道："太后回京了，这是大异常。四章京阅签之件先交太后，此外尚无别的更动。"毕永年道："连这样小的权力都抓，哪还会有漏网之鱼！袁世凯怎么样？"

谭嗣同哼一声："他还会怎么样！推聋作哑，观望风色。"毕永年很痛心："你比谁都清楚，为何贸贸然然去弄险？"谭嗣同很轻松："不弄险弄什么，弄琴，弄剑，弄女色？余生三十而未立，有一个机会自立于天地间，义无反顾，全力以赴。"毕永年以手击桌："天塌地陷，你如何立！复生，康先生走了。"

谭嗣同大为惊讶："走了？我昨晚跟他谈到深夜，没说要走啊。"毕永年道："他连亲兄弟都瞒着，还说你？"谭嗣同责备道："不要背后说人坏话，尤其是对康先生。你见他走了？"毕永年道："没看见，可我断定了。李唐每早七点和九点，必到前门外观察两次。康先生在九点一刻时，也要上街溜达一趟。今早未见踪影，再加上——"

突然响起一阵鼓噪声，一队兵弁拥进院子，不由分说，先把扫地的仆人捆绑起来。紧接着挨门搜查，在康有为的门人程式谷房中，钱维骥正跟程式谷谈话，被破

门而入的士兵当场抓获。听着凶声叫喊,看到当院而立的那员武将,身穿二品狮子补服,谭嗣同认出是左翼总兵英年,便领着毕永年走出房来。几名兵丁立即上前,扭住二人。

看出谭嗣同落落不俗,一个旗兵欢叫着:"抓住康有为了!"这一声招来了一群兵,都来看这位大名士。谭嗣同呼唤英年:"英总镇,贵部军兵认错人了。在下谭嗣同,钦点军机章京,今日未曾当值,怎么就要被抓?"英年先令放开,然后给个笑脸:"谭公子大名,我也知晓,只是无缘晤谈。今日奉命搜查,除了谭公子,其余恕不宽贷。"

毕永年已被上绑,谭嗣同竭力争辩:"这位毕永年,籍隶湖南浏阳,拔贡出身,在家父幕中做文案。此来特送家书,要我回湘省亲,与京城事务毫无牵涉。如果误捕滥抓,恐怕玷污政声。"英年大手一挥:"这院的人都要抓,这是上头命令。至于你说的情况,我做不了这个主,只有交上头发落。"吩咐一名参领,将谭、毕二人带出南海馆,来见崇礼。

这场围馆搜捕,竟是九门提督亲自指挥的,这叫谭嗣同吃惊。崇礼却很有"礼",听罢此人的来历,便下令放了毕永年。里边还在紧张进行,没抓到大先生,也不见二先生,兵弁都很焦急。参领亲审王升、王贵,两名仆人说,夜里还见大先生上厕所,今早上就不见了。二先生呢,也许上厕所了?仆人挨了耳光,被揪着去搜角角落落,仍然一无所获。小院就这么大,紧连的几个院子,也都细梳一遍。南海馆底儿朝天,闹得鸡狗不安。

参领哪肯甘心,下令将二仆按翻,各打五十棍再说。几棍敲下去,就听有人叫:"别打了,我领你们去找。"挨打的互相瞪眼,以为是对方服软。喊叫的却是馆中杂役,此人五十多岁,他引着兵弁穿过夹道,来到堆放煤炭的排屋。康广仁确实藏在此处,他如厕后正想回屋,听见前面的动静,探头望见闪亮的刀矛,马上翻墙进入邻院,来到棚屋躲藏,不巧被杂役看见了。这老头受过康广仁指责,又见仆人为他受罪,便要为南海馆铲除祸根。康广仁由此落网,同时搜出书函百余封,门簿一车。

擒贼未能擒王,崇礼有些发慌,如何向太后交代?康有为既未出京,定是闻风

逃匿,可能的隐身地点,当数张荫桓宅。上一次太后要抓张荫桓,最终没有落实。这回又要去张宅抓康,崇礼跟张荫桓是总署同仁,面子抹不下来,仍叫英年前往。英年无可推托,率兵来到锡拉胡同,派遣逻卒把守东西两头,兵队蜂拥进入张宅。

查过两进院子,仍然一无所获。搜到第三进,参领带着人逐屋排查,正在厢屋翻箱倒柜,听得东头欢呼,他忙跑向那边。半路上听见叫声:"找到了,在北屋!"参领奔至北屋门口,一个佐领禀告说,他推门进屋,发现一个人坐在桌前写字。问他姓名,他先说姓康,又说姓甘;问他身份,先说是主事,后又声明是刑部主事;籍贯是南海,这是惟一没改口的。参领大步进屋,见那个人强作镇定地坐在那里,腿脚却在暗暗发抖。

参领大喝一声:"工部主事康有为!"那人捋捋稀疏的胡须:"非也,刑部主事甘长海。"参领道:"就算你是刑部,待会送你回老家。先告诉我,你在这里干什么?"那人道:"我是樵野侍郎好友,帮他整理书目。樵野藏书丰富,想来你也知道。"参领道:"我不知道。我们英年大人认识康南海,你这究竟是李逵还是李鬼,只有请他分辨。"喝令押解这人,赶往大门以外。

大门外的英年正在头疼,因为他看见张荫桓骑着马,从东边急急奔来。张荫桓是在日本使馆门外得到消息的。使馆守门人跟他很熟,悄悄告诉他,有使馆探事人听说,正在抄张侍郎家。已受过一次虚惊,张荫桓想起一句俗语:是福不是祸,是祸躲不过,决定立即回家。

到了胡同口,见看热闹的人们塞满巷口,对他这个事主充满了好奇。张荫桓带笑拱手,通过逻卒的盘查,打马飞奔。远远看见英年坐在老槐树下,张荫桓到跟前下马:"失迎失迎,得罪得罪。家里人混账,怎么没请里边坐?"英年含着笑:"是,上一次你去工部,我还请你吃了馃子。"张荫桓道:"我家中常备西洋糖果,大人要吃馃子,得叫他们现炸。"英年道:"不炸了吧,他们正在摸鱼,为免染上鱼腥,咱俩在这里坐等吧。"令亲兵掇来一条凳子,请张侍郎跟自己对坐。英年见张荫桓穿着一件蓝色长衫,衣袖比常见的长一些,明知这人爱搞怪,便把事情挑明了:"此来并非为难张大人。上头令锁拿康有为,去南海馆没找到,只好打扰张府了。"

张荫桓放下心来，叫门上提来一壶茶，给公干的英年大人解渴。两个人谈起闲话。张荫桓感叹，他早对甘长海说过，跟康有为的这场孽缘，会给他带来灾星。英年问："甘长海是谁？"张荫桓道："跟我同乡，刑部主事，深通书趣。"英年道："书趣？不是赌趣？"张荫桓道："我的朋友分成三拨：一书，二食，三赌。书是最上等。"英年道："那我是第二等。康有为是第一等。"

张荫桓道："他是等上之等。他的学问没的说，可他那赌来得大，非你我所能掌握。"英年道："你对他很佩服。"张荫桓道："鄙视至极便成佩服了。为什么要抓他？"英年道："太后要抓谁，还不就是谁，你忘记上回了？"张荫桓道："是，这提醒很及时。可我推断，康有为出京了，你们抓不住了。"英年道："昨夜他还在。查过各门了，没有人见到此人出京。咦，你——"

在谈话中间，张荫桓的右手缩在袖筒中，英年发现它一直在蠕动，这时忍不住叫："你的手在干什么？"张荫桓咧嘴笑："玩枪，德国手枪。"虽知是开玩笑，英年也虎起脸："你要开枪拒捕？"张荫桓道："听着——叭勾！"他嘴上开了一枪，右手从袖筒伸出摊开，掌心卧着一枚铜钱，黄里泛红的光色，像在油中泡过一样滋润。英年叹道："随身带着宝器，你可真是宝王啊。"

张荫桓把钱交给英年，请他观赏形制、质地、字体、光泽，细细夸说了一番。英年假装有兴趣："天启通宝？天启是明朝倒数第二帝，有何德能得你青睐？"张荫桓道："皇帝不老好，他的钱铸得好。天的启示啊，保赢不输。它能算出康有为在不在京。"英年来了劲儿："真的？你给咱演一演。"

张荫桓讨回铜钱，让英年认清正面和背面，正经讲说：正面为字儿，背面为幂儿，字儿代表人仍在京，幂儿代表人已外逃，是黑是红，就看这一宝开得如何。英年要他勿弄玄虚，快快开宝。张荫桓挽起衣袖，捧起那钱，在上面吹了一口仙气，用右手拇食两指轻捏钱边，将钱立搁在凳面上。张荫桓招呼英年："看好了，啊！"两指用力拧拨，指头随即撤离，只见那钱滴溜溜旋转，转无可转时仰天翻倒。

英年和张荫桓抢着去看，看清是没有铸字的背面。张荫桓将手一指："幂儿。"英年嗑着牙花子："再来。"张荫桓笑道："只要输，必再来。咱给你换个花样吧。"拿

过那钱叫英年看,弹着钱边儿叫英年听,然后闭上两眼,口中念念有词,猛一用力,将那钱高高地抛向空中。人们齐抬头看,但见铜钱就像个活物,在槐树顶端的叶隙间穿过,悠然下落,张荫桓伸出一只手掌,接住那枚漫游的通宝。他把手掌伸到英年面前,英年傻了眼,张荫桓伸伸舌尖:"幂儿。"他把铜钱放到板凳上,问道:"怎么样?"英年咂咂嘴:"不怎么样。咱也玩一玩。"英年学着样儿挽起袖子,拿起那钱吹一口气,捏起钱边搁在凳面上,示意张荫桓看。英年使劲一拧,那钱扑棱棱转起,可它却不老实,转不动时沿着凳面轱辘,滚到尽头秃噜落下,跌翻在地。张荫桓不禁惊叹:"哎呀我的佛祖,从天头跑到地脚,这叫通天宝哇!"英年哪管这些,伸头去看那钱,仍然不见一字。他失望地瞅瞅张荫桓,两张嘴同时说出:"幂儿。"英年大不甘心:"为什么幂儿就是逃跑?"张荫桓道:"幂儿就是谜儿,遇上谜一般的夜幕、黑幕,不潜出城外还待怎的? 我劝你不要在城里瞎掰,天津上海才有他的踪迹。"说罢一扭头,跟甘长海打了一个照面,不由失声大笑:"好了,无论如何,在我家搜出一个主事,你可以交差了。"原来参领押住这个倒霉鬼,在旁边看了一场"开宝"。英年一看闹错了,放了刑部主事,空着两手撤兵。

也算听张荫桓的劝,崇礼在英年回报后,马上派一统领带着五十名兵弁,乘火车赶赴天津。同时上奏慈禧,慈禧令军机处寄旨给荣禄:工部主事康有为,现经降旨革职拿办,据称逃至天津,令荣禄于火车到处及塘沽一带,严密查拿;为了利于侦缉,八月七日京津火车停开。抓康已为第一要务,荣禄立刻调兵遣将,满城大搜。过不多久,崇礼所派的干员赶到了,双方会同,将罗网从紫竹林布到塘沽。可这都是马后炮了。

康有为昨日乘车至津,下车即有数人接着,将他带至一处武馆。在馆歇息一晚,今早又送康有为乘火车,到塘沽换乘轮船。津沽扰攘不休时,康有为登上英商太古公司的"重庆"轮,很快开到海上。回顾此次历险,康有为不禁感叹,平生以文事为能,到危难时多亏勇武之士相助,所学子曰诗云,究竟济得甚事! 自己是逃脱了,弟弟、弟子以及维新同仁尚在虎口,等待他们的,是捕,是逐,还是杀?

同样的疑问堆在滞京的康党心头,此时,他们群龙无首,都把目光投向谭嗣同。

他是梁启超推许的"伯里玺",危急时刻应有办法。然他心中惟存一死,只是暂时秘而不宣,愿跟梁启超去做无用功。两人去寻李提摩太,商讨如何营救皇帝。李提摩太承诺去见英国公使,欲请容闳去求美国公使,梁启超去求日本公使。

这仍是口头上的力气,从李寓辞出后,在街上走出一段路,谭嗣同忽然停住脚,毅然说道:"我等现是釜底游鱼。卓如,你马上去日本使馆,伊藤应能给予保护。"梁启超一下子心乱如麻,定定神道:"那你呢?"谭嗣同道:"我还有章京这个身份,不好与你走同一条路。保一个是一个,只能这样了。"梁启超还要争辩:"可你——"谭嗣同语带责备:"我们坐而论道,就误在婆婆妈妈。不要再犹豫了!"推着梁启超往前走,直接来到日本使馆,他轻轻拍拍梁启超的肩背。梁启超与谭嗣同四目相望,悲声叫道:"复生!"谭嗣同抱拳一拱,转身便走。梁启超怅望良久,默默念诵着"生离死别",低着头走进日本使馆。

代理公使林权助,陪着伊藤吃完饭,正在海阔天空地闲谈。听到助手紧急来报,他下意识地看看钟表,正是午后二时。他让人将梁启超引入另室,过了一会儿,这才过去。梁启超脸色苍白,神情紧张,迥异往昔。他一见面便用手示意:请给我纸。

使馆人员拿来纸笔,梁启超伏案疾书:"仆三日内须赴市曹就死,愿有两事奉托。君若犹念兄弟之国,不忘旧交,许其一言。"林权助扫视一眼,便要叫翻译来。梁启超赶快又写:"还是笔谈好。皇帝以变法之故,思守旧老耄之臣,不足以共事,思愿易之,触太后之怒……"

刚才林权助按了铃,这时翻译赶来了,迟缓的笔谈变成口谈。梁启超简要回述:"皇帝的意思是,用西太后的旧作法,无论如何不能改革中国。维新运动做了以后,果然触怒西太后,谭嗣同、杨锐、刘光第、林旭等志士,都将遭难。首领康有为,想也快要被捕杀头!皇帝不用说已被幽闭。西太后一派,是袁世凯和荣禄。我的生命早就献给祖国,毫无可惜。请解皇帝之危难,使御体安全,并救康有为氏。所说奉托之事,只此二端。"

林权助略一思索,权且答应下来:"可以,君说的二事,我设法承担。可你为何

要去死？那对你的国家毫无益处。"梁启超竭力忍住泪："国亡无日，何谈利益！何况我有舍生取义之责——"林权助道："不，你无此责。这里不作无谓争论，请你想清楚，若要求生，日本使馆随时为你打开大门。"梁启超想说什么，终未说出，仓皇而去。

伊藤博文听过林权助的报告，深长叹息："果然失败了，幼稚的变法！中国比日本不幸得多，因为有一个顽固的太后。维新党徒太不成熟，以为发布政令就是一切。中国的黑暗仍在持续，不知将会沉沦于何方。"他停住踱步，回顾林权助："姓梁的这青年，是个非凡的家伙啊！如果他回来，那就搭救他，渡他到日本去。我们会帮助他，让他做中国的灵魂，如此一来，日本的灵魂便附着在中国身上。他们所谓的合邦，也算没有落空。"

林权助领会着公爵的深意，生怕梁启超一去不返。到了吃晚饭的时候，梁启超又回来了。林权助欣慰之余，听从梁启超的建议，派一参赞带着翻译去见谭嗣同。一个多小时后，参赞回来报称，他劝不动这位刚烈之士。为答谢使馆的义举，谭嗣同请参赞带回几句话："大丈夫不做事则已，做事当磊磊落落，一死何足惜。外国变法无不流血者，中国变法流血，请自谭嗣同始。"

谭嗣同立誓等死，杨深秀则要寻死。训政诏下，倏然变天，顽臣老物欢声雷动，新派锐士瞠目结舌。不少好友告诫杨深秀，要他偃旗息鼓，韬光养晦，杨深秀却难回心转意。回首平生，终年碌碌；惟戊戌百日，大快平生。他最初受知于山西巡抚张之洞，受聘为令德堂山长。张之洞离晋时给他留言："精研碑帖，是君之长，尚勇负气，乃子之短。"

其实在他看来，碑帖只可养性，不可救世，以此为长，岂非大耻！入仕做官二十年，从刑部郎中到监察御史，所上折片盈筐累箧，大都徒托空言，这与碑帖何异？只有与康有为结交后，无论代上康折，还是自抒胸臆，才得畅所欲言。当今皇帝也言无不采，纳之即行，例如废除八股一事，数百年弊政一扫而空，确有君明臣贤之概。这一切却在瞬间化为乌有！杨深秀的心中满是痛楚，伏于案上撰拟奏折：《为国步艰难新政孔亟训政不宜祈求收回成命由》。历述皇上英明，圣孝无亏，从诏定国是

到兴学崇实，无不秉承慈圣意旨。是以此次变法乃慈圣变法，其成败关乎慈圣之令名，若惑以谮言，囿于腐见，以致半途而废，不仅坏宗社之基，亦将损慈圣之誉。况祖宗家法，纲常制度，乾坤位定，顺逆势分，诚不宜以内旨屡改成宪，以乱天下臣民之心。请以微臣为例概观之，乍闻此诏，即生惊疑，不知慈圣之出为国乎？为己乎？为国，何所成？为己，何所得？杨深秀在纸上指天骂地，痛快淋漓，稿成之后恭敬誊抄，随即送往宫门奏事处。他知道这是最后一道折子，也就是遗折，从此心净，可以往生矣。

这道催命折还躺在奏事处睡大觉时，在仪鸾殿中，慈禧并没有睡大觉。与杨深秀猜疑的不一样，她此次之出并非蓄谋，而是临机，乃时势一步一步逼迫所致。慈禧当然清楚，多少人在背后骂她，史笔也会将她的训政，称为戊戌政变。可她骑上了虎背，就得穿山越岭，谨防被摔个半死。最得力的保驾臣，当前只有荣禄。今下午她示意奕劻，指派杨崇伊速往天津，带去一封密谕。交给奕劻的另一项差使是，关注各使馆的动静，尤其是英日两馆。康党勾结英、日，对于康党之败，这两国会不会干涉？

杨崇伊于当晚抵津，与荣禄再晤于客厅。两位训政首功，堪称一明一暗，明处的得到酒肉，暗处的获得信赖。密谕垂询荣禄：如何安置皇帝？如何处置新党？如何摆布朝局？三问皆关大计，足见荣禄被视为心腹，倚为柱石。

可惜荣禄不善此道，他最擅长隐于背后，在接长补短时扶上一把。此时他就有秘情可报，袁世凯吐露的康党密谋，还被他牢牢攥在手心。他不急于出手自有原因：一来忙于缉拿康逆；二来需要详缮密折；三来呢，他想起前天的那句乩语，"戊戌难过八月七"，今日是八月初六，要到明日才能应验。

到了初七，荣禄接到下属报告，康有为已于昨日乘轮出海。荣禄即派飞鹰兵轮，加速追赶。一面电饬登莱青道李希杰、上海道蔡钧，会同各国领事一体缉访。这里密折已缮好，交由杨崇伊带回。

办完这一切，刚想松口气，忽有洋人来见北洋大臣。英国公使窦纳乐，德国公使海靖，在北戴河获知政变的消息，当即兼程回京。到了天津见到荣禄，两位公使

探询政变原因。荣禄嫌这个词不中听,假笑着说道:"政变、变政都不好,我们称作训政。"窦纳乐做着不解的手势:"太后训政多少次,我们都数不过来。皇帝的行政渐有新意,太后是帮他增新,还是拉他复旧?"荣禄只打哈哈:"上头的意思,外臣哪里晓得。"

海靖夹击上来:"天津在大搜政治犯,荣大臣晓得吧?我们从塘沽上车,沿途受到滋扰,一些华籍帮工遭到搜查。这是不合法的行径,是会引发外交抗议的。"窦纳乐替德使加码:"每一个新当局的确立,都要寻求合法依据,而不是用恐怖手段,铲除质疑的声音。我们希望与明智的政府合作,不管上头或者下头,对此都应有清醒的认识。"

荣禄被挤对得不清醒了,东拉西扯应付几句,忙忙地盛设酒宴,化解这场"外交危机"。回头便赶拟电文,向总署电告英、德公使的反应。这正是慈禧所关心的,奕劻却不敢马上奏报,因为明日是八月初八,宫中要举办训政大典,哪能惹太后不高兴?转眼到了吉辰,八月八日巳时,德昌门外设太后仪驾,圣母皇太后在仪鸾殿办事,进早膳。

午时,总管两名奏请皇太后从仪鸾殿乘轿,出寿光门,由纯一斋出崇雅殿门,进仁曜门,至勤政殿东暖阁少坐,礼部堂官转传与内监,奏请皇帝。总管一名奏请皇太后升勤政殿宝座,礼部堂官引皇帝拜褥上立,鸣赞官高唱:跪,拜,兴。皇上率领诸王大臣等行三跪九叩礼,总管一名引皇后率瑾妃步行至殿内拜褥上,诣圣母皇太后前行三跪九叩礼。总管两名奏礼毕,圣母皇太后起座乘轿,驾还仪鸾殿。

至此礼成,新朝确立,奕劻才将荣禄密折及电文奏上。慈禧览奏,如受刀刺,愤怒和仇恨填满胸间。对于此次重出,她有理不直气不壮的愧意,位难摆事难成的担忧,至此全都化为报复的烈火。慈禧急召崇礼,下令抓捕军机四卿。恰在这时,杨深秀的折子递到她手上。

慈禧仅看过题目,便当即下旨抓杨。过不多久,又令添抓张荫桓、徐致靖。谭嗣同、刘光第正在当班,很快被收监。杨深秀在家中被捕。杨锐也在家中束手就缚,同时拘走的还有长子杨庆昶,门人黄尚毅。

送至提督衙门,捕吏问名登记。杨锐厉声质问:"这是我的长子,他是我的弟子。二人除读书外,一无所知,一概滥捕,岂不有损上头仁慈声名?"捕吏请示上司,这才释放二人。父子分离时,杨锐叫声:"庆昶!"双目直视长子,再也说不出话。

杨庆昶哭着离开,他明白父亲的意思。回到家里,他便找出皇帝的朱笔手诏,将其密缝在黄尚毅的衣领中。赶在关闭城门前,杨庆昶送黄尚毅出京,自己留京打探父讯。捕役到徐宅时,徐致靖外出未归,其子仁镜请求代父入狱,未获允许。丁役还在追寻徐致靖的下落,徐致靖这老头子,在朋友家听闻此讯,直往提督衙门投到。

这一天未找到的"小康党",一个是林旭,一个是梁启超,他们不知为何,竟被逮捕名单漏掉了。还有一个"大康党",那就是张荫桓,这人注定还得开一宝。

二、审讯皇帝　扑灭维新

张荫桓起居豪奢,财富充盈。英年的那一搜,使他豁然领悟,此次在劫难逃。他立刻来了个蚂蚁搬家,将金银细软腾挪一空。坐家等死太寂寥了,他索性大发英雄帖,招来各路朋友,连排夜宴,大开赌局。他精通赌博的十八般武艺,让众客投其所好,分室开赌:叶子、马吊、骨牌、天九、打麻将、斗鹌鹑,八仙过海,各显神通。张荫桓仍喜押宝,在一座西式大厅中,张荫桓纠集一群宝友,呼叫开宝。这回用的是四张木片,分别刻上幺、二、三、四,幺、四为红,二、三为黑。赌时由庄家守盘,任意掣木置于盘中,赌客或押点数,或押黑红,猜中为赢。

张荫桓与好友轮流坐庄,互有输赢,这是试手气,也叫开胃酒,等到把宝喂熟了,就有好戏可看了。果然,赌至三更,豪兴顿起,张荫桓把押宝改为骰宝,也就是掷色子。骰宝用三颗骰子,每骰有六个点数,摇出四点至十点为小,十一点至十七点为大。张荫桓上手坐庄,竟是连战连败,赔钱似流水。他并非每赌必赢,而是赌

得豪爽，会让赌友发个小财。财气招来了人气，骰宝台前人声嘈杂，水泄不通，人们争着下注，连伺候茶水的仆人，都会抽冷子赌一把。张荫桓最喜欢这种场合，有时会点名叫仆人押，故意输给仆人一些钱。今天便有一个老仆，被他好意唤来，接连赚了几把。

老仆赢大了胆，在押下一注时，连本带利押在小门，而且叫了六点。张荫桓对他笑笑，吆喝大家下注。看到满台珠光宝气，张荫桓摇动宝盒，任骰子在里边滚动，振出悦耳的响声。他倏然收住手劲，宝盒即时静止，盖碗缓缓揭开，十几颗脑袋挤成一个圆圈，哗地惊叫出声。三枚骰子全是四点，这叫全骰，宝中极品，庄家通吃！

张荫桓龇牙笑笑，取出个精致的钱笓子，把各式金钱一股脑儿搂扒入囊。老仆所押的六点，跟十二点有倍数关系，额外多赔一倍的钱，因他没钱，先记着账。张荫桓笑着问他，翻不翻本？老仆咬一咬牙："我的老本儿就这一百来斤。把老奴的身子押上，老爷收不收？"

赌客们责怪老仆胡闹。张荫桓宽宏地一摆手："赌场无大小，推倒论输赢。押就押吧，我输我给你当奴。"这是要搏命了！大家提心吊胆，注却下得分外踊跃，连邻室赌客都赶来助兴，骰宝台上堆起银山。张荫桓背着两手，似在运筹帷幄，一副大将风度。阵势摆齐，大众屏息，张荫桓开始摇宝。

在宝盒掀开的一刹那，响起更高的惊呼声。这回摇出三个六点，三六一十八，顶着天的数！不仅通吃，参赌者统统加三倍赔钱。赌客们往外吐着钱，还为老奴捏着一把汗。张荫桓吩咐老奴收拢钱财，老奴脸色惨白，干活倒很利索，转眼收拾好三大袋。他抬头看着主人，只听张荫桓吩咐："拿起这钱回家，给你老娘治病。"老奴一下子傻了。张荫桓转向众人："他娘病重，几天前向我告假，我没有开恩。现我已在朝中赌输，放生一个是一个，也算积阴德吧。"

张荫桓输光了，林旭也被收监了，他是在族叔家中被找到的。兜捕至今，只有康、梁逍遥法外。梁启超潜入日本使馆不久，林权助得到报告，门前有可疑人员窥视。事不宜迟，林权助叫梁启超剃去发辫，改穿西装，由郑永昌伴送出京。

郑永昌是日本驻天津总领事,为送伊藤来到北京。梁启超到津时,大搜捕正在进行,他在领事馆住了三天。八月初十晚上,郑永昌带上两名助手,护送梁启超,在紫竹林乘上一艘民船,乘着夜色东行。驶出不远,就被官船盯上了。这船是蒸汽快船,由千总刘国梁指挥,在河面上追踪了一阵,喊话令民船停开。民船加速逃跑,到了新河附近,快船将其逼停。

刘国梁带兵登船,宣称船上藏有要犯康有为。郑永昌搬出日本领事的身份,拒绝接受检查。刘国梁不由分说,命令士兵用绳索套住民船,拖行回天津查问。快船牵着民船,逆流向西开去。郑永昌是翻译官出身,他用汉语大喊:"我是外交人员,受国际公法保护,你要惹出外交纠纷么?"刘国梁喊声更高:"我奉上命捉拿要犯,管什么外交内交!"郑永昌叫道:"停下停下,说清楚再开,要不我跳河了!"这要挟使刘国梁犹豫,只得下令停机。

郑永昌等四人立于船头,郑永昌逐一介绍:"我,大日本国领事郑永昌;他,三井洋行行主吴井村,他和他,日本来华学生山田和加藤。你看清我们的猎装了么? 我们去塘沽海边打猎,你有什么理由拦截?"双方激辩两小时,中国人的底气没有日本人足,刘国梁只好同意到塘沽再解决。刘国梁以警护为由,率十名持枪士兵登上民船,两船又向东开。

这时候,化名加藤的梁启超,与刘国梁近在咫尺,嗅到了刀斧手的血腥气。天亮时驶抵塘沽西端,但见各国兵船招摇来往。郑永昌一眼看见"大岛"号舰名,这是日本军舰,他马上挥舞帽子。"大岛"号徐徐驶近,放下一只快艇,准备迎接来人。刘国梁见势不妙,赶忙离开民船,回到小快船上,加足马力逃走。郑永昌将梁启超转移上"大岛"号,自行登岸回津,与天津海关道大开交涉。与此同时,从京中逃出的王照,也被顺利地送上"大岛"号。在得到日本政府批准后,这两名大清国政治犯,首途东渡日本。

那位康党魁首,在乘轮出海之后,便以为脱离了险境。"重庆"号于八月初八下午驶抵烟台,得知要滞港数小时,康有为携仆登岸,在小饭馆吃了一顿鱼虾,到街头买了几斤莱阳梨,还买了蚌壳和奇石。这样的案头清供,他好久无暇赏玩,莫非今

后要消磨于此中了？这一问突如其来，使他陷入深思，脚步踏进海滩，倾听拍岸涛声。他想起曹操当年，东临碣石，以观沧海，老骥伏枥，志在千里。他还是一匹壮马，尚非伏枥之时，何可玩物丧志以遣余年？思路转回京师，太后还宫复辟，必然倒行逆施，引起外国的不满。洋人有义愤可发，有强权可使，他何不借力打力，以奉诏求救为名，求取帮助，救国变法？可惜走得仓忙，未将那份密诏复本带走。而林旭所传的又是口诏，不像朱谕那样有力。当然也可变通，将口诏化作手诏，反正外国人不懂！

想出这条妙计，不虚烟台之行，康有为欣然回船。他还不知又历了一次险："重庆"轮抵达烟台前，荣禄的电令已发到烟台。而海关道李希杰恰恰去了青岛，与德方谈判青岛划界及开设海关事。他把电报密码带走了，烟台道署将津电送到青岛，李希杰才飞咨烟台防营及地方各官，访拿逆犯康有为。这时康有为正在海轮上吟诗："忽洒龙漦翳太阴，紫微光掩帝星沉。孤臣辜负传衣带，碧海青天夜夜心。"龙漦者，龙精也。这句是说慈禧年轻时，以狐媚得幸于咸丰帝，以致种下此后的皇朝苦果。"传衣带"用汉献帝的典故，汉献帝为逃脱权臣的挟制，将密诏缝在衣带内，令国舅董承带出求救。此典用得太贴切了！

当他沉浸在诗意中时，更大的危险悄悄逼近：上海道蔡钧闻警即行，派兵严搜进口各船。到港的"黄埔""顺和""开平""新济"四船，均经严密访查。从"新济"司事口中获得确切情报，康有为原本要搭此船，后有广东人围拢攀谈，康有为又改搭"重庆"轮，大概为了保密。

蔡钧向总署电禀："并探悉孙文与康订定，在东洋交银二十万元，已交过六万，在京运用。果真如此，恐康犯已在烟闻讯远飏。俟'重庆'到后详查细搜另报。"除了种种部署，蔡钧还与英国领事多次联系，要英方配合中方，查缉一切从天津驶抵的英国船只。蔡钧开出赏金，拿获要犯者重赏两千元，同时送来一张照片，要英国警察按图捉拿。

英国总领事白利南，被蔡钧的行动警醒了。他刚刚得到报告，英国商船"道拉图"号，在近港处被中国驳轮拦住，有两名士兵登船检查。白利南写信给蔡钧，抗议

这种不法行为。蔡钧转而请他执法,开出的理由很是滑稽:康有为进红丸弑帝,光绪皇帝已被害死,上谕令各地捉拿该犯,就地正法。

随着时间的推移,蔡钧又送来准确情报,康有为就在"重庆"轮上。白利南需要采取措施了,他派人去吴淞口外截船,以免被华人警员捷足先登。若派领事馆的人员,会引起外交事件,白利南请濮兰德出马。濮兰德是上海公共租界工部局秘书长,兼《泰晤士报》通讯员。八月初九清晨,濮兰德乘着驳船,开到吴淞口外几英里的海面上,准时截住了"重庆"轮。

凭着那张照片,船上司事指出了康有为的舱室,濮兰德敲门进去,发现主仆二人安静地坐着,好奇地张望来人。濮兰德取出照片问:"这是先生的照片么?"康有为点点头。濮兰德问:"你在北京杀了人么?"康有为又惊又气:"我怎会杀人! 你是何人,怎么这样问?"濮兰德故意板着脸:"你进毒药,杀死了皇帝。"康有为张大眼:"皇帝驾崩了!?"濮兰德道:"你们叫崩,我们叫死。"康有为愣怔片刻,忽然放声大哭,边哭边用头去撞舱壁,还要扑身跳海。

濮兰德和随员用力拉劝,闹出一身臭汗。待康有为平静下来,濮兰德取出上海道发来的函件,内有上谕一份,公布康有为罪状。康有为愤怒斥骂:"这是伪朝谰言,他们要推翻皇帝,扶立老朽的太后。我奉密诏求救,他们穷凶极恶追杀,欲遂其弑君阴谋!"濮兰德息事宁人:"这些是非曲直,放到以后再说。我是工部局的濮兰德,奉总领事白君之命,前来救你。请速上我船,上海道马上要搜这只船。"

康有为和李唐携着行李,下到濮兰德的驳船上。行驶几分钟,抵近一艘大轮船,这是英国轮船公司的"琶理瑞"号。康有为转移上这艘船,旁边有英国炮舰警戒。康有为开始思考后事。他首先给弟子徐勤写了一封信,托他护持老母,照料家人。又想值此灾厄,仅念家庭,岂合恢宏夫子之度? 便又打了一篇腹稿,命题为《戊戌轮舟中绝笔书》,大意为:我专为救中国,哀四万万人之艰难而变法以救之,乃蒙此难。惟来人间世,发愿专为救人起见,历经无量劫,虽频经患难,无有厌改。愿我弟子我后学,体吾此志,亦以救人为事。地球诸天,随处现身,聚散生死,事理之常,出入其间,何足异哉? 到此一无可念,一切付之,惟吾母吾君之恩未报,为可念耳。

光绪二十四年八月九日,康长素遗笔。此稿先孕,以后再改。

在英轮上过了一夜,上海领事兼帮审班德瑞,与这位受保护者作了长谈。康有为谈到他的政治设计,其中包括李提摩太的贡献。他宣称握有皇帝的两道密诏,所以,其正式身份应为光绪帝的代表。他请英国出兵二百搭救皇帝,给英国的酬劳便是合邦。班德瑞回去见到白利南,作了一个无情的评价:"我认为康有为是一位富于幻想而无甚魄力的人,很不适宜作一个动乱时代的领导者。他被爱好西法的热情所驱使,又被李提摩太的无稽之谈所迷惑。李是个阴谋家,他大约向康有为和维新派作了一些愚蠢的建议。很不幸,他们听信了。"

无论如何,康有为得到安全了。而他想要搭救的皇帝,正处于巨大危险中。袁世凯的告密似一剂毒药,首先把慈禧毒了个半死。她强忍了一天,隔天就在便殿发作,审讯天字第一号大案。

慈禧脸色铁青地据案而坐,设竹杖于座前,令光绪皇帝跪于案左、礼王、庆王、端王、御前及军机大臣跪于案右。慈禧疾言厉色,斥问光绪:"天下者,祖宗之天下,你何敢任意妄为? 诸臣皆我多年遴选,留以辅佐,你何敢无理撤换,变乱典型? 康有为什么东西,能胜于我选用之臣? 康有为之法能胜于祖宗之法,胜于我为你立的家法? 你何其昏聩,何其不肖啊!"又顾诸臣:"皇帝无知,你等何不力谏? 以为我真不管,听任他亡国败家? 我早知他不足以承大业,不过因时事多艰,不宜轻举妄动,只得留心拘管。我虽人在颐和园,而心时时在朝中。今春奕劻再三说,皇上励精图治,太后也可省心。我便信了,又怕外臣不知其详,反以为太后把持,不许皇上放手做事。我就放了手,这便惹出祸,他究竟行不行,一百天见端底! 他是我拥立的,他若亡国,其罪在我,我能不问么? 你等不力诤,自问该当何罪?"

刚毅叩首奏:"屡次苦谏,皇上不听,反加谴责;其余诸臣,也有奏谏的,也有不语的。"

慈禧又盯光绪:"变乱祖法,该当何罪? 试问你祖宗重,还是康有为重? 以康法为国法,你还算是皇帝么?"

光绪万般无奈,曲意对答:"是儿子糊涂。洋人逼迫太甚,儿欲保存国脉,通

融试用西法，并不敢全用康法。"慈禧怒气更盛："难道鬼子反重于祖宗？康有为叛逆，图谋于我，你不知道？败露以后，还敢回护，是何心肝！你是康同谋，还是你授意？"

"图谋"二字，比变乱祖法更要命，光绪惶恐不知所对。慈禧令军机诸臣搬出康寓搜出的书函，逐条质对，逐件盘查，如审罪犯。可怜光绪位居至尊，对一个小小主事的所言所行，如何能够讲清道明？

支支吾吾间，慈禧抽出一函，掷于地上。刚毅奉命指证，此件为杨锐、林旭传述口诏，催康有为迅速出京。慈禧质问光绪，这是何意？光绪不敢承认，推说此乃杨锐所为。

慈禧冷笑一声，口如嚼铁："八月初五夜间，谭嗣同密访法源寺，声称奉皇上密诏，要袁世凯发兵围园，行弑逆之事。这是谁的意思？"

光绪如雷轰顶，呆若木鸡。臣子们大多第一次听说，一个个惊悚万分。光绪泪如雨下，声气激越："儿不知这话从何说起。若非有心捏造，恶意挑拨，则此事必为宵小所行。上有皇天鉴照，下有地母监临，儿若敢丝毫不敬，必受天诛地灭！"

慈禧大声喝止："你倒辩解得好！你发给杨锐密诏，已从康寓搜出，这你如何抵赖？"

光绪满腔悲愤："儿子变法，上不获允，下难施行，进退失据之际，才向臣下问计，以求不违慈训。儿子此心，可对天日。只不知天上的日月，能否照见儿子之心？"

这话如同火上浇油，慈禧气得打战，伸手指着光绪："你们看看，他就这样对我，我——"她扭头去看竹杖。看样子，她是要廷杖皇帝了！

臣子们惊慌失措，不管多么不满于光绪，都害怕看到这一景。礼王跪着趋前一步，庆王也忙跟上，碰着响头哀告："请皇太后息怒！"碰头声响成一片。慈禧两眼空张，两颗硕大的泪珠，迅速滚下面颊。慈禧长叹一声，从宝座上立起，踽踽地退入内廷。

从这一刻起，局势变得更加严峻。当日明发上谕："朕躬自四月以来，屡有不

适,调治日久,尚无大效。京外如有精通医理之人,即着内外臣工切实保荐候旨。其现在外省者,即日驰送来京,毋稍延缓。"这是要昭告天下,皇上有病,从四月开始的维新变法,都是病中的胡闹。乱法要抛,病人要治,治好治不好,那要看天命如何安排。

此旨一下,做出反应的主要是外吏:山东巡抚张汝梅,奏荐山西同知朱焜;两广总督谭钟麟,举荐惠州府的卢秉政;督办铁路大臣盛宣怀,推荐青浦县的陈秉钧。大吏们摸准了上头的脉,对于这种皇差,大多敬而远之。张之洞干脆电称:"惟查湖北省良医素少,是以之洞十年以来遇有病疾,皆只自行调理,不敢延医服药。目前实无精通医理之人,容各方访闻,如得其人,即奏送入京。"他当前最头疼的,是杨锐的飞来横祸。

政变警讯传到武昌,张之洞为康党倒台而欣喜。不料城门失火,殃及池鱼,逮人竟逮到"张党"头上了!他连电在京的儿子和侄子,要他们请托说情。他当然清楚,在太后面前说话管用的,其实只有荣禄。他有个幕僚叫杨文骏,其兄杨文鼎恰在荣禄幕中。张之洞要杨文骏向文鼎发电,诉说张之洞对杨案的惊愕:杨锐追随张帅二十余年,品行端洁,文学通雅,凡事小心谨慎。平日议论极恶康学,确非康党。此次召见,系陈佑铭中丞所保,与康无涉。转恳荣中堂设法保全,维持善类。

这一电晚了一步。就在审帝的同日,慈禧密召荣禄进京,并令袁世凯护理直隶总督。召荣乃顺理成章,擢袁却出人意料。在一般人看来,袁世凯左右摇摆,是靠不住的小人。然而慈禧自有权衡——紧要关头的投靠,比平顺时日的趋奉金贵得多。况且康党要袁杀荣禄,许以直隶总督之位,今日太后便将此位奖给袁世凯,这是正告众臣,凡是忠于太后的,必能稳保富贵。

袁世凯感激涕零,但他深深懂得,他仍在刀尖上走,谁也不敢担保,下一步不会被利刃割伤。袁世凯上辕谒见荣禄,两人仍说门面话,相约誓死保全皇上。袁世凯道:"史称晋国赵盾弑其君,其实赵盾与那场惨祸毫无牵连,只因他是秉政者,史家把这笔账记到他头上。中堂入京秉政,请记着在下这句话。"荣禄慨然自任:"此事有我和庆王,决不累及上位。尽人皆知我是太后的人,莫说弑君,皇上稍有不安,我

都会被众人舌头嚼死。我比你揪心哪！"

中国的政局剧变，立刻引起列强的关注。日本首相大隈重信，分别电令驻俄、英、德国公使："北京发生了针对中国改良运动的反攻，数名激进党的成员已经被捕。最近几个月来，皇帝是改良运动的中心，而他的权力已因这一变化受到限制。我要求你尽快利用恰当的机会，探明驻在国政府对此的态度。"

与日本的迂回曲折不同，英国的反应直截了当。窦纳乐在赴京途中向英国首相写信："新政的终结，标志着英国影响力的下降。"他回京的第一个举动，就是针对为皇帝招医的怪事，致函总理衙门："假如光绪帝在这政局变化之际死去，将在西洋各国间产生非常不利的后果。"这一棒子敲得不轻，奕劻不得不奏知太后。慈禧发了一顿脾气，可又拿外国人没办法，且先记下这笔仇恨。

到了这天下午，窦纳乐接到一个报告，张荫桓将在当晚或明晨被处决。这让他跳起来了，对着空气击打数拳，又坐下来给李鸿章写信。他在信中说，无论西方或是东方，处理政治犯，均需通过正当程序。像张荫桓这样的洋务高官，若被草菅人命，洋人将视之为敌对行为。迟迟未见回音，挨到晚上九点，窦纳乐又派秘书去日本使馆，希望由伊藤侯相出面营救。

秘书到日馆才知道，林权助为伊藤访华举办答谢宴会，李鸿章及两名总署大臣，还有总税务司赫德，正同主人把酒言欢。过了一刻，林权助抽身来见秘书，详询英国公使的态度，算是跟英方协调了立场。林权助赶回宴会厅，李鸿章一行却已离去。林权助把情况告诉伊藤，伊藤皱了皱眉，即要林权助赶往李寓。

李鸿章与赫德结伴同行。赫德感叹说，洞中方一日，世上已千年，形势变化好快啊。李鸿章打趣他："听这口气，总税务司变成道家了？"赫德表情严肃："法家已经失败，中堂应收起道家的玩世不恭，承担儒家的社会责任。"李鸿章依然懒散："我不负责任，因为上头未付予我。"赫德瞪起眼睛："我强调社会责任，是由于中堂的社会声誉——当社会动荡时，大众的期待落到你身上，你是不能推托的。"

李鸿章不禁莞尔："外国人说话兜得真远哪。大众且不说，赫德先生的期待，我得设法完成。等到哪一天，上头忽然想到我，我一定把你的一番道理，原原本本地

对上头说。"赫德笑出声来："我不得不说,你和我是一对大滑头。惟滑头方能做不倒翁,这算不算一句普世名言?"

在岔路口与赫德分手,李鸿章驱车回寓,心情并不像外表那样轻松。康有为之败早已注定,一因康之浅薄浮躁,缺乏根基;二因老派势力强大,有恃无恐。叫他糟心的是,他也被不少人归于老派,不仅因其资格,更因杨崇伊是他的孙辈亲家,他摆脱不脱干系。杨崇伊一头扎进旧党,专与康党作对,这不合李鸿章的滑头习性。不过话说回来,杨崇伊见机而作,也是巧宦常态,无可厚非。要紧的是李鸿章,在这场乱局中如何拿捏,方可趋利避害?

思量着回到贤良寺,李鸿章在上房坐定,便有随从来报,先收到英使馆一封信,刚才又来了一名英使秘书,在客厅候见。李鸿章尚在猜测来意,门上又来禀告,日本代理公使林大人要见中堂。李鸿章有些吃惊,抬抬手步出上房,看到林权助进了院子,他便止步等待。两人相距不远时,李鸿章开口问:"发生了何事,这么着急?"林权助鞠躬作礼:"是很急迫。刚才我已获讯,在使馆谈话不是地方,我才匆匆来到贵邸。英国使馆派人通知,明晨将处决张荫桓,要与日本协力营救。我们双方认定,惟有李中堂能发挥作用。"

李鸿章毫不在乎:"为这小子? 我在宴会上说过,这人势利眼,不可交。况且你说明晨,那一定是早早决定的,我到哪里去为他设法?"林权助似被说服,一时无声。再说话时口气突变:"朝廷若是把张荫桓杀了,那是不得了的事情哟!"李鸿章两眼盯着他:"不得了? 什么不得了?"林权助道:"列强干涉。"

李鸿章道:"不要吓我,怎么至于。"林权助道:"我代表日本国家。窦纳乐代表大英帝国,也向阁下郑重通知。公使说话不是儿戏,中堂比任何人都清楚。"李鸿章并不买账:"可我不是总理衙门大臣了,公使寻错庙门了。"林权助道:"伊藤公不是日本国总理大臣了,可他要我向内阁首席大学士捎话,中堂应为国家负起责任。"李鸿章被逼无奈:"你们要赶鸭子上架呀! 如果五鼓开刀,这时已是三更,你要我怎么办?"林权助不帮他的忙:"中堂自有办法。这总比打仗容易得多。"

这鬼子刺了他一下,李鸿章只有忍受。可他也不相信,朝廷会仓促杀人。太后

欲置张荫桓于死地,也要经三法司审讯,至菜市口行刑,哪能偷偷摸摸! 打发走林权助,李鸿章观过英国文书,而后安然就寝。次日一大早,他才驱车去见庆王奕劻。

奕劻可没有李鸿章沉气。总理衙门承受的,是来自多国公使的压力。奕劻心中另有隐情:此次事变,起因是为反制伊藤,日本的反应会如此强烈,正是他现在最担忧的。除此之外,他跟张荫桓交情不错,也想借机为他脱罪。

奕劻赶在早朝前,到仪鸾殿晋见太后,添油加醋地渲染二使的威胁。慈禧的胸中充满恨意:"横加干涉,他们凭什么? 奏事处刚刚呈上高燮曾的折子,你看一看。"

奕劻奉命接看,原来是由高燮曾领衔,六名言官共上的折子:"昨阅天津《国闻报》,有西人定将干预语,臣等且骇且惧。查康有为至今尚未拿获,梁启超改洋装潜逃。此辈党羽众多,难保不捏造谣言,诬谤宫廷,致西人借端发难,危我社稷。拟请皇太后、皇上当机立断,将张荫桓、徐致靖、康广仁、谭嗣同、林旭五人速行惩办,其余俟讯供后,分别办理。"

这高燮曾保举过康有为,此举难道不为卸责? 奕劻觑觑慈禧的脸色,小心进言:"别人且不讲,张荫桓只怕得放放再说,以免让英、日以此寻事。"慈禧没好气:"你倒现贩现卖,替他说上情了! 莫非我一坐在这里,就得看外人脸色? 皇帝许给他们什么好处,叫洋人死心保他?"奕劻苦苦哀求:"刚经历一场大事,须得顾虑周全。一个张某微不足道,不必为他掣动大局。何况要办一个臣子,随时都能着手。"

这倒说得有理,慈禧领首不语。当日召见军机,所议的第一件大事,就是刑部尚书崇礼上奏的折子。该折称,张荫桓、徐致靖等八犯已押刑部监狱,鉴于案情极重大,请照惯例钦派大学士、军机大臣会同审理,以昭慎重。军机诸臣赞同此奏,慈禧予以批准,同时叮嘱各臣:"洋人正在找碴儿,你们要丁是丁、卯是卯,把这件事办成铁案,叫他们在鸡蛋里挑不出骨头。"

当日明发上谕:"所有官犯徐致靖、杨深秀、杨锐、林旭、谭嗣同、刘光第并康有为之弟康广仁,着派军机大臣会同刑部、都察院严刑审讯。张荫桓屡经被人参奏,声名甚劣,惟尚非康有为之党,着刑部暂行看管,听候谕旨。至康有为结党营私情罪重大,此外,难保官绅中无被其诱惑之人,朝廷政存宽大,概不深究株连,以示明

慎用刑至意。"这里将张荫桓摘出，算是对英、日两国有所交代。

对本国臣民更要有所交代，慈禧用光绪的名义下旨：先前遭裁之詹事府、通政司、大理寺、光禄寺、太仆寺、鸿胪寺等衙门，照常设立办事；停罢士民上书，不应奏事人员，概不准擅递封章；《时务官报》徒惑人心，即行裁撤；各府州县议设之小学堂，不可办者当予停止，各地祠庙一仍其旧，毋庸改为学堂。光绪推行的新政，至此大多夭折，惟大学堂硕果仅存，尚在未定之天。

管学大臣孙家鼐遭此剧变，心不自安，上奏称病请辞。对这个懦缓的帝师，慈禧却无恶感，予以优诏慰留。那么她对谁有恶感？受到留用的大臣们，都在心里问自己，礼王世铎更是暗自掂量。他博得懦懦之名，其实为明哲保身。只看恭王奕訢一世英名，及其终也不过尔尔，足以使英雄气短。世铎与维新相终始，尽管敷衍了事，却是难脱瓜葛，磨道里去寻驴蹄印，那叫一寻一个准。此次新朝开立，立大功者是奕劻。还有一个荣禄，今已奉诏回京，肯定要入军机。他不会抢领班位置，可他不像刚毅，不会听世铎吆喝。凡此种种，都揭示一个"退"字，但退也不是好说的，太后刚临朝，你就不伺候，岂非找死！

这天下午，世铎在府中想着心事，门上报荣禄通名来拜。世铎与荣禄在客厅晤谈，荣禄大讲兵事，仿佛孙武再世。末后说到明日召见，世铎问他，将向上头建何议？荣禄答出一个"稳"字，世铎大加赞赏。

次日慈禧召见荣禄，并且赏膳。午后再次召见，谕令荣禄入军机，定于明日公布。慈禧垂询接替人选，李鸿章可不可以？荣禄答称，合肥老矣，入京数年，其旧部与他离心离德，恐怕他无力维持。荣禄保荐裕禄督直，慈禧有些迟疑，他如何能掌控三军？荣禄回答，直隶诸军关系重大，至少在目前，不宜握于疆臣之手。慈禧恍然大悟，决定由荣禄节制北洋各军，仍于明日颁发上谕。

八月四日开场的戏，至八月十二方才唱完。这天增派御前大臣审案，并限三日内具奏。关心这桩大案的臣子，仍觉三日期限过宽，福建道监察御史黄桂鋆上折：鉴于外人会集京师，欲加干涉，臣以为此事宜早决断，将已获之犯速行处置，以绝其望；张荫桓虽非康有为之党，亦应按照屡次被参款迹，从重惩处，以儆奸邪。

　　这一奏深合慈禧之意,她想要的正是处置,而非审讯。按照条律,所获各犯恐无可杀之罪,至多不过监禁或免官。像徐致靖和杨深秀这种人,甚至会有人为之呼冤,岂不给外国人造成借口,来动摇太后的训政根基?然要法外施刑,却也要担风险,天下人会怎么说?外国会怎么干?还有她,她下得了这种决断么?

三、碧血菜市　赤忠穷途

　　由于是要犯,转入刑部狱后,七人都被关进单人牢房。古人造出"地狱"一词,足见狱中苦楚,为世间最难消受之境。张荫桓官最大,得到的房最小,就像个肮脏的茅房间,泥地上,墙缝里,蠕动着长尾巴的灰头蛆。

　　张荫桓读过《水浒传》,知道林冲、宋江何等英雄,落难时也要对狱卒伏小。他本人只能在宝台上耍横,到此也得学前人故技。张荫桓献出上万两银子,狱吏给他换了一间好房子。徐致靖和二杨有家人照应。刘光第是刑部主事,正所谓和尚不亲帽儿亲,狱方对他高抬贵手。苦了林旭,他的亲人只有族叔,而这族叔曾劝阻他混迹于康党,这时又怕受连累,躲得远远的。更苦了康广仁,他是"首恶",即使有人说情,管事的也不敢买账。不过人到这一步,哪还有受不了的苦?

　　倒是谭嗣同未受刁难,他住的牢房虽不大,却在号子一角,比较安静,光线也好。管监的是个老头,一天到晚牙关紧咬,像在酝酿一声怒吼。谭嗣同毫不在意,他正作狮子吼,当然在心里。与他人不同,谭嗣同一入诏狱,便知此为临终之所。他曾深研佛理,早已勘破生死,且为变法献身,自可处之泰然。对太后逆行却不能泰然,她乃年逾六旬一老妪,不安天年,不顺大势,一手掐灭国家复生之望,罪不容诛!而她反要诛灭我辈,这叫谭嗣同想起《仁学》中的一段话:"西国刑律,非无死刑,独于谋反,虽其已成,亦仅轻系数月而已。非故纵之也,彼之律意若曰:谋反公罪也,非一人数人所能为;事不出于一人数人,故名公罪。公罪则心有不得已之故,

不可任国君以其私而重刑也。且民而谋反，其政法之不善可知。为之君者，犹当自反。借口重刑之，则请自君始。"自己数年前撰此言，竟似为今日而发。慈禧岂仅"政法不善"，她是篡政滥法，民人若不谋反，民人应犯不爱国之公罪。所以，围园劫后，天经地义！

谭嗣同咀嚼着这些念头，熬过了两日一夜，就到了八月十二。谭嗣同吃下两个馒头，一碟卤牛肉，一碗小米粥。他知道这是谁安排的，那个人还想安排什么，他也猜得到，但他不赞成。餐毕盘腿打坐，仿佛老僧入定。

不知又过几时，谭嗣同蓦然警醒，一边站起，一边往地面上扫视寻找。没有找到，他笑了笑，便将右手中指伸入口腔，用力一咬，鲜血淋漓。谭嗣同便去壁上书写："望门投止怜张俭，忍死须臾待杜根。我自横刀仰天笑，去留肝胆两昆仑。"

张俭、杜根均为后汉人物。张俭遭遇党祸，出京逃难，凡曾止宿之家，皆被牵连刑杀，谭用此典以表不屑流亡之意。杜根是汉安帝时大臣，上书太后请求归政于安帝，太后令将杜根装入布袋，当殿掼杀；幸亏执刑人偷偷减力，杜根装死逃脱此难。"去留肝胆"，"去"指逃亡的康、梁，"留"指待死的谭嗣同等。去为救国，留为殉国，肝胆相照，无愧人杰。

题诗已毕，如释重负。移步走动间，瞥见门内地上闪着白光，过去收捡，竟是几张白纸，一支铅笔！谭嗣同如获至宝，将纸摊在矮床上，便要跪地奋笔疾书。这信自然要写给妻子，千言万语奔涌而来，竟不知从何说起。词难达意，莫如无言，他便转给仆人写信："我遭此难，速请郭之全老爷电告湖北。我在此毫不受苦，尔等不必见面，必须王五爷花钱方能进来。"郭之全是湘籍军机章京，这种情分应能尽到。

谭嗣同接着写："再，前日九门提督取去我的书二本，一本名为《秋雨年华之馆丛脞书》，另一本名为《秤录》，现送还会馆否？"停笔沉思，匆匆又写："八月六日之祸，天地反复。呜呼，痛哉！我圣上之命，悬于贼手。嗣同死矣！天下之大，臣民之众，宁无一二忠臣义士，伤心君父，痛念神州，出而为徐敬业之义举者乎？啮指血书此，告我中国臣民，同兴义愤，保全圣上。嗣同生不能报国，死亦当为厉鬼，为海内义师一助……"

正自洋洋洒洒，忽听见背后有响动，接着有一个食盘放上床面，盘上堆着热腾腾的食物。眼梢余光瞥见了老狱卒，谭嗣同顺口说："多谢老伯，我待会儿再用。"忽然感觉有异，扭头望去，狱卒服装包裹着的，竟是王五的健壮身躯！

谭嗣同惊喜跃起，王五伸手示意，压低声道："兄弟，事情危急，今晚我要带你出去。"谭嗣同并不意外："我已想定，逃亡无用，反添扰乱，何如轰轰烈烈发一响声？如有可能，请带出皇帝，或可挽狂澜于既倒。"王五道："那事太难，我不敢应承。你莫执拗，留得青山在，何怕火不起？"

谭嗣同道："五哥所言乃是常理，不知今日形移势易，非流血不足惊醒世人。我意已决，辜负五哥了。"王五发出恨声："你，你！固执己见，己见难道一定高明——"忽听外面响起了零声，是轻微的钥匙磕碰声。这是预设的暗号，王五立即止声，谭嗣同推着他向前走，把他推出门去。王五转回身，谭嗣同双膝跪倒，磕头诀别。

王五忍悲含泪，混出狱门，改换衣装后，在一茶馆与唐恒见面。唐恒是江苏盐山人，中举时与杨锐同年；己丑年中进士，与杨深秀同门；与刘光第为刑部同官，他对此案特别关切。唐恒安排王五进监，只是出于同情。王五不能透露劫狱的意图，只向他探听案子能否转圜。唐恒依照常情判断，各位官职必不保，牢狱之灾亦难免。至于杀头，可保必无，我朝刑政宽大，律法严明，从无杀言官之例。罹难诸人说到底，不过是因言获罪而已。王五稍稍放宽了心，不料朝中却已勒紧了绳。

八月十三日，国子监司业贻谷上奏《乱党尚假外势请饬迅速定罪而杜干预折》，内称张荫桓勾结外洋，必请外国使臣为乱党说项，从之则违国法，不从则坏邦交。因而此案不可依循常法，应请立断，早正其罪，不予外族以干预间隙。此折与高、黄两折如同三击鼓，立催太后升堂结案。慈禧说不得，要法外施刑了。密旨未下之前，人人无从捉摸，连奕劻都照常理事，要去刑部参与审案。

这天黎明时分，奕劻调派得力司员，其中有陈夔龙、铁良等人。随员到齐后，奕劻亲自说明意图："康广仁等一案极其重大，我忝列领班，要借重诸君，速往刑部会讯。同案情形并不相同，听说杨锐、刘光第，学问俱好，罗织一庭，殊非公道，须分别办理。君等到部，可与承审诸君商量。"

这是上午九点钟。陈、铁等先至总署,备文咨照刑部,然后驱车赶往西城。驶至西交民巷口时,兵部番役驰马赶上,向陈夔龙转述刚相钧谕:今早因某京堂封奏,本案毋庸审讯,即由刚相传谕刑部,将六人绑赴市曹正法。

陈夔龙、铁良等如鸭子听雷,发一阵愣,伸手摸脑袋,木木地还在。好在没派他们去当红差,赶忙散去,忙听后讯。而番役口中的那位刚相,这时已经降临刑部,与齐集大堂的御前军机诸臣、刑部、都察院各堂官相见。听罢刚毅所传密旨,大家相顾无言,惟有奕劻暗暗叫苦。张之洞替杨锐和刘光第说情,奕劻本来以为,这些人无论如何罪不至死,便把回言说得很满。这回变生不测,他要受人责怪了!当下只有遵旨,刑部两尚书,崇礼职在弹压,廖寿恒便管传令,吩咐司员站班伺候,请各位大人移至院中,摆置好一个场面。

又过片刻,六名钦犯从狱中提出,押至场上,依次跪下。犯人们以为要审案子,惟刘光第老于刑律,感到不对,哪有过堂过到当院了?只听刚毅清清嗓子,大人们听到号令一般立起身子,只听刚毅大声宣谕:"康有为心存叵测,大逆不道,罪不容诛。康广仁、杨深秀等与之同谋。谭嗣同等于召见时,语多挟制,同恶相济,均属罪无可逭。康广仁、杨深秀、谭嗣同、林旭、杨锐、刘光第六犯,均着即行处斩,派刚毅监视行刑,并着步军统领崇礼等多派兵弁弹压。"

事出意外,满场皆惊,站班的司员起了骚动,几位侍郎连声呵斥,场上重归岑寂。

犯人们直挺挺跪起,似用意念推举,便听得刘光第高声抗辩:"历朝国法,本朝家法,从无不审而诛者。以此'变法'灭彼变法,非法而已,岂有他哉!"

隔着三个人,杨深秀笑着接:"让刘刑部审刚刑监,当能辨出法与非法。我有拙诗一首唱和:久拼生死一毛轻,臣罪偏由积毁成。自晓龙逢非俊物,何尝虎会敢徒行。圣人岂有胸中气,下士空思身后名。缧绁到头真不怨,未知谁复请长缨?"

林旭在旁发出怪笑:"老兄不怨,我也不怨。我愿到阴间为刚中堂请功,他总算打了一场胜仗。"

刚毅一声怒吼,刑卒蜂拥上前,一阵鹰抓虎拿,六犯皆被反绑,一一打入囚笼。

马队前冲,步弁后拥,冰锋雪刀沿街闪亮,向菜市口浩荡开进。京城百姓喜欢热闹,一听说有砍头可看,便扶老携幼而来,跟着刑车奔跑。崇礼的兵弁专门为此而派,镇唬出一街威严,半城萧森,保障杀人循序执行。

菜市口,杀人场。此时场外人头攒动,惊惊乍乍。西南角上有一簇人,形色悲惨,张皇无措。这是几家犯人亲属,原是在牢房附近供应饭食的,乍闻噩耗,魂飞天外。尾随刑车一路哀哭,有那神志清醒的,沿途购买纸钱冥供等物。处决死囚,原本允许亲人诀别的,这回因是钦命急决,刚毅下令禁止闲人近前,所以未等开刀,便已阴阳永隔。

刑车依次驶进,犯人一一就位,刀斧准备停当,钦使肃颜监临。慈圣钦点刚毅,这叫知人善任,知道他不怕怨恨和诅咒。其实,贻谷是荣禄的门人,他奏请速下决断,应当也是荣禄的意思。重臣无论新旧,都认为此案不宜深究。因为若审下去,使"围园杀后"的阴谋大白于天下,皇帝固然罪有应得,太后岂不也脸上无光?要想为尊者讳,便须不审而诛。六人中可能有屈死鬼,比如杨锐和刘光第,就像当年的杨乃武。

这回刚毅宁愿扮演昏官,只因朝堂不同于民间,这里的是与非,那是阎王老子也判不清的。坐在遮阳的席棚里,刚毅打量六名犯人,眼光似被刀光刺中,迸溅出火花。那是谭嗣同,他被按跪在地上,却竭力拔长脖子,将目光化作剑锋,竟使刚毅心中一悸。这个"门生章京",抓住这最后时刻,要打败他的荐主!

刚毅恼羞成怒,威严地环顾四周,正要下令施刑,谭嗣同抢先大呼:"有心杀贼,无力回天,死得其所,快哉快哉!"他在招呼同伙跟上,不要掉队。同人默不作声,惟有林旭粲然一笑,似要吟诗。终未吟出,利刃无声地割断脖颈,艳红的鲜血汩汩而出,六摊血泊汇合在一起,似在黄土地上点亮火光。

八月十三日的密旨,不仅与十一、十二日两旨相违,也与清朝历来律法相悖。慈禧深恐舆论不平,便给光绪找个活计,令他拟旨昭告天下。这是一篇难做的文章,光绪心乱如麻,煎熬半日,方才写下互不连贯的一些句子。好在军机中写手众多,做出一大篇朱谕,将皇帝御笔镶嵌其中。内称"康有为包藏祸心,潜图不轨,前

日竟有纠约乱党,谋围颐和园,劫制皇太后及朕躬之事。又闻该乱党私立保国会,言保中国不保大清……前经将各犯革职,拿交刑部讯究。旋有人奏,若稽时日,恐有中变。朕熟思审处,倘若语多牵涉,恐有株累,是以未俟复奏,于昨日谕令将该犯等即行正法。"

这天颁发的另几道上谕,就没光绪什么份了。第一旨令荣禄入军机、入总署,管理兵部事务、节制北洋各军。第二旨宣布停止天津阅操,那谣传多日的"天津废立",至此戛然而止。第三旨处置张、徐等人:"张荫桓居心巧诈,行踪诡秘,趋炎附势,反复无常。着发往新疆,着该巡抚严加管束,沿途地方遴派妥员押解,毋稍疏虞。徐致靖着刑部永远监禁,湖南学政徐仁铸着革职,永不叙用。"

忙过两天,这便到了八月十五。过佳节就得看大戏,戏场设在西苑纯一斋,由本家太监班以《天香庆节》开锣,《状元谱》煞尾。中间由福寿班演唱《迎亲》《回令》《下河东》。从上午八点开戏,一直要唱到下午六点,刨去进膳和午间小憩,老佛爷足足坐满九个小时,精力之充沛令人叹羡。光绪奉命陪坐同观,他就像演砸了场的戏子,不知表情如何拿捏,还得撑起衣裳架子。

对于光绪怀藏的鬼胎,慈禧自然心知肚明。她还没决定如何处置光绪,便需把他用作傀儡,出现在应当出现的场合。光绪坐在这里,演着一出丑角戏。蒙赏看戏的公主福晋、王公大臣,都在玩味皇帝的窘态,以做出宫后的谈资。坐在两宫不远处的端王福晋,仰望这对咫尺天涯的母子,忽然生出一个念头,一时心血如沸,几乎不能自已。

这天是张荫桓发遣的日子,他由张大人变成贼配军,而且落在仇人手中。这人名欧正,也是刑部主事,曾是张府座上宾,常跟张荫桓开宝打擂。只因输光了血本,欧正怀恨在心,要出这口腌臜气。过节期间,差使难派,欧正在刑部自告奋勇,承办押解事务。

他一大早便将犯人提出,由刑卒手拉捆绑绳索,牵狗一样跟随着他。从提牢厅牵到承审司,又牵到刑部堂,欧正处处坐堂点解,设绊刁难。军流等犯例由兵部遣送,欧正又把张荫桓牵到兵部。官人们节日偷懒,各司厅阒寂无人,张荫桓肚子饿得咕咕叫,仍像游魂一般跟绳走,身子一颓倒在地上。欧正把他拴在东偏屋,自己

出去趄摸,终于在职方司见到一个官,就是陈夔龙。听明原委,陈夔龙说此事由武库司办理。他帮助寻人,又去武库司办过回文,打发欧正交差。

陈夔龙来到东偏屋,慰问落难的张荫桓。两人在总署曾有过节,今见陈夔龙不计前嫌,张荫桓感动得流下泪来:"筱石仁兄,仁义格天——"陈夔龙忙道:"张大人不要说了。人生在世,磕绊难免,只要把心放宽,没有过不去的坎。"张荫桓正要答话,窗外传来铁器叮当声,他吓得一缩脖子,求救地看着陈夔龙。陈夔龙安慰他道:"这是丁役在收拾门锁。天傍晚了,大人中午在什么地方吃饭?"张荫桓叹一声:"吃什么饭,一天水米没沾牙。"

陈夔龙连说不巧,节日衙门歇了伙。他当下派人上街觅食,只买来几枚月饼,却使张荫桓甘之如饴。陈夔龙亲送张荫桓出署,嘱咐五营承解兵弁,沿途小心伺候。

陈夔龙乘骡车回家,途中遇上张仲炘。张仲炘现为工科给事中,兼任巡视南城。他告诉陈夔龙,天桥发生殴辱洋人事件,老兄是否愿去看看? 天桥位于前门与永定门之间,是进出内外城的必经之路。从清朝中叶以来,天桥北面的市场越铺越大,三教九流,五行八作,衣食住行,吃喝玩乐,凡是人们所需所思,都能在这里得到满足。

天桥的艺人行当众多,今天出事的是竹板书场。说书人名关顺宝,是"竹板书圣"贾宝山的大徒弟,说的大书叫《跨海征东》。关顺宝精神饱满,他演讲的薛仁贵,枪挑小日本,从西打到东:"白袍小将抢先登,天神下界鬼子惊。倭人设下绊马索,要捉通天大英雄。铁蹄凌空越陷阱,人如猛虎马如龙。薛仁贵哎嗨一声喊,日本鬼子你是听——"

像要给白袍小将助威,人们齐发声喊,叫好与叫骂连成一片。原来,一群外国人从车站进城,恰巧从此经过。两名日本人骑马前行,被听书人阻断了道路,日本人用中国话说:"让一让,让一让。"人们认出这是哪国人,岂肯让路? 一个壮年汉学念唱词:"日本鬼子你是听。"旁边有人接一句:"给他来个鬼吹灯。"一片起哄,日本人恼了:"干什么? 支那人!"这可惹恼了众人:"支那你妈个鸡巴!""打他小鬼子!"

"打！打！"人们捡起破砖烂石，把两个人砸下马来。砖石也抛向后面的车轿，那是英、美两国的男女。薛仁贵不用征东了，就在天桥地面开打。

张、陈二人赶到时，外城官厅的兵丁也已到场，两下合力驱散闲人，护送外国人去使馆区。慈禧接到奏报，当即面谕军机，着总理各国事务王、大臣迅速查明妥办。但这已难息事宁人。起于宫廷的政变，必将波及外交，它至少会鼓动起排外情绪，天桥事件便是一例。

各国要表明态度，公使们举行了一次联席会议。英国公使窦纳乐是一位脾气暴躁的少校，原任驻开罗总领事。他被提升为驻华公使后，赫德表示遗憾道："窦纳乐的任命很值得关注，我辈多年来将中国人视为有文化和文明民族的努力，将被窦纳乐击败。因为此人对东方一无所知，而其工作方法是基于对付尼格罗人（非洲黑人）的经验。"

他没有看错。窦纳乐在一份电报中指责清政府："欧洲或任何文明国家的统治者，都不会像这些人一样管理国家。将中国看成一个文明国家，实在是大错特错。"

在联席会议上，窦纳乐主张采取强硬措施，他的同行均表赞成。会议结束后，英、德公使分别致电本国驻华海军司令，要求调动军舰，准备驶入海河。各国公使团团长、西班牙公使葛络干，代表公使团照会总署，要求中国采取切实措施保护使馆，并将详细条款迅速照复，以便各国查核。

总署接到照会不久，林权助亲自来总署施压。王文韶和廖寿恒出面接待，林权助告诉他们，英、德等国使馆着手调派水兵到京，保护使馆。王、廖闻言大惊，表示中国正在缉拿肇事者，并且保证维持安全，防止骚乱。

过了一天，总署正式照会日本使馆，为日本人受伤深表惋惜，同时告知，步军统领衙门拿获七名生事之徒，将予惩办。双方正在交涉，袁世凯连发六电告急，有四十八名英国兵到津，拟乘火车进京；俄、德、日等国兵也在来津途中。袁世凯下令车站拒载英兵，一边令海关道与英国领事谈判。总署大臣们慌了手脚，奕劻赶忙进宫请示。慈禧又气又急，这下马威是冲她来的，她搅乱了他们的合邦好戏，洋人定会步步紧逼。她没有力量硬碰硬，只能令总署照会公使团：现将拿获匪徒从重枷号示

众，又多派员弁分段巡查，不至再生事端；据传各国有派兵自卫之说，诚恐民情惊疑，别生枝节；请贵大臣转致各国电止派兵，是为至要。

这场冲突使慈禧警醒，必须用铁腕整治余党。慈禧连发严谕：将王照即行革职，交步军统领及五城缉拿，饬宁河县查抄其原籍家产；其兄王燮、其弟王焯均革职下狱。张元济、李岳瑞、熊希龄、徐仁镜、王锡蕃等先后革职。新任礼部尚书李端棻，已先称病请假，现又上《自请惩治折》，自劾轻信危言，奏保康有为、谭嗣同。当日下旨，李端棻事后检举，有意取巧，着即行革职，发往新疆，交地方官严加管束。李端棻由此踏上张荫桓的老路。

接着该整治湖南了。根据御史黄均隆的奏劾，慈禧下达严旨：陈宝箴以封疆大吏滥保匪人，实属有负委任，着即行革职，永不叙用。伊子吏部主事陈三立招引奸邪，一并革职。出使大臣黄遵宪因病请开去差使，着以李盛铎派充驻扎日本国二等钦差大臣。同时密令两江总督刘坤一，秘密看管黄遵宪。明令湖广总督张之洞，裁撤湖南省城所设南学会、保卫局，会中所有学约、答问等书，一律销毁，以绝根株。

陈宝箴身在长沙，遥望京师，心思茫然，神魂震惊。父子被革，他有如释重负之感，也有难以抛舍之憾，当即致电张之洞，请他设法保全保卫局。张之洞回电安慰，拟将保卫局并入保甲局，以保甲之名，行保卫之实。上有严令，下有变通，两江也在玩这套把戏。黄遵宪住在上海洋务局，刘坤一饬上海道蔡钧暗中监视。刘坤一想放黄遵宪一马，洋人恰好给他帮了忙。《泰晤士报》记者莫理循，热心干预中国政治，他正在制订一项计划：从流放途中劫持张荫桓，送往英国使馆保护起来。此事尚待实施，这时得知黄遵宪的险情，他找到了一次预演的机会。莫理循去见濮兰德，濮兰德组织起一支侨民队伍，交给莫理循。数十名洋人手持军械，夜闯洋务局，要求交出黄遵宪。

双方争持间，蔡钧亲率知县、委员赶到，与这群"志愿兵"交涉。莫理循跟蔡钧也是朋友，这时翻脸不认人："蔡道台，你先前追捕康有为，现在拘押黄遵宪，你已沦为顽固政府的帮凶。"蔡钧并不生气："黄公度在我这里很安全，朝廷和南洋都没亏待他。你这一闹只怕反而——"莫理循抢白："反什么，清朝当局已经走到了反面！

它若不约束过分的行为,列强就要动手修理。"蔡钧假笑着:"莫记者,舞刀弄枪,可不同于舞文弄墨。你如果不懂法律,我请你的同胞跟你讲话。"兵队闪开一条路,让一位英国绅士走到前面。这是著名律师担文,被上海道聘请为律法官。上海滩的三位闻人,展开了一场激烈舌辩,最终以不分胜败收场。

刘坤一将此警讯上报朝廷,特别说明:"担文称再来恐难抵御。如果将黄从轻发落,务请谕旨早降,以释中外之疑。"朝廷只好从轻,电谕开去黄遵宪差使,饬令该员迅速回籍。连罢黜已久的侍读学士文廷式,也被日本人秘密营救,逃脱了严厉追究。外国干涉如影随形,使得慈禧如芒在背。慈禧给两广总督谭钟麟发电,命令查抄康、梁财产,查拿家属,悬赏购缉康、梁二犯。

这时的康有为,已由英国派巡洋舰护送,一路南行抵达香港。康有为到港时,有港府华民政务司、总巡捕及好友何东前来迎接。何东生于香港,曾任怡和洋行买办,在东南亚经营糖业,成为香港巨富。康有为在乡讲学期间,与何东颇有交往。康有为住进了中环警察总署,受到严密保护,未经署长允许,任何人不得面见。

康有为惦念家人安危,请求港方和何东设法援救。港英当局对此不好插手,何东派一名陈姓助手,前往广州操办此事。而广州的康家眷属,早已经历了惊魂一刻。康家住宅有三所,花埭新屋在城外,云衢书屋在城内,还有远在南海的苏村老宅。康有为的妻妾住在花埭,康广仁的妻女住云衢书屋,康母和康有为的二姐住苏村老家。妇道家居,不闻时事,对临头的灾难一无所知。

在上海的康门弟子陈荣衮,得知康有为脱险的消息,立即给广州的好友区易谦发电报:"易谦速往芳偕云衢往澳。"芳指芳村的花埭。区易谦连夜赶到花埭,催促收拾行装,并遣仆人关纯速去苏村,搬救康母。康妻及妾先至澳门,康广仁妻女次日也到了。母亲年老不愿离乡,二姐极力敦促,叫关纯和一名女仆护母先行,她又去接出嫁了的四妹。

与此同时,万木草堂的学生也仓皇出逃,策划者是一位日本浪人。此人名宫崎寅藏,他去年在日本结识革命党孙文,今年得政界大佬犬养毅资助,来华秘密调查

南方会党,又与维新派康有为搭上关系。宫崎寅藏时在香港,闻讯即通知同胞田野桔次。田野桔次通过徐勤的介绍,受聘为万木草堂教师。田野桔次急回广州,将二十几名学生带到香港。

几经曲折,康家母子、夫妻、师徒在港团聚,使康有为在悲怆中得到慰藉。可是他的弟弟,再也不能与家人相见了！为了安慰绝望的弟媳,康有为遴选两名学生,陈介叔和梁元理,要二人冒险北走京师,收运康广仁尸骸南归。二人行前哭求宫崎寅藏,请他援救康先生,最好护送先生去日本。宫崎慨然应允,马上向日本驻港领事提出此事。领事去何东家面见康有为,对这位流亡者进行评估。康门大弟子何树龄、王觉任,来到宫崎的住处,向他出示了一份皇帝密诏。另有一份简短电文,请宫崎转交领事,发给时在日本的矢野文雄公使:"上废,国危,奉密诏求救,敬诣贵国,若见容,望电复,并赐保护。"

日本领事将此电发给矢野文雄,同时电告大隈重信首相。焦急等待数日后,大隈复电:"通知康,他将在日本受到适当的保护。"一块石头落地,康有为开始筹划日本之行。何、王又来见宫崎寅藏,请其往访康先生。在与康门弟子的接触中,宫崎总有隔靴搔痒之感。与直率的革命党、爽快的三合会相比,康党显得不干脆、不明朗。宫崎暗想,这也许与其受到压迫有关。

宫崎约同伴宇佐穗来彦前往何家,只见康有为敝衣垢面,眼睛明亮,并无落难之人的窘促情态。宫崎先说了一句:"为了天下,你辛苦了。"康有为答道:"感谢侠士的同情。"稍停又道:"现在不是无聊寒暄的时候,应该赶快商议天下的事情。中国的问题,危害的不仅是中国,跟中国有关的国家都难置身事外。"

作了这个概括后,康有为便从北京政变的原因,一直谈到失败的经过。他把变法失败归罪于西太后,认为她是东亚的祸根,当务之急是把她除掉。宫崎反问如何除掉。康有为笑笑说,我国古有荆轲刺秦,贵国的武士也有此风,比如津田三藏行刺俄太子、某某某某枪伤李鸿章。这是真正的侠烈行为,是一举成名、永垂青史的大好机会,请宫崎先生判断,此举能否成功？

这似乎意有所指,宫崎哪肯上他的套,答言明确:"出手行刺,这很容易。不过,

向日本志士提出此事,恐怕表明先生的无力。你久居草堂,作育人才,三千弟子中岂无一个荆轲？如果真的没有,西太后又非除不可,那我愿担当此任。除掉一个老朽,一个人就够了,何必到处寻求呢？"

碰了这个软钉子,康有为面不改色,把话题转到别处:"还有一个为难处。新任驻日公使李盛铎,是荣禄的心腹,会危及我的安全。弟子们反对我赴日,还有另一个原因。我一直受到英国保护,现在拒英就日,是否会让他们不高兴？"

这是你自己的问题,为何要我解答？宫崎想想明白了,康先生是要抬高身价。一个需要外力保护的人,如果失去了利用价值,那不是真正的危险么？

四、大侠闯险　洋医进宫

遵照慈禧密旨,内务府领班大臣启秀,督率值宿的上三旗统领,暗中加强宫禁警卫。在两天的秘密缉查中,共拿获擅闯宫门的闲汉两名,偷送酒肉的店伙三名,私自出宫的太监四名。上奏后奉旨发落,将左翼门和贞度门各两名护军,英华殿和城隍庙各三名披甲人,均发交慎刑司鞭责,并扣发钱粮,其罪责尤重者三人,发黑龙江交披甲人为奴。并由内阁明发上谕:"禁城内外,理宜严肃。前经屡次谕令值班官役,认真巡缉。近来仍有闲杂人等,任意出入,实属玩弛,不成事体。所有紫禁城、西苑、颐和园三处,着步军统领衙门遴派官弁,带领番役,在宫门内外分段巡逻,不准稍有疏懈。并着三旗护军统领、司钥长等官,及禁廷各门座值守兵弁,敬谨稽查,随时巡缉。"这叫扎紧篱笆,进一步便要清理门户。

八月十九日,慈禧亲御便殿,对皇帝身边和珍妃名下的各七名太监进行审讯。罪状包括私出宫禁、内外串通、传递消息、搬弄是非,受审者坚不吐实,这便开打。轮流挨过板子,慈禧逼问杨瑞珍、杨昌恩,看没看到有太监从宫外捎进奏章？这一下敲中了关节,二杨明知是冲谁去的,便誓死守秘密,一问三不知。杨瑞珍首先被

打昏,扔在一边捯气。

接着审问王吉祥,慈禧抛一个眼色,侍立陪审的启秀代替讯问:"王吉祥,六月十九日下午,你是否出过宫?"王吉祥跪着回话:"奴才出宫了。"启秀问:"干什么去了?"王吉祥答:"奉总管宋进禄指派,为皇上遴选戏本,供皇太后赏看。"启秀问:"有人看见,你夹带回了奏折。"王吉祥答:"奴才懂得宫中规矩,不敢犯此死罪。"启秀问:"小太监喜顺亲耳听见,你对皇上说,'事关国家兴亡,不敢梗阻言路'。这你还敢抵赖?"

王吉祥仔细回想,当时喜顺站在十几步开外,自己压低了声音,这小子竟然听见了!好在他没听出人名,自己宁死也要保守机密,以免拖累皇上。

王吉祥磕下头去:"回大人,这两句出自戏本《明鉴记》。这戏演唐太宗和魏征的故事,魏征犯颜直谏,唐太宗气得要杀他,贤明皇后劝太宗三思,说了这两句。那天奴才呈上戏本,皇上垂问所演何事,奴才引述这两句。"启秀仰窥慈禧,看出了一道严旨,回头喝令用刑。打过再问,问过再打,王吉祥死不改口,看看已是奄奄一息。返醒过来的杨瑞珍突然大叫:"奴才有话要说!奴才那天在场伺候,知道王吉祥说的是实。喜顺当差有误,王吉祥训过他,他就记仇诬攀。"杨昌恩也叫道:"奴才做证,杨瑞珍讲的是实。"慈禧气白了脸:"给我狠狠地打!"

当日向敬事房下懿旨:"内殿太监杨瑞珍、杨昌恩,内殿司房太监张得明及珍妃下太监戴恩加,此四名干预国政,搅乱大内,来往串通是非,实属胆大妄为,着交内务府大臣即日板责处死。内殿小太监苑长春着革去顶戴,司房太监张源荣、王吉祥、徐源寿,珍妃下太监孙海成,此五名实系结党,串通是非,着交内务府慎刑司重责二百板,永远枷号。又,珍妃下太监张田祥、卢田庆、李玉盛、苑福有,串通是非,不安本分,交慎刑司板责一百,枷号两年,年满请旨。"第二天敬事房又奉旨:"昨日交出板责处死太监四名,不必买棺盛殓,即着抛入万人坑。钦此。"

按照大清律,五刑中杖刑最高杖一百。四名太监被律外处死。受枷号者并不比他们幸运,因为枷重三十五斤,长二尺五寸,宽二尺四寸。戴此重枷,如何存活?暂时留下王吉祥的活口,是希望他为保命而改口。这一顿酷刑,使满宫太监丧魂失

魄,有两名内殿太监于当晚逃走。不料到了次日傍晚,逃走的尹得福竟又潜回宫禁,在景运门被护军拦住,从身上搜出一把匕首。发交刑部审讯,该犯供称,他因同伴张得明无辜被杀,意图报复。此人被判斩刑,他要报复的究竟是谁,却让人猜疑咂舌。

疑云笼罩涵元殿,愁雾弥漫淑清院。自从太后回城,淑清院便成为珍妃的寝宫。训政诏下,光绪和珍妃再未见面,使珍妃处于焦愁之中。回想四月以来,皇帝处心积虑,希图求得慈禧的谅解,将国事维新维持下去,终难免于琴崩弦断,瓦解冰消。昊天不吊,何其绝情啊!珍妃现在最担忧的,还不是皇位的保全,而是皇帝的安全。只看下旨向天下征医,其居心岂不昭然若揭?连日来的诛杀清洗,凶焰渐渐逼近身边,太监一个个减少,就像羽毛一根根拔光。她能怎么样?她敢做什么?长夜无眠时,她只能填下两首词:

蝶恋花

华盖朱车行渐杳,帝子麾师,羽檄传云表。望里山河佳气绕,宵衣旰食理将了。　　天下开篇天主稿,赖有神丁,斧凿神工巧。蚁穴蜿蜒连鸟道,忽雷一震宫墙倒。

又

着意经营春色好,风雨如潮,杨柳枝枝袅。漫把韶华都误了,落英践踏知多少。　　太也匆匆归去早,举首茫茫,没膝生芳草。踽踽问天天未晓,歌徒惆怅人徒老。

词寄相思,她却不敢真正投寄,那只会增加皇上的罪愆。她愿为他分担罪责,

她甚至想去仪鸾殿,向太后历陈皇上的孝心,皇上的不易。可这就叫干政,而老人家的训政不叫干政,道理能上哪里讲啊!在宫中受尽煎熬,珍妃豁出去了,令首领太监告诉内大臣,珍小主求见皇后。内大臣飞报仪鸾殿,慈禧闻报大怒,即欲降旨处罚,又想何不在她口中掏出东西?便令侄女皇后去淑清院一趟。

皇后驾临珍妃的寝宫,珍妃跪迎,请皇后端坐正中。皇后脸冷眼寒:"太后令我问你,你是不是要给太监求情?"珍妃跪地不起:"太监虽是一条性命,卑微不足言表。奴婢求见皇后,是为皇上。"皇后吸一口凉气:"皇上怎么?"珍妃急急道:"奴婢想知道,皇上怎么样了?"被这句话堵住了胸口,皇后声气僵硬:"什么怎么样?谁能把他怎么样?你想知道,你去问他!"自己性急,勾起了皇后的醋意,珍妃后悔不迭:"皇上是天,皇后是地,奴婢是地上一棵草。草木枯荣,无足轻重,奴婢只求天地和煦,使世间万物一团和气,则百姓有福了,国家有望了。"

话语奉承得到家,可偏偏帝后不和,又等于在伤口上撒盐。皇后做出走的架势:"就这话,值得让我走一趟?好了,你在这儿好好儿地歇着吧。"珍妃急叫:"皇后娘娘!"四只秀目劈面碰撞,擦出火花。珍妃把眼睛顺下去:"没有皇帝,就没有皇后,请娘娘记住这句话。咱们女儿家,爹娘不能照应一生,儿女不能伺候一世,惟有夫妻通同一体,能相互扶携以至永远。再多的生分,再大的嫌隙,都不能把夫君往火坑里推,不然会后悔终生,遗恨万年。皇后娘娘,你不可不察呀!"

皇后被深深触中痛处,睨视珍妃,眼眶湿润:"我,通同一体?天知地知,你知我知,没这福分。我有怨气,难道不该?若换了你,你会怎样?可我不会推他,我没这力气;要我救他,更无能为力。我——"

珍妃膝行向前,双臂紧搂皇后的膝腿:"你要救他!你是皇太后的亲侄女!你——"皇后用力掰珍妃的手,掰不开,一后一妃争持一阵,泪水横流,同哭出声。皇后无力地用拳头夯珍妃:"你呀,我恨你,我恨你!我也恨他!"珍妃的泪脸,在皇后的裙裾上来回蹭拭:"加倍恨我,不要恨他。请上奏皇太后,请赐奴婢一死,只求饶过皇上,叫他能做万民之主,为国家留一生机!"

皇后负气而来,伤心而去。见了慈禧,皇后没敢实话实说,只说珍妃想见皇帝,

被她拒绝。慈禧什么都明白，鄙夷地瞥一眼皇后，肚子里骂道："扶不起的受气包！"她要惩治光绪，不是替侄女撑腰，而是使自己立足。

慈禧给奉宸苑下旨，令其传知木商兴隆厂，给四扇门钉安门攒钉锦。四扇门在涵元殿前，出门不远便是瀛台桥。接着又传，瀛台桥以南，东西朝房以北，各搭木板棚房二座，限当日完成。另有北海大闸闸板糟杇二块，赶紧添换。内务府大臣立山，很快又接办几项大工程：瀛台两旁楼梯及各处门座，全行堵砌；仁曜门以西至荷风蕙露厅间的灰土海墁，改砌墁砖甬路；淑清院北门堵砌，日知阁外织女桥，清挖淤泥，半截河闸楼面包铁，安装铁算子。大部分工程，都是冲着光绪去的。日知阁在淑清院南，下有水闸，是三海的出水口，海水由此流入天安门前的金水河。围绕织女桥的精细工作，则是把珍妃变成织女，与光绪所变的牛郎分开。

一下子添出这么多活计，每日进出的工匠常达二三百，需要加强防范。立山奉懿旨：水西门每日进匠时，着带匠官会同海司房点数放进，晚间点数放出。海司房专管西苑工程事务，由它监督水西门的带匠官，当可力保万无一失。饶是如此，立山仍不放心，隔三岔五地来到水西门，观望风色。两处管事官的确尽心，未有疏失。除了水西门，立山也关注河闸附近的清淤和安装。他常来这里转悠，对一个匠人头儿产生了兴趣。这人身材敦实，力气过人，清淤时一人能干三人的活计。他还懂得铁工，负责指导铁算子的安装。立山不爱摆架子，过去问过这人，得知他叫程大汉，经常给兴隆厂打下手。立山夸奖了此人，还说完工时要给奖赏。

这天上午，干到十点半时，大片乌云遮蔽了天空，降下一阵骤雨，工人们都到临时棚屋避雨。立山恰好在场，随从簇拥着他，进入附近的亭阁。立山坐了一会儿，派人打着伞去传程大汉。程大汉被带进阁中，看见立山大人笑微微地坐着，面前的石桌上，摆放着大盘牛肉，小坛烧酒。程大汉跪地磕头，立山叫他坐在下首石凳上，口说下雨无事，咱们聊聊吧。程大汉搓着手，做出局促的样子。立山大咧咧道："坐下，坐下，不要拘束。我这人好朋友，三教九流都交得。赛金花是妓女，我都跟她称兄道弟。你比她多着一条腿，还不敢平起平坐么？"

话糙理儿不糙。程大汉告罪入座，陪立山大人开怀畅饮。立山是海量，自言从

未遇上对手,也就没能过足酒瘾。今日不同了,程大汉跟立山一碗一碗对饮,让立山的面色红了又白,白了又黄,也让他热血沸腾,大呼痛快。饮啖间隙,立山夸赞:"我自夸酒量如北海,不料你是昆明湖。不得了碰上了不得,杨立山不如程大汉。"程大汉没敢忘记身份:"小人这黑泥碗,哪敢比大人的玉石缸?"立山探头瞅瞅亭外,喝叫从人注意警戒,重拾对话:"碗和缸谁先破,不到时候谁知道?难得对上脾气,我要跟你结交。"程大汉吓得站起来:"大人开玩笑,小人当不起。"立山要他坐下:"还是那话,谁大谁小,要看结局。我跟你拜把子,要论岁数大小,倒是真格的。"见他纠缠不休,程大汉不再客气,显出几分静气:"小人今年的岁数——"立山抱拳抢话:"你今年五十三,我要尊你为五哥。"

眼看露了馅,程大汉依然稳稳坐着,且看他如何发落。立山依然一脸喜相:"王五哥,你在半壁街开镖行,我去赛寓总要经过。对于你的武功,立山仰慕很久了。"程大汉还原为王五:"大人的豪气,令在下佩服。"立山举起一只手:"彼此彼此,惺惺相惜。五哥,你看那铁算子和水闸,能不能进来人?"王五沉得住气:"只能进出鱼,无法钻进人。"立山问:"若是有功夫的人呢?"王五道:"那要看功夫大小。"立山问:"五哥这功夫怎么样?"王五道:"我没有水下功夫。"立山问:"如果练上一年半载?"王五道:"那有一半可能。另一半,要看守军是否严密。"立山道:"明白了。不明白的是,这有什么用处呢?"王五道:"也是一半对一半。一半是安慰老百姓,叫他们相信世间还有公道,还有信义。一半是留他一条性命,叫他变成老百姓,与草木同腐朽。"

立山轻声叹息:"公道信义,谈何容易。你听我说,一离开紫禁城,他连个普通百姓都不如,不值得白费功夫。"王五想了想:"我信大人这句话。大人如何处治我?"立山大手一挥:"喝酒,吃肉。吃罢干活,你明天还来干活么?"王五道:"不来了。大人若允许,我就照样开镖行。"立山点头:"照样开吧。要保百姓镖,别保皇家镖。这里头水有多深,我都探不到底,何况江湖上的你?"两人埋头吃喝,再无只言片语。须臾放晴,王五出去干活。到了傍晚,王五排在队伍中,由水西门出宫。立山立在一旁,静观有司点检,他那双酒眼,跟王五的虎目对视了一下。

从这时开始,光绪皇帝被软禁在瀛台,圈进一池浅水中。也从这时开始,总署已经无力阻止各国派兵。八月二十二日,英、德、俄各有水兵三十人,另有俄国哥萨克三十人,进入北京。意、日、法、奥、美等五国士兵,也在数日内陆续到京。这些兵的名义是保护使馆,人数也不多,但他们驻扎在东交民巷,距离西苑不过五六里,就像一把尖刀顶在肩胛处。何况各国能调数十名,就能调数百数千名。

朝廷为了应付威胁,连下两旨,命令查明八旗马甲、闲散养育兵中的精壮人数,还有内务府精捷营幼丁数目,准备组成新的营队。同时根据荣禄的建策,调整北京周边的军力部署,向秦皇岛增派甘军三千人、毅军四千人,向岐口增派练军二千人,向山海关增派武毅军五千人;甘军主力七千五百人,则由正定移扎南苑。

如此频繁调兵,惊动了各国使馆。各国照会询问,总署答复称,南苑调兵是为检阅,各地调动是为训练。公使们反对中方调兵进京,总署反过来要求,各国水兵退出北京。双方反复磨牙,也在互相磨刀。朝廷的刀不敢挥向外人,只好在家用钝刀割肉。推原祸始,那个帝师首先导帝变法,引荐匪类,岂可任他逍遥法外?慈禧转着杀人的念头,这天便向荣禄垂询。荣禄说,一个老翁,杀之无益,且伤朝廷盛德。他们读书人最好面子,打脸比夺命更厉害。慈禧听罢颔首,即以光绪名义下旨:"翁同龢授读以来,辅导无方。至甲午年蛊惑开衅,以致国势垂危,不可收拾。今春又密保康有为,种种劣迹,殊深痛恨。着即行革职,交地方官严加管束,不准滋生事端。"

慈禧把甲午的账,也算到翁同龢头上,也就是光绪头上。归根结底,光绪是最大的祸根,不予拔除,则己之训政终不牢稳。于是,光绪的病情陡然加重,有关废帝的谣传也甚嚣尘上,连日本首相大隈重信都得到报告,向北京的林权助发电指示:"本地和上海传言,清国皇帝已被谋杀或被迫自杀。立即查明并电告是否确实。"林权助奉命前往总署,询问皇帝是否安全。总理衙门明确答复,关于皇帝被毒杀的说法纯属捏造。林权助追问说,我根据首相训令,三次劝告贵国实行温和主义;可贵方近日举措,违背了此前概不追究的上谕,日本方面不能不表示关切。这一问不好回答,总署大臣支吾以对。公开向总署施压的,还有英、法、德等多国公使。警讯一

条条上报,慈禧恨得咬牙:这些洋鬼子,就是光绪召来的外兵,看起来,不早些动手不行了!

从九月一日起,慈禧命内务府大臣每日带医生为光绪看病。三天以后,慈禧下旨,将九月三日的皇帝脉案,发交各衙门堂官阅看。

各堂官看到的脉案是:"九月初三日,卢秉政、庄子和、朱焜、李德昌、陈秉钧、范绍相,请得皇上脉息:左右寸细软,左关微弦而数,右关虚数,左尺虚数,右尺数页无力。症属肝肾久亏,脾胃均弱。昨夜前半夜无眠,后半夜眠不甚沉。昨晚大便一次,溏条;今早大便二次,稀溏色白,兼有糟粕未化。少腹气坠,有时头晕眼涩,耳鸣而塞,口渴咽干,咳嗽少痰。腰痛麻木,腿膝无力。小便频数,色白而少。有时胸满嘈杂作呕。面色苍白,左颧色青而滞,右颧淡白。下部潮湿寒冷,夜梦闻金声则遗精,或滑精。躺卧难以转侧,不能久坐久立。总由心肾不交,肝气郁结,阴不潜阳,虚热上蒸于肺,中气不足,升降失宜。拟中培脾胃,下固肾真,上清肺气,滋养肝阴之方,以图缓效。今议用八珍麦味地黄汤,加减调理。处方:潞党参,四钱;焦乌术,三钱;茯苓神,三钱;杭白芍,三钱;淮山药,三钱;干地黄,三钱;川杜仲,二钱;麦冬,三钱(米炒);山萸肉,二钱;补骨脂,一钱五分(盐炒);菟丝子,二钱(酒炒);炙甘草,一钱。引用:金石斛,三钱;芡实,三钱;莲子肉,三钱。"

六部九卿看得两眼发直,连连咂舌。奉戴了二十四年的皇帝,竟闹得从头到足无处不病,哪还能充当圣明天子!下一步就看太后怎么办了,是明诏废黜,是逼其退位,还是让慢病突变导致暴崩?

各国公使见不到医案,看得清迹象,哪肯坐待惨案发生?甚至更糟,惨案也许已经发生!自从会见伊藤以后,任何外国人都未见过光绪帝,谁知道他是否还活着?同样在九月一日,窦纳乐正式向庆王奕劻提议:"一个保证有效的使不安状况归于平静的方法,便是找一位外国医生为光绪帝看病,并签署一份光绪帝的健康证明书。"

奕劻当时婉言拒绝,但他的心里却未拒绝。在政变这件事上,奕劻被夹在中间,显得十分尴尬。他固然是太后的死党,一手促成了训政;他又是油滑本性,喜欢

两面讨好,不愿赶尽杀绝。对于光绪皇帝,他怀有几分愧意,以至于好几次梦见奕䜣,都被骂得狗血喷头。唉,罪臣难当,功臣也难当啊!

奕劻进宫见慈禧,惶惶地转述英国人的胁迫。慈禧发了一顿脾气:"英国是强盗之首,无耻之尤! 若无他们强卖鸦片,就没有后来这些乌七八糟! 康有为那个反贼,就是他们搭救的。康有为不把国卖给他,他哪会跑来狗咬耗子?"

看见奕劻低垂着脑袋,她突然起了疑心:"你答应英国鬼子了? 奕劻,你是不是怀有二心?"奕劻吓得趴下叩头:"奴才只有一心,只有以身家性命报答太后隆恩。"慈禧满面冷酷:"我不要你的身家性命,只要办好差使。可是你看看,英国派兵来了,日本派兵来了,蹬鼻子上脸要管我家里事! 你这是干的什么?"奕劻哭凄凄地说:"奴才该死,奴才也想御敌于国门之外——"慈禧气不打一处来:"御敌? 你不迎敌,我就谢天谢地了! 你和裕禄,一个是顶门的棍,一个是守户的闩。你们不管用,叫我怎么办?"

尽管气势汹汹,她还是留下一丝活口,剩下的便要奕劻用力撬了:"请太后息怒。眼前艰危甚于往日,外国人入京之兵仅是前锋,据称大股麇集天津海口,要重走称兵犯阙的老路。万一决裂,莫说裕禄,荣禄号称统领诸军,怕也难抵联军凶锋。为今之计,惟有敷衍,不叫他抓住撕破脸的借口。"慈禧显出内心的无奈:"不管如何花言巧语,你们所要的都是屈服。"奕劻大起胆来:"奴才不怕洋人亲诊,因为皇上确实有病。"这话引起了慈禧的注意:"不错,病得还不轻。朝廷对臣民正大光明,对外国人也无所隐瞒。"奕劻忙又垫了一句:"外国人诊中国病,根本看不出其中奥妙。"

既然不怕看,那就让它看。朝廷恨英国过于恃强,便在选医上还以颜色,决定让一名法国医生进宫。九月四日,法国医生奉诏入诊。经过一番精心询诊,他开出了一份诊断书:"1898 年 10 月 18 日,法国公使馆医生多德福博士,奉中国皇帝的谕旨,入宫诊病。通过陛下欣然提供的记录并回答询问,对陛下的病情做出如下诊断:体质衰弱,明显消瘦,精神不振,面色苍白。食欲尚好,但消化缓慢,轻度腹泻。排泄物呈白色。频繁呕吐。气闷导致呼吸不均匀,发作时更显焦虑。肺部听诊未见异常。血循环不好,常出现紊乱。脉弱而频数,头痛,耳鸣,站立困难。腿膝部明

显发凉,小腿痉挛,全身发痒,轻度耳聋,腰痛。尿频最为关键。表面看,尿液白而透明,尿量不大,化验未见蛋白,量少,24小时尿量低于正常尿量。陛下强调遗精,常发生在夜间,之后出现快感。这类梦遗,多由白日勃起功能减退所致。经认真分析这些症状,我确信此病系肾脏损伤引起,欧洲称肾炎或慢性肾炎。目前,有必要对饮食做出规定。最佳的食品是牛奶,仅喝牛奶或人奶即可,每天喝三至四升,奶中加五十克乳糖。这种饮食制度应坚持若干个月。药物治疗:洋地黄粉最好。一旦排尿正常,心闷消失,病情就会明显好转。"

这份诊断一做出,双方的顾虑都有所减轻。朝廷认为,这个法国笨蛋根本没有看清病根,他让皇帝喝牛奶,真是风马牛不相及。这表明,外国人是容易糊弄的。公使团认为,皇帝的病并不重,只要得到充分休息,他的统治能力不会受到任何影响。

为了证明他仍在治理国家,公使们需要面见皇帝。日本人充当了出头鸟。为了应对政变后的复杂局面,大隈重信令矢野文雄迅速回任。并拟用日本天皇的名义,向光绪皇帝授勋,以使矢野觐见光绪。矢野至京即约见总署王、大臣,自称奉有国命,有面奏皇太后、皇上之词,答赠崇高宝星。奕劻将此要求报给太后,慈禧咬了一阵牙,竟然爽快答应了。她已想清,她抗不过这些蛮夷。她何尝不想与他们讲和,十天前,就是她电令驻日公使李盛铎,向天皇赠送一枚宝星,以表敦睦邦交厚情。你看看,他们用这样的恶意来"答赠"!

八月二十二日上午十时,在西苑仪鸾殿,太后和皇帝两宫并出,接见日本国出使大臣矢野文雄。太后升正中宝座,皇帝御左偏宝座,太后和颜面对,皇帝温语慰答:"贵使臣奉贵国大皇帝之命,特赠宝星,具征厚意。即望贵使臣转为致谢。我两国同在亚洲,互相关切,尤见敦睦之意。并祝贵国大皇帝福寿绵延,升平永庆。"

大清国皇太后赠日本国皇帝赤金上等珠石宝星一份、赠日本国皇后赤金上等珠石宝星一份,第二日由总理衙门大臣王文韶转交矢野文雄。给出这点甜头,慈禧要找补回来,她令奕劻跟公使团交涉,要各国撤退水兵。

这差使没人愿意承当,奕劻把它交给两个新入总署的大臣,许景澄和袁昶。二人资浅望轻,公使团指名找那位"望重"的,太后的心腹荣禄。荣禄很少来总署,这

天偶一露面,就被英、德公使逮住了。两公使正告荣禄,甘军以排外著称,很不适宜派驻南苑,希望将其撤出。荣禄倒有几分硬气,调度和训练是一国的内政,外国怎好指手画脚?至于说排外,甘军如有不当行为,朝廷自有处置。他挡回了两个蛮汉,同僚们都很佩服。

不料过了一天,向南苑开进的一支甘军,就跟在卢沟桥修路的洋员发生冲突,数名英籍工程人员受伤。英公使窦纳乐提出强烈抗议,公使团开会决议:一、中方须将甘军于11月15日前撤离直隶;二、须向各国通报甘军撤往的地点。如不满足以上条件,各国将占据北清铁路及沿途电报线。面对最后通牒,朝廷只有妥协。奕劻奉慈禧之命,匆匆检阅了甘军入京部队。慈禧颁下懿旨,对董福祥治军严整、教练有方,进行奖赏。赏给白玉翎管一支、白玉扳指一个、白玉柄小刀一把、火镰一把;并赏给该军兵勇银一万两,小卷袍褂料二百卷,分别赏给营哨各官。颁赏之后便是撤退,将甘军撤往距京七十里的蓟州。

在这个国家,慈禧一向说一不二。而今洋鬼子竟成了"洋太上",将其意志强加于太后,是可忍孰不可忍!

正在慈禧怒火中烧之时,康有为又来浇油。康有为抵港次日,香港总督卜力去警署慰问,康有为表达代君求救之意,卜力没有明确回应。几天后,他又见到一位英国要人,海军中将贝思福勋爵。康有为过后告诉弟子,贝思福曾任海军卿,他指着自己的脑袋发誓,愿洒热血救助中国皇帝。

在浮海东渡的前一日,康有为接受了香港《德臣报》的采访。在长篇谈话中,康有为称慈禧太后仅是一名妃子,光绪帝已认识到,她不是他真正的母亲。在慈禧的疯狂迫害下,光绪发给他两件密诏,令他向英国求救,以恢复皇帝的权力。上海《申报》首先用中文摘登谈话,《新闻报》则将其全文译载。第一密诏令康有为设法相救,第二密诏盛称康有为:"汝一片忠爱热肠,朕所深悉。其爱惜身体,擅自调摄,将来更效驰驱,共建大业。"皇帝要和小小主事"共建大业",不知这是什么样的大业。

报纸射出一发发"炮弹",惹恼了两江总督刘坤一。光绪需要救护,他比康有为更清楚,正与张之洞等大吏设法保救。康有为的所谓密诏,明眼人一看便知是假,

然而太后当局者迷,岂不令光绪百口莫辩? 刘坤一正自愤恨,总署来电查询,刘坤一只好电复:《新闻报》九月初五所载康南海逆书,情词极为狂悖,已饬上海道查究。

这种回复太轻飘了,要想压下秤砣,仍得找有分量的那一位。刘坤一给荣禄发电函,请他坚心定志,以安王室。荣禄暗暗叫苦,因为他明明知道,刚毅、徐桐等人,已将康氏逆言视为良机,要来撬动王室了。

果然,此讯使慈禧震怒,她向前来回事的刚毅问计。刚毅请太后速定大计。所谓大计,便是易帝。慈禧沉吟一阵,当即召来几位柱石:礼王、庆王、荣禄、王文韶。慈禧开门见山:"上海的逆报逆书,你们有何见解?"几位臣子一一奏对,斥责康逆狼子野心,猪狗不食。慈禧静听一阵,出言截住:"说了等于没说。刚毅请我速定大计,你们以为如何?"

殿上一片岑寂。慈禧却有耐性,一动不动地等着。还是刚毅忍不住:"这些人不是胆子小,就是有私心,生怕在史书上被写成奸臣。"

王文韶连连叩头:"臣回太后,刚毅此言不妥。大计哪可速定,促请者不是忠心,而是莽撞,恐置太后于险境。"

这个有名的琉璃蛋,说话这么有力气,出于慈禧意外:"险境? 你是说外国?"

王文韶道:"是。由于臣兼军机,日使矢野特意向臣透露,德国为与英国争夺势力范围,暗中向青岛调兵。一旦北京有变,德军将以勤王为名,迅速挥兵北上,使英、俄来不及反应。日本为了应变,也已做好准备。群狼环伺之际,我们只有忍以待时,不可自乱阵脚。"

刚毅哪肯服气:"日本鬼子的话,你就当了真? 若是被他吓住,咱还称什么朝廷,干脆投降得了!"

慈禧稳稳说道:"这话有几分道理。我为天下之母,不能率四万万子民听命于外夷,而为后世所笑。二位王爷怎么看?"世铎慌忙回奏:"奴才,奴才以为不可急于一时——"

慈禧便道:"好了。奕劻?"奕劻跪地嗫嚅,尚未吐出字句,慈禧已将眼光移向荣禄。荣禄一直沉默,这是他的特性,放在今日却使慈禧不满,眼神中隐含怒意。

第六章　拳团蜂起

一、德军肆虐扰鲁境

　　荣禄跪地奏言："奴才向太后请罪。奴才瞻前顾后，外惧威胁，内忧分崩，不敢像刚毅那样义无反顾，心里十分惭愧。"慈禧异常敏锐："外敌我清楚，内忧怎么讲？难道还有人作康有为内应？"荣禄答道："康有为无耻之尤，甘当外人鹰犬，凡有人心者，皆知他应伏冥诛。叫奴才担心的，是国家的柱石之臣。他们或怕掣动朝局，或怕引发内乱；或因本地就有不安迹象，一有风吹草动，便会不可收拾，所以极力主张戒急用忍。"

　　慈禧哼了一声："戒急用忍，好奇怪的词语。他们是谁？"

　　荣禄道："江南两大臣，张之洞一连三电，报告湖南保卫局撤销后，哥老会活动猖獗，与广西一带的三合会，有串联合流之势。这本是癣疥之疾，却有头目扯起勤王旗号，以致扰动人心。刘坤一另有忧虑，上海曾是康、梁老巢，士子和商民受其蛊惑，加上有外国人撑腰，便对此次变动说三道四，甚至倡言反对。"

慈禧冷笑:"不错。他们嫌我来路不正,要请太后归政于皇帝。你们说怎么办,我是不是该归政?"众臣跪叩不止。奕劻颤声奏:"奴才们生是太后的奴,死做太后的狗——"慈禧不领情:"你们当奴做狗,挡不住天下人的舌头!刘坤一怎么说,他也要我归政?"

荣禄略作踌躇,仿佛豁出去了:"来电千言万语,惟有两句惊心:君臣之分已定,天下之口难防。"

这深深刺痛了慈禧:"君臣之分!他愿做光绪的臣子,不做慈禧的臣子?"荣禄显得惶恐:"不不,太后!刘坤一为国家重臣,当此艰难时日,不肯缄默保位,出来直言谏阻,是其特殊之忠。他讲的只是一个名分,名分上的君臣,并不妨碍训政。等到维持过去这个坎儿,再做决断不迟。"

慈禧挑了眼儿:"什么坎儿?谁给我造的坎儿?"荣禄似乎铁了心:"国家眼下有一个坎儿,这是李鸿章说的。"慈禧颇感意外:"李鸿章?这有李鸿章什么事?"

荣禄的嗓音有些沙哑:"这件大事,压得奴才喘不过气,那天特去探李鸿章的口风。他一看我的脸色,就说我有过不去的坎儿。我告诉他:非常之变,恐在目前。李鸿章蹙然而起,大声嚷道:我说你有坎儿,实指国家的坎儿!此何等事,岂可贸然行之?试问你有几颗头颅,敢于尝试?此事如果举行,危险万状,各国驻京使臣,首先抗议,而其军队近在津沽,朝发夕至;各省疆臣,更有愤怒声讨者。无端而动天下之兵,为患何可胜言!进此谋者,不是利太后,而是害太后。你为太后心腹之臣,不可不出死力谏阻!"

这确是死力。以荣禄之阴柔,他很少当众出这样的死力,何况还是"死保"皇上!这也深刻表明,此事切不可行,至少是在目前。

慈禧虽然愤恨,却从不破罐子破摔。皇帝握在手掌心,是捏死还是捂死,岂不由她的意?心里百回千转,面上平正如常:"好了,大家都要保他,那就随他去吧。他不是喜欢洋人么?洋人医生开的药,能治好他的长秧子病,从今天开始服用,叫他喝牛奶吧。"

这像是一句戏言,然而群臣退出后,慈禧即令李莲英传旨:御膳房宫门内安大

锁、门闩，门外安大钉锔，门内安小锁、钉锔。这是指涵元殿前的御膳房，专门伺候皇帝的；慈禧的御膳房与此分开。根据这项旨意，光绪要严格遵照医嘱，服用牛奶若干个月。

几天以后，升平署总管太监马得安，当面奉到慈禧懿旨："以后传内务府差务等项，先请旨后传。皇上若要响器家伙等，先请旨后传。"两句话说的是一件事，光绪困在"病"中，内心无限焦虑，想借敲打响器排遣愁苦。几天前，他向内务府要响器，内务府失去了警惕，令升平署办了这个差。响器虽小，动静很大，皇帝敲出的响声，有人可能听出别的意思，把它传到外国人那里，甚至传入康有为耳中。康有为这条祸根，她现在鞭长莫及，只有令奕劻密电李盛铎，在日本设法处置。

康有为没有这种顾虑。就在九月五日，康有为一行七人，由宫崎、宇佑陪同，登上日本邮船"河内"号，启程前往日本。由于海程无事，康有为想对日本友人有所了解。宫崎寅藏性情豪放，坦白叙述了自身经历。他是日本熊本县人，出生于破落的武士家庭，其父精于剑术，为人侠义。寅藏继承了乃父作风，取了白浪庵滔天这个别号，以滔天之名来往世间。他痛恨西方列强宰割世界，曾希望由日本振兴东亚，目睹日本全盘西化，改而寄望于挣扎中的中国。他因此结识了革命党孙中山，此次又在日本政府的支持下，援救维新党康有为。他的这些行为，固然出于性格，更是基于主义，受帮助者是不需要感谢的。

康有为自愧没有滔天之豪情。他告诉这位侠士，他不打算像孙中山那样，取一个日本味的名字。他出身士大夫，孙则以习医起家，两者根本不同。他暗示"道不同不相与谋"，滔天这位日本剑客，哪里懂得这个？滔天只开玩笑："你是士，孙是大夫，他习医嘛，只能得到后半截了。"

在谈笑中航行三日，在船上望见琉球一角，康有为口占一绝："海水排山通日本，天风引月照琉球。独运南溟指白日，鼋鼍吹浪渡沧洲。"

二日后抵达神户，乘夜登岸。破晓时分登上火车，驶抵东京，由滔天的友人安排，住进三桥旅馆。第二天，孙中山便来旅馆拜访，康有为却托词不见。这叫滔天很不高兴，他有意撮合两派合作，以壮大中国的革命力量。可是康有为岂能革命，

他的使命乃是保皇。在海中航行时,这个宗旨愈来愈明确,他只有抱紧这一旗号,才能在海外树立"帝师"形象。与帝师比起来,那个造反的孙中山,可就毫无分量了。

有一条漏网大鱼隐伏海东,对朝廷算是心腹之患,不得不防。防御之法,一为消除余毒,尽反其政:复八股考试,罢经济特科,撤农工商局。二为加重兵权,新建中军:荣禄先以宋、董、聂、袁四部为前、后、左、右四军,又选京旗精兵编为中军,亲自统领,并招京曹铁良、陈夔龙等入幕府。五军统名为武卫军,有人戏称为武则天之卫军。三为增选军机,重整中枢:内务府大臣启秀,因出徐桐门下,被徐桐推荐入枢;江苏前巡抚赵舒翘,因刚毅之荐,入刑部任侍郎、升尚书,现又援引入军机。

正所谓一朝天子一朝臣,为了笼络人心,慈禧特别推重徐桐,将其树为士林典范。徐桐每次上朝,慈禧都令内侍扶掖,一如班师回朝的左宗棠。身被殊荣的徐桐,却不屑与武夫比肩,自比为北宋名臣司马光,因为司马光反对王安石变法。徐桐只是个幌子,最有用的老臣,其实是李鸿章。慈禧训政后屡召入见,刚毅从中窥出,太后有引李入枢之意。他便跟荣禄嘀咕,李鸿章行事恃强,北洋诸军皆其旧部,此人不宜入掌军机。一个"掌"字触动了荣禄,上次御前奏对,荣禄便和盘托出李鸿章的那番话,大大刺激了慈禧。李鸿章不宜重用,怎样发落他呢? 便有御史奏称,我朝列圣重视治河,近来黄河年年泛滥,请简重臣历勘,寻求根治之策,用以安抚民心。慈禧即命李鸿章为钦差大臣,会同东河总督任道镕,山东巡抚张汝梅,察勘河工,相度议奏。

此时天气已寒,李鸿章年将八旬,让他远路颠簸,名为倚重,实为挫辱。李鸿章上疏力辞,朝廷不允,他只好奏请起用周馥,提调其事。同时聘请比利时人卢法尔、美国人白兰德,作为水利工程师。

李鸿章率员来到济南,张汝梅盛设筵席款待爵相。席间张汝梅大叹苦经,本年夏天黄河决口,寿张、郓城、历城、济阳等三十余县受灾,水高数十丈,冲决千百里,淹没田庐,浮尸蔽水,凄惨满目。而当时上头正忙于变法,对我的呼救折子轻飘飘放过。李鸿章深知,这些大吏善观风色,乐于顺便踩人一脚。李鸿章笑指满席盛

馔:"受灾那么重,山东的酒肉一点不见少。"张汝梅打哈哈:"我是打肿脸充胖子,表意而已,不算丰盛。中堂为拯救鲁民而来,我若不代鲁民酬谢,唾沫星子会淹死我的。"

李鸿章与巡抚、河督集议数日,根据卢法尔的建议,决定采用西法,以测绘全河形势为先,以算学为本,研究河由何处而生,水由何处而减,探寻根治之道。当即派员选工,分赴上游下游,逐段测绘评估。

李鸿章亲率周馥、卢法尔等,赴黄河入海口勘察。沿途所见,水深火热,灾民丢下满地饿殍,啼饥号寒,走投无路。山东原是富庶之地,近世沦为荒乱之乡,梁山泊的故事又开始上演。

义和拳、大刀会的名字,李鸿章在京听说过,他没怎么在意。等到实地目睹,未免心有所感,回济南后便与张汝梅谈起。张汝梅不由苦笑:"中堂还不知道,从去年到今年,我上递的奏折,十有八九是为拳团闹事。唉,巨野教案导致德国入侵,德国入侵激起更大民愤,我这个巡抚日坐愁城,快要守不住山东了。"李鸿章注意地打量他:"守不住?你的意思是?"

张汝梅道:"鲁东南向称安谧,德军占领胶州,沂州府一带民情躁动,冲突频发。它与鲁西南大刀会、鲁西北义和拳,形成三足鼎立之势,按起葫芦浮起瓢,根本镇压不下去。我上奏朝廷,对于拳民不能不分良莠,一味镇压,而应区别对待,剿抚并用。如果一出教案便要抓人,那不越抓越乱了?"

李鸿章道:"剿抚并用,这办法好。拳民不同于长毛、捻匪,他们反洋教洋人,虽出于愚昧,也不乏义愤。何况拳团因灾而起,你若救不下灾,如何平得了拳?我本为治水而来,不料跑这一路,满眼苦旱景象,令人触目惊心。水来一条线,旱起一大片,这是更大的祸害啊。"

张汝梅道:"中堂说得是。水总有个治法,旱起来除了祈雨,只有等死一途。祈雨不灵,是因坏了风水。风水不顺,是因洋教作祟。越旱闲人越多,拳会越旺,道理就在这里。但愿朝廷对于此事,能有一个周密的章法,不能头痛医头,脚痛医脚。"这有请他回京上言的意思,但他哪会兜揽这事?李鸿章敷衍了几句,就此打住。

　　奔忙了两个多月,制定出一个宏大的治河方案,李鸿章回京交差。路过天津,裕禄要尽地主之谊,又来了一场酒酣耳热。李鸿章掂量这位福将,裕禄与荣禄并称二禄,算是满人中的佼佼者。可那荣禄还有阴谋,裕禄连阳谋都没有!这老兄也有长处,就是不会算计人,反过来被人算计了。这回跟荣禄对换,荣禄拿走了统帅大权,叫裕禄在天津唱空城计,他当然要发牢骚:荣禄以雄才大略自居,康、梁、王照等谋逆人犯,却都在他眼皮底下逃走,这暴露了草包的本相。

　　两禄互挖鼻眼,李鸿章肚里好笑,戏言应对:"荣相爱才,我亲耳听他夸过梁启超。他又爱算命,也许他卜了一卦,梁启超命不该绝,乐得放他一马。"裕禄睁大了眼:"哎呀,中堂,不是也许,是千真万确!张元济革职回南,我有个幕僚是他的姻亲,听张元济亲口说:荣相派王修植追梁启超,存有很深的心机。王修植跟严复友好,与康党互通声气。荣相两边下注,是怕一旦变天,他得扯斗篷遮雨。"

　　李鸿章提出疑问:"天还会变回去么?"

　　裕禄哼哼鼻子:"天有不测风云,哪有不落的日头?只有一条不变,皇帝年轻。"

　　李鸿章心里一震。这个看似颠顶的家伙,倒是指出了要害。利害切身的那位,难道看不出么?李鸿章叹一口气,将话扯到别处:"寿帅为政天津,当以何者为先?"裕禄屈指数来:"中堂以洋务为先,荣相以军事为先,我来步二位后尘,惟以米面为先。"李鸿章道:"哦,何出此言?"裕禄道:"荣相对我说过甲乙丙丁之谣,洋杨伊伊之乩。过戊逢庚,这是一坎儿;洋杨聚会,这是一祸;以我之禄顶他之禄,这是一劫。直隶与山东同病,饥荒与拳乱相随。我请一米道人批解过,他说我名字有衣有谷,若能做百姓衣食父母,就能逃过一难。"李鸿章赞道:"善哉斯言!无论信不信命,只要善待百姓,便可否极泰来。"

　　李鸿章回京复命,上《勘筹山东黄河会议大治办法折》,提出十条根治之法,兼及培修堤岸、购地迁民、疏通海口等应急治本方案。要根治黄河,需筹二三千万两银。廷议先用救急办法,大治则拟分年筹办。李鸿章向荣禄推荐,用治河有术的周馥为河督,荣禄嗯啊以对。勘河是应付舆论,河督乃正经官职,哪可轻易授予?况且当前急用的不是河督,而是提督,是直、鲁两省的军兵捕快。两省接连奏报,多地

发生了反洋教骚乱，有两处尤其引人注目。一是直隶威县的义和拳，这是梨园屯教案"旧创复发"；二是山东沂州的日照县，也是由一名老对头引起的，这就是薛田资。他在曹州酿起巨野教案，直接促成德军入侵，所以饱受敌意炙烤。为了照顾他的健康，安治泰主教将其调往沂州、诸城教区。薛田资来到沂州不久，便又闹出一桩大案。

九月二十五这天，薛田资赶到日照县街头村，是要调解民教纠纷。纠纷起源于去年底，一李姓贫民，被发现死在杜姓的山林里。李姓人多，杜姓好武，两姓在村中结有积怨。李姓从杜姓那里讨不到公道，将命案告官，经地保具报，印官查验，认定此人乃病饿而死，丢入山林为的是讹诈。李姓含不白之冤，愤而加入传道人的教会，此后村中多人入教。一村人分裂成民、教两派，经常口角甚至械斗。薛田资送名片给附近各村村长，召集商讨调停，并称将有大队洋兵开到街头，将欺压教民的许言种、厉学珍，送县惩办。他没有得到村民回音，薛田资把三十余名教民集合在传教所，戒备了一夜。

天刚放亮，几个教民走出屋子，便被惊呆了。村外山坡上挤满了人，群情激昂，气势汹汹。教民忙把薛田资唤醒。薛田资有恃无恐，高声叫道："大家应召而来，我很欢迎。请各位村长进入传教所，我们谈判吧。"

人群扰攘了一阵，走出一位彪形大汉，还有一位白胡须的先生。大汉声音洪亮："我是总团长厉用九，这位是秀才伍先生。你交出教会长李四，还有最早入教的五名教民。伍先生有话问他们。"薛田资问："问什么？"厉用九道："他们是中国人，为何入洋教？"

薛田资使出宣教的口气："这我可以告诉你，皈依耶稣的教义，这是他们的幸运。你们这些迷途羔羊，最好也跟着来，用耶路撒冷的圣水，清洗醒醍的灵魂。"厉用九破口了："好个混账王八羔子，你敢侮辱老子，捆起这个德国舅子！"大群人奔下山坡，团团围住了院落。薛田资被一条绳拴上，李四和另五名教民也被抓住。厉用九将七名俘虏带到村北驼儿山，吊在山神庙的房梁上。

逃出村的教民，赶到县城告急。知县吕丙元带领员役，火速来到街头，处置这

场乱事。厉用九不是善茬儿,他在街头开花生作坊,交游甚广,爱打抱不平。恰逢上头有开办团练的谕令,他被知县口头任命为总团长。至于薛田资,吕丙元也知道他有"前科",只希望此人不在自己任上出事。吕丙元传唤厉用九下山,要他放人。厉用九替村民诉苦称,教民倚仗洋人的势力,时时处处欺压村民。王英环曾向屠户厉学珍买肉,厉学珍不卖给他;许言种则因家道殷实,教民勒索财物无果,这回薛田资要抓二人。

吕丙元开导他道:"教民欺压村民不对,村民吊打教民也不对。五月曾有上谕,命令各地护教,你得遵守王法。"

厉用九没有被镇住:"县大老爷,哪家王法?皇上的洋法不兴了,皇太后回宫掌政,要赶洋鬼子出中国。咱们日照县,还容薛大鼻子横行么?"吕丙元吃了一惊:"你还赶上了时新!太后掌政,她老人家也废不了条约,出一回教案割一块地盘,你别给国家闯祸。虽说法不责众,你也不要蹬鼻子上脸,一不小心闹过界去。吊他一宿出口恶气,把他放开,县方也好对上交代。"厉用九心存疑虑:"放了他,他请兵报仇怎么办?"吕丙元横他一眼:"不放他,洋兵立马会来报仇!你马上回山,叫薛田资写下文书,不再控告。只要他活着回去,我就把挑事责任推到他身上,借以开脱你们。"

厉用九回山跟同伙商量,伍秀才说,洋鬼子不得不放,土教民不可不除,要敲掉他们的反骨!两人来到山神庙,叫人把薛田资从梁上放下。这个强人被吊打了软蛋,哼哼着要求喝水。他饮下一瓢山泉,蓝眼珠蹿出火苗:"邪恶的异教徒,你们闯祸了!青岛将要发兵,剿灭街头败类——"厉用九抓起他的衣领,左右开弓,大打耳光,逼他写下一份文书。然后押起一干人犯,到街头北门与官兵会合,在知县答应责打教民后,才把七个人交出。

吕丙元回到县城,副主教福若瑟从青岛赶来,跟县当局处理善后。初步达成三条协议,可是,这份协议不能使主教安治泰满意,他接手与山东洋务局交涉。几天后缔结新的协定:一、向日照知县提出警告。二、逮捕许言种等四名人犯,严追逃亡者。三、赔偿薛田资终身调养费二万五千两,用作教堂建设资金。选日照县城内五

六亩地作教堂建设用地,城内和街头两座教堂建成时,知县率绅耆庆贺赔礼。四、发给街头等村教民代偿金一千零五十千文。这一纸协议,很快被德国公使海靖撕毁。海靖声称,德国政府拥有教会保护权,有关交涉应在政府层面开展。公使馆向总理衙门威胁说,如不罢免日照知县,即请本国政府派兵弹压。

总署急电山东,济南飞饬沂州,沂州知府丁立钧深感头痛。回想初上任时,在天津遭遇薛田资,岂料转了一圈儿,这个灾星又找上门来!由此想到与康有为邂逅,他心里更是五味杂陈。二人分手不过一年,康有为搅起的波澜,在千里之外也感受到震荡。谁知祸起萧墙,京中屠戮六君,沿海追捕党人,瞬间天地翻覆。他侥幸置身事外,然而天网密布,日照的突发事件,将使他难以脱身。

其实何止日照,几乎同时,莒州的留村也出事了。留村距离街头仅有六里,该村设有美国长老会的堂口。日照县的何家楼村民,去年与留村教民产生了纠纷。九月二十四日,何家楼三百余名汉子,砸毁了日照满堂峪的教会学校,又来留村找教民算账。方伟廉等三名教士,在留村被囚禁四天。莒州知州蒋楷前来解救,达成重建学校、赔偿损失的协议。长老会在沂水、兰山、诸城等县的堂口,先后受到攻击,三百余户教民家庭遭袭,十八所教堂被毁。

冲突最惨烈的,是郯城县的神山堡。该村首富杨清贤,雇教民王方友做用工。王方友与教会长李经芳合谋,勾结县衙门的稿案帮办朱门政,包揽词讼,欺压百姓。杨清贤赴衙告状,知县将王方友收监。教会长持神父名片上县,保救王方友出狱。王方友纠合教民去杨家叫骂,杨清贤向邻近团练求援。所谓团练,其实是各乡绅首假借名目,自立武装,用以抵御北上抢劫的淮北饥民。神山教案提供了由头,团练打出"抵制洋教,均粮济贫"的旗号,远近饥民踊跃跟从。两天内聚众一万余人,全县震动。戈巴德神父及时逃走,教民为了保命,拿起武器反抗。九名教民和三名村民被杀,神山教堂付之一炬。郯城知县亲往弹压,反被乱民围困,若非绅士解救,将酿成杀官巨祸。如此这般,沂州府属处处冒烟,闹得丁立钧焦头烂额。

沂州的一系列教案,使主教安治泰感受到,仇教气氛弥漫山东,而这是冲着青岛德军去的。他建议海靖公使,海靖又建议叶世克总督,要求派兵向中国方面示

威。叶世克请求柏林批准,在等待答复时,决定派出一个三人侦察队。这三人是海军少尉汉纳曼、矿山技师葛勒梅、翻译官葛兴立。他们化装成商人,从石臼所登陆西行。沿海一带常见洋人,没多少人对他们感兴趣。进入山区就不同了,山民们以为看见了野人,难免一惊一乍的。

行进数日,三人来到兰山县黄谷河村,坐在大树下休息。在田间干活的村妇,一眼瞄见了这伙怪人,慌忙回村报讯。村人陆续赶来,竟然集聚上百人。在众人围观下,三个人很不自在,葛兴立用汉语解释了几句,却无人跟他搭话。村人除了好奇,就是怀疑,还有一点害怕。倒是侦察队被意外惹毛了,少尉首先拔枪,当即打倒一人。技师也开枪了,翻译官点射收尾。黄谷河村民一哄而散,丢下三具尸体。

侦察队顺利地开进沂州府城,拜会了美国长老会的神父。到了傍晚,方伟廉陪同三人求见知府,向丁立钧通报途中险情。三个德国人毛发无损,三个村民登时毙命,这算什么险情! 丁立钧压住愤懑,派兰山知县调查。他追问德国人的来意,少尉答称调查教案。丁立钧问,怎么军人也管教案了? 汉纳曼答,别的程序失灵时,就该军人出场了。问答不欢而散。

到了第二天上午,东城门带兵官向府尊报告,有一群兰山村民,护送一辆骡车来城。据称是洋人弃置的,村民要将遗留物送到方伟廉的教堂。丁立钧去到东门,查看了车上货物,向村民问过原委,立即派人去召德国人。三个德国人来见知府,看到一辆熟悉的车子。丁立钧叫他们查验物品,问明并无减损。丁立钧当下黑了脸:"昨天你们声称,这个村子是暴徒的据点,你们落入武装包围,只得开枪自卫。今天谎言揭穿,原来那是好奇的老百姓,平白无故遭到射杀! 他们以德报怨,竟把你们的腌臜财物原封送还。两相比较,一方是金子,一方是狗屎啊!"

汉纳曼瞟一眼村民,见他们满身猥琐,蛮横之气陡增:"你闹错了,尊贵的知府。我们听见了'洋鬼子'的称呼,看到了枪刺的闪光,那是步枪,杀伤力极强! 至于送还,表明他们是狡猾的歹徒,试图避免德军的讨伐。"丁立钧憎恶地盯着他:"你是个歹毒的人。你们退回青岛,要不要派兵保护? 这也是怕你胡乱杀人。"汉纳曼假笑着:"你可以派兵。等我们派兵来时,我会还这个人情。"

侦察队回到青岛，报告遭到了袭击。这激起了叶世克的怒火，未等到柏林电复，当即派出远征军。一支海军陆战队，兵员一百二十名；一支别动队四十名。别动队专门复仇，径直开赴兰山县。可他们没有找到黄谷河，倒霉的白莲峪当了替死鬼，德军点燃了大半村庄的房屋。海军陆战队向前开进，顺利开到日照城下，薛田资作为随军祭司，同时发挥向导功能。

城门没能唤开，只有用强力打开。陆战队蜂拥而入，发现这几乎是一座空城。德军在县衙前整队，指挥官雷克、祭司薛田资进入县衙，向知县递交青岛总督的公函。公函要求日照当局，六日内将肇事人犯全部弋获，十日内审理定罪，定出抚恤条款，否则定将知县、绅士等押往青岛。

知县搬出主教安治泰与道员彭虞孙签订的协议，并称已支付疗养赔偿金二万五千两。事件早已处理完毕，你们何得无理取闹？雷克答称，以上情况我一概不知，我只完成总督下达的任务；薛祭司有一份罪犯名单，你按名捉人就是了。知县无奈，召集官绅摆明情势，一面悬赏搜捕人犯。

德军侵入日照一日后，总理衙门才得到德国公使的通报，不由又惊又恼。总署飞电张汝梅："海使无端煽耸寻衅，借口于派兵助地方官护教，情殊叵测。着饬登州镇总兵夏辛酉带队驰赴沂境，严加弹压骚乱，实力保护教民。俾德人知朝廷一视同仁，无论民教，皆归保护。无烦德兵越俎代谋，嘱其从速撤队归胶。"

夏军尚未到沂，丁立钧已离开府城，带十余名护兵前往日照。这是在冒险，幕僚亲友竭力劝阻，可他一意孤行。他有新党的嫌疑，若再失陷县城，他将罪上加罪！

丁立钧进入县衙，知县如见救星，遣人召请德酋来见。知府与知县高坐大堂，雷克与薛田资分庭抗礼，展开一场谈判。丁立钧开宗明义："本府惊闻德军犯境，不得不来询问缘由，也好对上有个交代。根据条约，德军不能越过胶澳。你们为何违约行事？"

雷克面无表情："条约一类，我不清楚，我执行的是总督命令。"

丁立钧道："你不清楚，总督清楚。请带人马回告总督，他违约了。德国兵滥杀无辜，我在府城刚刚领教过。现又抢占县城，你们不顾天理么？"

薛田资嬉皮笑脸："说到天理,就涉及我的范畴了。我们圣言会不远万里,来向中国土人宣导圣教,本应得到鲜花与勋章,却遭到了迫害与屠杀。上帝能不给予惩罚么?"

丁立钧仇恨地盯视此人："薛田资,你是招灾惹祸的魔头。你引发巨野教案,又惹起日照事变,罪孽深重,应伏冥诛。上帝有没有告诉你,地狱才是你该去的地方?"

薛田资连连惊叹："啊,啊,大人怀有深仇大恨,我若落入他手,定会遭受私刑。是不是,雷克?"雷克替他分辩："知府大人,你对薛神父不公平。他是受害人,有资格讨还公道。"

丁立钧愤愤道："他现是随军祭司,是军队的一员。他从来都是德军的一员,是为你们开路的。他害了很多人,他应受到公刑。若要讨还公道,你们的总督为何不审判他?"

薛田资拍案大呼："我抗议,我抗议!"

丁立钧冷冷说道："我是沂州知府,我提出正式抗议,要德军马上退出日照,退出沂州!"

二、神拳揭竿驱洋魔

德国勇士哪受得了这个? 雷克大声吼叫："沂州知府,你认错形势了! 是德军进入中国,不是华军进入德国,下命令的应该是我。"

丁立钧声冷气硬："不经允许而进入,就是强盗。强盗有资格命令么? 你们敬奉上帝,上帝叫你们这样干么? 上帝如果这样,他就跟强盗是一伙——"

薛田资气急败坏："上尉,上尉,把他抓起来,这人疯了!"

丁立钧气得声音颤抖："若非担心破坏邦交,我会叫人把你抓起来,交给你们的

宗教裁判所。德国上尉,随军祭司是这种货色,你军队的成色可想而知。"

雷克霍地立起,做出开拔的姿势:"够了,知府,我们不再听你的高论。"

丁立钧手指东方:"那就请出,快回青岛,那是你们强租的土地。"雷克似要发作,终未发出,悻悻地离去。丁立钧定一定神,令知县尽力收罗丁役,四出巡逻。

几天后,登州镇兵一千五百名进抵日照,在城南十里的寨上庄驻扎。夏辛酉派人进城通知,他的使命是绥靖地方,防止民众与德军冲突。同时为了防备不测,朝廷调派赴山西的曹州镇总兵万本华回防,令袁世凯新建军进驻德州。丁立钧稍稍心安,连续敦促雷克撤兵。雷克搬出另一借口:沂州府美国长老会请求德军保护。丁立钧驳斥道,长老会在我的直接保护下,你这青岛外军,怎要插一杠子?德军赖着不走,每日派兵出城进行"测量作业",所到之处,冲他们吠叫的狗也被射杀。丁立钧交涉无果,只好回到沂州,电请巡抚驱敌出境。

巡抚张汝梅有何法力?他寄望于北京。北京顶不住德方压力,正在动山东官场的心思。朝廷发下谕旨,日照、郯城、费县三县知县与莒州知州撤任调换;而给沂州知府留了面子,批准其因病开缺。丁立钧松了一口气,对他来说,这是最好的结局了。

在与署理知府杨建烈交接后,丁立钧来到济南,向巡抚张汝梅辞行。上宪和下司同病相怜,谈到忘情时,丁立钧慨乎言之:"上个月莒州知州蒋楷写信称:莒州、日照、诸城三县皆乱,推究其故,俱因流言北京赶逐西人,并有密旨令民反教,愚民即以为逐洋有功。殊不知北京虽不喜西法,亦断不能容乡愚招惹祸端。"不喜西法,这话犯忌,张汝梅不动声色地将话冲淡:"不错,愚民总喜欢传播流言,也往往因此给上头闯祸。此次山东之祸,乃乡愚和洋蛮交互招惹,以致一发不可收拾。"

意识到自己失言,丁立钧赶紧收束:"卑职也给中丞惹了祸,但愿杨兄完善了结,补我之失。"张汝梅笑了笑:"叔雅兄,你走之后,我可能也得走。了结山东之祸,恐须另选贤能。"

张汝梅说中了。两个多月前,翰林陈秉和弹劾张汝梅,称其在款待李鸿章时,日费万金,借饱私囊。当时朝廷派溥良赴鲁察验,溥良回奏查无实据。现今朝廷重

拾旧案,将张汝梅解职,以示并非屈服于外力。朝廷令毓贤接任山东巡抚。这人是一把快刀,曾在曹州知府任上镇压大刀会,因功升山东按察使,迁任湖南布政使,不久调升江宁将军。此次重返山东,毓贤一面安抚民心,一面致电安治泰,要求德军撤退。安治泰回绝称,德军进退非我所能决定,我只要求山东方面满足我方要求,并在四县县城各建一所教堂,德兵自然撤走。这叫趁火打劫,毓贤当然拒绝,安治泰便请德国公使施压。总署转对山东加压,要毓贤从速办妥。毓贤向朝廷叫苦:"山东民间众口一词,均称德国谋占全省路矿,近来纠纷频出,皆彼族蓄意挑起。铁路若不谈妥,恐难饱其所欲。"这算看准了症候。

经过长期谈判,总理衙门大臣许景澄,与汇丰银行、德华银行签订津镇铁路借款契约,清廷准许德国铺设天津至济南的铁路。

就在同一天,德国公使海靖通知总理衙门,德军从日照撤出。山东与教会方面的争执,也谈成了解决办法:一、共给沂州教案恤款银七万七千八百二十两;二、德兵带去日照绅士五人,俟电知青岛释放后,再付恤款;三、兰山、日照等处德兵轰毙人命、焚烧房屋等,系德国无端引起,实与条约不符,应派员与德国官员理论,另论议结。据此可知,德军撤退时掳走日照绅士,当作赔偿的抵押,这与绑架勒索何异!

在山东烽火连天时,直隶也不消停,直、鲁交界的那片插花地,埋藏的火种经久不息。上一次拳会被官府压制,将梨园屯的庙产判给教会一方,拳民们愤愤不平,都想伺机再起。姚洛奇游走四方,广交朋友,就是要捕捉这个"机"。在永年县城东的下堡店,有一座古老的金龙庙,姚洛奇寻到两位奇人,一名朱九斌,一名刘化龙。两人都是梅花拳师,武艺出众,却不显山露水。

姚洛奇倾心结交,在一月黑风高之夜,二人才对他吐露秘密:朱九斌是朱洪武的后代,刘化龙是刘伯温的后代,他们埋名隐迹,就为反清复明。姚洛奇半信半疑,刘化龙把姚洛奇引进一个山洞,叫他看洞顶的一块奇石。那石平圆如镜,色分五彩,隐约可见镌刻着字:"不光不兴,不西不中,不明不清,遍地红灯"。姚洛奇悟不出奥妙,刘化龙对他解释,第一句是说光绪昏庸;第二句是说剽习西学,丢了根本;第三句是说若不复明,百姓永远难见青天;第四句天机不可泄露,到时自明。

刘化龙告诉姚洛奇,朱九斌的爷爷化缘十年,积下资金,准备修一座奠基之庙。云游到了太子山下,对这个山名心有所感,便在此地住了下来。这天傍晚突下暴雨,朱爷爷正在山间转悠,被陡发的山洪卷入激流。朱爷爷无望地挣扎,即将被波涛吞没,忽觉水底有巨物隆起,就像一座山梁,将他驮上岸来。耳旁霹雳一声,眼前电光闪耀,一条金龙腾空而去,顷刻云散雨收。龙神赫然显灵,乃朱明复兴之兆,朱爷爷领受神旨修建庙宇。庙成之日,金龙洞顶又现神石,十六字真言隐含天机。

这个由头大得惊人。姚洛奇跟二人商量,要想成事,必须聚众,而聚众就得请动赵三多。朱、刘跟随姚洛奇,来威县沙柳寨拜会赵老英雄。盘桓数日,朱、刘邀请赵、姚去永年,陪着在庙中静修,也领着看了奇石上的神启。此中的来龙去脉,二人并未对赵三多说破,赵三多的侠义性情,不需要用神怪去耸动。刘化龙识文断字,消息灵通,对同伴们讲述老太后复辟、菜市口杀人、追拿维新党的新闻,还有四川余栋臣起义的范例。余栋臣绰号余蛮子,是大足县的哥老会首领。大足龙水镇的天主教教堂,与"汉教"的祠堂存在地产及祭祀礼仪的纠纷,这与梨园屯的积案十分相似。八年前余栋臣发起反教,被官府镇压下去。本年春再度蜂起,余栋臣提出"顺清灭洋"的口号,并且发布檄文:《大清国义民余栋臣为忠愤冤惨恺切陈告事》,历数洋人"侮慢我朝廷,把持我官府,占据我都城,焚毁我宫殿,既占上海,又割台湾,胶州强立埠镇,意欲瓜分中国"的罪恶。余栋臣虽遭官府逮捕,他的宣言却广泛传播,连官员们私下都表示同情。

这件事打动了赵三多。他卷入梨园屯的乱子,原本是不情愿的,但是一旦涉足,他就无法抽身。余蛮子的那番说辞,呼应了他的心思。他的确没打算反清,灭洋倒想试试,忠愤冤惨,哪一个中国汉子不怀此仇!赵三多吩咐弟子,暗中绣制一面旗帜,上书"扶清灭洋"四字。扶字比顺字更有力,直隶近在京畿,赵也比余更便利。

正所谓搭锯就有末,旗帜制成,事情来了。迫于方济各教会和法国公使的要挟,冠县当局加紧追缉阎书勤等十八魁,山东各衙门也发票要拿拳民。九月十一日,驻扎临清小卢教堂的飞虎营防勇,跑到沙柳寨的集市上,抢拿摊贩的牛肉。姚

洛奇、阎书勤等闻风而动，召唤拳众，一日之内啸聚千人。姚、阎等当夜赶至沙柳寨，赵三多推托不愿领头，阎书勤便仿效三请诸葛的莽张飞，当真放火烧了赵家的房子。这是一出苦肉计，因为赵三多所在的大架派，反对他受小架派姚洛奇的裹挟。赵三多被逼出山，拳众踊跃追随，冠县红桃园和邱县柳疃分别聚集三千余人。大队人马向南进发，沿途烧砸教堂，散发传单，呼吁民众蜂起反教。

拳队开到邱县常家屯，此地西邻赵家庄总教堂，往南就是要攻击的小卢教堂。就在这里，赵三多树起"扶清灭洋"大旗，旗为长方形黄幡，镶有齿形黑边。簇拥于旗下的拳民，头裹红巾，脚穿长靴，手持长矛大刀，也有少量快枪。义和拳忙于排兵布阵，官府赶紧防堵镇压。大名镇马队、临清营兵、各州县勇役一千余人，堵住了通往小卢的道路，另有一营练兵摆在西面，防止拳民转攻赵家庄总堂。临清州知州，冠县、邱县、威县知县齐集前沿，召集三县团总及绅董，令其轮番进屯劝谕开导。姚洛奇主张冲过去再说，赵三多的徒弟们不同意，自家人争吵不休。

僵持到第三天早晨，威县知县戚朝卿亲自来到常家屯村口，唤赵三多出来问话。这是父母官，赵三多不敢不出，姚洛奇等怕他露面被抓，遂带领多人随护。戚朝卿坐在村头大槐树下，看见村里走出一群壮汉，为首那人身材高大，相貌堂堂，便知是赵三多，定睛看他如何动作。

相距两丈开外时，姚洛奇劝赵三多止住脚。赵三多打量对面，碰上了知县的炯炯目光，他便抱拳作揖："小民赵三多，参见知县大老爷。"戚朝卿右手一举："好了，免礼。你既知礼，我就讲理。你是一介小民，应当遵守王法，怎能聚众闹事？"赵三多彬彬有礼："小民并未闹事，众也不是我聚的，是乡亲们受洋人欺压，要找他们论理。"这人话语不多，句句含着骨头，倒是不可小觑。戚朝卿不跟他动怒："你不聚众，那面旗帜干什么用？有小老百姓打旗竖幡的么？"赵三多答："有。赶庙会时，耍社火时，做道场时，民间都有扯旗放炮的。这是把事情做到当面，不干偷偷摸摸的勾当。"戚朝卿问："你要干什么事情？"赵三多道："扶清灭洋。"戚朝卿笑了笑："好得很。我是大清的县官，你听我的命令，赶快解散徒众。"

掉进自己的话兜里，赵三多一时傻眼。姚洛奇从旁发声："我们扶清，不扶昏

官,不扶洋奴,不扶坏人!"

戚朝卿手指姚洛奇:"你是坏人,你挑唆赵三多,勾结十八魁,鼓动打教堂。赵三多,你不要上此人的当,此人无儿无女,无产无业,他要碰瓷儿换个囫囵碗。你家有八十老母,怎能跟着他玩儿完?"这话隐隐透着威胁,赵三多尽力顶住:"大老爷为民父母,当以仁慈之心待人。教会压迫你的子民,你得搭救他们。"

戚朝卿失去了耐心,提高嗓音:"我劝不动你们,换一拨人来劝!"说罢一挥手,一队士兵押着十几个老人,从树林中走了出来。打头的老太太白发苍苍,正是赵三多的老娘,其余老人皆是拳民头头的父母。

赵三多叫声"娘啊",就要扑过去,姚洛奇将他紧紧拽住。戚朝卿下令道:"老人家,劝劝你的儿子。"老娘颤巍巍道:"儿啊,不可反官,你回家吧!"赵三多扑通跪下:"娘,惊动您老人家,儿子不孝。儿子不反官,是官家偏袒教民,不护百姓。"

老娘说道:"官家总有官家的理,跟他们反窜,吃亏的是你。"她转身瞅着县官:"大老爷,我说得对不对?"

戚朝卿面带冷笑:"说得对,有你这个娘,赵三多反不了。喂,其他各位,都要听从爹娘呼唤,赶紧解散。官府已经明贴告示,只要回家安静度日,一概免罪。"爹娘们纷纷发声:"儿啊,快走。""官家发大兵,要剿咱的家!"赵三多的大儿子赵凤桐,扑跪在地朝姚洛奇叩头:"姚大伯,你劝大家解散吧!罪归我父亲一人,大家不要跟着受难。"姚洛奇暴躁地喊:"凤桐,你糊涂!咱们反教没有罪,那保教的才有错。皇太后叫万民驱逐西人——"

戚朝卿一声断喝:"假传圣旨,就是反叛,给我拿下!"上百名兵丁逼近几步,摆弄枪械,大声威吓。赵三多吃力地站起身,环视着陆续拥来的拳众,沉重地说道:"反官杀兵,咱不能干。你们暂且回家,只要我死不了,咱们再来第二回。这回败在南边,下次就必胜在北边,兄弟们等着我的信。"

姚洛奇大喊大叫,堵不住分成多股的人流。赵三多要去官府投案,换回母亲,姚洛奇死死拦住,率百余人保护赵三多,向北退走。路上捎带烧了红桃园、三口村等处教堂。这些行动暴露了踪迹,终于在侯末村被官兵围住。这是沙柳寨的邻村,

官兵行施火烧连营之计，村民舍命保救，使赵三多死里逃生，姚洛奇却落入临清营兵之手。数日后，姚洛奇在冠县被枭首示众。赵三多也成了被追捕的罪犯，他在清河与"十八魁"分手，阎书勤等回山东活动。赵三多到枣强县卷子镇落脚，流动教拳传徒，足迹遍及滹沱河两岸数州县。在此期间，刘化龙成了他的主要军师。考究失败的原因，刘化龙说，败就败在"扶"字上。扶是口号，不是真心，这就要在明处顺着官，暗中逆着做，抽冷子给他一家伙。否则连自保都办不到，你还怎么灭洋？赵三多如梦方醒，可一想到要给官一家伙，心里还是犯嘀咕。

德军占领日照后，山东、直隶民情激愤，给义和拳提供了再起的机会。四月初八是佛诞之日，五十余名梅花拳师傅齐集正定府大佛寺，以烧香之名聚议大事。在大殿后面的禅院里，众人开怀畅饮，各抒己见。阜城县的武举赵汝才，立起来对赵三多拱手："本家老兄，你看你走这一遭，无一处不助你的劲，这叫义薄云天，百神相助，不走第二回太亏了。"

刘化龙捋着稀疏的胡须："赵兄，这个神字说得好。现今静海、青县、东光一带有红门，吃符念咒，刀枪不入，不怕洋枪大炮，名叫铁布衫。他们信白莲教，所以不敢明开，但宗旨与我们差不多。不妨咱们凑他一步，学学他们的办法。我们明着亮拳开会，他与我们联合，也能见见天光。老百姓都信他们，两下一呼百应，就好往下搞了。"众师傅齐声说好，有多人自告奋勇，要与京南的白门、黄门联络。

赵三多向东遥望，仿佛看到旗帜漫卷，刀枪林立。他深深吸一口气："众位兄弟，我是被赶鸭子上架，惶惶奔走多日，落得有家难投。风烛残年的老母，也受惊吓而死。可咱都还有一个老母，那就是地母！生咱养咱的热土，正被洋人糟践，不报此仇，誓不为人！义和拳本有神性，枣强县的五祖神拳，京东南的铁布衫神技，都是天神帮咱复仇。我这一门派的义和拳，就改名为神助义和拳，愿与各门各派搭帮融通，连成一气。时机一到，遍地蜂起，官家也不得不顺咱们！"当下商定各人去向，平时互通声气，在出现变故时，以佛寺老僧串联报讯。众人悄悄散去。

赵三多游走四乡，所到之处受到拳众欢迎。这些拳团名目各异，心思一致，都要反洋教，保家乡。这天来到济南府长清县，在云禅寺会见了孙佩良师傅。孙佩良

自身无甚出奇,却有一个不得了的徒弟,名唤朱红灯。朱红灯自小无依无靠,几年前来大李庄投奔舅舅。朱红灯会一点医术,往来乡间给人看病,广结人缘。在孙佩良这里学得武艺后,朱红灯很快名震四方。去年五月,朱红灯率领拳民,攻打本县最大的徐家楼教堂,又与信天主教的豪绅关正清恶斗数场。关正清等纠合三十六村民团,向拳民反扑。朱红灯率众西渡黄河,转移至茌平,在那里造成更大声势。他有时回来看舅舅,还是那副朴实模样,乡亲们私下传说:"小朱子在西乡,打仗都坐轿车啦。"西乡指本县和茌平、禹城交界一带,这是朱红灯的作战范围。

孙佩良越吹越高兴,赵三多思谋一阵问:"孙兄传授的神拳,到底是何套路?"孙佩良点点头:"咱们走一趟吧。"

二人来到屋外,在山坡上耍了一套拳路。赵三多见这位拳术平平,便留着面子,点到为止。孙佩良已明了此人不凡,抱着双拳说声"佩服"。赵三多应道:"不敢。孙师傅练的像是长拳。"孙佩良笑道:"就是长拳,加点梅花拳的招数。说它神,是因为武之外还有文。"赵三多问:"分为文场和武场?"孙佩良道:"对。武练为外丹,文练为内丹,只有内外兼修,才能练成金刚不坏之体。"赵三多道:"孙师傅所言,全是梅花拳的精义。"孙佩良抱拳笑言:"要想学全,需请赵师傅指教。"

见他诚心领教,赵三多很是感动:"与同道切磋是我的幸运。练梅花拳的目的并不在于提高武艺,而是先固根本,由形气合一到神气合一,最终达到精气神一体。文场归根于炼气炼神,用佛、道、儒三教及《周易》中修身养性的教义作经文。文场以精、气、神为三纲,心肝脾胃肾为五常;武场以天、地、人为三纲,东西南北中为五常。五戒是杀、盗、淫、酒、妄,五行是仁、义、礼、智、信。总之,讲道不离身,打铁不离砧。大道分明在人身,迷人不知向外寻。泥胎木像都是假,铁打铜铸也不真。佛祖灵山莫远求,灵山就在汝心头。人人有个灵山塔,好在灵山塔下修。"孙佩良倒身下拜,这是拜师的礼数,赵三多哪里肯受?孙佩良倾心诉说,他的功底已不足以指导小朱子,天幸高人云游来此,师徒二人都找到师傅了。

孙佩良陪同赵三多,到西乡来见朱红灯。在茌平县五里庄村外,搭着长达五六丈的席棚,棚前木架做成辕门式样,长竿上悬大红旗幡,"神拳"二字分外醒目。场

地上练拳的人员，多是十几岁的小伙。辕门外太师椅上，端坐着一位教师，二十四五岁年纪，身量并不高大，显出沉静之气。他的面相似有些熟悉，赵三多仔细回想，这人他并未见过。

听过孙师傅的介绍，朱红灯拜见了赵师傅，叫一个徒弟领着习练，自己陪着两位师傅，来到借居的刘典柱家。刘典柱是本村富户，由于也习神拳，便奉朱红灯为首领。几个人相见恨晚，饮酒谈拳，畅所欲言。到了夜晚，赵三多才有机会跟朱红灯深谈。

朱红灯说，神拳源于大刀会的金钟罩。由于外国洋枪厉害，必须能避枪炮，才好护身御敌。神拳有请神法，向东南方的桃花山七十二洞叩头；有定神法，念诵祖师爷敕令等咒语。每天晚上都练拳、排砖、排刀，俗称为硬气功，久练可以刀枪不入。加上请神和念咒，任何人都能入门速成。如果还能行医治病，对于多灾多疫的洪泛区百姓，的确是威力无穷的救难神灵。朱红灯坦言神拳之神，让人感到他颇有见识。朱红灯继续说，这一带的教民都较富裕，平时就跟官府勾结，入教以后如虎添翼。贫民若不习拳，永世不得翻身。朱红灯并非身怀绝技，他只是为民请命，替天行道。他愿跟赵师傅的梅花拳结合，山东与河北连为一气，朝廷也得顺应民心，洋人就没什么可怕了。见他小小年纪，竟有这般心胸，赵三多十分喜欢。赵三多便在刘家住下，给朱红灯教授梅花拳，也帮他出出主意。

义和拳与神拳合流，拳会势力迅速扩大，与琉璃寺的本明和尚、平阴县的甲士卫等头头，也都加强了联系。五月十五，仿照梨园屯亮拳大会的样子，朱红灯在张官屯龙王庙祭神祈雨，连唱五天大戏。方圆各乡的神拳团体参与庙会，聚集两千余人，会上摆下擂台，各路好汉登台比武。这种阵势吓坏了教民，他们有的外逃避难，有的求购枪弹，准备自卫。

武秀才徐殿臣向县官呼救，茌平知县豫咸亲临张官屯，对拳教双方进行调解。知县轻车简从，态度温和，只讲利害，不施恐吓，这让拳众把他视为青天。豫咸的言行，是由毓贤的方针决定的。毓贤愤慨于德军的暴虐，不愿"为渊驱鱼，为丛驱雀"，希图化拳为团，避免反教惹祸。教会一方却对豫咸不满，称他纵容作乱，以致全县

兴起八十余处拳场，几乎村村冒烟。火星迸到了邻县，各县县衙经常收到教会的控告。平原县新任知县蒋楷，就是在莒州被撤职的那位。韩庄教会的意大利宣教士高凤仪，屁股还没在平原坐稳，便来向蒋楷申诉：小魏庄的两个教堂，受到武生张泽拳团的袭击，而张泽受武生王治邦的指使。王治邦曾任兵营千总，其子王甲三也做过曹州抚标千总，在当地势力很大。父子在宅院内开设武场，张泽是王治邦的弟子。

蒋楷派人去探张泽的拳场，得到如下报告："场前横置大刀，亦有枪炮戈矛之类兵器。所供神位以杨戬为主，称为太老师；其次有孙膑、马武、张飞、孙悟空等。练拳先请降神附体，所附之人称为马子，佩符念咒，若疯若癫，力增数倍。拳内相互呼师兄，魁首姓名为朱红灯，号为天龙，威赛天将。"

蒋楷又好气又好笑，召唤王甲三来到县衙，好言相劝："民教不和，各有原因，可以理论，不可斗气。前年巨野案起，增建教堂十三所；去年沂州教案，三座县城添盖教堂。这是我亲身经历的，你在曹州，岂无所感？"

王甲三也很谦和："老父母，你在沂州受挫，我在曹州吃瘪，可谓彼此彼此。百姓有冤无处诉，练拳消一消浊气，教会何必说三道四？"

蒋楷依然好脾气："刀矛戳到教堂大门上，他当然要叫唤。你数一数，每一次闹教，结果无损于教会毫末，滋事之人自损多多。小民蒙昧无知，绅董何不警觉？"王甲三说了实话："张泽的侄儿张安业，家境富裕，本可安分度日，他却加入了恩县傅天德神甫的教会，引诱本村人入会。张泽是里长，哪容侄儿败坏家风？不料那小子不服管教，反咬叔父打砸教堂，这不是犯上作乱么？"

官和绅说不到一块。蒋楷正自烦恼，高凤仪又来告状：董路口被袭。这村的豪绅董吉公，在自家的庄园内设立礼拜所，人称董氏教堂。他经常邀请外国教士，前来宣教。这就惹恼了本村拳民，这天来找董吉公算账。董吉公闻风先逃，躲进杠子李庄的天主教徒李金榜家。李金榜的族叔李长水，听说来了"董氏教堂"，便率拳徒来拿二鬼子。李金榜身为里长，招来团丁护院，同时派人赴县投诉，自称受到拳匪的掠夺。该算总账了，蒋楷派捕快总役陈德和，带领勇役前往捉拿。

这帮人赶到杠子李庄村口,看见一个练拳的空场,场上聚有几十号人,持棍执刀,虎视眈眈。陈德和使出官威,喝问谁是李长水。一个中年汉子在人堆中应声:"我就是。干什么?"陈德和自报家门:"我是捕快总役陈德和。有人告你犯案,县大老爷传你问话。"李长水并不害怕:"那是我堂哥的崽子李金榜。他妈的下流至极,硬要钻洋人的裤裆。大老爷想闻臊气儿,你何不把他带回去?"陈德和怪笑一声:"哟嗬,你还挺牛球。大老爷要的是你,不是李金榜。"李长水道:"我这里有牛臊气,只怕熏坏大老爷。弟兄们,来牛的!"众人哈了一声,拉架挥拳,挺矛亮剑,比武争胜。

陈德和冷眼看了一阵,从勇役手中取过快枪,朝天发射。枪声惊呆了场上的拳徒,勇役趁机冲进人群,直扑李长水。李长水挥众抗拒,抗官的一方总显气虚,只有招架之功。最终六人被抓,李长水腿快逃脱。

李金榜的靠山是官府,李长水的后盾是神拳。李长水来到高唐州琉璃寺,向朱红灯讨教办法。朱红灯也在思谋新的办法。起事两年多了,总在零敲碎打,打掉了一些教民,却有更多的教民冒出来。归根是洋人势大,官府助恶,而拳民孤立无援,受到教会、官兵、教民三方挤压。为今之计,惟有召唤更多的拳徒,打出威风,撕开口子,不然恐怕难以立足。

朱红灯发出传帖,远到曹州,近至德州,都有拳团向杠子李庄会集,三天内聚众三千余人。平原全县为之震动,蒋楷亲率勇役防剿,请来驻防的练兵助战。已经快要开战了,他想的却是何至于战,幺幺小丑,哪有胆量对抗官兵!在庄外开阔地驻扎,几名捕役奉知县之命,潜入庄中刺探。但见庄边的墙壁上,用白灰刷写着一行行大字:"天下义和拳,兴清灭洋,反教除邪"。用"兴"字换掉"扶"字,是朱红灯跟赵三多商定的。赵三多吃了扶官的亏,"兴"的意思比较含糊,不易叫官捏住嘴角。朱、赵这一回意在抗官,摆堂堂正正之阵,打明明亮亮之旗,给义和拳闯出一片天地。

三、决心反教须抗上

天下义和拳！这种口气令蒋楷吃惊，平原县出了一个"天下"，知县将吃不了兜着走。他跟练营的哨官合计，要做好打仗的准备。哨官手指随带的行仗炮，请县老爷放宽心，拳头顶不住他的炮火。说话间听到杠子李庄的炮声，那是炮仗"冲天雷"，声响并不比大炮小。便见村中拥出人群，一色红巾裹头，一片刀矛闪光，一窝蜂地蔓延开来。拳众簇拥出一员主将，但见他头戴大红风帽，身着红衣红裤，腰间紧扎白布战带，黑色排扣如铁箍铜铸。两名头目立在朱红灯两边，各执两面红旗，拳众武器也以红布为饰。

闷沉的鼓声中，朱红灯跪地向东南方向叩头，然后昂然起立，正面朝向官兵。这是两军对垒的架势，蒋楷心里发毛，哨官哪把毛贼放在心里，立即下令开炮。他本想镇唬拳众，不料戳翻了马蜂窝，一炮炸得众队齐出，直向官兵冲击。每一队有百人，有以和尚道士为首，有以门派武师打头，以四人为一圈，轮伏轮起，轮进轮退，井然有序，纹丝不乱。

这不像乌合之众。两军不待交手，官兵已失了锐气。勉强接仗，洋枪打倒了几个拳民，更多的官兵被对手戳翻。大炮也被掀翻，失去了吓人的威力。哨官护着蒋楷的官轿，撤到一座土冈上，遣人喊叫晓谕，试图以文止武。朱红灯也便见好就收，来了个"穷寇莫追"。蒋楷带着伤兵回到县城，考虑善后之策，有人送来了恩县的公文。恩县是庞庄教会所在地，知县朱维诚应明恩溥神父之求，要求与平原联名请兵。蒋楷答应下来，平原、恩县联名电禀济南府，声称县城被围，请求发兵平乱。

济南知府卢昌诒，接报后忙向巡抚请示。毓贤有些犹豫，他刚向朝廷上递《复奏东省大刀会情形折》："伏查东省民风素强，民俗尤厚。当此时局艰难，外患纷沓之际，当以固民心为要图。百姓能知君亲大义者颇不乏人，设有缓急，必有可恃。"

他正宣扬民心可用,剿拳岂非自打耳光? 然县城有失也难交代,毓贤派卢昌诒会同亲兵营统领袁世敦,率领骑步两队驰往平原,相机办理。巡抚大人不说剿办,卢昌诒不由犯了嘀咕,难道叫我用好话说合? 卢、袁率兵开到平原县城,与知县蒋楷会商机宜。蒋楷禀告知府,施砚田等四名南乡庄长,来县请求不要派兵,声称朱红灯不肯反官,派兵恐怕激其造反。可否借大兵压境之势,令庄长反劝拳团解散? 卢昌诒采纳此议,选派南乡绅士方秀才,同四名庄长去杠子李庄,张贴告示,劝谕拳众。

方秀才等扑了一个空。大部分拳民已经撤走,只有恩县东乡的孙治泰,带领一帮人焚烧名册,收拾器物。听罢方秀才的劝说,孙治泰咧咧嘴:"我把你的好意带给朱红灯。不过,你看见村口写的告示了吧?"方秀才道:"知府的告示还没贴上,你说的是什么?"孙治泰大咧咧地说:"天下义和拳,那是我写的告示。朱红灯要坐天下,怎会听你们胡咧?"方秀才瞪大眼:"你这才叫胡咧! 那是灭族的勾当,别说做,说说都是死罪!"孙治泰哈哈笑:"好了好了,你我都是传话人,要死还是要活,叫他们当首领的碰一碰。"见方秀才还要巧辩,孙治泰叉开五指:"朱红灯有两个条件。放开被抓的六个拳民;惩办陈德和,因为他骗了李长水的钱,还收取教会的贿赂。办到这两条,咱就没事了。"见此人不可理喻,方秀才只好回城报告。

孙治泰领人追赶大队,路上顺手牵羊,抢掠了几户教民的财物。这是拳团的补给方式,要不然,成百上千的人吃马喂,粮草从哪里来? 有人把这叫作发洋财,倒也合乎实际。沿马颊河堤一路向西,赶到田坊庄,孙治泰与总团会合。朱红灯不在这里,他跟赵三多一起,去踏看附近地形了。奔波一大晌,伙伴们早饿了,孙治泰安排埋锅造饭。掠得的猪肉派上了用场,放在大锅里清炖,不久便香气四溢,招引出半个村子的馋虫。

有一伙人不甘心过干瘾,这些人来自茌平西乡,头目叫罗逢英。西乡人最早欢迎朱红灯,罗逢英便以羽林军自居,总想压人一头。罗逢英跟孙治泰商量,请他分出一些肉,给手下弟兄解解馋。孙治泰虽不情愿,还是叫人捞出两块肉。罗逢英嫌少,孙治泰不高兴了:"我的弟兄饿着肚子,在他们口中夺食,老兄下得了手么?"罗逢英也没好气:"有肉大家吃,你连这都不懂?"孙治泰问:"这话谁说的?"罗逢英道:

"朱红灯说的。"孙治泰问："我怎么没听见？"罗逢英道："你这帮边子，怎么听得见！朱红灯说，以后不能谁抢谁得，那与土匪无异。不想当土匪，就把猪肉与我平分，我不朝上头举报。"两个人吵架，演变成两伙人厮打，为了争夺猪肉，闹得不可开交。

朱红灯回来正赶上调解。这样的纠纷没少产生，大家来自四面八方，拳路不同，心性各异，难免有牙齿咬舌头的时候。哄闹多由食物引起，拳团成员穷人居多，由于在家填不饱肚子，这才出来寻求活路。人们公推朱红灯为首，是因为他处事公平，不往自己的怀里扒拉。听罢双方互相指控，朱红灯没像先前那样和稀泥，首先各打五十大板："罗师兄不该恃强，拳中弟兄一般远近，谁是帮边子，谁是自家人？孙师兄不该小气，咱们庄户人常说，有我一口饭，就有你几粒米，怎好意思吃独食？"

见二人都不服气，朱红灯笑了一笑："归根结底怪我，我没把规矩立起，劫难就逼近了。有错就得受罚，我派人去周围村中买猪，请大家饱餐一顿。"罗逢英没听明白："大家？那得吃多少猪？"朱红灯道："六十头猪，三千人吃，虽然不够，打打牙祭。"这一下要大块吃肉了！人们兴奋得嗷嗷叫。孙治泰却听出话中有话，他要追根刨底："朱师兄，你哪有那么多银钱？"朱红灯道："跟随我起事的二百号兄弟，半年来打教征粮，积攒下三百两银子。"孙治泰道："一下子抛撒掉，你还怎么虑后？"朱红灯说声"不虑后了"，忽听场外有人嚷，便把话停住。人们看过去，见河堤上跑下来六个人，正是被官府抓走的那几位！大家迎上去问长问短，几个人顾不上细说，赶到朱红灯身边，向他讲述缘由。知府放了六人，令他们转告朱红灯：只要拳众解散，官府既往不咎；省里发来大兵，对于聚众抗官者，一律格杀勿论！

众人鸦雀无声，目光集中到朱红灯身上。朱红灯吁口气道："我刚才说，不虑后了。你们看看，该解散了。"寂静一刻，有人大叫："不能解散！各自回家，教民还不把咱吃了？""对，群威群胆。不是聚起三千人，官府会求着咱们说话？""官们诓咱散开，一个一个收拾！"

一片嚷声中，孙治泰回到热腾腾的肉锅旁，叫人捞出煮熟的大肉块，切成一块块小肉团，用案板托着分发给大家。孙治泰对朱红灯喊："有我一口饭，就有你几粒米，怎好散开吃独食？"朱红灯脸笑眼不笑："这回不是吃饭，官军要来杀人。"孙治泰

大声吼叫:"咱跟他对杀!"朱红灯咬得很紧:"对杀?大家说,敢不敢?"场上众人齐声呼应。

朱红灯道:"要跟官军对杀,不能一盘散沙,咱得订立规矩。"当下吆集各路头脑,到大席棚中商议。决定三条:一、改拳为团,定名为天下义和团;二、以县分队,以队官负总责,以旗色作辨别;三、设立总账房,征收钱粮一律充公,平均分配,不准私自掠人财物。因为马上就要打仗,大家都感到需要抱团,无人再来斤斤计较。

朱红灯已选好打仗地点。从田坊庄西去五六里,河堤外面有一土冈,冈上有一座森罗宝殿,那里的地势十分险要。朱红灯和队长们先去察看,这地方是赵三多看中的,他引领着卖弄一番:从南面登冈,首先是三间药王庙,这像在城门楼下修筑瓮城。再上一面缓坡,便是森罗殿,这是供奉阎罗王的庙宇。庙院三进,一进院是五间正殿,森罗大帝端坐中间;二进院塑有黑脸判官、牛头马面,环列十八层地狱的阴惨景象;三进院有僧房、仓库、磨坊、菜田。庙院四周古木参天,怪石嶙峋,居高临下,易守难攻。

恩县的队长曾在兵营当什长,他向赵三多提出疑问:"咱们是生手,跟官兵见仗,要靠人多气猛取胜,怎能上来就说守?"赵三多道:"立足于守,起手于攻。攻不动时,你得撑过那阵反扑,才能有第二攻、第三攻。"大家都赞同赵三多的见解,恩县队长在冈坡上转悠,又发现了不利之处:森罗殿背面坡度平缓,冈坡与河堤之间有一道平川,利于官兵骑步奔袭。这倒是个漏洞,赵三多提议,在入口处架设木桩、鹿寨等障碍物,随时加强警戒。这时候,全部人马开了过来,分别布置在土冈上下,开始修筑各处工事。秣马厉兵,六十头猪当真兑现,一时冈上肉香四溢,令三千子弟心花怒放。说起来这是破了戒的,神拳规定,上功之前戒酒戒荤。朱红灯为了鼓舞士气,将开荤说成食洋教之肉,给弟兄们寻了一条过瘾的理由。

一场大战已不可免,官方却是心存侥幸。这叫托大,拳民仍是民,民不跟官斗,此乃几千年的铁律。等不到解散的消息,官兵开出县城,循着踪迹追赶,在土冈南面驻扎。济南府的练兵二百人,袁世敦的步兵五百余人,朱于山的骑兵近百人,分兵三路,作进攻之势。

这天早晨,卢昌诒仍派方秀才打头阵,要求解散。方秀才乘着马车,尚在土路上曲折前行时,拳团阵势在冈前排开,朱红灯亲自进行请神仪式。在焚烧香表的青烟中,他头顶神位,胸佩神符,叩请桃花山七十二洞神仙降临,口中念念有词:"头顶天灵,脚踏地灵,身披黄灵,我有十万神兵,十万鬼兵,遇山山倒,遇地地崩,遇树两截,遇石碎分。吾乃太上老君,急急如律令。"

当场任命各队队长为大师兄、二师兄,直至三十六师兄。师兄们带众齐诵:"稽首北方洞门开,洞中请出铁佛来。铁神铁庙铁莲台,铁人铁眼铁鼻腮。天地旋涡日月照,止住枪炮不能来。"

仪式完毕,神功到身,即可恶战。赵三多立在队长们身旁,暗自思索:他的"神助义和拳",表达的只是一个心意,打仗还靠自身功力。求神保身有用么?不过,神仙能够带来安慰,给怯战的人增加勇气,也许这就是神拳的法术所在。

方秀才距离土冈不远时,迎面奔来三匹快马,为首的骑士高声叫道:"本人张泽,奉总师兄之命传话:神团撤出李庄,给了卢大人面子,再要紧逼,恕不客气!你速回去传话。"方秀才在车上拱手:"张兄,本人这厢有礼了。卢大人宽大为怀,只要你们解散——"张泽挥起手中铁鞭,朝辕马狠抽下去,那马负痛惊蹿,几乎将车掀翻。三骑马奔向官兵,在阵列前面刹住,张泽抛下红字战书,便又疾驰回归。看着这番做作,袁世敦又好气又好笑,在马上朝知府招呼:"卢大人,不要玩猫戏耗子了,下网捉鱼吧?"卢昌诒在轿车上张望前方:"方秀才呢,马把他拉到哪里了?等他回来,再定行止。"

等不及了,对面战鼓擂响,土炮为号,千人发威,拳民率先发起攻击。冲在前面的是三十几匹快马,土百姓也有骑兵?官兵还在发愣,拳民马到阵前。袁世敦吆喝开枪,却已迟了一步,马上长矛刺出,挑翻了前排官兵,第二排措手不及,便要张皇后退。哨官大声吼叫,袁世敦重整队形,朱于山的骑兵分为两部,一部攻杀拳民马队、一部直捣敌阵中坚。官军骑兵训练有素,骑马的拳民抵挡不住,四散逃开。大部骑兵却攻不出去,大批拳民卷地而来,拳团用三倍四倍的兵力,不避枪弹,狂驱突进,前仆后继,如中邪祟。

官兵开枪射击,弹丸打进拳民的身体,那拳民若无其事,张大淌血的嘴巴嘎嘎笑着,挥刀前冲,这景象令官兵毛骨悚然。前哨阵亡三人,伤十余人,惊呼退却。后哨还没接仗,一杆门旗已被夺走,执旗弁员死于刀下。大胡子哨官见势不妙,便要逃走,却被袁世敦策马堵住,剑锋直指哨官脖颈:"要逃命,先斩首!"哨官趔趄一下,拔出腰刀凄厉嚎叫,督促兵丁竭力顶住,与大股拳民以死相搏。双方缠斗,人喊马嘶,拳民伤亡惨重,官兵岌岌可危。

赵三多混在拳民队伍中,一边厮杀,一边转移,悄悄接近那辆轿车。轿车停在一片草地中,距离战场四五丈远。卢昌诒坐在车上,由一队亲兵保护着观战。借着芭茅掩护,赵三多潜行至车后,突然纵身跃起,利刃便向卢昌诒砍去。只听"当"的一声,一根篷柱被削为两截。只差一点点!赵三多暗骂忙中出错,再要出刀时,卢昌诒惊叫连连,亲兵们乱枪射击。赵三多弹跳落地,顺手削掉一颗亲兵的脑袋。

嚣乱扯动了官兵阵势,袁世敦无力遏制,败兵裹挟着统领,簇拥着知府,溃逃至小马庄边。勉强招拢队伍,却如覆水难收,袁世敦深知此次之败,有一半要怪自己。官兵积习,出兵不带备用弹药,指望用阵形威吓对手。士兵打过几枪便瞎火,不逃岂非等死?

极端懊悔中,袁世敦仰天大叫:"今日不活了!堂堂官军,捕一土匪,受此挫辱,有何面目见人!"将刀一横,便要自刎,却被亲兵死死抱住。袁世敦破口大骂:"你们要苟活,何不叫老子死?老子祖爷是剿匪名将,兄长是新军首领,却在小河沟里翻船,不如在女人尿盆里溺死。你们闪开——"

卢昌诒胆小眼尖,忽然发现了新情况,忙指给袁世敦看。凶焰逼人的拳众纷纷后撤,显然后路有失。冈子上有黑烟升起,伴随着隆隆炮声。河堤上疾驰着马队,袁世敦努力辨认旗帜,失声叫道:"恩县马队!老天爷,援兵到了!"他在队列中找到朱于山的面孔,连训带刺:"朱大哨官,你的兵是蹩脚马,还是瘸腿驴?若不将功补过,老子要参你!"

朱于山紫涨了面皮,赶紧统带马队,赶去与援军会合。袁世敦也重整旗鼓,向拳团的老营杀去。拳众受到前后夹击,眼看到手的胜势,瞬间化为乌有。恩县马队

从背面进攻,仓促构筑的障碍,没能挡住他们。他们的马拉大炮,是庞庄教会特别捐助的,炮弹在冈坡上开花,给拳民造成极大杀伤。朱于山的马队正面压上,给袁世敦的步营开路,随行火炮连连炸响,开始攻打土冈。官军正经作战,拳众便无力抵御,赵三多建议分散撤出,以免被人包了饺子。朱红灯传令各队,猛力冲出包围,朝不同的方向突进,两日后到琉璃寺会合。

朱红灯率本部坚守,吸引敌方的注意力。朱红灯的本部二百多人,由于佩服朱师兄的义气,甘愿追随他出生入死,这是官家眼中的"悍匪"。朱红灯把十几门土炮布置在森罗殿前的土台上,对付攻山的大股兵力。土炮杀伤力不大,声音却很大,每一响都震耳欲聋。朱红灯屹立在炮阵中间,浑身大红,十分惹眼,给官兵们树立一个目标。几路官兵发起攻击,都要抢占森罗殿,企图擒贼擒王。

袁世敦的两哨人马,从东侧分成两股,互相配合着潜行,另外两哨正面进攻,使拳众首尾难顾。攻势进展顺利,拳队多已逃逸,朱红灯孤立无援,土炮发射渐稀,看来耗尽了弹药。从东侧上冈的先头部队,在正面炮火的掩护下,已推进至第三道台子,距朱红灯一箭之遥。朱红灯尚无发现,只顾指挥徒众,封堵当面的缺口。看到形势有利,两名哨官来到前头,准备发起突击。

在这千钧一发之际,仿佛有神灵给朱红灯通信儿,他扭脸投来一瞥,伸手朝这边一指。隐蔽在树丛中的土炮轰隆爆响,把排头兵打倒一片。两哨官大声叫喊,悬赏激发士气。官兵一窝蜂向前冲,要抢这个头功。又响起一阵呐喊,夹杂着瘆人的破锣声,从森罗殿侧的密林中,冲出一支奇异的队伍。这些人身材高大,不,这不能叫作人,这是牛头马面,青面獠牙,活活是蹿出地狱的恶鬼!官兵们惊吓得魂不附体,被鬼头大刀追着砍杀,连滚带爬地溃退下去。

这群恶煞吞噬着步兵,扫倒了骑兵。大批战马被拳民夺走,朱红灯部出奇制胜,顺利转移,在田坊庄外涉河而去。检点森罗殿大战,官兵一方自称大胜,胜利的根据是打败朱红灯,而且追踪残敌,把田坊庄围得水泄不通。官兵开炮轰击,屠了大半个村子,还把屠刀伸向邻村。邻村绅首搜集财帛,劳军赎命,方才免于生灵涂炭。官军在附近骚扰一番,凯旋。乡绅们动了公愤,上百人联名公呈,向巡抚大人

诉冤:陈德和使了黑钱,平原县处理不公,这才官逼民反。骂的是平原县,告的却是济南府,卢昌诒和袁世敦哀叹受了夹板气。

其实,巡抚毓贤也在受夹板气,夹着他的两块板,一方是洋人:驻在鲁西北的各国主教,天天上门纠缠,要求保护教会;一方是朝廷:总理衙门迫于公使们的压力,连电山东方面,饬令平息事态。事态如何平息?难道只能镇压?毓贤镇压得还少么?从任曹州知府开始,他先后捕杀了刘士瑞、曹得礼、陈兆举、刘赞虞等数十名魁首,大刀会、义和拳却越杀越多,由山东闹到直隶。这叫他想起曾国藩,当初处置天津教案,曾老夫子有句名言:"只问匪不匪,不论会不会。"这就是说,处理教案要就事论事,不能将参与者一概视为私结团会;反过来说,私结团会不一定犯罪,而应分清良莠,区别对待。从那以后,朝廷即依照此条戒律,办理涉及外国的案件。但是在外国的压力下,朝廷一步一步后退,不知退到何地为止。

毓贤给荣禄和刚毅写信,重提曾国藩的教训。他首先打动了刚毅,刚毅对洋人的敌视,超过了对康党的仇恨。因为康党仅是洋奴。没有洋人的庇护,这些匪类早被除灭。洋人现在庇护着光绪,使他拥有皇帝的空名,这对于刚毅的前程,埋藏着巨大的隐患。

刚毅去见荣禄,商讨毓贤的这封密信。荣禄正为此事烦心:"老毓干什么吃的?山东京官和鲁西绅士齐来告状,袁世敦纵兵杀掠,三百八十名良民冤死。更恶的是洋人告状,他将拳匪收编为团,纵匪灭教,捣毁教堂十所,杀死教民五十。你说该按哪条罪办他?"刚毅咧着嘴笑:"要按我说,治他第一条罪,赏他第二条功。"荣禄有些惊异:"功?你是开玩笑吧?"

刚毅一本正经:"我看洋人在开玩笑。山东巡抚难当,李秉衡、张汝梅都因教案被洋人赶走。毓贤屠杀大刀会,派他接张汝梅的位子,是为了叫洋人高兴。可他们欲壑难填,就不能不给点颜色看看。朱红灯的颜色是红的,他那旗号也很亮眼:兴清灭洋。"荣禄嗤之以鼻:"他是反贼,跟官军对杀,怎么兴清?"刚毅道:"一意主剿,他就会反;剿抚并用,他便听话。毓贤说民心可用,他就在当场,比咱们看得清。"荣禄笑了笑:"对了,咱们说再多也无用,你何不亲自去看看?"

一句话提醒了刚毅。他想起不久前,慈禧为使训政成功,也要讲求励精图治,令股肱之臣各抒己见。徐桐所言浮泛不实,荣禄有话藏在心里,刚毅却说了一套一套的:理财莫过于整顿钱粮,御侮莫过于团练保甲;积谷可以防灾,清讼可以平冤,课吏可以图治,治河可以安民。慈禧因刚毅久历外官,所以嘉纳其言,刚毅兴头得不得了。借着荣禄这句话,刚毅上奏自请南下,清查厘税积弊及中饱之款,慈禧下旨批准。

刚毅一举两得,首站便到山东。毓贤极言山东之乱,根源在于洋人入侵,对拳团不能一意主剿,应当设法化拳为团。刚毅指拨道,这事可干不可说,以免再惹出个日照事件。毓贤心领神会,便借着钦差清弊的由头,奏准处置杠子李庄之乱。平原知县蒋楷,人本昏庸,纵容员役,即行革职,永不叙用。捕快总役陈德和,讹诈良民,为教会尽力,笞杖八十,打入监牢。亲兵统领袁世敦,弹压查办实属孟浪,扰及乡里,予以革职。济南知府卢昌诒,失察地方,办理不善,革职留任。

此旨一下,各官都看出了上头意向,不敢再像蒋楷那样动辄请兵。带兵官将也缩手缩脚,生怕越过孟浪的边界。练拳的绅士从中咂出了味道,忙把它传递给朱红灯。朱红灯要借着这股味儿,蒸出更暄腾的一笼馍。朱红灯派出多路使者,使者身上背着黄包袱,声称上奉太后密旨,下遵巡抚帅令,联络拳会兴清灭洋。森罗战后一度岑寂的州县,又开始沸沸扬扬。

这一天,本明和尚、于清水、徐登第等拳首,将朱红灯邀到丁家寺,会商大计。他们没邀赵三多,对于这个直隶豪客,几名山东头头有戒心。况且本明自幼入少林寺习武,十八般武艺件件精通,绰号铜头铁和尚,对赵三多那套野路子,打心眼儿里瞧不起。朱红灯带来了赵三多的意见:此次闹事已大,官家终难容忍,莫如乘其举棋不定,打起旗号镇唬教民,然后再借官刀灭教。这倒是个好主意,大家分头四出,到处树立"毓"字帅旗,宣称遵命编成团练,维持地方,取缔洋教。

济南府属和高唐州境,一时流言四起,教民奔走相告:毓中丞亲率拳匪打教,咱们的末日到了!教民们谋划结伙自卫,拳、教双方都蓄满火气,只等哪一下摩擦冒烟。这回生事的是张庄教堂。张庄距离茌平县城不远,却属高唐州管辖。张庄教

堂建于三十年前，是意大利方济各会的本堂，占地三百多亩，西式楼堂雄伟壮观。人们称呼张庄为洋楼张庄，也叫没庙张庄，意思是村中没有中国式的庙宇。村中首富张万顺，带领全村入了教。在平全县教会都隶属于张庄教会，意大利神父常从这里出发，乘坐轿车巡视各地。

情势吃紧后，四五百名教民拥入教堂，置备枪炮弹药，还召请十名在平骑兵驻扎保护。这天中午，张万顺派出的探子回报，真武庙来了一伙拳民。真武庙在张庄南面三里处，是教会早想拔掉的眼中钉。听说拳民人数不多，教徒中的刘家五子，便要前往驱赶。刘家是刘庄的大地主，五位公子人称五大衙门，结交官府，广有势力，是张庄教会的一大支柱。

刘大少爷吆起一彪人马，带着几十杆洋枪，来到庄南小石桥边。河沟对岸的草滩上，有一伙拳民正在练拳，红缨枪矛头朝上搠成一排。有一个头目模样的汉子，站在沟沿朝这边张望。刘大少认识此人，开口便不客气："徐大香，前日县大老爷传你，你去没去?"徐大香齉声齉气道："没有去，我正在杀猪。"明知这人绕圈儿骂他，刘大少不理这茬："你在东乡，跑北乡来干什么?"徐大香道："还要杀猪。今天是真武爷的生日，我要宰一百口猪、八百只羊，捎带十头洋鬼子，在真武庙烧高香。"

刘大少懒得跟他生气："废话少说，你虽然没了爹妈，可你的姥姥还活着。县太爷把她请了去，就是想见你一面。我再替县上传一次，你快去，别在这儿招风惹草。"徐大香应得爽快："行，你把张庄教堂扒了，我就去。"刘大少手指前头的庙宇："你先把真武庙扒掉再说。"徐大香道："这是你的祖庙，你爹你爷都在这里上香。你要扒掉祖坟?"刘大少脸皮绿了："给你脸不要脸，准备开火。"咔嗒咔嗒，几十支枪机扳得脆响，枪口瞄准对岸的拳手。徐大香轻蔑一笑："好吧，开始杀猪!"

随着一片呐喊，小河北面的杨树林中，一支伏兵突然杀出。率众伏击的是于清水，他跟"五大衙门"常打官司。刘大少指挥教民一边开枪，一边后撤。幸亏教堂派出援兵，大少爷的洋枪队才免于覆灭。

然而教堂没能幸免，这是本明和尚指挥的大战，要跟朱红灯的森罗殿争争风头。六支拳团包围了张庄，不顾枪炮火力猛烈，一波又一波地发起冲击。天主教有

世界末日的观念,对于被围困的教民,末日似乎已经降临。他们仰望着意大利神父,神父果断地做出决定,带一名翻译前去谈判。

在一面白旗的引导下,神父被带到庄外青纱帐边,一尊铁塔般的和尚立在那里。神父拿出看家本领,滔滔不绝地大谈宗教。本明和尚回了一句:"你是宗教,我也是宗教。我没有跑你那里传教,你为何跑我这里传教?"这激起了神父的宗教豪情:"天主教是世界性宗教,佛教是地方性宗教——"本明和尚一声断喝:"放狗臭屁!你那耶稣刚起来时,只在沙漠里踩沙子。我们佛祖所传的东胜神洲,早就文教昌明了!你若真喜宗教,我劝你改了宗派,投我门下,我把禅宗教给你。"

两人翻贴门神不对脸儿,只好谈实际的。神父搬出西方列强,吓唬本明。本明搬出太后密旨,训斥神父。神父要求不毁教堂设施,不伤教民性命;本明要求还我清风明月,还我城隍土地。

两下在口舌上休兵,又在村庄里交火,战斗打得十分激烈。朱红灯率部赶来助战,将教堂的火力压制下去。于清水在教堂西北角放了一把火,火势蔓延开来,燃爆了储存的火药,一时火光冲天,响声如雷,高耸入云的教堂摇摇欲坠。教会大败亏输,靠着神父的力保,才把伤亡惨重的教徒撤出张庄。"毓"字义和团占领了张庄,命令教民献纳钱财,在教堂对面兴建寺庙。建成之日,由教民出钱唱三天大戏,向神谢罪。同时,将没庙的张庄改名为张家庙,洗清邪教强加的侮辱。

这一仗胜得太过瘾了,义和团声势大振,禹城、长清、博平等县教堂遭袭,警讯频传,大有驱洋教出山东之势。

火焰烧到北京,意大利主教、法国主教,法、美等国公使义愤填膺,各国政府的抗议电报漂洋过海,集中指向总理衙门。朝廷连电斥责,毓贤坐不住了,派抚标游击马金叙、道员吉灿升,率骑、步三营前往查办。三营人马加上府、州、县兵,比上次的队伍多出两倍,而且摆好出击的架势。

拳团不敢与官兵硬抗,只有化大为小避其锋芒。朱红灯明知道,官军是冲着自己来的,不由心生惶惑,犹豫不定。他该回到哪里去?姥姥家的大李庄?或者更远,妈妈带着他改嫁的泗水县宋家河?回不去,他回不去了。他不是小朱子,更不

是小李子,他是朱红灯,拳团的朱大帅,将来的朱皇帝。皇帝,这是每一个男人都想做的,大多只能在梦中做。只有极个别的人,才会把梦做成功。几个月来风风火火,他这个梦做开了头,他得借着这个势,把一件大事做到底。朱红灯带着一伙铁心弟兄,回到西乡五里庄,在起手的地方潜伏下来。官兵的探子尾随着他,把一张大网拖到这里,准备网住一条大鱼。

四、拒绝革命誓保皇

另一张网,罩在另一"反贼"康有为的头上。康有为原本以为,他已逃出了这张网,正如古典小说中所言:"鳌鱼脱却金钩去,摆尾摇头再不回。"当然,他还要回头,他有宏愿未了,他要班师还朝。怀着这个远大抱负,康有为期盼与日本当局接洽。

来到日本个把月了,康有为见到的最大官员,是日本外务省通商局长林权助。此人回国出任此职,恰好赶上康有为逃亡东洋。林权助假座街头酒馆,请康有为吃了一顿日本料理。

席间康有为特意探问,林局长是不是代表政府款待。林权助打着哈哈说,我跟康先生是老朋友了,掺和官方身份干什么? 康有为心里嘀咕:你不官方我可官方,我奉密诏求救,等于皇帝特使,你们岂可唐突无礼! 他索性明白提出,希望拜谒大隈首相兼外相,至少也要见到外务次官鸠山和夫。林权助也打开天窗说亮话,大隈首相太忙,不可能拨冗接见;要见鸠山次官,那得看康先生的身份是否够分量。

康有为一听这话,酒也不喝了,将林权助拉到寓所,郑重其事地取出两件密诏,请林权助过目。林权助捧着两张黄绵纸,翻来覆去地看了几遍,沉吟不语。密诏内容如雷贯耳,林权助早在报纸上读过。今日亲获目睹,却又似是而非,纸是普通的纸,字是常见的字,谁能证明它是光绪皇帝所写?

觑一眼满腔渴望的康有为，林权助敷衍了一句："先生负有重要使命，居留期间请慎重行事。我把有关情况报告次官，次官应能会见先生。"说罢告辞而去，这一去便无踪影。这是明显的冷落，莫非他看出了破绽？

康有为心里发慌，梁启超来探望时，他便向弟子打听。说起来，这又是一桩烦心事：梁启超、王照先期来日，日方安排二人同住。康有为莅临后，本应师生合住一处，日本人却仍将康、梁隔离，不知打的什么主意。而对康有为的住地，短时间内迁徙三处，据说是为了安全。老天爷，跑到日本还不安全，这世界还有存身之处么？

梁启超消息灵通，他告诉老师，日本正在进行党争。日本也有党争！康有为瞪大了眼。梁启超不禁笑了："这不是新旧党争，是新与更新之争。大隈重信是宪政党的总裁，他取代伊藤博文，组成日本历史上的第一次政党内阁。大隈与进步党首犬养毅政见相近，打算任犬养毅做文部大臣，遭到自由党的强烈反对。各大政党发生恶斗，大隈有可能权位不保。"

康有为想到更深一层："新与更新，是否能决定好与更好？至少对于咱们，变动有利还是有弊？"

梁启超连连点头："老师问到了关键。大隈是大亚洲主义者，同情中国的变法。犬养毅与大隈原为一党，同样支持中国维新，这回犬养毅受大隈委托，照应先生在日起居，他办的是官方差事。万一政局有变，新当局可能改变对华政策，我们的处境也将生变。"

康有为慨叹："政党政治，看来也非全然有利啊。做日本的食客，非我所愿，与日本合作，才是我此行目的。可我见不到大隈，与犬养毅仅见一面，而他只听不说，摆出高深城府。我怎么觉得，他们跟我朝顽臣并无二致，也是一派官气？"

梁启超含笑道："日本人的势利眼，不比我朝大官少。先生说要合作，合作得有本钱，我们两手空空，恐难打动他们。弟子以为，先生可静耐待时，不必急于求成。"

康有为语含嘲讽："寄人矮檐下，不得不低头？好吧，我忍得下去。王小航怎么样，安分不安分？"梁启超道："他仍是调和两宫的那一套，不愿讲太后的不是。"康有为愤然作色："太后祭起屠刀，这还怎么调和！他跟日本人聒噪这些？"梁启超道：

"是。所以我不愿跟他分开，生怕他一时出格。可这老兄出身将门，孔武有力，曾以气力压服一乡，我只是旁观而已。"康有为断然道："他既有不轨之语，就不能听之任之。中国人窝里乱，岂不叫日本人看笑话？还有孙行者，他是不是想夺回大同学校？"

"孙行者"指孙中山。设在横滨的大同学校，本来由兴中会创办，培养在日华侨子弟。兴中会致力于行动，缺乏教育人才，邀请康门弟子徐勤主持教务。康有为趁机开拓地盘，在他的授意下，徐勤通过两年经营，将大同学校办成康学基地。梁启超回答老师："孙中山鼓吹革命，大同学校中不乏追随者，总想兴风作浪。好在君勉做事细密，无有闪失。君勉的意思，想请先生移居横滨，使学校师生得沐春风，厚植根基。"这倒是个好主意，但这由不得自己，康有为淡淡道："我跟柏原说说看。"

柏原文太郎是东亚同文会的干事，在大隈和犬养毅的授意下，具体安排康有为的生活。康有为对柏原表白，此次径赴东京，给当局添了麻烦，他愿去横滨的外国人居留地，行动也方便一些。这是埋怨在这里不自由。柏原答言温和："先生的意见，我如实告诉有关方面。不过据我所知，请先生居住在此，是为了方便保卫。"康有为泰然一笑："宋国桓魋，意欲谋害孔子，孔子对弟子说：天生德于予，桓魋其如予何！夫子明告世人，上天赋予我德行和使命，区区小丑奈何不了我。"

听他自比孔子，柏原依然点头："说得好。先生有使命在身，这就更需保重。清廷对驻日公使下达密令，欲对先生下手。我国固然设防严密，却无法保证滴水不漏。在一个特殊时期，还是小心为好。"密令一说惊了康有为，他脸色有些木虎。又听柏原说道："贵国的政局愈来愈混沌，作为近邻的日本，不能不代为焦虑。陆续来日的志士，虽然身份不同，主张各异，却有相同的救国志向。木翁有个心愿，希望各方消除分歧，将五个手指捏成拳头，这样才有力量。"犬养毅号木堂，木翁是对他的尊称。他通过柏原来当说客，叫康有为很是为难。

康有为要讲讲价钱："木翁拳拳之心，令我十分感动。木翁励以忠义，自当全力以赴，只是衰惫之身，须有挂杖之扶。弟子梁启超，常能拾遗补阙，可否让他搬来同住，以利于联络志士？"没想到柏原答应得很爽快："这没问题，我去劝令徒移居。

梁、王二人没有先生的影响力，他们喜欢住在横滨，上头也就由他们去。"原来是这样？康有为狐疑地看看柏原，未再多言。

过了几天，梁、王来到东京，与康有为一同住在早稻田南町四十二番地。这是一座独立院落，康有为给其居所取名"明夷阁"，明夷是《易经》第三十六卦，卦象为日入地中，光明殒伤。虽然落难而坚守贞节，康有为以此自白其志。

面对这方冠冕堂皇的匾额，王照的心里满是鄙夷。他不想跟康有为同住一处，可日本人闹不清来龙去脉，把他跟康党搅在一起。王照的积郁无处发泄，由于有梁铁君盯着，他连跟人搭讪的机会都没有。梁铁君是广东顺德人，少年时游侠击剑，后又去广西经营盐业。康有为东渡日本，梁铁君弃家追随，做其贴身保镖。王照曾想跟梁铁君攀谈，梁铁君满面冷漠，一副铁了心的样子。王照不由想起宫崎滔天，那也是个行侠的浪人，跟王照见了短短一面，就愿跟他称兄道弟。宫崎近来失了踪影，听说他嗜酒贪色，却又缺乏缠头之资，大概被人追着屁股讨债。

这天傍晚，王照正在思念宫崎，忽然听到他的说话声。王照走出居室，只见宫崎领着一个中国人，那人年约三十，方面大耳，体形甚伟。梁启超已经迎出，称呼那人唐兄。王照想招呼宫崎，正犹豫间，宫崎扭头看见了他，扬手说声"待会儿再见"，领那人去见康有为。

这位是唐才常，半个月前，他与毕永年逃来日本，在长崎、横滨等地辗转。这是他第一次见到康有为，说起知己谭嗣同的壮烈，唐才常仿佛也死了一回。此时无暇深谈，宫崎负有使命，他代表犬养毅郑重提议，康有为派与孙中山派谈判合作。宫崎不是官方身份，这让康有为的拒绝稍稍容易些。康有为称，本人奉诏求救，而孙君在广州起事；我若与他联手，则先失去信义，还有何资格在国际上发言！他说得方严正大，宫崎辩不过他，只好告辞出来，到王照的住室闲聊。

听了宫崎的转述，王照不禁失笑："假传圣旨，何其可笑！更可笑的是国际人士，都被障眼法迷住了。"说到这里停住口，王照伏到窗边向外倾听。看到宫崎奇怪的表情，王照低声解释："我被同人监视，是因为知道底细。康先生自称信义，可他诬及君上，这是最大的不义。"

看出王照满腔义愤,宫崎想起一个主意:"木堂翁撮合两派,是想帮助中国。要帮助就得弄清情况,你愿坦诚相告么?"王照沉吟一刻:"我不想出卖朋友。可是,君臣之义远高于朋友,我若知而不言,对君上则为不忠,有何面目乞食于吴市!"宫崎与王照击一下掌:"好了,明天我来接你。"

第二天上午,宫崎来到四十二番地,声称木堂翁想与小航先生谈谈。康有为满腹疑虑,但他无力阻拦,眼睁睁看着王照去了。王照来到犬养毅的居所,见这位著名的政客,却像位得道高僧,一双大眼配上端直的鼻梁,透出沉静之气。根据预先约定,相见不使翻译,而用汉字笔谈。

席地坐于矮桌两端,犬养毅先用钢笔写道:"不事寒暄,彼此心知。据闻先生上书,首请两宫东游。请问是何考虑?"王照写道:"变法学习日本,乃是新党共识。除了请两宫眼见为实,在下还想调和母子,弥合嫌隙。太后是好名之人,并不反对变法,她反对的是削夺太后权力。"犬养毅:"可你引起的罢黜六堂,演变成戊戌政变的伏笔。"

王照:"人算不如天算,加上党人的种种失算,终致不可收拾。"犬养毅:"你是在委婉地推卸责任。"王照:"我的责任,在于虽然看出了差错,却未出死力阻挠同人,谏阻君上。"犬养毅:"愿闻其详。"王照:"在下有诗以纪其事:'内政何须召外兵,从来打草致蛇惊。危言已耸三山动,谁料乘机起项城。'项城袁世凯,奸雄如曹操,韬略过人者方能驾驭。康南海不自量力,竟以书生玩兵。唆我去做说客,我曾苦口相劝,他到底遣派徐家小儿,被袁玩弄于股掌之上。危急时又令谭复生往劫,尖刀逼出的许诺,岂可信以为真?康党据此起事,以致一败涂地,置皇上于万劫不复之地,呜呼天耶,曷胜痛哭!"

犬养毅:"如此说来,康氏之罪可谓大矣。皇帝为什么信赖康氏?"

王照:"康氏有过亦有功。其谬则在言过其实,皇上采其言而略其实,召见后命他做总署章京,事急时令他出京办报,明知其技止于此矣。"

犬养毅:"派康求救,事实如何?"

王照:"求救云云,绝不可信。皇上密谕章京谭嗣同等四人,谓朕位今将不保,

尔等速为计划,保全朕躬,勿违太后之意。此皇上不欲抗太后取祸之实在情形也。另谕康有为,只令其速往上海,以待他日再用,并未令其作何举动。而康不此之图,违旨取祸。祸发后仍不思悔改,反而传扬所谓求救密诏,借皇上之口詈骂太后,太后与皇上之仇遂终古不解。康氏之罪可胜诛哉!”

犬养毅:“今知始末,可叹可悲。努力挽救维新,君等同负责任,望能化除芥蒂,以期共赴国难。”笔谈至此结束。王照一吐为快,宫崎又陪他去到酒馆,痛饮一醉。

醉醺醺地回到寓所,梁启超正在翘首张望。梁启超将王照拉进康有为的住室,康有为张口便问:“木翁跟你谈什么?”王照借酒装疯:“谈友谊,谈合作,谈到出兵搭救皇上,要我画出进兵路线。”康有为睁大了眼:“进兵? 你要引日本兵进北京?”王照也睁大眼:“这不是你要干的事么? 你办不到,我办到了,哈哈,嘻嘻。”

这不是嘻嘻哈哈的小事。看起来,日本人手中另有牌打,他不可把弓拉得太满。宫崎再来时,康有为同意与孙中山谈和,定下日期和地点。就在犬养毅家,孙中山和陈少白准时到会,超过约定时刻二十分钟,梁启超才匆匆赶来,道歉说老师临时有事,由他来跟二位晤谈。这位老师真是托大,孙中山倒是豁达大度,对这位康门高足晓之以理。戊戌维新虽然失败,康、梁变法功不可没,其中的一条重要启示,便是清廷腐败,不可救药。既知此路不通,必须改弦更张,惟有种族革命,才可以挽救危亡。

梁启超答辩,涉及种族问题,应当慎之又慎,因为满人也是国人,因排满而革命,适足以展示狭隘,非人类大同应有之义。陈少白从旁讥刺,先生的时务学堂批语,痛斥扬州屠城乃民贼行为,似乎并不尊满。梁启超被激发了雄辩,学术之于政治,不可混为一谈,将批语移作政策,无异于让教师去当宰相。何况吾师身负使命,若背叛君恩,则一文不值,革命诸君何所取而敬之?

孙中山轻声叹息,君恩如山,压得康、梁直不起腰。我只认得民命如天,民为贵,社稷次之,君为轻,这是孟子说的。民众苦难已极,凡为读书分子,都应听从孟子的呼唤,奋起救我国民,请将此义代达令师。

谈判无果而终,康有为却感受到被抛弃的危险。他要学“申包胥泣秦廷”,搬求

秦师救楚复国。然日本不是秦国，它求的是自身利益，康有为一无所有，用什么打动日本？他最擅长广造舆论，看来还得由此入手。经过紧张筹备，一份新的报纸，在康、梁手上诞生。报名《清议报》，馆址设在横滨，经费由横滨兴中会会长冯镜如兄弟筹措，发行兼编辑人也署名冯镜如。这是孙党与康党的实际合作，康党需要的是金钱，报纸的喉舌丝毫不让，严格遵循"保皇"二字。

梁启超在《清议报叙例》中宣布四条宗旨：一、维持支那之清议，激发国民之正气；二、增长支那人之学识；三、交通支那、日本两国之声气，联其情谊；四、发明东西学术，以保存亚粹。报纸初期的论说，着重于评述政变，如《论八月之变乃变位而非训政》《论皇上舍位忘身而变法》。《戊戌政变记》也在报上陆续刊布，在这部"史记"中，梁启超活用文笔，而非忠实于史笔。除了颂扬光绪的圣德，还记述康有为的贡献，推崇备至，誉为天人。对于殉难六君子，也要大书特书。

为了绘形绘色，梁启超遵照康有为的意图，修改了谭嗣同的绝命诗，还编造了《谭嗣同敬上南海先生绝笔》："受衣带诏者六人，我四人必受戮。彼首鼠两端者，不足与语。千钧一发，惟先生一人而已。天若未绝中国，先生必不死。呜呼，其无使死者徒死，而生者徒生也。嗣同为其易，先生为其难。魂当为厉，以助杀贼。裂襟啮血，言尽于斯。""受衣带诏者六人"，这是在四章京外加上康、袁，袁就是首鼠两端的那个人；"先生必不死"，以康之一身系中国兴亡，这是用谭嗣同之血彰康有为之光。

《清议报》就像一股旋风，在旅日华侨中飙发电举，使康、梁大名更加响亮。康党善宣传，这是革命党不能不服的。这份报也叫毕永年露了面，他因痛切于谭嗣同之死，曾发誓不与康党往来。经不住唐才常的劝说，毕永年来到康寓。康有为一见就问："听说你加入了兴中会？"毕永年道："是，我以为此会宗旨比康党干脆。"康有为出言凌厉："谭复生不干脆？你因谭而怨我，谭却知我敬我。这是人之品阶不同，你尚达不到此境。你的长处在于行动——"毕永年截住他："所以我加入兴中会，不作无谓之语。先生用谭也用得够了——"康有为也截住："不够。烈士之血不能白流，让他默默无闻，那是对英雄的亏负。谭言'魂当为厉'，你这生死之交当他的魂，

难道不应该？"

毕永年面色惨白："应该。但你不可乱造谭言，要编也该我来编！"

康有为纠正他道："不是编，此乃复生借你之口，发他之言。起复生于地下，醒世人于须臾，后死之人义不容辞。"这倒又是一片理。

毕永年无奈地想，导师架子不倒，只因项上未架一把刀！好在毕、唐再加上一个梁，又像回到湖南的时务学堂，不来这种假模假式。毕永年负有兴中会的使命，劝说梁启超弃暗投明。梁启超并不想一条道走到黑，但他不能背弃师恩，那样做只会对旧党有利。在他看来，改良与革命可以并行不悖。至少在目前的情势下，变法的主张深入人心，造反起事则不可能成功。

三人经常在一起争吵，隔壁的王照听得津津有味。日本人所谓壁，不过是纸糊的，但这纸屋做了牢笼，比中国的黑屋更加寡淡。愁闷不解时，王照写信向友人倾诉："任公创办《清议报》，大放厥词，实多巧为附会。如制造谭复生血书一事，余所居仅与隔一纸扇，夜中梁与唐才常、毕永年三人谋之，余闻之甚悉。然佯为睡熟，不管他。"任公是梁启超新起的号。

为了脱此牢笼，王照得便向宫崎寅藏求助。宫崎答称，叫几位流亡者同处一室，这是一项官方政策，他这个民间人士插不上嘴。而日本政局已经大变：大隈重信下台，山县有朋出任首相，青木周藏担任外相。山县是军人出身，不喜政党政治；青木历任驻德、驻英公使，对亚洲事务缺乏兴趣。二人主导的对华政策，势必发生变化，康有为这根毛，已找不到可供依附的皮。他的态度若不跟着改变，他在日本将不受欢迎，到了那时，王照的苦日子就熬到头了。

革命党也抓住这个契机，再一次拉拢康有为。孙中山派陈少白作代表，由平山周陪同前往。康有为与梁启超、徐勤、梁铁君一起，接待了这位代表。双方刚刚坐定，王照走进了屋子，跟平山周打招呼。平山周客气地请他入座，他也就老实不客气，落座于一个角落。当着外人不好说什么，康有为面对陈少白，说了几句门面话。陈少白代表兴中会同志，对康先生发起变法的功绩，表示敬意。无论在国去国，凡为华夏赤子，都是祈愿变法成功的。可惜天不遂人愿，太后这层污浊之天，压熄了

改革之火。这就需要变计，变法诸贤以变立身，应当欢迎变动方向，变出一个崭新局面。话语听来入耳，康有为答得顺口。变动不居，合《易》理亦合天理，我这经师不会逆理。顺逆之道，务须讲求，望兴中诸贤顺应大道，共谋国是。

他把兴中会派成逆，陈少白直认不辞："造反之事，篡谋皇权则为逆，解民倒悬则为顺。兴中会兴复中华，改君主为民主，为四万万人安身立命。如此大道，比任何路径都更广阔，值得有心人为之前驱。先生曾经引领潮流，想来不致顾盼退缩，将先进地位让与他人。"这的确是个不小的诱惑，但与康有为的念想相比，显然更加遥不可及。

康有为笑了笑："开国会，兴民权，这是我最初的主张。可我以后又做了修正，在《日本变政考》按语中说：中国民智未开，国会尚不易行；只能以君权雷厉风行，乾纲独断，推进维新，待民气畅通，再试行国会。"

陈少白也笑笑："顽固的清廷不会等待，它一把掐断你的维新。退一步讲，当时太后尚在隐居，君权何尝乾纲独断？而今皇上幽囚瀛台，你要救他，空喊无益，只有外联革命党，内结哥老会、三合会等会党①势力，方有可能。"

康有为笑着摇头："革命党竟然与会党结盟，它的出息不会太大。北方现正兴起拳会，烧香念咒，乌烟瘴气。它是不是革命的同党？"

陈少白笑视对方："康先生的消息，也许得自洋文报纸。革命党的同志，却对拳会有实地了解。拳民是地地道道的民众，反对洋人洋教。康学崇尚洋学，所以拳会也反对康党。可以这样讲，蜂起于北中国的义和团，是对戊戌变法的反动。它骨子里反对朝廷，却提出扶清灭洋的口号，能够运用策略，这是成气候的开始。我们孤悬于海外的人，最好不要妄言菲薄。"

革命党中竟有如此高人！康有为暗暗吃惊。如果任其宣讲，年轻的弟子们会不会受蛊惑？康有为不敢恋战："受愚民仇视，乃康某之荣。康某不才，也曾获得皇上信任，言听计从，朝奏夕准，小臣得君如此之专，翻遍前史亦无其例。以人情论，

---

① 会党：清末对以反清复明为宗旨的一些民间秘密团体的总称。

岂可背负？革命党要革清朝之命，我又何能去做贰臣？"陈少白有些痛心："你刚说愚民，我得说愚忠，这不是先生应有的样貌。现今朝廷已无皇帝，只有贪横暴戾的太后，不扫除民众难有活路，非革命国家必无生机。以先生之智，难道看不透这一层？"

康有为懒得跟他辩："无论如何，不能忘记今上的。"陈少白道："先生若是无心之人，我倒可以闭口不言。若自命为当今杰出人物，你就不能为了今上待你的好，把中国之苦难抛于脑后。所以请先生出来的意思，就是不以私而忘公，不以人而忘国。我以为，今上如能自由发言，他也会同意你改弦易辙。因为你说他舍位忘身，为了救国，他为什么不能再舍一回？"

康有为求助地看着众弟子："你们听听，真忍人也，非仁人也。"徐勤出而帮腔："在革命党中求仁人，先生寻错了地方。他们是不惜杀人放火的，在广州起事，也不知误伤多少平民。"陈少白道："君勉这话不值得驳辩，我想听听卓如的高见。"梁启超的大眼灼灼闪光："你想舌战群儒，我不给你凑戏，叫你少得一点光彩。"陈少白见空子就钻："说我光彩，我就没闹个灰头土脸。小航先生如何，你愿不愿凑戏？"

王照笑眯眯地说："既然点我，我便凑合，给你凑一出花脸戏。"他立起身来，突然变脸："我遭逢世变，亡命海外，应与康门诸贤同病相怜。可我自到东京，一切行动不得自由。说话有人监视，上街有人跟踪，来往书信亦被拆阅检查。我不是革命党，也不是义和团，请问为何如此防我？"

这一下折尽颜面，康有为勃然大怒："小航疯了！拉他出去！"梁铁君把王照推拉出屋。康有为铁青着脸，对陈少白道："这是疯人，不值得与之计较。我惟知忠君，不知其他，先生也不值为我劳舌。"

陈少白起身辞出，到了街上与平山周议论，看来康有为不仅顽固，而且霸道，得把王照解救出来。

过了两天，趁康氏师徒外出，平山周将王照伴送出寓，请犬养毅另外为他安排住所。康有为眼不见心不烦，却也加重了紧迫感。王照叛于内，革命党攻于外，他若不拿出过硬的证据，日本人恐将弃他而去，他将像孙猴子一样没棒弄了。

他的证据仍需编造。日本人不重视，他就把手伸向英国，借以抬高身价。他撰写了一篇折子，折子的格式十分特别。题为《谢钦派督办官报局折》，题目后面缀有四字：康南海文。折子应上递皇帝，文章应刊于报纸，此文显得自相矛盾。下面又是一句："大清国钦派督办官报事工部主事康照会事：照得我大皇帝采万国之良法，以变中国之敝政。"接着叙述宫闱守旧，西后压迫，皇帝赐康二密诏，令其速赴英、日求救。而西后之于光绪皇帝，"仅为先帝之遗妾耳。乃以淫邪之宫妾，废我圣明之大君……本督办不能预救，辜负圣恩，万死间关，仅存密诏。游走万国，涕泣陈辞，敬为我大皇帝匍匐求救。"

康有为将此折当作照会，照会的对象是英国驻华公使。由于无法直接递交，他便邮寄给时在上海的李提摩太。李提摩太收到这封信，感到康有为的方法很奇特，连他这位不按常规出牌的人，都有点不知所措。正在踌躇间，得知此照会变身为"奉诏求救文"，由康有为刊刻多份，分寄各国驻华使馆。如此说来，这是一封公开信，李提摩太不必为此揪心。需要揪心的人，是太后死党。

康氏求救文除了附有伪造的密诏，还附有光绪的口谕："我为二十三年罪人，徒苦民耳。我何尝不想百姓富强，难道必要骂我为昏君耶？特无如太后不要变政，又满洲诸大臣总说要守祖宗之成法，我实无如之何耳。"最恶毒的是，康有为捏造咸丰皇帝颁给慈安的密诏："朕崩之后，嗣子幼冲，群臣必请母后临朝。汝即朕正后，自应临朝。西妃其人不端良，汝慎勿为西妃所卖，而与共临朝也。"

肆口诬蔑，康逆罪当千刀万剐！正当奕劻、荣禄怒火攻心时，有两个人请求自备资斧，赴日除逆。一个是道员刘学询，原在广东包赌；一个是员外郎庆宽，原在老醇王府做事。两人皆犯贪案被废，图谋起复，自请报效，奕、荣奏准太后，特旨派其出洋杀康。

这一头倒简单，另一头大为难。那是张之洞和刘坤一，二人费尽心机，正为保全光绪而努力，想不到康有为又来添乱了！张之洞恨得牙痒，只有就地设法。政变以后，日本驻上海总领事小田切，赶到湖北与张之洞会见，就有关事项进行磋商。现在小田切还没离开，张之洞马上邀见总领事，提出一项强烈要求。小田切完全同

意,致电外相青木周藏:"张之洞要求我秘密报告日本政府:康有为及其同党在日逗留,不仅伤害了两国业已存在的良好情谊,而且也妨碍他实施诸如由日本军事顾问训练军队的计划。因此应将他们逐出日本。"

从这份电报中,青木周藏看到派陆军学生留日、接受日本顾问的前景,他立即做出弃康的决定。外务省依此回电:"你可以答复张之洞:帝国政府甚不愿为康有为及其党人提供政治避难,由于国际惯例,也不可能违背其意愿将其遣送出境,但将尽一切努力以达此目的。我已指示驻清公使,按照先前的建议,就军事顾问一事,与总理衙门联系。"

逐康的行动已在进行,康有为的流毒尤须肃清。张之洞的大幕僚梁鼎芬,赶写了《康有为事实》这篇长文,历数康有为的种种劣迹,将他活画成一个刁泼无赖、卑鄙无耻、叛君卖国的奸恶之徒。梁文在上海、香港等地报纸发表,小田切还应张之洞的请求,将此文附寄日本外务省。改组后的日本政府,确实改变了对华政策。他们认为慈禧太后稳定了政权,光绪和维新派已无复辟的可能,何必牺牲实际利益,去顾所谓的国际惯例。外务省按照张之洞的要求,把《康有为事实》刊登在日本报纸上。

由于未注明文章出处,康有为挨了一闷棍,还不知这一棍来自何处。从该文的字里行间,他认出了梁鼎芬的手笔,那位把他捧成南阳卧龙的梁髯,现又把他打成南海罪人!梁髯是个不出国门的没脚蟹,他的文章怎么到了这里?日本方面允许刊出此文,又透露出何种动机?康有为满腹忧惧,与弟子们商量。弟子们也不知风从何来,忙向日本友人打听。偏偏宫崎、平山都不见了,好像约好了似的。这就更让人起疑,康有为无奈求见犬养毅,向他探听其中底细。犬养毅闪烁其词,自称不受当局信任。别说是他,连大隈、伊藤两位元老,都不知外务省在操弄什么。不过,伊藤、大隈还有犬养,都是同情康有为的,他们将一如既往提供帮助,使他渡过眼前的难关。如此这般,给了一个空心汤圆,打发康有为垂头而去。

第七章 剿抚两难

一、逐康出境 收朱入笼

　　两位"剿办大臣"领命出朝,要剿灭的不是武贼,而是文贼,二人自己也觉得好笑。刘学询是广东劣绅,心宽体胖,有刘豚之号;庆宽是"太上王府"出来的,除了享福不会做别的。让这样的人当刺客,可见朝廷黔驴技穷。这两只驴蹄奔至上海,堂而皇之去见日本总领事。小田切从二人口中,探听出他们要干的事体,不由大惊,斥责此举违犯国际公法。两位钦使嘻嘻笑着,一副没心没肺的样子。

　　借着这个由头,小田切来到北京,以期推进在南洋的军事项目。到总理衙门会见庆王,小田切严正声明,刘道员和庆郎中的使命,是日本无法接受的。对此种官样文章,奕劻当然不陌生,他提出中方的质问:康有为犯上作乱,日本竟予容留,而且允许其招摇撞骗,诽谤两宫,这难道是友邦应该做的? 两下做足面子,再来考较里子。奕劻暗示,总署打算知会南北两洋大臣及湖广总督,与日本军方建立军事联

系。至于刘、庆，朝廷会给予正式身份，不会叫日本朋友为难。做了这番交易，小田切放心大胆地陪同刘、庆赴日。

到了东京，二人首先拜会元老伊藤，呈递庆王奕劻的亲笔信："昨因咨查商务，接晤贵国小田切领事。现奉谕旨，简派道员刘学询、员外郎庆宽赴贵国考察商务，并偕小田切领事东旋，赍有国电一书，密码一册，呈递贵国大皇帝；奉皇太后、皇上旨意，致送贵国大皇帝礼物各种，一并赍呈。届时务祈遇事关垂，加以优待，实为厚幸。"让二人与伊藤接洽，这是有讲究的。政变时伊藤尚在北京，朝廷预感康、梁可能逃亡日本，便命李鸿章向伊藤提出，日本不要接纳叛逆。后来伊藤游历湖北、上海，张之洞重申此请。

伊藤是白了毛的狐狸，口头上顺溜应答，该做的事情照做。他带来的优待是，日本笑纳了有关礼物，通商局长林权助接见了两位专使，要为考察提供便利。说到做到，通商局派员引着专使，连二赶三地考察公司、会社、商号、市场，把刘、庆累得上气不接下气。他们哪里吃得消，三天以后都"病"倒了，躲着通商局的人，生怕被看破是在装病。

两人依靠的，是"坐地虎"李盛铎。朝廷早就电令这位公使："闻康有为、梁启超、王照诸逆遁迹日本，应即设法密谋办理。总期不动声色，不露形迹，预杜日人借口，斯为妥善。果能得手，朝廷亦不惜重赏也。"既要叫他暗杀，又防日本找碴儿，这岂是公使应干的勾当？

除了这份密电，李盛铎还收到一封密信，信上化用了四句唐诗："红豆生南国，春来发几枝。愿君慎采撷，此物罪相司。"署名是"知名不具"，这是红豆馆主侗五爷寄来的。诗用"慎"字不用"毋"字，合乎五爷拘束的身份。改"最相思"为"罪相司"，则是直言不讳的警告。其实，对于康、梁流亡日本，李盛铎提出了外交交涉，日本也未给予康、梁官方接待，已经照顾到中国的面子。在李盛铎的内心，虽然不喜康党所为，但要对其赶尽杀绝，他也觉得有些过分。

这天，刘学询和庆宽来到公使馆，商量如何办好"皇差"。二人把李盛铎视为同伙，李盛铎厌恶得浑身起栗。刘学询问李公使，近日见没见过康有为？李盛铎回答

见过。在什么地方？就在使馆门外马路上。刘学询咦了一声："为什么不把他抓住？"李盛铎也咦一声："我怎么抓？有一个宫崎寅藏保护着他，那是日本最大的剑客。刘道员前来行刺，学过剑道么？"刘学询自我解嘲："我名学询，只会询问，你得教我一个方法。"李盛铎道："好，不会舞剑，总会打枪。二位各揣一把短枪，等到康有为一露头，你们朝他开火就是。"轮到庆宽推托了："我俩连枪也不会打。我们指望的是公使你，朝廷给你下了令。"

李盛铎不买账："朝廷要我不露形迹，杜绝日本人的借口。我是公使，行事有失，受连累的是国家。你自告奋勇来干脏活，怎么往外推？"刘学询赔着笑脸："不会使枪，我会使钱。不管华人还是日人，总有想捞点外快的。请公使馆给我线索，剩下的事由我来。"二人后台很硬，李盛铎权且含糊应承。

打发走两个讨厌鬼，李盛铎来到外务省，向林权助暗示，商务专使等不及了。林权助告诉他，日本陆军为跟湖北合作，积极要求逐康，直接向大隈重信施压。大隈折中了一下，同意叫康有为离开，而让梁启超留日。碍于国际公法，外务省不好出面，派出翻译官酋原陈政，以个人身份协商此事。

酋原曾随伊藤访华，认识梁启超。他将梁启超约出，要梁启超劝说老师游历欧美，旅费由外务省提供。梁启超抗议说，这是变相驱逐，违背文明法则，日本以脱亚入欧为荣，怎能沿用亚洲的野蛮办法！窗户纸已经捅破，日本人哪肯缩手。外相青木亲访伊藤、犬养，请康有为的保护人晓之以理。柏原文太郎接到犬养毅的指令，找康有为当面提出。康有为十分光火，可他无力抗拒。正犹豫间，宫崎和平山周上门来了。平山周帮他分析，新上台的日本政府，跟太后的朝廷一个鼻孔出气，康先生失去了利用价值。要想重获重视，就得有所作为。目前有这样一个机会：横滨华商和留日侨社，准备组织盛大集会，反对清廷镇压变法，呼吁日本支持中国维新。主办人希望邀请先生演讲，先生如能出席，一来可向新政府施压，二来可趁机移居，脱离政府掌握。

康有为怦然心动，便与弟子们商量。徐勤早想搬请老师去横滨，麦孟华却有异议。横滨是革命党大本营，宫崎恐怕是替孙中山拉纤。

梁启超沉吟不语，见老师的目光移向他，他才说出见解："麦兄担心得有道理。宫崎通过毕永年，跟华南会党搭上线，近日要去香港会见各大龙头。行前发现有机可乘，他哪里肯放。咱们也不可放过，经过徐兄多年经营，横滨侨领多数崇康。康先生登高一呼，必然从者云集。如果始终不见真人，这股势力定会被革命党夺去。"麦孟华仍然迟疑："安全如何保障？听说顽党派了杀手。"徐勤道："大同学校以及商会、侨社，都有专人警卫。再说这是外国地盘，日本人不会放任不管。"康有为这才点头："我意已决，这叫置之死地而后生，我不下地狱谁下地狱？若为皇上而死，配得上诸葛亮的'二表酬三顾'了。"

康有为开始拜客辞行。他拜的都是华人，日本当局摸不着头脑，以为他真要走了。这天他一早出门，曲折地奔往车站，乘火车赴横滨。横滨距东京很近，半小时后抵达。徐勤将老师安置在学校住宿。教员们想望风采，争着前来拜会，满口溢美之词，使康有为非常愉快。徐勤跟他透底，某某与孙中山同伙，某某是日本人的奸细。这叫康有为吃惊，看来徐勤过得并不太平。

更长见识的是会晤侨领，这些人大多事业有成。其中有一位张振翼，是张振勋的族兄，将烟台葡萄酒引入日本，竟然大受欢迎。听说康先生跟弟弟有交情，张振翼高兴得很，非要请先生去公司不可。康有为婉言谢绝，张振翼便向《清议报》捐赠一笔资金。他是集会发起人之一，在他的鼓吹下，华侨捐金源源而来。正是受此触动，康有为萌生了设立保皇会的念头。变保国会为保皇会，一字之差，内容有异，当初保国包括保皇，如今保皇先要保己。他跟弟子们切磋这个设想，梁启超又有不同意见：由于革命党的煽动，留日华侨大多不喜清朝。他们对光绪的好感，来自戊戌变法。所以保皇不如保法，以保卫变法为号召，可以抗衡革命，立于不败之地。

这想法面面俱到，康有为也觉有理，却又产生了疑虑。在香港和日本等地，都有人将此次变法称为康、梁变法。康有为十分别扭，无论从哪方面看，梁启超起的作用都很小，怎么好跟老师比肩？可是日本逐康留梁，明显是在厚此薄彼。卓如的所谓保法，大概要保梁吧！这心思只能秘而不宣，康有为淡淡地说，大事需要从长计议。

眼前大事是明日的集会。会场设在华埠关帝庙,届时将有上千人参加,这将是海外发动的第一场攻势。场地布置就绪,突然起了变故。横滨警所接到东京警署通知,根据绝密情报,有人企图制造混乱,行刺康有为,因此取缔关帝庙的集会。众侨领只得找康有为磋商,打算通知集会改期。这通知没发出去,因为张振翼提议,将改期变成改场。葡萄酒公司仓库后院宽阔,院外滨临河流,既隐蔽又敞亮,能够容纳群众。况且警方取缔的是关帝庙,并未明言不许集会。

几大弟子赞同此意,梁铁君却激烈反对:"不行!这件事从一开始就像阴谋,想把先生诱入绝地!"一句话扫倒一大片,侨领们脸上挂不住了。这会坏了大事,康有为忙用笑言转圜:"铁君之铁,那是连我都常遭磕碰的。他意在保康,请诸位莫怪。"张振翼讪笑着:"那我们就是谋康害康了。既然如此,何不散伙?"手撑椅肘立起身来,十几位侨领也都学样。此次哄堂大散,必将覆水难收。康有为顾不着细想:"张兄一走,铁定铸成铁君之错,我也有失朋友之义。康有为一匹夫耳,有何可以顾惜,只要诸君奉保圣主,康某甘愿赴汤蹈火。"

事情就这样定了。第二天是个阴天,凛冽寒风从海上吹来,一副要下雪的样子。穿上厚棉袄的人们,装着躲避风寒的样子,专走背街小巷,尽量不引人注意。前半晌时,场上聚起五六百人,人们坐在成排的原木上,注目于临时讲台。讲台用木板搭起,前面放着长条桌,左右两排座椅,分列着康门弟子和侨社头脑。上方的黄布横幅,用墨笔点明此会宗旨:"横滨华人效忠皇上宣誓维新大会"。两根立柱上,各有五个红色大字:欢迎康先生,期盼晴明天。后面这一句,隐含反清复明之意,这是几代汉人深藏于心的呼声。

众人交头接耳,探询康先生在哪里。这时看见讲台西侧的矮墙内,鱼贯走出七八个人。领头的是张振翼,第二位中等个头,稀疏胡须,面色憔悴,气度雍容,这一定是康先生。大家学着日本人的习惯,自发地鼓掌。康有为也招手致意。一行人簇拥登台,张振翼说了几句开场白,敦请康先生讲话。

康有为面向大众,神情凝重,目光中似有沉沉的分量,传压到每一个人的心上。他忽然朝向西方跪倒,叩头发声:"罪臣康有为,恭请皇上圣安!遭逢世变,顽党篡

权,皇上两下密诏,饬令罪臣速走,奔往列国求救。罪臣陆海历险,九死一生,得英国、日本政府保护,方才苟活至今。罪臣死不足惜,只不知谁能继臣遗志,完成使命,恢复大业?"过了一阵,康有为爬起身来说道:"当今圣上毅然变法,被囚瀛台,求生不能,求死不得。各位虽居海外,身为大清赤子,皆应尽忠报君,有钱出钱,有力出力。"

场上有人发问:"我们怎么出力?"康有为循声看去,见是条黑凛凛的汉子,便反问他:"请问你干何营生?"黑汉回答:"我是打鱼的。"康有为道:"你每天多打几网鱼,糊口之外捐助保皇,也是一功。"有一个声音问:"捐给谁?是不是捐给先生你?"

品出话中另有意味,康有为随机应变:"本人不收任何人的钱。我打算成立保皇会,谁肯出力,谁就是成员。这位兄弟如果赞成,我把你列为第一会员。"那黑汉抓抓脑门,一副听不懂的样子。康有为扭脸看左侧的座客,那是侨领席。这些在外闯荡的人物,若能乖乖地跟着走,他的会就算开成了。

叫声仍然来自台下:"我不保皇,我要反清。"周围多人应和:"反清复明!""反清兴中!"几个弟子走近老师,徐勤高声挑出名字:"孙小炮,你去跟孙大炮跑龙套,不要跑这儿闹场子。这是忠义之会,不容宵小捣乱。"孙大炮是孙中山的绰号。看样子,孙小炮跟徐勤斗惯了口:"徐先生这位掌教,本是革命党好意聘请的。论忠应当同心,论义不该背叛。可你使孙的钱,办康的事,实属小人!"

在一片吵闹中,康有为立在那里纹丝不动,紧抿的嘴唇流露出不屑。张振翼请他坐下稍歇,他摆摆手表示不必,徐徐说道:"我听说,大同学校常有两派打斗,不知这是打给谁看。向西太后表忠?她哪看得上这点殷勤。给日本人添乐?他早把你打败了,无兴趣来看这出丑戏。"孙小炮假装附和:"日本人不看丑戏,他要看康先生的忠良戏。康先生冒死出逃,奉诏求救,是真的吧?"

康有为冷冷盯着这人,不屑回答。孙小炮接着发话:"当然是真,先生把皇上诏语登上报纸,皇上嘱咐你:汝可迅速出外求救,不可迟延。汝一片忠爱热肠,朕所深悉。其爱惜身体,善自珍摄。你听听,皇上对你何等爱重啊!"

康有为听出话音不妙,朝台侧的梁铁君瞅了一眼,梁铁君立刻向那边移动。孙

小炮仍然侃侃而谈:"日本友人深山虎大郎,却对你发出公开质疑:我读密诏,认为先生应当哀痛迫切,日夜兼程。不料你却迟迟而行,悠悠而往,在烟台购闲物,在船上吟杂诗。独不念贵国皇帝望眼欲穿,独不怕身陷罗网辜负圣恩乎?"

场上一阵哄笑,身边出现骚动。孙小炮一回头,看见梁铁君在人缝中穿插过来,他便变脸叫骂:"康大圣人,别他妈装样,把密诏拿出来亮亮!""亮亮!亮亮!"

声浪掀起,满场大乱,一大群人朝前推拥。梁铁君挺身抵挡,右手一抽,短剑出鞘。锋芒刚刚见光,忽听"当"的一响,一把短刀飞来,刀尖剑刃针锋相对,震得他虎口发麻。梁铁君吃了一惊,明知对手剑艺不凡,张皇四顾间,他陷进人群旋涡中。张振翼拉着康有为,匆匆下台,向东疾走。

在几座仓房间绕行一阵,出了一道门,眼前现出碧绿的河流。张振翼没有停步,带领康有为走下台阶,踏上一座小巧的码头。水边泊着一条大船,张振翼做个请上的手势,见康有为犹豫,他解释道:"这是我留的一个后手。"说着率先登船,康有为只好跟上。

人一上船,船便离岸,逆水开行。康有为尾随着走向船舱,见舱门口立着两人,身穿长袍马褂,对他哈一哈腰。这叫他有些安心,迈步进舱,眼前一晃,看见一个熟悉的面孔,放下的心又提了起来。那是李盛铎,虽身着便装,却带着官气,大刺刺地坐在那里。

康有为扭头怒视张振翼:"你钓我上钩!"张振翼赔着笑脸:"哪里,我请先生摆脱钓钩。李钦差与先生是朋友,想跟你说句心里话。"他将康有为引向摆好的座椅,康有为扑通坐下,正视李盛铎:"李大人别来无恙?"

李盛铎笑吟吟地说:"盛铎无恙,长素有殃。故人远来,拘于官身,未能一会,想煞我也。"康有为讽刺:"任他水深火热,好官我自为之,你之所想,不过如此。"李盛铎道:"盛铎此官,本来是黄公度的,可惜他受贵党牵连,带累本人李代桃僵。"

康有为气不打一处来:"李木斋得了便宜卖乖,卖身投靠,卖友求荣,怎一个卖字了得!"李盛铎拍着手笑:"你赏我个卖字,我还你个买字。你从买折入手,又从买刀败落,到底收买不到人心。"康有为厉声驳回:"人心?鬼心!篡位窃国的蛇蝎之

心！复出训政者乃一伪后，千夫所指，举世唾骂。"

李盛铎肃容警告："长素不要乱骂，你败就败在这张嘴上。你知道成败之机在何处？在一个月前，皇上命你督办官报。你若知几，便当速出，赴沪发挥康、梁之长，等到舆论趋向一致，太后也不至拂逆人心。可你一误再误，竟糊涂到借刀杀人的地步。不智至此，夫复何言！"

康有为反唇相讥："你的荣升之机在何处？在你奏请阅兵，迎合废帝阴谋，从此飞黄腾达。"李盛铎摇头道："我奏请在南苑阅兵，那有什么错？认真说起来，皇帝废在你手里。天不佑中国，使皇上误服康氏虎狼药，以致一败不可收拾。"康有为"腾"地跳起，又耐着性子坐回："心性各异，废话少说。你诱我至此，意欲何为？"

李盛铎坐直身子："劝你迅速离开日本。"

康有为鄙视着他："为什么？"李盛铎道："朝廷令我处置你，并派刘学询、庆宽专差办理。我不愿玷污双手，刘、庆二人虽属笨蛋，但有钱能使鬼推磨，已经买嘱杀手，随时取你性命。"康有为瞟一眼张振翼："这是不是被买的一个？"李盛铎道："张兄受我之托，也是为了你好。为人必须识相，你已受日本人所弃，再赖下去，下场可知。喂，船到何处了？"舱外有人应答。李盛铎目视康有为："船到东京，望你当机立断，莫再误人误己。"

转了一圈，康有为被送回原来的住所。他感到心神疲惫，昏睡了一天。在横滨的会场上，保皇、革命两党混战一场，宫崎和平山周隐身在树篱中，袖手作壁上观。康有为拒绝革命，不拒绝资助，如果不拆穿他的把戏，他会把孙中山的墙脚全挖空。恰值政府要打发康有为，宫崎借机帮一把力。弟子们大睁眼丢失了老师，乱成一团。宫崎派人送去一张纸条，上面写着：康回东京。弟子们这才循踪追师。

梁启超刚到东京，就被伊藤博文唤去了。伊藤开诚布公地说，事情演变至此，康有为非走不可。现已决定，由日本政府提供经费七千元，配备英语翻译一名，由你劝说令师，乘西历1899年3月22日的日本邮船前往美国。这是通牒不是商谈，梁启超忐忑不安地回到康寓，将这一番话告诉老师。康有为答应得很爽快，他只有一个额外要求，想约容闳同行赴美。梁启超代老师往上海发电，数日后接获容闳复

电,允作向导。

行期已定,日月相迫,康有为的心境,像荒山大漠一般寥落。弟子们担心他闷出病来,拉老师出去散心。不管到什么场合,他都木然无觉,自言是一具行尸走肉,已臻忘我之境。他哪里忘得了我! 在他的心目中,充满了往日之我,那是一个大我,更是一个美我,诗一般佳妙,画一样绚烂。抑制不住情绪时,他便吟哦诗句:"门径萧条犬吠悲,微茫淡月挂松枝。纸屏板屋孤灯下,白发逋臣独咏诗。"他虽白发三千丈,却是雄心似个长,想见来年京阙下,旌旗鼓舞大书康。那叫卷土重来,那叫扬眉吐气!

酝情酿意间,他想起一米道人的那首七律,忽有所悟,悲从中来。"湘灵骨血即雄殇",诗谶道破复生宿命。"明月犹怜百日皇",今日方解句中之谜:戊戌维新一百零三天,百日即夭,岂非天命? 他不认命,他要写诗,回击妖道的恶毒咒语:

运斤向壁凿天光,
宫禁秘辛虫蛀梁。
日月双悬非尔幸,
乾坤独立系吾皇。
丹朱旗旆拥孤旅,
缟素江山悼六殇。
子弟八千程九万,
凯旋悲喜醉沙场。

诗不尽意,继之以文。这是一篇四万字的长文,题名《我史》,就是我康有为之史。康有为自述写作缘起:"诸子欲闻吾行事,请吾书此。此四十年乎,当地球文明之运,中外相通之时,诸教并出,新理大发之日,吾以一身备中原师友之传,当中国政变之事,为四千年未有之会。而穷理创义,立事变法,吾皆遭逢其会而自为之。学道救人,足为一世,生本无涯,道终未济。今已死耶,则已阅遍人天,亦自无碍,即

作如是观也。后此玩心神明,更驰新义,即作断想,又为一生观也。"

文章由康有为口述,韩文举笔录,经十日夜乃成。这算是康有为的年谱。四十年间,侧重于戊戌一年,这是他登峰造极之年。他在尾章感叹:"维新之事,吾以四月二十八日召见,至七月二十九日奉密诏,凡九十日。是役也,身冒十死,思以救中国,而竟不死,岂非天哉!"天意令他当死而不死,是要降大任于斯人也,康某敢不从命?怀着这种心情,康有为由容闳陪同,取道加拿大,前往英美等国。

康有为越跑越远,沦为癣疥之疾;义和团越闹越凶,变成心腹之患。这也是毓贤的祸患,由于"毓"字旗惹了眼,洋人都把他视为祸首。这可冤哉枉也,毓贤固然仇洋,却并不亲拳,他不能狐狸没逮着反惹一身臊。思来想去,这个"逮"字值得一试,先把拳首捏在手,进可攻来退可守。毓贤下令诱捕,此时在茌平县城,标营游击马金叙,已经着手编织牢笼。他通过南乡乡长,对朱红灯施放善意,声称奉到巡抚命令,官军要与义民合作。

在朱红灯动心之际,乡长施砚田去到五里庄,面见拳首朱红灯。施砚田手捧三尺黄绫,绫上用朱笔写着懿旨:"遭逢世变,国运不昌,列强外逼,群奸内乱,康逆私通外国,终遭天诛地灭。尔等拳众敌视邪教,驱逐洋人,忠义可嘉。即饬化拳为团,守望乡里,防御外侮。其立功者,将膺上赏,尔其勉之!"拳团经常假传圣旨,如今亲见太后之旨,朱红灯激动得面红耳赤,一时不知说什么好。施砚田告诉朱红灯,马大人奉毓大帅之令,邀请朱拳首去县城,商讨编练拳团事宜。为表诚意,马大人命施砚田代赠一口宝剑,一把短枪。朱红灯送走乡长,约合弟兄们商量。赵三多近日接到刘化龙的来信,要他赴保定与朱九斌会合。他本行色匆匆,这又担起心来,力劝朱红灯不要上当。朱红灯也怕上当,可又把这当成机会。有了机会不去抓,虽说风风火火,能闹出什么结果?

施砚田等四乡乡长又来了,这回带来了委任札文,是山东巡抚毓贤亲自签署的。委任朱红灯为平原、禹城、茌平、长清、高唐五县拳团总团长,本明、于清水等为分团长。面对红彤彤的巡抚大印,朱红灯哪能不动心?分团长们有的欣喜,有的犹豫,只有本明坚决拒绝。他是出家人,不肯当老爷。他心里想的是,老子武艺高强,岂能居于朱红灯之下！赵三多苦口劝阻，朱红灯听不进去，好言好语地送赵三多上路，约定日后联络。

这里筹备数日，朱红灯带领几位分团长，跟着乡长们进了县城。游击马金叙、道员吉灿升、县令张瑞芬，一同接见受招安的众好汉，并在县衙大摆筵席，饮酒吃肉，一晌狂欢。新团长们醉饱困乏，被扶入客房休息。酒醒后才发现，客房变成一间间囚室，众头领就此落入牢笼。

官兵接着追寻本明，本明和尚偶尔露面，在长清县李官屯、禹城房家庄袭击教堂，随即销声匿迹。但他逃不脱教民的追踪，官兵得到情报，本明潜入高唐，在杨家庄徒弟家躲藏。马金叙派一营兵马，会同高唐州马队，把村子围得水泄不通。官兵连夜搜捕，灯笼火把通明，那个本明却隐于暗处，让官兵逐屋落空。本明的徒弟全家遭殃，大人小孩都被抓住。逼问不出下落，官兵放了一把火，要将这家老宅夷为平地。忽听一声怒吼，一根禅杖飞出，扫倒一片官兵。便有一条胖大和尚，从红薯窖中腾空而起，禅杖抢得车轮般飞转，上劈下杵，指东打西。官兵不是对手，分散趴下开枪。本明的铜头铁额不敌枪弹，终于受伤被擒。

马金叙大获全胜，向巡抚报告，下令将拳首解到济南，软禁起来。教士们得寸进尺，要求斩决匪首。毓贤答称，刑赏大权操于我手，洋人有何资格开口？恰在这时，禹城县韩庄总教堂又受袭扰，教民与义和团打了一仗，双方互有死伤。县令在毓贤的授意下，贴出一通不痛不痒的告示："汝义和拳原为良民，因受教民欺侮始聚集以图报复。然而仇怨宜解，且抚院既往不咎，受此莫大之恩，故应迅速解散。勿再啸聚，此为至要。"

这一下子，洋人大哗。法使毕盛、美使康格求见庆王奕劻，递交正式抗议照会，要求撤换巡抚，切实保护教会；若办理不能令人满意，各国将自行派兵，占据州县要冲。奕劻说了一箩筐好话，两人哪里肯听，第二天又来追逼。明知对方不会罢休，奕劻派遣两位大臣，专门应付这桩繁难。这是袁昶和许景澄，二人受到委任后，袁昶特意去许家商谈，出示一封湖广来信。许景澄也取出一封信，两相比对，内容相同。原来二人是丁卯同年，都是张之洞取中的门生。张函除了讲对日方略，也提及

拳团之风,竟然刮到他的治下,闹出了衡州教案。

张之洞要两位门生忠告总署,警惕拳团作乱,不可养痈遗患。面对老师的嘱咐,许景澄和袁昶相对苦笑。祸患早已侵入腹心,他们哪有能力消除?

二、走马换将　丢车舍卒

袁昶和许景澄联袂登门,分别拜访法、美公使。他们带来山东州县的禀文,请公使一览当地实况。禹城县称,韩庄教会的张阑田神父,妄自尊大,不服约束,平素仗教欺人,乡民切齿已久;茌平县禀,张官屯教堂教徒吴尚杰,强制亲友信教,屡次欺侮民人;高唐州禀,耶稣教民恃势,常与平民争讼,讼则必胜,胜则索银赔礼,逼迫贫民卖地,或借高利贷,以致众情不服,练拳自卫。教民的绰号有刘二朝廷、周三老虎等,可见其威其势,使人深恶痛绝。

看着这些白纸黑字,公使们面色阴沉,质问袁、许要干什么?袁昶答称,贵国重视证据,这些第一手的材料,足以证明教案事出有因,并非当地民众一味排外。

许景澄补充说,西方有所谓法律精神,不论原告被告,皆依证据判案。如果偏于一方,则此法庭等于一方的法庭,此法便即非法,西方堕于何方?公使们不跟二人讲理,许、袁也就收起这些,回头再跟领班王爷讲理。山东临海近京,地处要冲,列强对之虎视眈眈。德国插进一只脚,已引动英、俄的馋涎,再予法、美借口,真要五马分尸!

奕劻叫苦说,我早被吓破了胆,你们还要耸人听闻?此中的内情他不好透露:刚毅嗾毓反洋,那是迎合太后,太后对外国不耐烦,则因外国反对废帝。这是一个死结,奕劻陷在绳套中,无论哪边使劲,他都被缠得更紧。他想找荣禄讨主意,可荣禄是个阴司炮,不把他摞进火堆,根本点放不响。越过荣禄,奕劻想到李鸿章。李鸿章那张嘴百无禁忌。

奕劻踌躇的是,朝廷有点对不住李鸿章。先是怪他联俄失败,光绪帝撵他出总署。后又嫌他附和维新,老佛爷遣他去巡河。等他汗马流水地整出一个方案,那沓白纸又被打入冷宫。人也晾在干岸上,一点油水也得不着。与李鸿章相比,奕劻是新朝顶梁柱,有点害怕去见他。

再憷也得去,哪怕仅仅为了解解闷呢。这天从总署出来,奕劻驱车直奔贤良寺。赶到门外,忽然看见两个同僚,正是许景澄和袁昶。二人迎上来参见王爷,奕劻随口问:"来见李合肥了?"许景澄应一声是,袁昶咂咂嘴,又把话咽了回去。

奕劻看出了蹊跷:"合肥有何高见?"袁昶轻叹一声:"王爷,外国要求撤换毓贤,竟是合肥相国亲口提出,他是对德国主教安治泰说的。"奕劻大为惊诧:"有这等事!他为什么?他一定有他的理由。"

袁昶愤愤不平:"不管什么理由,都不该向外国人说这种话。李合肥结交俄国,我曾把他比作刘豫,不料他对德国也这般输诚。"刘豫是南宋大将,后来变节降金。奕劻觉得此言刺耳:"爽秋言重了,合肥公折冲樽俎,岂能不知轻重。二位既无所得,我是否折马而回?"许景澄忙拱手:"真人面前不说假话,见了王爷,合肥定有锦囊妙计。"奕劻点点头,令人且去通报。

奕劻移步进院,李鸿章已迎出寓所。入座献茶,寒暄数语,奕劻说道:"爽秋和竹筠刚来拜谒?"李鸿章笑道:"我吓着他们了吧?"奕劻也笑:"语不惊人死不休,你沾染杜工部的毛病。"

李鸿章打哈哈:"只要不沾康工部就好。若真染上了,王爷今日不敢来了。"奕劻苦愁着脸:"你不能怪我不来看你,洋人缠得我掰不开脚。"李鸿章道:"不管多忙,也不能把王爷当小臣使唤。总署新进八大臣,除袁、许外,还有徐用仪、赵舒翘、胡燏棻、桂春、联元、裕庚,他们都该为王前驱。"

奕劻发牢骚:"不别马腿就行了,还前驱?尸位素餐,不提也罢。话说那德国蛮人安治泰——"李鸿章道:"书归正传,我给王爷讲讲蛮人。安治泰是德国圣言会的神父,他一手开辟了鲁南主教区,并被梵蒂冈任命为主教。圣言会是天主教会,从属于法国的护教权下;而德国是新教国家,在宗教上跟法国展开竞争。安治泰投机

取巧,终于求得德国政府的保护。他也为德国获取利益,德占胶澳有他一份功劳。仗着罗马教廷和德国政府的双重支持,他竟成为德皇的座上宾,威廉二世称之为'基督教第一信使'。一个海外主教,为何如此受宠?"

奕劻听得入迷,对这一问毫无反应。李鸿章接着说:"只因德国野心甚大,想把山东一口吞下。眼下嚷得最凶的,是法国跟美国。德国暗中使劲,能够迅速出兵的,其实只有他们。前天安治泰来见我,谈起毓贤的作为,尽管闪烁其词,却也凶相毕露。我就点了一句,疆吏若不安疆,朝廷当予调换。他并未吞这个饵,这就表明,他们喜欢毓贤坐在山东,给德国大兵制造借口。"

奕劻沉吟着道:"若照这么说,毓贤非走不可?"李鸿章笑了笑:"毓贤走开不易,王爷就不想叫他走。"奕劻辩解:"我倒无所谓。"李鸿章道:"是上头有所谓。外交总与内政相关,此亦世界通理。"奕劻瞅着他:"内政怎么讲?"李鸿章道:"这话不敢讲。"奕劻问:"还有李少荃不敢讲的?"

李鸿章重重叹气:"李鸿章何许人,敢妄言宫禁之事!所谓疏不间亲,你这宗室近臣,试问敢置喙否?"

三言两语扯到宫中,奕劻不由心惊,骨碌着眼珠发怔。他把声音放轻:"外面有异言了?"李鸿章两眼直视:"庸众无知,仅看表面:所诛六人,全是汉员;贬黜诸人,上至陈宝箴、李端棻,下至程式谷、钱维骥,甚至连在野教书的廖平、皮锡瑞,都交地方官严加管束。参与变法的满员阔普通武,赏以副都统衔,充西宁办事大臣;端方则因编呈《劝善歌》,歌颂太后功德,迁升陕西按察使。如此措置,将新旧之争演化成满汉之争,岂非不智?而事实上,徐桐、刚毅加上端王、庄王,的确将康、梁的账算在汉人头上,要为旗人出一口气。毓贤跟内政本无关联,可他敢于排外,还不是腰杆子太硬?君不见,李秉衡、张汝梅都灰溜溜去职了?"

奕劻听来惊心:"少荃所言种种,我隐约感觉到了,从无这般深细。满汉一体,二百六十年于兹,合则全福,分则俱伤,岂可厚此薄彼!"李鸿章语气沉重:"我冒天下之大不韪,乃因受恩深重,不敢缄默,若因言获罪,亦甘之如饴。"奕劻忙道:"这是最大忠言,少荃何罪之有?我将牢记于心,待机上陈。"说罢告辞,李鸿章起身送出

王驾。

回到客厅，只见袁世凯从隔壁过来，对师相的直言大表钦佩。李鸿章哼了哼："乍一听是冒险，究其实际，他们现在怎么办我？我是趴窝的老虎，既不妨君，又不害臣。动我一下试试，外人中必起轩然大波，叫他们下不来台。"

袁世凯道："太后深通权谋，并不倚重满人。只因此次出来乃是逆势，汉员多不热心，倒是满人厌弃皇上，这就抱上团儿了。"

李鸿章道："这对太后不利，任其儿戏下去，朝廷就得玩儿完。唉，天下大势，变动不居。洋务不成功，起来了康、梁；变法失败了，闹出了义和团。只怕此乱由远及近，终将不可收拾。"

袁世凯道："师相，已经烧到津郊了。我的巡兵几次碰见，身背黄袱的山东拳民，在传送太后的反教旨意。"

李鸿章想了想："你抓到了几个？"

袁世凯立即灵醒了："师相的意思，我应该抓？"李鸿章一挥手："抓！你不要因为误杀被参，见了猎物也缩手缩脚。现今反洋成为风气，从山东到直隶，官和兵都望风披靡。你只有反其道而行之，才能崭露头角，另辟蹊径。你的出路不在直隶，而在山东。"这话使袁世凯热血沸腾："师相训诲，世凯明白！"

奕劻把李鸿章的话，原原本本地讲给荣禄听。奕劻和荣禄一个主内，一个主外，是太后依赖的两大股肱。但这两人有一个毛病，遇到难啃的骨头，都不能咬定青山不放松。这就留出了空隙，让端王载漪等人钻了进来。端王福晋是承恩公桂祥的女儿，他是慈禧的侄女婿。另一侄女婿光绪把她得罪苦了，载漪夫妇的尽意巴结，使慈禧得到很大安慰。为投慈禧所好，载漪把仇洋当成本钱，跟刚毅、毓贤等里应外合，给总署设了不少绊子。

这回事态这般严重，奕劻决心上朝直陈，并要荣禄为他帮腔。好在载漪尚无身份，早朝时只有刚毅在场。这仍是在仪鸾殿，仍是慈禧正座，光绪陪坐。这位囚徒皇帝，除了身形更加消瘦，看上去跟以前并无二致。奕劻奏道："山东拳乱正炽，各国反应强烈。法国公使毕盛照会：'据东抚电语，或确查，或派兵，均系推诿之词。

贵衙门迭次行文东抚遵办，迄今毫无施行。其中定有欺蒙，应由贵衙门查究惩办。'美国公使康格照会：'东抚仇视外洋，反而将剿匪官兵治以擅杀之罪，以致拳匪猖獗，东省竟置若罔闻。'二使均请惩办山东巡抚，总署据理力争，他们毫不松口。"

慈禧环顾军机："你们是何意见？"世铎动动身子，却没动口。王文韶、廖寿恒低垂着脑袋，荣禄跟启秀对视一眼。只有刚毅回奏："毓贤并不回护拳会，奴才听人告知，毓贤诱捕了拳首朱红灯，软禁在衙，听候发落。"奕劻借话打话："正是由于禁而不杀，外国人认为毓贤包庇匪徒。"

慈禧听不下去："抓到就杀，包他满意，可是我们成了什么？"刚毅接奏："成了外国人的刀斧手。毓贤反驳美国领事：该教士以谣言为实事，美使不察，烦扰总署，干涉鲁政，殊出情理之外；希贵领事敦促教士，约束教民。"

慈禧问："美国人怎么说？"

刚毅道："他们只会使蛮。先前有人认为，美国人比较平和。自从打败西班牙，抢占菲律宾后，美国就变了性子，要把我国当成下一个菲律宾。"奕劻奏道："刚毅这话扯远了。山东教案频出，不止美国交涉，法、英、德等异口同声，都怪毓贤剿办不力。各国威胁称，如果朝廷不予惩办，他们就要自行其是。"慈禧轻蔑地问："怎么行事？把我国当成菲律宾？"

朝堂静默一刻，荣禄轻声上言："奴才以为，可令毓贤摆摆姿态，把朱红灯等下狱，派兵分赴各地弹压，以免纷争越闹越大。"慈禧采纳得很爽快："摆姿态，谁不会？总署给毓贤致电，叫他派兵做做样子，吓拳民也唬教民。拳民还是百姓，教民他可降了外国！那朱红灯怎么回事？"

又是刚毅回话："此人学得一身武艺，又会给人看病，积德行善。有一天在街上，有个人摆摊卖羊肉，一个教民手指羊头，挑唆洋教士：羊就是洋，这人煽动人们灭洋！教士真跟卖羊肉的争闹。朱红灯路遇不平，从此专灭洋教。"

慈禧赞道："这是义民，怎要铲除？"

奕劻忍不住了："朱红灯自称所习为神拳，平日画符念咒，装妖作怪，身穿大红，扯旗放炮。人们传说他是朱洪武再世，像神仙一样法术无边，这不是作乱是什么？

他聚众抗官,杀死兵将,绳以国法,早该处死!"

奕劻很少说这般硬话,慈禧不由瞄他一眼。刚毅的刚劲被大大挑起:"王爷搬弄的是外国说辞!百姓怕官,官怕洋人,洋人怕百姓,这套杠子打老虎的把戏,早在民间传成了风。这里头的官,就是总理衙门的官。"奕劻苦笑:"好,我怕洋人你不怕。请太后降旨,派刚毅去臣衙门折冲,或是带兵防海口,叫他显显本领。"慈禧问刚毅:"你去不去?"刚毅毫不口软:"奉到懿旨,奴才愿去任何地方。但是不能分人之责,该办的交涉,王爷还得硬起来。"奕劻叹息着:"我的头皮硬不过炮弹。唉,听说德国又要用兵。"

慈禧一激灵:"又要……谁说的?"奕劻道:"李鸿章说的。"慈禧眉一皱:"李鸿章,又是他?"奕劻道:"外国人愿跟他说实话。他还说——"猛想起那是犯忌的话,奕劻连忙咽了回去,舔舔唇道:"不给外国一个交代,这坎恐怕跨不过去。"

慈禧满心不悦:"李鸿章对外国面面俱到,他的交代就是让步。这一步我不让,刚毅令兵部通饬防兵,加强戒备;荣禄令武卫军整顿营伍,听候调遣。袁世凯的新建军,可以派到山东边境。养兵千日用兵一时,他不是号称精锐么?"这是要打仗了!退下来后,奕劻大骂刚毅惹祸。荣禄笑着点拨说,这祸惹不起来。太后的用语是"可以",哪有这样调兵的?上头想要摆摆,咱们可以等等。到了万不得已,大家的姿态就变化了。

荣禄没有说错。等不多久,山东的痛疽又开始鼓胀。根据《胶州湾协定》,德国有权修筑从胶州到济南的铁路。这条铁路横冲直撞,把田地、渠道都毁坏了。乡民沿途阻拦,跟修路工人吵骂厮打,几乎无日不斗,地方官跟着揩屁股,两头不讨好。铁路推进至高密地界,冲突仍然如影随形。

这天早晨,一伙工友去姚哥庄赶集,买了不少猪肉、蔬菜。赶车往回走时,工程师卢尔的目光突然被吸引住了。那是隆起的胸乳。一般说来,中国妇女的胸部缺少起伏,被欧洲男人抱怨为平板无奇。可这回不一样,在深蓝色的衫褂下面,他看到了奇妙的凸起,把他的眼睛顶得生疼。顺着往上看,他看到细腻的脖颈,妩媚的面庞,俨然是一位东方女神!女神眼含笑意,朝他投来一瞥。卢尔不由自主,向那

边移了一步。同伴们看出了意思，朝他发出哄笑。这反而鼓舞了卢尔，急跨几步，伸出手去。

女子的叫声惊了街人，人们看见一个黄毛洋鬼，当众调戏民女，比野兽还要下作！满街发出怒吼，围住这伙人痛殴。一不做二不休，人们扒毁铁路，运走枕木，放火焚烧搬不动的器材。高密县派兵弹压，哪里压得住？

叶世克再次出兵，把姚哥庄夷为平地。德国兵一路烧杀，远征军占领县城，一进城便枪杀十余人，其中有三名守城兵弁。高密县令季桂芬不得不为德军筹办粮草，征用车马，并且缉捕拆路的百姓。可是县民没有屈服，以各乡士绅为首，大量民众拥入县城，冒着被捕杀的危险，跪在县衙前请愿。高密的乱子，不是单纯的反教骚动，已经发展为阻路斗争，它反对的是德国侵略。德国的驻青岛总督一面增兵，一面电告外交部与驻北京公使，与清廷强硬交涉。

角斗场又转到北京。新任德国公使克林德男爵，二十年前即在德国驻华使馆服务，十年间从译员升至临时代办。后奉调去华盛顿，不久出任驻墨西哥公使，此次与海靖对调回华。他自命为中国通，可是相隔十年，他的"通"有好多行不通。他以久据县城、扩大租占为威胁，提出惩凶、赔款、护路三大条件。德军驻扎高密，每拖一天就有更大危险，所以总署特别焦急。这时夏津又闹出事端，大刀会"团勇"五百余人，先在田庄打砸教会，随后拥入县城，做出攻击教堂之势。县令亲自与团首磋商，请求不打教堂，而以县里提供食宿作为交换。济南的马天恩主教在电报中惊呼，这是刀匪占了县城！革职留任的统领袁世敦，带领马队驰援夏津。此人毫不手软，进城后即与大刀会激战，杀人犹如砍瓜切菜。大刀会败逃出城，袁世敦虏获几名头领，另有几面"毓"字黄旗及山东巡抚部院"保清灭洋"大旗。

这些罪证在山东不敢上呈，袁世敦悄送其兄袁世凯。袁世凯也截获了拳民传递的"太后黄袱"，他将这些一并呈奏朝廷，同时上了一封奏章：近闻东省官吏，非视夷如仇，即畏夷如虎。其仇视者固是倡民生事，而畏夷者尤是挟怨激变。他建议对民、教冲突持平办理，而要端平这一碗水，首先应当慎选守令。他只说到太守和县令，他的真实目的，则是山东头把交椅。

看到奏疏和证据，奕劻又找荣禄密谈，荣禄跟他结伴进宫。荣禄先报军情，德军增派一千余名兵力，意欲囊括胶东、即墨等县，将租借地扩大十倍以上。美国、法国军舰驶向胶州湾，英舰也由烟台北驶，山东沿海战云密布。奕劻再说"黄袄"，义和团伪造太后懿旨，称言皇帝加入天主教，康有为在宫中设立礼拜堂，亲导皇后及妃嫔受洗。如此信口雌黄，是对皇朝的侮辱，任其谬种流传，将酿天大危机。

听见这些言语，慈禧有些走神。她想起上个月十五，早朝接见枢臣，鉴于大局已定，心中有了底气，便令枢臣议论新法旧法利弊比较。世铎奏道，新法非臣所知，但闻有议院一说，施政悉听众议，岂不乱了章法？荣禄、王文韶认为，富强之道，不过开矿、筑路、练兵、通商，其他大经大法，自有祖宗遗制，遵制变通即可。启秀极言，宋代元祐年间，纠正王安石变法，由于罢新法不严，治党人不力，最终导致北宋衰亡。刚毅续对，今欲乱我大清天下者，便是康有为；新法皆有为臆造，托名外国，颠倒中华，非圣无法，何新之有？引用康贼，是用叛徒执政，实亦从古所无。

众臣侃侃而谈，慈禧安详听闻，光绪木偶一般呆坐，仍像一件闲置的摆设。出乎众人意料之外，光绪突然打破沉默："刚毅之言，并不确当。法穷当变，历代名臣大儒论之极详，怎是康有为臆造？日本积弱，变法致强，这难道也是臆造？凡是自己不喜者，皆为他人臆断，刚毅见地如此，还敢大言不惭！"光绪还坐在位上，刚毅不好跟他顶嘴。慈禧怒目斜视，恨恨说道："日本变法，你看见了？你不仅读康有为进的书，还吃康有为进的药。那是天主教迷魂药，你鬼迷心窍了！"

她的气话来自传言，传到民间又变成懿旨，义和团的黄袄钦差，也算有一点缘由。慈禧把心思扯回来："你们的意思我明白，我只气不忿儿，莫非朝廷用一疆臣，也得看外人眼色？"荣禄开口回话："奴才看的是自家人心气。总署和军机两领班，都觉得不换巡抚不行了。"

慈禧训斥奕劻："你这个总署领班，就会胳膊肘朝外拐！行省巡抚那么大官，哪能走马灯一般调换？再说毓贤干得不错。"奕劻夯起胆道："李秉衡、张汝梅也干得不错。"这是斗嘴的口气，慈禧越发生气："这与李、张有什么相干！"奕劻连连叩头："请老佛爷恕罪，奴才想起李鸿章的话了。李、张先后去职，可是平心而论，他们的

才干优于毓贤。如果朝廷死保毓贤，正好坐实了一种说法：当今之政，内满外汉。"

说得十分含蓄，慈禧却很灵醒："内满外汉？说我亲近满人，排斥汉人？哼，这是反对训政者造出来的，李鸿章也拿来传？他不是傻子，懂得什么节令伸手摘瓜。你二人看，袁世凯的办法管不管用？"奕劻忙道："拳乱治住治不住，权且不论，各国的怨言却能平息。英国公使称赞袁世凯：开明，果敢，能力超群。"慈禧嘲讽："那叫外国人提拔他，免得屈了他的才！"

她说着正一正脸色："我不能不内满，熬到最后，打断骨头连着筋的，一定是一伙满洲人。"说罢即令二人传谕："着毓贤来京陛见。袁世凯署理山东巡抚，武卫右军由其节制。"这是特殊措置：毓贤并未降黜，可能有荣宠等着；巡抚尚非实任，兵权仍在掌握。一上一下都赢了，满汉何曾分内外？太后权术高明，皇帝何能望其项背，当然，这也要拿住权柄才玩得出。二臣掂量着退下来，荣禄派人速报袁世凯，把这个好卖出去。

袁世凯计谋得逞，赴京请训，谢恩拜叩的便是二圣了。跪在垫子上面，聆听太后训话，领受皇帝审视，袁世凯浑身发紧，内心极端煎熬。他猜得出皇帝的心情，那是恨不得手刃他的，如果逼到那一步，他也会让皇帝如愿。逼，便是造成此果的原因，如果当初所逼的是另一方向，他会毫不犹豫地围园劫后，今日恨他的就是太后了。所以皇帝怪他不得。所以他显得从容不迫："臣谨遵圣训，赴任以后调和民教，标本兼治，以安抚地方为主旨。当前内忧外逼，人皆以外患为急，臣以为内乱须防。内乱者，人心不稳，意志不齐也。当外敌交迫，世象纷嚣之时，我朝臣子若非坚心定志，必然望风披靡，迷惑于种种邪说。正如臣上次请训时的谏言，内治尤须审慎，老成持重方达时务，办事不慎恐有疏失。臣当以此为戒，敬谨从事，不辜圣恩。"上次请训，指的是皇帝之训。情势早已明朗，袁世凯不再骑墙，临行又踩了光绪一脚。

袁世凯接掌山东，受到了各国的普遍欢迎。美使康格致电国务卿海约翰："我很高兴地向你报告，武卫军袁世凯将受命出任山东巡抚。他是个能干、勇敢的人，与外国人交际甚广。相信皇上赐以适当的谕旨后，则扰乱即可停止，秩序就能恢复。"电文措辞表明，这位公使以为皇帝依然在位，谕旨照样管用。外国总与中国隔

着一层,于此可见一斑。

袁世凯领命出朝,到达德州小驻,特邀吴桥县令劳乃宣来见。劳乃宣所著的《义和拳教门源流考》,袁世凯早就闻名。这本小书前半部分,首先刊载《仁宗圣训》,即嘉庆十三年七月的一件上谕:"近日江南之颍州府、亳州府、徐州府,河南之归德府,山东之曹州府、沂州府、兖州府一带地方,多有棍徒拽刀聚众,设立顺刀会、虎尾鞭、义和拳、八卦教名目,横行乡曲,欺压良善……"谕令镇压,恢复治安。接着引述直隶总督那彦成的奏疏,该疏是在河南滑县和北京同时起事的天理教反乱之后,直隶、河南等地查禁乱党的成果汇报。那彦成称,义和拳乃白莲教之支派,以练习拳棒为由,托言神灵附体,念诵咒语,能御枪炮。后半部分是劳乃宣的议论:其党自嘉庆年间惩办之后,根株迄未禁绝,近渐明目张胆,借打教为名,行反清之实,对此邪教,不可不除。

袁世凯阅后赞叹:"源流考证,一目了然,劳兄可谓有心人也。义和拳既是邪教,为何上有官府庇护,下有民众追随?"劳乃宣道:"中丞问到根儿上了。嘉庆年间,洋人尚未深入,洋教更未盛行,天理教起事便是单纯作乱。而今洋枪洋炮洋物洋理,借助洋兵势力,遍及穷乡僻壤,危及民生教化。小民受教会欺负,官府不能保护他们,义和拳便乘势兴起。"

袁世凯道:"如此说来,义和拳虽属邪教,起事是要护民,或可称为爱国?"劳乃宣连连摇头:"不,这是毓中丞的看法,卑职不能苟同。它打出保清灭洋旗号,那只是假借名义,以迷乱官家眼目。的确有一干人上了当,其中不乏大员,岂不可叹可悲。"

袁世凯言之慨然:"我此去专为对付拳乱,若有劳兄入幕代为谋划,将能事半功倍。然吴桥连接直鲁,地方紧要,当地父老恐不愿失此贤令。"这是绕着弯恭维,劳乃宣连忙逊谢:"大人过奖,折煞卑职了。中丞履新乃鲁民之幸,吴桥小邑亦将沾惠。卑职在县,以保境安民为己任,对防治拳乱小有心得,愿献愚见以求指教。"

在德州的两天中,劳乃宣真的充当了袁世凯的幕僚,帮他制定了惩办拳匪六条方案:一曰正名以解众惑;二曰宥过以安民心;三曰诛首恶以绝根株;四曰厚兵威以

资震慑;五曰明辨是非以息浮言;六曰分别内外以免牵制。

由于劳乃宣是直隶官员,也因自己的武卫军出自津沽,袁世凯将六条方案上报直隶总督裕禄,请求上奏朝廷。这六条妙计,很快传到毓贤耳朵里,毓贤嗤之以鼻。六条只讲一个剿字,那是他早就用滥的方法,极而言之,你能把山东百姓全杀光么?被袁世凯挤占了位子,毓贤并不气恼——山东遍地荆棘,哪有进京舒适?叫袁世凯碰碰壁也好,等他知道锅是铁打的,就不乱撂凉腔了。不过,毓贤还有一桩未了之事,需要下一决断。这就是朱红灯,毓贤本想待机招安的,现在办不到了。明摆着的,下一任不会放过这个人,与其让袁世凯杀,何如我来杀。

带着几分惋惜,毓贤下令在偏院设宴,然后提出三名案犯,亲出接见。三人进来后,望见太师椅上坐着巡抚大人,朱红灯和于清水跪下见礼,本明和尚冷冷地站着,紧闭双唇。毓贤吩咐三人坐下,打量朱红灯吃胖了,他大概从未吃过这样饱的饭。毓贤叫各人自述出身,他装作听得认真,其实是在留心本明。这人才像条汉子,朱红灯徒有其名,江湖游荡而已。

毓贤对朱红灯说话:"你杀伤官兵,本该治罪,姑念四乡乡长替你求情,这表明你曾护乡里,将功补过,两下扯平,以后再犯便不可恕。"朱红灯道:"小民幼失爹娘,乡亲就是我衣食父母,我不忍见他们受教会欺负。大人是山东人的青天,小民甘愿投效办团,消灭洋教,夺回胶州。"他还在做团练美梦,毓贤让他入梦更深:"夺回胶州,这话连官军都不敢讲,你的口气可不小。德国的大炮你见识过么?"朱红灯道:"小民幼习金钟罩,练有止枪闭炮之法,不惧德国大炮,也不惧各国强盗。"

毓贤突发奇想:"此等奇术,本部堂倒想见识一下。莫说炮火,你能顶住一颗子弹,我就上奏朝廷为你请功。"说罢一摆手,一名戈什哈抽出短枪,双手奉上。

毓贤拉开弹仓看看子弹,笑问朱红灯:"怎么样?"朱红灯略显踌躇,舔舔口唇:"请验看。"毓贤朗笑一声:"好!左右置酒,验过神功,当即庆功。"侍从撤下座椅,铺排筵席。毓贤站立手握枪,十几名戈什哈护卫着他,静看朱红灯作法。朱红灯向毓贤禀告:"请神需穿红衣红裤,还要二郎神神位,请大人允许小民换装。"毓贤看看他的蓝色衣裤:"这么麻烦?打仗前先换装,岂不贻误战机?你就比画几下,我也胡乱

凑合,意思到了就行。”

朱红灯领命转身,面向东南,闭目默神,念念有词。突然起式,扬拳向天,足尖着地,闪展腾挪似行云流水。毓贤刚刚看出点眉目,朱红灯却收起拳脚,向前作揖:“意思几下,请大人打枪。”

这是何意,他的功夫真有这么深?毓贤思量着,作势摆弄短枪,眼睛余光觑着本明,见那和尚立在几步开外,漠然地眯着眼。毓贤对朱红灯笑笑,举臂抬枪,枪口对准朱红灯的胸膛。瞄了一阵,扣动扳机,咔嗒一响,却是空枪。只见朱红灯面不改色。毓贤赞佩地竖起大拇指,重新装枪,再次瞄准。都知道这回要玩真的,院中人人提起心来,看向朱红灯。枪机扳动,子弹射出,弹头飞向另一个人,却见那人如大鹏展翅,一飞冲天,轻飘飘地落在偏厦屋檐上。

本明和尚居高临下,瞧着惊慌失措的人们,轻蔑一骂:“要杀明杀,如此下作,还算人么?”毓贤面无愧色:“试出来了,这是真功!你是不是要走?”本明回道:“在劫难逃,往哪里走?你也是劫数中人,别做梦了。”毓贤似乎很高兴:“同是一劫,也算缘分。酒菜已备,上师是否愿意入席?”

本明飘然落下,巧巧坐在席前的椅子上。这一手令毓贤更佩服,他毕恭毕敬地作了一揖,然后让朱红灯和于清水就座。毓贤不坐,令手下斟满三只酒杯,然后开口:“王命在身,我不好陪三位喝酒,请各自取饮,我敬意到了。”朱、于互相看看,本明抓杯一饮而尽,抄筷搛起一块肥肉,入口大啖。

毓贤笑道:“痛快,痛快,朱红灯若有本明的能耐,你攻打北京就不难了。”朱红灯闻言一哆嗦,又装出不懂的样子:“大人说的什么意思?”毓贤告诉他:“你上县后,线人从你屋里搜出一封信,是朱九斌邀约你,明年四月初八攻打北京。为什么是四月初八?”朱红灯定下神来:“四月初八是佛诞日,诸佛下界,判定善恶。如果种的是恶果,北京自会四零五散,何待别人前来攻打?”

三、假戏真唱　新酒旧瓶

他能说出这种话,毓贤不禁刮目相看:"拳会首领,颇有见识。可你为何要打北京?"朱红灯道:"照这样下去,北京定会落于外国之手。到了那时,我要把它夺回来。"毓贤点头:"这也算一说。舌头当不得心,泥巴充不了金,几个姓朱的,假戏唱不成真。诸位用饭,我告辞了。"毓贤大步出院,撇下一群丁役,三名吃客。

本明大酒大肉饮啖一饱,看那二人没有胃口,他抹抹嘴巴:"刚才我能杀掉毓贤。"朱红灯一愣:"为什么不杀?"本明反问:"杀有何用? 比毓贤还不如的,满人中多的是,汉人中更多。这是你那复明把戏没意思的地方。"朱红灯恨恨地说:"你们和尚除了信疯话,别的都不信。我只后悔上县这一步,若能退回去,我要跟赵三多往北打。"本明摇头:"天罗地网,打不通的。等到了下一世——"他的话被于清水打断了。于清水本来一直默不作声,这时忽然发作:"老子就是死,也要抓个垫背的!"他抓起面前的热盘"欻"的一掷,一名兵丁应声而倒。

霎时间一场混战,蜂拥而上的兵弁,围住三人砍杀。本明本领高强,也逃不脱射来的枪弹。三人再次被擒,毓贤下令即时斩决。朱红灯受刑时,监斩官问他有何话讲,朱红灯笑说:"人算不如天算,都是原地打转。再过一十八天,又是一条好汉。"这是死刑犯的套话,本该是十八年,他说十八天,大概吓迷糊了。监斩官冷笑挥手,刀光闪处,仨头落地。

毓贤进京陛见,为了表示不"内满",慈禧没有急着见他。刚毅这下有了谈伴,毓贤投其所好,跟他谈兵,并且大讲义和拳法。朱红灯不得不杀,但朱红灯确有神技,毓贤向他连放三枪,前两枪都被躲过,第三枪万躲不及,朱红灯挺胸来顶,子弹在他胸口打出一团白烟,发出铿锵之声。毓贤上前检验,但见子弹嵌在夹布坎肩上,弹头在朱红灯的皮肤上钻出一个白印。

刚毅惊叹不已,忽又起疑:"这等功夫,你怎么杀得了他?"毓贤一击掌:"我请王命啊!再神的功夫,见了王命也抓瞎。当然这得有一份忠心,朱红灯是引颈受戮的。"刚毅惋惜道:"如此忠义,编成团练,该有多好。老兄你还是少些骨力,我引你见见端王,叫他传你一些底气。"

二人去见端王载漪,添油加醋地讲说一番,端王很是神往。有端王和刚毅做铺垫,慈禧召见毓贤时,对义和拳的情况问得很详细。毓贤郑重建议,招抚拳众为团,以补兵力之不足。慈禧未置可否,却给毓贤赏写了一个"福"字,可谓意味深长。

洋人也嗅出了此中味道。法、美公使前往总署,就此提出交涉。这叫狗咬耗子,除了让慈禧反感,得不到任何效果。到此为止,扳着指头数得上的强国,轮番欺负慈禧:英国援救康有为,日本援救梁启超、王照,法、美为教案连续施压,德国连占日照、高密,只有俄国尚无劣迹。不对,向使馆派卫兵,俄国是最早最多的。各国都要与她作对,她为何不以牙还牙?慈禧令总署讨还高密。然德国既已出兵,就要坐地起价,哪能便宜给你?

德国的进迫引起他国不快,尤其是英国,它将津镇铁路视为囊中物,岂容德国觊觎。为了遏制德国,在中国争霸的英、俄临时走到一起,经过秘密谈判,达成《英俄协定》,从纸面上相互承认对方的在华势力范围。德国对此非常不满,但也认识到,需要收敛一些锋芒,以免成为众矢之的。这使得总署的差使好办了些,在满足了德国的要求后,德军把高密县城交了出来。

总署刚刚松了一口气,又有警讯从海外传来,又是那该死的康有为!康有为抵达加拿大后,即对《泰晤士报》记者称:"不日即将转往伦敦,欲将中国危亡之故,陈说于英女皇前,望英皇开导中国西太后,令其不要死心庇俄,自误国家。"这是指太后为亲俄派,政变得到俄国支持。

在加拿大各地演讲后,康有为渡大西洋赴英国,以实现其救皇复国的愿望。他主要求助的,仍是"老朋友"柏丽辉。二人在香港有过一次长谈,康有为起初对柏丽辉寄望甚高。但柏丽辉说得很明白,他是受大英商会的聘请,来中国考察商务的。

柏丽辉先后去了上海、北京、南京等地,并且见了出任闽浙总督的许应骙,听

到了有关康有为的第一手描述。他归国后写了一份长篇报告,对改革与守旧两派都有客观的评价。他写道:"康有为的忠君、爱国及无私献身精神,给我留下了极为深刻的印象。我深感惋惜地得出结论,改革派方法失当,为国效力时心情太急,由此导致了他们的失败。从理论上说,他们所追求的一切都是合理的,也确实有利于他们的国家;但从实际考虑,他们并没有做好安排,以使他们的理论能够付诸实施。"

这份报告由林乐知等译成中文,取名为《保华全书》,交由上海广学会刊行。康有为也在海外看到了,这时见到柏丽辉,便从保华宗旨谈起,请求柏丽辉相助。柏丽辉笑着纠正他:"首先,我没有如你所称的做过海军卿,只当过地中海舰队的舰长。其次,你所要求的事务,牵涉到国与国的关系,这不是两个平民所能操作的。"

柏丽辉打开天窗说亮话,康有为不撞南墙不回头。由柏丽辉介绍,康有为见到几位外交部下层官员,递交了他的照会,也即《奉诏求救文》。面对这件奇异的照会,英国官员哭笑不得,只好答复:按照世界公法,君主废立系各国内政,应由本国人民自行解决,英国不能发兵代救贵国皇帝。康有为不死心,改走赫德的门路,找到中国海关驻伦敦代表金登干,请他想想法子。金登干刚刚收到赫德来信,信中写道:"慈禧太后凶残而镇静地继续前进,她办事和坚持的能力都令人惊讶。她重新听政把皇帝的维新计划砸得粉碎,但是还不能肯定改革真的已经遭受破坏。慈禧太后正在巩固她的地位,很可能在她的有生之年继续执政,也许还有二十年。"

对于一个还要执政二十年的统治者,一名洋雇员能够做什么?金登干尽量明确地提醒康有为,他的使命无法完成。

在英一无所获,康有为岂能甘心?他又做出一篇文章,题名《谢奉到衣带诏折》,内称皇上两授密诏,臣康有为椎胸泣血,遍求各国,适与英国头品顶戴海军提督柏丽辉相见。其人兵权最大,以死自誓,设法保救,立电其外部,即刻发兵。恐皇上惊疑,嘱臣作折。臣此密折即交英水师提督柏丽辉面递。折子写好了,可惜无人递,只好找机会发表了。

为了配合此折,康有为又作了一首诗,诗序为"到伦敦,馆于前海部尚书柏丽辉

子爵,子爵代请于英廷,扶救复辟。议院开议,进步党人数少十四人,议卒沮。以英使窦纳乐惑吾总署诬言也。遂去英。"诗云:"秦庭空痛哭,晋议自纷纭。使者是非乱,盈朝朋党分。陈恒谁得讨,武曌亦能君。但悲飞祸水,八极起愁云。"

康有为又返回加拿大,酝酿创立保皇会。当年六月二十八日,是光绪皇帝虚岁三十岁寿诞,康有为要发动华侨祝寿。经过月余奔走呼吁,康有为将维新志士和拥皇义士拉到一起,组成一会,对外称保皇会,对内称中国维新会。《保救大清皇帝公司序例》称:"专以救皇上,以变法救中国救黄种为主。凡我四万万同胞,有忠君爱国救种之心者,皆为会中同志。"拟在美洲、南洋、港澳、日本各埠设会,推举总理,总部设于澳门,以《知新报》和《清议报》为宣传机关。会中捐款用作宣传、通讯、办报,并集资投于铁路、开矿股份。为广招徕,序例开列奖格:"苟救得皇上复位,会中帝党诸臣,必将捐款之人,奏请照军功例,破格优奖。凡救驾有功者,布衣可至将相。"

以此为始,海外华侨的捐款源源不断。捐款者倒不是想做将相,而是念及皇上危难,康公忠心,或者仅仅是为了系念故国。转眼到了圣寿之日,保皇会开立,维多利亚、温哥华、纽约等地燃灯升旗,奉戴皇天。康有为亲至维多利亚会馆,率众行礼。康有为赋诗以纪其盛:"海外初瞻寿域开,龙旗披拂白楼台。白人碰盏曳裳至,黄种燃灯夹巷来。上帝与龄怜下士,小臣泣拜倒蒿莱。遥从文岛瞻琼岛,波绕瀛台梦几回。"

祝寿贺电与保皇会章程、公司序例一起,汇成惊涛拍岸的声浪,确确实实波绕瀛台,惊动了慈禧。祸根不除,社稷难安!这条祸根就是光绪,当初的病死法和谋害法,因遭内外反对而胎死腹中。现在她咬紧牙关要行废立,不过得一步一步来,第一步是起用李鸿章,任命其为商务大臣。李鸿章养闲京国,已逾半年,突闻此命,心中踌躇。

进宫请训时,慈禧要他前往通商各埠,宣布太后德意,及两宫和好情形,劝侨民勿听党人煽惑。这又是拿他作幌子,李鸿章懒得多言,退下来后依然故我,像什么事情也没发生。

慈禧开行第二步,接连数日,在内廷接见溥字辈幼童,包括长大成人的贝子贝

勒。这一举动非同小可,沾边的不沾边的,都把心高高提起,等着看一场重大变故。慈禧不改常态,该坐朝便上朝,要看戏就开戏。

这天晚膳后,奉赏看戏的格格福晋、王公大臣齐集纯一斋,按照惯例依次入座。两宫没有照例进入包厢,却在前排设下御座,慈禧居中坐下,光绪坐在右侧,承恩公桂祥的夫人坐在左侧。今日由外请的四喜班,上演新戏《打龙袍》。

慈禧喜欢说戏,在戏班备场的间隙,她对桂公夫人讲说剧情。这是宋仁宗的故事,起因要追溯到他的父皇宋真宗。真宗的正宫娘娘刘皇后,未生子嗣,性喜嫉妒。侦知宫人李夫人怀有身孕,刘皇后便要加害于她。幸亏几名忠心太监暗中保护,李夫人顺利诞下仁宗。太监设计用狸猫换太子,保救仁宗长大成人。在此期间,李夫人流亡于民间。仁宗继承皇位后,包拯私访时巧遇李夫人,才将这位皇母迎回宫中。仁宗对自己的出身一无所知,不愿认这位生身母亲。李夫人伤心欲绝,要求包拯杖责皇帝。包拯虽然铁面无私,做臣的怎能责打为君的?他最终想出变通之计,要求仁宗脱下龙袍,包拯杖打龙袍,为李夫人出气。情节确实传奇,桂公夫人听出了另外的意思:慈禧想要杖责的,正是眼前的光绪皇帝!

光绪也明白其中含义。多少天多少场,这样的戏目一遍遍上演,他都奉命睁眼观看。这是一种格外的刑罚,身受心历,早已麻木,他练成了刀枪不入之体。骂他的戏如时开锣,打他的人刑杖高扬,他看到了一种假,一种丑,一种不可言喻的愚蠢和卑劣。

他想起了一首诗,这是他几天前写就的:"憎命文章或有指,喜人魑魅断无心。林泉苦少知音赏,试对牛蛇一抚琴。""文章憎命达"是杜甫自况之句,光绪的文章,乃经天纬地的维新典章,终于落到憎命的地步。他这皇帝不得不退居林泉,对牛弹琴,琴音谱出另一首诗:"铁石身心岁岁磨,树犹如此况人何。黄粱不熟天家梦,待向他山借一柯。"好诗!这是他在震耳欲聋的吼喊声中,平心静气吟出的。

有了这首诗,这场戏便没白看,这段唱也没白听:"一打你不仁又不义,二打你不孝又不慈,三打你不贤又不智,四打你不正又不直,五打你无能又无计,六打你无良又无知,七打你无天又无地,八打你无父又无儿,九打你欺母背恩的忤逆子,十打

你葬送江山的小白痴。"

这哪像包拯在谏仁宗,分明是慈禧在骂光绪。光绪无可无不可,只是察觉演包拯的,不是习见的伶人何九,这人的嗓音有一点雌,对了,这是侗五。光绪明白,这桩差使是慈禧派的,那个游戏人生的侗五将军,迫不得已指桑骂槐,看样子,无奈的人不止他一个。

戏台上,"包拯"对龙袍大打特打;戏台下,众人对光绪左觑右瞧。这是挖人不见血的鞭挞,叫桂公夫人又是称心,又是怜悯。对这个皇帝女婿,她又恨又爱又有一点怕。光绪欺负她的女儿,但他给了女儿一个名分,也给了全家一份荣耀。慈禧要剥夺他的帝位,同时也夺走了桂公家的身份。她不知慈禧算没算清这笔账,只知慈禧看得入迷,听得酣畅,沉醉在快意恩仇的唱腔中。古有曲终奏雅一词,此戏也以大团圆结尾,宋仁宗引咎自责,扑跪认母。这一场景深深地触痛了慈禧,她向光绪丢去一眼:"回心转意,宋仁宗当得一个仁字。死不悔改,问你可当得这个人字!"

光绪没有言语。这世界已不需要他的言语。慈禧向戏班颁过赏,对于侗五的赏赐,则是将他唤入偏殿,切磋戏剧。光绪的戏唱完了,仍被打发回了瀛台,在封锁的宫殿中咀嚼孤独。

慈禧问侗五,宋仁宗身世孤苦,为何能使宋朝强盛起来? 侗五回答:"孙儿以为是气运使然。北宋经过太祖开创,太宗奠基,真宗继承,江山稳定下来,气运蓬勃上升。仁宗任用范仲淹等,推行庆历新政,迎来太平盛世。"慈禧咂了咂嘴:"这里也有新政? 我们绕不开了?"

侗五赔着笑脸:"孙儿认为,老佛爷所行也是新政,并非如某些人所言,训政一定复旧。"

慈禧两眼放光:"唔,你这猴崽子说对了。自从垂帘开始,我就喜欢开新。你可以数一数:同治中兴不是新政? 造炮造船不是新政? 开矿筑路不是新政? 创建海军不是新政? 凭什么呀,只有康有为才懂新政? 只有制度局才叫新政? 他不过吃人家的剩馍,想借机会钻进中枢,僭夺权力罢了。皇帝糊涂,上了他的当。"

侗五尽力附和:"老佛爷佛光烛照,奸人伎俩,一识就破。皇上缺少灵光,加上

求治心切,被人投其所好蒙混了。老佛爷指点迷津——"

慈禧觉出不对味:"嘻,你这小子,怎么说起国事了?"侗五赶紧请罪:"老佛爷赏孙儿两个胆,孙儿也不敢破这戒。我是就戏论戏,戏中包含人情世理,我得设法绕过去。"慈禧脸一嗔:"谁叫你绕,绕开不就没味了?就说包公,多忠多正多勇多义啊,我瞅来瞅去,咱们满朝没一个能比他。唉,这就是你说的气运么?衰运咱摆不脱了?"

侗五忍住没敢插嘴,悄悄摸摸腰后掖着的大荷包,觉得沉甸甸地坠着他。那是他想上的一封"表章",要谏阻一桩惊天大事。

慈禧收回怅惘的眼神:"小五子,我不认运,我只认人。为了防止列强犯京,除了神机等营、武卫诸军,我还寄望于防军团练,包括蜂拥而起的拳会壮丁。这些人练有神功,堪称忠勇。"侗五做出没心没肺的样子:"孙儿不懂神功,只懂戏上的把式,那叫中看不中吃。要保北京,那得僧王再世。"

慈禧啐道:"僧王也没挡住英、法火烧圆明园!"侗五忙改口:"那得于谦再世,他可打退了瓦剌兵。"慈禧思谋着:"瓦剌兵?那不是跟满洲人联手的么?"侗五道:"那时不联手,他还欺负咱们哪。倒是明朝保护咱,明成祖设立建州三卫,大清始祖即为建州左卫指挥使。"慈禧用手指点着:"小猴儿崽子,你倒没少翻明史。怎么,真要写戏,编那英宗杀于谦的戏?都骂我毒,我还没有冤杀功臣。我杀那六个是奸人,怂恿皇帝变乱朝纲。至少他们不是于谦吧?"

慈禧开言直刺要害,使得侗五心惊肉跳。此时无可退缩,只有硬起头皮:"中国历史盛称汉、唐、宋、明,明朝堪称大朝代,敷演了成百上千出戏。这些戏全是风花雪月,即使杜十娘怒沉百宝箱,也只是小小悲欢而已。"

慈禧取笑道:"你要反其道而行之,专讲军国大事?"侗五回道:"是军国大戏。明朝并非那样平顺,由于皇室位置没摆布好,国初便发生'燕王夺嫡',不久又演出'夺门之变',骨肉相残,戕害国运,莫此为甚。孙儿本来不懂这些,只因随班赶戏,遇一江湖奇人,读到他的一首咏史诗,触发感想,戏由心生。"慈禧哂笑道:"又是诗!欺我不懂还是怎的?"侗五奉承道:"老佛爷若不懂,天下何人懂?诗在这里。"他从

包中取出一沓纸,呈奉上去。慈禧接看,第一页写有一首七律:

自是兄难弟亦难,
变生土木夜阑珊。
得君轻易立君苦,
失国凄凉守国寒。
许乱玄黄酬石帅,
不留青白割于谦。
公侯赏罚谁功过,
滋味皇家醋一坛。

她懂。似通非通的史实,一看便知的意味,的确无人比她更懂。"立君""失国"这类字眼,如同芒刺在背作痒。她要撤下载字辈,换上溥字辈,挑选之际、扶立之后,可能引起兄弟阋墙,这便是起句所言的难兄难弟。不过且慢,这是咏明朝,不要把臭裹脚布扯到自己脖子上!慈禧询问:"石帅是何人?"侗五回答:"大将石亨,协助于谦保住北京,立有功绩。后来在景泰帝病重时,他又拥护正统帝复辟,与于谦反目为仇。"

慈禧寻思着:"正统是明英宗的年号。青白又是何意?"侗五道:"于谦写有《石灰吟》诗:千锤万凿出深山,烈火焚烧若等闲。粉身碎骨浑不怕,要留清白在人间。正统帝为了从太上皇变成真皇帝,狠心屠杀功臣于谦,真是不论青红皂白啊!"

慈禧不再考较诗句,掀过这一页,看见一个四字戏名:《二帝夺门》。慈禧瞅一眼侗五,侗五解释:"正统和景泰都是正宗皇帝,这样的人物争夺帝位,确属罕见,应当标为戏目。"

慈禧细细翻阅场次名目,依次是:土木堡之变,失君立君,保卫北京,迎驾之争,退养南城,二子逼母,废立太子,深宫惊魂,夺门之变。光看标题便很惹眼,搬上台岂不惊心动魄?

匆匆浏览,有两段戏词吸引住慈禧。前一段是正统帝做了瓦剌的俘虏,被押送至北京城下,他百感交集时唱出的:"又见城楼,又见城楼,城楼依旧,人事难久,春光谁收? 悔不该尚武之胆大如斗,悔不该虚骄之气壮如牛,悔不该逆耳忠言掷脑后,悔不该一意孤行坠壕沟。思我母后,病体消瘦;思我后妃,珠泪双流;思我太子,人小年幼;思我郕王,频添烦忧。此身非我有,此心为谁愁,路向何处走,魂在何地游? 可叹我老蚕吐丝丝断黄昏后,可怜我残烛滴泪泪尽五更头。"郕王便是正统帝之弟,当时已被于谦等拥立为帝。后一段是景泰帝听从于谦建议,将落难的兄长从瓦剌迎归,正统帝百般惆怅地吟唱道:"又见城楼,又见城楼,欲哭无泪,欲说还休,旧恨新愁。虽说是春城花开簇锦绣,怎奈我心底霜冷似寒秋,虽说是身归故国人得救,怎奈我困龙失势难抬头。同胞骨肉,情义虽有,江山社稷,岂可轻丢。他得人助,功业成就,我得天佑,风送归舟。我命在我手,我泪莫空流,游魂归金殿,余威撼斗牛。愿只愿郕王兄弟让位重逢后,想只想再造乾坤尽洗亡国羞。"

慈禧真情赞叹:"哎呀五子,写得真好! 我常遗憾外面的戏班,唱腔没说的,唱词那是真糟糕,粗粗拉拉的嚘嗓子。这词儿俗中带雅,前后照应,功底不到做不出来。"见侗五想说谦辞,慈禧伸手一挡:"还说戏。正统帝刚被迎回,就想叫弟弟让位?"

侗五道:"是。二帝一见面,正统只认景泰先前的封号,称呼他为郕王。兄弟俩为帝位发生争吵,景泰尊兄为太上皇,令其退养南城。紧接着太后寿诞,景泰和正统前来祝寿,又在母后面前争执不下。太后当场做主:景泰帝位不变,待其百年之后,须传位于正统之子。二帝讨价还价,个个口是心非,正统甚至逼迫母后立下字据,以致母后气绝不治。要到来的终会到来,景泰也有私心,他在病重的时候,听了皇后的哭诉,不纳于谦的谏阻,废掉正统的儿子,另立己子为太子。"

慈禧抬起头来,望向幽深的夜空:"我明白了,对于正统,这是忍无可忍的一着。我不明白的是,下面'深宫惊魂',两个皇帝有一场对手戏。他们真的见过面?"侗五道:"没再见过。这是孙儿的小巧心机:兄弟隔离深宫,心中却念念不忘对方,两颗心总要碰撞。所以设计这一场面,景泰昏昏沉沉,恍惚听见母亲哄儿入睡声,神思

混沌,如入梦魇。梦中与哥哥童年嬉戏,兄长背起弟弟,欢天喜地之间,说起做皇帝的事情。这个要当,那个也要当,于是露出本来面目,正统愤怒地掷景泰于地,演出一段夺宫的好戏——

　　　　正统帝:国无二君,天无二日,你怎敢也当皇帝?

　　　　景泰帝:国君被虏,天日已落,朕岂能不做皇帝?

　　　　正统帝:你这窃国大盗!

　　　　景泰帝:你这亡国之贼!

　　　　　　　(唱)谁人有罪谁有功?

　　　　　　　　　　苍天有眼看分明。

　　　　　　　　　　我救你逃脱苦海离绝境,

　　　　　　　　　　我奉你太上皇帝享尊荣,

　　　　　　　　　　我待你仁至义尽恩情重,

　　　　　　　　　　我祝你福寿双全养南城。

　　　　　　　　　　却为何总想伺机蠢蠢动,

　　　　　　　　　　兄长啊,你是奸雄奸又凶!

　　　　正统帝:御弟,接剑。(掷剑给景泰帝)

　　　　景泰帝:此是何意?

　　　　正统帝:既已窥破阴谋,何不根除后患? 快杀,快将你兄一剑斩却!

　　　　景泰帝:为弟不敢。

　　　　正统帝:哈哈,不敢! 为兄惟恐亏负于你,为此赐你一次良机,可你竟是懦弱小儿,可惜呀可惜!

　　　　　　　(唱)忍辱含耻非偷生,

　　　　　　　　　　无颜地下见祖宗。

　　　　　　　　　　自知失国罪深重,

　　　　　　　　　　败军之将求一赢,

卧薪尝胆八年等，

坐待天时祭东风。

古来王霸自有种，

做皇帝功罪何尝有定评？

前朝留下一面镜，

燕王夺嫡攻金陵，

咱成祖为人强悍终服众，

我辈子孙大兴隆。

败者无福成者幸，

能屈能伸称真龙，

胆大包天才叫勇，

天予不取是无能。

御弟你当断不断有何用，

妄谈仁义图虚名，

此剑是你拱手送，

莫怪刀狠兄绝情。

景泰帝：我是皇帝，你待怎的？

正统帝：皇帝皇帝，还我的皇帝！（举剑猛刺）

　　在迷离的灯光中，景泰帝被刺杀成一个血人，轰然倒地。这是戏本描绘的情景，过去这一景，才是真正的夺门之变，历史结局。然而历史没有结局，明朝完了还有清朝，清朝完了呢？眼下清朝还没有完，正在上演夺门的故事。光绪对应的是正统帝，但他不是太上皇，只是被禁锢的囚徒皇帝。新立一个景泰帝，是未建寸功的乳臭小儿，能否坐稳这个位置？光绪也许要伺机斩关复位？绝对不会，套一句戏上的话，"当断不断有何用"，他没那胆量和能耐。那么这有什么妨碍，该立的立，该囚的囚，大不了，再让后世闲人编一出《皇权之变》，叫看戏的喝一口皇家醋去。

　　可是，且住，光绪哪有资格做正统帝？有资格的，只有一个，慈禧才是太上皇啊！如此说来，一切全变，编这出戏不是游戏，而是讽谏，讥刺太后夺皇帝之门！啊呀天哪！浑身一激，急火攻心，一口浊气没透出来，慈禧嘴脸憋得乌青，闭过气去。

　　这吓坏了宫监侍女，李莲英忙而不乱，斥退众人，叫随侍御医上前救治。慈禧却已清醒，自感虚弱无力，闭目养神，攒足力气，睁开眼看见跪在地上的侗五。她笑了笑："好个侗五，写的好戏。"

　　侗五磕下一个响头："奴才荒唐，请老佛爷治罪。"慈禧道："怎么治你？用一割字？可你不是于谦，一个唱小戏的，岂不污我法刀？"侗五帮她出主意："把奴才下狱，或者充军。"

　　慈禧道："那便宜了你。你犯下滔天大罪——'国无二君，天无二日'，只此八字，你便该杀！还有太上皇帝享尊荣，福寿双全养南城，明是说我；伺机蠢动，又奸又凶，更是骂我。我要夺门还宫，我在举剑猛刺……这样的我，还是人么？"

　　侗五道："奴才是写戏，戏中所言，史上所有。不合伤犯了老佛爷，便是死罪，奴才认罚。"

　　慈禧道："你认了好，免费唇舌。你费尽心机，莫非只为骂我？"侗五猛抬起头，两眼蓄满泪水："辱骂老祖，这是我死都不愿干的！奴才拼死想干的，是劝阻内乱，和合两宫，清新朝政，使我大清不伤元气。如能起到一点作用，请老祖将我千刀万剐，我愿到天上去化青白！"

　　慈禧怔怔地看着侗五，有一丝疼痛从心中生出，弥漫全身："两宫永远合不上了。那不怪我，我的迁就，我的容忍，外面的人如何知道？世人只见我的刻毒，我的委屈哪里去讲？若能倒回去，我愿重做一遍，也许能化开他这块顽石。可就这也要化，你懂个屁！"

　　逼得太后骂出脏字，侗五的罪孽算到家了。

　　侗五舔舔焦干的口唇："奴才犯上，不敢逃死，刑前惟以一言奏上。皇上纵有千条不是，勤恳自律，也是一长。其余诸王子，除了锦衣玉食，便是声色犬马，连个幌子也装不起来。硬要扶起一个阿斗，恐怕要累死诸葛亮啊！若再引动别的馋虫，二

人夺宫变成多门混战,那就戳翻马蜂窝了。"

慈禧一声断喝:"那是没王蜂,宫中有我在! 你以为要去死了,就可口无遮拦? 我早听说你怀有野心,要把弄臣混成干臣。只是可惜,你那主子才是阿斗,他把自己弄塌了台。我连日召见的溥字辈,总有一个可以扶的,不要忘记,其中就有你哥哥溥伦。"

侗五不为所动:"溥伦不够格,他也不愿做。"慈禧问:"那么溥儁如何?"侗五面露不屑:"奴才知道,端郡王为此多方奔走。溥儁若做主子,蝈蝈和八哥都高兴了。"

慈禧问:"是不是你溥侗来?"侗五道:"溥侗为唱戏而生,今为写戏而死。愿祈来生,仍为祖宗江山而鼓舞。"慈禧显得兴气已尽:"好,你也把我气得够了,你走吧。"侗五磕一个头,吃力地往起爬,撑起精神说一句:"奴才恭祝老祖万年。奴才死后——"慈禧一挥手:"你不用去死,我懒得杀你。你不是讨过丹书铁券么? 君无戏言,我自视为君,你不认也不行。"

赶走侗五,慈禧回到寝宫,小憩过后,便把李莲英唤来商量。训政一年,人们都说太后外倚荣禄,内靠李莲英。实际上,李莲英比荣禄更重要。荣禄能办的,换一个人照样办;李莲英做着的,任何人都做不好。他做的当然不是大事,可这关系着宫廷宁谧,起居安适。对于太后,还有比这更大的事么? 宫廷等于朝廷,太后就是一切,能够叫太后安心的人,数来没有第二个。退一万步讲,假设康党阴谋得逞,打进园廷,最后护驾的只能是内廷总管,而不会是亲王和军机。这是内廷的一件甲,甚或是太后的一层皮,脱不开揭不掉。他又是一介奴仆,并未担着斤两,不好摆在桌面上的话,正可通过他传送。所以一来二去,李莲英水涨船高,以致有人拿他与明朝权阉魏忠贤比,暗中呼他为九千岁。他似乎不知自己的身价,依然谨小慎微。现在他就连连自责,没能防患于未然,叫侗五气着老佛爷了。

慈禧大不耐烦:"他那只是做戏,我哪放到心上。倒是戏外的戏,需要格外提防。"李莲英歪扭着苦瓜脸:"是,五将军闹这一出,背后有钟王撑腰,还有其他王爷使劲儿。"慈禧吃惊不小:"钟王,老八? 他这要干什么!"

四、李相外放　廖公内辞

钟郡王是道光皇帝第八子，是个不善言辞的闷葫芦，一向默默无闻。他为何出来打横炮？李莲英禀报说："八爷此次打抱不平，一为七爷，二为九爷。他曾对知心朋友说，贝子载澍圈禁高墙，当今皇上软禁瀛台，使七爷和九爷亡魂不安，老在梦中向他哭诉。除此之外，他还不满端王的做派。"

慈禧思虑道："端王露出了蛛丝马迹？"李莲英道："何止马迹，简直就是马脚！他老人家利令智昏，竟跑到钟王府，请八爷说服恭亲王，为他的公子推车子。八爷暗中使反劲，到各王府给端王扒豁子。"

慈禧烦心道："载漪这个蠢货，莫要闹坏这桩大事！崇绮和徐桐力主废立，手握实权的主张慎重，这个锯要拉到何时？"李莲英道："回太后话，拉到一方撑不住的时候。皇上指望的是康有为——"慈禧露出讥笑："康有为能干什么？胡吹乱骂，他给皇帝帮了倒忙！他这号材料，投诚保我，我也不用，只有睁眼瞎才把他当宝贝。说起来，派李鸿章奔赴各埠宣传德意，他为何不去？"李莲英道："那是虚职，他看不上。杨崇伊等私下运动，想叫李鸿章重回老窝。"慈禧道："直隶总督，他干不上了。他若再出，只能替我镇压乱党，把骑墙的毛病抛到一边。你告诉荣禄，把这点意思透给李鸿章。"李莲英应声退下。

到了第二天，话便传进荣禄的耳朵里。荣禄并没急于办这趟差使。官熬到这一步，都成了老狐狸，不会听到一声嗾，便放开四蹄奔走如飞。为李鸿章计，须发如银的四朝元老，岂能充当鼓吹天使。不替人家设想周到，他这说客怎好出马？

宫廷中酝酿着又一次剧变，而在海外，保皇党发起了勤王运动。要勤王一得有钱，二得有兵。康有为的保皇公司大发利市，财源广进，缺少的就是一支兵马。革命党在这方面有长处,他们曾经发动起义,与国内会党多有联络,能不能借革命之武,补保皇之文?

康有为还在犹豫,梁启超早已心动。康有为离开日本后,毕永年、唐才常借助于长沙旧谊,游说梁启超,请他不要空鼓唇舌。梁启超到底年轻气盛,老师不念紧箍咒,他就想要金箍棒。在宫崎和平山周的撮合下,孙、康两派第二次会谈,商定成立勤王联合会,由孙中山任会长,梁启超任副会长。这只是一个意向,谈订章程细则时,双方各执己见,孙派要排满,康派要保皇。杨衢云告诫孙中山,梁启超是在两面投机,跟他交易怕要吃亏。

孙中山有自己的苦衷,留日学生七八十人,大多受保皇口号的迷惑。合作如果成功,兴中会可因之接近学生,进而鼓动革命。在梁启超那一边,进行得也不顺利。徐勤和麦孟华牢守师训,责怪梁启超朝秦暮楚,怀有野心。二人致电在加拿大的康有为:"卓如渐入行者圈套,非速设法解救不可。"康有为致函梁启超,数说华侨的保皇热情,叫他不要附人骥尾,最后指派差事,令梁去檀香山办保皇会。这是兴中会的老巢,康有为要趁保皇势大,吃掉革命的老本儿。梁启超虽不情愿,却不敢违抗师命,只好赶赴檀香山,宣传他的"名为保皇,实为革命"。

这种内情,外面的人并不清楚,只看到保皇、革命两党合流,两广之间暗潮涌动,湘鄂会党跃跃欲试。就在这时,谭钟麟病危去职,两广总督出缺。孙、康二人都出自广东,那地盘一时显得特别关紧。荣禄掂清了分量,这才去办那件要差。荣禄去贤良寺拜访,李鸿章接到通报,便知事情找上门了。

荣禄是当朝大管家,他把骡马赶过来,李鸿章得想清楚,究竟上不上这辆车?坐在客厅里,宾主东拉西扯,久久不触正题。说实在的,李鸿章是否愿意接受此职,荣禄还拿不准。李毕竟年纪大了,去此边远之地,几乎像是贬谪。荣禄谈了会儿袁世凯,又谈盛宣怀,这算是李傅相的得意门生,堪称文武合璧。李鸿章笑言,得什么意?袁世凯受拳匪和教士的夹板气,盛宣怀受愚民和洋商的两头挤,他们跟我当年一样,都在炼狱中煎熬。荣禄叹息着,大运如此,谁能逃脱?莫说你我臣子,上头的两位,都在刀尖上过日子呢。

　　他说两位，好像皇帝还在位似的。李鸿章跟着装模糊："国运不昌，难受的首先是上头。皇上圣寿，听说慈圣要给皇上庆生，皇上连连辞谢，这叫与国共休戚。"荣禄心想，要哄老滑头上套，就不能把话说得太假。他索性挑明："两宫还没摆置停当，慈圣尚无心思铺张。只因外面荡起风潮，才想用此平息谣言。皇上倒是真心推辞。"

　　李鸿章笑了笑："说起风潮，盛杏荪也卷了进去。他手下的电报局总办经元善，联络上海一千二百三十一名绅商，打电报给皇上祝寿。经元善自作主张，列上盛宣怀的名字，亏得杏荪在电报房安插有心腹，把名字抠了下来，要不就出大岔子了。"经元善的电报，要求太后归政于皇上。慈禧大怒，下令拿办，经元善逃到澳门。荣禄把话题往正题上引："经元善办过一些善事，可他对澳门报纸大放厥词，这就心存不善了。澳门和香港，真正成了是非窝。广东首当其冲，偏偏谭帅老耄，现在又空出位子，还不知谁能补上呢。"

　　李鸿章心里一忽闪，生出一个念头，忙又尽力忍住。跨不跨出这一步，他还需要认真掂量。荣禄却忍不住了："呼吁者固然不乏忠心，可他们不明就里，只会给朝廷添乱。设身处地想一想，太后何尝愿意重出？那是大势所迫，造成这势的，有不少是出于好心。念及这一层，太后不愿做绝情之事，可又有人好心办坏事，那就怪她不得了。"

　　若照这么说，太后嗜权如命，都是康、梁激出来的？李鸿章口是心非："局外人谈局内事，总是隔靴搔痒。外国人悟中国道，更是风马牛不相及。"荣禄借题发挥："这就要有高人指点。外国人只认傅相是高人，所以太后才要老将出马。昨日她还问到你的身体，不知何时能出京。"李鸿章欠了欠身："慈圣眷顾，老臣感恩。其实，身体只是一方面。"荣禄忙问："另一方面呢？"

　　李鸿章叹口气："商务大臣，仅是虚名，外国人哪肯放在眼里。所以命下之后，无一人上门道贺。我总不能上赶子问人家，你们对某某事怎么看？这就是说，此计不通。"荣禄笑笑："那就再生一计。不过，以元老重臣之身份，仔细翻检下来，没几个位置安放得下。"

李鸿章开玩笑:"敝亲家杨崇伊,鼓弄着要我回炉呢!"荣禄也开玩笑:"他那叫不识轻重,回头草别人可吃,元勋不可吃。再说了,天津成了什么地方? 那是过路店,裕寿山去当大陪客,懒人干庸差。古有南辕北辙一说,北运南移,而今南粤关系重大。"

看来上头确有此意,李鸿章疾速盘算,究竟值不值? 两广固然不如直隶,然与直隶、两江鼎足三分,比张之洞的湖广显要多了。反过来想,枯坐京师,到何年何月才是尽头? 舌头比心思先绕过弯:"荣相的意思我明白。只是不懂,事情难道不可挽回?"荣禄深深叹息:"总是有人添柴,这火难熄灭了。我还牢记傅相的告诫,保全皇上,其实也是保全臣子之分,保住荣禄祖上的名声。可是,可是,没法说呀! 骑虎难下,这四字就是当前的情势。"李鸿章默谋一阵,慢吞吞道:"作为臣子,那我只得捋虎须了。请上奏太后,为饰观听,做事还是缓和些好。"

合谋的事情,荣禄当成自己的主意,请将李鸿章外放,趁机探听外国人的口风。慈禧即发上谕,命李鸿章署理两广总督。这一任命出人意料,有说大材小用的,也有人说李某闲极无聊,愿搏老命回光返照的。

外国人却很高兴,认为这是太后的觉醒,她也许认识到此路不通,打算采取开明政策。各国公使果然前来道贺,李鸿章履行使命,向英、俄两国公使郑重说明:训政不可扭转,政局应随之改变,康、梁的大肆鼓噪,败坏了皇帝的声誉,以致满洲亲贵义愤填膺,一致要求速行废立,使康、梁失去凭借;因与贵国交谊深厚,太后特命我代达此意。

这是政变以来,中国方面第一次明确提出此事。太后和李鸿章以亲俄著称,俄国公使用知己的口气说,俄国理解太后的难处,只怕英、法、美等国反对。英国公使窦纳乐,说话措辞便像照会:"废立内政,理无干涉。只是本使履任时,国书所致的是光绪皇帝。贵国如有变更,我国能否继续承认,尚需请示国内。"李鸿章将这话转达荣禄,并且抱歉说,费了这么大力,得到的不如意。荣禄一副拿得起放得下的架势:"只要有话上报就行。倒是爵相此去,太后寄予厚望,恐怕得卖一点真力。"这是暗示他在应付慈禧。

李鸿章离开是非之地,到广东去卖力气。李鸿章督粤的头等使命,是缉拿康、梁,明正典刑。一时逮不住真身,朝廷命令李鸿章,铲平康、梁两家的祖坟,以儆凶邪。拿着这份电文,李鸿章摇头叹息,他想起陛辞时的情景。那天光绪没有在座,慈禧显得怡然自得。她历数广东的"人脉":康有为、梁启超、孙文以外,还有广布于南洋、日本及美洲的华侨,你用何法捕捉平治?李鸿章细说了一二三四五,慈禧听着没吱声,令侍监呈上两封奏折。慈禧将折子发给李鸿章:"你看,有人劾你为康党。"

李鸿章愣了一下,对那折子不屑一顾,大声回奏:"臣实是康党。废立之事,臣不与闻。至于维新变法,并非一无是处。极而言之,莫说罢黜六堂,六部也可废去。六部诚可废,以其因循旧章,日复一日,无所补救。若旧法能强国,中国之强久矣,何待今日?若是主张变法者即指为康党,那么臣无可逃,当入党籍。"

慈禧默然良久,而后叹道:"变法,变法!有人借变法求官,有人借变法谋名。我不能让变法变成名利薮,叫贪婪的人们如蝇逐血。这是不是我在自辩?"李鸿章道:"太后早就变法于先,可惜天时地利未合人功。无论如何,法仍得变,请太后宽恕老臣胡言。"

要他这个"康党"来平康氏祖坟,李鸿章觉得可笑。他并非下不得手,但这有何用处,这哪像堂堂朝廷要干的事!李鸿章迟迟不动,总署来电责问:"平毁康逆祖坟一事,如何办理,迅速电复。"李鸿章电复曰:"闻新党在港定做勇衣战裙,名为新党勤王,实欲袭城起事。惟虑激则生变,平毁康坟似宜稍缓筹办。"

"新党勤王"四字,深深刺痛了慈禧,她怒骂李鸿章,不仅推托不办,而且措辞悖谬,真真老糊涂了!朝廷电发谕旨:"回电语殊失当。倘或瞻顾彷徨,反张逆焰,惟李鸿章是问。"李鸿章无奈,下令南海县平毁康有为的祖坟。

康有为在海外痛心疾首,与清廷和粤督势不两立。康有为亲赴南洋会晤梁启超,梁启超献计称,联络会党在粤起事,先除刘豚,再图肥贼。刘豚就是刘学询,他回粤后投入李鸿章幕中,成为康、梁的心腹之患。

计议已定,康有为继续周游劝募,梁启超赶回日本,寄出一封《上粤督李傅相书》,先给"肥贼"大灌米汤:"去国以来,曾承伊藤侯及天津领事郑君、东亚同文会井深君,三次面述我公慰问之言,并教以研精西学,历练才干,以待他日效力国事,不必因现时境遇,致灰初心等语。私心感激,诚不可任。公以赫赫重臣,薄海具仰,乃不避嫌疑,不忘故旧,于万里投荒一生九死之人,猥加存问,至再至三,非必有私爱于启超也,毋亦发于爱才之心,以为孺子可教,而如此国运,如此人才,不欲其弃置于域外以没世耶。"梁启超回述前情,请李鸿章莫为慈禧卖命,不要迫害保皇党人。

此时在北京,康、梁口口声声要保的皇帝,已经被人选好了替身。李鸿章探出的口风表明,各国不会同意废帝。荣禄借机向慈禧进言,明废不如暗废。皇上今年虚岁三十,尚无皇子。兹事体大,不可再等,请于宗室近支中,择一王子,立为储君,兼祧穆宗。穆宗是同治帝的庙号,为他立嗣,慈禧当然高兴,但也存有疑问:"我朝从世祖以来不立太子,此举是否合制?"荣禄早想好了:"不称太子,可名之为大阿哥,徐纂大统,外人挑不出刺儿。"外国人百般阻挠,中国人总有办法,慈禧点头称善。

这天两宫同出早朝,退朝后慈禧进罢午膳,再次御朝,这回便是太后独坐了。王公大臣、大学士、六部九卿、两书房翰林、内务府大臣悉数出动,这是不多见的阵仗。有人独立观望,有人交头接耳,把公开的消息当成秘密讲。有几个太监笑嘻嘻的,跟相熟的寺卿打招呼:"今日换皇上啦!"听到的人心里嘀咕,再庄严的事体,都会被俗人嚼成杂碎。

到殿上排班,对太后跪叩,听慈禧宣谕:"王朝衰微,国势不振。更不幸的是皇帝病势日沉,至今尚无子嗣。此事关系国本,必须立下决断,以期扭转国运。当光绪初年,惠陵奉安,吏部主事吴可读不惜以死上言,异日皇上生子,应立为穆宗之嗣。此为大礼仪,今日当践前议,选贤以继穆宗,你等意见如何?"众臣埋头不语,殿上岑寂片刻,荣禄简短回奏:"奴才等久怀此愿,请太后择贤而立。"这就接上了茬,慈禧顺溜说出:"我遍观近支诸子,惇亲王裔孙、端郡王长子溥儁,状貌英秀,禀性贤

良，可继穆宗。"

又一阵岑寂，荣禄舔舔口唇，再接一句，此议便了。不料内务府班中有人强出头，那是立山："奴才以为，择立大事，当认统绪。贝子溥伦为长房裔孙，久有贤名；再有恭王溥伟，为恭忠亲王裔孙，皆可择立。"

好个没心没肺的东西！慈禧在肚里暗骂，脸色仍然平正："溥伦之父载治，过继给道光皇帝的长子；溥伟又是过继给载澂的。一继岂可再继？"立山竟不后退："惇亲王过继给道光爷的三兄弟，他过继得更早。再说了，端郡王的封号都是糊涂得来的。"慈禧难以容忍了："立山胡说！"荣禄急忙跟上："不可游疑，请下圣断。"

慈禧扫视群臣，正要开口，六部之首发出声来："臣有愚见上奏。"这是吏部尚书、协办大学士再加前帝师，慈禧不能不游移："孙家鼐？"孙家鼐声音含泪："臣请所立者，兼祧同治、光绪二帝。"并不是要打消选中之人，慈禧稍稍放心。忽又听见军机班中有人奏言："臣廖寿恒亦请兼祧光绪。"这一下子，让慈禧从心到口都凉起来："光绪还活着，我希望他能生出儿子，并成为你们的圣主。这行不行？"

大事就这样定了。叩头退出后，立山愣愣地站着，一个人走到面前，对他作了个揖："杨立山大人，本没有奏准，你有点丧气？"这是端王载漪，特意喊出杨字，是要把他贬作汉人。立山还了个揖："您成太上啦，恭喜恭喜，回头我给您封礼金。"

载漪今日大喜，嘴上更没遮拦："你就是金多，赛金花那窑姐儿，连我也不怎么搭缠。"立山大惊小怪："哎呀呀，都成太上啦，还来争风吃醋？我再加一封帖子把她让给你。"载漪不领情："郎君有情，婊子无义，这事得我自己挣。你为什么说我糊涂封王？"立山笑道："说来话长，令尊过继后，您又过继给瑞亲王绵忻之子奕志。你因此袭封贝勒，光绪二十年进封郡王。封王也应封瑞王，偏那军机拟旨时手误，将瑞误书成端，你从此便端起来了。"

载漪挠挠脑壳："有这等事？我没放心里，你怎么记那么清？"立山故作认真："端字占了我一个立呀，我跟你有缘。"载漪道："两人伙穿一条裤子，那是赛金花的裤子。行，有这缘分，我以后会照应你的。"说罢走开。

一直冷眼旁观的崇礼，这时走了过来："你这花花太岁，为何在太岁头上动土？"

立山语带轻蔑："他这个太岁，不就是娶了慈圣的二侄女么？大妞三妞都不招夫婿待见，惟独二妞，他伺候得不错。可他那个贤郎，可谓败家的太岁。"崇礼道："是，选这个人不怎么地。"立山叹道："私心误人哪！溥伦年纪已长，不又是一个光绪？溥儁虽不年幼，专会斗鸡走狗，这就成贤良了。"崇礼拉起他就走："算了算了，你为何非要找死？"立山道："王朝都活够了，何论本人。那姓廖的怎么回事？"崇礼道："训政一开始，他就到了头，这都熬过月了。"

廖寿恒仍在当班。通过他和军机同僚之手，当日明发皇帝谕旨，大意为：朕以国事忧劳，沉疴未愈。念即位之初，奉两宫皇太后懿旨，俟朕生有子嗣，即以承继穆宗毅皇帝。今朕尚未生子，而穆宗统不可绝，特吁恳母后皇太后，选贤立嗣。兹奉懿命，立端郡王载漪之子溥儁为大阿哥，承继穆宗，此实天下臣民之幸。

跟着有幸的，是一班从龙之臣：大阿哥要入弘德殿读书，慈禧派徐桐总司照料，特起尚书崇绮授读；徐桐又荐陕安道高庆恩，品端学粹，擢为四品京堂，令值弘德殿。这是仿照明朝皇太子出阁讲学体制，偏偏这位主子不读正经，喜欢涉猎小说家言，叫几位帝师十分头疼。可他也有长处，就是性格活泼，趋奉太后时礼节合度，显得伶牙俐齿，比木讷的光绪可爱得多。他又常与宫监戏谑，太监们喜欢他不摆架子，争着说他的好话。大阿哥的贤名，就这样树立起来。

大阿哥他爹，随着儿子得意而得势。就在诏下之日，载漪吩咐家人洒扫庭除，预备茶点，招待即将登门道贺的外国使臣。等了一天未见黄头发，一连数日，见到的全是纯种国人。洋鬼子一点面子也不给，载漪决心挣足里子，逮住机会报复回去。他运动总管太监和得力王公，请求太后给他派差使。这位王爷张狂霸道，荣禄也要防他一手。所以在慈禧就此咨询时，荣禄上言："大阿哥之父位贵体尊，不宜轻入政府。况且端王喜武，可令其如昔日醇贤亲王故事。"

醇王奕𫍽当时主管神机营，神机营现由庄亲王载勋掌握，不好易主。慈禧令在京营中抽选旗兵，另立虎神营，任命载漪做总兵。载漪奢望入军机，知道是荣禄给他设绊，便找着刚毅吐怨气。此时的军机处，已成为荣、刚对垒处，刚毅身为元老，不服荣禄这个新贵。可他不愿硬碰硬，便劝载漪自寻捷径。捷径就在廖寿恒手上，

这人如果去位，一下空出三个要缺，上头就好调剂了。

对于这个"廖苏拉"，载漪早想教训一下，今被刚毅提醒，便想出一个办法。恰值侧福晋寿辰，亲朋要来庆贺，载漪遣人持一请帖，送往东华门外廖府。这看似人之常情，实非寻常行为：按制度王公不交大臣，而为侧福晋请客，更加显得造次。所派者乃一师爷，到廖家门上得知，廖相进宫未归。师爷将请帖留给门房，转身要走时，见一乘官轿在门口停下，一位官下了轿子。

师爷看出这不是相爷，而是他认识的陈夔龙，迎上前打招呼。得知此人的来意，陈夔龙意识到，这份请帖是个难题。他诚恳地告诉师爷，他和廖仲山相国，早年同为泰和周氏之女婿，后来廖相续娶钱塘许氏；又由廖相做媒，将许夫人的胞妹嫁给陈夔龙。廖和陈正是民间所谓的"一挑担"，廖相家有余房，特意邀陈夔龙同住。现在，陈夔龙邀这位师爷去家小坐，也许相国会很快归来。

没过多久，廖寿恒回家来了。得到陈夔龙报讯，廖寿恒先是一惊，很快平静下来。他亲自来到陈家，跟师爷寒暄几句，然后说道："我此次进宫，特为上奏乞休。"乞休是请求辞职。臣子为了表示忠君，一般在缠绵病榻、自知不起时，才会递乞休折子，罕有进宫求罢的。陈夔龙颇为吃惊，师爷却在懵懂，为何把如此重大的消息当着他说。

廖寿恒为他释疑了："君国危难之际，臣子本应万死不辞。可我百病缠身，无补于国，本该腾出位置，以利于招贤引才。"稍停又对师爷道："承王爷垂青，寿恒本该往贺，自念曾作大臣，今为平民，怎能不揣身份，贸然高攀？请老兄向王爷代达歉意。"谢绝王爷的请帖，他真做得出来！师爷嗫嚅了一声，颠颠儿地告辞而去。陈夔龙关切地觑着廖寿恒的脸，还没问出声，廖寿恒笑了一下："折子早写好了，不知犹豫多少回，眼下快刀斩乱麻。"

陈夔龙懊悔道："那这刀是我递的！请你仔细权衡，这样干值不值。"廖寿恒道："现今哪有值得的事？我一年来恋栈不去，本想对朝局有所补救，无论如何，能使皇上有一点念想。可是你看，端王的手伸过来了，我若仍然在位，是该投靠他呢，还是反对他？"陈夔龙答不出话。

廖寿恒笑着拍拍他:"我去递折子了。"陈夔龙眼睁睁看着廖寿恒骑马而去。尽管深深遗憾,他也知这一步不可避免。那么他呢,他的前程,距离达官尚远,然有荣相照应,应是宦情看涨。他不能学廖兄的火性,王文韶常对人说:"吾党仲山火气太重,可以想见正色立朝之概矣。"正色固然可贵,前途恐难圆满。譬如端邸的请帖,如果发于他手,他该怎么办呢?

师爷回去复命。载漪先是生气,后来一想,他都是光杆百姓了,我要他来往哪儿摆? 在庆幸的心情中,果然等来了喜讯,廖寿恒请辞获准。载漪、刚毅弹冠相庆,但军机处那个位置,有礼王在前面堵着,另一个王挤不进去。刚毅南巡时,江苏巡抚赵舒翘卖力配合,与他结为好友。在刚毅的推荐下,赵舒翘调升刑部尚书,不久又顶补为军机大臣。廖寿恒的三缺仅剩一缺,载漪急眼了,催促刚毅进言。太后这才开恩,叫载漪也入总理衙门行走。

载漪兴头得很,连日赶往总署坐班。庆王特给他分了大间公事房,跟自己的房子正对脸儿。可是,公使们来了只找庆王,不找端王,显然没把他放在眼里。载漪向奕劻发牢骚,奕劻哈哈笑着说,我天天在这臭水塘中泡,正想把这一摊卸给你。再有公使或者代办来,奕劻便拉载漪同时接见,有时还领到载漪房中,让那人专门跟端王谈。载漪不通外事,况且脾气粗鲁,总是驴唇不对马嘴,大都不欢而散,还闹出了几场外交抗议,慈禧把载漪唤去骂了一顿。载漪大为扫兴,心想我只是要个名分,何苦出力不讨好? 从此疏离总署,只在虎神营中玩枪。

另有两位能员奉命复出,李秉衡巡阅长江水师,毓贤就任山西巡抚。两人都是洋人的死对头,公使们照例反对,然而糖多不甜,抗议多了也是扯闲。毓贤到了山西,义和拳应运而生,扯起毓字大旗,与鲁、直两省遥相呼应。

山东的祸水还在蔓延,袁世凯率兵赴任,在告示中明确宣布:"大军一临,玉石俱焚",这引发传言四起,说他此来专为兄弟报仇。鲁籍京官坐不住了,翰林院侍讲学士朱祖谋上奏,请旨饬下袁世凯,勿以意气用事,勿以操切图功。御史黄桂鋆、给事中王培佑等相继上折,对袁世凯一意主剿表示忧虑。朝廷据此谕令袁世凯,不可徒恃兵力,转致民心惶惑,致令铤而走险,激成大祸。这给了袁世凯当头一棒,他在

致徐世昌函中哀叹："到任不过十数日,何至有许多劣迹被人一再参劾,想必内里一定有人欲倾轧排挤。"

在这十数日中,朱红灯最早活动过的长清县河西等地,拳众再起反教,曾参加森罗殿之战的朱启明、李继浩等人,陆续袭击辛店屯、马官屯、仁里集等处教堂。他们仍然打出朱红灯的旗号,这叫人想起那句话:十八天后又是一条好汉。朱红灯又回来了!老百姓奔走相告。

袁世凯按兵不动,仿佛已被吓住。袁世敦忍耐不住,要求率领本部驰往长清。袁世凯训斥弟弟:"我还没动手呢,就被骂为屠夫,还不是怪你那次冒失?以后我要杀人,你也靠后一些。"袁世凯首先安抚朝廷,奏称自己要调和民教,标本兼治。治本就是颁示约章,要民、教双方按章行事;治标则要绥靖地方,清除匪类,化导愚氓。他委派道员吉灿升,率兵前往拳乱猖獗之地,一面出示晓谕,一面悬赏购线,缉拿案犯首要。没过多久,官东岭、李会先、明延生等案首纷纷落网,这都是线人贪赏举报的。袁世凯兵不血刃,初战告捷,使教会一方松了一口气。

拳众的气焰被打压下去,他们分散迁徙,相互串联,寻找适宜下手的地方。禹城县窦庄教堂被选中,王立言等拳民火攻教堂。跟踪而来的官兵大开杀戒,将拳团冲得七零八落,王立言在逃跑途中被捕,随即处死。就在同一天,博平也有教堂遭袭,官兵同样不留情面,迎头痛击。袁世凯的威名伴随恶名,在屠杀中崭露头角。

言官参袁滥杀无辜,身在南方的几大总督,却赞赏袁世凯的做法。张之洞和刘坤一早就关注北方的拳乱,看出朝廷措置不当,进退失据,恐将酿成更大的灾祸。作为地方大吏,不好将手伸进邻省,恰好有一便人要去山东,两人便都对他有所嘱托。这人是盛宣怀,他先赶到烟台,为中国通商银行开设分行。事情尚未办竣,袁世凯已经派员来烟敦请,邀盛赴省一叙。

盛宣怀到济南后,袁世凯抽出一整天时间,陪同他游览泉城。盛宣怀连说不敢当,袁世凯坦白道,这是陪朋友,也是借机消愁遣怀,算是假公济私。袁世凯倒了一肚子苦水,盛宣怀听罢说,刘、张二公要我转告:袁帅出自李相门下,李相以剿捻起家,捻军当年肆虐之地,正是袁帅坐镇之区。

　　袁世凯精神一振:"杏荪兄所传真言,令我如拨云见日。当年捻子之起,还比不上今日的遍地烽火,结果如何? 狂飙突起,京畿震动,竭尽全力才得收拾。而今诸公要重蹈覆辙,恨不得伸出马腿将我绊倒!"盛宣怀呵呵笑:"这诸公不包括刘、张,也不包括咱们那位李。"袁世凯忙道:"还不包括老兄你。"盛宣怀伸手挡:"我不算数,分量太轻。不过我与三公同心,都祝愿你痛下杀手,扫平烟尘,免除后患。"袁世凯无法痛快:"我被那么多规条拘着,怎能放开手脚?"盛宣怀道:"将在外,君命有所不受。"袁世凯道:"好哇,你是激我叛命啊。"盛宣怀索性真激:"练兵千日,临阵退却,你的新建陆军有何用?"袁世凯问:"我练兵难道是对内么?"盛宣怀问:"你练兵难道是对外么?"二人相视,哈哈大笑。

第八章 "三门湾大捷"

一、意大利武力讹诈

　　练兵是为对内还是对外？这不经意的一问，一下子扫清五里云雾，袁世凯顿感心思空明。衮衮诸公，没有一个不说自强御侮，但是都知那是假的，练那两下，只为安内。这就没什么可争了，杀，杀出一块干净地！撂下这头，转说别的。盛宣怀长期操办实业，凡与此类事务有关的，他都能提供帮助。山东恰有一桩铁路官司：德军撤出高密前，跟毓贤草签过护路合约。现在要正式签订，德方又层层加码，索取多种权益，颇令袁世凯头疼。他指令洋务局委员彭虞孙，仿效总署惯用的推磨法，能推一天是一天。在他看来，这种办法很管用，德国人并没翻脸，只是陪着磨嘴皮。

　　盛宣怀听了心里一动，失声叫道："明修栈道，暗度陈仓！"袁世凯一脸茫然。盛宣怀转而问他，德国人有没有其他要求，比如开采矿山？袁世凯一问三不知，他忙派人去洋务局，叫一个明白人来回话。这人禀称德国人的确索要高密全境开矿权，彭委员没有答应。不过听说，德国人私下跟物主多有接触。看到袁世凯仍在发蒙，

盛宣怀道："你看看，路矿密不可分，列强夺占中国权益，多行一石二鸟之计。根据中德《胶澳租借条约》，允准德国修建胶济铁路时，于铁路三十里内，具优先开采煤矿权利。我怀疑其胃口不限于三十里，且不限于煤矿。"

袁世凯忙问洋务局来人："怎么样？"这人想了想："听说有铁矿，矿山有五十里开外的。"袁世凯转问盛宣怀："怎么样？"盛宣怀道："这里有山西的例子。山西巡抚胡聘之，先令商务局委员方孝杰，与华俄道胜银行谈判借款修路；又令候选知府刘鹗，与意大利的福公司草签合同，开采山西境内的煤铁等矿。朝廷本有章程，不准外国资本染指矿山。都察院据此奏参方、刘二人，二人因此被革职。福公司和华俄岂肯干休？经过反复施压，朝廷改变态度，令山西和两者签约，英国由此获得山西开矿权。"袁世凯道："我还是不明白，意大利的福公司，怎又变成英国了？"盛宣怀笑了："怪我没说清。福公司是意商罗莎第开的，使用的是英国资本，主营开发中国矿产。"袁世凯感叹："跟钱打交道，就是这样麻烦，我这丘八哪能撕掰清？"

盛宣怀继续谈开矿。在中国贫穷的时候，借款开矿，无可厚非。但要权自我操，不能任由外人争夺，酿成群狼环伺，欲壑难填之势。仍是福公司，与翰林院检讨吴式钊草签合同，承揽河南矿务。有了山西的先例，总署没有理由拒绝，又让福公司与河南豫丰公司在京签订《河南矿务合同章程》，英国由此包揽两省矿物，此中利弊是难以估量的。德国还不同于英国，它占有胶州地盘，采用蚕食之法，将铁路与矿山合并、扩张，控制山东，其野心不可不察。

袁世凯一激灵："察，还要防！杏荪高论如醍醐灌顶，你还得教我计策。"盛宣怀道："弱国无良策，只能失小保大。满足其保路要求，重申胶澳条约第四款，点明煤矿、三十里字样，以抵御德国人的侵蚀。最好的办法是，老兄赶快筹款，将矿权预先买断，来个坚壁清野。"

袁世凯笑眯了眼："筹款得找财神爷，你的通商银行闪一道缝，我办这事就有底气。"

盛宣怀道："通商银行底气不足，它是小本营生。且不说这个，先把交涉办妥。"

袁世凯道："一客不烦二主，你得替我了结。"盛宣怀答应露一下面，敲敲边鼓。

这天来到谈判场所，彭虞孙把盛宣怀介绍给德国官员。德国官员久闻这位铁路督办大名，见他亲来参与此事，虽然有些惊讶，却不肯有所让步。盛宣怀慷慨宣称，我不叫你让步，你不是要我护路么？我都答应，一二三四，我全应允。我只要你严守胶澳租借条约，不在约外行事。你若同意，咱就订约；你不同意，谈判终止。反正谈判是应你们的要求进行的，你不着急，我急什么？说罢立即起身，带着彭虞孙走出屋子。这一手为德国人始料不及，几个人呆坐一阵，也讪讪地离开。

过了一天，毫无动静。德国人前来试探口风，洋务局重申了盛宣怀的那番话。这是碰上硬钉子了，除非派兵硬抢，恐怕得不到更多的东西。德国人权衡利弊，决定结束这场游戏，《护路协定》于是订立。

袁世凯佩服盛宣怀的手段，这引起盛宣怀的叹息："我有什么本事？早在三年前，我去湖北接办铁厂，郑观应就写信提议，为了保护矿山权益，拟于招商局下设立专门公司，急遣矿师四出，将各处好矿尽行购定，禀请地方官批示存案，免为外人所夺。"袁世凯道："这建议好，你怎么不办？"盛宣怀道："我没钱，没权，没力量啊！福公司又把眼光转向直隶、四川，法国觊觎滇、粤，俄国垂涎东北，全国之宝，何处可保？慰庭兄有守土之责，望你好自为之。我去北京叩阍，如能挽回一分，便是中国之幸。"

二人珍重而别。盛宣怀路经天津，与津榆铁路督办大臣胡燏棻相见。此人也属李鸿章的班底，与盛宣怀有同门之谊，他在京城官场根基深厚，盛宣怀自愧不及。胡燏棻跟康有为曾有交往，所幸没有见诸笔墨，因而未遭牵连。

盛宣怀不喜康有为的轻狂，康党之败累及皇上，更使他感到痛心。政变之初他曾致电张之洞："萧墙不可测，洋人谣言甚多。能求圣上出洋讲求武备，如俄彼得故事，可期两全。此诚危急存亡之秋，能出诸何人之口乃妥？乞酌示。"他想让光绪帝出洋考察，以求得到保全，真叫匪夷所思！

此次与老友相见，盛宣怀开口便问："圣躬安否？"胡燏棻言之慨然："一座瀛台，四面环水，插翅难飞，怎能不安！"言毕相对唏嘘。盛宣怀愤然道："康在海外大放厥

词,天天都在栽诬皇上。皇上对他寄以腹心,是也有失知人之明。"胡燏棻摇头:"寄以腹心,这话过了。皇上急于变政,这才对康半信半疑,谁知信这一半就错了!救亡未成而身位先亡,天下还有更伤心的事么?"

盛宣怀担着心问:"位不用说,身也要亡么?"胡燏棻道:"向各省征医,那是骤崩之兆。变着法儿建储,这是病逝之策。你远居沪滨,哪一天听到大行凶讯,不要吃惊。唉,你我没到那个位分,空叹无补。说实在的吧,我最近办的这一桩,怕是不入你的眼。"盛宣怀道:"你主管铁路,却与英国合办煤矿,有让外国一举两得之弊。"胡燏棻笑:"先别打脸,你看看合同再说。"

胡燏棻令手下取来《南票矿务合同》,请盛宣怀过目。合同约定,由督办大臣向朝阳县购买上、中、下三票煤矿,与英国怡和华英公司合股开办,共同管理,利益均沾,分利平权。胡燏棻进一步申明,他订的合同,符合矿务铁路总局颁布的规章。该局于变法期间成立,它与京师大学堂一起,成为仅存的两枚硕果。

盛宣怀仔细琢磨合同条款,发觉所订确很妥善,照此落实,相信煤矿将大为改观。但这并未撼动他的主见:"保护矿权,将来自办,这是我的主张,现已成为心结。因为各地佳矿,一步步沦落于外,我哪里还有将来?英占直隶之矿,由你老兄发端,更叫我如鲠在喉。"胡燏棻笑道:"喉中有郁结,我置酒给你浇开。道不同仍相与谋,谁叫咱们是朋友呢。"

盛宣怀由津至京,拜见了军机大臣王文韶。王文韶受命管理矿务铁路总局,盛宣怀跟他专说矿务。若照山西一纸合同,即以全省六十年无限地利悉归外人,名曰华股,实皆洋股,且恐借开矿而渐及派兵保护,占利竟致占地,恐贻无穷后患。中国财产莫大于矿,应予珍惜,不可让外人反客为主。王文韶问:"你说外人,似乎专指福公司?"盛宣怀道:"是,福公司手伸得太长。它抓取了采矿权,又想修筑铁路以便运输,还想把铁矿石炼成铁。如此吃干榨净,做主家的连一点渣也吃不到了。"王文韶问:"有何限制之法?"盛宣怀道:"一是就矿言矿,只能给予某一矿,不能把全省矿权出让;二是矿路分开,不能兼营;三是不准把材料制成成品。总之,把不得不给的权益尽量细分,不做一锤子买卖。"

王文韶很是赞赏:"杏荪总有高明主意,只可惜主事者缺骨力,好几省全盘流失于外。"盛宣怀顺水推舟:"那就得有全盘考虑,尽快成立矿务公司,总理勘矿、招股、开采等事,亡羊补牢,犹未为晚。"盛宣怀已被戏称为"公司癖",见他癖病发作,王文韶只好给他一剂缓药:"这个意思,我先跟庆王讲一讲,你也跟总署诸君吹一吹,看能不能设法堵塞漏洞。"

盛宣怀告辞回到客寓,竟有一位熟人在这儿候着,正是刘鹗。二人有很深的前因近缘:当年与盛争办卢汉铁路,刘妄称借得洋银一千万两,被王文韶、张之洞两大帅验看戳穿;近来刘鹗充当福公司的马前卒,为其夺占矿利出力不少。这人是个自来熟,一见面便问:"我的《老残游记》你看过几遍?"

盛宣怀一愣:"几遍?一遍也没看完。"刘鹗叫苦不迭:"我给你半年了呀,老兄!那是我手头最后的一本,张状元讨要两次,我都不肯出手。"盛宣怀开玩笑:"那你为何给我,我连个举人都未考取。"

刘鹗高竖一指:"曹雪芹知道吧,他连秀才都未考取。可他的《红楼梦》风靡全国,《老残游记》跟《红楼梦》相仿佛,都是要名垂千古的。"盛宣怀皱起眉头:"曹雪芹是谁?"刘鹗扭歪了脸:"好,好,这把我问住了。对一窍不通之人,只说柴米油盐。杏荪兄,有人请你吃饭。"盛宣怀漫不经心:"哪个?"刘鹗道:"罗莎第,福公司的大老板。"盛宣怀这下不消停了:"他?老残兄,我正要问你,为何跟他搅在一起。"

刘鹗摇头晃脑:"因为他是我的知音,他把《老残游记》看了三遍。"盛宣怀嬉笑着:"恐怕他是骗你,一个外国人,哪有那闲心。"刘鹗道:"骗我我也高兴,你怎么不骗我?有情和无情,就在这上面区分。对于写书的人,老婆都是人家的,文字才是自己的。"

听他胡扯了一通,盛宣怀倒很愉快,二人相伴前往赴宴。宴设使馆区外的北京饭店,这是瑞士人沙莫开的饭馆,中西餐兼营。罗莎第亲自在门口迎宾,此人的光头电灯泡一般亮堂,两眼星星般闪光,显然春风得意。他的招呼也很特别:"哦,亲爱的少卿大人,我们这是第六次见面了。"盛宣怀纠正道:"第七次。有一次在英国总领事酒会上,你我的眼光对上了,没有够上搭腔。"

罗莎第双跷拇指："哈,哈,一碰面我就输了一局,所以我只跟少卿交易,不跟大人交锋。"盛宣怀问："先生这回想交易什么?"罗莎第做出介绍的手势："刘鹗知府,字铁云,号老残,曹雪芹之后又一才子。他有志于振兴中国实业,我将他郑重推介给你,充当将来的矿务公司顾问。"

盛宣怀暗暗吃惊,揣摩在哪里走漏了风声。罗莎第拉起他步入西餐厅,一边说："大人一路宣讲宗旨,因此并不是我刺探情报。你我的目标完全一致,都是为了中国的富强。中国不富,我如何赚钱?喂,上开胃酒,让我们敞开健康的胃口,迎接一个繁盛的席面!"这家伙滔滔不绝,在酒席上大出风头。

瑞士老板亲自来张罗,他说靠着《马可波罗游记》的指引,他才有今天的事业发展,他要向意大利人表示敬意。罗莎第发出感叹："马可波罗是一切西方人的向导。今天的意大利落后了,我要奋起直追。这需要《老残游记》的引导,也需要中国当局的友谊。"盛宣怀将杯中残酒一饮而尽："除了友谊,先生还要什么?"罗莎第举杯示意："我要生丝。"盛宣怀颇感意外："生丝?先生改行了?"罗莎第道："丝织业是意大利的本行,米兰、都灵等地出品称雄世界,多数人民以此为生。"

盛宣怀明白了。由于旱涝不均,江浙一带桑蚕锐减,影响到丝织户的生计。两江总督刘坤一为了限制生丝出口,下令对出口的蚕茧、生丝不予办理火灾保险。这并非专对意大利一国,意大利公使馆却反应过激,甚至声称要派军舰来华。盛宣怀觉得好笑："我还是不明白,福公司跟丝织业隔行如隔山。"罗莎第笑了笑："跟钱不隔山。福公司的股票在意大利出售时,只有一家丝业公司认购。人们认为在华做生意无出路,这关系中国的声誉,我并非只为利己。"盛宣怀道："这关系到中国的主权,两江总督有权管制辖境事务。"罗莎第做着手势："我们不质疑主权,所以才有融洽的餐叙。我想请铁云先生作南京之行,请你出具一封介绍信,不为难吧?"盛宣怀呵呵笑："介绍信?老残和马可波罗都作游记,还需要我这个向导么?"

酒食确无白吃的。除了为丝织业说情,罗莎第还想说服盛宣怀,代修一条出省铁路。这条路,福公司本要自己承揽,后来发现这不划算,便把难办的事情推给中方。盛宣怀并不拒绝,先应承下再说,反正空口无凭,饭桌上的话有几句当真?一

场酒摸清了对方的底,还是值得的。回寓后他立即草拟奏稿,一天后,《请设勘矿总公司折》呈递进宫。

三天后,两宫在仪鸾殿召见盛宣怀。一同见驾的,还有翰林院编修恽毓鼎。此人奉派入鄂查案,回程路过河南,这里正闹蝗灾。慈禧询问灾情,恽毓鼎描述详尽,慈禧听得入神。她忽然想起一件事,便问默不作声的光绪:"你昨日没来见起,我接见河南一县令,他说起三年前的雹灾,仍然心有余悸。我忘记县名了,你是否记得当年的奏报?"光绪回话:"儿还记得,那是巩县。"三年前循例报灾,皇上竟记得如此清晰!赞叹之余,盛宣怀悟及,圣心未灰,仍在筹思江山社稷。

这时听到慈禧问自己,盛宣怀赶忙上奏:"臣请仿照通商银行办法,速立矿务总公司。选举商董,募集商股,附搭官本,延聘深通地学化学之矿师,选派专员分赴三江两湖以及各省,凡未为洋人所得者,周历查勘,将各种矿地逐一勘明,绘图贴说,分别等级,先行买归总公司执业。酌定地租价格,造册呈送,统由总局存案。"

慈禧听得仔细,这时发问:"事情该办,就是缺钱。你有什么法子?"盛宣怀道:"拨少量官本作为号召,商民自必踊跃出资。中国所有者,产矿之基地;外国所有者,开采之资本。我能守地不失,将来矿地或作资本,或收租息,皆可由我选择。总之,地为我地,权须我操,只要不使鸠占鹊巢,以后尽可从容设法。"

沉吟少顷,慈禧说道:"守地不失,你说得好。近数年来,人们总把胳膊肘朝外拐:上有康有为之党,他们说西法总是好的,祖制皆可抛弃,恨不得割掉中国的辫发,换上洋人的皮毛。下有改教的教民,他们鬼迷心窍,尊信耶稣,背弃祖宗,全无心肝。从上到下崇拜洋人,明割暗送吃里爬外,要守地权,谈何容易啊!"似跑题非跑题,她老人家收放自如:"胡孚宸奏称,山东淄川、博山各矿,洋人假借华人的名义,买占甚多,朝廷谕令袁世凯查禁。你这次提出根本办法,想来能够杜绝此患。"

盛宣怀叩头退出,把奏对情形告诉王文韶,估计公司有希望设立。王文韶说了句早着呢,不议它年儿半载,一笼蒸馍开不了锅。盛宣怀等了些天,的确杳无音信,他便离京赴沪。刚下轮船,便听得码头上沸沸扬扬,传说着意大利派兵的消息:意大利军舰"马可波罗"号,于两日前驶抵香港,沿着广东海岸北行。盛宣怀忙向广州拍发电报,请李傅相探察通报敌情。李鸿章尽管耳目众多,也未探得多少情况。

其实,意大利此举的真实动机,只有意大利人才清楚,甚至他们自己也没闹清楚。如果仔细推究,大致有这么几条:首先,意大利有雄心和野心。将近三十年前,意大利和德国同时完成统一。德国迅速成为强国,先是把法国打得大败,后在各地与英、法争雄。反观意大利,总像个长不大的孩子,与欧洲三强相形见绌。为争取举行成年礼,它先拿北非开刀。1896 年,两万意军进攻埃塞俄比亚,在阿多瓦战役中遭到惨败,近半意军被歼。北非损失东亚补,它将扩张的矛头指向中国,也算顺理成章的事情。

其次,统一以前,罗马教皇在意大利具有无上权威。统一战争后,教皇退居梵蒂冈,与意大利的关系总不融洽。天主教在世界各地的护教权,是由法国行使的。意大利教士在中国传教,只能使用法国护照。可在意大利人看来,他们才是天主正宗,法国人算老几!促使义和团兴起的梨园屯教案,就是意大利传教士造成的。要提高在中国的影响力,除了传教,还得派兵。

再次,早在 1866 年,意大利便派海军舰长阿明江使华,与中国建交并签订商约。当时阿明江郑重声明,意大利是罗马帝国的继承者,就是中国史书记载的大秦国,它是西方古老文明的最高代表。遗憾的是,商约并未带来商贸的兴隆,意大利只在一项经营中超越他国:向南非、北美贩卖苦力。再有便是海盗活动。在中国采矿行业出尽风头的福公司,虽是意大利人创办的,最终却成了英资公司。综上所述,意大利之所以派出军舰,生丝仅是一个诱因,德国在胶州湾的成功,才是一种强劲牵引。罗莎第的合伙人鲁迪尼议员,就在下议院提出议案,要在中国获取一个港口。意大利驻华使馆临时代办萨瓦戈,也在北京做出呼应,向罗马建议采取行动。

行动要有指挥官,意大利外交部经过遴选,挑中驻开罗公使马蒂诺,改任驻华公使。马蒂诺抵达上海,"马可波罗"号已在附近巡弋了一个月。中国海域充斥着外国军舰,中国人对它不大注意,这叫舰长有些失落。为了加重彼此的分量,马蒂诺决定乘坐军舰赴任。舰抵塘沽,萨瓦戈赶来迎接。

二人在码头上一见面,马蒂诺便兴高采烈地说:"我们要立即采取占领行动!"萨瓦戈大吃一惊:"占领何处?"马蒂诺朝军舰指了指:"这由'马可波罗'号舰长决定。"萨瓦戈问:"你是开玩笑吧,公使先生?"马蒂诺一本正经:"外交不是游戏。萨瓦戈,你的光荣时刻已经到来,你将成为把意大利三色旗插上中国领土的第一人!"如果这不是玩笑,那就更严重了,罗马怎能把扩张事业托付给这种人?萨瓦戈曾在开罗与马蒂诺共事,深知他是一名老色鬼,在世界各地播撒风流种子。早在西西里王国时期,马蒂诺家族就与埃及王公关系亲密,其中有人获取过"马蒂诺帕夏"的称号。可他对远东一无所知,将北非的经验套到中国,其结果恐怕是灾难性的。

马蒂诺到使馆稍事休整,便召集代办和舰长,共同研究军事地图。由北到南,俄国、德国、英国、日本、法国,将中国的海岸线侵蚀殆尽,只在浙江留下一个空当,仿佛上帝的有意安排。杭州和米兰,是丝绸彩带的东西两端。浙商胡雪岩为与意商斗法,垄断了当年出产的生丝,成为他倒台的一大主因。"戊戌变法"正盛时,意大利学者马西尼出版了一本书,论述浙江对意大利的重要性,主张在此攫取一块租借地。地盘就这样定下了,马蒂诺命令两名部下率舰巡浙,寻求具体的下刀处。萨瓦戈无力违抗"帕夏"的专制,只好去跑这趟苦差。

军舰驶过王盘洋,进入杭州湾,舰长发现了一处天然良港,惊喜地大叫:"这地方好,邻接上海,补给方便,就这里了!"萨瓦戈耸了耸肩,给同伴泼冷水:"虽然优良,杭州是浙江省的省会,他们不会租让的。老朋友,我们还得往南走,找到个兔子不拉屎的地方,你我就好交差了。"

船近甬江口,观望元宝山,萨瓦戈讲起中法战争的故事。听说法军统帅孤拔就是在此中的炮弹,舰长缩缩脖子:"中国人还会打仗?"萨瓦戈笑道:"那是在甲午战前,他们的胆量未遭重创。自从成了惊弓之鸟,外国军人的活计就好干了。你记着,咱们策划的战役,只用虚声恫吓。真要打起来,就等于咱的失败。"舰长兴奋起来:"恫吓万岁,我喜欢这样的战斗!既然如此,我们为什么辛苦,何不去岸上玩玩?"萨瓦戈被提醒了:"好主意,我早想游览宁波了。那是个美人窝,赫德初恋的出生地。我和你的艳遇,就在前方等着我们!"

舰长下令军舰抛锚，放下一艘小艇，二人带领几名水手，向着码头进发。离岸不远时，望见一艘轻型轮船，开出甬江口，向小艇迎面驶来。发现船上飘扬的中国海关旗，萨瓦戈仔细观察，果真在甲板上发现一个熟悉的身影，不禁失声叫出："赫德爵士！"

轮船上的人当然听不见，萨瓦戈摘下头上的帽子，用力挥舞，舰长和水手也学他的样子。这引起赫德的注意，他要来一个望远镜，看清了艇上人的面目，便叫轮船放慢速度。萨瓦戈用英语交流："亲爱的爵士，真是幸会。你居高临下看着我们，是不是有伟大的感觉？"这意大利人油腔滑调，赫德岂肯让他占到便宜："不不不，是代办先生挡了我的路，你是不是要征过路税？"萨瓦戈大笑："不不不，我们要交引路税，一路追寻来到这里。请示阁下，是到您的船上交，还是到我的舰上收？"

听这人话中有话，又看到意国军舰停在不远处，赫德心想，得摸摸这伙人的来意，他便答话："我参观一下贵国铁舰吧。"

他转向身边的年轻女子和少年，嘱咐了几句，便扶着梯子向下走。不大一会儿，赫德登上自己的小艇，与意大利人会合一处，向军舰靠拢。登上铁舰甲板，舰长变成讲解员，向英国爵士介绍吨位、舰龄、炮火配置。

赫德寻思着，这是一艘重型巡洋舰，设计和装备都很先进，名为"马可波罗"，这是冲着中国而来。他们的意图是什么？意大利人不打哑谜，在搬出美酒飨客后，萨瓦戈擎着酒杯宣布："我们即将向中国宣战。"

赫德毫不吃惊："为什么，中国抢占了西西里岛？"萨瓦戈表示轻蔑："中国没有那么长的手。"赫德紧盯着他："难道意大利有那么长的腿？"萨瓦戈比赫德高出一截，他立得更直些："请爵士看，我够格么？"赫德摊了摊手："做衣裳架子，你完全胜任。"萨瓦戈道："感谢你扯到衣裳——正是因为限制生丝，我国才要武力示威。"

赫德道："限制出口，并非专对意大利一国，英国的丝织业同样受影响。"萨瓦戈道："纺织是意大利的生命线，只是英国的线手帕。"赫德教导这个外交官："遇到困难，你们应当开发新产品，增强竞争力，而不应到处寻找替罪羊。"

萨瓦戈笑嘻嘻地说："德国并未受到挑战，他们非但没拿出产品，反而摘得了一

枚硕果。"赫德一惊:"你们想学德国?"萨瓦戈反问:"不能么?"

赫德环顾海山,仿佛要重新打量这个环境,最后目光落定到萨瓦戈身上:"撒丁不是普鲁士,你们硬要冒充铁血,将会碰得头破血流。"萨瓦戈依然笑得甜蜜:"为什么碰头呢,我们是要碰一碰运气。就像福公司那样,意大利跟英国是一伙,需要英国朋友的帮助。爵士对亲王和太后都有影响,在合适的时候说合适的话语,便尽到朋友的义务了。"

这一番花言巧语,恰恰表明他们是认真的。赫德有些生气:"代办先生,你驻北京这么多年,应当对中国有所了解。他们固然虚弱,然而内心高傲,对英、俄、德这样的强权,非到万不得已,他们不会屈服。英国要想达到某一目标,总是经过深思熟虑,不会贸然行事。意大利,有这样的计划和实力么?"

萨瓦戈倒很坦白:"绝对没有,所以我们有求于英国。英国得到的太多,所以它没有道德优势,对一个穷朋友说三道四。"赫德不愿扯下去了:"好了,你和窦纳乐是一丘之貉。赫德是中国的总税务司,要维护雇主的国家利益。对一个谋求好处的人来说,侵害永远不如友善。请记住,年轻人。"

赫德彬彬有礼地道了再见,乘艇回到自己的船上。他的心情仍然沉重,不仅因为这次邂逅,主要由于这趟"返乡"。宁波确是他的家乡,这里有他的初恋和青春。这段美好的往事,被正规的婚姻抛到一边,那位不幸的阿姚,也葬身于上海布厂的大火中。他的非婚生女儿,从此对他视同寇仇。赫德起初没放在心里,等到他那宝贝儿子赫承先来到中国以后,他才把对儿子的失望,转化成对女儿的内疚。

终于在金秋十月,在阿姚的冥寿前夕,赫德鼓足勇气来到上海,追寻逝去的时光。仍是那条里弄,仍在那所小院,安娜居住在没了娘的娘家,她已经是一个男孩的母亲。蹀躅在亲切的小径上,赫德的心一阵阵紧缩,他畏惧相见的那一刻。正在院里做家务的安娜,听到了久违的脚步声,一下子有了心灵感应。她抬起头,看到一个憔悴的老人,挟着一个蓝布包袱,有些迟疑地踏进院子。四目相对,包袱落地,老人的身子摇晃起来。安娜上前去搀,老人顺势挽住她,将她拥抱在怀里。啜泣声

透着喜悦,穿过久远的岁月,打湿了身边的光景。

等到平静下来,父女重新审视,赫德看见一个怯生生的孩子,依在堂屋门框上。赫德向他招手,孩子慢慢走过来,安娜吩咐他:"叫外公。"听见了那声外公,赫德一时心花怒放,泪水又涌出来。

父女和好没持续多久,安娜叫孩子走开,她眼睛紧盯着父亲,那是审判的神情。安娜似在自语:"住在这里,多少个不眠之夜,我想得透透彻彻,你那样对待她,并不是惟一的选择。"赫德也想透了:"是,我可以跟她结婚。"安娜颤抖了一下:"为什么不?"赫德道:"那不是最好的选择。我在英国人眼里,将不再是纯粹白人;在中国人这里,扮不成超然人物。这对于两个国家,都是一种损失。"安娜激烈起来:"你只会计较得失,从不体会人性,你是个冷酷的绅士。"赫德变得笃定:"我是她无仪式的丈夫。这一点,是我近日才觉悟到的。人生的境界有不同层次,不断探求才会提升。"

安娜的心里又苦又甜,为了母亲,也为自己。为了不使自己软化,她跟这个人拉开距离:"你的探求,停留在职务和金钱的层次上,与这所院落格格不入。请不要打破这里的宁谧。"赫德端详着院中草木:"变样了,又没变。一切都在,只是少了一个身影。"安娜猛然回头,怒视着他:"少了她,又没少,她永远在这里!"赫德像要故意刺痛女儿:"她在我那里,一天也没离开。真的,孩子,不信你看。"

赫德蹲下身,打开那个布包,首先是一片红光,晃花了安娜的眼睛。这是她的红嫁衣,妈妈亲手做的!安娜扑了上来,赫德将嫁衣拎起,交到安娜手里。包袱中露出绸衫、罗裙、套裤、布袜,那都是阿姚的衣裳。通过这花花绿绿,安娜看见一个活生生的阿姚,站立在她的面前。"妈妈!"安娜痛叫一声,把包袱搂在怀里,哭得昏死过去。在小儿子的呼唤声中,安娜清醒过来,发现老泪纵横的父亲,一副可怜的模样。安娜叫了声"爹爹",这是埋藏于心的称呼,过了三十三年,方才从口中发出。

二、马蒂诺弄巧成拙

重归于好的父女,在小院度过了安恬的时光。不过这很短暂,赫德有一个计划,需要马上实行。他要赶到阿姚的故乡,为阿姚建起一个衣冠冢。这是中国的习惯,且是针对名人,而在赫德的心目中,阿姚比一切名人都珍贵。安娜感激爹爹,她把夫婿叫来,指派他具体操办。一家人来到宁波,通过官府帮忙,找到阿姚的出生地。那是一个偏远乡村,民风淳朴,与世无争。忽然见到这样一伙人,拿着几件旧衣裳,要为一个失落了名字的闺女造坟,老乡们觉得很稀罕。

无论如何,赫德了却一桩心愿,像获得新生一样愉快。归途遭遇"海盗",使他回到现实,赫德将女儿和外孙送回上海,匆匆回到北京。第二天便去总署,庆王会见赫德,谈了些杂七杂八。赫德特意问起意大利新任公使,奕劻想了想道:"那是位老成绅士,说话慢吞吞的。他有什么特别么?"赫德反问:"他没说要紧的话?"奕劻仍不在意:"他埋怨两江限丝,我说这是地方权限,他就转说铁路借款。他好像吃比利时的醋。"当初修建卢汉路,考虑向外国借债,盛宣怀认为英、美等国恃强侵权,力主借用比利时贷款。小国比利时都在中国铁路上插一手,这也是对意大利的一大刺激。看来马蒂诺尚未挑明,赫德便不深谈,希望这个危险就此过去。

赫德哪里知道,萨瓦戈等在考察了宁波后,沿海岸南行,最终得出一个结论,据此向驻北京公使馆发报:"三沙岛第一,宁波第二,三门湾第三。"马蒂诺接报后想,到底你第一,还是我第一? 他决定把三门湾列为第一,将此意见电告罗马当局。发报后他就失踪了。萨瓦戈回京后得到报告,原来公使应李鸿章之子之邀,到长江流域打猎去了。

过些时候,罗马外交部来电询问,为什么"马可波罗"号舰长与公使的意见不一致? 萨瓦戈找不到公使,只好拟写一份电稿:"我不知道,请再派给我一位公使!"电

稿还没有发出，马蒂诺就已回到北京。原来，他在来中国上任途中，在日本横滨结交了一个姘妇。这回他忙里偷闲，往横滨接情妇去了。

尽管有些荒唐，意大利的伟大事业仍在进行。罗马接到马蒂诺的报告："我们在华的准备工作已告完成，舰长也同意三门湾是最佳选择。"罗马政府由此开始紧张的外交活动，第一步是争取英国的支持。意大利驻英大使伦其斯，面见英国首相索尔兹伯里，声称意大利与浙江贸易剧增，商船驻泊与补给困难，急需在三门湾租借几个岛屿。索尔兹伯里充满了疑虑，长江流域是英国的势力范围，意大利为何横插一杠子？伦其斯反复保证，意大利只会当英国的帮手，决不做掣肘的事情。英国虽然强大，也无法打消他国的企图，索尔兹伯里只有接受现实，咨询北京公使馆。窦纳乐不像首相那样担心，意大利无力打破列强的在华均势，如果中国坚决反抗，它也不大可能达到目的。因此，对它表示支持并无害处，还可以离间法、意关系。

英国暗中打的算盘，法国很快侦知了。它不能任由英国孤立法国，便要支持意大利的行动，同时也为自己铺路，因它正在考虑租借广州湾。日本的处境与法国相仿，它在觊觎厦门港，所以答复称，它无保留地支持这一行动。德国的态度有点暧昧，只对意大利表示了有限的支持。惟有俄国表示反对，它认为意大利不够格，一个孱弱无力的国家，还想进入猎场？

美国是惟一超脱的，它不纠缠具体的问题。就在1899年9月，美国国务卿海约翰，宣布了对华"门户开放"政策，他向英、法、德、意、俄、日六国政府发出照会，要求它们遵守三项原则：一、对通商口岸和租借权不能干涉；二、势力范围之内不能设立歧视性的港口税和铁路运输税；三、中国政府有权按照条约规定统一征收所有的关税。这政策的出笼有一个背景，那便是通过美西战争，美国夺取了菲律宾，在东亚获得了商业和军事根据地。美国工商界要求政府在远东采取更坚定的行动，称中国是美国最有希望的海外市场。

这一新政策，是要列强开放在华的租借地和势力范围，使美国能够利益均沾。英国的势力范围最大，它固然感到了威胁，但也发现了机会。它是手腕活络的国家，它的"领地"相对开放，而俄国则是绝对封闭。它想借助这项设计，把手插向俄

国的禁脔。英国表示支持门户开放政策,其他强国尚在犹豫,俄国照例哼了哼鼻子。在它看来,现在是"亲俄派"慈禧太后掌权,它不宜和别国搅在一起,而应一心扩大优势。意大利怎么办呢? 它尽量往好处想:只要得到了租借地,我可以与别国一样处置。它也支持美国倡议。

中国总是最后得到通知的,不过,总署已听到讯息了。意大利人不善保密,有时还故意张扬,以期狐假虎威。罗莎第就是这样,近日他常跑总署,为福公司谋求权益。此人在总署很惹眼,他不仅衣冠楚楚,而且装束特别,胸前悬挂着"圣·莫里齐奥"大勋章,这是国王颁授的。凭着这个"商标",他能与意大利公使平起平坐。他还在上衣口袋里别着一把纯金小刀,从纯金烟盒里抽出哈瓦那雪茄,削开包装敬献给庆亲王。奕劻喜欢这个花花公子,因为他送礼从上到下,普惠总署的各个角落,以至于总署中颂声一片。

盛宣怀想用"路矿分离"限制福公司,罗莎第却来要求中方修路。盛宣怀提出针锋相对之法:他要因矿而及路,我则因路而及矿。我们承担筑路,路成后运输矿石,车价要比其他客货提高两倍;中国应从英国开矿公司得到红股,分沾矿利。奕劻把这几条端给罗莎第,罗莎第满口好商量,转请自建炼铁厂。这是盛宣怀咬死不准的,奕劻一口回绝。在讨价还价中,罗莎第有意无意地提到巡洋舰,似要为自己添加砝码。奕劻打趣地问,意大利的巡洋舰,是不是用来装糖果的?

罗莎第虎起脸:"尊敬的王爷,意大利人热爱和平,但并不拒绝战争,如有需要,它会勇敢地投入战斗!"奕劻揭对方老底:"说到战斗,我想起北非的阿多瓦战役。意大利在此役的伤亡,比整个统一战争的伤亡还要大,这场战斗太不幸了。"罗莎第大言不惭:"自那以后,意大利的战备更加刻苦,能比上你们的卧薪尝胆。'马可波罗'号的战斗力,超过了远东的任何德舰。它想寻求租借地,应该得到合理的满足。"奕劻皱皱眉:"租借? 前些天贵国公使来访,我问起'马可波罗'的意图,马蒂诺亲口许诺,它是在寻求友谊。"罗莎第道:"他那是外交辞令,亲爱的殿下。为了让您有所准备,我不惜透露机密,殿下应当对我有所回馈吧?"奕劻半开玩笑:"那你得有更大的贡献,比方说,做我们的线人。"

罗莎第做出害怕的样子:"您是说做间谍吧? 那是要杀头的,我的王爷! 一座自建铁厂,也换不回一颗头颅。"

奕劻用手指点他:"你这小鬼头,至死也不忘记生意。我来数数你的生意经:你是国务部长的侄子,而你的同伙鲁迪尼的父亲,则是意大利首相。你来中国淘金,起初两眼一抹黑,萨瓦戈借给你一本德国地质学家写的《中国地质》,你才知道山西矿产丰富。你结交了基督教徒马建忠,通过他攀上李合肥,由此跑熟了总理衙门。意大利没钱供你使,你就跑到伦敦游说,在那里注册了福公司。英国政府希望办好福公司,认为由意大利人出面,可以减少与俄、法、德等国的摩擦,因此大力支持你。可你跟意大利如何交割,还要我细说来由么?"

何用细说,他对意大利是连蒙带骗的。英国政府本已指示窦纳乐,在华促成福公司的开办。在一次英国使馆招待会上,罗莎第酒后调戏英人女招待,窦纳乐勃然大怒,宣布罗莎第是永远不受欢迎的人。罗莎第还拿山西巡抚的批文,冒充总理衙门的批文,向伦敦金融界招徕资金。窦纳乐对其深恶痛绝,他只好天天缠着萨瓦戈为他办理总署批文。萨瓦戈称罗莎第为"犹太胖子",以未得上级指令为由,拒绝替他出力。

罗莎第求助于罗马的同伙,罗马下令支持这一重大项目。萨瓦戈无奈,先说服窦纳乐在合同上签字,然后卖力地跑总署,终于求得了一纸批文。

萨瓦戈还别出心裁,设计了一枚福公司商标,将意大利三色旗与英国米字旗巧妙地结合在一起。这一切办成后,福公司却成了英国的独资公司! 萨瓦戈向当外交大臣的表兄写信称:"这件事成了我永远的痛。"罗莎第永远也不会痛。听了奕劻揭疮疤,他若无其事地许诺说,他愿为中、意双方服务。奕劻也抛给他一个甜头,同意福公司将矿石炼成铁块,运交中国的炼铁厂。这算是半成品,福公司距离采炼合一仅差半步。

罗莎第心满意足地离去,奕劻急忙召集同僚商议。听说意大利也要租借,有人觉得好笑,有人主张持重,因为意大利背后有英国。打狗要看主人面,最好向英国人探探底。许景澄曾任驻德公使,同时兼任法、意、荷、奥公使。他明了一些底细,

主张捏住这个软柿子,把它的妄念打下去。许景澄的这一番话,恰被端王听到了。当时这位爷一时心血来潮,跑到总署闲逛。这几句合了载漪的意,他对许景澄伸出大拇指:"好,是条汉子!"

次日早朝,载漪讲完虎神营的事务,又提起意大利的野心。外国人对新朝不捧场,慈禧心中充满了怨气;载漪添油加醋的描述,更叫她火不打一处来:"意大利也欺到头上了! 告诉总署,公事掷还!"对于不满意的臣子奏折,君主才用"掷还"字样,她把外交文书当奏折了。

载漪从宫中出来,专程跑去告诉奕劻。奕劻不明白:"什么公事?"载漪道:"太后大概是说照会。"奕劻道:"意大利没送照会。若真送了,按照惯例也不能掷还。"载漪拿着鸡毛当令箭:"老叔,这是太后的旨意,你掂量着办。"奕劻埋怨载漪,给他出了难题,只希望意大利不要找事。

不料隔了一天,萨瓦戈就来到总署,请见庆王,郑重其事地送上照会。照会放在桌面上,奕劻牙疼一样吸着气:"这是干什么?"萨瓦戈故意放轻声调:"我们想租借三门湾。"奕劻愤然作色:"你们想! 这是想想就能做到的么? 为了不伤和气,请你把这收回去。"萨瓦戈从座上立起身:"要让意大利收回成命,贵国得使用更大力气。"

鉴于人多嘴杂,奕劻不愿声张,只把许景澄找来商量。许景澄说,还是不破惯例为好,因为那样做,伤了全体公使的面子,徒然使意大利得到同情。奕劻为难地说,我哪想破例,这不是上命难违么! 许景澄倒笑了:"那就使一回脾气,好在这是意大利。"

有这句话垫底,奕劻在知照了各位大臣后,令人将意大利照会原封退回。这在意大利使馆炸开了锅,从公使马蒂诺,到在门口站岗的水兵,全都感到屈辱。意大利并非最弱小的国家,他们凭什么拿我们开刀? 马蒂诺电告罗马,强烈要求动武。罗马顿时吵开了花,"开战"声不绝于耳。外交大臣卡内瓦若的想法最奇特,他要中国为此支付赔款。最终达成的决议是,添派三艘军舰去中国。

与此同时,外交也在进行。对意大利表示同情的英国公使窦纳乐,给总署发去

正式照会,指责这种非礼不能容忍。总署复照称:"本衙门不能接受意大利的要求,考虑到在此事上进一步理论,无非浪费笔墨,所以将原件退回马蒂诺先生。此举绝不是有意羞辱意大利公使,而是出于对中意关系的爱护。"

这无疑是进一步的羞辱。窦纳乐拟电发往国内,请首相劝告意大利,不要使用武力。意大利如此回复英国的告诫:调遣不是使用,意大利舰队的全部目的,只是在三门湾获取一个加煤站,中国没有理由予以拒绝。意大利胃口这么小,越发显得中国不通情理。得到窦纳乐支持的马蒂诺,极力怂恿本国政府,批准他向中国提交最后通牒。这是严重的一步,如果通牒无效,你就得诉诸武力,意大利有这样的决心?国王和首相都在挠头,没能挠出一个主意。

马蒂诺却在卖力奔走,为自己的主张搜寻佐证。他在德国使馆找到了中国海军的资料,用法文向海靖公使致谢:"亲爱的朋友,我的国王和国家都仰仗您了。"

原来自从甲午海战后,中国的海军力量恢复缓慢,不堪一战。马蒂诺将此提交罗马,罗马的胆子大了起来,发电指示北京使馆,立即提交最后通牒。这是当天十二点三十分的电报。

事情很快起了变化,起因是来自三国首都的电报。驻法和驻俄大使报告政府,法、俄反对意大利开战。更重要的是英国的态度,在意大利即将用兵的紧急关头,索尔兹伯里突然发话,中国政府尽管有权拒绝外国的要求,但将照会不开封退回违反国际惯例,英国政府愿就此问题展开交涉,不能让中国开此先例。意大利乐得把英国推在前面,忙向北京发出第二份急电,命令马蒂诺搁置最后通牒,等待进一步的指示。

这份电报于下午四点二十分发出。两份急电在办公桌上等着马蒂诺,马蒂诺尚无工夫处理。他接听一个又一个电话,都是外交同行打来的。他们或斯文,或激动,或真诚,或虚伪,无一例外地表示关切。马蒂诺从来没有这般重要,他甚至有了拿破仑的感觉,这使他不愿结束谈话。直到问过男仆,得知过了五点,他才冲出了电话间。明知有两份电报,他却没弄清序号,看看"立即提交"这四个字,马蒂诺马上拿起最后通牒,坐车径奔总署。看到这张白脸,奕劻打了个寒噤,然后故作镇定,

做出让座的样子。

马蒂诺视而不见,大步走上前,一只手将通牒丢在茶几上:"殿下,你还有四天时间。"奕劻装模糊:"四天好干什么? 对了,我听赫德说过,做一双意大利皮鞋,最快的也要四天。"马蒂诺不跟他胡扯:"为了免于战祸,我请您从醉酒中醒来,读一读最后通牒。"奕劻收起笑脸:"你竟是认真的? 那好,我给你四个小时,收回这份通牒,过时不候,你别后悔。"

两人比着傲慢,谁也没有占到上风,分手以后都开始发慌。意大利毕竟也算强国,跟这种对手拉硬弓,这是破题儿第一遭。奕劻慌忙上朝面君,少不得把应对情形张扬一番。载漪、刚毅、启秀,称赞庆王挺起了脊梁。世铎和王文韶保持沉默,徐用仪却出来驳了几句。这是七十三岁的老臣,十年前曾任军机、总署大臣,因赞成割台而失势。而今回任总署,他搬出交涉旧例,说是我方失礼在先,便须防备于后,不能过于托大。裕庚认同徐用仪的意见,必先备战而后止战。听众臣奏陈一遍,慈禧这才瞅一眼荣禄,荣禄即奏:"奴才已电聂士成,令其严守直隶沿海各口;电饬宋庆,派马玉昆统带十营驻守山海关;并令董福祥分拨兵马,南进至直鲁交界防堵。拟请旨谕南洋大臣,派遣海军巡弋洋面,以防不测。"慈禧不以为然:"南洋有什么海军?"荣禄忙道:"可令北洋调舰协防。"

慈禧想问什么,听到一声"奴才",她将眼光移向载漪。载漪意识到失口,这时不得不说:"奴才的虎神营,愿意赴前杀敌。"慈禧不屑地一哼:"你那是吓老鼠的,还是不挪窝为好。令北洋调主力三舰,开赴浙江海面。你们的主意是不会真打,我的心情是恨不一打。洋人上头上脸,不给点颜色瞧瞧,他就不认得马王爷三只眼!"

这边摆开架势,那边乱了阵脚。意大利刚起意时,明确反对的只有俄国。临近战争边沿,听到的多是不祥之音。德、日不哼不哈,似要严守中立;美国专唱高调,宣讲开放要义;法国也是意大利仰仗的,在回答意大使的咨询时,法国外长讲起风凉话:"意大利事前专注于英国的态度,此时应该去问伦敦。"真的去问时,索尔兹伯里改了口风,他抱怨意大利缺乏耐心,不该搞什么最后通牒。意大利外交部还不了解北京的情况,卡内瓦若亲自向英国首相发电,宣称意大利未递通牒。

恰在这时,英国路透社发出报道,将马蒂诺的壮举捅了出来,引发了舆论轰动。卡内瓦若急电北京,获悉这条消息竟然是真,他不禁恼羞成怒,电令马蒂诺撤回最后通牒,立即回国述职。马蒂诺发电争辩,但卡内瓦若已不愿理他,马蒂诺万般无奈,只好派萨瓦戈去办这桩丑事。

萨瓦戈岂肯当炮灰,改派翻译官维塔利前往。像他这种级别的外交官,一般由总办章京接见。维塔利声称代表公使,一定要见亲王殿下。他被引到庆王房中,见到奕劻坐在那里,维塔利开口便说:"您赢了,殿下。"奕劻狐疑地看着他。维塔利耸耸肩:"由于一项技术故障,我们要收回最后通牒。"奕劻一喜一惊:"收回?真的?这一回我可拆开了,没法原封给你。"维塔利以为他奚落自己:"好了殿下,轻易得到这么大便宜,应该满足了。"得意不可使尽,奕劻愿意就坡下驴:"没有撕破脸皮,我们都该满足。"他叫属吏寻来最后通牒,交还给意大利人。

喜讯在总署传开,很快轰动朝廷。自从鸦片战争以来,从未获得过如此巨大的外交胜利!大家颂圣不止,她老人家的那句"恨不一打",显出无上威力,不战而屈人之兵。这就更叫人追悔,先前的怯战避战,即使战了也只假战,都是自己吓自己,白白叫人割了肉去。这便开悟了,以后闹起口角,尽可强硬一些,先眨眼睛的不一定是谁呢。

中国人欢天喜地,外国人可惨淡了。意大利撤回通牒的那天,窦纳乐仍照约定会见庆王,替意方说项。奕劻的答词是:"租借一地对意大利单方面有利,我不懂它对我方有任何好处。英国何必偏向一方,莫非它对英方有好处?"这话不好回答,窦纳乐强词夺理一番,回使馆后见到维塔利,得知他在为报废的事业出力,意大利外交部还请他暂时代管意国使馆。窦纳乐很是吃惊:"上帝呀,你们用大错误来挽救小失误,必将损害全体在华使团的威望!"

外交大臣在议会宣布了召回马蒂诺的决定。马蒂诺灰溜溜地离开北京,来到天津,不甘心就这样回归故国。天津麇集着各国冒险家,马蒂诺碰上一位阿马尼舰长,此人曾在意大利海军任职,现为都灵军火商安莎多公司的在华代表。阿马尼自称跟总署大臣裕庚交情深厚,马蒂诺请他像军人一样宣誓保密后,要他帮忙完成一

项攸关国家利益的重大任务。

二人筹划了一番,阿马尼赶赴北京,向裕庚送上一份厚礼。裕庚在客厅见他,语气含着抱怨:"不年不节的,送礼有何由头?"阿马尼笑嘻嘻地说:"您的两位女儿,正接受西式教育。比如德龄公主——"裕庚连忙打断:"皇帝的女儿才称公主,你可不敢胡说。"阿马尼道:"我不胡说,教育基金,在任何国家都光明正大。"裕庚戏谑地问:"你还给谁送有基金?"阿马尼口无遮拦:"比如说庆王殿下。"

裕庚吓了一跳,愣愣地看着客人。阿马尼不理解地回看裕庚:"怎么了,这有什么奇怪? 庆王受礼,老习惯了。当然有时通过其长子,就是载振振贝子。你知道他长住天津,住所被称作销金窟。他的身份应该是王子,可你朝制度不许他工作,大把的时间不用来胡闹,不只有自杀一条道了?"

越说越不像话,裕庚赶紧截住:"下这么大本钱,你要钻营什么?"阿马尼两眼不眨:"我们要租借三门湾。"裕庚哭笑不得:"那已被你们闹砸了。"阿马尼道:"请相信我,地不到手决不罢休,这是国王亲口说的。"

裕庚道:"我们决不会给,你买通我毫无用处。"阿马尼道:"还有其他各位。只有许景澄和袁昶,对收钱怀有疑虑。我托罗莎第去通融,福公司跟许督办有业务往来。"

裕庚心中骇然,他想变脸逐客,却也深知此辈神通广大,即便你一身清白,他也会宣扬你收贿,叫你有口莫辩。

裕庚先把他稳住,过了些天,又把阿马尼找来,告诉他神机营要购买一批军火。阿马尼送给他的那份礼,他给有关人员充当回扣。阿马尼立马转向,经营这一单大生意,不再纠缠国家利益。三门湾远在天边,跟他屁相干!

裕庚受命为驻法公使,跟这缸浑水脱开了干系。意大利驻华公使却无人接手,最终落到萨瓦戈头上。

萨瓦戈此时身在罗马,他先于马蒂诺回国述职。听说自己还要回炉,他死活不干,表兄外交部长天天去催他。与此同时,意大利舰队仍在游弋,仍然保持对中国的威胁。

官方尚无反应，民间先起反了，在最早闹教案的地方，重新燃起怒火。梨园屯的土地纠纷年代久远，反复拉锯，现在地权落在教会手中，教民们建起了教堂。以前人们反教，只知反的是洋人，而今也弄清了，这教士是意大利人。对这些王八羔子，朝廷不敢打，老百姓敢打！冠县"十八魁"力邀赵三多回来，带领大伙打教。赵三多回归故里，在邻村的茅草屋里，召集阎书勤、项得胜等商议。赵三多袒露心迹："我先前本分安生，阎老弟拉我下水，我可是恨过你的。这些年来走南闯北，结交多路好汉，才知出身不同，命数一样，都逃不脱一个难字。像那朱红灯，他也可卖医为生，可他到底受不住哄劝，这哄劝他的，是旱，是饿，是望不到头的苦楚和煎熬。朱红灯曾对我说，与其窝囊一世，何如轰烈一死！"

阎书勤朝他作揖："赵老英雄，我不拉你，你也不会咬牙不出。"

赵三多道："你说得对，总有忍不住的一天。你们看刘虎子——"他指指身旁的黑脸小伙，这人有十六七岁，跟随赵三多从北边回来。赵三多接着说："他爹刘老七，在巨野被德国教士欺压，到梨园屯受意大利教士欺负，跑到天津，死在牢中。他要学艺为父报仇，我能不教么？我师兄姚洛奇，托梦叫我替他申冤，我能不干么？冤有头债有主，那欠债的意大利，又要强占咱的土地，这是伸头叫咱砍。这一回，官府也不敢拦咱了！"

他说了从天津听来的传闻：庆王亲自赶走意大利公使，太后令全国除灭天主教，当官的不替打教人撑腰，轻则罢官，重则杀头。散发揭帖，也是他从外面学来的办法。

刘虎子原来是读书人，当场编写了这段揭帖："意大利，老白鬼，梨园屯庙地啃一嘴，只因本村有祸水，教民替他当狗腿。良民官司难打赢，一碗清水端不平，官府没有洋人能，教堂盖起一座城。打不服，压不服，誓死不肯当洋奴；男学武，女学武，练好拳脚把贼除。天下兴起义和团，不怕意国发兵船，你一拳，我一拳，将它打回老鳖潭。"这段顺口溜，把积年教案和当前时事连在一起，叫人一看就懂，在冠、威等县交界地区不胫而走，广为传诵。方圆百里风声鹤唳，小卢庄、赵家庄、十八庙等处教

堂相继遭袭,大刀会、义和拳、神拳等拳会蜂起,打着"乾"字、"坎"字等各色旗号,向梨园屯方向会聚。

冠县县令飞报请援。在援兵未到的时候,梨园屯陷入重围,三千拳民排成八卦阵,阵前高竖一面大旗,旗上大书一个"赵"字。哨官又好气又好笑,朱红灯只敢打"毓"字旗,他倒好,大概要充当赵匡胤了。哨官派一名什长出村,捎去官家的口信,叫拳民各自回家,不要作反。赵三多借什长之口传信,请官府扒毁教堂,还地于民。

两下无法讲和,这就要打,南面先动手,那是"十八魁"的冲锋队。官兵在村口修有工事,据险用枪,易守难攻。拳民吃了亏,发起三面进攻,以多打少。打了一个时辰,伤亡着实不少,好在工事已破,各路弟兄杀进村去。阎书勤的那一队,打到教堂围墙外面,正要展开火攻。教民拼命放枪,把靠前的拳民打倒。又一队拳民冲来,攻打教堂背面。在枪林弹雨中,教堂大门前堆起大堆干柴,阎书勤亲自点燃火把,冲上前去放火。柴堆冒起白烟,瞬间腾起烈焰,将门楼包裹在火堆中,朱漆大门也成了柴火,酣畅地燃烧起来。望见腾起的白烟,赵三多心想这回妥了,刚要发一道命令,心头突地一揪。一个不祥的消息恰在这时报来:省里发来官兵,马队赶到村东!

摆在面前两条路,一是撤围,一是迎击。赵三多不假思索,做了一个手势,大队人马立即向村东杀去。赵三多跟着人群,像一个不起眼的农夫。愤怒的拳众排起人墙,与趾高气扬的官兵对阵。赵三多观察对方,有附近州县的防营,也有济南调来的骑兵。

在旗色不一的队伍中,他认出了袁世敦的旗帜——这条豺狼又来吃人!他瞅一眼刘虎子,刘虎子叫一声"项大哥",项得胜事先挑选的几十名壮汉,放开喉咙大喊:"官兵吃皇粮,要认爹和娘!""要打意大利,咱们是一气!"这样的骂阵很是新鲜,官兵们听得发愣,袁世敦当即下令攻击。一时枪声刺耳,两股锋头劈面撞击,扑散成翻滚绞杀的旋涡。

赵三多不信符咒,不靠神功,他的徒众采取贴身战术,叫对手的枪炮难以开火。冠县防营开始败退,把威县的人马也冲散了。袁世敦的马步前队顶了上来,东字前

营、左营中队左右包抄,要把拳团一口吃掉。但他还是人少,拳民三五人打一个,暂时不落下风。激战方酣之时,赵三多带着大儿子赵凤桐,在刀光硝烟中穿插,捕捉制胜之机。打蛇打七寸,七寸就是袁世敦,不把这个东西宰掉,义和团的大旗终会被他砍倒。

袁世敦也在算计赵三多。逮住一个赵三多,比杀掉一百个拳民更重要,所以他把自己的帅位尽量靠前,不使赵三多失去目标。他埋伏的几个线人,不断报告赵三多的行踪。赵三多遇到重重阻隔,仍然一路过关斩将,快速推进,颇像古代小说中描写的,"万马军中取上将首级,如探囊取物"。上将就在十几步开外,中间隔着一队亲兵,袁世敦高高骑在马上,一身戎装,头戴军帽,双手举着望远镜观战。赵三多混在人堆中,他像是退下来的一个败兵,暗中寻找下手的缝隙。

这时听见马蹄响,一名骑兵奔过来叫喊:"报!抓获匪首阎书勤、任寡妇!"赵三多浑身一紧,一股怒火从心底蹿升。这时听见袁世敦下令:"好,全军出动,全歼赵匪!"袁世敦拎一下马缰绳,铁块一般的中军开始松动。这给了赵三多机会,父子二人双锋并出,几名亲兵被砍倒在地。枪声突发,亲兵营的手枪一齐开火,慌乱间并未打中刺客。亲兵拼命防堵,另一股人马从背后扑来,要捉住这两人。

眼看够不着,赵三多从腰间摸出短刀,出手如电,一道白光激射过去,袁世敦的脖颈血花飞溅,惨叫栽倒。官兵乱作一团,父子马上回身,便要撤走。背后的那股人围了上来,其中一人有点面熟,他朝赵三多大骂:"好个贼人,你杀了我的队官!"赵三多明白了,那是一个替死鬼。心里恨着,意到身随,他仿佛化作一柄利刃,向那颗脑袋凌空削去。可惜有枝枝杈杈的刀枪碍着,只有靴尖蹬歪了对方的鼻子。袁世敦痛叫着,瘫倒在慌乱的人窝里。

三、刘铁云说书寄慨

统领受伤,全军大乱,有利于赵氏父子脱身。然而袁世敦没有昏迷,他下了一道死命令,一定要活捉这个匪首。他带来的主力是武卫右军,那是经过西法锤炼的,有足够力量耀武扬威。拳团被德式军队击溃,漫山遍野撒开了鸭子,亲兵营紧咬住赵三多不放,直追过村西的小河沟。

赵三多一伙跨马骑骡,看来想窜入红桃园躲藏,离村不远时遭到枪击,那是冠县派来的团练。赵三多与一股拳民会合,回身作困兽之斗。官兵人少,且战且退,钓住对方不让脱钩。赵三多虚晃一枪,便又率众飞奔,在小里固的寨外折向西南,似要奔向沙柳寨。这一下打错了算盘,官府对他的老巢盯得很紧,小里固又有天主教会,那里的教民枪兵远近闻名。教会从临清州和曲周县搬来官兵,四面布下天罗地网。赵三多这一跑,正好钻进他们的圈套,在黄沙岭下遭遇临清马队,把拳众冲得四零八落。

曲周营兵挡在正面,威县、冠县团练堵住两侧,眼看拳首陷入绝境,他却杀出一条血路,沿着沟渠逃往西北。跑出三四里地,就碰上搜索的官兵,是他的老对头武卫前队。队官遣人飞报统领,袁世敦裹好伤口赶来督战,发誓要手刃仇人。官军四面围攻,赵三多左冲右突,徒众伤亡过半,濒临生死关头。

赵三多算了算,他亲手杀死的官兵已有五名,他打算再赚两个。又有一哨官兵逼近,赵三多暗地提气,正要纵身跃起,忽听得战鼓擂响,赵三多猛一激灵,似听见老友的召唤。武卫军打仗并不敲鼓,这是朱红灯的战鼓,老天爷,他真看见了朱红灯!

在武卫军的右侧,大队人马杀奔前来,前队正中的高头大马上,一人头戴大红风帽,身着红衣红裤,高飘的帅旗上,斗大的"朱"字耀人眼目。这个人不是被杀了

么？袁世敦如同活见鬼，心惊胆战之际，只见那人指着他大叫："杀掉袁鼋蛋，今天给我朱老爷祭旗！"拳众发出山呼海啸，红衣白刃席卷官军。袁世敦率先拍马逃走，等他缓过神来，重新招呼反击时，朱红灯和赵三多率部远飚，消失在直隶的茫茫人海中。

虽未擒戮魁首，终归保住了教堂，袁世凯奖赏官军，下令将阎书勤、任寡妇、曲亭皋等拳会头目斩首示众。鲁西北的骚乱并未平息，得势的教民寻衅复仇，又挑起了拳民的反抗，双方一报还一报，每天都有命案发生。官府用武力镇压，相继在临邑、德州、陵县等地驱散聚会，残杀拳民。

袁世凯铁腕治鲁，使他毁誉参半，赞誉者称之为护教青天，诋毁者骂之为混世魔王。巡抚衙门照壁前，有人偷偷画一头戴红顶的乌龟，跪伏在洋人的屁股后面；山东民间传出"杀了袁鼋蛋，百姓好吃饭；要是杀得慢，朝廷就完蛋"的歌谣。朝廷耳根不得清净，不少御史上书质问，袁世凯练兵小站，莫非是为了屠民？端王也发话了，这袁世凯怎么回事，梨园屯是意大利的教堂，他怎替敌人把门？庆王管理外交，不好乱用字眼，可也埋怨袁世凯做事张扬，反让拳民赢得了同情。毓贤就在致总署函中幸灾乐祸，后任把摊子整烂了。刚毅提议撤换袁世凯，因怕招来换马过频之讥，朝廷才没另选新人。

与北官相反，南官都夸袁世凯处置得当。他们不明白，拳会明明是乱民，朝廷为何举棋不定，令其坐大？南边的会党、海外的康党、孙文革命党，与北方祸乱遥相呼应，组成一幅末世景象，使居高位者惶惶不安。

袁世凯兀自沉得住气，他给刘坤一回电称："弟虽身受谣诼，依然顽皮硬骨，信服家乡一句土谚：唾沫星子淹不死人。杏荪现在尊处，请告盛翁，世凯承教，不改初衷。"他所承的教，就是练兵对内的那句授意。

盛宣怀确在南京，是因为刘鹗来了南京。这位文豪以回乡探亲为由，晋见江督兼南洋大臣，要替福公司寻矿源。江苏利国铁矿，现在一位当地富翁手中，福公司有意购买。这叫公买公卖，一个愿打一个愿挨，当局无理由不准。盛宣怀闻讯赶来

阻拦,他与刘坤一商定办法,打算收服刘鹗。盛宣怀郑重提出,要刘鹗长住上海,筹办即将成立的勘矿公司。

刘鹗假意答应,发现批文无果后,两人才作一夕长谈,相互亮明底牌。刘鹗声称,我是写游记的,不能定居一地。况且历数与盛合作者的下场,均难出人头地,我就不续貂了吧。盛宣怀反驳说,怎么不出头? 仅举一例,郑观应长期合作,我遮住他的光了么?

刘鹗笑道,郑君《危言》耸听,比我的小说响亮得多,这我得藏拙。在见到刘坤一时,刘鹗反复申明,他不是要卖国。他是江苏人,他替这块热土忧心。列强瓜分之势,明眼人早已看穿,这就需要掂量,由何人割走为宜。在西方各国中,意大利是弱小一方,它也文明得多,古罗马与古中国,可以同病相怜。英国支持意国,也是推出一个幌子,以免德、俄霸占。还有个更不堪的,日本夺占台湾,与浙江近在咫尺,我散落的海岛如一枚枚鲜果,它伸手就能够着。与其沦入倭口,何如移至意手? 此语惨痛至极,刘、盛不忍听闻,却不得不承认有几分道理。刘坤一教训刘鹗,你若念及父母之邦,便当劝告意大利,不要趁火打劫。

刘鹗惟惟称是,只是话不走心。两江动弹不得,他就赴长沙寻找机会。长沙名宿王先谦,曾在江苏做学政。当时刘鹗还在读书,因是官宦子弟,得以拜门称师。此次刘鹗以弟子之礼谒见王先谦,王先谦对其经历一无所知,相见还是很高兴的。刘鹗奉上他的"拙著",王先谦从不读这等劳什子,含糊地说了一声好。问起他在哪里高就,听刘鹗说远离官场,经营实业,王先谦这回大声说好。

王先谦对官场伤透了心,先是湖南党争,天天打闹;后来宫廷政变,刀刀见血。陈宝箴遭罢免,他固然出了一口气,但是说句公道话,陈宝箴不过是失察之错,薄责可也。从内心深处说,王先谦不赞成再次训政,这岂止不合祖制,简直不合妇道!

陪着老师骂了一阵街,刘鹗谈起矿物。这搔住了王先谦的痒处,他也留心实业,现仍兼任湖南矿局的顾问。他书橱中有湖南矿山一览表,取出叫弟子浏览。有一栏绊住了刘鹗的眼,那是益阳板溪锑矿。锑这个字很生涩,刘鹗刚学会,那是在太原,福公司的工程师教给他的。锑和铅、锡合炼后,小可铸铅字,大可造轴承,是

不可缺少的金属。此矿在中国尚少发现,不料得来全不费功夫!

请教王先谦,得知此矿先由官办,经营惨淡,两月前改归商办,由曾任矿局提调的梁焕奎接手,现正招纳商股。刘鹗告诉老师,自己正在寻找投资机会,请老师帮他引见一下。王先谦当即提笔,给刘鹗写了一封八行书。刘鹗便去南大街,找到锑矿招商处。

接待刘鹗的,是梁焕奎的弟弟梁焕章。他很高兴地告诉客人,对这种稀有矿产,大部分人听都没听说过,生怕拿钱打了水漂。刘知府与招商局马建忠总办是同事,曾为卢汉铁路、川楚轮船集资,且在上海履祥洋行存有巨款,可谓资本雄厚。此次幸有王老夫子照应,为我板溪请到了财神啊!

梁焕章陪财神去见长兄,梁焕奎对刘鹗交了底:为开矿设立久通公司,由他本人任总办,焕章做驻矿经理,初定董事三名,将来按股份增设董事。一期招股一百万两,二十五两为一股。刘鹗提出异议:"这个数目太小了,至少也得五十两。"梁焕奎苦笑道:"湖南地方贫瘠,来钱不易,这样定价,还有人嫌贵。"刘鹗问:"你招到多少了?"梁焕奎道:"两个月仅招一两千股,其中有一半,都是王老夫子帮我拉的。"刘鹗感叹:"我这老师古道热肠,做弟子应当亦步亦趋。我也分期入股吧,初期拟入两万股。"两万股!弟兄俩吃惊地相互看看,当哥的小心说道:"先生的气魄令人感佩。我们这是小本经营,为示公允,章程规定,单人股本不能超过总量十分之一。两万股占了一半,本公司碍难承接。"

刘鹗表示诧异:"我没想到,还有嫌钱多的!"梁焕章接过话:"不超十分之一,那还是对湘籍人士而言。外来资金我们欢迎,但要适当抬高门槛。这是为了保护本地矿山,不得不扎的一道篱笆。"刘鹗不由叹息:"我明白了,这就是湘矿落后的原因,我得知难而退。"他说着起身告辞,兄弟俩连连告罪,也没挽留住他。

这是缓兵之计。接下来的几天,刘鹗周旋于高衙豪门之间,出手阔绰,广结人缘。有一次设宴,他把王先谦、叶德辉等名士都请来了,当然也拉二梁到场。叶德辉大谈他编的《觉迷要录》,对康、梁、谭、唐的谬论逆行,谩骂批驳了一通。王先谦微微笑着,一副长者风范。直到酒散之时,王先谦才把梁焕奎叫来,点拨了几句。

他的意思是设限要宽,手面要大,才能做成一番事业。其实,这件事已经在试着做,梁焕奎跟董事们商议数次,打算修改原订章程,以期尽快打开局面。

第二天梁焕奎与刘鹗会面,便同意接受五十万两股金,他只要确定一件事,这是刘鹗本人的资金。刘鹗当场拿出一本书,是马建忠亲笔签名的《适可斋纪言纪行》,内有记述刘鹗事迹的段落。他保证三天后拿出履祥洋行的存款证明及信用保单,五十万两如期到账,届时双方签约成交。

日子过得很快。在约定的前一天,刘鹗去见梁焕奎,他的银钱已到,不是五十万,而是一百万。数目是人定的,你为什么不把第一期定为二百万? 当然,我不能打破约定,我可以把五十万两另投别矿。他把梁焕奎闹得心乱如麻,巴不得马上跟他签订,以免夜长梦多。

送走刘鹗,梁焕奎派人去找弟弟,两起人马都未寻着。正焦急间,梁焕章匆匆赶来了,他带回王先谦的一封信,传来一声晴天霹雳。王先谦收到梁鼎芬的急电,转达的是盛宣怀急电:刘鹗是福公司的买办,他帮英国获取了晋、豫两省的采矿权;他的资本乃是英资,请湘省诸君慎勿上当。

梁焕奎惊出一身冷汗,赶紧派人通知刘鹗,取消交易。那位财神刘鹗,此时却被唤入王宅,接受老师的严厉训斥。刘鹗不是驯顺的学生,他据理力争:拒绝外资,抱残守缺,并不能保证权益不失。就说盛宣怀吧,他大声嚷嚷保权,可他办的实业,一个个落入私囊,国家保住了什么? 他拒招洋股,广借洋债,外国若无利益,谁肯借款给你? 这不过是一种障眼法,朝三暮四而已。

王先谦瞪着眼骂:"你是朝秦暮楚! 他总是中国猴子,你却当外国狗子!"刘鹗笑道:"老师知道我养活多少人么? 山西煤矿共招三万二千人,河南矿新开可招一万人,一人养活一家,这是佛菩萨的德行。"王先谦唉声叹气:"嗟来之食,嗟来之食啊。我常恨康、梁学无根底,只会捡拾外人余唾。可买办比康党更下作,拿外国粮饭收买穷人,根都被你们蛀空了。"刘鹗嘻嘻笑着:"替康党说句公道话,若照他们的法子办,国家起码像国家样子,不至于舅舅不疼姥姥不爱。这下倒好,牝鸡司晨了。"

他竟敢口无遮拦地影射太后，王先谦便要赶他走。到底念其是故人之子，王先谦放缓语气：“铁云，你少小聪颖，辞赋俱佳，你父曾对我说，此子恐怕要以文名世。文人不得志，多循归隐一途，有人隐于诗，有人隐于酒，倒没听说隐于买办的。唉，当此衰世，混迹于商贾，本无不可，只望你不改素志，不堕家声。对了——”他忽然想起一件事：“听说你在河南有所发现？”

刘鹗一惊：“听说？哦，那是谣传，有人说我采矿掘到了藏金。我若真有这种运气，哪还用到处游荡觅食？”王先谦一挥手：“不是藏金，说是古物。没有也罢，用之则行，舍之则藏，你若能藏，也就不怕飞语中伤。”刘鹗应答着，搪塞过这一阵，辞别老师，次日便离湘赴津。他念叨着那个“藏”字，王先谦说了一箩筐话，就这一字叫他动心。是啊，他舍弃了那么多，就是为了家有所藏啊！

那是天收地藏的宝物，若无机缘，谁能一见？今年三月间，国子监祭酒王懿荣患了疟疾，刘鹗登门探望。管家将他引到书房，刘鹗隔窗看见，王懿荣坐在书桌前，正聚精会神地观赏一个物件。两人是金石同好，刘鹗心想，老夫子又得到古董了。进门施礼，刘鹗便道：“气色这么好，夫子莫非装病？”王懿荣哈哈笑：“一来药对头，二来不吃药也对头。你听糊涂了吧？过来，叫你开开眼。”他小心地捧起桌上的物品，交给刘鹗。

这物件像石头，却比石头轻，色泽也比石块滋润、凝重，面上的坑凹很是打眼。那不是自然生成的纹路，那是雕刻而成的刻痕，一个一个，一行一行，像字，又像画，看去很简单，可认不出是什么。刘鹗冒出一句话：“刀笔文字！”王懿荣两眼一亮：“好个铁云，一语中的！你这一命名，把我的谜团打破了。”刘鹗眼睛不离石头：“这是刀笔刻上去的，非籀非篆，文字更古。周代是金文，以前的商和夏，它是哪一朝？商代石文，此名如何？”王懿荣又笑：“你看清楚些，这是牛胛骨。按你的说法，它应该是骨文。我还有刻在龟甲上的——”刘鹗猛抬头：“还有？在哪里？拿来拿来！”

王懿荣指点他：“你看你贪得无厌，我要财不露白。你想知道它的来历么？”刘鹗敲敲脑门：“卖关子，这是我们写书人的喜好，祭酒大人应无此癖。”王懿荣道：“多

谢奉承,我开讲了。话说为了驱疟,我遣家仆上街抓药。抓回的药中有一味龙骨,我看了心里有所感应,这种感觉,你当然明白。虽然没能研读出名堂,可我知道它不寻常,便问这是哪家的药。得知出自鹤年堂,我即令人去店,将其龙骨全部买下。店家哪里肯卖?磨到最后,我出二两银子买他一片,足足花了我二百五十两。"刘鹗叫道:"好个二百五,到哪里去找这些二百五?"王懿荣瞅过去一眼:"你也动心了?这我不能透露,反正这么说吧,我派人走遍各家名店,堪称满载而归。"刘鹗苦着脸:"你满我饥,那么多珍宝,只叫我看这一眼,如何识得天书?"王懿荣道:"看在认字的分上,让你再饱一点眼福。"

他起身走向储物柜,取出几片龟甲,郑重地递了过去。刘鹗仔细辨识,约略认出几字:日、月、山、水。王懿荣说,这几字确跟金文相仿佛。还有一个"丁"字,在好几片甲骨上出现。

刘鹗并不抬头:"还有这个'乙'字。甲乙丙丁,有何深意?啊呀天呐,商代国王以天干命名,这是商代甲骨文!"王懿荣愣愣地听他说:"商代前期,迁徙无常。到盘庚时迁都于殷,即河南安阳,直至殷纣亡于周武。我大胆揣测,此甲骨应来自安阳。"

此次探病,使刘鹗从此患上了"心病",他今生要与甲骨结缘。王懿荣收藏了五六百片,还在通过古董商收购。刘鹗无此财势,却有一双走南闯北的铁脚。他替福公司拿下河南,这次要专为自己干事。他去到安阳,到了洹水河边的小屯村,在那里探听出,此地的农夫耕田翻地,常会发现土中的甲骨。多少年没人当回事,直到有一天,有一个姓李的剃头匠,患疮久治不愈,便用磨碎的骨粉涂治,竟见了奇效。人们把这种神物叫作龙骨,卖入药店,有京官将其传入京城。刘鹗在小屯村挨户打听,零零散散地收到几十片。村人说,由于采挖者众多,这已成为稀罕物了。

刘鹗不可能在此厮守,好在其父曾任南汝光道,在河南官场积有人缘。刘鹗托了两位朋友,替他操心这桩大事。有人还得有钱,可他不事生产,财囊常空,凭什么获此至宝?这就得挣,替福公司曳纤,便是挣钱之途。有人骂他卖国,他"卖"的只是开采权,跟误国吃国的人相比,他认为他是爱国的。不比别个,就说他眼下要去

附趋的这一位。这是贝子载振,庆王奕劻的长子,人称麻将大王。近日有御史奏劾称:"载振酷嗜麻将,在津宅设赌场,小局以三千金为一底,大局不可限量。"奕劻严令他回京免谤,载振赖着不走,声称即日戒赌。其实他是生怕"身在矮檐下,不敢不低头"。他和他的老子,算是保国臣么?

刘鹗来到天津,要找载振赌赌运气。刘鹗善于插科打诨,载振曾把他当作清客。刘鹗敲开贝子宅门,被仆人引入一座厅堂。在门外便听见哗啦哗啦响,骨牌声的格调确不一般,叫人骨头一阵阵酥痒。踏进门槛,一眼看见中间的紫檀桌边,一大堆花团锦簇,四个美人跪在四边,贝子载振瘫坐在当中。女人们的玉手拨拉桌上的骨牌,有时捧起任其散落,使清音脆响不绝于耳。看见刘鹗,载振招呼道:"柳麻子来啦?"柳麻子名叫柳敬亭,是明末的江南说书艺人。柳刘谐音,刘鹗应声:"小人前来说书,怎么听见了数说?"这是暗指御史和庆王。载振咯咯笑:"怕人数落,不敢开赌,可惜赌瘾入骨,不听见声儿六神不安,只好麻烦四位美姬,做出声响治我的怪病。唉,李白斗酒诗百篇,载振诗酒两不沾,只爱美人摸麻将,听声闻味俺就瘫。这诗如何?"

刘鹗忙夸:"好诗,赶上李白他爹了。"载振笑得前仰后合:"拉倒吧你。我说女子们,这位江南第一才子,写的书中有一白妞,比你们白得多,那真是腻不留手,亲不留口,把我迷得腿软不走。"女子们娇嗔俏骂,那载振偎红倚翠,乱作一团。振作起来才说正经:"铁云这一向在哪儿得意?"刘鹗回话:"真是江南。去了趟长沙,托贝子爷的福,归程路过当涂,那是李白捉月落江的地方。爷猜怎么着?我解开了千古谜案,李白不是酒醉溺亡,而是蹈江殉友。"

载振精神一振:"殉友?我猜猜,那一定是一腻友,李白的风尘知己。"刘鹗道:"煞风景的是,这朋友乃江湖豪客,一名渔翁。"载振搔搔鬓角:"渔翁也好,我跟美姬玩腻了,换换口味。白妞,给柳麻子师傅献茶。"一名白肤侍姬袅袅娜娜,捧着茶瓯向前,刘鹗慌忙接茶啜饮。载振吩咐:"说这一段,试试才分。"

刘鹗道声"遵命",长身玉立,凝目敛神,开口朗吟:"湖海茫茫第一人,诗篇结句总传神。一从江上骑鲸去,拍案惊奇说到今。四句定场诗,引出一古人。看官须

知,李白酒醉赴江,捉月而死,早成定论。在下今赴当涂一游,始知此言大谬不然,欲知其中缘由,且听《李白蹈江》。话说李白生于蜀地,禀赋聪灵,足迹未至异乡,诗名早满海内。二十五岁出蜀,或学剑东鲁,放歌西秦,或醉卧山巅,荡舟江心。举杯邀月则清影婆娑,拔剑向天则风云变色,笑傲烟霞,纵情诗酒,世人欣羡,号为谪仙。恰值朝廷下诏求贤,李白应召入京,供奉翰林。由于李白醉草吓蛮书时,令奸臣杨国忠磨墨,宠宦高力士脱靴,二人撺掇杨贵妃吹起枕头风。唐明皇钦赐李白金牌一面,将这位学士放归山林。李白飘然出京,这日来到华阴地界,但见山清水秀,却是市井萧条,行人愁眉苦脸,不知是何缘故。李白正想找人打听,抬眼看见一面酒旗,上写'八仙沉醉处'。真是好名号!李白进得店去,只见一个老店家伏案打瞌睡。李白解下腰间佩剑,向桌上啪地一拍。店家揉开睡眼问:'尊驾何人?'李白呵呵大笑道:'谪世阮刘无用猜,紫貂买醉下天台。店家相见何须问,倒瓮倾坛拿酒来。'"

这是真名士,张口便是诗。刘鹗的话本不亚于冯梦龙,深得虎头豹尾之妙。简括说来,李白发现酒店外有一少女,头插草标,这是古时出卖人口的标志。一个肥汉买了少女,李白见这女孩哀哭,取出钱钞赎救女孩,肥汉发怒要打李白,被一渔夫打得大败。得知是县令横征暴敛,才迫得贫家卖女纳税。李白仗着那面御赐金牌,大闹县衙,吓得县令低头认错,贴出告示免征钱粮。李白乘兴出城,赶至江边天色已晚,有一渔人慕其诗名,奉酒摆渡,船至江心,盗走金牌,变脸劫杀。渔夫再次现身相救,指出是县令设计暗算。李白不相信人心险恶,但与渔夫结为知交,珍重而别。多少年后,安史乱起,李白因追随永王李璘起兵,被朝廷以谋反罪流放夜郎,中途遇赦,来到当涂,投奔任县令的从叔李阳冰。不料县上仓廪失火,上官令李阳冰以家产相抵,李白失去寄身之所。幸亏渔夫闻讯来寻,在采石矶边结一茅庵,与李白同住。李白欲助叔父脱罪,总想寻回那面金牌。有一酒家以此为由头,将李白骗去,捆在树上鞭打。恰遇知府下来私访,救下李白,此人正是先前的华阴县令,他答应帮李白追寻金牌。李白回去告知渔夫,渔夫为了揭穿知府的阴谋,夜闯府衙,夺回金牌,交还李白,他的胸却深深中了一箭。面对浩浩江水,渔夫嘱咐李白:"兄弟,你平生作诗千首万首,俺只敬你一句:安能摧眉折腰事权贵,使我不得开心颜。这

面区区金牌,不值你片言只字。切记切记,存此傲骨,愚兄去也。"渔夫用力一掣,拔出那箭,血流如注,扑身一跃,随波逐流。李白奔救不及,跌足长叹:"渔兄识见,千倍于白。兄因白而死,白由兄而生。兄可以无白,白不可无兄。渔兄少待,李白来也!"他将金牌掷于水中,从容自谇曰:"白从天上来,还向天上去。水亦天兮天亦水,云帆杳杳不知处。"仰天大笑,径蹈大江,但见云横千嶂,遍天尽黑,涛耸雪山,漫江皆白。

言说至此,故事终了,满室寂然,神不守舍。这时听见一声傻笑,载振这才活过来:"傻女子,笑什么?"那个面色微黑的胖妞答:"李白真傻,他要不跳江,我都想嫁给他了。"这一句惹得人人嬉笑,载振搡她一把:"李白跳江了,说李白的没跳啊。铁云兄,这妞赏你了。"刘鹗两手乱摇:"不、不、不敢。"载振嗑嗑牙花子:"知你不要这累赘,你讨的赏在别处。要哪里?那可是洋务大员的禁脔哪。"刘鹗道:"他们最在意林西,我只要无水庄、半壁店。"载振点头又摇头:"那正掐断林西地脉,他们会依你?我给县令打招呼,你试运气吧。"

说了一晌书,得到八行书,这嘴卖得值。信是给裕禄的,裕禄的师爷授意州县,刘鹗赶到当地时,事情就办得很顺当。

用了三天时间,他跟几家矿主谈妥,等到要办交割,煮熟的鸭子又飞了。主家变了卦,刘鹗没了辙,气呼呼回到天津,从洋务局得到一个消息,这次是张翼插手阻止。张翼是醇王府的饲马人,现在的官衔是侍读学士,实缺为开平矿务局总办。他也不是自作主张,奉行的是王文韶之意。刘鹗只好进京,这天来到总署。买办对王爷遥不可及,但他常替福公司使钱,庆王也便接见了他。奕劻没给好脸色,训斥刘鹗到处乱钻,叫他下去学学朝廷的章程。见他丈二和尚摸不着头脑,一位章京指点他,朝廷正筹办矿务公司,要扎紧口袋上的绳子,先生以后要小心些。

刘鹗懊丧地出了总署,自感像一只没头苍蝇,街上人都讨厌地驱赶他。正不知向何处去,肩头被人拍了一下,回头看去,见是同乡友人曾朴。曾朴中举后屡考报罢,纳赀做一名内阁中书。因其父是状元洪钧的义兄,其闱师是洪钧的学生,他称洪为太老师,经常出入洪宅,又由此与翁同龢、文廷式等接触。他在同文馆学过法

文，翻译过雨果、左拉、莫里哀等人著作，对于写书的刘鹗，有惺惺相惜之谊。曾朴望着刘鹗笑："碰壁了？"刘鹗发狠："我要一头碰死！"曾朴做出拦的手势："莫莫莫，等到错错错时，我跟你一齐碰。"刘鹗道："这时还不到？没见万马齐喑？没见满朝苟且？没见——"曾朴截住他："我只见你钻东探西，像打洞的老鼠一样。"刘鹗道："钻，这正是庆王骂我的。可是，他老人家若不钻裤裆，有他屁股下的座位么？凭什么把我的洞塞上？"曾朴挤眼一笑："说到洞，我给你引荐一处盘丝洞，也许能浇灭你的火。"刘鹗想了想："你是说赛金花的风流窟？对了，我听说你少年时跟她有一腿。"

曾朴大笑："一腿？真正牛唇不对马嘴！她归洪时十六岁，那年我十三，还分不清公母呢。她跟洪状元使欧归来，我才与洪家有来往。此女并非真正的美人，只是性格有脱俗之美，善解人意，眼睛会说话。譬如同席吃饭，一桌十人，她可以运用手、口、眼、意，使十人俱极快乐愉悦。心心相印，此之谓乎？"刘鹗啊了一声："皮相而已，哪就到了心？传说她与立山有专宠之交，连宗室澜公都难沾她的边，你我丐帮，就免了吧。"

扯了一阵女人，消去一腔浊气。曾朴将刘鹗拉入饭馆小酌。饭间提起朝官口风，曾朴告诉刘鹗，从总理衙门，到军机值房，人们都在谈论战争。战争？中国人怎么敢谈战争？

曾朴点着头："没错，矛头都对着你的雇主。此次意国之败，鼓起满朝虚骄之气，要对外国示以强硬。在此当口，庆王原本要下的软蛋，也包上一层石头外壳。所以小弟劝你，近日稍作收敛，后再我行我素。"

刘鹗灌下一气闷酒，夹起一块肉皮，却又放下筷子："老弟你说，我这活法儿，不对头吧？"曾朴也有些失神："国家不对头，没有人会对头。"刘鹗击响了掌："这话好！老弟何不写书？"曾朴专注地看他："你这样说，足证你为写书而生，其余皆为谋生手段，置之度外可也。人各有性，你不像我，我爱藏拙。"刘鹗喃喃道："好个藏字，虽不能之，心向往之。"曾朴道："为何不能？计行藏，慎出处，观世象，写众生，愿君勉之。"刘鹗道："发牢骚，忍疼痛，味疾苦，念真经？老弟此语，我当铭之座右。"二人推

心置腹,至晚方散。

刘鹗当真藏了一些天。忽然从河南传来消息,朋友代他购得近千片龙骨,急需现银。这比吃饭更紧要,刘鹗找到老板罗莎第,要求预支一笔经费。罗莎第狡猾地支派他:"刘,据报你在河南有营生,你何不赴豫一行,把公司的生意顺便敲定?"刘鹗赶紧辩解:"那是个人文字营生,无碍公司大计。我最近身体不适——"罗莎第打断他的话:"公司更不适!各方脸色突变,谈妥的合同要黄,中国官方拿我当了替罪羊。我跟意大利有屁关系,我是英资,英资!你这一回脚踏实地,把你爹的旧地盘咬下来,我给予重奖。"这家伙门儿清,心肠狠,竟要惊动在天之灵!

刘鹗盯着罗莎第的光脑壳,突起的反感令他反胃,他故意慢吞吞地说话:"先公在河南做道台,那是二十年前的事了。中国人有句老话,人一走,茶就凉——"罗莎第不听套话:"茶和丝都不讲,现在只说矿。你出力给我拿下豫矿,我出钱帮你开采甲骨,这桩交易两不吃亏。"原来他窥破了自己的隐秘!刘鹗不禁要说句重话:"可是河南亏了,中国亏了。老板,我可以不要甲骨,你能不能不要豫矿?能不能劝贵国政府不要三门湾?"罗莎第白着眼打量刘鹗:"刘,我终于相信你病了。好吧,我放你一次假,下回你可得出马!"

四、光绪帝观图遣怀

刘鹗的这一页暂且掀过,意大利的那一页还没掀过去。在政府的督促下,畏难的萨瓦戈走马上任,他的"马"是四艘意大利军舰。驻华公使亲率舰队开赴上海,驻扎下来。也算凑巧,英国公使窦纳乐回国度假,在上海与萨瓦戈相见。萨瓦戈告诉窦纳乐,他的表兄因外交失败而倒台,新任外交大臣更加怯懦,我只有指望英国了。这话不是外交人员应当说的,窦纳乐心里鄙夷,口上赞成。

萨瓦戈据此报告罗马,英国与意大利站在一起,对此外交资产,必须善加利用。

他要求批准武力示威,必要时采取军事行动。新大臣亲眼看到,前大臣就是被驻北京的蠢货坑倒了,现在又要这样干,岂非成心捣乱?他明确指示萨瓦戈,外交政策应以实力为基础,任何脱离实际的设想,都注定要失败。现在需要做的是,以尽量小的代价,获取一个岛屿,以挽回损失的威望。大臣将一处海湾,倒换成一座小岛,这种举措令执行者绝望。最好的回答便是不执行,因为他在现场看得清,你不夸大实力,中国人连一抔黄土也不会给你。既然不可能体面地退出,就得涎着脸闯入。萨瓦戈派人去北京,令留守使馆的维塔利,速往总署伸张国威。

接待维塔利的是一名章京,听说这人要见庆王,章京笑道:"王爷那么高爵位,你怎么见得着?"维塔利眼一翻:"我是男爵!"章京数着指头:"知道,你是男爵,萨瓦戈是侯爵,公侯伯子男,你们都是贵族。可你担任翻译官,我兼任礼部郎中,管理同文馆翻译生,咱俩门当户对,有话你跟我说。"维塔利讲不过他:"好好好,你厉害。我奉命重申本国要求:租借三门湾。为实现这一目的,驻华公使萨瓦戈侯爵,率意大利舰队驻扎上海,请贵国于三日内给出答复。"

限定三日,又是通牒!章京虽然气壮如牛,总署却是有些心虚。本来以为危机已过,谁料那厮回马叫阵,还带着正儿八经的舰队!意大利固然孱弱,但它终在欧陆,不经战场检验,难以判明虚实。何况窦纳乐与萨瓦戈在沪密会,谁知英国打着什么算盘?比如前年德占胶州,它趁机把手插到烟台,等烟消云散算总账,它获利比德国还要多。

要防意先防英。庆王奕劻约见赫德,请他留心有关动向。赫德爽快地答应,仿佛一切都在掌握。谈话结束前,他顺便提起邮政业务,希望王爷予以关照。托他办事,得给甜头,这也是多年养成的习惯。奕劻做出牙疼的表情:"海关邮政好是好,别人肚子吃不饱。你知道官驿站养活多少人?十一万三千,这还不包括家小在内。一旦失业,像拳民一样抱团作乱,怎么得了!"

赫德说话平和:"王爷明知他们消耗了多少银,却继续往他们口中喂。问题不在给银不给银,而在给路不给路。这里有个例子:各国使馆在重要通商口岸自设邮政,我无权禁止人家经营。我的办法是,对在中国水域航行的外国轮船公司实行海

关特许费,给以税收优惠。这样一来,外国轮船都接受大清邮政的服务,使馆的邮政自然消亡。"

奕劻听得高兴:"你真是办法多! 我没你的门道,也要鼓一鼓勇气,从明日起,总理衙门和路矿总局的邮件,都交你的邮局邮递。至于兵部的,我得找刚毅磨牙。"赫德显出喜悦:"有王爷关照,大清邮政局必将邮通大清,兴旺百代。"他的喜悦没持续多久。他已经感觉到,窦纳乐对他不大信任,有关三门湾的交涉,英国使馆对他封锁消息。这是"两栖人"的苦恼,将伴随到他辞职的那天。可他怎能辞职,看起来,只要他一息尚存,英国和中国都会要他待在这个位置上,并继续对他保持疑问和警惕。

回到总税务司,赫德便给金登干写信:"又一次最后通牒,中国只有三天时间决定战和。不管中国政府答应与否,局势都会向坏的方面发展。中国既无钱,又无像样的海军,也无有效率的军事组织。其他列强必将仿效意大利,中国大难临头了。不是中国自己垮台,而是列强将把它拆得四分五裂。"他要金登干通过各种渠道,摸清英国政府的真实态度。他深知他的这位代表,渠道有限,他只有发挥自身的功能,正所谓"天助自助者"。在一星期的时间内,赫德在官邸举办了三次宴会、一次舞会、两次音乐晚会。参加者都是白种人,而且相互熟识,只有一对夫妇是刚刚加入的,这便是维塔利伉俪。维塔利由于身份低微,从未进入这个小圈子,由于特殊的原因,他成了重要的来客。赫德还要上班,只在吃晚饭时,会见众多玩友。

这天饭后举办舞会,赫德象征性地跳了一曲,便坐在舞池边的安乐椅上,观赏那些妙曼的身影。维塔利悄悄地溜过来,他明白他的使命,不会虚度时光。两人漫谈起来,维塔利告诉赫德,萨瓦戈痛恨这座城市。他在日记中写道:"我实在无法相信,这就是北京,天朝中央之国的首都。整个城市是泥土路,没有树木,没有花草。即使古老的城墙,也一律是灰暗的颜色,墙头都呈方块形,没有巍峨壮丽的城垛。"

赫德回答维塔利,一个地方美不美,与观察者的生活态度很有关系。你看,在这座缺树少花的古都中,我举办的舞会美轮美奂。舞客们个个天真烂漫,汉纳根太太的女高音优美洪亮,梅亚小姐弹得一手好钢琴,赫政太太的弟弟布吉中尉,最拿

手的是小提琴。还有美丽的维塔利太太,她的舞姿令孔雀嫉妒,这是我刚刚发现的。再说我吧,睡眠状态虽然较差,但是自我感觉良好,可以跳舞跳到深夜两点,下午三到五点出去骑马,一点也不觉得累。上周日参加完化装舞会,又在使馆演出的《梅格的消遣》一剧中扮演贾斯伯的角色,这对于一个六十五岁的老人,真够可以的!而萨瓦戈三十五岁,他为什么厌世,连带厌恶他供职的城市?对于一个劳动者,工作的地方总是美丽的,如果我在地狱上班,我也会把它歌颂为天堂!

面对赫德的夸夸其谈,维塔利支支吾吾地说,他赞成赫德的观点。萨瓦戈之所以悲观,是因为工作不顺利。赫德面容严肃:"一个公使,带着军队递国书,不可能一帆风顺。你们想得到什么?"维塔利道:"浙江的三门湾。"赫德问:"你们拿得到么?"维塔利道:"我们尽力而为。"赫德问:"武力还是文力?"维塔利言辞闪烁:"这要视情况而定。中国给了别人,为什么不给我们?"

赫德认为,他得到了足够的暗示。他跟维塔利约定,要保持这样的沟通。他没把猜到的实情报告庆王,使中国感受到压力,可激发它免除惰性。

果不其然,萨瓦戈在加大激发的力度。他在上海待得越久,在进退两难的处境中就陷得越深。他要孤注一掷,向罗马致电请兵:"我的强硬做法已经奏效,中国政府显出软化迹象。请增派三或四艘军舰来华,以迫使中方屈服。"罗马迟迟未回电,萨瓦戈猜测,"奏效"二字打动了上司,为了拿到三门湾,意大利应当有所作为。萨瓦戈通知维塔利,要他散布增兵的消息,同时向总署提高要价,索取在浙江的筑路权。总署拒绝重开谈判,萨瓦戈下令"马可波罗"号的舰长,率领两艘军舰北上,直达山东海域,摆出北叩京门之势。

这一招惊动了北京。朝廷之所以硬,是估计意大利不敢动硬,要是估错了对手,损失可就大了。便有大臣主张谈判,奕劻其实不反对谈,他能撑到现在,已是勉为其难。在仪鸾殿的御前会议上,奕劻露出此意,遭到载漪迎头痛击。载漪慷慨请战,要率虎神营和神机营前赴海口,与意国鬼子一战。虎神营谐音虎食洋,他若任由敌人打上门来,还不如在太庙阶前碰死。任凭臣下争执,慈禧一言不发,和战大计议而不决。

众臣退出后,慈禧单问荣禄。荣禄奏对,他并不担心北洋:"奴才忧虑的仍在南边,浙民柔弱,南洋空虚,加上有康党和孙党的煽惑,经不起大风雨。"慈禧深以为然。过了两天,荣禄估计的竟应验了,意舰在黄海虚晃一枪,返航南指,直捣杭州湾。南洋大臣刘坤一、浙江巡抚刘树堂,答复朝廷的询问称,苏浙沿海早已备战,然海军主力都在北洋,南洋当以陆战为主,严防口岸,坚壁清野。

这似是诱敌深入而后聚歼之法,朝廷认为不妥,廷寄电旨:"意舰显有索租不成即欲强占之图。以彼海隅小国,辄敢无故称兵,若不力挫其锋,何以惩前毖后。前据刘坤一与刘树堂电商,南洋水师太单,势难争雄海上,均主陆防,以守为战,不为无见。惟陆军扼要驻守,兵力不可不足,至少也需上万兵力,方可层层布置。如其登岸,即着并力迎击,毋得稍涉观望,致堕狡谋。"

此谕还令闽浙总督许应骙,就近统管闽浙沿海,以免南洋大臣鞭长莫及。许应骙在礼部任上,饱受康党攻击,出掌恰如困鸟出笼,也想有所表现。恰值北洋水师提督叶祖珪,奉命率舰南援,发现当地守军对海战隔膜,甚至连旗语也不懂。许应骙也派出要员,稽查浙江沿海,虽未查出什么大案,但总有一些情况,可以向朝廷报告,以表臣子之功。

前方报上来的军情,使朝廷紧张起来。这天早朝,接连听到的都是坏消息:叶祖珪参劾浙江水师副将,酒醉出海,致使一艘军舰触礁搁浅,隐而不报;浙江巡抚刘树堂奏报三门湾沿岸防务废弛,急需拨款赶筑炮台。

听到这里,慈禧阴着脸问:"赶筑?现筑来得及?"无人应声,慈禧一伸手,侍立的李莲英赶紧奉上一份奏折。

慈禧朗朗地念:"臣以大势计之,窃以为意大利有五不足虑:国小民贫,难筹战费,一也;运一兵来华约费华银二百余元,难以动大众,二也;自拿波利起,至中国二万余里,俱无该国埠头,煤水皆仰给于人,三也……我不念了!这是刘树堂的折子,他说敌不可怕,怎么又要钱?要去干么,修好炮台等着废弛?"瞅瞅一片低垂的脑袋,她把声气放缓:"我不是跟臣子置气,我是恨铁不成钢。甲午过去这么多年,仍是满世界颓靡之风,上梁不正下梁歪,这都朽到底了!"心中咀嚼这个"上"字,似乎

无法推给陪坐在身边的这一位,慈禧撂下这道折:"下一个,许应骙说什么,他也要钱?"世铎手捧许折,择要奏报:"许应骙整饬浙海吏治,奏劾台州、宁波、海游等府县拖欠饷款,绍兴知府吴椿与道员张乔芬承办赈捐,屡受举劾,疑窦未清——"

慈禧的眼梢余光,瞄见有身影晃动,这是从未有过的情景。扭过脸看,只见光绪脸色蜡黄,表情痛苦。慈禧以为他突然发病,便问出声:"皇帝?"光绪似被唤醒,脸上掠过一丝慌乱,立时镇定下来:"张乔芬案,发于一年九个月前,当时即有朱批。"慈禧皱皱眉:"怎么批?"光绪详述案由:"王鹏运奏广东盗风猖獗,南海县三年报案一千三百余起。群盗皆以劣绅为窝主,如南海籍道员张乔芬、番禺籍主事韩昌晋皆劣迹昭著,张乔芬有为贼说情的亲笔书信,被人石印传观。朱批令粤督彻查,谭钟麟复奏含糊,却又牵出新案,举人陈大照等禀控张乔芬伪称道员。即日朱批:'知道了。韩昌晋着即行革职。张乔芬捐案,着户部查验加捐执照。仍着该督严整吏治,肃清盗源。'谭钟麟奏称张乔芬的捐案在浙江办理,需咨照闽浙追查,此后便无下文。"

慈禧领悟,"此后"皇帝不在位了,这便拖成无头案。很久以前的参案,他连人名都清晰记得,再一次显出,此人一点也不糊涂。由此想起大阿哥,入居青宫的第二天,便派人专程回邸,召二只宠犬入宫。扶不起,扶不起啊!慈禧心头一剜,平正了脸色说道:"寄谕许应骙,令其查清张乔芬案,给皇帝一个交代。"

这句话令光绪淌出了眼泪。议毕依例散朝,光绪依例坐着一乘小轿,迤逦前行,来到北海。通过瀛台桥,穿过仁曜门,沿着西边甬道回归涵元殿。殿中的这片小天地,便是他拥有的全部天下,他在这里仍是皇帝,仍可手执朱笔,在奏折上批一个又一个"知道了"。仔细琢磨"知道"这个字眼,发现其中奥妙无穷。臣下上奏是让皇帝知道,皇帝朱批是表示知道。知道如何?不知又如何?有多少事,知道还不如不知道,所以有数不清的颟顸皇帝,脏污官吏。

光绪感叹着走进寝宫,令太监打开一道门,进入东面配殿,步至耸立的图架前。这就是世界地图,由上海道蔡钧遵办的,全图四百幅,这是第一和第二批,尚缺第三批近百幅。赶在去年八月初五日,总署将两批图送进宫。当时光绪移跸西苑,不知

得陪住多少天,便令先将图装在涵元殿。这下歪打正着,他失去了一切东西,却新得一幅地图。慈禧控制严密,连皇帝玩响器都要管,偏偏百密一疏,忽及了这样一件宝物,这可是另一个乾坤!光绪庆幸的是,前两批包括了欧洲地图,正好有意大利这个对头。光绪站在右半幅图前,找到亚平宁半岛,寻找拿波利这个地名。把意大利全境扒拉一遍,竟然一无所获。难道是刘树堂信口开河?那人似不致如此荒唐。

光绪分析,中国人翻译外国的地名,没有统一的读音标准,往往用不同的文字注音。循着这个思路,他找到那不勒斯这个地方,心想对了,这应该是拿波利了。此地居半岛中南部,地中海的东岸,距其首都罗马不远,是重要的航海基地。由此向西穿越直布罗陀海峡,进入大西洋,沿非洲大陆南行至好望角,横渡印度洋,开赴太平洋,然后北行抵达神州大陆。啊,遥遥二万里,浩浩几春秋!此前的英国、法国、德国,尽皆沿此途径前来。这些人腿有多长,心有多强,实难想象。与这些弹丸小国相比,俄国是庞然大物,但它占有的国土,有一大块割自中国。想到割字,光绪找到台湾、香港、澳门、胶州,接着盯向三门湾。保得住保不住?根据以往的例子,无论战与不战,只要外国伸手,最终都得割走。看太后的意思,这回不惜一战,原因是对手太弱。不过光绪清楚,她要借一个由头,报复外国对训政的龃龉。处置国事,则负气而行;措置帝位,则遂心所欲。恣肆如此,则何事不可为,何患不可召!

光绪从地图上收回眼睛,发现屋宇昏暗,始知天已向晚。回至寝宫,绕室彷徨,满腹惆怅,无以宣泄,一腔热血,洒向何处?他只有拿起笔来,此非朱笔,而是紫毫。既然做不成君王,何不做一个诗翁。有一个题目,他已作成二首,现又续写二首:

自 许

古人恨不见吾狂,

冶铸杜诗追盛唐。

纸上甲兵森阵列,

律中壁垒谨藩邦。

痛心村暮击鹰鹫，

快意桐青啄凤凰。

蓦指青莲明月魄，

秋潮倒挽洗长江。

自　期

杜甫文章老更成，

后尘某子晚从耕。

新醅见泼粱禾润，

旧句听弹铁石铿。

诗箧无边寒士卧，

书橱有脚苦僧行。

旁门正可推敲破，

风物长开又一程。

自　炫

诗才可向打油夸，

酤酒瑶池竟得茶。

岂少杞忧添块垒，

曾无幽愤厉龇牙。

万言谁识辞章冷，

一纸我偷星月华。

好借沧浪偿宿债，

漫天狂草写云霞。

自 剖

江海前行不问津，

徘徊绿岸自沉吟。

观兵但诧龙蛇乱，

列阵难能虾蟹分。

枉植梦花空长草，

虚悬镜月水生尘。

临渊一网开三面，

负尔无眠夜夜心。

这个尔字，有我，也有她，我和她，夜夜无眠，日日悬空，在镜花水月中长草生尘。"雕栏玉砌应犹在，只是朱颜改。问君能有几多愁？恰似一江春水向东流。"李后主之愁流淌千古，到我这里添注新水，然而我这失国之主，尚不等同于亡国之君。我的珍妃也不同于周后，虽幽禁而不凋其颜，不改其性，不会终日以泪洗面。这就好，这就可以风物长开，敲破旁门，豁然开朗。

光绪用诗词排解着孤愤，照常如旧出宫坐朝，几天后便听到那个交代：张乔芬这个捐案，是在光绪四年浙江省办理晋豫赈捐时，他由知府加捐道员，代办人为浙江知府邹仁溥。上次查问时，邹称此案为按察使应宝时经管，而应宝时早已身故，所以不了了之。此次令张乔芬交出捐官执照，拿到户部查对，发现是张假执照，此案终于真相大白。听着详情奏报，慈禧瞥一眼光绪，意思再明白不过：你一年零九个月问不出名堂，我九天便办妥了！光绪却在想，这只是败露的一个，还有多少人纸里包住了火？

无论如何，许应骙办了一件好差，做事更加卖力。他电奏称，日舰两艘从台湾出发，开至厦门外海，游弋观望，其意不善。这引起了朝廷的恐慌。日、意合而谋我，我将首尾难顾，穷于应付！军机和总署连电福州，令许应骙备战防日，刘坤一、刘树堂防御意国。

这一下,将闽海抬举得与浙海并重,许应骙哪敢怠慢,忙忙地秣马厉兵,频频地发报论战。在打给总署的电文中,他追述福建名臣沈葆桢的抗倭业绩,并引用沈葆桢给台南延平郡王祠所撰楹联:"开万古得未曾有之奇,洪荒留此山川,作遗民世界;极一生无可如何之遇,缺憾还诸天地,是创格完人。"联语精警,却有点儿文不对题。台湾早已沦入倭手,莫非还要张扬台湾遗民丘逢甲的诗:"宰相有权能割地,孤臣无力可回天。扁舟去作鸱夷子,回首河山意黯然。"

总署大臣不予置理,专注于浙江。刘坤一身为南疆屏障,在危急关头指挥若定,做好了文武两手准备。他多所发动,刺探敌情,上海海关的英、法籍雇员,都在致南洋大臣信中称:意一欲仿效俄租旅顺通商,二欲助英与俄、德竞争;有此国际背景,意才敢于耀武,实非动武。刘坤一派出的探子,探明意舰钢甲厚六寸者二艘,厚三寸者四艘。而我方多为木制兵船,实力悬殊,惟有出奇方能制胜。所谓奇,仍是背靠陆地,以陆控海;海上利用北洋的三艘德制鱼雷快艇,时隐时现,捕捉战机。刘坤一还放出风去,打算急购德、英军舰,并要江南和马尾两船厂加速赶造,力争有四艘新舰尽快参战。

双方摆开决战架势,但都摆而不打,叫观战的各方不明就里。他们哪知道,萨瓦戈正在窝里打仗。为了说服外交部,他用连续不断的电报,描绘他取得的进展:马蒂诺被召回后,中国人扬扬得意,称意大利不堪一击,甚至造谣说,"马可波罗"号是向德国租用的。等到他率舰来华,总理衙门大为惊恐。

慈禧太后就此召开御前会议,在听取军情汇报后,她吓得发了眩晕。多数大臣主张妥协,只有端王和刚毅好战,竭力阻挠谈判。萨瓦戈用虚构的故事,要求上司再加一把劲。上司反过来问他:三门湾要到了么? 退一步讲,加煤站能否得到? 萨瓦戈回电叫嚷,再添两艘军舰,我还你一个胜利! 外交部不说不给,只说海军部尚未答复。外交部也有侥幸心理,希望恫吓奏效。

随着时间推移,意方脸上挂不住了。为了找个台阶下,外交部改变不在罗马谈判的态度,外交大臣接见了中国驻意公使罗丰禄。坐了多日冷板凳,罗丰禄的口气很冷淡:"由于在罗马无法进行,总理衙门已通知我,取消我的和谈职责。"大臣哪会

让他脱钩:"可你还是驻意公使,有责任为意中沟通贡献心力。很不幸,我们在北京无法沟通。"

罗丰禄反唇相讥:"很不幸,你们在北京没有公使。老的召回了,新的赖在上海,不肯规矩赴任。我很奇怪,意大利人似有特殊癖好,要在外交史上做一创举。"

意大臣向窗外做了一个手势,似要推介亮眼的景色:"条条大路通罗马,罗马人嘛,你无法叫他甘于平凡。"罗丰禄道:"东方也有此谚,通的可是北京。中国有虚骄一说,我们吃多了亏,已在革除此病。罗马也充不得胖子,何必自讨苦吃?"大臣道:"我们不讨苦,只讨一个小岛做加煤站,这是合理的要求。"罗丰禄道:"合的哪家理?我向意大利要一个加煤站,你给不给?"大臣大吃一惊:"你? 你凭什么?"罗丰禄一笑:"我凭的是跟你一样的东西。我没力量,可有野心。我漫天要价,你就地还钱;我要那不勒斯,你给什么地方?"大臣被气急了:"你没资格,你被总理衙门撤销了!"

罗丰禄笑得泰然:"我努力挣回来。我国虽弱,也能拼凑七八艘舰只,追随着我摆摆威风。我不驻罗马了,我驻那不勒斯,还时不时发出开战的威胁。不管你们怕不怕,反正我的瘾过足了。"大臣道:"你在讽刺萨瓦戈。我承认他做得过分了些,你们也不该不理睬他,这叫他如何开展谈判。"罗丰禄毫不留情:"谈判资格,已被他自己取消了。我建议你们把他调到海军部,另派晓事的人做公使。"

罗丰禄敢于如此强硬,是奉总理衙门的指示。总署的底气,来自意大利人的拖沓。对比一下胶州湾,当初德舰三艘驶抵港口,次晨即派六百人登陆。而意舰七艘忽南忽北,在此游荡半个月,还不知到何处落脚,怎能叫人畏而敬之! 双方也不是毫无接触,上海道往访萨瓦戈,萨瓦戈先要加煤站,又要三门湾,过一阵又扯到生丝贸易,显然心无定见,外强中干。总署乐得晾着他,拖得越久,舆论对意大利越不利。首先是萨瓦戈受不住,他越来越像一个笑柄,不由气急败坏,认为新任大臣故意刁难。萨瓦戈家族和维斯孔蒂家族世代交恶,是政治上的对手,如今又要在外交政策上争斗?

萨瓦戈在电报中暗示此意,外交大臣不客气了,明确电示:海军部不赞成在华采取军事行动,因为一无财力,二无公众支持。意大利的国际威望,只能依靠外交

来挽回。

这是不可能完成的任务。萨瓦戈绝望之余,电求窦纳乐兑现承诺。口惠而实不至,是公使们的惯技,窦纳乐并无义务来真的。何况他回国以后,受到首相的训诫,不要使意大利产生错觉,以为英国开出无条件支持的空头支票。这条消息被金登干侦得,他立即电告赫德。赫德在音乐晚会结束后,询问"老朋友"维塔利,你们何时开战?维塔利两手一摊,露出伤心欲绝的表情,引起了新朋友赫德的同情。

种种情况综合起来,使得朝廷精神大振,向各省督抚颁布上谕,措辞严厉:"现在时势日艰,各国虎视眈眈,争先入我堂奥。以中国目下财力兵力而论,断无衅自我开之理。惟是事变以来,实逼处此,万一强敌凭凌,胁我以万不能允之事,亦惟有理直气壮,敌忾同仇,胜败情形,非所逆计也。近来各省督抚,每遇中外交涉重大事件,往往预梗一和字于胸中,遂至临时毫无准备。此等痼习,实为辜恩负国之尤。兹特严行申谕,嗣后倘遇万不得已之事,非战不能结局者,如业经宣战,万无径行议和之理。"

此时而发此谕,不啻宣战诏书。其中的"事变以来",指的是政变以来,外国的阻碍和威逼,使得慈禧忍无可忍,不惜以武力相对抗。玩味上谕词意,第一个坐不住的,是南洋大臣刘坤一。他在甲午战争后期,督师守卫辽海,并无卓著战绩。在"己亥建储"这件事上,他发电要求保全光绪,对"储君"溥儁视若无物,更是触犯大忌。若再"辜恩负国",他还能居此位么?

刘坤一谘商闽浙总督许应骙、浙江巡抚刘树堂,在浙海厚集兵力,严防意军登陆。江苏、江西的陆军精锐,则向淞沪集结,在杭州湾北岸构筑防线。刘坤一和叶祖珪商定,集南、北两洋水师之力,行敲山震虎之计。光绪二十五年十一月初,一场军事演习在长江口展开。这是陆海协同,陆上是海岸火炮实弹打靶,海上是军舰对抗,鱼雷艇攻击,还有民兵对海军的配合行动。

炮声隆隆,战旗飘飘,火光与霞光争艳,士兵与百姓同心。看演习的人比闹元宵的人还要多,刘坤一向朝廷奏报说,军民同仇敌忾,使观战的西方人士肃然起敬。他引用《泰晤士报》记者莫理逊的报道:"意大利提出了要求,却无意志使其实现,他

们甚至连演习都懒得做一次。"

　　的确如此，在长江口演习之后，人们都睁大了眼，等着看意大利做何反应。萨瓦戈心急火燎，催促舰队指挥官、"马可波罗"号舰长科拉诺，一定要采取行动。科拉诺称，他刚接到海军部报告，部长拟用技术方面的理由，召回"马可波罗"号。萨瓦戈吃惊不小："技术？什么技术？"科拉诺笑了笑："比方说，修理锅炉，或者更换舵轮什么的。"萨瓦戈气呼呼地说："借口，露怯，临阵逃脱！从一开始，你这舰长就没做好战斗准备。"科拉诺依然笑着："你做好了么？请允许我提醒，当初你曾说，我们这次行动站不住脚。只是因为马蒂诺搞砸了，你扮演公使角色，需要挽回面子。可你算错了对手，中方没有一触即溃，你就层层加码，以致一错再错。国家能跟着你错么？如果照你的办法，我也大搞演习，势必制造紧张，难免擦枪走火。如果战端开启，意大利有无力量打一场长期战争？即使我方战胜，夺得一块地盘，我们有无能力守住，并加以有效利用？这些实际问题，你均未加以思考。作为外交家，试问你够格么？"

　　这一意外袭击，使萨瓦戈猝不及防，遭到了精神溃败。他这才觉察出，外交部不对他交底，企图利用他的表演，讹诈到额外收获。万一演砸了，牺牲的也是个人。萨瓦戈灰心丧气，这出戏也就演到了头，外交部严令萨瓦戈赴北京，履行其公使职责。萨瓦戈顶着嘲笑的目光，毅然北上，表现出了"非凡的勇气"，这句话是维塔利说的。

　　萨瓦戈在递交国书以后，告诉公使团的同行，他得到了特殊的礼遇：光绪皇帝打破常规，亲手接过萨瓦戈呈递的国书。公使们半信半疑，有人专门跑到总署求证。资深大臣王文韶出面答称，这是没有的事。光绪二十四年五月十三日，谕旨批准总署所定礼仪，对来华的头等公使，皇帝才亲接国书。今各国驻华使节皆为二等，皇帝不可能亲接。一年来履新的英使窦纳乐、法使毕盛、美使康格，其国书均由御前大臣转呈。我朝何所爱于意国，萨瓦戈有何德于中国，而敢邀此殊遇？

　　事情还没有完，萨瓦戈缠着总署，继续谈加煤站的话题。为了加重语气，萨瓦

戈告诉接待他的许景澄,意大利不仅是基督教和罗马文明的摇篮,而且是欧洲公会的重要成员。

　　"公会"有会场和剧场两重含义,维塔利一时疏忽,把欧洲公会翻译成欧洲剧场。这使许景澄十分诧异,剧场里的成员,难道还分重要不重要?

图书在版编目(CIP)数据

帝国裂变/李克定著. —郑州:河南文艺出版社,
2020.1(2021.2 重印)

(晚清风云录)

ISBN 978-7-5559-0877-7

Ⅰ.①帝…　Ⅱ.①李…　Ⅲ.①长篇历史小说-中
国-当代　Ⅳ.①I247.5

中国版本图书馆 CIP 数据核字(2019)第 294371 号

策　　划　　王淑贵
责任编辑　　王淑贵
责任校对　　殷现堂
书籍设计　　书籍/设计/工坊
　　　　　　刘运来工作室

出版发行　　河南文艺出版社
本社地址　　郑州市郑东新区祥盛街 27 号 C 座 5 楼
邮政编码　　450018
承印单位　　河南瑞之光印刷股份有限公司
经销单位　　新华书店
纸张规格　　735 毫米×1040 毫米　1/16
印　　张　　24.25
字　　数　　363 000
版　　次　　2020 年 1 月第 1 版
印　　次　　2021 年 2 月第 2 次印刷
定　　价　　38.00 元
